Hans Keilsons erzählerisches Werk entwirft Porträts, Psychogramme und Bilder aus der Zeit der späten Weimarer Republik, des zerstörerischen Nationalsozialismus und des Exils. Keilson führt seine Figuren durch die dunkelsten Jahre des 20. Jahrhunderts und verzichtet dabei auf eine polarisierende Schwarz-Weiß-Malerei. Die Grenze zwischen Gut und Böse, zwischen Täter und Opfer ist hier keine präzise Linie, sondern ein diffuser Bereich, an dem sich die Figuren dieser Romane und Erzählungen entlangtasten müssen. Daß sie dabei weder ihren Humor noch ihre Menschlichkeit verlieren, ist Ausdruck eines nachhaltigen Widerstands gegen äußere Not und Barbarei.
Dieser Band beinhaltet das gesamte erzählerische Werk Hans Keilsons sowie die vom Autor verfaßten Nachworte zu seinen Büchern.

Hans Keilson wurde 1909 in Bad Freienwalde geboren. Sein erster Roman ›Das Leben geht weiter‹ erschien 1933 bei S. Fischer. Der Arzt und Schriftsteller emigrierte 1936 nach Holland, wo er bis heute lebt. Zuletzt wurde er ausgezeichnet mit dem Johann-Heinrich-Merck-Preis, der Moses-Mendelssohn-Medaille, der Humboldt-Medaille und dem WELT-Literaturpreis.

Unsere Adresse im Internet: www.fischerverlage.de

HANS KEILSON

SÄMTLICHE ROMANE
UND ERZÄHLUNGEN

FISCHER TASCHENBUCH VERLAG

Veröffentlicht im Fischer Taschenbuch Verlag,
einem Unternehmen der S. Fischer Verlag GmbH,
Frankfurt am Main, November 2009

Lizenzausgabe mit freundlicher Genehmigung
des S. Fischer Verlages, Frankfurt am Main
© S. Fischer Verlag GmbH, Frankfurt am Main 2005
Druck und Bindung: Druckerei C. H. Beck, Nördlingen
Printed in Germany
ISBN 978-3-596-18541-2

Inhalt

Das Leben geht weiter.
Eine Jugend in der Zwischenkriegszeit. Roman 7

Komödie in Moll. Erzählung 249

Der Tod des Widersachers. Roman 337

Dissonanzen-Quartett. Eine Erzählung 565

Nachwort [zur Neuausgabe von *Das Leben geht weiter*] 581

Vorbemerkung [zur niederländischen Ausgabe von
Der Tod des Widersachers] 587

DAS LEBEN GEHT WEITER

Eine Jugend in der Zwischenkriegszeit

Der Hauswirt kam in den Laden, er war dick und hatte das Benehmen einer Frau.

»Ich will gern mal mit Ihnen reden, Herr Seldersen«, sagte er und machte sich wichtig.

Der Vater sitzt hinter der Kasse, vorn an dem großen Schaufenster, und liest. Das ist so seine Beschäftigung, wenn er keinen Kunden zu bedienen hat und allein ist. In den letzten Monaten hat er viel Zeit zum Lesen, dann liest er die Zeitung mitunter dreimal am Tag. Als er Schritte hörte, sprang er eiligst auf und sagte: »Bitte sehr«, da erkannte er seinen Wirt, und auf sein diensteifriges Gesicht trat eine behagliche Gelassenheit. Er lachte.

»Lassen Sie sich nicht stören, Herr Seldersen, ich bin es nur. Meine Frau sagte mir, ich soll nachsehen, ob Sie alleine sind, und da komme ich nun herüber. Eigentlich hat es noch Zeit, aber ich will doch einmal mit Ihnen reden.« Er drückt sich umständlich aus und umgibt alles mit einem Schleier.

Der Vater kommt hinter der Kasse hervor und stellt sich vorne neben den hohen Linoleumballen. Er ist durch die unklaren Worte ein wenig gereizt. Wer weiß, denkt er, was da wieder im Gang ist.

»Es handelt sich nur darum, Herr Seldersen«, beginnt der Wirt auf einmal merkwürdig kurz und nüchtern, »der Eckladen nebenan wird frei. In einem halben Jahr läuft der Kontrakt mit dcm Konfitürengeschäft ab.«

Er will ihn nicht mehr erneuern, obgleich er viele Jahre hindurch stets eine angemessene Miete erhalten und einen ansehnlichen Gewinn aus dem Laden gezogen hat.

Aber sein eigener Laden, in dem Papier, Schreibwaren, Zeitungen zum Verkauf ausliegen – volle zwölf Jahre sitzt er in ihm –, ist ihm jetzt zu klein geworden, er will sich vergrößern, er fühlt den Drang. Gut.

Was ich hinten auf dem Speicher noch alles liegen habe, prahlt er, ein ganzes Warenhaus kann ich damit bestellen. Bilder, Bücher, Schreibwaren, Andenken. Außerdem, der Zeitungsverlag, den er hier am Orte vertritt, will ihm eine große Filiale ausbauen, draußen am Haus breite grüne Schilder mit den Namen aller bei ihm verlegten Zeitungen und Zeitschriften, ein großer Schaukasten als Aushang für die neuesten Nachrichten, alles wird großzügig und weltstädtisch aufgezogen. Zu diesem Zweck nun will er den Laden des Herrn Seldersen nehmen, der neben seinem Geschäft liegt. Die Wand zwischen beiden wird niedergerissen, und aus zwei kleinen Räumen entsteht ein großes Geschäftslokal. Herr Seldersen zieht dafür in demselben Haus eine Tür weiter in den Eckladen, sonst bleibt alles beim alten. Das ist sein Plan, was Herr Seldersen wohl dazu sagt. Ist das nicht großartig? Bedenken Sie, ein Eckladen, wie viele sich schon um diese Ecke bemüht haben! An der Hauptverkehrsstraße am Markt, eine bessere Lage gibt es nicht.

Pause.

Herr Seldersen hat die ganze Zeit dagestanden, als halte ihm jemand eine Ansprache, und zugehört, aber schon zu Anfang wußte er alles. Jetzt war die Reihe an ihn gekommen, sich zu äußern, und er sagte:

»Ja, da muß ich erst mit meiner Frau sprechen.«

Weiter nichts, kein Widerspruch, kein Auflehnen, er muß erst einmal mit seiner Frau darüber sprechen.

Der Wirt hatte es sich nicht so leicht vorgestellt. »Gewiß, sprechen Sie ruhig mit Ihrer Frau, es eilt ja nicht, in einem halben Jahr erst. Natürlich lasse ich Ihnen alles herrichten, die Wände neu kalken, den Fußboden ausbessern, alles, was zu machen ist. Darüber werden wir schon einig, vorerst sollen Sie sich nur mit dem Gedanken vertraut machen.«

Der Vater schweigt, angelehnt an den Ladentisch stützt er rückwärts seine Hände auf die Tischplatte und schweigt. Da kommt Frau Seldersen in den Laden und sieht die beiden Männer. Der Wirt oder seine Frau kommen öfter einmal herüber, sie besuchen sich gegenseitig, sie stehen gut miteinander. Als das letzte Kind bei dem Wirt ankam, vor zwei Jahren, und der Arzt mit der Hebamme allein es nicht mehr schaffte, wurde Herr Seldersen gerufen. Was man von ihm haben wollte, führte er aus, er reparierte Uhren, besohlte Schuhe, legte Klingelleitungen, bohnerte Fußböden, nahm Gardinen ab und brachte sie wieder an – er verstand alles. Und auch hier krempelte er sich ohne Zögern die Ärmel hoch, tat sich eine große Schürze um, und nach zehn Minuten war ein strammer Junge geboren. Das vergaß man ihm nie.

»Es ist gut, daß Sie kommen, Frau Seldersen«, sagte der Wirt, »ich spreche eben mit Ihrem Mann.«

»Was gibt es denn?« fragte die Mutter ängstlich. Der Wirt begann von neuem zu erzählen. Frau Seldersen hört zu, und ein großer Schreck überfällt sie. Doch zuerst zeigt sie sich noch beherrscht, bald wird sie unruhig, abwechselnd geht ihr Blick von dem Wirt auf den Vater, der wie abwesend dasteht, als sollte keiner seine Gedanken erraten, und wieder zurück auf den Wirt. Schon nach wenigen Sätzen hat sie verstanden, um was es hier geht. Der Vater ist in dieser Lage wie ein Kind, hilflos, ungeschickt, wäre sie nicht im richtigen Augenblick dazugekommen, er hätte alles schweigend hingenommen, nichts erwidert und nur im geheimen seine Gedanken gehabt.

»Das ist für uns immerhin eine gewaltige Zumutung«, beginnt sie, »wenn man schon mehr als zwanzig Jahre in diesem Laden hier steht. Und jetzt wollen Sie uns hinauswerfen.«

»Hinauswerfen, wo Sie bloß hindenken, keine Rede von Hinauswerfen. Nebenan in den Eckladen sollen Sie ziehen, ist das nicht außerordentlich?«

Die Mutter ganz aufgeregt, es kommt ihr alles so unerwartet: »Ja, aber warum denn diese Veränderung, überhaupt jetzt, wo kein Mensch weiß, welchem Ende man zusteuert.« Die paar Jahre, die sie noch arbeiten werden, es werden keine fünfundzwanzig mehr sein, bei Gott nicht, sie hatten es sich anders gedacht, aber nur keine Veränderung.

»Warum wehren Sie sich so«, fragte der Wirt auf einmal in scharfem Tone, »ob Sie hier oder nebenan in Ihrem Laden stehen, wer zu Ihnen will, geht auch die drei Schritte weiter bis zur Ecke. Genau drei Schritte, in dem gleichen Haus, geradezu lächerlich …«

Die Mutter schüttelt den Kopf, die letzten Vorstellungen prallen an ihr ab, als habe sie sie nicht gehört.

»… wo Sie selbst sagen, daß sie nicht mehr allzulange hier bleiben und sich bald zur Ruhe setzen.«

»Ja, zur Ruhe setzen«, wiederholt sie bitter.

»Gleichviel«, fährt der Wirt fort, »ich muß auch sehen, wo ich bleibe. Meine Kinder sind noch klein, aber Ihr Sohn kommt in drei Jahren aus der Schule, und Ihre Tochter ist schon in Berlin.« Aber er, wie steht es mit ihm?

»Dafür besitzen Sie doch das Haus«, wirft die Mutter ein. Er lacht, das Haus, gewiß, da habe sie recht, das Haus gehört ihm. Pause.

Ob sie seine grauen Haare sähe, die gehörten ihm auch. Haha, das Haus gehöre ihm, was er für Sorgen hat, wenn sie das wüßte, würde sie nicht so leicht hinsprechen, nein, nein, nichts als Sorgen bringt ihm das Haus. Da regnet es auf dem Boden durch, der Dachdecker muß kommen, da ist das Wasserrohr geplatzt, der Installateur wird gerufen, da muß der Müll abgefahren werden, und dann die Steuern, die auf dem Haus lasten … er greift sich an den Kopf. Nein, neulich erst hat er zu seiner Frau gesagt, Mama, hat er gesagt, das Haus macht mir nur Kopfschmerzen, noch nicht eine freudige Minute habe ich an ihm ge-habt. Er hatte es von seiner Mutter geerbt, er wollte es nicht annehmen, bis zuletzt hat er sich dagegen gesträubt, aber was sollte er schließlich anderes tun? (Die Hypotheken sind in der Inflation ausgezahlt wor-den, die Aufwertung noch nicht fällig.) Er stöhnt schwer.

»Aber der Eckladen ist ja viel kleiner«, fängt nach einer Weile Herr Seldersen wieder an.

Zu klein, das gewiß nicht, und wenn er alles nahe beisammen hat, so kann ihm das doch nur recht sein. Aber hell ist er, wesentlich heller, sie werden viel an Licht sparen.

»Und das Schaufenster um die Ecke geht uns auch verloren«, wirft Frau Seldersen ein, »wer geht um die Ecke und sieht sich das Fenster an? Und beide Fenster sind auch viel kleiner. Muß es denn so bald sein«, fragt sie schließlich.

»In einem halben Jahr erst«, erklärte der Wirt, »ich sagte es schon am Anfang.« Er verspürte keine Lust mehr, sich länger in ein Gespräch einzulassen, aus dem am Ende vielleicht noch ein Streit entstand. Was nutzte ihre Widerrede, wenn er wollte ...

Pause.

Die Mutter unterbricht das Schweigen, sie versucht einen unbefangenen Ton anzuschlagen: »Wir werden es uns überlegen, und Sie werden es sich auch einmal überlegen«, sagte sie so ruhig wie möglich, »Sie verlieren doch die Miete für ein Geschäft, so etwas muß genau durchdacht sein.«

»Die paar Jahre, die wir noch hier sein werden«, fügte Herr Seldersen treuherzig hinzu, »lassen Sie uns noch in dem alten Geschäft. Ich bin jetzt vierundzwanzig Jahre hier, wir bleiben ja nicht mehr lange, man hofft doch, daß es bald ein Ende haben wird. Reden Sie noch mal mit Ihrer Frau.«

»Das habe ich ihr schon alles gesagt«, antwortete der Wirt. Aber er versprach, die Angelegenheit noch einmal genau mit ihr zu bereden. Dann geht er.

Die Eltern bleiben zurück. Der Vater steht noch immer rücklings an den Tisch gestützt, die Mutter geht unruhig auf und ab. »Das gibt nichts Gutes«, sagt sie, »nur nicht daran rühren, ich setze keinen Schritt in den neuen Laden. Nein, nein ...«

Der Vater schweigt. Er dachte nach, wie lange er schon Tag für Tag hier unten steht, die vier Kriegsjahre ausgenommen. Die Mutter hat so ihre eigenen Gedanken, er verlacht ihren Aberglauben, aber im Grunde ist er auch nicht frei davon. Er stöhnt. Gewiß, es war nicht ein einfacher Wechsel von Tür zu Tür, wie es der Wirt vorhin so leicht dargestellt hatte. Schließlich sprach die Zeit ein gewichtiges Wort mit, ihre Spur konnte nicht so schnell ausgelöscht werden. Herr Seldersen erinnerte sich genau, als er vor langen, langen Jahren hier in die Stadt kam, als Reisender, stand am Marktplatz ein kleines zweistöckiges Haus, vor dem gerade Leitern und Gerüste aufgefahren wurden. Als er nach einiger Zeit den Ort wieder einmal besuchte, schritt der Hausbau seiner Vollendung entgegen. Eigentlich war es nur ein Umbau gewesen, jedoch nicht wiederzuerkennen: aus einem kleinen baufälligen Haus entstand ein hochaufragendes Eckhaus, weithin sichtbar, unten waren vier Läden mit insgesamt acht großen Schaufenstern ausgebrochen. Hier sah Herr Seldersen die Erfüllung seiner Wünsche: als selbständiger Kaufmann im eigenen Geschäft nur sich selbst verantwortlich. Drei Jahre reiste er schon umher, ohne festen Sitz, ein Angestellter nur wie viele andere. Er stand für sich allein, verdiente gutes Geld. Er war tüchtig, man begegnete ihm mit Achtung und Wohlwollen, doch er, dieses unsteten Lebens überdrüssig, gedachte jetzt für sich selbst etwas zu erobern. Dreihundert Taler hatte er gespart … Kurz entschlossen ging er hier zu dem Hauswirt und traf einen kleinen geduckten Handwerker, der sich beim Bau übernommen hatte und nun tief in den Schulden steckte. Der sah ihn groß an. »Einen Laden habe ich noch frei«, sagte er, »in der Hauptstraße neben der Ecke, Sie können ihn haben, Sie gefallen mir.« So wurden sie einig. Nach einem halben Jahr eröffnete Herr Seldersen sein Geschäft. Über der Ladentür hing das Schild mit seinem Namen, in zwei Schaufenstern lag die Ware geschmackvoll ausgebreitet, im Laden selbst stand Herr Seldersen und verkaufte unermüdlich, was ein Mensch an notwendiger Kleidung nur brauchte, vom Schnürsenkel bis zum Anzug, alles gab es bei ihm zu kaufen.

Die Zeit ging, der Wirt starb, aber der Vater stand immer an der gleichen Stelle im Geschäft, undenkbar, daß es je anders sein sollte. Die Verhältnisse hatten sich gewaltig verändert, er hätte davon erzählen können.

Jeden Ersten trug er pünktlich seine Miete jetzt zum Sohn, nun erschien der heute auf dem Plan und brachte seinen Vorschlag an.

»Wir wollen abwarten«, sagte der Vater nach einer Weile zur Mutter. Abwarten, sie nickte zustimmend, ja, das bleibt die einzige Hoffnung.

Sie erwiderte nichts mehr, sie wußte, sosehr sie sich auch wehren, es wird ihnen wohl nichts anderes übrigbleiben.

Albrecht, der Sohn, kam aus der Schule, und sie gingen zu dritt zum Essen hinauf in die Wohnung. Das Lehrmädchen blieb allein unten, über Mittag war immer eine tote Zeit.

Die Teller vom Vater kamen sauber in die Küche zurück, er saß bei Tisch stumm, mit ernstem Gesicht, als ob sich etwas Schreckliches zugetragen hätte. Die Mutter bat ihn immer wieder, nur einen Löffel Suppe, einen Bissen Fleisch zu essen – vergeblich, er rührte nichts an.

»Es schmeckt dir wohl nicht?« fragte sie.

»Ich mag nicht«, antwortete der Vater. Sein Gesicht blieb starr wie zuvor.

»Du änderst doch nichts, wenn du nicht ißt«, sagte sie schließlich und fügte sich darein.

Der Vater schwieg. Albrecht, dem Sohn, der mit am Tisch saß, erschien dies alles rätselhaft. Was konnte der Vater nicht ändern? Albrecht kam ahnungslos aus der Schule nach Haus und wurde nun Zeuge dieser Unterhaltung, die seine Gedanken noch einige Zeit später beschäftigte. Genau verfolgte er die einzelnen Worte, beobachtete dabei verstohlen das Verhalten der Eltern, im geheimen versuchte er sich mit Deutungen und Erklärungen, aber er kam nicht ordentlich zu Rande damit. Er war jetzt sechzehn Jahre, ein mittelgroßer schmaler Bursche, der Jüngste in der Klasse, ein wenig verträumt und von einer zarten, fast mädchenhaften Empfindsamkeit. Schon jetzt zeigte er manche Anlagen, doch konnte man noch nicht erkennen, in welcher Richtung ihn später das Leben führte.

»Nimm wenigstens ein bißchen Obst«, fing die Mutter wieder an. Sie reichte dem Vater die Schüssel.

Ihm wurde das ewige Bitten zuviel, ach, quäl mich doch nicht, du siehst doch, daß ich mich schon genug quäle (aber das sagte er schon nicht mehr, man sah ihm nur an, daß er es bei sich dachte). Er ging sofort wieder hinunter in sein Geschäft, heute verzichtete er auf den kurzen Mittagsschlaf. Doch unten auf einem Stuhl überkam ihn die Müdigkeit so stark, daß er sichtbar in sich zusammenfiel, den Kopf auf die harte Lehne legte und in dieser komisch unbequemen Lage einnickte.

Die Mutter und Albrecht blieben oben zurück. Sie konnte sich nicht länger mehr beherrschen, zu viele Gedanken gingen ihr durch den Kopf, sie versank in leidvolle Erinnerung.

Zaghaft bat Albrecht, sie möge ihm doch sagen, was hier vorgegangen sei, während er in der Schule saß. Zuerst glaubte Frau Seldersen, mit bequemen Ausreden ausweichen zu können, aber da der Junge nicht nachließ, erzählte sie ihm von der Unterredung mit dem Hauswirt. Aufmerksam hörte Albrecht zu. Am Schluß sagte er freimütig, auch er könne nichts dabei finden, wenn sie drei Schritte weiter in den

Eckladen ziehen, dann muß der Wirt ihnen eben mit der Miete entgegenkommen, da sie sagt, die neuen Räume liegen weit ungünstiger. Die Mutter lächelt etwas über seinen Eifer. »Nein«, erwidert sie, »das ist es ja nicht allein, es geht dabei mehr um anderes, aber das verstehst du ja nicht.« Nun wollte Albrecht erst recht von der Mutter wissen, was er nicht verstünde, und sie versuchte ihm nun zu erklären, was es für sie bedeutet, aus einem Raum zu gehen, in dem sie die Hälfte ihres Lebens verbracht und so manches erfahren habe … »Vierundzwanzig Jahre, älter als du bist, verstehst du das nicht?« Albrecht stützte seinen Kopf in die Hände und sagte nachdenklich: »Doch, ich glaube, ich verstehe es, aber wenn es nicht anders geht …«

Da erwiderte Frau Seldersen, lange nicht mehr so ruhig wie vorhin, daß man sich gegen jede Veränderung wehren müsse, solange es möglich sei. Überhaupt jetzt, wo sie doch alles verloren haben, will man sie auch noch dazu zwingen.

Albrecht begriff nicht den Zusammenhang, der versteckt in ihren Worten lag. Er sah ihr offen ins Gesicht; wie sie das von dem Allesverlorenhaben sagte, klang ihre Stimme hart, männlich, als wenn sie das gar nicht beträfe. Im übrigen verstand er nicht, was es bedeutet, etwas zu besitzen und dann abgeben zu müssen, er besaß nichts und wußte nicht viel. Er hatte es nur die Mutter zu vielen Gelegenheiten sagen hören, gleichsam als Entschuldigung, wie jemand um Nachsicht bittet, weil er schlechte Augen hat. Aber ihm selbst mangelte dabei jede Vorstellung.

»Vielleicht läßt der Wirt noch mit sich reden«, meinte er zum Schluß großmütig, um die Mutter ein wenig aufzumuntern. Sie schüttelte den Kopf: »Nein, das glaube ich nicht, wir müssen uns darauf gefaßt machen.« Dann ging sie. Albrecht blieb allein in der Stube, er wiederholte für sich ihre letzten Worte und dachte nach, er fand ihre Art, die Dinge zu behandeln, übertrieben und das Gefühl zu sehr betont. Mit etwas Großzügigkeit und Kraft glaubte er viel Unangenehmes umgehen, zumindest aber abschwächen zu können. Er maß der Sache weniger Gewicht bei.

Im Sommer endlich wurde der Bau von Herrn Dalke fertig, zwei Stockwerke und eine riesige Front von hohen Fenstern, über anderthalb

Jahre hatte es gedauert, und es schien, als sollte er nie ein Ende nehmen. Bei den Ausschachtungen war man auf Grundwasser gestoßen, Wochen hindurch tat man nichts weiter als Wasser herauspumpen, wenn man am Abend damit fertig war, fand man am Morgen wieder einen großen See vor. Dann kamen die Gewitter, der Boden wurde aufgeweicht, lehmig, alles schien in Feuchtigkeit zu verfaulen, die Leute schüttelten den Kopf, daß dieser Bau nicht vorankam, er verunstaltete das Stadtbild, ständig fuhren Wagen vor, luden Lasten von Steinen, Brettern und Leitern ab, brachten Müll und den Abfall weg, auf der Straße lag Schutt und Erde herum – aber im Grunde waren sie doch froh, eine Menge Arbeiter hatten lange Zeit ihre Beschäftigung, verdienten Geld. Der Bau zog sich in die Länge, aber Herr Dalke konnte es aushalten, wenn er jetzt auch öfters mit einem sorgenvollen Gesicht umherlief und erklärte, wie sehr er sich übernommen habe, wenn er dies zu Anfang gewußt hätte …

Aber nun war es fertig, ein prachtvolles Gebäude, der ganzen Stadt gereichte es zum Ansehen; wenn man hineinkam, glaubte man in einen großen luftigen Saal zu gelangen, in dem nur Frohsinn herrschte, und wenn man die vielen Sachen ansah, die da zum Verkauf auslagen, so konnten einem nur lustige Gedanken kommen. Eine Treppe führte hinauf zum ersten Stock, da war das Reich der Kinder und der Frauen, alles, was man für die Wirtschaft brauchte, und feine Moden. Nun stand Herr Dalke unbestritten an erster Stelle, Herr Wiesel verhehlte nicht seinen Kummer, obwohl er gleich an zweiter Stelle folgte, er durfte sich eigentlich über nichts beklagen – er war eben nur ein wenig ängstlich.

»Wir werden es verspüren«, sagte er zu Herrn Seldersen, »was meinen Sie, wie es uns schadet, oder haben Sie für die nächste Zeit auch so einen Bau vor?«

Der Vater dachte daran, daß er nun bald in den neuen Laden ziehen müsse, wo alles kleiner und gedrückter war, aber gelassen erwiderte er, bisher sei man immer gut ausgekommen, warum sollte dies in Zukunft anders sein? »Und dann hat Herr Dalke doch die gewaltigen Unkosten«, erklärte er weiter, »auch hierin übertrifft er uns alle, er muß am Tage viel mehr einnehmen als ich zum Beispiel, wenn er auf seine Kosten kommen will, das ist ja klar.«

Herr Dalke kam herüber und lud Herrn Seldersen ein, seinen neuen Bau zu besichtigen, sie standen gut miteinander, auch wenn sie Konkurrenten waren; oftmals am Tag besuchten sie sich in ihren Geschäften, sonntags machten sie gemeinsam Ausflüge mit ihren Familien. Herr Seldersen nahm die Einladung an, und eines Abends nach Geschäftsschluß führte ihn der andere stolz durch die erleuchteten Räume, das hatte er geschaffen. Herr Seldersen lobte, er wurde nicht müde, immer wieder seine Bewunderung laut auszusprechen, er schüttelte Herrn Dalke die Hand, dankte ihm für seine Freundschaft und ging neidlos nach Hause.

Im Herbst zogen Seldersens in den neuen Laden, drei Schritte weiter an die Ecke, es war ihnen nichts anderes übriggeblieben. Der Wirt hielt sein Versprechen, er ließ alles neu herrichten, die Wände kalken, den Fußboden ausbessern, es war alles viel kleiner und gedrängter, es roch nach Farbe. Die Eltern wußten, daß sie hier nie heimisch würden, aber sie verloren kein Wort mehr darüber. Frau Seldersen hatte ihre Drohung wahr gemacht, in der ersten Zeit betrat sie nicht den neuen Raum, doch dann ließ es sich nicht länger vermeiden. Alle Bekannten besuchten sie, auch Herr Wiesel kam herüber. Er sah sich genau alles an und besprach mit Herrn Seldersen die Vorzüge und Nachteile; ihm ging es gut, er besaß ein großes Geschäft in der Eisenstraße, er kannte keine Sorgen. Frau Seldersen erklärte, daß nur die Neugier ihn trieb, zu sehen, ob die Regale voll Ware ständen, aber der Vater verwies ihr den Argwohn. »Bis jetzt sind wir alle noch satt geworden«, sagte er, »und Herr Wiesel meint es aufrichtig.«

In der ersten Zeit sah auch der Wirt öfters herein. »Nun haben Sie sich ja bald eingelebt, ich sagte es Ihnen gleich, es ist alles nicht so schwer.« Es klang wie ein Trost.

Herr Seldersen blieb ihm die Antwort schuldig, er machte eine Handbewegung, die sich der andere nach Belieben deuten konnte. Dann erzählte der Wirt, daß zum Frühjahr die Straße aufgerissen und neu gepflastert würde. Man beriet schon eifrigst in der Stadtverwaltung. »Das gibt Arbeit«, setzte er hinzu, »die Leute haben dann Geld und können wieder einkaufen.«

»Im Frühjahr«, entgegnete der Vater, »wer weiß, was bis dahin sich noch alles ereignet, jetzt stehen wir erst vor dem Winter. Im übrigen, woher will die Stadt das Geld nehmen? Eine Anleihe, neue Steuern, wer weiß woher?« Doch vorerst beriet man nur, das wollte nichts besagen.

Dieser Winter war der erste, in dem die Not und der ganze Jammer offenbar wurde, es gab Arbeitslose, in mancher Familie Vater und Sohn zugleich, die Leute kamen und erzählten, sie klagten viel, sie waren alle so mutlos, nirgends zeigten sich Ansätze zu einer neuen Hoffnung.

Seldersens standen in dem neuen Geschäft wie zuvor in dem alten, sorgten sich für den kommenden Tag und trugen kein weiteres Begehren. Die Zeit hatte so manche Veränderung gebracht, man nahm sie hin ohne jeglichen Widerspruch, ja beinahe mit einer gläubigen Gefaßtheit, als habe eine Gottheit dabei ihre Hand im Spiel. Auch dies hier war nur ein Glied in einer unabsehbaren Kette, es sollte nicht einmal das letzte sein.

Der Kaufmann Seldersen hatte sein Lebtag nichts mit denen im Sinn gehabt, denen der Kopf vor weittragenden Ideen zu platzen scheint, die keine Grenzen kennen. Was er benötigte, lag fein säuberlich um ihn herum, jederzeit erreichbar, seine Art verlor sich nur an das Alltägliche, er blieb nüchtern und überlegen, nicht ohne Spur von Zurückhaltung und Nachsicht, ein ganzer Mann – hinter ihm stand seine ganze Zeit. Er war jetzt über fünfzig Jahre alt und sein Leben bisher nur eine große Arbeit gewesen. Wenn er zurückblickte, da stand alles sicher und fest begründet, wie die Abrechnungen in den Büchern, es lief ein gerader Weg, und am Ende stand das Alter, die Ruhe, die Erholung von der Arbeit. Er hatte den Krieg gesund im Feld überstanden, wenn die Jahre auch doppelt zählten, von einem großen Glück schien er gesegnet, seine Kraft war ungebrochen. Vier Jahre leitete seine Frau das Geschäft, nebenbei zog sie zwei Kinder groß. Sosehr sie sich auch mühte, bei seiner Rückkehr fand Herr Seldersen nur noch Trümmer vor, die Regale standen leer, die Kunden blieben aus, alles in allem ein betrübender Anblick. Der Vater unterdrückte alle unliebsamen Erinnerungen und zwecklosen Grübeleien, sein Kredit war unerschüttert, er packte tüchtig mit an, überall hieß es eben wieder aufbauen. Es ging aufwärts in der ersten Zeit, ja, es ließ sich alles gut an. Die Stadt wuchs, nach allen Seiten dehnte sie sich aus, es entstanden prächtige Anlagen, die

Fabriken steigerten ihren Umsatz, es gab Arbeit für jedermann, Wohlstand und Zufriedenheit, auch Herr Seldersen hatte teil. Er hatte seine Grundsätze und Anschauungen, nach denen er sich im Leben richtete. Schon damals hätte er sich entschlossener und rücksichtsloser zeigen sollen, vieles stünde heute anders.

In der Inflation verlor er sein ganzes Geld, von diesem Fall kam er nur schlecht wieder auf die Beine. Früher beschäftigte er drei Verkäuferinnen, wenn es not tat, half die Mutter mit aus. Heute teilte er seine Arbeit mit einem Lehrmädchen, aber er hatte sein Auskommen und war zufrieden. Gut, die Zeiten waren schwer und ließen noch Ernsteres ahnen, es hieß eben sich als Mann zeigen, mochte die Last, die auf den Schultern lag, noch so schwer sein – aber das Alter machte keinen Umweg.

In der Nacht zum ersten Osterfeiertag brannte die Fabrik draußen in den Alaungruben bis auf die Grundmauem ab. Es war ein prächtiges Feuer, der Himmel in weitem Umkreis blutig gefärbt, so daß die Wehren weither von den Dörfern des Oderbruches und herab von den Höhen des märkischen Hügellandes mit ihren altmodischen Spritzen angerückt kamen im Glauben, da brenne die halbe Stadt – und es war nur eine Fabrik.

Die Stadt lag weithin sichtbar am Rande des unermeßlichen Flachlandes, lang ausgestreckt zu Füßen einer Hügelkette. Vor unzähligen Jahren, in sagenhaften Zeiten, schleppten gewaltige Eisschollen Schutt, Geröll, Erdmassen mit sich und lagerten sie hier ab, indem sie wie eine Zange die Ebene einzwängten. Heute wellten sich sanfte Hügel, bestanden von düsteren Tannen, schlanken Birken, herben Buchen, aus dem Boden kamen heilkräftige Wasser, und die Erde brachte sich selbst zum Geschenk.

Wo die Hügel allmählich in das Flachland abfielen, waren rundherum Tonziegeleien entstanden, vereinzelt traf man sie auch in der Ebene an, inmitten der Felder und Weideplätze, in der Nähe eines halbversandeten, eingetrockneten Teiches. Landwirtschaft und Industrie bestanden hier dicht nebeneinander, die Fabriken waren ein gewaltiger Konkurrent, sie zogen viele Menschen an, der Bauer mußte sie ernähren. In diesem Landstrich gab es keinen großen Wohlstand, der Boden trug Kartoffeln, Roggen, Gerste und Rüben, unveränderlich seit vielen Jahren, gerade genug, um das tägliche Leben zu fristen.

Der Arbeiter in der Fabrik hatte es schon besser, er tat die vorgeschriebene Zeit seine Arbeit, war nicht abhängig von Wind und Wetter, vielmehr von der Gunst seines Herrn und der Lage auf dem Arbeitsmarkt – aber das kam erst später hinzu, als es immer mehr bergab ging.

Die Nacht war kalt und günstig für ein Feuer. Als das Signal ertönte und die ersten Feuerwehrleute noch schlaftrunken in ihren schweren Stiefeln durch die Straßen stolperten, war das Feuer durch einen Lagerschuppen, der bis obenhin mit fertiggebrannten Ziegeln vollgepackt stand, zum zweiten Verschlag durchgebrochen. Und der Himmel darüber wurde glühend wie eine Esse.

In der Stadt war es vorderhand mit der Nachtruhe vorbei. Seit der letzten Brandperiode vor zwei Jahren, als innerhalb mehrerer Wochen Tag für Tag abwechselnd eine Scheune, eine Strohmiete, ein Stall ausbrannte, hatte man ein so gewaltiges Feuer nicht mehr erlebt. Nun brachen die Flammen ein in die schläfrige Geborgenheit. Die Nacht, die brennende Fabrik, der gespenstisch erhellte Wald dahinter, der Widerschein am Himmel – all das erweckte in den schlaftrunkenen Menschen ängstliche Gedanken, die sich auf das Zukünftige richteten und hier ein erstes dunkles Zeichen zu sehen glaubten. Wer nicht herauslief zur Brandstätte, stieg auf den Dachboden und sah von dort ein großes Flammenmeer, eingebettet in tiefe dunkle Wälder, die ein roter Schein umgaukelte, als ob der Wald selbst brenne.

Der Kaufmann Seldersen stand in dieser Nacht nur kurze Zeit am Fenster, das schrille Signal zu Anfang, der immer mehr aufschwellende Lärm auf der Straße hatten ihn aus dem Bett geholt. Er lehnte sich hinaus, sah die Vorbereitungen der Feuerwehr auf dem kleinen Platz hinter dem Rathaus und hörte die aufgeregten Rufe der Vorbeieilenden.

»In den Alaungruben brennt es«, sagte er zu seiner Frau. Sie lag im Bett zwischen Schlafen und Wachen, unaufhörlich schwammen ihr die Bilder durcheinander.

»Es ist kalt, schließ das Fenster«, bat sie mit halber Stimme.

Der Vater legte sich wieder hin und vertraute der Wärme seines Bettes. Aber der Schlaf stellte sich nicht ein, die ganze Nacht lag er wach, die Erregung von draußen fieberte im Zimmer nach. Gedanken mancherlei Art quälten ihn. Nichts geschah, was in der Auswirkung für sich allein stand, alles war untereinander auf irgendeine Weise schicksalhaft verbunden, und keinem blieb es am Ende versagt, mitzutragen an der großen Verantwortung.

In den Alaungruben brannte das Feuer. Die Arbeiter aus den Gruben sind zum größten Teil seine Kunden. Jeden Donnerstag, wenn es Lohn gibt, kommen sie in die Stadt, mitunter noch am gleichen Tag oder erst am nächsten, und kaufen ein. Wenn sie dieses Mal kommen, werden sie viel zu erzählen haben, aber wie es mit dem Geld und dem Kaufen fortan steht …?

In dieser Nacht verloren an zweihundert Arbeiter auf lange Zeit ihre Arbeit. Der Besitzer nahm die Versicherungssumme und zog fort. Es hieß, der Brand sei ihm nicht ungelegen gekommen, in absehbarer Zeit habe er seinen Betrieb doch einschränken müssen, er warf nicht mehr genug ab. Das niedergebrannte Werk wurde von einer Gesellschaft gekauft, zwei Jahre blieb es brachliegen.

Das Feuer war längst wieder vergessen, der schweflige Qualm, der noch lange Zeit danach in der Luft hing, abgezogen, die Fabrik stand da, ausgebrannt, ein trauriges Bild der Verlassenheit, die Kinder spielten darin, wenn die Arbeiter daran vorbeigingen, wandten sie ihren Blick ab.

Da erschien eines Nachmittags plötzlich ein kleiner, noch junger Herr bei dem Kaufmann Seldersen unten im Laden, er trat recht entschieden auf, verlangte kurzerhand den Vater zu sprechen und zeigte auch sonst keine Befangenheit. Sein Äußeres wies manche Merkwürdigkeit auf, er trug einen besonders hohen Kragen, der dem Kopf gleichsam als Sockel diente, beim Sprechen verzog er in regelmäßigen Zwischenräumen sein Gesicht, wobei dann unzählige kleine Falten versteckt aus der glatten Haut hervortraten, es sah aus, als wenn er grinse.

Herr Seldersen schien ihn erwartet zu haben, er nahm seine Geschäftsbücher, flüsterte seiner Frau ins Ohr und ging mit dem Fremden hinauf in die Wohnung. Er hatte an den Büchern schwer zu tragen, aber der andere half ihm nicht. Die Mutter blieb allein unten zurück, sie setzte sich an die Kasse und faltete die Hände im Schoß. Sie hatte Mühe, ihre Erregung zu meistern. So fand sie Albrecht, als er in den Laden trat.

»Wo ist Vater?« fragte er.

»Oben«, antwortete die Mutter, sie kritzelte andauernd verschlungene Kreise auf ein Stück Papier. Nach einer Weile: »Geh einmal hinauf, ein Herr vom Finanzamt ist da, paß auf, was sie miteinander reden.«

Albrecht erstaunt: »Ein Herr vom Finanzamt? Was will er bei uns, und so überraschend?«

»Nein, er hatte sich heute morgen schon angemeldet, der Vater sagte es mir auch erst vorhin, ich wußte es nicht, er will Einsicht in die Bücher nehmen.«

»In die Bücher, verdammt«, entfuhr es Albrecht. Er besaß keine große Erfahrung in geschäftlichen Dingen, die Eltern hielten alles, was damit zusammenhing, von ihm fern. Wenn er sich zur Hauptgeschäftszeit unten aufhielt, schickten sie ihn in der Regel hinauf, zum Verkauf eignete er sich nicht, er stand nur herum, jedem im Wege, schon besser, er blieb oben.

Der Vater war als Geschäftsmann verpflichtet, ordnungsgemäß die Bücher zu führen, zu jeder Zeit konnte man schriftliche Unterlagen von ihm verlangen. Allabendlich, wenn er die Tageskasse überzählt hatte, besorgte er die Eintragungen, am Ende eines jeden Monats und dann wieder viertel- und ganzjährig folgte die große Abrechnung. Daraus ergaben sich die Abgaben an den Staat. Das Buchführen war eine Kunst, man konnte, wenn man es verstand, viel Eigenes dazutun, zurechtstutzen, färben. Ob sein Vater es auch tat, wußte Albrecht nicht genau, im Augenblick kamen ihm sogar Zweifel.

»Hoffentlich sind sie in Ordnung«, sagte er ängstlich.

»Natürlich«, antwortete die Mutter, sie war ihrer Sache anscheinend ganz sicher, »aber angenehm ist es nicht.« Albrecht ging hinauf in die Wohnung und legte sich im Nebenzimmer auf die Lauer.

Der Fremde, der Herr vom Finanzamt, nimmt ein großes Buch, und bevor er es aufschlägt, sagt er allgemein ein paar einleitende Worte.

»Sie wissen, daß wir mit Ihrer Erklärung nicht einverstanden sind, Herr Seldersen. Wir sind der Meinung, daß Sie versuchen, der Steuer eine beträchtliche Summe zu hinterziehen. Im Vergleich zu den vorigen Jahren erscheint es uns besonders auffällig. Allgemein versucht man jetzt, uns, den Staat, zu behumpsen« – wirklich, behumpsen, er gebrauchte es auch später noch ein paarmal, betrügen schien ihm zu scharf zu sein, denn er hatte ja keine direkten Beweise. »Es ist nur zu menschlich«, fährt er fort, »unsere Beamten sind jetzt täglich unterwegs, es kommt da so mancherlei ans Licht.«

Der Vater liegt mit dem ganzen Oberkörper quer über dem Tisch, damit er beim Hin- und Herreichen schneller zur Hand ist, ruhig hört er sich an, wessen man ihn da beschuldigt. Im Vergleich zum vorigen Jahr, was sollte er darauf antworten, hier die Bücher werden schon Auskunft geben. Hinter der Tür lauscht Albrecht gespannt. Bevor der andere aber anfing, hörte er den Vater fragen:

»Wie lange sind Sie schon hier auf dem Amt?«

»Seit einem dreiviertel Jahr.«

»Soso.«

Warum er frage, forschte der Beamte.

»Ach nur, Ihre anderen Kollegen kenne ich schon seit vielen Jahren, aber Sie habe ich eigentlich noch nie gesehen.« Pause.

Eine harmlose Frage, ja beinahe sinnlos und ohne Zusammenhang, aber Herr Seldersen verfolgte schon seine Absicht. So durchtrieben war er. Erkundige dich bei ihnen nach mir, wollte er damit sagen, frage sie, mit wem du es hier zu tun hast, mit einem Bilanzfälscher oder mit einem ehrlichen Kaufmann.

Der Beamte war nicht dumm, er verstand, nach welchem Ziel diese Frage schoß, aber er war erst kurze Zeit hier. Dieser alte Mann, wie er zitterte!

»Sie dürfen mich nicht falsch verstehen, Herr Seldersen«, sagte er, »ich bin als Beamter verpflichtet, zu verhüten, daß man den Staat behumpst, und wenn ich jetzt bei Ihnen bin, so besagt das noch nichts gegen Ihre Lauterkeit. Schließlich müssen wir uns doch überzeugen, daß Ihre Angaben auf festem Boden stehen. Ich weiß genau, es ist jetzt eine schwere Zeit für Sie, für die Geschäfte, für uns alle. Hoffen wir, daß es bald besser wird.«

Der Vater nickte mit dem Kopfe.

Ja, es war schon schwer, lange durfte es nicht mehr so weitergehen, was sollte er noch große Worte machen. Er hatte gearbeitet und verdient, sein Geld verloren und weitergearbeitet, obwohl er die Fünfzig überschritten hatte und ihn oft das Verlangen nach Ruhe und Entspannung ankam. Hier in diesen Büchern stand alles haargenau, unfehlbar richtig. Die Erinnerungen gewannen die Oberhand in ihm, er nahm ein Buch zur Hand: »Da sind die Abschlüsse aus den Jahren vor dem Krieg, sehen Sie, das sind noch Zahlen, was? Die werden wir nicht wieder erreichen, nie, aber das will man auch gar nicht. Nur ein bißchen besser soll es werden, man will die Gewißheit haben, daß es langsam wieder bergauf geht.«

Der Beamte fing an in dem Buch hin und her zu blättern, überprüfte einen Abschluß, verglich die Übertragungen, verfolgte die einzelnen Konten, überall machte er Stichproben. Zwischendurch stellte er einige Fragen an den Vater:

»Sie haben zwei Kinder, Herr Seldersen?«

»Ja, ein Mädel und einen Jungen.«

»Und Ihre Tochter ist in Berlin?«

Der Vater nickte: »Sie hat dort eine Stellung angenommen, nebenbei bildet sie sich noch weiter.«

»So. Wieviel geben Sie ihr monatlich?«

»Gar nichts, gar nichts, sie verdient sich alles selbst.«

»Davon lebt sie und bezahlt noch ihre Ausbildung, das ist doch nicht gut möglich«, forschte der Beamte.

Der Vater bewies es ihm, die Ausbildung kostete nicht viel, sie erhält Ermäßigungen und Vergünstigungen, »ihre Kleidung kann ich ja sehr billig besorgen«.

»Und Sie geben ihr gar nichts?«

Der Vater wand sich hin und her. »Nennen Sie das unterstützen, wenn ich ihr fünf Mark in die Tasche stecke oder ein Paket sende?«

»Wo buchen Sie den Betrag?«

»Das sind kleine Ausgaben, so nebenbei, die trage ich nie besonders ein«, antwortete der Vater, er wurde etwas befangen, seine Stimme verlor mehr und mehr an Sicherheit, für Albrecht ein bekanntes Zeichen. Er lauschte weiter, gespannt.

»Und die Geigenstunde von Ihrem Sohn?«

Der Vater stutzte, mit der Zeit kam ihm dieses Verhör geradezu unheimlich vor, was wußte der Fremde nicht noch alles von ihm? Sicherlich hatte er die Geige in der Ecke am Klavier gesehen. Aber ein Verhör, ein richtiges Verhör.

»Das steht hier«, gab er schnell zur Antwort und nahm ein kleines Buch zur Hand, das für derartige Ausgaben angelegt war.

Noch mehr wollte der Fremde wissen, zum Beispiel, warum Herr Seldersen kein Haus besitzt, wo er doch schon so lange hier ansässig ist und sicherlich Gelegenheit zu einem Kauf gehabt hat.

»Gott sei Dank, auch die Sorgen jetzt noch«, meinte der Vater.

Sorgen? Im Gegenteil, er hätte sein Geld doch dann gut angelegt und nicht alles verloren.

»Das habe ich eben verabsäumt«, gab Herr Seldersen zu, als gestehe er eine Sünde, »konnte man denn alles im voraus wissen und danach sein Handeln einrichten?«

Der Beamte schlug Seite für Seite um, und es dauerte eine lange Zeit. Albrecht wurde es allmählich zu langweilig im Nebenzimmer, er ging hinunter und erstattete der Mutter genauen Bericht, bisher ist alles gut abgelaufen, der Vater ein wenig aufgeregt, aber er macht klare Angaben, der Beamte kann ihm nichts nachweisen. Sie gab sich zufrieden.

Unterdessen arbeitete der Beamte weiter, rechnete, verglich, auf einmal entdeckte er zwei kleine Fehler, er lachte.

Diese Fehler hier waren nicht wesentlich, sie änderten auch nichts an dem Endergebnis, aber einem geübten Auge fielen sie sofort auf.

Dem Vater schoß das Blut zu Kopf, er neigte sich tief auf die Seiten: »Da habe ich angefangen, mir die Bücher alleine in Ordnung zu halten«, sagte er verschämt, »ich wollte die Ausgaben für einen Buchhalter sparen. Zu Anfang unterliefen mir dann gewiß ein paar Fehler.«

»Sie haben die großen Jahresabschlüsse auch alleine ausgeführt?« fragte der Beamte ungläubig.

»Jawohl, zusammen mit meiner Frau. Zuerst machte es große Schwierigkeiten, später fand ich mich damit zurecht.«

»Alle Achtung, wirklich, sehr anerkennenswert.« Er prüfte weiter.

Und dann auf einmal wurden die Summen immer kleiner, die Tageseinnahmen gingen immer mehr zurück, man sah es aus den Eintragungen.

Eine ganze Geschichte konnte man aus diesen Zahlen ablesen. Es gab kein besseres Beispiel. Herr Seldersen stand dabei und starrte auf die beschriebenen Seiten. Seine Erregung hatte sich allmählich gelegt, und eine beherrschte Ruhe lag über ihn gebreitet. »Glauben Sie mir, es ist schon so, wie ich sage«, bat er leichthin.

Der Beamte schwieg. Saß er abends, wenn Herr Seldersen das Geld zählte und die Summen eintrug, neben ihm? Er verglich die Schulden. Nach und nach verließ ihn seine anfängliche Steifheit und das Mißtrauen, ja er taute auf und wurde gesprächig.

»Soll Ihr Sohn später studieren?« fragte er Herrn Seldersen.

Der vergaß zuerst eine Antwort, die Frage hatte noch Zeit, wie konnte man sich jetzt schon entscheiden. Nach einer Weile:

»Es wird ihm wohl nichts anderes übrigbleiben, man muß abwarten.«

Schon jetzt verspürte er ein leises Unbehagen, wenn er an die Zeit dachte, in der sich sein Sohn und er mit ihm zu entscheiden hatten.

Anfangs wollte er auch gerne studieren, erzählte der Beamte, der Krieg kam ihm dazwischen, nachher mußte er zusehen, möglichst schnell Geld zu verdienen. Oft tat es ihm heute noch leid, Pflanzenkunde interessiert ihn brennend.

»So, Sie waren also auch schon draußen«, lenkte der Vater ab.

»Natürlich, ich bin sogar verwundet, ein Querschläger am Arm, es ging noch einmal gut aus.«

Herr Seldersen bot ihm eine Zigarre an.

Schließlich mußte der Beamte sich die Bücher mitnehmen, aus dem kurzen Einblick hier gewann er kein genaues Bild. Soweit er jetzt die Sache übersah, schienen die Angaben auf Wahrheit zu beruhen; von einigen kleineren Fehlern abgesehen, ließen sich keine Unregelmäßigkeiten entdecken. In ein paar Tagen erhält Herr Seldersen dann einen abschließenden Bescheid.

Als der Vater wieder im Laden erschien, lachte er.

»Ist alles in Ordnung?« fragte die Mutter ängstlich, die ganze Zeit verließ sie nicht die Sorge.

»Was soll denn nicht in Ordnung sein? Natürlich, alles hat seine Richtigkeit.«

Nach ein paar Tagen brachte der Beamte die Bücher eigenhändig zurück, er zeigte sich dieses Mal überaus freundlich und zuvorkommend.

»Hier bringe ich Ihnen die Bücher«, sagte er, »sie sind in Ordnung, es war nicht anders zu erwarten.«

Herr Seldersen hatte seine Genugtuung. Noch eine ganze Weile standen sie beisammen und unterhielten sich über die Aussichten. Er hieß übrigens Röllger.

»Das Geld ist knapp und teuer«, erklärte Herr Röllger. Herr Seldersen nickte zustimmend.

»Woher das nur kommt?« wunderte er sich.

Röllger: »Wir haben doch verloren, und deshalb sind wir in der verzwickten Lage.«

»Aber die anderen«, wirft Herr Seldersen ein, »die sich doch den ganzen Gewinn einstecken – geht es denen wirklich so gut?«

Röllger lachte höhnisch: »Von gutgehen keine Rede, aber sie können es vorläufig noch aushalten, denn sie haben ja große Reserven. Und dann die Verschuldung und Lastenverteilung, all das zusammen läßt keine Erleichterung aufkommen. Lieber gehen sie alle zusammen langsam zugrunde, als daß sie dem helfen, bei dem die größte Not herrscht.«

Herr Seldersen nahm sich ein Herz und erklärte freimütig, daß ihm diese gesamten Verwicklungen ziemlich unklar seien, er sieht nicht hindurch, wo es eigentlich im argen liegt, hinzu kommt, daß er auch gar nicht viel Eifer anwendet, um sich mehr um diese Angelegenheiten zu kümmern. Er hat mit sich genug zu tun – auch später wendet er diesen Satz noch oft an: mit sich selbst genug zu tun –, und das genügt ihm vollauf. Außerdem geht er ja deshalb zur Wahl und gibt seine Stimme ab, damit andere, die mehr Zeit haben, sich damit beschäftigen, gleichsam in seinem Auftrag entscheiden. Aber er fürchtet beinahe, daß auch die anderen sich nicht mehr zurechtfinden. In der Tat, es ist köstlich, sie lachen beide. Und dann die großen Zusammenkünfte und Konferenzen, jeden Augenblick eine andere, es wird da gut gegessen und vortrefflich geredet, das muß man sagen, juristische Berater sind natürlich immer zur Hand und finden die gesetzlichen Unterlagen und Begründungen, aber wie weit das mit Recht überhaupt noch etwas zu tun hat, weiß kein Mensch. Zehn Jahre dauert nun schon der Friede, aber er ist schlimmer als der Krieg selbst. Nun kann es endlich bald einmal besser werden.

»Sehr wahr«, sagte Röllger, »sehr wahr.« Zum Abschied gab er dem Vater die Hand, sie verstanden sich beide.

Einen Monat später, im Hochsommer, feierte Herr Seldersen sein fünfundzwanzigjähriges Geschäftsjubiläum. Fünfundzwanzig Jahre! Schon am Morgen schickte der Wirt sein Töchterchen mit einem großen Blumenkorb herüber, an dessen Henkel eine Fünfundzwanzig aus Margueriten gewunden hing. Viel herzlichen Glückwunsch! Der Wirt und seine Frau kamen später selbst und brachten ihre Glückwünsche. Sie fühlten sich geehrt, daß Herr Seldersen fünfundzwanzig Jahre in ihrem Hause sein Geschäft betrieb. Von dem Ruhm und den Ehrungen, mit denen man ihn jetzt überhäufte, fiel auch ein gut Teil auf sie ab. Fünfundzwanzig Jahre konnte man mit ihnen auskommen ... und noch weitere fünfundzwanzig, sagten sie und schüttelten Herrn Seldersen kräftig die Hand. Sie dachten sich wohl beide nichts dabei und meinten es nicht so wörtlich, aber Herr Seldersen dachte bei sich im stillen so manches, offen gestanden, er besaß keinen besonderen Ehrgeiz mehr. Alle stellten sich ein und gratulierten, am Nachmittag stand es in der Zeitung, ein kurzer Rückblick ... ein treuer Mitbürger der Stadt ... angesehen, ein Stück Geschichte – herzlichen Glückwunsch und weiterhin alles Gute.

Unter den Kunden gab es einige, die die ganzen Jahre hindurch treu zu ihm gehalten und, was sie brauchten, nur bei ihm gekauft hatten. Die Eltern waren bereits Kunden gewesen, die Kinder damals noch klein, Seldersens erlebten mit, wie sie aufwuchsen, zur Schule gingen, eingesegnet wurden, sich verheirateten, nun kamen sie selbst, der Vater war vielleicht schon gestorben, sie brachten die Mutter mit. Die saß im Laden auf dem Stuhl, wackelte mit dem Kopf und erinnerte sich der vergangenen Zeiten.

Herr Seldersen ging umher und nahm alles hin, stumm, in einem beglückten Schweigen. Es war ihm nicht recht, auf einmal in den Mittelpunkt gerückt zu sein, wenn auch nur für einen Augenblick, er fühlte sich in seiner Zurückgezogenheit sicherer, umfriedeter, was hatte er schon für ein Verdienst sich erworben. Aber er konnte seine Rührung nicht verbergen, Dank, viel herzlichen Dank auch! Morgen ist auch ein Tag. Aber es ging ihn doch an, so ein Tag war schon ein Ereignis, man konnte auf ihn rechnen, sich auf ihn berufen, er entschädigte für vieles. Aber nicht zu verheimlichen, die Erinnerungen, die erwachten, waren nicht immer angenehm, ihnen wurde nicht immer ein freundliches Gedenken zuteil. Vor fünfundzwanzig Jahren, ja, da fing man erst an, mit Hoffnungen und Wünschen, man selbst war jung, kräftig. Und so sollte es werden, oh, was versprach man sich nicht alles. Und vor zwanzig Jahren ... und vor fünfzehn Jahren, und dann ... der Krieg vier Jahre, und dann ... immer weiter, und dann ...

Der Vater stand den ganzen Tag im Laden, zu Beginn des Nachmittags kam der kleine Kipfer, er war früher lange Zeit Zigarrenarbeiter gewesen, bis seine Lungen erkrankten. Er befand sich gerade auf dem Weg zum Rathaus, um eine Versammlung für die nächste Woche anzumelden; als er an der Ecke vorbeikam, stand Herr Seldersen an der Tür und hielt Ausschau. Auf dem Rückweg sprach der kleine Kipfer bei ihm vor. Von jeher, schon in seinen gesunden Jahren, befaßte er sich mit der Politik, vor allem die Fragen der wirtschaftlichen Neugestaltung hatten es ihm angetan, die Ökonomie, die Rationalisierung und wie die Worte alle hießen, die sich in seinem Munde sonderlich ausnahmen. Seit ihn seine Krankheit zur Untätigkeit verdammte, arbeitete er für eine radikale Partei, die ihn auch schon einmal verschickt hatte, er war belesen, witzig, ein großer, alter Soldatenmantel bedeckte seine kleine, schmale Gestalt. Er kam öfter zu dem Vater, und immer fanden sie Stoff genug zu einer Unterhaltung.

Zuerst brachte der kleine Kipfer noch nachträglich seine Glückwünsche an, sie kamen etwas verspätet, Herr Seldersen dankte, das lag nun schon lange zurück.

Der kleine Kipfer war viel beschäftigt, vor den Wahlen, sagte er, gibt es immer viel Lauferei. Er mußte organisieren, veranstalten, er empfing

Anweisungen, gab sie weiter, alles lief bei ihm zusammen. »Man sieht Sie gar nicht in den Versammlungen«, begann der kleine Kipfer, »Sie sind doch ein verständiger Mann …«

Der Vater lachte. »Allerdings, ja, wenn die Politik mein Beruf wäre, aber so …«, er ist am Abend immer zu müde, entschuldigt er sich kurzerhand, im Augenblick lag ihm nichts an einem Gespräch.

»Ein Arbeiter, der acht Stunden Tonkarren schiebt, ist auch müde«, antwortete der andere, »wenn das jeder sagte, wo bliebe dann die Demokratie.« Er ließ nicht locker.

Herr Seldersen verzog mißmutig sein Gesicht: »Ich bin vier Jahre draußen gewesen«, erklärte er in einem Tone, der völlig seinen Widerwillen kundtat, »ich weiß Bescheid.« Am Abend will er wenigstens seine Ruhe haben. Den ganzen Tag steht er hier unten, was ihm die Leute alles erzählen, er hört genug – nein, er macht sich nichts daraus, in einem stickigen und überfüllten Raum zu sitzen, Reden anzuhören, Bravos und sonstige Zwischenrufe. Bis zu einem gewissen Grad erscheint ihm diese leidenschaftliche Anteilnahme lächerlich, verspielt, ja unmännlich. Glaubt der andere denn wirklich, daß es einen Einfluß auf das Geschehen im Augenblick oder in Zukunft hat, ihm geht das nicht ein. Außerdem ist er ja immer unterrichtet, er liest die Zeitung, natürlich, man muß doch wissen, was in der Welt vor sich geht. Aber jetzt überkommt ihn öfter dabei der Schlaf. So spricht Herr Seldersen, unlustig, spöttisch, und umgibt sich mit dem Schein einer behaglichen Sicherheit.

Bisher ist es ihm anscheinend noch sehr gutgegangen, entgegnet der streitsüchtige Parteifunktionär, denn wüßte er wirklich, was in der Welt vor sich geht, so dächte er entschieden anders über die Beschäftigung mit Politik, die nach seiner Meinung wohl nur für Beschäftigungslose da sei. So ist es ihm unter anderem vielleicht entgangen, oder seine Zeitung hat es ihm geflissentlich unterschlagen – denn das ist ein wesentlicher Grund für die allgemeine Unkenntnis –, daß zum Beispiel riesige Ernten an Weizen und Baumwolle vernichtet werden, während es hierzulande doch genug Menschen gibt, die noch nicht einmal das Nötigste zum Leben haben.

Herr Seldersen hatte davon gehört. Ja, er erinnerte sich, irgendwer erzählte es vor kurzer Zeit, er wollte es erst nicht recht glauben. Aber das muß doch einen Sinn haben?

»Ganz recht, einen Sinn, eben den, die Preise hochzuhalten.«

Dann habe er nur Nutzen davon, entschied sich Herr Seldersen, er sah die Dinge sehr einfach und fällte ein Urteil, ohne viel nachzudenken.

»Gut, dann muß aber der Verdienst aller anderen auch dem entsprechen. Denn was nutzt Ihnen der hohe Baumwollpreis, wenn Sie Ihre Ware nicht loswerden. Im Augenblick mag Ihnen die künstliche Hochhaltung der Preise günstig erscheinen, im Grunde ist das aber nicht nur ein Vorgang für sich alleine, losgelöst von allen anderen Vorgängen des täglichen Lebens, sondern ein einzelner in einer Gruppe von vielen, die in sich körperhaft zusammenhängen und Ihnen nicht alle einen Vorteil bringen können, Herr Seldersen.« Es ist in der Tat so verschlungen, daß alles ineinander übergeht. Heute kann er vielleicht noch von einem Nutzen reden, aber bald kann es so weit sein, vielleicht früher, als er erwartet, daß auch er eines Tages …

Hm, hm … der Vater versteht, doch vorläufig gibt er sich noch ruhig und unbefangen, als kenne er keine Sorgen, keine schlaflosen Nächte – aber unbehaglich ist ihm doch zumute. Er hat eine Ahnung, als wenn bei diesem Gespräch nicht sonderlich viel Rühmliches für ihn herausspringt, er wird keine große Ehre mit ihm einlegen. Kurzerhand abbrechen, es nicht zu Ende kommen lassen, das erscheint ihm im Augenblick einzig richtig. Aber für den kleinen schwindsüchtigen Radikalen wäre das ein herrlicher Beweis, daß der andere nicht mehr weiterkann. Herr Seldersen legt sich daher eine andere Erklärung zurecht.

»Bei mir ist es doch etwas anderes«, sagt er bedächtig. Wieso gerade bei ihm?

»Ein Geschäftsmann wie ich muß eine andere Taktik befolgen«, erklärt er gewichtig. »Ich bin ein Geschäftsmann, Kipfer, ich stehe sozusagen in der Öffentlichkeit, allen Augen sichtbar. Was ich tue, tue ich nicht nur für mich, gleichsam versteckt in meinen vier Wänden oder unter einer Decke. Sehen Sie, da kommt der Herr Inspektor vom Amt mit seiner Gemahlin, der Landwirt hier oben von der Höhe und der Arbeiter aus den Ziegeleien. Nun, ein jeder hat seine eigene politische

Meinung, mit einem von den dreien stimme ich, was Politik angeht, sicherlich nicht überein, das ist auch nicht gut möglich. Soll ich es mit ihnen verderben und, wenn ich einen in einer Versammlung treffe, sagen: Guten Tag, Herr Inspektor, ich verkaufe Ihnen gerne jeden Tag, was Sie wollen, jederzeit haben Sie bei mir ein Konto, aber Ihre politische Meinung – sehen Sie sich Ihre Partei an, lauter Halunken, Bankrotteure, Hochstapler. Was er wohl da zur Antwort erhält? Meine politische Überzeugung, wird der andere sagen, geht Sie mit Verlaub einen Dreck an, und für mein Geld bekomme ich meine Ware auch bei Herrn Wiesel. Schon ist er ihn los. Oder wenn er in seinem Geschäft mit ihm ein Gespräch beginnt, wie soll er sich dazu stellen? Soll er vielleicht sagen, Sie haben recht, und dann kommt der nächste, und der hat auch wieder recht, und so fort. Da ist es schon besser, er sagt gar nichts, stellt sich unwissend.« Er faßt zusammen: »Nein, nein, all die sollen sich öffentlich herausstellen, die unabhängig sind oder vertragen können, wenn ihnen die Kundschaft davonläuft. Ich habe schon meine Meinung, gewiß, aber ich dränge sie keinem Menschen auf.«

Gewiß, das verlangt auch keiner von ihm, bestätigte der kleine Kipfer, aber wenn er es sich recht betrachtet, so scheint es ihm, als ist das nicht der einzige Grund. Herr Seldersen sagte vorhin etwas von unabhängig, wen in Gottes Namen bezeichnet er nun mit unabhängig, wer hängt denn heute nur von sich allein noch ab? Der Landarbeiter etwa, der Angestellte, der Ziegeleiarbeiter? Die sind doch alleweil auf dem Sprung, entlassen zu werden, wenn sie sich mit ihrer Überzeugung unliebsam bemerkbar machen.

»Warum sind sie auch so dumm?«

»Dumm?« Der kleine Kipfer schüttelt den Kopf, »dumm gewiß nicht.« Er hält es eher für mutig.

»Ja«, sagte der Vater und lachte spitzbübisch, als wollt' er jetzt seinen größten Trumpf ausspielen, »dann sind da immer noch die Gewerkschaften …«

»Ja«, erwiderte der kleine Kipfer, und der Kopf wurde ihm heiß, »da haben wir noch die Gewerkschaften.« Er fühlte sich durchaus nicht geschlagen, im Gegenteil, jetzt holte er erst richtig aus, Herr Seldersen hatte ihm die Waffe selbst in die Hand gegeben.

»Aber Sie, wen haben Sie hinter sich, Herr Seldersen, nehmen wir an, Sie kommen in Schwierigkeiten, oder wenn Sie heute Bankrott machen, was ist dann mit Ihnen, wer steht dann hinter Ihnen?« Jetzt hatte er den Fisch im Netz, er fieberte. »Sehen wir doch einmal Ihre Konkurrenz an, nehmen wir hier den Wiesel und den da oben an der Ecke, aber zuerst den von da oben, denn der ist der weit Gefährlichere. Er hat jetzt fertig gebaut, zwei Stock, sein Geschäft ist gut eine Viertelmillion wert, ein großer Apparat, man bekommt alles, was man braucht. Meinen Sie, das entsteht aus nichts, so aus ihm selbst heraus, und kein anderer steht dahinter. Wenn Sie zumachen müssen, dann kann der es noch dreimal so lange aushalten, denn er hat einen Rückhalt, er wird gestützt, hinter ihm stehen viele, bereit einzuspringen, wenn es bei ihm bedenklich wird. Erst müssen die in die Brüche gehen, der Einkaufskonzern, die Banken, dann erst ist auch er am Ende. Und der andere in der Eisenstraße, Herr Wiesel, ich war neulich bei ihm im Laden, ich habe eine Ahnung vom Geschäft, aber ein so großes Lager habe ich noch nie gesehen, und das ist alles bezahlt. Mag man auch manchmal reden, über seine Art, Geschäfte abzuschließen, und so einiges wissen, er besitzt ein Haus und seit kurzem auch noch das Auto. Er kann ebenfalls ohne Sorge sein. Aber Sie, Herr Seldersen, Sie dürfen es mir nicht übelnehmen, daß ich so offen zu Ihnen spreche, meine Mutter kaufte schon bei Ihnen, als ich noch da drüben in die Schule ging, Ihnen gehörte damals noch das Geschäft nebenan, ich entsinne mich genau – Sie stehen allein für sich hier in Ihrem Laden, nur auf sich selbst angewiesen. Früher ist es Ihnen sicherlich bedeutend besser ergangen, verdient hätten Sie es wenigstens, bald Feierabend zu machen, aber wenn es erst einmal anfängt zu krachen, sind Sie mit der erste und viele andere auch.«

Pause.

»Aber vielleicht irre ich mich, vielleicht haben Sie doch noch Geld, wer kann wissen.«

»Ja, ja«, beeilte sich der Vater zu antworten, »aus der Inflation noch eine ganze Kiste voll.« Sie lachen beide.

Herr Seldersen ist ein anständiger Mensch, er steht fern jeder politischen Tätigkeit, ja, er hält sich noch etwas darauf zugut, seitdem Politik für ihn gleichbedeutend ist mit Einseitigkeit, Verdummung, Geschrei, ohne daß er eine entscheidende Auswirkung, eine Besserung je selbst zu verspüren bekommt oder auch nur irgendwo einen Ansatz entdeckt. Er selbst ist nicht so dumm, wie er sich anstellt, er sieht schon, was um ihn herum vorgeht, er ahnt auch, daß es ihn angeht, auf ihn zielt, aber er hat noch nicht begriffen, noch nicht eingesehen – alles mit seiner Zeit.

»Herr Seldersen«, sagt der kleine Kipfer und tritt näher an den Vater heran, »es ist nicht gut, in Zeiten, wie wir sie jetzt erleben und wie sie uns noch bevorstehen, allein zurückzubleiben und obendrein noch stolz darauf zu sein. Ein jeder muß wissen, wo er hingehört. Ob Sie das nun sind, als Kaufmann, oder ich oder unser Dr. Reschke, der Arzt – wer nicht weiß, wo sein Platz ist, zählt einfach nicht mit, wird übergangen, ausgeschieden, lebendig begraben, sehen Sie das nicht ein?«

Das war der kleine Kipfer, woher er nur die Worte nahm, er redete wie ein Buch, es lag schon ein Sinn darin, wenn auch am Ende immer wieder seine allein beglückende Partei stand.

Herr Seldersen klapperte mit seinem Schlüsselbund in der Hosentasche, er war verlegen, wußte keine Antwort.

»Schon recht, schon recht, allein und stolz.« Schweigen.

Dann wieder der kleine Kipfer: »Sie sind zu gleichgültig, als ob Sie das alles nicht anginge, aber Sie spüren doch die Auswirkung, gerade Sie, und viele andere auch, aber Sie erst recht, oder wollen Sie leugnen?«

Leugnen? Kein Gedanke, in der Tat, er erfuhr so manches am eigenen Leibe, da hatte der andere schon recht, aber was er sonst noch sagte, entspricht nicht ganz der Wahrheit, er ist nicht gleichgültig. Übt er nicht jedesmal, wenn man ihn ruft, seine Wahlpflicht aus, getreu, und ist es auch dreimal im Jahr, besucht hin und wieder einmal eine Versammlung, aber nicht mehr, warum auch? Denn: kann er etwas ändern? »Können Sie die Verhältnisse im Augenblick ändern oder verhindern, daß es noch schlimmer kommt?«

Der kleine Kipfer schüttelt den Kopf: »Im Augenblick, nein. Aber für die Zukunft, ich habe die Idee, mit anderen zusammen.«

So, die Idee für die Zukunft – und davon wird er satt?

Der kleine Kipfer schwieg, ihm war die Luft ausgegangen, jetzt wußte er endgültig nichts mehr zu sagen. Er stand da und starrte auf den Boden, aber er lächelte insgeheim, unsichtbar für den anderen, er wußte, er hatte recht, auch wenn er im Augenblick Hunger litt.

Dem Vater taten seine letzten Worte leid, kurz nachdem er sie hatte fallen lassen, er bedauerte sie aufrichtig, ja, er empfand sogar Scham darüber, vor allem, als er sah, daß der kleine Kipfer um eine Antwort verlegen war. Er hatte nicht die Absicht, zu spotten oder zu kränken, im Grunde gestand er sich ein, daß der kleine Kipfer viel besser daran war, denn er hatte ja eine Idee mit anderen zusammen, vielleicht hielt ihn dies nur über Wasser, wer konnte es wissen. Aber er, der Kaufmann Seldersen, stand allein. Ja. Doch jetzt mußte er zum Mittagessen hinaufgehen.

»Heute gibt es Kartoffel und Heringe.«

»Das gibt es bei uns nur sonntags«, ruft ihm der kleine Kipfer nach.

Am Abend, als der Vater vom Tisch aufstand, sagte die Mutter: »Ich komme noch ein wenig mit, gehst du spazieren?«

»Ja«, erwiderte der Vater, »aber bleib du hier, du bist müde, ich gehe gerne alleine.«

»Nein«, antwortete die Mutter, »ich bin nicht müde, laß mich mitgehen.«

Aber der Vater hatte das Bedürfnis, ungestört zu sein, er wagte es nicht, laut zu sagen: Du bist doch müde, sieh in den Spiegel, wie klein und umschattet deine Augen sind, und er geht alleine fort.

Der Abend ist warm und süß, auf den Straßen herrscht noch ein reges Leben. Der Tag war vergangen, voll Arbeit und Mühsal, nun benutzte man die ruhigen Stunden, um Atem zu schöpfen und sich in der Dunkelheit zu ergehen. Die warme helle Nacht lockte einen jeden heraus.

Der Vater trifft viele Bekannte. »Guten Abend, Herr Seldersen«, grüßen sie und sind geneigt, stehenzubleiben. – »Guten Abend«, erwidert der Vater kurz und ohne aufzublicken, denn er hat ja die Mutter zu Hause gelassen, um ungestört zu sein. Er eilt, aus der Stadt herauszukommen, wo es hell ist und ein jeder ihn kennt.

Im Park herrscht eine tiefe Stille. Die dickstämmigen Bäume werfen breite schwarze Schatten über Rasen und Wege. Dort eine einsame Bank. Herr Seldersen setzt sich und lehnt seinen Kopf an die harte Holzlehne. Stille. Ein Liebespaar geht vorüber, eng umschlungen, nach drei Schritten bleiben sie stehen, küssen sich traumhaft lange. Immer nach drei Schritten. Sie gingen schon volle zwei Stunden, sprachen kein Wort in der ganzen Zeit. Sie verschwinden langsam in den tiefen Schatten, zögernd erklingen ihre Schritte aus der Ferne.

Lange Zeit sitzt Herr Seldersen auf der Bank, dann erwacht er jäh aus seiner Versunkenheit, und alles ist wieder scharf und klar wie zuvor. Er ist ein alter Mann, das Leben hat er bald hinter sich, nur die letzte Strecke Weges fehlt noch. Aber den langen Teil davor übersieht er prüfend, und nicht ein winziger Abschnitt entgeht seiner Erinnerung. Das ist mein Leben, denkt er, und auf einmal überkommt ihn eine Ahnung, daß er bald an das Sterben denken muß. Aber was hat er mit dem Sterben zu schaffen? Nichts, vorerst noch nichts.

Ein leiser Wind wiegt die Bäume, die Zweige klatschen aneinander, der Himmel erscheint, durch einen kleinen Spalt sichtbar. Der alte Mann sitzt auf der Bank, er atmet den Duft der Blumen und Bäume, er schließt die Augen. Stille.

Er ist von zu Hause weggegangen, nicht gerade mißmutig, aber auch nicht in überaus froher Stimmung, seine Frau wollte ihn begleiten, doch heute abend wollte er einmal allein sein und kein Wort reden. Sein Kopf ist angenehm betäubt, eine träge Müdigkeit erfüllt ihn. Dann überkommt ihn der Schlaf, und er nickt ein. Als er wieder aufwacht, schrickt er empor, er weiß zuerst nicht, wo er sich befindet, doch bald erinnert er sich wieder. Ein Gefühl überfällt ihn, als habe er viele Stunden fest geschlafen, wie lange, kann er nicht sagen, seine Uhr hat er zu Hause gelassen, aber sicher ist es schon spät. Im Park ertönt kein Laut mehr. Schnell geht er jetzt nach Hause, am anderen Tag muß er früh wieder auf den Beinen sein.

Am anderen Tag ... wer weiß, was er ihm bringt. Er hat keine großen Erwartungen, mit der Zeit hat er es verlernt, etwas zu erwarten. Plötzlich kommt ihm die Unterhaltung mit dem kleinen Kipfer wieder in den Sinn ... eigentlich haben Sie es nun verdient, Feierabend zu machen, hatte er gesagt, deutlich erinnerte sich der Vater der Worte und des ganzen Gespräches. Hatte er es wirklich verdient? Er stöhnt leise und beschleunigt seine Schritte. Wer fragt danach, wer nimmt darauf Rücksicht, wer? Nein, nein, aber nun muß er daran denken, sein Leben langsam zu einem geruhsamen Ende zu bringen, er ist noch nicht alt, noch fühlt er sich frisch und mutig, aber wie ein Hauch überkommt ihn die Vorstellung, als wenn er es nicht zu einem geruhsamen Abschluß bringen würde. Er hat eine leise Ahnung; wie er es sich dachte, wie er das Leben begonnen hatte und die ganzen Jahre nun schon führte, so würde er es nicht zu Ende bringen, ja, er spürte, daß es ihm mehr und mehr entglitt, daß er keine Macht mehr darüber hatte. Vielleicht lag sie bei irgendeiner anderen unheimlichen Gewalt. Aber mehr konnte er noch nicht dazu sagen.

In der Stadt sah er auf die Kirchturmuhr, zwei Stunden nach Mitternacht. Vorsichtig geht er hinauf in die Wohnung, zieht sich im Nebenzimmer aus und schleicht sich dann voller Spannung in sein Bett.

»Wo warst du nur so lange«, fragt die Mutter, die ganze Zeit hat sie wach gelegen, »ich habe mich so geängstigt, wie spät ist es?«

»Es ist schon spät«, antwortet der Vater begütigend, »ein paar Stunden können wir noch schlafen.« Bald ist er in tiefem Schlaf.

Die Tage verliefen weiter ruhig, es ereignete sich nichts Bedeutungsvolles, ein jeder ging seiner Beschäftigung nach, auch in der Schule gab es wenig Abwechslung, ein neuer Direktor löste den alten ab, es wehte ein frischer Wind, an vielen Dingen konnte man es erkennen, in der ganzen Anstalt eine Pünktlichkeit und Genauigkeit, auch in den kleinsten Sachen.

Albrecht erzählte getreu zu Hause beim gemeinsamen Mittagessen, die Eltern stellten Fragen, und er gab bereitwilligst Auskunft. Zwischendurch merkte er, daß sein Vater nicht bei der Sache war. Er ließ sich erzählen, stellte wohl auch einmal von selbst eine Frage, aber die Antwort beachtete er kaum. Er hielt den Löffel in die Suppe getaucht, beugte den Körper nach vorn über und starrte unverwandt auf die Tischdecke, darüber vergaß er das Essen – er träumte. Albrecht sah ihn groß an und lachte. Dem Vater war weniger lächerlich zumute, ja im

Gegenteil, es schien ihm sogar recht unangenehm zu sein, hier bei Tisch ausgelacht zu werden, wer hätte je gedacht, daß er so leicht reizbar war. Mitunter am Abend verließ er das Zimmer, schon bei der kleinsten Meinungsverschiedenheit sprang er auf, nahm die Schlüssel und schloß sich für Stunden in den kalten Laden ein, obwohl er hier unten nichts mehr zu erledigen hatte. Hinter sich versperrte er die Tür. Die Mutter schleicht ihm dann voller Angst nach und lauscht, sie weicht erst vom Platz, wenn sie ihn herumgehen und arbeiten hört. Zuerst ist es ganz still, er sitzt auf einem Stuhl und starrt vor sich in das Dunkel, dann steht er auf, dreht eine Flamme an, gerade genug für seine traurige Arbeit. Er nimmt die Stoffcoupons aus den Fächern, rollt sie auf, vermißt das ganze Stück und stapelt die Rollen auf dem Ladentisch. Jetzt beginnt er umzuräumen, er legt die Inletts neben die Wäsche, die Schürzen neben die Manchesterstoffe, tauscht die Plätze der Wollwaren mit denen der Kurzwaren, so daß sich am nächsten Tag keiner mehr zurechtfindet. Daran hat er Freude, eine seltsam verbissene, hartnäckige, nur ihm gemäße Art der Freude: zuerst eine große Verwirrung und Unordnung anrichten, die Ware liegt verstreut über Tische, Stühle, sogar auf dem Erdboden, über den Herr Seldersen große weiße Papierstreifen gedeckt hat. Und dann wieder Ordnung schaffen, einräumen, glätten, das ist Arbeit, an der er sich zurechtformen kann, weiter ist sie zu nichts nutze, eine übermäßige Kraftanstrengung nur. Bis tief in die Nacht treibt er sich auf diese Weise seinen Zorn und Gott weiß was für Gedanken aus dem Kopf. Spät erst kam er in die Wohnung, die eine Treppe höher lag. Wenn er unten die Ladentür zuschloß, hallte es durch das nachtstille Haus. Am nächsten Tag ist alles wieder beim alten. Von der Mutter ist nichts herauszubekommen, sie verliert kein Wort, nur wenn es zu arg wird, macht sie sich Luft. Dann geht sie durch die Wohnung, als sei sie in der Kirche, spricht und handelt, als verrichte sie ein heiliges Opfer. Damit übertrieb sie den Sachverhalt und machte alles schlimmer, als es in Wirklichkeit war.

»Du sollst nicht lachen, wenn der Vater dasitzt und vor sich hin grübelt«, ermahnte sie den Sohn, »er hat Sorgen, heitere ihn lieber auf, als daß du dich lustig machst.«

»Ja«, erwiderte der Junge, und sein Kindergesicht wird ernst, »ich

39

werde ihm heute abend etwas auf der Geige vorspielen, ich weiß, das hat er gern.« Die Mutter nickte, sie sah ihn lange an. Er war immer noch ein kleiner Junge, wenn man ihn in der Schule auch schon mit Sie anredete. Er spielte Geige, er trieb viel Musik, er war zart, aber nicht verzärtelt. Im Spiel mit Gleichaltrigen hielt er sich wacker, schwamm bis tief in den Herbst hinein in den Seen, die wie ein großer Kranz seine Heimatstadt umgaben, und auch des Winters hockte er nicht in der Stube.

Am Abend kam Fritz, der Freund, er war anderthalb Jahre älter und viel stämmiger, sie saßen in einer Klasse. Seinem Vater gehörte ein Haus in der Hauptstraße, er betrieb dort ein Installationsgeschäft.

Er holt Albrecht zu einem Spaziergang ab, die Eltern haben nichts dagegen, es ist mitten im Sommer, der Abend warm und hell. Nur ein kurzer Weg, eine steil ansteigende Straße hinauf über eine lange, hohe Treppe, und sie sind oben im Wald. Sie gehen weiter, bis sie zu einer ausgemauerten freien Stelle kommen. Hier legen sie sich auf die Steinmauern und sehen hinunter.

Stille.

Weit hinten über der Hügelkette, vor der mächtig und breit der Strom seinen Weg nimmt, kam sacht die Nacht herauf, senkte sich auf den weiten Talkessel und kroch langsam an die Stadt heran. Die kleinen Dörfer, weit zerstreut in der Ebene, betteten sich in den zarten weißen Schleiern, die aus dem Boden aufstiegen, zur Ruhe, nur die Blinkfeuer von den Kirchtürmen kreisen unermüdlich und weisen den Flugzeugen am Himmel den Weg. Allmählich zieht die Ruhe in die Stadt ein.

Die beiden Freunde liegen still lange Zeit, bis das Dunkel ihnen den Blick verschließt, aber sie sind noch erfüllt von der Landschaft und unsagbar dankbar vor Glück. Sie kennen das Bild am Morgen, wenn die Sonne dampfend heraufrollt und die Arbeiter durch die noch einsamen Straßen in die Ziegeleien gehen, am Mittag, wenn die Mägde das Essen auf die Felder tragen und die Lehrjungen in der Mittagsglut auf den Bordschwellen sitzen, am Abend, wenn die Lichter eines Autos durch das Bruch jagen und der Rauch der Schornsteine mit dem Dunkel der Nacht verschmilzt. Sie kennen es zu allen Jahreszeiten, oft krabbeln sie mit da unten herum und helfen der kleinen Stadt ihr wichtiges Leben führen. Viel lieber liegen sie hier oben, es ist dann, als sei alles ihr eigen und sie die unumschränkten Herren. Das Leben wird sie bald von hier verschlagen, wer weiß wohin, sie werden andere Städte, neue Menschen, fremde Gegenden zu Gesicht bekommen, viele Bilder und Eindrücke, aber fest, ganz zuunterst liegt dieses eine Bild bewahrt.

Auf dem Rückweg gingen sie zu Fiedlers, die Eltern waren noch wach, sie saßen vor der Tür und unterhielten sich mit Nachbarsleuten.

Frau Fiedler empfing sie: »Wo wart ihr nur, so spät kommt ihr erst?«

»Du weißt doch, wo ich war«, wandte Fritz ein.

»Wir waren nur spazieren«, fügte Albrecht hinzu. Was sollte dieser Argwohn?

»Ach, gerade heute, kurz nachdem du gegangen warst, schickten von Arnims her, in ihren Ställen brennt kein Licht. Erich mußte hinausfahren, es war ja kein anderer mehr da.«

Sein Bruder Erich mußte hinausfahren, obwohl er am Tag mächtig schaffte und wenigstens am Abend seine Ruhe hätte beanspruchen können. Fritz hörte wohl den Vorwurf heraus.

»Soso.« Einen Augenblick blieb er stehen, als habe er noch etwas zu klären, doch er brachte kein Wort heraus. Dann gingen sie beide schweigend in die Stube. In der Ecke auf einem Tisch stand der Radioapparat. Fritz zog einen Stuhl heran und setzte sich davor. Die Lampen blinkten auf, er drehte an den Kondensatoren, im Lautsprecher erhob sich ein leises Ziehen und Pfeifen, dann vernahm man deutlich eine Stimme. »Berlin«, sagte Fritz und drehte weiter, im gleichen Augenblick verschwand die Stimme wieder. Albrecht setzte sich dazu und lauschte angespannt. Ganz fein aus der Ferne erklang eine geheimnisvolle Musik, schwoll an und erfüllte den Raum. »Wien«, erklärte Fritz, er sah auf eine Tabelle, stellte ein.

»Das ist ja wieder etwas ganz anderes«, sagte Albrecht.

Fritz nickte nur: »Oslo. Jetzt kommt Moskau.« Der Ehrgeiz hatte ihn gepackt, er schaltete, drehte, nahm die Feineinstellung, immer nur ein Quietschen, Pfeifen, wirr durcheinander.

»Jetzt«, sagte Albrecht, undeutlich vernahm er eine heisere Stimme. Fritz schüttelte den Kopf: »Das ist Warschau oder sonst etwas«, erklärte er gewichtig, »Moskau zu empfangen ist eine Kunst.« Albrecht lehnte sich zurück und wartete geduldig. Er sah, wie Fritz sich anspannte, sein Gesicht sich straffte und jegliche Gleichgültigkeit, die sonst darin zu stehen schien, verschwand.

Unterdessen war Erich zurückgekommen, es war nur eine kleine Reparatur gewesen, es verlohnte fast gar nicht den langen Weg. Er brachte sein Rad mit ins Zimmer, als er die beiden Freunde dasitzen sah, rief er: »Da seid ihr ja, du hättest mir den Weg abnehmen können, Fritz, den ganzen Tag bin ich schon auf den Beinen.«

»Wir auch«, erwiderte Albrecht lachend.

»So, was habt ihr denn getan?«

»Griechische Arbeit geschrieben.«

»Na, das ist ja weiter keine Arbeit«, meinte Erich gutmütig, »Schule, das ist doch Faulenzerei, ich bin auch einmal zur Schule gegangen.« Nur drei Jahre älter war er als Fritz, er hatte das Zeugnis der Mittelschule. Fünf Jahre arbeitete er schon im Geschäft seines Vaters, fleißig, sparsam, immer guter Dinge, die Eltern wußten nicht, was sie an ihm hatten. Der Weg heute abend kam ihm eigentlich nicht gelegen, er hatte schon etwas Besseres vorgehabt, aber da es nun nicht anders ging, fuhr er hinaus, brachte den Schaden in Ordnung und kehrte in Ruhe wieder zurück. Sein Rad stellte er hinten in die Kammer, wusch sich, bereitete sich ein paar Brote und setzte sich gemächlich in die Stube.

Noch immer suchte Fritz, er saß vor seinem Apparat, drehte, schaltete, lauschte in den Lautsprecher hinein, nichts, nichts. Er schüttelte den Kopf.

»Das ist ja langweilig«, sagte Albrecht, »stelle Musik oder irgend etwas ein, aber laß das ewige Gesuche.«

Fritz hatte der Ehrgeiz gepackt, aber endlich sah er ein und gab Moskau auf. Dafür machte er sich auf die Suche nach allen übrigen Stationen, er durchstöberte ganz Deutschland und Europa, jedesmal, wenn er einen neuen Sender in seinem Lautsprecher eingefangen hatte, flüsterte er den Namen vor sich hin wie eine Zauberformel. Er schwelgte in Entfernungen, nirgends verweilte er länger, er suchte immer weiter, unruhig, verwegen, als wolle er die ganze Erde hier in das Zimmer zwingen. Albrecht hatte sich längst zu Erich auf das Sofa gesetzt, es war ihm auf die Dauer zu langweilig, still daneben zu warten, bis Fritz wieder zur Vernunft kam.

»Was er nur davon hat«, sagte er, »wenn er sich wenigstens ein Musikstück bis zu Ende anhören würde, aber dieses ewige Suchen« – er hatte keinen Gefallen daran. Erich stimmte ihm nur zu: »Ich verstehe das auch nicht, mich brächte das Gequietsche um, wie er das nur aushält – der Radiofimmel.« Er verstehe ja schließlich auch einiges von der Schaltung, aber das ist ihm doch fremd.

Mit der Zeit gingen die meisten Sender zur Ruhe, nur einige englische waren noch da und beherrschten das weite Luftmeer. Aber Fritz hatte nun genug, er stand auf. »Ja, Moskau«, sagte er, »das ist schwer.« Er hatte es immer noch nicht überwunden. Albrecht verabschiedete sich, er war müde, Fritz hingegen immer noch frisch, jetzt schien er erst richtig aufgewacht zu sein. Er könne noch stundenlang aufbleiben, prahlte er. Seinem Bruder fielen die Augen zu, auch er war ehrlich müde.

Am nächsten Tag in einer Schulstunde fielen Albrecht die Worte seiner Mutter ein, daß der Vater Sorgen habe, mitten im Schreiben hielt er inne und sah seinen Lehrer zwei Minuten scharf an. Als er aus der Schule kam, ging er geradenwegs zum Vater in den Laden und fragte ihn:

»Warum warst du gestern so wenig bei der Sache?«

Dem Vater kam diese Frage überraschend, er wurde verlegen: »Ach, gar nichts, es ist nichts, ein paar Sorgen, es ist heute nicht mehr so leicht wie früher.«

Sicherlich, das war es, wenn Albrecht auch nicht aus eigener Erfahrung wußte, wie leicht es ihm früher wurde. Er fragte: »Hat denn jemand wieder nicht bezahlt?« Es war ihm bekannt, daß viele Leute kauften und dann wochenlang die Schuld im Buch anstehen ließen. – »Ja, auch das, es ist überhaupt schwer.«

Ausflüchte, Ausreden, offenbar, er wich einer genaueren Antwort aus. Doch Albrecht ließ nicht locker, er fragte weiter, er verstand es ausgezeichnet, zu fragen, bis dem Vater endlich die Geduld riß.

»Was kümmert dich das«, sagte er erregt, »gehe hinauf und besorge deine Angelegenheiten.«

Oho, was ihn das kümmerte, sehr viel, natürlich, sonst würde er doch nicht fragen, einen bestimmten Grund wird seine Neugierde schon haben. »Glaubst du, ich habe keine Augen und Ohren zu merken, daß hier etwas vorgeht, man sieht es dir an, sogar die Mutter hast du schon angesteckt. Wenn man dich fragt, erwiderst du nur, es ist nichts, laß mich in Ruhe, und so weiter. Gut, wenn kein Grund vorhanden ist, warum dann der ganze Aufwand und die unnütze Aufregung. Auf mich fällt immer etwas ab, entweder du erklärst mir, um was es hier geht, oder du läßt das Theaterspielen, dieses Kopfhängenlassen, immer schlechter Laune sein, nachts das Herunterlaufen, daß einem angst wird, nimm dich zusammen, du bist doch schließlich kein Weib.«

Eine mutige Rede, bei Gott, der Mut wuchs ihm erst bei den Worten selbst, wie er so mit seinem Vater redete, man konnte ihn leicht mißverstehen, ja, er schien fast dreist aus Dummheit, mit einem Schlage wollte er Klarheit gewinnen.

Der Vater stand vernichtet da, sein Gesicht kreidebleich, er zitterte. Also Vorwürfe, obendrein noch Vorwürfe, das hat man verdient.

Albrecht: »Kein Mensch macht dir Vorwürfe, du sollst nur endlich etwas sagen, damit ich weiß, woran ich bin.«

»Das will ich auch gern wissen«, erwiderte der Vater, jetzt hatte er die Oberhand, »wissen, woran man ist, das ist es ja gerade, aber du bist eben zu dumm, das verstehst du nicht, geh nach oben.«

Albrecht schwieg, ihn ärgerten die Worte sehr, er sah, daß er sein Ziel nicht erreicht hatte, jetzt gelang es ihm erst recht nicht mehr, eine Antwort aus dem Vater herauszulocken. Er wagte auch keinen neuen Versuch, das Gespräch war verfahren, elendig verfahren, schade, es begann so verheißungsvoll.

Als Albrecht nach der Zeitung griff, um sie mit in die Wohnung zu nehmen, fiel ein Brief zu Boden, der obenauf gelegen hatte. Er hob ihn auf und las: Bezugnehmend auf unser Schreiben vom Dritten dieses Monats erlauben wir uns, noch einmal darauf hinzuweisen, daß Ihr Ziel von sechzig Tagen schon um weitere dreißig überschritten ist. Mit der Bitte um möglichst umgehende Begleichung zeichnen wir, stets gerne zu Ihren Diensten …

»Was bedeutet das«, fragt Albrecht, unverwandt sieht er den Vater an.

Keine Antwort.

»Die Leute wollen Geld von dir, wie hoch ist der Betrag?«

Pause.

»Geh nach oben«, sagt der Vater plötzlich. Albrecht folgt, ohne aufzusehen.

Am Abend fragt der Vater, es fiel ihm gerade ein: »Hast du denn heute deine Geigenstunde bezahlt, ich habe vergessen, dir das Geld zu geben, du mußt mich schon daran erinnern.«

»Ich habe gezahlt«, antwortet der Junge kleinlaut.

»Und das Geld?«

»Ich habe es aus meiner Sparbüchse genommen.« Er schämte sich gewaltig.

»Das ist doch unnütz«, sagt der Vater, der Einfall erscheint ihm spaßig genug, aber zu einem freien Lachen bringt er ihn nicht. »Ich werde es dir morgen geben.«

Ein anderer Tag: Wo die Eltern nur blieben. Albrecht hatte sich den Abend wie gewohnt mit Lesen und Geigenspielen vertrieben, dann wurde er müde und hörte auf. Wo die Eltern nur blieben, nach dem Abendbrot waren sie aufgestanden und hatten sich bisher nicht sehen lassen. Vielleicht waren sie spazierengegangen, Albrecht hatte allerdings keine Tür klappen hören, er suchte in der Wohnung. Als er in die Küche kam, stand die Mutter am Herd und kochte für den nächsten Tag, sie hatte rotverweinte Augen und eine jämmerliche Haltung. Der Vater saß in der Ecke auf der niedrigen Küchenbank, er erschien noch kleiner, er stutzte seine Ellbogen auf die Knie und bedeckte mit den Händen sein Gesicht. So hockte er, in Gedanken versunken – was mochten es für Gedanken sein? Ein unheimliches Schweigen stand in dem Raum.

»Was gibt es denn?« fragte Albrecht erstaunt. Abwechselnd sieht er auf die Eltern, der Vater hält den Kopf gesenkt, die Mutter beugt sich tiefer auf den Herd herab. Der Dampf, der aus dem Topf emporstieg, verhüllte ihr Gesicht und biß in die Augen, nun hatte sie einen Grund zum Weinen. »Was gibt es denn?« wiederholte Albrecht noch einmal.

Schweigen.

Er schließt die Türe und lehnt sich wartend an das Holz. Da erzählt dann die Mutter ohne weitere Umschweife, daß sie es nicht mehr aushalte, der Vater setze ihr schon einige Tage zu, nun ginge es nicht mehr länger; er führt so eigenartige Reden, sie kann das nicht mehr mit anhören.

»Ja, was in aller Welt?« fragt Albrecht.

Der Vater hebt seinen Kopf, jetzt sieht man, wie verbissen sein Gesicht ist, die Augen dick und rot unterlaufen …

»… und dann muß er hausieren gehen, das ist immer sein Wort«, sagt die Mutter. Sie weint. »Hausieren gehen, und er ist doch schon alt, kann er es noch aushalten, mit seinen fünfzig Jahren, weit über Land zu fahren, bei jedem Wetter? Aber er findet ein Vergnügen dabei, jawohl, ein teuflisches Vergnügen, alles gründlich schwarzzumalen.«

»Ja, aber warum denn?« fragt Albrecht. Warum fand der Vater ein Vergnügen und ging nicht davon ab, zumal er wußte, daß es die Mutter schmerzte. Wie kam er überhaupt auf diesen Gedanken?

Es war jetzt wieder lange eine stille Zeit gewesen, man hatte kaum so viel eingenommen, um die Unkosten zu decken, das Geld war knapp, und jeder wartete vorsichtig, was der nächste Tag brachte. Es waren schlechte Tage, wie sie immer einmal kommen, aber sie kamen jetzt zu häufig, zu zahlreich, die guten ließen zu lange auf sich warten, man mußte sich erst an diesen neuen Zustand gewöhnen, besonders wenn man Erinnerungen und Vergleiche von vielen, vielen Jahren zur Hand hatte, wie Herr Seldersen. Nun hockte er auf der Bank in der Ecke, bedrückt, vergrämt, gefesselt von seinen Gedanken, und bekam kein vernünftiges Wort heraus … dann mußte er hausieren gehen. Der Gedanke hatte ihn ergriffen und ließ ihn nicht mehr los … dann mußte er hausieren gehen. Wann, dann? Nun eben, wenn es nicht mehr ging, wenn alles ein Ende hatte. In diese Worte schloß der Vater ein Geschehen ein, das sich noch nicht erfüllt hatte, es war außerordentlich, wer gab ihm das Recht dazu? Er selbst, niemand anders. Es würde sich erfüllen, er wußte es, unwiderruflich, daran gab es nichts zu deuten, der Gedanke ließ sich nicht mehr abschütteln, die Mutter brachte er damit zur Raserei. »Hör auf«, bat sie, »du übertreibst, so weit ist es längst noch nicht.« – »Ich übertreibe nicht«, sagte er nur. Schweigen. Blieb es weiterhin stumm zwischen ihnen, die Worte wanderten in dem Raum umher und verwundeten immer wieder von neuem, den Vater in seiner Ecke und die Mutter am Herd, über den Topf gebeugt. So traf sie Albrecht.

Den folgenden Tag und noch lange Zeit danach ging ihm dieses Bild nicht aus dem Sinn – er hatte seinen Vater weinen gesehen. Für Albrecht bedeutete dies mehr als ein paar Tränen, er hatte seine eigenen Vorstellungen über männliche Tat und männliche Haltung, wie stand es nun damit? Er sollte in dieser Richtung noch nicht das Letzte erlebt haben.

Fritz war ein verteufelter Kerl, er verstand sich auf allerlei Späße, die ihm kein zweiter so leicht nachmachte. Er brauchte nur seine Oberarme ein wenig anzuheben, da traten die Schulterblätter gewaltig hervor, durchstachen fast die Jacke und wölbten einen ansehnlichen Höker. Während er in der Schule unbeweglich auf seinem Platz saß oder stand und Fragen beantwortete, ließ er zu den hinteren Bänken seine Künste spielen. Oder seine Oberlippe – mit dieser Kunst stand er in noch höherem Ansehen. Ein Stück Fleisch hing ihm links an der Oberlippe über, als nach einer Verletzung mit dem Fußball die Wunde wild heilte. Mit diesem überhängenden Lappen wußte er alle Welt in Lachen zu versetzen, er hob ihn in die Höhe, schob ihn zur Seite, als sei er eine dritte, in ihren Bewegungen selbständige Lippe – und das, während die übrige Partie des Mundes ihre gesunde Form, ebenmäßig übereinandergelagert, behielt. Er hatte viele Freunde, war gut angeschrieben bei Lehrern und Eltern, ein lustiger Bursche, bereit zu jedem Unternehmen, auch Anführer. Er verfügte über gute Kräfte, und da er voller Tricks und Kniffe steckte, erschienen sie doppelt stark. Schlecht bestellt war es nur mit seinen Augen, aber das kam erst in der letzten Zeit hinzu, als er in der Schule ein ganzes Jahr auf dem Platz neben dem Fenster saß, während die Tafel dunkel und überblendet in der Ecke hing. Als das Jahr fast herum war, erschien er eines Tages in der Früh' zum Unterricht mit einer Brille, einer richtigen, schwarz eingefaßten Hornbrille. Zuerst wollte keiner glauben, daß es aufrichtig gemeint sei, wer weiß, vielleicht trug er sie auch nur zum Scherz, um etwas Neues anzubringen.

Noch zwei Brillenträger gab es in der Klasse, der eine war Kurt, der älteste, vierundzwanzig Jahre alt und vor drei Jahren aus einer unteren Klasse abgegangen, jetzt kam er wieder zurück auf die Schule, ein erwachsener Mann, der das Leben kannte, schwer gearbeitet hatte und wohl wußte, warum er diesen Schritt wagte und es zu einem ordentlichen Abschluß bringen wollte. Er trug die Brille als Zeichen seines Alters, seiner Erfahrung, Überlegenheit, sogar die Lehrer billigten ihm eine würdevolle Behandlung zu. Der andere hieß Alfred, die Brille trug er seit undenklichen Zeiten, solange man ihn kannte, er schien gleichsam mit ihr geboren zu sein. Er war ein wenig verwachsen, blaß und, obgleich noch jung, verhutzelt wie ein alter Mann, andauernd saß er hinter den Büchern. Und nun erschien Fritz in ihrem Bunde, unvorstellbar, keinem konnte der Gedanke gefallen.

Was er denn in aller Welt beim Ballspiel mit dem Glas anfangen will, fragte man ihn. Er besaß einen Ruf als ausgezeichneter Ballspieler, aber mit der Brille verlor er entschieden an Gefährlichkeit.

»Aufbehalten, natürlich, sonst kann ich ja nichts sehen«, erklärte Fritz.

Soso, man mußte eben abwarten, vielleicht nahm er sie später doch ab, wenn ihn der Scherz zu sehr behinderte. Im übrigen würde sich ja zeigen, ob er Fensterglas vor den Augen trug. Fritz nahm die Brille ab und ließ die Freunde hindurchsehen: die Gegenstände rutschten in einige Entfernung, wurden undeutlich, alles schwamm durcheinander, die Augen brannten und begannen zu tränen, nur schnell wieder absetzen, kein Zweifel, die Gläser waren geschliffen. Und damit konnte er sehen, den ganzen Vormittag behielt er sie auf, ohne daß ihn die Augen schmerzten, von nun an trug er ständig diese Brille.

Auch zu Haus gab es Aufsehen und Gerede, der Vater nannte ihn scherzhaft Herr Professor, ja, er schien nicht wenig stolz darauf zu sein. Für Fritz bedeutete diese Brille im Grunde mehr, als es nach außen jemals in Erscheinung trat, er hatte für die Zukunft schon seine Gedanken und Pläne, jetzt verloren sie erheblich an Gewicht, eine Erfüllung schien nunmehr völlig ausgeschlossen. Wenn er mit der Schule fertig war, wollte er Förster werden, das war noch ein Beruf. Er trägt dann eine grüne Uniform und ist vertraut mit allem, was atmet. Sein Haus steht tief im Walde, kein ausgetretener Weg führt zu ihm hin. Kommt dann einmal Besuch zu ihm heraus und sie sitzen am Abend lange zusammen, bis das Gespräch langsam verstummt, dann ist für Fritz die Zeit gekommen: er führt den Gast durch sein Revier. Es ist still, das Dunkel hängt wie eine tiefe Traurigkeit von den Zweigen herab, und wenn dann der andere – vielleicht kommt er von weit her aus der Stadt – inmitten dieser lautlosen Pracht vor Ermüdung und Jämmerlichkeit zusammenfällt, über jede Wurzel stolpert und vor dem Schlag der Fledermäuse zittert, wird er, Fritz, groß und mächtig, denn das ist sein Reich. Mit diesen Träumen war es nun zu Ende, die Zeit ging, Fritz trug eine Brille, er war älter geworden und zeigte sich auf eine seltsame Weise nachdenklich und gesetzt. Das Leben hatte für ihn begonnen, ernsthaft und gewaltig, und er vermeinte, den großen Schmerz und die Bitternis bis ins Letzte empfunden zu haben.

Er blieb allein, meist in seinem Zimmer, oben im ersten Stock, vom Hof aus gelangte man über eine Treppe hinauf, dort war er ungestört. Nebenan lag das Schlafzimmer seiner Eltern, die ganze Wohnung war auseinandergerissen, unten, hinter dem Laden, befand sich die Küche, eine Stube, eine große Kammer, hier aßen sie gemeinsam. Durch die ganze Wohnung verstreut lagen Gerätschaften, Drähte, Schrauben und Lampen, jeden Augenblick kam ein Lehrling oder Gehilfe herein und holte sich, was er gerade zu seiner Arbeit brauchte, es war kein angenehmer Aufenthalt, immerzu lief jemand hindurch, nie war es aufgeräumt und behaglich.

Mit seinem Vater traf Fritz am wenigsten zusammen. Sie sahen sich am Tage nur zu den Mahlzeiten, alles ging flüchtig und mit Hast, meist aßen die Eltern im voraus. Wenn Herr Fiedler nach Hause kam, fragte er stets seine Frau: »Wo ist Fritz?«

»Ich habe ihn nicht gesehen«, antwortete sie, »sicherlich ist er oben in seinem Zimmer und lernt.«

»Er lernt«, wiederholte Herr Fiedler mit Befriedigung, das ist recht so, denn ohne Lernen und Prüfung gab es kein Vorwärtskommen, keinen Aufstieg.

Seht ihn, er war nur ein einfacher Handwerker, durch Fleiß und Ausdauer hatte er es zu einem erträglichen Leben und guten Auskommen gebracht. Früher, in jungen Jahren, hatte er mit Leidenschaft für die Idee der Befreiung und für einen gerechten Ausgleich gekämpft, ein halbes Jahr büßte er seine Heftigkeit im Gefängnis ab, aber die Opfer schienen nicht vergebens gewesen zu sein. Er brauchte sich nicht zu schämen, was er besaß, hatte er ehrlich und rechtschaffen durch seine Arbeit erworben, wenn er am Abend zusammen mit seinen Bekannten im Wirtshaus am Tisch saß – alles ehrenwerte Bürger, die wohl einmal einen Sprung über die Grenze wagten, aber im übrigen ihren Sinn auf das Bewahrende stellten –, durfte er ruhig seine Stimme erheben und ein Wort wagen. Er hatte es schwer gehabt, sein Sohn sollte es leichter haben, darum schickte er ihn auf die hohe Schule.

Eines Tages begegnete ihm auf der Straße Fritzens Klassenlehrer, Dr. Selow, sie waren schon aneinander vorübergegangen, als Dr. Selow sich umwandte und Herrn Fiedler mit ein paar Schritten einholte. Der blieb stehen und sah ihn erstaunt an.

»Kommen Sie bitte am Freitag zu mir in die Schule, Herr Fiedler«, sagte Dr. Selow, »ich muß mit Ihnen sprechen.«

»Jawohl, Herr Doktor, es ist doch sicherlich wegen Fritz, was der Junge nur wieder angestellt hat.«

»Nichts weiter, Herr Fiedler, kommen Sie am Freitag. Guten Tag.« Er hatte es sehr eilig.

Zur verabredeten Zeit am Freitag fand sich Herr Fiedler in dem Zimmer des Hausmeisters ein, Dr. Selow holte ihn ab. Er war Anfang der vierziger Jahre, den Krieg hatte er als Offizier mitgemacht, man sah ihm den Soldaten noch an. Sie gingen zusammen in ein kleines Zimmer, das für derartige Unterredungen zur Verfügung stand.

»Ich habe Sie zu mir kommen lassen«, begann Dr. Selow, »um mit Ihnen über Fritz zu sprechen.« Er sagte einfach Fritz, obwohl er ihn in der Klasse und auch außerhalb mit Sie anredete, dem Vater gegenüber sagte er einfach Fritz, das schuf mehr Vertraulichkeit.

Herr Fiedler saß, den Hut auf die Oberschenkel gelegt, so daß er seine Beine nicht bewegen durfte, er kam sich vor wie ein Schüler im Verhör. So ein Gespräch ging nicht ohne Aufregung ab, es war nicht das erstemal, daß er hier saß, schon oft hatte er den Weg zur Schule angetreten, meist kam vorher ein Brief in blauem Umschlag mit amtlichem Siegel, so daß auch seine Frau, die ihn öffnete, stets unterrichtet war.

»Warum?« fragte er. »Sind Sie nicht mit ihm zufrieden, ist er faul, paßt er nicht auf?«

Dr. Selow schüttelte den Kopf. Nein, nein, es handelt sich nicht um die Schule, das will er gleich zu Anfang sagen, vielmehr um das allgemeine Ergehen, die persönliche Stellung überhaupt.

Seltsam, in der Tat, äußerst seltsam, keine reine Schulangelegenheit, vielmehr allgemein … Herr Fiedler wunderte sich sehr, er hatte schon mehrere Besprechungen erlebt, diese hier schien ihm schon von Anfang an außergewöhnlich, unvergleichlich zu sein. Fritz hatte nichts angestellt, trotzdem bestellte ihn Dr. Selow, um sich mit ihm über seinen Sohn zu unterhalten.

Herr Fiedler überlegte lange, schließlich sagte er in etwas unsicherem Ton:

»Ja, Herr Doktor, ich glaube, daß ich Ihnen da nur schlecht eine Auskunft geben kann. Sehen Sie, unser Leben zu Hause spielt sich so ab, daß ich den Fritz nur selten zu Gesicht bekomme. Vormittags ist er in der Schule, am Nachmittag treibt er sich draußen auf dem Sportplatz herum, die übrige Zeit sitzt er oben in seinem Zimmer und lernt, das heißt, ich nehme an, daß er lernt, was sollte er auch schließlich anderes da oben anfangen. Ich kann mich nicht viel um ihn kümmern, denn ich habe meine Beschäftigung, ich bin oft unterwegs, aber meine Frau, die ist den ganzen Tag zu Hause.«

Hm, hm, Dr. Selow verstand, auf diese Weise kam er nicht einen Schritt weiter, er mußte es anders versuchen.

»Natürlich«, sagte er, »natürlich, ich weiß, Sie sind beschäftigt und tagsüber selten zu Hause, trotzdem … Sie haben doch sicherlich einen Eindruck von ihm oder sprechen doch wohl auch mit Ihrer Frau darüber … vielleicht hat Fritz in der letzten Zeit auch seine Gewohnheiten gewechselt?« Dr. Selow wartete.

»Ja, er raucht jetzt sehr viel«, antwortete Herr Fiedler zögernd, mehr fiel ihm im Augenblick nicht ein. Ein Verhör also, er wurde immer verlegener, er sah kein Ende und kein Ziel. Auf einmal sagte er, er kam sich ziemlich gedemütigt vor: »Sie fragen mich, Herr Doktor, und ich weiß keine Antwort, obwohl ich doch eigentlich sein Vater bin. Aber so stand es nie zwischen uns, daß der eine genau sagen konnte, was mit dem anderen vor sich ging. Als ich aus dem Kriege nach Hause kam, meine Uniform auszog und nun wieder als Zivilmensch anfing, schlich er tagelang schweigend mit großen Augen um mich herum, als wüßte er nicht, wer sich da auf einmal im Haus niederließ. Manchmal habe ich nun das Gefühl, es ist auch heute nicht anders.«

Pause.

Dann, nach einer kurzen Überlegung: »Sie haben mich zu sich kommen lassen, Herr Doktor, sicherlich ist Ihnen etwas aufgefallen, Sie müssen doch einen Grund haben, ich verstehe das nicht anders. Bitte sagen Sie mir, was hier im Gang ist.«

Dr. Selow schüttelte den Kopf:

»Nichts, Herr Fiedler, wirklich, nichts liegt im Augenblick vor. Wie das bei jungen Menschen ist, es kommt leicht zu Ausbrüchen und Übertreibungen, für den Erfahrenen genügt nur eine leise Andeutung, ein kleiner Wink …«

Ein kluger Mann, dieser Dr. Selow, bis ins kleinste kannte er die Wege und Irrpfade, in denen sich ein junger Mensch verlaufen und auf lange Zeit die Sicht verlieren konnte, er wußte um Gefahren und Verlockungen, verwegen und heimlich begehrt, er wartete ab und half rechtzeitig, alles wohl abgemessen, ohne sich aufzudrängen und im richtigen Zeitpunkt.

»Und was hat das mit meinem Fritz zu tun«, unterbrach ihn Herr Fiedler, er war merklich gereizt und wollte nun endlich wissen, woran er war.

Dr. Selow ließ sich nicht aus der Ruhe bringen, mehr zu sich selbst als zu seinem Zuhörer fuhr er fort:

»… aber man kann sich auch irren, es ist sogar sehr leicht möglich, daß man sich irrt. Diese Jungen, die aufwuchsen, während ihre Väter im Felde standen, die dann älter wurden und mitansehen, wie alles daniederliegt – da kennt man sich manchmal nicht mehr aus, schon für einen Erwachsenen ist es schwer, Anschluß zu finden und aufrecht zu bleiben.«

Pause.

»Ihr Fritz ist groß und kräftig, beinahe ein erwachsener Mann, schon in der untersten Klasse war er mein Schüler, und auch die Jahre danach verlor ich ihn nie aus den Augen. Ich kenne ihn auch von Fahrten her, fern vom Schulbetrieb, ich habe ein genaues Bild von ihm, Sie dürfen es mir glauben. In den Stunden sitzt er jetzt oft so ruhig und gelassen da, daß ich mich scheue, ihn aufzurufen. Es hat den Anschein, als wüßte er nicht genau wohin mit sich, er ist unlustig und verdrießlich, oft denke ich, dahinter muß doch etwas Besonderes stecken. Deshalb ließ ich Sie zu mir kommen, Herr Fiedler.«

Herr Fiedler fand keine Worte, dieser Dr. Selow, was er nicht alles merken wollte. Und die Antwort, was wollte er als Antwort hören? Wenn Herr Fiedler ihn jetzt listig mit den Augen angeblinzelt und seinen Arm vertrauensselig angetippt hätte, wie es üblich unter Männern, wenn sie von gewissen Dingen miteinander sprechen: Eine Frau steckt dahinter, Dr. Selow, eine Frau natürlich, was sollte es anders sein, verstehen Sie, Sie sagten ja selbst, er ist schon ein erwachsener Mann – Dr. Selow hätte nichts lieber gehört als das. Eine Frau, natürlich, Fritz war verliebt, da kannte Dr. Selow sich aus, da hätte er abwarten und eingreifen können, es wäre nicht das erstemal. Aber den Gefallen konnte Herr Fiedler ihm nicht tun, und es blieb so, wie es war.

Dr. Selow kannte die Tragik seiner Aufgabe, Mittler zu sein in einer Zeit, die den Faden verloren hatte oder eigenwillig abriß, wie sie vermeinte, Mittler dessen, was durch Jahrhunderte ging, Bestand gehabt und jetzt, wie es schien, seine Gültigkeit verloren hatte. Er lehrte – ewige Wahrheiten nannte er sie – Illusionen, ohne Zusammenhang, mit dem verzweifelten Willen des unbedingt Überzeugten. Im Laufe des Gespräches brachte er noch mehr an, was ihm in der letzten Zeit an Fritz auffällig erschien, kleine Beobachtungen, Überlegungen, die er später dann anstellte, aber nichts Greifbares, Gott bewahre, alles nur unter dem Vorbehalt, daß ein Irrtum möglich sei.

Herr Fiedler atmete auf, er hatte sich schon auf Schlimmeres gefaßt gemacht: »Fassen Sie ihn ruhig scharf an, Herr Doktor«, sagte er, von seinen Worten überzeugt, »auch zu Hause erscheint er mir oft verträumt und abwesend. Nehmen Sie keine Rücksicht, er ist alt genug, er kann wissen, daß er alles nur seinen Eltern und ihrer Arbeit verdankt.«

Dr. Selow schwieg. Schwerlich erkannte er hierin einen Weg.

»Alles kann er von uns haben«, fuhr Herr Fiedler fort, »alles, kein Wunsch bleibt ihm versagt. Zuerst aber soll er einmal die Schule durchmachen und wenigstens ein Abschlußzeugnis in Händen haben, nachher kann er anfangen, was er will, studieren, alles. Wir sähen es am liebsten, wenn er die Beamtenlaufbahn einschlägt. Und was das jetzt ist«, sagte er treuherzig, »das liegt so in den Jahren, er ist auch ein wenig faul und bequem, zu Hause gibt es oft Auseinandersetzungen wegen der Schularbeiten, Sie wissen, ein Jahr mußte er schon wiederholen. Das darf nicht noch einmal vorkommen, ich nehme ihn sonst aus der Schule und stecke ihn in einen Beruf, das weiß er genau. Er muß sich eben ein wenig anstrengen und zusammennehmen, wir alle müssen uns auch anstrengen.«

Das waren ungefähr die Worte, die Herr Fiedler sprach, ehrlich, bieder und einsichtig. Die Unterredung war so gut wie beendet. Alles in allem ein ziemlich trauriges Ergebnis, Herr Fiedler saß zuerst da und wußte nicht recht, weshalb man ihn eigentlich hierher bestellt hatte, unruhig rückte er auf seinem Stuhl hin und her, zu Hause wartete längst wieder die Arbeit auf ihn. Dann nachher kam er in Schwung und feierte beinahe noch einen Triumph, während Dr. Selow einsah, daß er wohl übereilt gehandelt hatte, als er Herrn Fiedler damals auf der Straße kurz entschlossen ansprach und zu einer Unterredung bestellte. Da saß nun der Vater ihm gegenüber und machte, wenn man es sich recht überlegte, einen kläglichen Eindruck, offen gab er zu, daß er nicht genau wußte, was sein Sohn am Tag trieb, und noch viel schlimmer, wie es überhaupt um ihn stand. Nur Vermutungen konnte er aussprechen. Was er dann nachher noch sagte, gehörte gar nicht zur Sache, beleuchtete viel mehr ihn selbst als seinen Sohn.

»Aber es ist immer gut, wenn man einmal zusammenkommt und sich ausspricht«, sagte Dr. Selow, er erhob sich, die Unterredung war beendet. Er ging in seine Klasse, er hatte sich schon verspätet.

Herr Fiedler ging langsam nach Hause, der Weg führte den Berg hinab und die nächste Straße wieder hinauf, er keuchte etwas, mit der Zeit kam es ihn immer schwerer an. Seit seinem vierzehnten Lebensjahr stand er auf eigenen Füßen, für ihn hatte man sich nicht so viel Mühe gegeben, wie er sie jetzt für seinen Sohn anwandte, die Zeit war nicht leicht gewesen, ehe er es zu etwas gebracht hatte, und es drohten Anzeichen, die auf noch Schwereres vorbereiteten. Aber für seine Kinder war gesorgt, sein ältester Sohn arbeitete bei ihm im Geschäft, er übernahm später den ganzen Betrieb, schon jetzt leitete er in Wahrheit alles selbständig. Seine Tochter war verheiratet, nur Fritz blieb noch übrig. Mit ihm hatte er von Anfang an Höheres vorgehabt, er ließ ihm eine gute Schulbildung zuteil werden, auf einer höheren Basis sollte er sich sein Leben aufbauen.

Seiner Frau erzählte Herr Fiedler nur wenig von dem Gespräch, so sehr sie ihn auch nach allen Seiten hin ausfragte, ihn selbst bedrängten keine Bedenken mehr.

Im Herbst gab es Ferien und Zeugnisse, der Sommer war ins Land gegangen, warm und strahlend, keine Jahreszeit zum Arbeiten und Hinter-den-Büchern-Sitzen. Fritz und Albrecht durften mit dem Ergebnis zufrieden sein, in zwei Fächern stand Fritz etwas unsicher, aber bis Ostern verging noch eine lange Zeit, er hatte keinen Anlaß zu übertrieben ängstlichen Vorstellungen. Doch er zeigte sich verzagt und mutlos, plötzlich kam es zutage. Niemand hätte das von ihm erwartet, am wenigsten Albrecht, er kannte Fritz lange genug, jetzt überraschte ihn diese Entdeckung sehr. Sie standen gut miteinander, keine enge Vertrautheit mit persönlichen Geständnissen und Heimlichkeiten, dazu lag nie recht eine Veranlassung vor, wenn es auch später anders kommen sollte – vielmehr eine gesunde Kameradschaft in der Schule und außerhalb beim Sport. Sie waren verschieden in ihren Anlagen und ihrer Stellung zur Umgebung, die gleichen Ereignisse riefen in ihnen Gefühle und Überlegungen hervor, die ebenso verschieden waren wie die Familien, aus denen sie hervorkamen.

In der ersten Zeit ließ Fritz sich nicht sehen, er blieb unsichtbar. Sonst verging kaum ein Tag, an dem er nicht schnell einmal herüberkam – er saß dann in dem großen Schaukelstuhl und wippte langsam hin und her, nachher tranken sie beide mit den Eltern gemeinsam Kaffee, er fühlte sich hier behaglich und zufrieden, mehr als zu Hause.

An einem Nachmittag traf ihn Albrecht zufällig, Fritz kam auf seinem Rad die Hauptstraße in großer Geschwindigkeit heruntergefahren. Als er Albrecht sah, grüßte er flüchtig, ohne seine Fahrt zu verlangsamen, unten an der Ecke sah er zur Turmuhr und trat noch stärker an, obwohl es bergab ging, ohne Zweifel, er hatte es eilig, vielleicht sogar eine Verabredung.

Am nächsten Tag, gegen Abend, ging Albrecht zu Fritz, er überquerte den engen Hof, stieg die Treppen hinauf in sein Zimmer, die Türe war nicht verschlossen. Fritz lag der Länge nach auf dem Bett, voll angezogen, er rauchte und träumte vor sich hin, die ganze Stube stak voll Qualm. Anscheinend wußte er für einen Feriennachmittag keine bessere Beschäftigung, als auf dem Bett liegen und an die Decke starren.

»Was hier für eine Luft ist«, sagte Albrecht und öffnete das Fenster.

Die Dämmerung brach sacht herein. Er machte es sich auf dem Sofa bequem. Schweigen.

»Du hast dich ja so lange nicht blicken lassen«, begann er nach einiger Zeit, »ich dachte schon, du bist verreist, hast du irgend etwas Besonderes getan?«

»Nein, nichts«, erwiderte Fritz, faul und unlustig lag er auf seinem Bett, die Zeit zerrann ihm unter den Händen.

»Und gestern?«

»Ich bin zur Oder gefahren, ich wollte noch einmal schwimmen.«

Er sprach die Wahrheit, sein Leben verlief eintönig, ohne Abwechslung, bis Mittag lag er im Bett, da er am Abend erst spät die Müdigkeit und den Schlaf fand, mit Lesen, Schlafen, Rauchen vertrieb er sich den Vormittag. Nach dem Mittagessen begann erst recht eine tote Zeit. Wenn er Schule hatte, saß er dann oben in seiner Stube am Tisch und arbeitete oder machte wenigstens den Versuch, die Stunden vergingen, aber er starrte leer und ausdruckslos in die aufgeschlagenen Bücher. In den Ferien ging es noch viel schlimmer, der ganze Tag stand frei zu seiner Verfügung, er konnte ihn nach seinem Willen ausnutzen, doch jetzt wußte er erst recht nichts mit ihm anzufangen. Schlafen, Rauchen, Faulenzen, darin bestand seine ganze Tätigkeit, ein wahrer Jammer. Den Sport hatte er schon früher eingestellt, er lief zwar immer noch bei Veranstaltungen für die Schule und holte manchen Preis, aber ohne

Ehrgeiz und Hingabe, wie in allen anderen Sachen hatte auch hier eine bisher bei ihm nie gesehene Laschheit und Sorglosigkeit die Macht über ihn ergriffen.

»Heute ist Dr. Selow abgereist«, begann Albrecht, »ich sah ihn zur Bahn gehen, er lief, er hatte es eilig.«

»Ja, gestern war er noch hier, um sich zu verabschieden, ich war gerade nicht zu Hause.«

Albrecht: »Ich glaube, er hatte in der letzten Zeit viel Ärger und Verdruß mit dem Direktor.«

»Ja, ja.«

Seit vor einem halben Jahr die Leitung der Schule wechselte, gab es oft Zwischenfälle, die eine kampfesfrohe Stimmung schufen, nicht zum Besten der gesamten Anstalt. Dr. Selow lehrte vornehmlich alte Sprachen, die Schule befand sich in einer Umwandlung, so war seine Stellung hier in kurzer Zeit doch überflüssig. Bisher hatte das altklassische und humanistische Bildungsideal der Anstalt das Gepräge gegeben, jetzt wurde es abgesetzt, wie ein Theaterstück, das nicht zieht und leere Kassen macht, eine dem praktischen Leben mehr gefällige Richtung trat an die Stelle, ein neuer Jahrgang, Jungen und Mädel in einer Klasse, trugen sie schon bis in die Mittelstufe hinauf. Da war kein Platz mehr für Dr. Selow, er bat um seine Versetzung.

»Die Stelle wird man einsparen«, sagte Albrecht, »oder wer weiß, wer hierherkommt.«

»Ja, das ist wohl sicher.«

»Schade, die anderthalb Jahre hätte ich noch gerne Unterricht bei ihm gehabt.«

»Anderthalb Jahre, wieso«, fragte Fritz erstaunt. Albrecht lachte über diese dumme Frage.

»Da haben wir es doch geschafft«, sagte er, »wenn sich nichts ereignet ...«

»Hm ...«

Schweigen. Über den Hof, die Stiege herauf kamen Schritte, Frau Fiedler trat ein. »Immer im Dunkeln«, sagte sie und drehte das Licht an, »was man im Dunkeln denkt und spricht, das scheut sich vor des Tages Licht.«

Sie ging nebenan in das Schlafzimmer, als sie zurückkam, blieb sie noch einmal stehen.

»Ihr genießt«, sagte sie. Im gleichen Moment: »Du siehst schlecht aus, Fritz, was fehlt dir? Findest du nicht auch, Albrecht?«

Eine mütterliche Vertrautheit strömte von ihr aus. »Schon gut, Mutter«, entgegnete Fritz, »laß uns wieder allein und dreh das Licht aus.«

Sie geht, einen Augenblick steht sie noch hilflos an der Türe, traurig sieht sie auf die beiden Jungen, dann steigt sie langsam die Treppe hinab. Die Dunkelheit liegt wieder über dem Zimmer, Fritz sitzt auf dem Bettrand, die Hände im Schoß, die Beine hängen in der Luft. Er ist erregt, das Dazwischenkommen der Mutter hat ihn aus seiner Gleichgültigkeit erweckt, doch nur für einen Augenblick, dann streckt er sich wieder aus.

»Schade«, sagte er, »den Dr. Selow hätte ich gerne noch einmal gesehen.«

»Du brauchtest doch nur zur Bahn zu gehen«, meint Albrecht.

Fritz macht ein erstauntes Gesicht:

»Daran habe ich nicht gedacht.« Und dann: »Ach, erst zur Bahn gehen, das wäre mir viel zu umständlich gewesen.«

»Natürlich, du bist ja zu faul und bequem«, erwiderte Albrecht gereizt.

Pause.

Fritz wird kleinlaut und niedergeschlagen, ging ihm der nicht gelungene Abschied doch etwas näher?

»Ja, du hast recht«, sagt er nach einer Weile, in seiner Stimmung vollzog sich deutlich ein Wechsel, »ich bin zu nichts mehr aufgelegt, ich muß bald einmal etwas unternehmen.«

Das klang recht verheißungsvoll, etwas unternehmen wollte er also, was er sich dabei eigentlich vorstellte?

Schweigen.

»Ich habe gehört, eine Reise soll immer sehr gut sein.«

»Eine Reise?«

»Ja.«

Albrecht wußte mit dieser Antwort nicht viel anzufangen. Eine Reise also, nicht übel, er würde auch gern einmal wieder verreisen, dieses

Jahr ist er das erstemal die Ferien über zu Hause geblieben, im nächsten Jahr wird es wahrscheinlich auch nicht viel damit werden. »Wohin gedenkst du zu fahren?«

Ja, das wußte er noch nicht genau, da konnte er noch keine richtige Auskunft geben, überhaupt, alles lag bei ihm noch ziemlich im unklaren, aber eines konnte er jetzt schon mit Bestimmtheit voraussagen, lange wird er den Termin nicht mehr hinausschieben.

»In den nächsten Ferien also …«

»Wer weiß auch.«

»In der Schulzeit kannst du doch auf keinen Fall weg …«

Fritz schwieg.

»Warum nicht«, sagte er nach einer kurzen Pause, »vielleicht gerade dann erst recht.« Er verzog keine Miene, sicherlich meinte er es ernst.

»Du bist verrückt«, sagte Albrecht, »mitten in der Schulzeit, ich bin gespannt, wie du das zuwege bringst. Daran ist kein Wort wahr, das hast du dir wieder einmal so ausgemalt.«

Nein, nein, Fritz war nicht im mindesten verrückt, im Gegenteil, jetzt wollte er erst recht zeigen, wie sehr er seine Sinne vollzählig beisammenhatte, er wurde gesprächig, kam in Fahrt. Dabei zeigte sich deutlich, daß der Gedanke doch fester in ihm saß, als Albrecht im Anfang zu glauben bereit war.

»Aber die Schule«, sagte er, »du kannst doch nicht fort …«

»Was du nur immer mit der Schule hast«, erklärte Fritz bissig, »du kommst nicht davon los.«

Albrecht sah ihn erstaunt an, ihm war der Gedanke noch nie gekommen.

»Nein, natürlich nicht, denn die Schule ist doch vorläufig unsere einzige Beschäftigung.«

»Hm … das verstehst du nicht«, sagte Fritz nach einer Weile, »bei mir ist das etwas anderes.«

Das verstand Albrecht nun durchaus nicht, daß Fritz gerade eine Ausnahme machen sollte, er hielt es für anmaßend und übertrieben, er sagte es ihm auf den Kopf zu.

»Mit der Schule habe ich es mir lange genug durch den Kopf gehen lassen, glaube mir«, erwiderte Fritz traurig und entschlossen, »aber ich weiß jetzt genau, ich werde es nicht schaffen.«

Albrecht, ganz verwirrt, das hat er nicht erwartet:

»Wie kommst du denn auf einmal auf den Gedanken, nicht mehr schaffen, was meinst du damit, hältst du dich für dumm, bisher hast du es doch immer geschafft.« Ein Jahr hatte er zugeben müssen, nicht der Rede wert, das kam überall vor. »Und dein Zeugnis jetzt ist doch ausreichend.«

Da nahm Fritz seinen ganzen Zorn zusammen, es ging nicht mehr, lange genug hatte er sich beherrscht:

»Ausreichend, natürlich«, höhnte er, »durch Mogeln, Abschreiben, Betrügen ist mein Zeugnis ausreichend, das mußt du doch selbst sagen, es ist nicht mehr erträglich.«

Die Worte trafen, Albrecht schwieg. Da gab es nun nichts zu beschönigen, ein jeder dachte ihm einen Gefallen zu tun, wenn er ihm half. Fritz ließ sich gerne helfen, man fand es ganz in Ordnung so, die Zeit hatte diesen Zustand gleichsam geheiligt. Alle unterstützten ihn, ließen ihn abschreiben, sagten vor, es war nicht mehr klar zu trennen, was Fritz, was der anderen Arbeit war. Schließlich traute er sich nicht mehr zu, alleine etwas zu vollbringen, er ließ sich ins Schlepptau nehmen. Diese Wirkung hatte niemand beabsichtigt, sie kam unerwartet, als sie jedoch eintrat, wäre es für Fritz immer noch Zeit gewesen, neuen Mut zu fassen und alles, was ihm anhing, Unentschlossenheit, Trägheit, abzuschütteln. Aber zu dieser Zeit beschäftigten ihn schon andere Gedanken, die weit in die Zukunft zielten.

Albrecht nimmt seinen ganzen Mut zusammen:

»Du übertreibst, bestimmt, du übertreibst … wenn du dich jetzt hinsetzt und arbeitest … dann …«

Fritz fährt auf:

»Hör auf, das ist es ja gerade, dazu ist es zu spät und alles schon zu weit vorgeschritten.« Er schüttelt traurig den Kopf. »Verstehst du denn nicht«, flüsterte er, als fürchte er einen Lauscher, »sieh, das mit dem Hinsetzen und Arbeiten hast du gerade so gesagt wie ein Schulleiter, so wohlwollend und forsch, aber gerade das ist es … ich kann nicht mehr arbeiten.«

»Was sagst du da«, fragt Albrecht erstaunt, »du kannst nicht mehr
arbeiten?«

Er sieht den Freund an, was der für Gedanken hat. Nicht mehr arbeiten! Arbeiten ... er wiederholt das Wort leise für sich – seinen Sinn
begreift er nicht. »Glaubst du denn, daß das, was wir für die Schule
tun, eine Arbeit ist?«

»Nein, nein«, Fritz schüttelt den Kopf, seine Stimme klingt gedämpft, »davon erzähle ich dir später ... es ist eine Arbeit ohne Sinn
und Zusammenhang ... ohne Sinn und Zusammenhang.«

Albrecht überlegt lange Zeit.

»Wie kommst du darauf?« fragt er schließlich.

Fritz müht sich qualvoll, eine Erklärung zu geben: »Geht es dir denn
nicht so, überlege einmal, da lernt man nun auf der Schule alte fremde
Sprachen, eine Menge Vokabeln, die gesamte verzwickte Grammatik,
man heizt sich den Kopf damit ein – mein Vater hat das auch nicht
getan und hat es doch zu einem erträglichen Leben gebracht –, aber
das ist wieder eine andere Frage. Ich frage mich immer, warum das
alles? Nur um mein Gedächtnis zu belasten und ein angehäuftes totes
Wissen bereit zu haben? Und wenn ich dann aus der Schule nach
Hause komme und hier herumgehe, da stehe ich mit leeren Händen
da, ich finde mich nicht zurecht. Da ist die Schule und mit ihr das, was
wir lernen, das Gestrige, das Gewesene, das Tote. Und hier ist ein ganz
anderes, verändertes Leben um mich herum, mit seinen eigenen
Schwierigkeiten und Ängsten, begreifst du?«

Albrecht nickt nur, er überlegt, wie der Freund gerade auf diese Gedanken kam, er hätte es ihm nie zugetraut.

»Ich sehe keine Brücke, überhaupt keine Verbindung zwischen diesen beiden Welten, sie stehen sich gegenüber und ich mitten darin. Eigentlich ist es die Aufgabe von Dr. Selow gewesen«, fuhr er fort, »uns
da eine Verbindung, eine Brücke zu zeigen – oder meinst du nicht?
Aber da hat er versagt: in dem vergangenen Geschehen fand er sich
zurecht, das Neue, das Heute hat er noch nicht begriffen, er tat es mit
Anspielungen und bissigen Bemerkungen ab, da ist ihm vielleicht der
Krieg dazwischengekommen, so daß er im Grunde ebenso hilflos ist
wie wir, nur seine Routine hält ihn über Wasser ... ich glaube, das Ge-

fühl, das ihn am meisten beherrscht, ist das Staunen, das Sich-Verwundern.«

Albrecht ließ sich die Worte durch den Kopf gehen, es lag viel Wahrheit in ihnen, aber auch ebensoviel Übertreibung. Insgeheim stellte er eine sonderbare Übereinstimmung fest mit den Gedanken, die ihn jetzt öfter als zuvor beim Anblick seines Vaters befielen – aber das zusammen reichte nun doch nicht aus, um das Geständnis des Freundes von vorhin einigermaßen zu begründen, man konnte schon mehr von ihm verlangen.

»Und das ist es also«, fragt er.

»Nein«, erwidert Fritz, »noch viel schlimmer. Du fragtest vorhin, ob die Schule für mich eine so gewaltige Anstrengung sei, eine Arbeit. Sieh einmal, das war überhaupt das erste, was ich an mir bemerkte, sie ist eben keine Arbeit und gar keine Anstrengung, ich werde nicht müde, ich sitze herum, langweile mich, vertrödele meine Zeit, und daher kommt meine Müdigkeit. Sieh mich doch an, glaubst du, daß es für mich eine ausreichende Beschäftigung ist, auf der Schulbank zu sitzen und nur meinen Kopf anzustrengen?«

Er war jetzt achtzehn Jahre alt, und seine Kraft machte ihm gewaltig zu schaffen, sie lag brach, unausgenutzt, verzettelte sich in Kleinigkeiten, es war kein Segen über sie gebreitet. Um den großen Platz draußen konnte er so schnell laufen, daß er schon unten am Ziel stand, während die anderen erst noch oben in die Gerade einbogen. Und wenn sie nachher wie tot ins Gras fallen, geht er aufrecht einher und pfeift sich ein Lied. Aber das ist nicht von Dauer, ist doch nur eine kurze Anstrengung, eine Spielerei schließlich.

»Was willst du denn eigentlich tun«, fragt Albrecht, er konnte sich nicht helfen, er fragte gerade heraus, vielleicht erhielt er eine Antwort. Die Worte des Freundes erschienen ihm so verschwommen, ungeordnet, schließlich muß er doch ein festes Ziel haben.

»Was ich tun will? Arbeiten will ich, nichts weiter als arbeiten, abends will ich die Müdigkeit in den Gliedern spüren, wissen, wo ich sie mir erworben habe, und ins Bett fallen. Ich will im Steinbruch arbeiten oder Land umgraben, nur nicht mehr stillsitzen und zusehen, nein, nein.«

Albrecht macht einen Vorschlag, er fällt ihm gerade ein, er ist froh, ein Wort sagen zu können: »Sprich mit deinen Eltern oder wenigstens mit deiner Mutter.«

Fritz schüttelt heftig den Kopf: Nein, auf diesem Weg kam er nicht weiter, er hatte es versucht, hatte seine Scham überwunden und seiner Mutter, so gut es bei seiner Zurückhaltung ging, Andeutungen gemacht. Sie sah ihn an, verstand sie recht?

»Bist du bei Sinnen, jetzt willst du aufhören, wo du nur noch zwei Jahre bis zum Schluß hast? Die Opfer, die wir die Jahre hindurch für dich gebracht haben, die Sorgen – alles das soll jetzt umsonst sein?«

Opfer nannte sie es – sie durften es sich leisten, Opfer zu bringen, sie fielen nicht ins Gewicht, schmeichelten vielmehr ihrer Eitelkeit.

»Wie bist du nur auf den Gedanken gekommen«, sie schien geneigt zu sein, seine Gründe anzuhören. Fritz versuchte ihr nun klarzulegen, was ihn zu diesem Entschluß trieb, er hatte den aufrichtigen Wunsch, alles klar und entschieden zu sagen. Er sprach davon, daß er sich nicht mehr wohl fühle, keine rechte Lust aufbringen könne, und noch vieles andere. Aber je tiefer er in die Rede stieg, sich erhitzte, um so mehr fehlte ihm das Wort, sich genau zu erklären. Er umschrieb, da merkte er, daß der Gedanke verwischt war, ja, schließlich ging ihm alles durcheinander, so verschlungen und ungeordnet lag noch alles in der Tiefe.

Die Mutter glaubte, es handle sich nur um die Schule, wie es außerdem mit seinen Ausdeutungen und Erklärungen stand, merkte sie recht gut. Man muß ihn hart angehen, dachte sie bei sich, er ist verschwommen wie ein kleines Mädchen. Des Vaters starke Hand hat da gefehlt, gerade in den Jahren, als der Krieg das Land von den Vätern entblößte und Frauen auch an Mannes Statt erzogen.

»Du faulenzest«, sagte sie streng, »du hast keine richtige Arbeit, ich sehe das schon lange mit an. Alle arbeiten hier, der Vater, der Bruder, ich – nur du vertrödelst die Zeit und hast Flausen im Kopf.«

Fritz faßte Hoffnung: »Ja, Mutter«, sagte er, »das ist wohl wahr.«

Die Mutter: »Wenn du es weißt, warum arbeitest du dann nicht für die Schule und siehst zu, möglichst bald fertig zu werden?«

Da ging im Laden die Klingel, Frau Fiedler stand schon wieder hinter dem Ladentisch.

Niedergeschlagen, völlig hilflos nun blieb Fritz zurück. Alles hätte seine Mutter sagen dürfen, zu Anfang das mit den Opfern und seiner Undankbarkeit, den Sorgen, die sie die ganzen Jahre seinetwegen hatten, und noch anderes mehr, aber nicht zum Schluß den Vergleich mit dem Vater und dem Bruder, und am wenigsten das mit dem Faulenzen. Hier beging sie bestimmt einen Fehler, den sie nie wieder gutmachen konnte, sie bestärkte Fritz geradezu in seinen Gedankengängen und machte ihm eine Entscheidung noch leichter.

Es ging um seine Zukunft, um nichts anderes, er hatte sich zu entscheiden, endgültig, es gab keinen Aufschub mehr. Er besaß genug Instinkt, um zu fühlen, daß etwas in der Luft lag, eine Art von Sich-neu-entschließen-Müssen, eine furchtbare Unruhe – aber kein Ausruhen in gesicherter Stellung. Seine ersten Lebensjahre fielen in den großen Krieg, er hatte ihn erlebt als Kind, ohne Wissen um Sieg und Besiegtsein, Leben und Ausgelöschtwerden. Er wurde groß, sehend, wissend. Und was er sah, war Not und Verfall um sich herum, ihn betraf es noch nicht, für nichts hatte er zu sorgen, doch die Unruhe, die Bewegung lag ihm tief im Blut und verzehrte ihn langsam.

»Was bleibt mir am Ende übrig, Albrecht, wenn du ehrlich bist.«

Albrecht überlegte, in der Tat, was blieb ihm übrig? Im Anfang hatte Fritz von einer Reise gesprochen, die er demnächst, sogar schon recht bald, antreten wollte. Was es mit dieser Reise auf sich hatte, wurde ihm jetzt erst vollends klar. Er war erschüttert. Fahnenflucht also, einfach ausreißen, bei Nacht und Nebel auf und davon, die anderen hatten das Nachsehen. Es geschah ihnen vielleicht recht, sie verdienten es wohl nicht anders, da sie sich nicht belehren ließen.

Aber ganz geheuer kam Albrecht die Sache doch nicht vor, zugegeben, Fritz fühlte sich hier nicht mehr wohl, die Verhältnisse nahmen immer mehr gegen ihn Stellung, das Leben um ihn herum nahm zu an Schärfe und Spannung, vielleicht auch hatte er Angst, daß er nicht mehr zur rechten Zeit kam, daß er den Anschluß verpaßte. Er hatte die Kraft eines erwachsenen Mannes und die Unruhe eines Knaben, er gedachte jetzt ernsthaft einzugreifen und etwas zu vollenden, aber zuerst einmal mußte er, wenn er überhaupt oben bleiben wollte, gegen den Willen der Eltern sein Vorhaben durchsetzen.

Doch sicherlich sprachen da auch noch andere Umstände mit, ja, hatte Fritz vorhin nicht selbst etwas von großen Taten gesagt, die endlich geschehen müßten, von der großen Welt und kühnen Unternehmungen, die den Einsatz eines ganzen Lebens erforderten, blitzte da nicht zwischen seinen Worten etwas auf von Abenteuerlust, Tatendrang, jugendlicher Unbeständigkeit, … es war immerhin verdächtig.

»Bleib hier«, sagte Albrecht in einem Aufschwung von Angst und Besorgnis, »du hast es nicht nötig, dich für einen südamerikanischen Staat totschießen zu lassen, bleib hier und mach die Schule durch, du hast es besser und wenigstens ein Ziel. Denkst du, die anderen und ich auch haben die Schule nicht ebenso satt?«

»Ach du«, erwiderte Fritz geringschätzig und zugleich ein wenig voll Neid, »du brauchst dir den Kopf nicht zu zerbrechen, bei euch zu Hause ist alles glatt und in Ordnung …«

Albrecht, erregt und hastig:

»Das weißt du nicht, da darfst du nicht mitreden, weil ich nach außen hin so ruhig erscheine und weiter kein Wort verliere, deshalb glaubst du …«

Er konnte sich nicht näher erklären, seine Gedanken gingen nicht so verteufelt gerade und gerafft einher wie bei Fritz. Es stand ihm vorläufig noch nicht an, eine Entscheidung mit aller Macht herbeizuführen, kaum, daß es später anders darin würde, er mußte hier bleiben und ausharren, er fühlte es, er wurde gebraucht für später.

»Warum geht es bei euch nicht glatt«, fuhr er fort, »was willst du damit sagen?«

Auch dafür wußte Fritz eine Antwort, es war ihm nicht beizukommen:

»Mein Vater ist ein tüchtiger Mann«, sagte er, »das muß man ihm unbedingt zugestehen, er hat es in seinem Leben zu etwas gebracht, so, wie er heute dasteht, ist er beinahe ein Bürger, zufrieden, begütert, obwohl er früher eigentlich nichts anderes war als ein Arbeiter – aber das macht ja nichts, oder was meinst du?«

Albrecht überlegte, er sah nicht ganz klar, wo diese Frage enden sollte.

»Ja«, sagte er, »sicherlich, dein Vater ist heute ein Bürger, wenn du so willst, aber was willst du damit schon anfangen?«

»Hör zu«, erwiderte Fritz, »auch das habe ich mir genau überlegt. Weißt du eigentlich, wie das ist, wenn wir Kaffee trinken?«

»Nein, warum?«

»Das ist so«, fährt er fort, »in der Küche steht ein großer Emailletopf, der früher einmal weiß war, die Mutter trägt ihn in die kleine Stube auf den Tisch und stellt daneben Tassen von verschiedener Größe und verschiedenem Muster, das Brot liegt auf der Wachstuchdecke, daneben steht der Schmalztopf und die Butter. So trinken wir Kaffee, keine Decke auf dem Tisch, nicht mehr als das Nötigste, keine Bequemlichkeit, kein Teller. Im Zimmer liegt alles durcheinander, Drähte, Lampen, elektrische Birnen, jeden Augenblick kommt einer von den Lehrlingen oder Gehilfen herein, nie ist man ungestört. Wir wohnen sehr beengt, obwohl meinem Vater das ganze Haus gehört.«

Albrecht verwundert: »Und was willst du damit sagen?«

»Bei euch ist das ganz anders.«

»Bei uns?« wiederholt Albrecht ungläubig.

»Jawohl, dein Vater kommt täglich zur gleichen Zeit herauf, ihr sitzt an einem gedeckten Tisch, da stehen die Tassen auf Tellern, daneben noch einmal Teller für das Brot, in zwei Zimmern könnt ihr euch ungestört aufhalten, immer ist es behaglich und sauber aufgeräumt.«

Albrecht starrte ihn an, wie Fritz diese selbstverständlichen Dinge erzählte, als seien sie eine große Entdeckung und Errungenschaft.

»Ich will dir damit beweisen«, sagte Fritz schließlich, »daß es so wie bei uns bei keinem Bürger zugeht.«

Albrecht sah auf und lachte ein wenig:

»Das ist ja Unsinn, bei dir herrscht aber eine heillose Verwirrung. Was meinst du, mit dem gleichen Recht könnte ich einen Vergleich ziehen zwischen uns und dem Haus des Herrn Dalke von gegenüber, dem es doch bei weitem besser geht und der noch mehr hermacht, wenn er ißt. Aber ich denke gar nicht daran, ich bin zufrieden, meine Eltern auch, soll ich ihnen deshalb einen Vorwurf machen? Ein jeder tut eben das, was zu seiner Stellung gehört und wie er es gewohnt ist.«

»Das ist es ja gar nicht«, gab Fritz unmutig zur Antwort, er hatte jetzt offensichtlich genug davon, immer noch weiter zu erklären und nur zu zeigen.

»Und meinst du«, fragte Albrecht weiter, »daß es, wie es bei euch zugeht, auch bei einem Arbeiter zugeht?«

Fritz schüttelte den Kopf.

»Nein, nein«, erwiderte er hastig, »das mit der Sauberkeit und mit dem Aufgeräumtsein – diesen Vergleich will ich nicht ziehen, das ist dumm und liegt wohl bei dem Einzelnen selbst. Ich will dir nur sagen, daß sich das Leben bei uns so abspielt wie bei einem, der noch keine feste Form gefunden hat – es ist noch nichts Bestimmtes. Wir könnten es uns leisten, anständiges Geschirr und eine behagliche Wohnung zu haben, wir hätten das Geld dazu, daran fehlt es bei uns nicht; aber meinen Eltern kommt es gar nicht in den Sinn, ihr Leben auf diese Art ihren äußeren Erfolgen anzupassen und nach außen hin ein geschlossenes Bild zu bieten. Früher, als mein Vater nichts besaß, war er radikal und machte kein Hehl daraus, heute, wo er es zu etwas gebracht hat, scheint er seine Vergangenheit vergessen zu haben, er ist bürgerlich, vermittelnd, politisch gemäßigt. Dabei hängt ihm noch eine Menge nach, er weiß es nur nicht oder gibt sich den Anschein, vielleicht kam ihm alles selbst ein wenig überraschend, sein Aufstieg und Erfolg, nun weiß er nicht, wohin. Mir wäre es lieber, er wüßte genau, wohin er gehört, dann wüßte ich es auch … Aber nun geh hin und erzähle ihnen, daß ich die Absicht habe, zu verreisen.«

Albrecht, nach einer Weile: »So, das glaubst du also.« Er erhob sich: »Auf Wiedersehen.«

Schweigen.

»In sechs Wochen geht mein Schiff zehn Uhr früh von Genua nach Spanien«, sagte Fritz.

Pause. Langsam kam Albrecht wieder in das Zimmer zurück.

»Nach Spanien?« fragt er ungläubig, nun hatte Fritz doch schon einen festen Plan, mehr als er zu Anfang zugegeben hatte. Nach Spanien also – er konnte den Gedanken nicht fassen.

»Und weshalb mußt du bis nach Spanien?« fragt er voll Angst. Spanien, wie er nur auf diesen Gedanken kam, hoffte er vielleicht dort eine Möglichkeit zu finden?

Fritz stand ihm gegenüber, aufrecht; war er vorhin noch niedergeschlagen und hilflos, jetzt besaß er eine Zuversicht, sie spannte seinen ganzen kräftigen Körper, er hatte einen festen Plan, er wußte, was er wollte, keine Macht der Erde würde ihn davon abhalten können. Albrecht spürte diese Zuversicht heraus, und die Kraft, die dem Freund durch den Körper strömte, sie bedrückte ihn. Das war sein Freund, dagegen konnte er nicht an. Er bebte vor Erregung, was sollte er sagen? Er schwieg. Er merkte die Entschlossenheit, wußte, daß er dagegen nichts ausrichten konnte, zu tief hatte der Plan schon in ihm Wurzel gefaßt, es war aussichtslos, auch nur einen Schritt dagegen anzurennen, Albrecht fühlte sich klein und verlassen.

»Aber warum?« flüsterte er noch einmal.

»Ich will meinen Eltern möglichst weit aus dem Blick kommen«, sagte Fritz mit ruhiger Stimme, »sie holen mich sonst sofort zurück, ich weiß das und will es verhüten.«

»So, so.« Albrecht überlegte angestrengt, war es das allein? Wußte Fritz denn nicht, was er damit tat, wollte er in Wahrheit alle Brücken brechen, die wieder zu seinen Eltern führten, hatte er daran gedacht, daß er dann auf einmal ganz für sich allein stand, in einem fremden Land, dessen Sprache er nicht kannte, unbekannt, ein Fremder. Das war das Abenteuer, ohne Zweifel, Albrecht wußte dies mit Bestimmtheit. Sollte er versuchen, dem Freund diesen Gedanken auszureden? Vergeblich, er wäre dann nur auf ein anderes Land verfallen, er mußte über die Grenze, das stand für ihn fest, in ein anderes Land. Nun, dann nach Spanien, wenn er es nicht anders wollte. Aber Albrecht konnte sich damit nie zufrieden geben.

Natürlich gab es jetzt noch viel zu besprechen, zum Beispiel, wo er das Geld hernimmt, denn Geld gehört vor allem zu seinem Unternehmen.

»Das habe ich mir schon seit langer Zeit zusammengespart«, sagte Fritz.

»Gespart?«

»Ja, ja.«

Nun wußte Albrecht aber ganz genau, wieviel man in einem halben Jahr eifrigen Sparens zusammenbringen konnte.

»Dann hast du gerade genug für die Fahrt«, sagte er, »und nicht mehr, wirst du denn damit auskommen?«

Um die Erde könnte er fahren, so weit reichte sein Geld.

Albrecht sieht ihn ungläubig an, Fritz lacht spitzbübisch, so ganz scheint es in diesem Punkt nicht zu stimmen. Schließlich erklärt er sich näher.

»Das Geld, das ich von meinen Eltern bekomme, reicht natürlich nicht aus, das wußte ich schon am Anfang. Ich mußte mich also bald umsehen, wie ich den Betrag zusammenbrachte. Sieh, das ist doch leicht bei unserer Schlamperei zu Hause, kein Mensch merkt, wenn jemand an die Kasse geht und sich Geld herausnimmt. Mein Vater weiß überhaupt keinen Bescheid, nur meine Mutter verfügt über das gesamte Geld. Was am Tag eingeht, bewahrt sie in einer Schublade am Ladentisch auf, im Laufe des Tages nimmt sie sich heraus, was sie braucht. Einmal fand ich unter ihrem Laken ein Kuvert mit viel Geld, ich machte es ihr schließlich nach, weiter nichts.«

Albrecht war starr. Fritz hatte immer über viel Geld verfügt, er war oft großzügig und spendierte, Albrecht hatte sich weiter nie Gedanken darüber gemacht, wie er zu diesem Gelde kam. Er selbst besaß nicht viel, er hatte ja auch keine Ausgaben, sein Vater bezahlte ihm alles, darüber hinaus fielen immer noch ein paar Mark für die Sparbüchse ab, besonders am Schluß eines jeden Monats, wenn der Abschluß gemacht wurde. Albrecht wäre nie auf den Gedanken gekommen, sich eigenmächtig Geld aus der Kasse herauszunehmen. Der Vater wußte stets genau den augenblicklichen Bestand, über jede Mark, die ausgegeben wurde, forderte er genauesten Bericht, jede kleine Unterschlagung wäre bald herausgekommen. Das Geld stand im Mittelpunkt, führte man auch keinen Tanz darum auf, der geregelte Ablauf verbürgte ein sicheres und würdiges Dasein. Auf diesen beiden Begriffen stand das Leben aufgebaut: Arbeiten und Geld verdienen, gab es denn überhaupt daneben noch eine andere Möglichkeit?

Freitag. Die Fabriken haben die Löhne schon am Donnerstag ausgezahlt, doch erst am Freitag darauf kommen die Frauen in die Geschäfte, bezahlen alte Schulden, machen neue, es ist wie ein Sack, der nie zu Ende geflickt wird. Seldersens stehen im Laden und warten.

Die Köppen ist schon drei Wochen nicht hier gewesen, vom vorigen Jahr stehen noch Schulden an. Dabei kam sie neulich mit ihrem Jungen von Wiesel mit großen Paketen. Sicherlich Anzüge für die Jungens, der eine wird kommende Ostern eingesegnet.

»Wenn ich sie auf der Straße sehe, spreche ich sie an«, sagt die Mutter, »das habe ich mir schon lange vorgenommen. Und die alte Lorenz und ihre Schwiegertochter – wenn sie etwas brauchen, kommen sie, aber das Geld tragen sie zu anderen.«

Der Vater wehrte ab: »Von der ist doch der Mann krank und das Kind im Krankenhaus. Es ist zu schwer.«

Jeder Kaufmann ist über die Familienverhältnisse seiner Kunden genau im Bild. Gegen fünf Uhr erscheinen die ersten, mit dröhnenden Schritten gehen sie zur Kasse, an der die Mutter jetzt sitzt.

»Ich bringe Geld, zehn Mark.«

»Das ist ja sehr schön. Alleine heute in der Stadt? Was macht Mutter, ist sie auch hier?«

Eine Antwort wird meistens nicht erwartet, und wenn sie erfolgt, in der Regel nicht beachtet. Das Geld wird von dem Zettel, auf dem der Gesamtbetrag steht, abgezogen, die Zahlung im Buch vermerkt, jeder Kunde hat sein Konto, das er jederzeit einsehen kann. Drei große lange Striche bedeuten: ausgeglichen. Eine neue Seite wird dann angefangen.

»Ich brauche einen Anzug für sonntags.«

»Ja, wir haben sehr schöne Anzüge. Kommen Sie nächsten Donnerstag wieder.«

Der Käufer steht an der Tür, grob, er rührt sich nicht vom Fleck. Er braucht ihn eigentlich heute schon, aber er sagt es nicht.

»Ist er auch nicht zu teuer?« fragt er.

»Nein, nein, wir werden schon einig werden, kommen Sie nur.«

Die Anzüge hängen an großen Regalen in der Ecke, er sieht sie dort in langen Reihen an der Stange, gierig ruht sein Blick auf ihnen. Nächsten Donnerstag also, viel lieber heute schon, aber verdammt, man muß ihm ansehen, daß er heute kein Geld in der Tasche hat.

Es kommen die, die sich abrackern von früh bis spät, keinen Sonntag kennen und es doch nie zu etwas bringen. Sie kommen, entschuldigen sich, wenn sie nur mit wenigem ankommen, aber das nächstemal wird es bestimmt mehr sein, die Möbel beim Tischler mußten bezahlt werden, die Kartoffeln – alles kommt auf einmal. Es klingt wie einstudiert, nur wenige Worte stehen zur Verfügung, als gäbe es nur Nackt-heit. Die Mutter, an der Kasse, versucht zu beruhigen, sie lobt die Ord-nung, gewährt Vertrauen, begleitet die Frau bis zur Türe. Immer wie-der bringt das Weib neue Entschuldigungen vor. Die Mutter ereifert sich in Großmütigkeit, die Frau verläßt mit einem »Danke schön« den Laden.

Noch an der Türe wendet sich Frau Seldersen um, ihr Gesicht ist verzogen, als wollte sie fragen: nun? Der Vater steht im Hintergrund, den Kopf zur Seite geneigt, als wolle er ihn auf die Schulter legen, so müde ist er. Seine Finger spielen mit den Stecknadeln, die seinen Rock-kragen durchstechen.

»Die Frau wird bezahlen«, sagt er, »natürlich, aber uns fehlt das Geld heute. Ja, es ist so schwer für die Leute, die haben auch zu knacken.«

Stille.

Die dunklen Stoffe machen den Laden düster, das weiße Licht flammt an der Decke auf, eine Frau kommt herein, sie erzählt viel. Alle erzählen sie viel, nicht immer ist es gelogen, doch viel Leid macht stumpf und hart. Sie bringt etwas Geld – bleibt noch ein Rest im Buch. Als ihre Angelegenheit erledigt ist, zögert sie einen Augenblick, dann sagt sie so ungeschickt wie möglich – für sie ist es sicherlich ein Diplo-matenkunststück: sie brauche noch viel, sie will neu kaufen.

Ja, man gibt ihr bis zu einer gewissen Grenze. Sie ist eine von den Faulsten, hat viel Ware gekauft, wenig Geld bisher dafür bezahlt, eine große Familie. Sie zählt auf, was sie braucht: Wäsche, Strümpfe, Stoff für Kleider und noch vieles mehr.

Frau Seldersen wirft die Strümpfe in den Kasten zurück und sagt:

»Nein, nur gegen bar Kasse.« Ihr Konto ist zu groß, es muß erst min-destens bis zur Hälfte abgezahlt sein. Dann kann sie neu kaufen.

Die Frau beginnt zu stöhnen, sie fängt mit ihrer Erzählung noch einmal von neuem an. Man glaubt ihr alles, aber es geht nicht, beim besten Willen nicht, einmal muß ein Ende gesetzt werden. Die Frau verläßt traurig den Laden, sie dreht sich noch einmal um und ver-spricht, bald mit Geld zu kommen.

Albrecht, der das ganze Gespräch verfolgt hat, tritt heran und fragt:

»Warum habt ihr denn der Frau keine Ware gegeben, sie ist doch nur

71

noch zwanzig Mark schuldig, andere stehen viel größer hier im Buch.«

Der Vater schweigt. Die Mutter:

»Wir können doch nicht verkaufen, wenn wir das Geld erst in anderthalb Jahren sehen. Wollten wir das, dann könnten wir morgen zumachen, Vater kann hausieren gehen, und wir« – sie verbessert sich –, »… und ihr, was soll aus euch werden?«

»Ach so«, sagt der Junge, »wegen uns, richtig, ja, ich verstehe jetzt, wegen uns also.«

Er verläßt den Laden.

Für den Kaufmann Seldersen begann sich jetzt vieles entschiedener zu gestalten, mit dem Brief damals begann es, vorläufig war er immer noch ein Einzelfall, doch bald wurde eine lange Kette daraus. Der Briefträger hatte ihn eines Tages gebracht, noch nie vorher hatte der Vater ein Schreiben dieser Art erhalten, die Erregung traf ihn stark, er wußte sich nicht zu fassen. Umgehend schrieb er zurück, es bedurfte großer Anstrengung, bis er ein Schreiben zustande gebracht hatte, wohlabgewogen, nicht zuviel an Untertänigkeit und Herausforderung: man solle ihm das Vertrauen, das man ihm die Jahre hindurch stets reichlich entgegengebracht hat, nicht entziehen, eine kleine Stockung sei eingetreten, in kurzer Zeit hoffe er sie zu beheben. Der Brief hatte Erfolg, er war ein alter Kaufmann, in den Jahren bisher hatte man sich von ihm nichts zu versehen gehabt, ein wenig Nachsicht, Milde durfte er schon verlangen. Man gewährte sie ihm und drängte ihn nicht mehr. Er beeilte sich, der Firma einen Teil des ihr zustehenden Betrages einzusenden, die Angelegenheit schien erledigt. Dafür liefen in kurzen Abständen Briefe gleichen Inhalts von anderen Firmen ein, auf der ganzen Linie war diese Stockung eingetreten. Sie waren zum Teil wesentlich schärfer im Ton, mahnten eindeutig, obgleich die Frist oft erst um zehn Tage überschritten war, drohten ziemlich unverblümt – kurz, sie forderten schnellstens ihr Geld. Nicht, daß der Absender hier in diesem besonderen Fall Angst gehabt hätte, sein Geld zu verlieren, die Briefe waren so allgemein gehalten, daß sie an andere Schuldner auch abgesandt wurden, man war eben in Verlegenheit und brauchte sein Geld selbst dringend. Mit jeder Post kamen solche Schreiben, zuerst einmal am Tag, dann jedesmal, wenn der Briefträger überhaupt erschien. Dem Vater bangte stets vor dem Augenblick, wo der Postbote in den Laden trat.

»Na, was bringen Sie mir heute?« fragte er leichthin und nahm die Briefe in Empfang. Er brauchte gar nicht auf den Absender zu sehen, schon vorher wußte er meist, von wem der Brief kam. Er war mit seinen Zahlungen arg in Verzug geraten, überall hing er bei den Firmen. Dann las er den Inhalt, und die Angst beschlich ihn jedesmal wieder, obgleich er durch die häufige Wiederkehr hätte daran gewöhnt sein müssen. Es blieb ihm nichts anderes übrig, als sich hinzusetzen und unaufhörlich Briefe zu schreiben wie diesen ersten, daß man ihm weiterhin das Vertrauen schenke, daß er um Nachsicht bäte – er brachte es zu einer gewissen Meisterschaft im Abfassen dieser Briefe. Er gab sich demütig, beugte sich tief und litt ehrlich großen Schmerz. Nach außen hin versuchte er, so gut es ging, seinen Zustand zu verbergen.

An einem Sonntagmorgen erwachte Albrecht in der Früh' plötzlich, noch schlaftrunken hörte er von nebenan aus der Küche Stimmen, die gedämpft, aber scharf und gut verständlich miteinander stritten. Er unterschied deutlich die Stimme seines Vaters, als er zur Mutter sagte:

»Du mußt dich eben mehr zusammennehmen und darfst dich in deiner verzweifelten Stimmung nicht so gehen lassen. Der Junge braucht nichts davon zu erfahren, wie es eigentlich steht, er hat mit der Schule seinen Kopf vorläufig voll genug – ich nehme mich auch zusammen. Wenn ich vor dir alles zeigen wollte, was sich am Tag so ereignet!« Er verschwieg so manches. »Aber der Junge bleibt mir aus dem Spiel.«

Noch viel später erinnerte sich Albrecht recht gut der einzelnen Worte, er behielt sie im Gedächtnis, obwohl er mit ihnen nichts anderes anzufangen wußte, als was ihm schon vorher bekannt war. Sein Vater hatte Sorgen und wollte nicht, daß er etwas davon erfuhr. Nun gut, er wollte abwarten und zusehen, was es mit diesen Sorgen auf sich hatte. Vielleicht waren sie übertrieben, aufgebauscht und fielen in kurzer Zeit von selbst in sich zusammen, vielleicht hing doch ein gut Teil Wahrheit an ihnen.

Die Schule hatte lange schon wieder begonnen, es vergingen jetzt kaum drei Tage, an denen es nicht zu einem Zusammenstoß zwischen Fritz und einem der Lehrer kam. Dr. Selow war versetzt, eine jüngere Vertretung rückte an seine Stelle, ein Referendar, der es auch erst noch lernen mußte. In dem Stundenplan gab es jetzt jeden Augenblick Änderungen und Umlegungen.

Fritz saß dabei und bekundete offen, daß er sich nicht mehr als hier zugehörig betrachtete, er langweilte sich, schlief, trieb andere Sachen. Mitunter vergaß er vollkommen, daß er sich immer noch in der Schule befand; wenn ihm eine Sache lächerlich vorkam, so lachte er selig vor sich hin, während die übrigen Mitschüler gute Miene zum bösen Spiel machten. Als in einer Stunde der Direktor wieder einmal von den großen Männern sprach – er sprach gerne über diese Angelegenheit, seine Stimme erzitterte dann jedesmal, und aus den Augen lief ihm das Wasser – und sagte: wenn dann die Sturmtrupps der großen Männer kommen, brach er mitten im Satz kurz ab und schrie:

»Fiedler, warum lachen Sie?«

Er zitterte vor Erregung und lief zu Fritzens Platz.

»Warum lachen Sie?« schrie er wieder. Fritz erhob sich schwerfällig und stand groß neben seinem Direktor, unbeweglich sah er auf die Wandtafel und schwieg.

»Sie sind ein unverschämter Bursche«, sagte der Direktor, mit Mühe nur hielt er an sich. Wer weiß, was er im Augenblick über Fritz noch alles bei sich dachte, welch schlechter Gedanken er ihn für fähig hielt. Fritz setzte sich ruhig wieder hin, die Stunde nahm ihren Fortgang.

Solche Zwischenfälle wiederholten sich nun oft, Fritz wurde mit der Zeit müde, er blieb zu Hause, stellte sich krank, vielleicht war er es auch in der Tat, sein Kopf war heiß und die Lippen andauernd trocken, er trank wie ein ausgedienter Säufer. Nach ein paar Tagen erschien er wieder in der Schule, aber jetzt zeigte er nicht mehr dieselbe Gleichgültigkeit wie vorher, er hatte es sich anscheinend überlegt und gab sich Mühe, nicht mehr aufzufallen.

Mit Genua übrigens klappte es nicht, er hatte sich verrechnet, um vier Stunden ging das Schiff früher ab. Das folgende konnte er nicht benutzen, er verlor sonst seinen Vorsprung von drei Tagen, und darauf kam es ihm sehr an. Drei Tage mußte er gewinnen, sollte sein Vorhaben unentdeckt bleiben. Er mußte sich also nach einem neuen Plan umsehen, vorläufig hatte er noch nichts bereit. Albrecht hatte fast den Eindruck, als ob es Fritz nicht mehr so eilig hätte wie zuvor, auf einmal sprach er von abwarten und genau vorbereiten, während er vordem am liebsten sofort ausgerissen wäre.

So verging der Herbst, die ersten Stürme kamen, der Waldboden wurde feucht und aufgeweicht vom Regen, man konnte sich nicht mehr in das Gras legen. Die beiden Freunde gingen fast jeden Abend wieder über die vertrauten Wege, nur hier fühlte sich Fritz frei und sicher. Er verlor seine äußere Scheu und Schweigsamkeit, er sprach von seiner Flucht, von seinen Plänen und wie er sich seine nächste Zukunft dachte.

»Es wird mir nicht rosig gehen«, sagte er, »das weiß ich genau.«
Albrecht nickte.

»Aber wenn ich nur hier herauskomme, dann will ich das übrige schon ruhig auf mich nehmen.«

Es war ihm also wirklich ganz ernst, er hatte seinen Plan bis zu Ende überlegt, und keine Furcht konnte ihn mehr abhalten. Daß er Albrecht nach außen hin zuerst so abwartend und beinahe anderen Sinnes erschien, war nur ein Zeichen dafür, wie sehr er mit sich ins reine gekommen war. Albrecht sah voller Verwunderung in das ruhige Gesicht seines Freundes, das keinerlei Aufregung und Anspannung verriet.

»Wann willst du nun losfahren?« fragte er.
Fritz: »Das weiß ich noch nicht genau.«

So, das wußte er noch nicht genau, er wollte es nicht sagen, er befürchtete anscheinend doch eine Ungeschicklichkeit.

»Ich sage meinen Eltern, ich fahre zu Kern, dem Förster, nach F., ich bleibe dort einige Tage zur Jagd.«

»Aber jetzt ist doch gar keine Jagd mehr«, sagte Albrecht.

»Richtig, das hätte ich beinahe vergessen.« Eine unglaublich leichtsinnige Angabe, sie konnte ihn ins Unglück stürzen. »Nun, dann lasse ich das eben mit der Jagd und fahre nur zu Besuch. Ich bin schon lange dort eingeladen, meine Eltern wissen es.«

Sie gingen weiter und gelangten schließlich wieder zur Stadt.

»Da wärst du nun zu Hause«, sagt Fritz plötzlich und bleibt an der

Ecke stehen, mitten im Gespräch hält er an, als habe er die letzten Worte gar nicht mehr gehört. »Gute Nacht.«

Sie verabschieden sich, die paar Schritte geht Fritz alleine nach Hause. Als Albrecht die Haustüre schon aufgeschlossen hat, läuft er noch einmal zur Ecke und sieht die Straße hinauf. Der Freund geht ruhig mit vorgeneigtem Oberkörper in seinem schaukelnden Gang die Bordschwelle entlang. Es ist still auf der Straße, man hört jeden Schritt. Ob er wohl nach Hause geht, es sieht fast aus, als biege er nach links in eine kleine Straße ein. Albrecht wartet. Kurz vor seiner Wohnung biegt Fritz scharf nach rechts ab, schließt die Türe auf, das Geräusch schallt bis zur Ecke hinunter, die Türe wird zugeschlagen. Albrecht verläßt seinen Platz und geht ins Haus. An der Ecke steht der Nachtwächter, neben ihm liegt sein Hund auf der Erde.

Einzig Frau Seldersen hatte gegen die abendlichen Spaziergänge etwas einzuwenden, sie warf Albrecht vor, daß er sich nicht um seinen Vater kümmere, ihn jeden Abend allein gehen ließe. Sie selbst ist zu müde, um nach dem Essen noch ein Stück mit ihm zu laufen. Der Vater versucht zwar langsam zu gehen, doch schon nach wenigen Minuten ist er wieder in seinem alten Trab, sie keucht nebenher, es kommt nie zu einer Übereinstimmung. So läßt sie ihn – nur ungern – alleine gehen.

Albrecht verspricht, sich danach zu richten. Als der Vater am nächsten Abend sagt, daß er sich noch ein bißchen auslaufen wolle, erklärt Albrecht, er gehe mit. Der Vater ist erstaunt und wehrt ab, er kann ebensogut alleine gehen, da kann er sich wenigstens seinen Schritt machen.

»Wenn du meinst«, sagt Albrecht und ist schon bereit, nachzugeben.

Herr Seldersen geht aus dem Zimmer, um sich anzuziehen.

»Du gehst mit«, befiehlt die Mutter.

»Aber er will doch alleine gehen.«

»Gleichviel, er will es nicht zugeben, aber er freut sich doch.«

Die Türe schlägt draußen zu.

»Er geht schon, nun beeile dich aber.«

Widerwillig steht der Junge auf, er hatte sich ausgedacht, heute zu Hause zu bleiben und sich den Abend mit Lesen und Musizieren angenehm zu vertreiben. Umständlich zieht er sich an, dann holt er mit ein paar Laufschritten den Vater ein:

»Ich komme doch noch ein bißchen mit«, als ob ihm das gerade eingefallen sei.

»Ist doch unnütz, ich gehe ebenso gerne allein«; aber er freut sich doch, wenn er auch weiß, daß die Mutter dahintersteckt. Schweigend gehen sie durch die Straßen. Herr Seldersen hält den Hut in der Hand, um ihn nicht dauernd abnehmen zu müssen, wenn man ihn grüßt. Jeder kennt ihn hier und grüßt, auch in der Dunkelheit. Sie verlassen die Stadt und biegen auf die Promenade ein. Der Vater hat die Hände auf dem Rücken, den Blick zu Boden gesenkt, bei jedem Schritt stöhnt er leise auf, als trüge er eine Last, die ihm den Atem verschlägt. Der Ton kommt innen aus dem Körper, von weit her, steigt höher, verflüchtigt sich und wird zum leisen Weinen.

»Was stöhnst du?« fragt Albrecht schließlich, »ich bitte dich, ich kann das nicht mehr hören.«

Es klingt ein wenig schroff und befehlend, jedoch er meint es nicht so. Sacht legt er seinen Arm um die Schulter des Vaters, er braucht sich dabei gar nicht so gewaltig anzustrengen, so viel größer ist er schon. Sie gehen ruhig weiter, der Vater räuspert sich. Nach einer Weile verlangsamt er seinen Schritt, bleibt plötzlich stehen, nickt mit dem Kopf.

»Hm, hm ...«, doch kein Wort weiter. Er setzt seinen Weg fort. Nach ein paar Schritten wieder: »Hm, hm ...«, und so lange Zeit, als gäbe er damit eine Antwort auf die vielen Fragen, die ihn den ganzen Weg über beschäftigen und auf eine Antwort drängen. »Hm, hm ...«

Albrecht wartet.

»Es ist doch zu schwer«, sagt der Vater auf einmal, »wenn ich es nur noch so lange halten kann, bis du aus der Schule bist.«

Pause.

»Hm, hm ...«

Das also ist seine große Sorge, die er die ganze Zeit mit sich herumträgt, das erstemal, daß er so offen darüber spricht.

»Meinst du wirklich, daß es nicht mehr geht?« fragt Albrecht zaghaft, aber bis zu Ende hat er den Gedanken noch nicht begriffen.

»Nein, nein, lange kann es nicht mehr dauern«, entgegnet der Vater.

Schweigen.

»Hm, hm …«

Soll es wirklich so sein, daß etwas, was durch jahrelange Arbeit mühsam aufgebaut wurde und lange Zeit hindurch Bestand hatte, plötzlich
über Nacht zusammenfällt, als genügte schon ein Windstoß, um es umzuwerfen?

»Und daß du alles so mit ansehen mußt, du, die Mutter und die
Anneliese, daß ich nicht von euch die Sorgen fernhalten kann – aber es
geht nicht, ich habe es versucht, es geht nicht.«

Albrecht ist etwas verwirrt durch die letzten Worte des Vaters, er will
ihn trösten, er stottert ein paar Redensarten zusammen, wie sie ihm
gerade einfallen, daß es anderen doch ebenso ergehe, sicherlich, ist das
nicht ein Trost, daß es nicht des Vaters Schuld sei, habe man denn das
Geld verpraßt. »Auf mich brauchst du keine Rücksicht zu nehmen, es
ist nur gut, wenn ich früh genug erfahre, wie es in Wirklichkeit bei uns
und überhaupt im allgemeinen zugeht.«

Schweigend gehen sie weiter.

Soweit es seine Person betraf, hatte sich Herr Seldersen schon lange
mit den augenblicklichen Verhältnissen und den trüben Aussichten für
die Zukunft abgefunden. Sich bescheiden können, einfach und an-
spruchslos dahinleben, wenn die Zeit es erfordert, das war ebenso wichtig und brachte Ehre, wie unter gesunden, geraden Verhältnissen sein
Schiffchen sicher in den Hafen zu steuern. Aber so einfach ging das
alles nicht, eine Menge anderer Sachen kamen noch hinzu. Er stand ja
nicht allein in der Welt, er hatte Verpflichtungen, da waren seine Frau
und die Kinder. Und er war ein Mann, war der Vater, seine Arbeit war
die Grundlage der Familie und gab ihm die Sicherheit für seine eigene
Stellung. Alles war eng miteinander verbunden, und wenn sich auf einer Seite nur ein Steinchen lockerte, fiel das ganze Gebäude zusammen.

Der Weg führte hinaus in den Wald, am Rande stand ein Gartenrestaurant. Sie gehen hinein und setzen sich unter die Lauben, weit hinten sitzen noch zwei Gäste, der Vater bestellt etwas zu trinken. In den
Blumenampeln an der Decke leuchten versteckt die Glühbirnen, ein
mattes Licht liegt über den Tischen. Sie lehnen sich zurück in die har-

ten Gartenstühle, ah, es ist eine Wohltat, hier zu sitzen und ganz ruhig zu sein.

Der Vater sitzt verloren in seinem Stuhl, wie ein kleines Kind, das zum erstenmal auf einem Stuhl sitzt, die Beine hängen in der Luft, die Arme liegen schwer und breit auf dem Tisch, als zittere noch eine große Anstrengung in ihnen nach.

Das ist also mein Vater, denkt Albrecht, er sitzt ihm gegenüber und kann nicht aufhören, ihn immer wieder verstohlen anzusehen, das Gesicht, die Hände, den ganzen müden Körper. Da hat er nun sein ganzes Leben gearbeitet, und das ist also das Ergebnis. Gut. Vorhin hat er sich bei mir entschuldigt, daß er uns das Leben nicht besser gestalten kann, was habe ich ihm darauf erwidert? Irgend etwas, aber dafür gibt es keine Worte. Er ist unrasiert, da sieht er noch schlechter aus und viel älter. Ich glaube, jetzt weint er sogar im stillen, man hört es nur nicht. Ich habe ihn schon weinen hören, es klang wie das Weinen eines Tieres, kein starker Ausbruch, man meint, alle Bitterkeit senke sich nur noch tiefer in ihn.

Und auf einmal überfällt Albrecht ein großes Mitleid mit seinem Vater, wie er ihm da gegenübersitzt, alt, verloren und ohne Hoffnung. War er bisher auch der Meinung, es stecke viel Übertreibung und Anmaßung hinter seinem Gebaren, und dachte sich manchmal im stillen sein Teil, jetzt war er bekehrt, er glaubte. Er wußte nicht viel mehr von seinem Vater, als daß er seine Arbeit verrichtete, getreu und mit Liebe, wußte nicht viel von seinem früheren Leben und Ergehen. Von selbst sprach der Vater nie über das Vergangene, obwohl er gewiß nichts zu verbergen hatte. Er war im Krieg gewesen, vier Jahre lang, als Anerkennung erhielt er das Kreuz, er trug es nie, es lag in einer Schublade im Schrank, eingehüllt in Seidenpapier, wenn die Mutter in den Fächern aufräumte, fiel es ihr jedesmal in die Hände. Sie betrachtete es lange und legte es sorgfältig wieder an seinen Platz. Und so war es mit allem, einmal, in einer Sekunde, gab es das Geschehen, dann war es versunken, abgetan, wohl nicht vergessen, aber verschwiegen; es lag in einer Ecke, und nur wenn man kramte, stieß man darauf. Jetzt erschien vor Albrecht auf einmal das Leben seines Vaters ausgebreitet, er wußte keine Einzelheiten, keine Daten und äußeren Ereignisse, er sah nur die Linie, den Bogen, der sich von Beginn an spannte bis jetzt, wo allerdings noch nicht das Ende stand. Noch später erinnerte er sich genau an die Stunde, da sein Vater und er zusammensaßen und er einsichtig wurde. Er glaubte, daß er damals unbändig an Erfahrung gewann, mit einem gewaltigen Schritt über sein Alter hinaussprang.

»Und wann bist du aus der Schule gekommen?«

Der Vater machte eine Pause, er mußte überlegen: »Mit vierzehn Jahren«, sagte er dann.

Albrecht erstaunt: »Da warst du ja noch kleiner als jetzt ich.«

Er lachte. Der Vater nickte und verzog das Gesicht.

»Als ich so alt war wie du, war ich schon in der Lehre und hatte bald ausgelernt.«

Pause. Albrecht überlegte kurz, daß er jetzt siebzehn Jahre alt war, und schämte sich ein wenig.

»Warum bist du schon so früh aus der Schule gekommen?« fragte er weiter.

»Wir waren zu Hause viele Kinder, und ich kam auch nicht recht mit, schon in der untersten Klasse klappte es nicht so ganz, ich hatte nie Zeit, für die Schule zu arbeiten, ich mußte auf meine kleinen Schwestern aufpassen, da nahm mich mein Vater dann aus der Schule.«

»Aber dein Vater hatte lange in England gelebt, und er wußte in allem genau Bescheid.«

»Er war ein gebildeter Mann.«

»Und die große Familie?«

»Er ernährte sie, die Mutter hat es ihm nicht leicht gemacht, später sprach er oft zu mir darüber. Aber nie hat er geklagt. Er blieb stets bescheiden.«

Das Gespräch geht weiter, Albrecht fragt, der Vater antwortet, schließlich bedarf es nicht mehr der Frage, und der Vater erzählt von selbst. Ein einfaches Schicksal mit Arbeit, ein wenig Erfolg, noch größere Arbeit. In der Lehre putzte er für die jungen Leute die Stiefel, um zum Essen Geld zu haben, da das Essen in der billigen Pension ungenießbar ist. Er wird Reisender, fährt durch das Land, überall gerne gesehen, freundlich, zuvorkommend, geschickt, es geht ihm gut, er spart dreihundert Taler. »Bedenke, dreihundert Taler, was das für ein Geld war.« Er gründet das Geschäft.

Pause.

Und dann ist der Vater auf einmal wieder so niedergeschlagen, er beugt sich unter seinem Schmerz, seine Hände fliegen ihm davon, wenn er sie nicht schnell ineinanderpreßt. Es nützt ihm nichts, daß er der Vater und der Ältere ist, hier ist er der Unterlegene, und mit seiner Männlichkeit ist es weiß Gott nicht weit her.

Albrecht fühlt seinen ganzen großen Schmerz und die bisher schweigend getragene Last, er umschließt die Fäuste seines Vaters mit seinen Händen und flüstert ihm zu, was er erst vorhin ihm gesagt hat, daß es nicht seine Schuld sei, daß es doch vielen anderen sicherlich ebenso ergehe.

»Nein, es ist schon etwas Schuld dabei«, langsam und schwer kommen die Worte, als trügen sie ein unwägbares Geständnis.

»Wo liegt sie?« fragt Albrecht zurück. Er bebt vor Erwartung, ist er jetzt auf der Spur?

Der Vater, ernst: »Damals in den Jahren, als das Geld ins unendliche stieg, und auch die Zeit nachher, da hätte ich es besser verstehen sollen … aber wer konnte das auch wissen.«

Da drückt Albrecht ganz fest die Hände seines Vaters und sagt ruhig: »Nicht du, überlaß das anderen, aber du nicht.«

Der Vater nickt zufrieden: »Nein, es hätte auch keinen Segen gebracht.«

Stille.

»Wie das alles nur so plötzlich kommen mag?« fragte Albrecht auf einmal.

Der Vater zog die Schultern hoch und machte ein nachdenkliches Gesicht:

»Plötzlich? Nein, das geht schon länger, du hast es nur nicht recht bemerkt.«

»Doch, ich habe es schon bemerkt«, sagte Albrecht; wie alt er sich in diesem Augenblick vorkam.

Nach einer Weile der Vater: »Es hängt eben alles zusammen, das geht immer weiter zurück und bis ganz oben hinauf.« Eine bessere Erklärung fand er im Augenblick nicht.

Albrecht schüttelte nachdenklich den Kopf.

»Kein Mensch hat Geld, nur sehr wenige noch Arbeit, und so geht es immer noch weiter, es langt eben zu nichts … Sieh einmal«, fährt er fort, »wenn der Arbeiter hier kein Geld hat, muß er eben borgen, denn die Ware muß er haben, er muß etwas auf dem Leibe tragen. Aber mir fehlt das Geld, und ich bleibe meinen Lieferanten die Zahlung schuldig, die die Ware vielleicht auch erst irgendwoher beziehen. So gibt es bis oben hinauf eine Stockung, bis zu den Fabriken, die die Ware herstellen, und den Banken, die die Kredite bewilligen. Sieger bleibt der, der die stärkste Lunge hat, es am längsten aushalten kann, gewöhnlich eben der, der Kapital hinter sich hat. Nur wer heute Kapital hinter sich hat, hält durch, die anderen werden alle zugrunde gehen.«

»Ist das deine Meinung?« fragte der Sohn.

Herr Seldersen nickte zustimmend: »Das ist meine Meinung«, sagte er.

»Meinst du eigentlich, daß dir der Herr Dalke hier großen Abbruch tut?« erkundigte sich Albrecht. Er wußte selbst nicht, wie er gerade auf den Vergleich mit Herrn Dalke kam, der das große Geschäft oben an der Ecke besaß. Der Vater schwieg. Er kannte Herrn Dalke persönlich, sie kamen sogar außerhalb des Geschäftes zusammen, wenn sie auch Konkurrenten waren.

»Der kann ja ganz anders rechnen und disponieren als wir«, erklärte er schließlich, »er hat ja alles beisammen, überhaupt, seit er neu gebaut und ein Stockwerk aufgesetzt hat … mit ihm können wir uns nicht vergleichen.«

Aber einer genauen Antwort, ob er ihm schade, wich Herr Seldersen aus. Er erteilte sie sich nur im stillen, oder vielleicht auch hatte er bei sich früher nie die Frage überdacht, es war ihm nicht angenehm, Betrachtungen darüber anzustellen, schließlich hatte er auch seinen Ehrgeiz. Daß er augenblicklich so in der Klemme saß, war nur zum geringsten Teil seine persönliche Schuld, sein ganzes Leben hindurch hatte er sich nie überheblich gezeigt. Aber mit dem Herrn Dalke, das war wirklich eine ganz andere Sache, er lebte, vielmehr er führte seine Geschäfte gleichsam auf einer ganz anderen Ebene, man konnte sie beide nicht vergleichen. Herr Dalke hatte Geld hinter sich, Kapital, und das ergab ein völlig anderes Bild.

Es ist spät geworden, und sie gehen nach Hause, auf dem ganzen Rückweg sprechen sie nur wenig zusammen. Als der Vater später im Bett liegt, kommt der Junge behutsam zu ihm, drückt ihm einen Kuß auf die Stirn. Er erhält dafür, wie gewohnt, zwei, einen auf die Wange und einen auf die Stirn. Schon will er sich aufrichten, da zieht ihn der Arm, der um seinen Hals geschlungen ist, mit leichtem Druck nach unten, ein Kuß liegt leicht auf seinem Mund. »Schlaf gut, mein Junge.«

Albrecht geht in sein Zimmer, macht sich zum Schlafen bereit, zuvor reibt er sich kalt ab.

»Morgen kommt Nelken«, sagte Herr Seldersen eines Tages zu seiner Frau, nachdem er einen Brief geöffnet hatte, »er teilt mir heute seine Ankunft mit. Wir laden ihn für morgen abend ein.«

Die Mutter wollte etwas erwidern, doch der Vater ließ sie gar nicht erst zu Worte kommen, er wußte schon, was sie sagen wollte.

»Es geht nicht anders«, erklärte er, »jedesmal, wenn er kommt, ist er als Gast bei uns, dieses Mal wäre es das erstemal anders, das geht nicht.«

Frau Seldersen wies auf die Kosten hin, die durch den Besuch entstehen, sie gedachte ihn durch den Hinweis umzustimmen. Der Vater hatte dieselben Gedanken wie sie. »Es nützt nichts«, erwiderte er endgültig, um die Angelegenheit zu beenden, »wir dürfen den Mann nicht mißtrauisch machen, solange es eben geht, müssen wir durchhalten.« Die Mutter fügte sich.

Tags darauf kam Nelken, ein großer stattlicher Mann, Mitinhaber einer bedeutenden Firma, mit der Herr Seldersen seit Beginn seines Bestehens in Geschäftsverbindung stand. Herr Nelken brachte gewöhnlich drei schwere große Koffer mit, die der Hausdiener des Hotels, in dem er jeweils abstieg, in seinem Karren am Morgen mühsam in das Geschäft des Kunden rollte. Mit Herrn Seldersen verband ihn eine Art Freundschaft. Herr Nelken besuchte nicht jeden, bewahre, er reiste umher und bediente nur die Elite seiner Kundschaft sozusagen, auch Herr Seldersen befand sich darunter. Eine große Ehre, er wußte sie zu schätzen und gedachte sie nicht so bald zu verlieren. Abends war Herr Nelken sein Gast, er brachte Blumen und Schokolade mit, nach dem

Abendessen ein Gespräch, ein kleines Spiel, dann verabschiedete er sich und reiste weiter.

Dieses Mal kam er und brachte nur einen schweren und zwei leichte kleine Koffer mit. Ein Zeichen der Zeit, erklärte er Herrn Seldersen. Sie verweilten einen Augenblick gemeinsam in der Vergangenheit, dann begannen sie zu arbeiten. Herr Seldersen hatte sich vorher eine Aufstellung gemacht, was er benötigte, Herr Nelken holte aus der Tiefe seines Koffers die zahllosen Muster und reichte sie ihm zur Ansicht. Dann schrieb er die Bestellung auf einen Block.

»Nein«, unterbrach ihn Herr Seldersen, »das hat Zeit. Schreiben Sie das nicht auf, ich kann es immer noch nachbestellen, wenn ich es brauche, Sie haben es doch jederzeit am Lager.«

»Natürlich«, versicherte Herr Nelken, im übrigen sah er durchaus ein, wenn Herr Seldersen seine Bestellung mit Vorsicht aufgab. Überall traf er diese ängstliche Besorgtheit an, er verhehlte es nicht.

Ein jeder wartet ab und sieht zu, möglichst billig wegzukommen. Er kam viel herum und konnte eine Menge davon berichten.

Der Vorrat in seinen Koffern war noch lange nicht erschöpft, immer neue Sachen holte er hervor, doch Herr Seldersen blieb standhaft.

»Nein, das geht nicht mehr, das ist viel zu teuer, was glauben Sie, die Leute haben alle kein Geld mehr.« Er erzählte von dem Feuer, das zweihundert Menschen brotlos gemacht hatte. So oder so, zu Einschränkungen wäre es doch in kurzer Zeit gekommen, andere Fabriken hier entlassen auch wöchentlich, das Baugeschäft liegt darnieder, die Ziegel türmen sich, und keine Bestellung läuft ein.

In den ersten Stunden des Nachmittags schon waren sie fertig. Früher hatten sie oft zwei Tage dazu gebraucht, um die Bestellung aufzunehmen.

»Heute abend sind Sie bei uns, Herr Nelken, wir erwarten Sie zum Abendbrot«, sagte der Vater, »das ist eine geheiligte Überlieferung.« Er lachte.

Herr Nelken sah auf die Uhr.

»Ich schaffe eigentlich noch den Zug nach E.«, überlegte er, »er geht in einer Stunde.« Fragend sah er Herrn Seldersen an.

»Wie Sie wollen, wenn Ihnen viel daran liegt, Ihre Route zu beenden.«

»Ich gewinne einen halben Tag, ich brauche da vielleicht gar nicht erst auszupacken, dann spare ich einen ganzen Tag.« Er überlegte, Herr Seldersen stand dabei und schwieg.

Nach einer Weile: »Ich rede Ihnen nicht zu, hier zu bleiben, Herr Nelken, wenn Sie einen ganzen Tag Kosten dadurch sparen … Sie sind schließlich selbst die Firma, es geht aus Ihrer eigenen Tasche. Wir hätten Sie heute abend gerne zu einem Butterbrot bei uns gesehen, Sie wissen, wir machen weiter keine Umstände – essen müssen wir auch jeden Tag.«

Herr Nelken entschied sich schließlich, doch den Abendzug zu benutzen, er verabschiedete sich von Herrn Seldersen, ermahnte ihn, vorbeizukommen, wenn er in Berlin ist und etwas braucht. Herr Seldersen fragte ihn noch, wie es mit dem Ziel für seine Zahlungen stehe, wieviel Tage man ihm Kredit gewähre.

»So wie immer, Herr Seldersen, natürlich«, entgegnete Nelken erstaunt.

»Vierzig Tage also, ein bißchen wenig, überall gewährt man mir jetzt sechzig.«

Herr Nelken überlegte: »So, so, ich weiß nicht, ob wir das können, bei unserem Betrieb.«

»Gerade Sie können es doch«, meinte Herr Seldersen, wer weiß, was er für Vorstellungen im Augenblick hatte.

Herr Nelken lachte: »Was glauben Sie, wir haben doch auch Zahlungen zu erfüllen, wir müssen uns dann erst wieder mit unseren Fabriken verständigen, so einfach geht das nicht. Und dann der Verband …«

»Schon recht«, der Vater nickte, »schon recht.«

»Aber darüber machen Sie sich keine Sorgen, schließlich kennen wir uns schon lange genug, da kann man sich etwas entgegenkommen.«

»Und wie ist das mit den Briefen?« fragte Herr Seldersen auf einmal.

»Mit den Briefen, mit welchen Briefen?« wiederholte Herr Nelken.

»Nun«, sagte Herr Seldersen in scherzhaftem Ton, er wollte die Angelegenheit so leicht wie möglich hinstellen, »Sie schicken mir da seit einiger Zeit ein paar Briefe, Auszüge …«

Der andere verstand: »Hm, hm … Damit habe ich nichts zu schaffen«, sagte er dann.

Herr Seldersen sah ihn mißtrauisch an, damit hatte er nichts zu schaffen, wer denn sonst? Er war doch der Chef?

»Das geht aus unserem Kontor heraus, ohne daß wir es zu Gesicht bekommen, die Angelegenheiten werden dort selbständig erledigt. Sie sind nicht der einzige, seien Sie versichert. Warum eigentlich, dies ist doch heute allgemein üblich.«

»Ja, ja«, wiederholte Herr Seldersen einige Male, »um sich in Erinnerung zu bringen.« Aber war es nicht mehr als das? Sollte er Herrn Nelken erzählen von den Ängsten und den anderen Gefühlen, die ihn beschlichen, jedesmal, wenn der Briefträger in seinen Laden kam?

Herr Nelken gab ihm die Hand: »Machen Sie sich keine Kopfschmerzen, ein so alter Kunde wie Sie …«

Der Vater dankte für die wohlwollenden Worte, ja, er zeigte sich sichtlich befriedigt, man glaubte ihm, man hielt ihn noch für kreditwürdig, was konnte er mehr verlangen. Aber daß Herr Nelken durchaus von den Briefen, die man ihm sandte, nichts wissen wollte, ging ihm nicht ein, er glaubte es einfach nicht. Gab es denn in seinem eigenen Geschäft irgendein Geschehen, irgendeinen Vorgang, der nicht von ihm selbst eingeleitet, überwacht und zu einem bestimmten Ende gebracht wurde? Und da behauptete nun Herr Nelken, daß bei ihm, in seinem Betrieb … nein, er glaubte es einfach nicht. Über die wenigen Kunden, die Herr Nelken mit seinem Besuch beehrte, wußte er Bescheid. Darüber gab es keine Täuschung. Er wollte Herrn Seldersen schonen, nichts weiter, er wollte ihn nicht in Verlegenheit bringen, das war es, ohne Zweifel, weshalb er die Kenntnis dieser Briefe abstritt. Ein alter Kunde wie Sie, hatte er zum Schluß gesagt, dann war er abgefahren.

Die Eltern aßen alleine zu Abend, sie aßen die Sachen, die die Mutter eigens für den Besuch eingekauft hatte, aber sie aßen sie ohne besonderen Genuß, ja beinahe mußten sie sich dazu überwinden, um sie herunterzuwürgen, andauernd schwebte ihnen vor, daß das Geld nun unnütz ausgegeben war, das ließ ihnen keine Ruhe, es war, als hätten sie eine Sünde begangen.

In diesem Winter gingen viele Menschen in der Stadt mit stark herabgesetzten Hoffnungen, die Fabriken arbeiteten nur mit einer kleinen

Belegschaft, zum Frühjahr versprachen sie wieder Neueinstellungen, auf den Bauplätzen lag wegen der Jahreszeit die Arbeit danieder – überall herrschte eine gedrückte und niedergeschlagene Stimmung. Die jungen Burschen, die zu Ostern aus der Schule gekommen waren, lungerten ohne Arbeit in den Straßen herum, von den Vätern verdiente ein kleiner Teil nur den Lebensunterhalt. Und alle wollten leben, sie brauchten Geld, um sich Essen und warme Sachen zu kaufen, es wurde ja immer kälter.

So kam das Weihnachtsfest heran, es war schließlich ein Fest, man feierte es, ohne rechten Sinn für Feiern und Sich-Freuen. In den Kriegsjahren selbst herrschte keine so traurige Stimmung. Aber dann rückte Neujahr heran, und die Nacht davor verbrachte man mit Lärmen und Späßen, überall lag der Überschwang und die Zuversicht in der Luft, Kanonenschüsse wurden abgefeuert, einander zugejubelt und gesungen, nur wenige behielten den Blick unverschleiert und sahen weiter ernst in das anbrechende neue Jahr. Aber es war doch schön, eine Hoffnung zu haben.

Mitten in diesem Trubel erschien auf einmal Fritz Fiedler unten auf der Straße vor Seldersens Wohnung, er rief, winkte hinauf, die Eltern luden ihn ein, und ehe sie es sich versahen, kletterte Fritz außen an der Mauer hoch, schwang sich über die Brüstung und stand schon im Zimmer. Großes Hallo, Begrüßung und Glückwünsche, Fritz bekam ein volles Glas, er trank, Herr Seldersen rief ihm zu: »Auf einen glücklichen Abschluß!« Es war lange noch nicht so weit mit dem Abschluß, erst das nächste Mal wäre dieser Glückwunsch recht am Platze gewesen, aber was soll man einem Schüler, der es bald mit der Schule geschafft hat, anderes wünschen?

»Warum«, rief Fritz zurück, seine Augen glühten, er verstand nicht recht, warum jetzt schon. Das hat doch noch Zeit, gottlob, aber Dank im voraus!

Er hatte schon zu Hause getrunken und befand sich in seliger Stimmung. Er kniff Albrecht in den Arm und zog ihn zur Seite. »Einen Augenblick«, flüsterte er, »ich muß dir etwas sagen.« Dann erzählte er Albrecht mit geheimnisvoll leiser Stimme, daß er die letzten drei Ferientage dazu benutzen wolle, um seinen Plan zu verwirklichen.

»Deinen Plan«, fragte Albrecht. Er hatte an dem Abend nichts getrunken, aber sicher hatte er in dem Augenblick seine fünf Sinne ebenfalls nicht ganz beisammen.

»Du weißt doch«, wurde Fritz ungeduldig und trat auf der Stelle hin
und her.

Natürlich, erinnerte sich Albrecht, er fand sich wieder vollkommen
zurecht.

»Pst, pst, nicht so laut«, entgegnete Fritz, »nichts anmerken lassen,
wie du siehst, spiele ich reines Theater, ich glaube sogar, man hält mich
für betrunken.« Er wurde todernst: »In einer Woche«, sagte er, »wo ich
da sein werde, ich möchte es gerne wissen.«

»Wo denn?« fragte Albrecht, auf der Stelle wollte er es wissen.

»Ich weiß nicht«, erwiderte Fritz, »ich komme vorher noch einmal
her, aber jetzt gehen wir wieder zu den anderen zurück.«

Albrecht nickte stumm, und sie gingen zu den anderen.

Den ganzen Abend war Albrecht nicht recht in Stimmung gewesen,
er trank nicht, er vollführte keinen Freudenlärm, einzig, daß er seinen
Eltern und einigen Bekannten, die zu Gast waren, Glück wünschte, als
die Glocken schlugen. Er sah, wie die Eltern sich küßten, während ihnen die Tränen in den Augen standen, wie die Mutter dem Vater ermunternd auf die Schulter klopfte und der Vater sich still zur Seite
wandte, wie es seine Art war. Erst allmählich taute er auf und zeigte,
daß er mehr konnte, als immer nur den Kopf hängen lassen. Wie er
nur früher gewesen war, bevor er in den Krieg zog, und vor der jetzigen
schweren Zeit? Vielleicht lustig und zuversichtlich in seiner Kraft, vielleicht … Ja, ja, ob er sich selbst noch daran erinnerte? Dann nachher,
als Fritz kam und von seiner bevorstehenden Reise sprach, rückte Albrecht noch merkbarer in die Gegenwart zurück, er erinnerte sich der
Gespräche, der Spaziergänge, an so manches, was sie zusammen erlebt
hatten – und nun fuhr Fritz in die Welt, in einer Woche konnte er
schon wer weiß wo sein. In einer Woche! Albrecht schüttelte den Kopf.
Ja, hatte er denn bis zum Schluß immer noch geglaubt, daß diese Reise
in Wirklichkeit nie zustande kommen würde, glaubte er allen Ernstes,
daß alles nur ein Hirngespinst, ein Spiel in Gedanken blieb – jetzt fuhr
Fritz doch ab.

In den folgenden Tagen kam er noch oft zu Seldersens, die beiden Freunde waren bis spät in der Nacht zusammen, aber das gehörte nun einmal zu ihren Gewohnheiten, wäre es anders, es hätte bestimmt Aufsehen erregt. Am letzten Abend trennten sie sich voneinander, als wenn sie sich am nächsten Tag wiedersähen, kein besonders langes Verweilen, keine Abschiedsworte, ein einfacher Händedruck. »Auf Wiedersehen, laß es dir gut gehen«, Fritz fuhr in die Welt.

Am Morgen. Fritz ist in der letzten Minute aufgestanden, er muß sich beeilen, sonst versäumt er den Zug. Im Laden stehen seine Mutter und sein Bruder, er läuft hindurch, zieht sich dabei hastig den Mantel an.

»Ich muß mich beeilen«, sagt er, »Donnerstag komme ich wieder, die Bücher habe ich schon zurechtgelegt, sie liegen in der Mappe. Auf Wiedersehen.«

»Sieh dich vor«, ruft die Mutter ihm nach.

Der Koffer steht schon am Bahnhof, den Abend vorher hat er ihn hingebracht, verstohlen und voller Erwartung. Dann fährt der Zug ein, Fritz sucht sich ein Abteil, in dem er allein sitzt, er hat seine Schülermütze auf dem Kopf, oben im Netz liegt sein schwerer Koffer. Auf der nächsten Station müßte er aussteigen, wenn er zum Förster Kern will. Der Zug hält. Fritz sieht hinaus auf den Bahnsteig. Einige Jungen und Mädels steigen zu ihm in den Wagen. Der Zug fährt wieder an, Fritz lehnt sich weit hinaus. Felder, Wiesen, Wald, ein Fluß, in der Ferne weit hinten ragt aus einem hellen roten Haufen eine Kirchturmspitze hervor, er sieht sie noch lange, immer kleiner erscheint sie. Aber jetzt gehört das nicht mehr zu ihm, das alles hat nichts mehr mit ihm gemein. In Berlin wirft er seine Schülermütze in eine dunkle Bahnhofsecke.

Am Nachmittag kommt Albrecht auf den Hof, er pfeift und ruft, bis endlich Frau Fiedler am Fenster erscheint und sagt:

»Fritz ist bei Kern, dem Förster, hat er es dir nicht erzählt?«

»Ach, richtig«, antwortet Albrecht, »er hat einmal davon gesprochen, wann kommt er denn wieder?«

»Am Donnerstag.«

Albrecht hat es plötzlich sehr eilig, er verabschiedet sich kurz.

Am Donnerstag begann der Unterricht, Fritz Fiedlers Platz blieb leer. Jeder Lehrer fragte zu Beginn der Stunde, wo er sei. Zu Hause wartete die Mutter, als die Schule aus war, sprach sie Förster Kerns Sohn an.

»Ja, er war auch nicht in der Schule«, antwortete der.

»Ist er denn bei euch drüben geblieben?« fragte die Mutter.

»Bei uns?« Der Junge war ehrlich erstaunt. »Bei uns ist er doch gar nicht gewesen.«

Da wußte die Mutter genug, sie lief, ohne ein Wort weiter zu fragen, voller Eile nach Hause, ging hinauf in das Zimmer des Sohnes. An der Wand das Bett, unberührt, wie am Tag zuvor, auf dem Tisch liegt die Mappe mit den Büchern, wohl geordnet, alles ist peinlich sauber und an seinem Platz, man merkt, daß hier schon ein paar Tage niemand wohnt. Sie öffnet die Schränke – sie sind leer. Sie sieht unter das Bett – der Koffer ist verschwunden. Unaufhörlich weint sie, ihr kleiner dicker Körper wird von kurzen Atemstößen erschüttert, sie schreit laut vor Schmerz, durchwühlt das Bett, durchstöbert alle Schränke, Schubladen, sie findet Bücher, Hefte, Schuhe, aber nicht das, was sie sucht. Das Bild an der Wand, ein Klassenbild vom vorigen Jahr, ist verschwunden. Sie sucht weiter, kein Lebenszeichen fällt ihr in die Hände, alles hat er vorher verbrannt. Mitten im Suchen hält sie an, jetzt versteht sie auch, warum er vor nicht langer Zeit sich die Lippe hat in Ordnung bringen lassen, sein Mund besaß jetzt wieder eine ganz unauffällige Form. Bis ins kleinste hatte er seine Flucht vorbereitet.

Am Nachmittag geht sie zu Seldersens, sie sitzen gerade am Kaffeetisch, als Frau Fiedler mit verweintem, aufgedunsenem Gesicht dazukommt. Seldersens wissen zuerst gar nicht, was sie mit alledem anfangen sollen, auch Albrecht stellt sich ahnungslos. Dann sind sie aufgeregt, bestürzt. Der Vater läuft unruhig, mit seinem Schlüsselbund spielend, hin und her, die Mutter sitzt am Tisch und hilft Fritzens Mutter weinen.

»Wir haben ihn auch so gern gehabt«, sie spricht, als ob er schon tot sei. Albrecht sitzt dabei und muß sich all das anhören.

Ob er denn nichts weiß?

»Nein«, er ist ebenso erstaunt wie alle anderen.

Aber gerade in letzter Zeit sind sie doch so viel zusammengekommen.

Ebendeshalb ist es erstaunlich, daß Fritz nichts gesagt hat, sicherlich gehörte es mit zu seinem Plan. Aber woher sie denn das weiß, stellte er die dumme Frage, am Montag ist Fritz doch zu Förster Kern gefahren, sie hat es ihm selbst gesagt, ist er von dort ausgerissen? Als Fritz heute nicht in der Schule war, hat er sich nichts Arges gedacht.

Endlich erzählt Fritzens Mutter, während sie ihr Taschentuch zerknüllt, den Zusammenhang, den Albrecht schon kennt … und nicht ein Bild, nicht ein Andenken, alles hat er vorher verbrannt. In der letzten Zeit ist er ihr überhaupt schon so seltsam vorgekommen, wiederholt hat sie ihn gefragt, was ihm fehle, aber nie gab er eine vernünftige Antwort. Nicht einmal seinem Freund hat er sich anvertraut.

Als Frau Fiedler geht, nimmt sie Albrecht in die Arme und küßt ihn.

»Meine einzige Beruhigung ist, daß er etwas Geld mit sich hat, aber ob es genügt?«

»Ja, da können Sie beruhigt sein«, sagte Albrecht plötzlich, »er hat Geld, er hat mir einmal Andeutungen gemacht, er versicherte, er könne mit seinem ersparten Geld um die ganze Erde reisen.«

Schnell denkt er sich diese kleine Geschichte aus, um Frau Fiedler zu beruhigen. Gerührt dankt sie ihm und geht.

Die Eltern und Albrecht bleiben zurück, sie sitzen am abgeräumten Tisch, und jeder hat seine Gedanken. Endlich steht Herr Seldersen auf, er muß wieder hinunter in das Geschäft. In der Tür dreht er sich noch einmal um, überlegt kurz, dann sagt er:

»Er hatte immer zu viel Geld in den Fingern, wenn er wüßte, wie schwer Geldverdienen ist, hätte er sich doch anders besonnen.«

Albrecht springt auf, er kann diesen Vorwurf nicht ruhig hinnehmen, was soll er zur Antwort geben, es eilt, doch er sagt nichts. Er steht da, jung und erregt, was versteht sein Vater von inneren Kämpfen?

Die Zeit verging, man gewöhnte sich daran, daß Fritz nicht mehr da war, zuerst wurde viel über den Fall gesprochen, doch allmählich versickerte das Gerede, Neues kam auf den Plan, das wichtiger war und regere Anteilnahme erforderte. In der Nachbarstadt hatte sich ein Kaufmann erschossen, aus Not, Verzweiflung, Scham, Gott weiß, was ihn in den Tod trieb. Seine Not hatte nun ein Ende, dabei war es noch gar nicht so schlecht um ihn bestellt, einige Zeit hätte er noch durchhalten können, aber er wartete nicht, er erschoß sich.

»Eine verdammte Zeit ist das jetzt«, sagte der Kaufmann Seldersen, spuckte in das Feuer und rieb sich die Hände über dem eisernen Ofen, der in der Mitte des Ladens stand, »hier ist es wenigstens schön warm.«

Heute hatte er noch nicht viel Geld in der Kasse, aber das machte nichts. In letzter Zeit wechselte seine Stimmung häufig. Da kam er zufrieden und guter Laune nach Ladenschluß hinauf in die Wohnung, auch wenn er tagsüber ohne gute Einnahmen unten gesessen hatte, er sagte: »Jetzt bin ich oben, jetzt geht mich alles nichts mehr an, hier will ich wenigstens meine Ruhe haben.« Aber er kam doch nicht daran vorbei.

»Haben wir es nicht gut«, fing er wieder an, »eine warme Stube, immer noch reichlich zu essen, wer hat das heute noch?«

Es bereitete ihm sichtlich Vergnügen und steigerte sein Wohlbefinden, sich in diesen Gedankengängen zu bewegen. Die Mutter sagte weiter nichts dazu als: »Ja, du hast natürlich recht.« Aber bei sich glaubte sie doch, daß sie beide zu höheren Forderungen berechtigt seien, als eine warme Stube und genügend Essen zu haben. Doch sie ließ sich nichts anmerken, sollte sie wieder eine verzweifelte Stimmung heraufbeschwören? Sie war froh, wenn der Vater von selbst vorschlug, am Abend noch ein wenig auszugehen. Dann saßen sie im Lokal, zusammen mit vielen Bürgern der Stadt, aber alleine an einem Tisch, oder sie gingen ins Kino. Vorher beleuchteten sie diesen Schritt von allen Seiten, man müßte sich doch einmal auf andere Gedanken bringen und ein wenig Abwechslung suchen; das brachte sie wieder auf das Alltägliche zurück. Es gab Tage, an denen sie beide grundlos vergnügt waren. Der Vater nannte sie »meine liebe Frau«, umarmte und küßte sie, wie lange nicht zuvor. Die Mutter wehrte sich, sicherlich schämte sie sich ein wenig. In ihrer Verwirrtheit entschlüpften ihr die Worte: »Wir haben ja keinen Grund dazu.« – »Aber Trudel«, entgegnete der Vater und verzog sein Gesicht zu einer Grimasse, »du bist doch nicht böse, was, ich kann nichts dafür, mein Trudel.«

Sein Gesicht wird ganz ernst, und er lehnt sich an die Tür, in den Augen stehen ihm Tränen. In der Tat, er konnte nichts dafür, es war nicht seine Schuld.

Jeden Tag kann es hereinbrechen, jede Minute kann die Entscheidung bringen, man ist darauf gefaßt, wie der Sterbende auf das Begräbnis. Und eines Tages wird sie kommen. Zuerst war es Scham, Herr Seldersen schämte sich vor sich selbst, vor seiner Frau und den Kindern, vor allen übrigen Menschen, daß es so mit ihm stand. Was sollte er denn tun, er hatte alles getan, was in seiner Macht lag. Dennoch schämte er sich. Dabei hatte niemand einen Vorwurf gemacht, daß es ihn nun auch ergriffen hatte, das Schicksal, das vielen gemeinsam wurde, was sollte da die Scham? Wenn es bei ihm gelegen hätte, was würde er nicht alles wagen, daransetzen, um sich zu helfen und wieder voran zu bringen. Aber mit der Zeit ergriff sie die Erkenntnis immer tiefer, daß bei ihm nichts mehr lag, daß er getrieben wurde, unaufhaltsam, ein grausamer Gedanke, dem Ende zu. Und dann kam die Verzweiflung, die beim geringsten Anlaß ausbrach und schlimmer war als das Ende selbst. Ja, was war denn eigentlich das Ende, um das sich so viel Schmerz rankte? Es war der Bankrott, die Aufgabe des Geschäftes, der Abschluß einer Existenz, die sich ein Menschenalter hindurch gehalten hatte. Was war das für ein Abschluß? Nicht der Schlußstrich unter eine Rechnung, die aufging und nach allen Seiten hin stimmte, wie es sich für sein Alter gebührte, es war der Weg ins Uferlose, ins Ruhelose, ohne Sicht auf Erlösung. Es wurde nicht fein säuberlich beendet und auf einer höheren Stufe etwas Neues angefangen, es war der Weg eines zum Leben verdammten oder begnadeten Menschen, der alt in seiner Zeit ist, während sie sich in jeder Minute neu erfüllt. Wenn sie beide, Mann und Frau, unbewegt am Tisch saßen und ins Endlose starrten, so war das beredter als der laute verzweifelte Aufschrei. Es war noch nicht einmal eine Anklage, denn wer sollte als Angeklagter vor den Richtertisch gezerrt werden? Nur eine Feststellung dessen, was ist, und im Unterton eine leise Verwunderung über das, was sich umgestaltend da vollzog. Sie hatten es sich beide anders gedacht, im Alter wenigstens wollten sie ruhig leben. Es ist anders gekommen, so, wie man es nicht erwartet hat.

Auch ein alter Gaul lebt weiter, er zieht seinen Karren langsam über den Weg, auch wenn er lahmt, er kommt vorwärts. Dem Kaufmann Seldersen ging es nicht viel anders, er hinkte mit seinen Zahlungen nun eine gute Weile nach, wurde gemahnt, schrieb zurück, sandte ab und zu eine kleine Geldsumme, für eine kurze Spanne hatte er dann wieder Ruhe, nicht lange, aber doch genug, um Luft zu schöpfen. War dieser Zustand noch erträglich und würdig eines Mannes, der sein Lebtag seine Geschäfte redlich besorgt und zu einem glatten Ende gebracht hatte? Die Luft um ihn herum war modrig und dumpf, wie von stikkiger, verbrauchter Wäsche, wohin er sich auch wandte, alles klebte und hing an ihm, riß an seinem Körper, an seinen Händen, besudelte ihn. Er hatte ein Gefühl, als müsse er sich dauernd waschen – nein, so ging es nicht weiter, er nahm seinen Mut zusammen und gedachte endgültig ein wenig Ordnung in seine Angelegenheiten zu bringen. Ordnung, wie wollte er sie schaffen, aus eigener Kraft, oder von welcher Seite sah er eine Hilfe?

Eines Tages ging er hinüber auf das Rathaus und ließ sich bei dem Vorsteher der Stadtsparkasse melden. Er wurde vorgelassen, zuvorkommend begrüßt, wie man eben einen Kunden empfängt, den man sich geneigt halten will. Solange er hier ansässig war, arbeitete Herr Seldersen schon mit der Bank. Den jetzigen Vorsteher kannte er, als er noch ein einfacher Angestellter war und später zum Rendanten aufrückte. Sein Bankkonto, die Sparkassenbücher seiner Frau und seiner Kinder lagen hier aufbewahrt, keine großen Summen mehr, man war mit dem Sparen vorsichtig geworden nach den Erfahrungen der Inflation. Das Mit-der-Bank-Arbeiten war im Grunde nichts anderes als ein einfaches Verrechnen. Herr Seldersen brachte die Gelder, die er im Laufe der Woche einnahm, auf die Bank, nachher hob er den Betrag wieder ab und bezahlte seine Schulden damit. Schließlich, als die Einnahmen nicht mehr ausreichten, um die Schulden abzutragen, mußte er borgen. Er tat es mit Vorsicht, da er es nicht gewöhnt war, früher hatte er nie dazu seine Zuflucht nehmen müssen, ja, ja … später schon mit mehr Verwegenheit, aber ganz wohl fühlte er sich nie dabei. Der Betrag, den man ihm zugestand, hielt sich in maßvollen Grenzen, er entsprach dem Rufe und dem Ansehen des Kaufmanns Seldersen, die eine ideelle Sicherheit boten.

Als Herr Seldersen sich diesmal zu einer Unterredung bei dem Vorsteher melden ließ, kam er mit der Absicht, diese feststehende Summe zu überschreiten. Er dachte es sich im geheimen beileibe nicht so leicht mit diesem Anfang, aber er wagte den Versuch, weiß der Himmel, woher er auf einmal den Mut nahm.

Der Vorsteher zeigte sich im Augenblick nicht unterrichtet, einen wie hohen Betrag man dem Herrn Seldersen einräumte, entschuldbar, natürlich, zuviel mußte er zu gleicher Zeit im Kopfe haben, wie sollte er gerade hier die Summe auswendig wissen. Schnell holte er die Akten, blätterte nach; als er den Betrag verglich, den der Vater jetzt verlangte, stutzte er ein wenig und sagte vorerst nur: »Das ist ein bißchen sehr hoch gegriffen, Herr Seldersen.« Er sah ihn an. Herr Seldersen erklärte, wozu er diesen Betrag benötigte, er beabsichtige ein Geschäft abzuschließen, und es sei das beste, wenn er die ganze Summe sofort zur Verfügung habe. Im Augenblick bedeute es eine große Belastung, gewiß, das gestehe er zu, aber dann sei es auch ein gewaltiger Vorteil, das könne ebensowenig geleugnet werden.

Der Vorsteher überlegte eine Weile hin und her.

Für diese hohen Kredite, erklärte er in vornehmer Zurückhaltung, hafte er persönlich, er müsse also doppelt vorsichtig jeden Schritt genau überprüfen. Die Sicherheit, wie steht es mit einer Sicherheit? Es sei nicht kaufmännisch gedacht, einen größeren Kredit zu gewähren, wenn nicht für das ausgeliehene Geld eine Sicherheit auf den ersten Blick verbürgt scheint; anders zu handeln, sei leichtsinnig, unverantwortlich, zumal noch an seiner Stelle, da er ja sozusagen die Ersparnisse, das Vermögen der Stadt und ihrer Bürger verwaltet.

»Was nun Sie betrifft, Herr Seldersen, so kenne ich Sie schon lange genug, daß ich alle Bedenken zurückstellen kann. Aber da ich der Stadt verantwortlich bin, muß ich wenigstens, um der äußeren Form zu genügen, mir auch bei Ihnen eine ausreichende Sicherheit verschaffen, zumal es sich ja um einen größeren Betrag handelt, den Sie von uns bewilligt haben wollen.«

»Eine Sicherheit?«

»Ja, ja.«

Herr Seldersen hatte schon recht zugehört und genau verstanden, was der andere mit der Sicherheit meinte, natürlich, er mußte sich sichern, das sah er ein. Aber in welcher Form sollte dies nun vor sich gehen?

Herr Seldersen fragte ziemlich schwerfällig und unvermittelt, was man von ihm als Sicherheit verlange.

Darüber ließe sich schon reden, irgend etwas, was einen geeigneten Gegenwert darstellt, ohne ihn, Herrn Seldersen, gleichzeitig zu sehr zu behindern, die Ladeneinrichtung vielleicht, die Stühle, Regale, Tische, alles zusammen, er soll sich zu Hause in Ruhe eine Aufstellung davon machen.

»Hm, hm, das muß man sich genau überlegen«, wandte Herr Seldersen ein, sein Eifer war stark gebremst, er hatte es nicht mehr so eilig mit dem Geld. Der Vorsteher betonte noch einmal seine Bereitwilligkeit, dann ging Herr Seldersen.

Einen ganzen Tag brauchte er dazu, sich mit dem Gedanken vertraut zu machen: seine Ladeneinrichtung sollte er als Sicherheit verpfänden! Die Ladeneinrichtung – wer weiß, ob es dabei blieb. Er sah sich um, vielleicht kamen noch andere Gegenstände hinzu, aus der Wohnung, das hatte gerade noch gefehlt, schon jetzt überkam ihn dabei die Vorstellung, er wohne nur noch möbliert bei sich in seiner eigenen Wohnung.

Am Abend endlich teilte er seiner Frau das Gespräch mit. Zu seinem größten Erstaunen behielt Frau Seldersen vollkommen ihre Fassung, nicht im mindesten zeigte sie sich überrascht und niedergeschlagen.

»Wenn du das Geld bekommst«, sagte sie, »dann ist es doch gut.«

Der Vater sah sie groß an, woher nahm sie nur diese Kraft und Sorglosigkeit? Aber bedenke doch, wollte er einwenden, verschiedene Gründe konnte er anführen. Schließlich überlegte er sich, sie hatte recht, natürlich, die Hauptsache, er bekam das Geld und konnte seine Schulden auf einmal um einen bedeutenden Satz erniedrigen, dann hörten endlich auch die ewigen Mahnbriefe auf. Ob er je wieder in die Lage käme, die Gegenstände einzulösen – was sollte er sich jetzt schon darüber Gedanken machen, wenn sie erst einmal verpfändet waren, dann war der Anfang gemacht, sie gehörten ihm nicht mehr und waren verloren. Er machte eine Aufstellung und begab sich am nächsten Tag wieder auf das Rathaus. Bei der Durchsicht ergab sich, daß noch einiges dazugeschlagen werden mußte, ehe der volle Betrag erreicht war, aus der Wohnung das Klavier und zwei Sparkassenbücher mit kleineren Beträgen.

Herrn Seldersen war es nunmehr gleich, er schrieb auch das hinzu, ohne lange Überlegung, einen Federhalter her.

Frau Seldersen hingegen war auf einmal anderer Meinung. »Das hätte ich nicht getan«, sagte sie, »das Klavier nicht, an die Wohnung wäre ich nicht herangegangen.«

»Warum nicht?« fragte er.

»Das ist etwas anderes«, gab sie zurück, »an die Wohnung – nein!« Sie machte eben hierin feinere Unterschiede.

Diesmal bewies sich Herr Seldersen als der Kräftigere und Sorglose, nur wußte man bei ihm nicht genau, ob es wirklich ernst und echt gemeint war mit dieser Kraft, oder ob er sie nur vortäuschte.

Das Geld stand ihm zur Verfügung, in wenigen Tagen hatte er es ausgegeben, seine Hauptschulden bezahlt, er war ein gutes Stück vorangekommen, nun durfte er auch damit rechnen, daß man ihm die Frühjahrsware lieferte, er schrieb umgehend und verlangte ihre Zusendung. Nach wenigen Tagen trafen zwei Kisten und mehrere kleine Pakete ein, der Postwagen hatte eigens für ihn geladen. Die Regale füllten sich, für einige Zeit war wieder Ruhe und Erholung eingetreten.

Seit Fritz aus der Stadt verschwunden war, ließ sich Frau Fiedler nur selten auf der Straße oder bei Seldersens sehen, kam sie doch einmal, dann saß sie lange und erzählte, die Erinnerungen kamen, sie weinte und klagte. Keine Nachricht, kein Brief, kein einziges Lebenszeichen. Ob er überhaupt noch am Leben ist, nein, nein, sie glaubt es bald nicht mehr. Die Eltern blieben stumm, sie stellten keine Fragen.

»Wenn wir ihm seinen Wunsch erfüllt hätten und ihn von der Schule hätten gehen lassen«, fing sie wieder an, »oft genug bat er mich darum, vielleicht wäre dann vieles anders gekommen.« Mittlerweile war sie zu mancher Einsicht gelangt, es war nur zu spät, aber Fragen und Zweifel bedrängten sie sehr, ihr Schmerz war groß und ehrlich, doch sie konnte das Geschehen nicht mehr rückgängig machen. »Warum nur das mit der Schule, wollte er denn nichts mehr lernen, er hätte später anfangen können, was er wollte, wir hätten ihm nichts in den Weg gelegt.« Sie verstand es nicht, leise weinte sie vor sich hin, als hätte sie jegliche Hoffnung aufgegeben.

»Mit diesen Jungen ist das heute so eine Sache«, sagte Herr Seldersen, er saß über seine Bücher gebeugt und rechnete, während er das Gespräch gleichzeitig verfolgte, auch jetzt sprach er weiter, ohne aufzublicken, »diese Ablenkung überall, was sollen sie anfangen. Schließlich sind sie aufgewachsen und mußten alles mit ansehen, man liest genug davon. Was haben sie später für Aussichten, bedenken Sie. Als wir so alt waren, da konnte man Mut haben.« Er schwieg.

Seine Gedanken gingen wieder mit ihm durch – alles schön und gut, was er da sagte, aber Frau Fiedler fand daraus immer noch keine Erklärung, warum gerade ihr Fritz dabei sein mußte. Sie schüttelte schweigend den Kopf und nahm Abschied.

Wenn er nur genügend Geld bei sich hat, das ist ihre große Sorge, er versteht nicht mit Geld umzugehen … wenn er überhaupt noch lebt, nein, nein, sie glaubt es fast selbst nicht mehr, ihn im Leben je wieder zu sehen.

Eines Tages erhielt Albrecht einen Brief aus Österreich, Mariazell stand auf dem Poststempel, er erkannte sofort die Schrift.

»Da bin ich nun in einem kleinen Ort bei Mariazell in Österreich«, schrieb Fritz, »nach einer fünftägigen Irrfahrt durch Deutschland bin ich hier gelandet. Zuerst fuhr ich nach Hamburg, um von dort mit einem Schiff über See zu fahren, ich hatte Pech, in den Tagen ging gerade kein Dampfer, außerdem besaß ich keine ordentlichen Papiere, ich suchte herum, am vierten Tag abends hörte ich am Radio meinen Steckbrief. Noch in der gleichen Nacht fuhr ich mit der Bahn nach Süden, von einer Stadt in die andere, ständig auf der Flucht, bis ich hierher kam. Ich arbeite hier bei einem Bauern auf dem Gehöft, obgleich es Winter ist, gibt es viel zu schaffen, ich habe das, was ich wollte: Arbeit, Müdigkeit. Später werde ich mir einmal einen Hof kaufen. Wie geht es meinen Eltern, haben sie sich mit meiner Flucht schon abgefunden? Sie tun mir leid, wenn ich ihnen nur helfen könnte. – Hier liegt hoher Schnee, ich habe mir Schneeschuhe gekauft und laufe, wenn ich Zeit habe. Es ist herrlich. Schreibe bald.«

Eine große Freude befiel Albrecht: Fritz bei einem Bauern, er arbeitete und war glücklich, er dachte auch an seine Eltern.

Als Albrecht am Nachmittag die Straße hinaufging, stand Frau

Fiedler hinter dem Fenster. Sie war sehr ernst geworden und grüßte, als sie ihn sah, wehmütig herüber. Albrecht ging zu ihr in den Laden und sagte:

»Guten Tag, Frau Fiedler, Sie sehen so ernst aus.«

Er stockte und ärgerte sich über seine Ungeschicklichkeit, Frau Fiedler schwieg. Dann fragte sie ihn nach allerlei, nach der Schule, er gab bereitwilligst Auskunft.

»Du bist nicht mehr so offen wie früher«, sagte sie plötzlich und schüttelte traurig den Kopf.

Albrecht ist verwirrt: »Warum?« flüstert er, »ich will doch nur sehen, wie es Ihnen geht, und fragen, ob Sie etwas von Fritz gehört haben.«

»Nein, wir haben noch keine Nachricht von ihm. Alles haben wir in Bewegung gesetzt, um zu ermitteln, wo er steckt, aber kein Lebenszeichen. Wenn ich nur wüßte, wo er ist, ob er noch lebt …«

Sie legt den Kopf auf den Tisch und weint leise. Herr Fiedler kommt mit einem Rohr in der Hand und seiner Handwerksmappe in den Laden.

»Von unserem Fritz haben wir noch immer keine Nachricht«, sagt er und ist schon wieder draußen. Er war sehr alt geworden und empfand nicht mehr viel Vergnügen an seinen abendlichen Zusammenkünften, vielleicht begriff er gar nicht mehr, was sich um ihn herum ereignet hatte und täglich noch geschah. Oft sitzt er tagelang hinten in der Stube und ist unfähig, auch nur das Brot zu schneiden.

»Frau Fiedler«, sagt Albrecht nach einer Weile, »ich habe heute einen Brief bekommen, von Fritz.«

Sie schreckt empor.

»Er ist in Mariazell in Österreich, es geht ihm gut, ich soll sie grüßen.«

»Danke«, sagte sie unbewegt, und ihr Gesicht blieb starr. Dann lief sie aus dem Laden hinaus, hinten in das Zimmer. Albrecht folgt ihr, er findet sie über den Tisch gebeugt, sie weint. So gewaltig sah er noch nie jemand weinen. Es ist, als ob sie jetzt erst den ganzen Jammer und all die Sorgen sich von der Seele weint. Aufgelöst liegt sie da, und ihr Körper bebt. Aus dem Schluchzen hört er heraus:

»Das habe ich nicht um ihn verdient, nein, das nicht.«

Er steht neben ihr und sieht hilflos auf sie hinunter. Ganz stark brennt der Wunsch in ihm, ihren Arm leise zu streicheln, als könne er sie damit zur Ruhe bringen, oder sie in seine Jungenarme zu nehmen. Wenn er doch den Mut hätte! Er ist ratlos, und auf einmal überfällt ihn die Angst. Er kann nicht länger mehr an sich halten, seine Hände sind naß, und den Herzschlag verspürt er im Nacken, er rennt aus der Stube und ergreift die Flucht. Draußen auf der Straße läuft er, läuft, ohne sich umzusehen, doch die Angst kann er nicht heraustreiben, er hat das Gefühl, daß sie sich immer tiefer in ihn senkt und immer mehr Besitz von ihm ergreift. Es ist nicht Angst, sagt er halblaut vor sich hin, aber was ist es denn? Er weiß es nicht. Spät erst kommt er heim.

Ende des Monats, über die Ferien, kam Albrechts Schwester nach Hause, sie war jetzt bald ein Jahr fort, sie hatte sich verändert, die Zeit formte unermüdlich. Als sie vor einem Jahr von Hause wegging, war sie ein kleines Mädchen mit Träumen und Näschereien, jetzt stand sie im Leben, es wehte ein anderer Wind, sie arbeitete wie ein Mann und war darüber eine ganze Frau geworden. Wenige Tage nur genügten, und sie war sofort im klaren, wie es zu Hause stand, doch sie verlangte noch mehr Gewißheit.

»Was ist mit den Eltern?« fragte sie Albrecht mit einer Unschuldsmiene, als bäte sie ihn um Auskunft, »fällt es dir nicht auf, wie schlecht sie beide aussehen?«

»Wenn man die ganze Zeit mit ihnen zusammen ist, wird einem das weniger klar«, erwiderte er. In der Tat, von alleine war es ihm noch nicht aufgefallen, er beschloß, von jetzt an mehr darauf zu achten. »Ich glaube«, fuhr er fort, »der Vater hat Sorgen, aber man bekommt ja nichts aus ihm heraus.«

»Du glaubst?« fragte sie boshaft zurück, »die ganze Zeit lebst du doch mit ihnen zusammen, und da sagst du, du glaubst … Du weißt also nichts Genaueres?«

»Doch«, eiferte sich Albrecht, die Blöße durfte er sich nicht geben, »natürlich, ich weiß, daß er Sorgen hat – aber die hat heute doch wohl jeder.«

Anneliese konnte sich nicht so leicht damit zufrieden geben. »Aber du siehst doch sicherlich, was um dich herum vorgeht, oder träumst du die ganze Zeit?«

Nein, nein, er träumte nicht, machte er den Eindruck? Er war nicht immer überaus wach und oft nicht bei der Sache, das gab er schon zu. Aber so war das nun einmal, für die Eltern waren die Sorgen alles, sie griffen in ihr Leben ein, eine Wandlung, die sich allmählich vollzog und die Grundlage für ihre zukünftige Stellung im Alter schuf. Kein Wunder, daß es sie sehr anging und sie stündlich daran dachten. Aber Albrecht war wesentlich weniger beteiligt, er dachte nur ab und zu einmal daran, in der übrigen Zeit beschäftigten ihn andere Gedanken weit mehr, konnte man von ihm verlangen, daß er sein junges Leben mit Grübeleien verbrachte? Wollte der Vater nicht selbst alles von ihm fernhalten? Ja, er wußte schon viel, aber war es denn nötig, stündlich daran zu denken?

»Aber besprecht ihr denn die Angelegenheit nicht bei Tisch oder sonst einmal?«

Albrecht verneinte: »Nein, nie, nur Andeutungen, ich glaube sogar, sie schämen sich.«

»Schämen sich? Ach ja, vielleicht, da magst du recht haben«, sagte die Schwester, im Augenblick wunderte sie sich über den Bruder, woher er das mit der Scham wußte.

Herr Seldersen wurde grob, einfach ausfallend, als sie ihn bald darauf stellte, um von ihm nun einmal zu erfahren, woran man eigentlich hielt. Wie immer gab er zur Antwort, das sei seine Sache, er verbäte sich jegliche Einmischung, sie habe wohl Angst, ihretwegen, bei einer Heirat, und noch vieles, was er sich schnell vom Herzen herunterredete. Dummes Zeug!

Anneliese lachte nur als Antwort, ihretwegen und eine Heirat, das war zuviel auf einmal. »Darüber kannst du unbesorgt sein«, sagte sie, »im übrigen fahre ich morgen ab. Wenn das hier immer so bei euch ist, dann kann mir der Junge nur leid tun, ich hielte das nicht aus.«

»Bitte fahre«, gab der Vater zurück, er blieb starrköpfig, sein Gesicht war verbissen und verkrampft, er wußte einmal wieder nicht ein noch aus, er konnte einem leid tun.

Anneliese faßte ihn ganz zart um die Schultern und sagte mit ruhiger

Stimme: »Ich wüßte aber doch gerne … vielleicht kann ich dir etwas behilflich sein, wenn man so lange in der Großstadt lebt, sieht und lernt man eine ganze Menge, oder glaubst du nicht?«

Herr Seldersen nickte: »Aber was willst du denn wissen, es ist noch keine Veränderung eingetreten, ich muß nur zusehen, daß ich meine Zinsen pünktlich bezahlen kann und außerdem die laufenden Rechnungen.«

»Zinsen, was sind denn das für Zinsen?«

»Ich habe mir vor einigen Wochen etwas Geld von der Bank geliehen, damit ich die Ware hereinbekomme.«

»Hat man es dir ohne weiteres gegeben?«

»Nein, natürlich nicht, ich mußte die Ladeneinrichtung als Sicherheit verpfänden.«

Pause.

Das Klavier und die Sparkassenbücher hatte er vergessen, er erwähnte sie nicht.

»Das war richtig«, meinte die Tochter nach kurzem Überlegen, »wenn du dir etwas Luft damit geschaffen hast.«

»Luft, Luft, natürlich«, antwortete der Vater schnell, »im Augenblick schon, aber die Schuld blieb doch, oder etwa nicht, und es kommen sogar jetzt noch die Zinsen hinzu!«

Natürlich, die Schuld blieb, sie war gleichsam an einer Stelle jetzt verankert, und die Erleichterung, die man in der ersten Zeit verspüren wollte, stellte sich zum Schluß vielleicht noch als Täuschung heraus.

»Und jetzt«, fragte Anneliese.

»Nichts«, erwiderte der Vater, »abwarten, man kann nichts voraussagen.«

Das klang nun wieder recht trüb, sie überlegte weiter.

»Vielleicht war es doch nicht richtig, so schnell das Geld zu nehmen, man hätte sich alles genau überlegen sollen, vielleicht stand noch ein anderer Weg offen. Aber wenn du immer alles allein tust, anderen nie etwas sagst, du hast keine vollkommene Übersicht!«

»Hm, hm, das kann schon sein«, antwortete der Vater kleinlaut, schließlich ist er ja auch nicht mehr der Jüngste, aber was blieb denn anderes übrig. Ach, sie hat gut reden, was versteht sie schon davon.

Keine Antwort. Nach einer Weile:

»Man hätte versuchen sollen, sich mit den Gläubigern in irgendeiner Form zu einigen und alle Schulden auf einmal zu tilgen.«

Herr Seldersen verstand nicht. »Das Geschäft aufgeben, Konkurs anmelden, das geht doch nicht«, fragte er ungläubig, »was soll da werden?«

»Nein, nein, so ist das nicht gemeint, das Geschäft kann dabei fortgeführt werden, noch nicht einmal die Zeitung erfährt es, alles geschieht verschlossen im geheimen, man einigt sich mit den Gläubigern auf eine bestimmte Quote, die sofort ausgezahlt wird, und die gesamte Schuld ist damit getilgt.«

Pause.

»Ja, ja«, sagte der Vater, er wollte nicht gerade zugeben, daß er an die Möglichkeit nicht recht gedacht hatte, offen gestanden wußte er nur ungenau, daß es so eine Einigung außerhalb eines gerichtlichen Verfahrens überhaupt gab.

»Angenehm ist es auch wieder nicht«, begann er, »wenn ich an die Leute, von denen ich schon über zwanzig Jahre meine Ware beziehe, auf einmal mit diesem Ansinnen herantrete ... Und dann noch eines: Um diese Quote überhaupt bieten zu können, muß man doch Geld bereit haben, es muß doch vorhanden sein, woher sollte ich das nehmen, sag es mir bitte, noch nicht einmal dazu bin ich in der Lage. Du darfst doch nicht vergessen, daß wir kein Kapital hinter uns haben, keine Reserven, das ist doch eben unser ganzes Unglück.«

»Unglück, wie du immer gleich übertreibst«, erwiderte sie mißmutig, sie konnte es auf den Tod nicht leiden, wenn der Vater sich solcher Ausdrücke bediente. Er tat es mit einem sichtbaren Wohlgefallen an allem, mit dem er sich und seine Lage herunterwürdigen konnte. Seine Augen liefen dabei rot an, und es verging ihm der Atem. In Wahrheit mußte man schon Mitleid mit ihm haben, wie er so klein dastand und nicht mehr scheinen wollte, als er in Wirklichkeit war.

»Du hast in der Tat nichts gespart oder zurückgelegt, worauf du jetzt zurückgreifen könntest, das ist doch gar nicht möglich.«

»Doch.« Der Vater nickte mit dem Kopfe. Nichts gespart, nichts zurückgelegt, er mußte es zugeben, es war außerordentlich. Anneliese schwieg, die Lage war trostlos, wenn man es sich recht überlegte, bestand nicht im mindesten noch irgendeine Hoffnung. Ob er das wohl wußte, stets diese Gewißheit mit sich herumtrug? Sie wußte nichts mehr zu sagen, sie war ebenfalls jetzt niedergeschmettert, je länger sie zu Hause blieb, um so mehr ersehnte sie den Tag herbei, an dem sie wieder abfuhr. Nein, andauernd hätte sie nicht in dieser trüben Stimmung und Umgebung leben können, ohne ebenfalls von der allgemeinen Mutlosigkeit angesteckt zu werden. Im stillen wunderte sie sich, wie Albrecht das aushielt, er war doch noch jung und durfte Ansprüche stellen, entweder er begriff nicht und träumte, schlief in den Tag hinein, oder es ging langsam mit ihm und dauerte eine gewisse Zeit, bis er sich darin zurechtfand.

Die Tage vergingen schnell, und die Schwester fuhr wieder ab.

Wegen Lohnforderungen traten die Arbeiter der umliegenden Ziegeleien Anfang des Frühjahrs in den Streik, ungefähr vierhundert Mann weigerten sich, zu den bisherigen Bedingungen die Arbeit fortzusetzen. Mit dem Streik war es eine heikle Angelegenheit, zu Beginn der Jahreszeit waren viele Neueinstellungen erfolgt, die Arbeiter, die jetzt wieder an ihrer Arbeitsstelle standen, hätten eigentlich zufrieden und froh sein können, daß sie wieder in den Betrieb aufgenommen waren. Doch die Preise waren gestiegen, das Leben hatte sich allgemein verteuert, die Löhne jedoch hatten keine Erhöhung erfahren, sie blieben die gleichen wie zuvor.

Es war seit langer Zeit das erstemal, daß etwas Festes und Ernstes sich vorbereitete. Die Ereignisse der Jahre hatten vor den Toren der Stadt nicht haltgemacht, auch sie blieb verstrickt in das Schicksal des ganzen Landes und mußte ihr Teil tragen. Aber die Dinge traten nicht so schroff zutage, wie sie sich anderwärts anließen, sogar das aufrührerische Ereignis verlor hier an Kraft und Schärfe des Gegensatzes, eine behagliche Umständlichkeit begleitete auch das größte Unternehmen. Die Menschen, die hier wohnten, sahen weniger prüfend um sich, sie dachten gewiß etwas langsamer und schwerblütiger, aber einfach und gerade. Er dauerte seine Zeit, bis sich eine neue Erkenntnis in ihnen festgesetzt hatte, und dann – vielleicht war es ihnen bisher immer noch gut gegangen, so daß sie keinen Grund hatten, sich zu beklagen. Sie taten ihre Arbeit, verdienten ihr Essen, suchten sich ihr Vergnügen, sie hatten den Wald und das Wasser, den unendlichen Blick über die Felder und die Winde im Frühjahr. Gab es da noch einen Wunsch offen? Doch als es mit den Jahren auch hier immer schlechter wurde, trat auch nach außen diese Veränderung in stärkerem Maße zutage. Wo blieb die Ruhe und die lachende Zufriedenheit? Was jetzt umging, hatte nichts gemein mit dem Sinn und dem Geist dieser Landschaft, jetzt drang hier etwas ein, was nicht aus diesem Boden wuchs und Unruhe zu stiften drohte.

Drei Wochen hielten sie den Streik durch, dann ging ihnen das Geld aus, sie mußten klein beigeben, ihre Vertreter knüpften Verhandlungen an, die zum Ziel führten. Nur dreihundert Mann wurden wieder eingestellt, die übrigen erhielten ihre Papiere. Die andern, die wieder arbeiten durften, taten es zu schlechteren Bedingungen als früher, bevor sie in den Streik getreten waren. So endete jeder Versuch der Arbeiter, ihre Lage zu verbessern.

In der Zwischenzeit lag der ganze Geschäftsverkehr brach, mit Ausnahme der Lebensmittelgeschäfte, die aber stark in die Kreide greifen mußten. Der Handel ruhte, der Umsatz ging zurück, die fälligen Zahlungen stockten. So zog eins das andere mit sich, es war eine lange Kette von aufeinanderfolgenden Unglücksfällen.

Dann begannen die Fabriken wieder zu arbeiten, aber die Erbitterung blieb. Ständig waren vier Polizeibeamte und vier Landjäger am Platz stationiert, in unruhigen Zeiten mußte die Gendarmerie der angrenzenden Ortschaften herangezogen werden. Zwischen der Stadtbevölkerung und dieser Landespolizei bestand eine besonders starke Spannung.

Immer wieder gärte es heimlich unter den Arbeitern, doch nirgendwo kam die Stimmung ernsthaft zum Ausbruch. Als eines Tages in einem Werk mehrere Zettel angeschlagen waren mit der Aufforderung, erneut in den Streik zu treten und nicht eher zu ruhen, bis die hundert Entlassenen wieder eingestellt waren, entließ die Werkleitung kurzerhand fünfzig Mann, die besonders unruhig und gefährlich erschienen. Am Nachmittag kam es am Markte zu Ansammlungen. In kleinen Gruppen zu fünf und zehn Mann bevölkerten die Arbeiter die Fahrstraßen und Bürgersteige und hemmten jeden Verkehr. Aber sie standen nur herum, ohne etwas Rechtes anzufangen. Es fehlte ihnen noch die einheitliche Führung und der geschlossene Wille. Sie blinzelten hinüber, dorthin, wo die Polizei stand, offenbar fanden sie sich in der neuen Lage nicht zurecht, was sollten sie beginnen? Eine unheimliche Spannung lag in der Luft, aber keine Partei wußte etwas Entscheidendes anzufangen. Die Polizisten wagten nicht einzuschreiten, da sie offensichtlich in der Minderheit waren und erst Verstärkung abwarten wollten. Außerdem bot sich ihnen noch kein Anlaß. Sie beschränkten sich darauf, durch die Straßen zu patrouillieren und Kinder, die neugierig herumstanden und zuhörten, nach Hause zu schicken. Wo man ihnen nicht sogleich Folge leistete, unterstützten sie ihre Mahnung oft handgreiflich und führten die kleinen Übeltäter in die Wohnungen ab. Aber es geschah nichts, außer daß viel geredet und geschrien wurde. So blieb es auch die folgenden Tage, die Verstärkung aus den Nachbarorten wurde wieder abgerufen, man hatte sie nicht mehr nötig. Es schien, als ob die Erregung sich allmählich lege und die Ruhe des Frühjahres wieder in die Stadt einziehen sollte.

Da kam eine Nachricht, die die Gemüter von neuem zum Aufflammen brachte. Eine halbstündige Bahnfahrt entfernt lag die Kreisstadt mit über dreißigtausend Einwohnern und großen Eisenwerken. Als hier, in viel stärkerem Maße als zuvor in der Nachbarstadt, Unruhen ausbrachen, mit Straßenkämpfen, Toten, Verwundeten, griff die Erregung auch auf das umliegende Land über. Eines Tages ging das Gerücht, daß Aufständische auf mehreren Lastwagen anrückten – aber es war nur ein Gerücht.

Wieder waren alle Straßen um den Markt angefüllt von erregt blickenden Menschen, die Geschäfte schlossen ihre Läden, ließen die Rollgitter herunter, dieses Mal war es sicherlich ernst gemeint. Man fühlte eine ungeheure Entschlossenheit, doch vorerst noch hielt alle ein Zögern in Bann. Die Polizei saß in der Wachstube und wartete. Von Zeit zu Zeit trat ein Polizist heraus, sah die Straße hinab und verschwand wieder. Endlich erschien ganz unten am Ende der Straße ein Glitzern und Blinken in der Sonne, das größer wurde und die Augen blendete.

Zwanzig bewaffnete Landjäger rückten auf ihren Rädern an, der Säbel war an der Lenkstange befestigt, über dem Rücken hing das Gewehr, den Tschako hielt der Kinnriemen fest. Sie kamen langsam die Straße heraufgefahren, ein ansehnlicher Trupp, ohne sich um die drohenden Blicke und Zurufe zu kümmern, verschwanden mit ihren Rädern im Rathaus. Die Menge davor, alte Männer, Verheiratete, wenig Frauen, vereinzelt junge Burschen, kam in Bewegung, langsam schoben sie sich, aus allen Straßen kommend, gegen das Rathaus vor. Die Tür der Wachstube öffnete sich langsam, würdig und voller Ruhe kommen die Polizisten heraus, fünfundzwanzig an der Zahl, geführt von ihrem Major. Mit lauter Stimme fordert er die Demonstranten auf, auseinander zu gehen, die Straßen und den Platz zu räumen. Die ersten Reihen der herandrängenden Massen ändern nicht ihre Richtung, blieben in der Mitte auch einige weniger Mutige stehen, die Menge stieß sie vorwärts und zwang ihnen ihren Schritt auf. Die Polizisten bildeten eine Kette, doch sie wurde durchbrochen, einzeln eingekeilt standen sie zwischen den Demonstranten. Durch Zurufe forderten sie die Menge auf, sich zu besinnen, sollte es zu Blutvergießen kommen? Die Männer sahen verbissen und schweigend zu Boden, einige Frauen und junge Burschen riefen laute Schimpfworte. Sie drängten weiter, was hatten sie im Sinn? Sie griffen nach dem Säbel, den der Major gezogen hatte.

Da riß er seinen Revolver aus der Tasche und schlug um sich einen Kreis, ein jeder Polizist tat es ihm gleich. Schon wichen die vordersten Reihen zurück, begannen die Frauen zu schreien, zu laufen, wurden die jungen Burschen bleich, als sie die schwarze Mündung des Revolvers vor sich sahen. Die Männer in den vordersten Reihen waren keine Abenteurer, keine Raufbolde, sie waren durch Trommelfeuer gegangen, aus brennenden Dörfern, unterminierten Schützengräben, vergasten Wäldern gerettet worden, hatten ihr Leben bewahrt, nun standen sie in der Heimat einem kleinen Rohr gegenüber, das auf sie gerichtet war.

Die Polizisten drangen in die sich lockernden Reihen und trieben die Demonstranten mit dem blanken Säbel auseinander. Kein Schuß fiel. Am Abend blieb es ruhig. Am nächsten Morgen wurden, beim ersten

Versuch, die Vorgänge des vergangenen Tages zu wiederholen, mehrere Männer verhaftet, gefesselt und, flankiert von drei Polizisten, mit aufgepflanztem Seitengewehr durch die Straßen geführt und ins Amtsgefängnis eingeliefert.

Fritz Fiedler kehrte nach Hause zurück, aus freiem Entschluß, er war mit seinen Eltern übereingekommen, sie übten keinen Zwang mehr auf ihn aus. Als Herr Fiedler erfuhr, wo Fritz sich aufhielt, hätte er sich am liebsten sogleich auf die Reise begeben, aber seine Frau hielt ihn zurück. So wartete er geduldig, ließ noch drei Wochen verstreichen, schrieb nur einen Brief hinunter, eines Tages endlich reiste er ab. So ein Junge, murmelte er mehrere Male still vor sich hin … Und was tut er da unten? Er arbeitet bei einem Bauern. Herrn Fiedler erschien dies wie ein Rätsel. Aber er fuhr hinunter mit dem festen Vorsatz, Fritz ohne Zwang und in gütlicher Übereinkunft zur Rückkehr zu bewegen. Er wollte ihn gleich mitnehmen. Fritz war nicht sonderlich bewegt, als sein Vater eines Tages in dem Orte auftauchte. »Eine schöne Gegend hast du dir aber ausgesucht«, sagte Herr Fiedler voller Anerkennung. Eine schöne Gegend, er gedachte, es sich hier mehrere Tage wohl sein zu lassen. Fritz arbeitete indessen weiter bei dem Bauern, es gab viel zu tun, des Abends fiel er müde und glückselig ins Bett. Sein Vater fragte ihn gelegentlich, wie lange er eigentlich noch durchzuhalten gedenke? »Solange man mich hier behält«, gab Fritz ohne Bedenken zur Antwort – »oder ich etwas Besseres gefunden habe«, setzte er nach einiger Zeit hinzu.

Da hielt Herr Fiedler den Zeitpunkt für gekommen, an dem er Fritz alles sagen konnte, wozu er und seine Frau in Wochen qualvollen Grübelns gelangt waren. Sie hatten eingesehen, daß es Fritz ernst war mit seinem Entschluß, von der Schule zu gehen. Sie hatten sich abgefunden, er sollte nun zurückkommen und sich in Ruhe nach einer neuen Beschäftigung umsehen, die ihm zusagte und auch für die Zukunft Aussichten bot. Sie zwangen ihn zu keiner Entscheidung, alles blieb ihm überlassen, Herr Fiedler versprach es, nur solle Fritz zurückkommen.

Nach einer Woche fuhren sie gemeinsam ab, blieben noch einige

Tage in München, zwischen ihnen herrschte das beste Einvernehmen, dann fuhren sie nach Hause. Fritz war braun gebrannt und in bester Verfassung, er ließ erst gar keine wehmütig-trübe Stimmung aufkommen, trieb seine Späße und machte alles vergessen, was man seinetwegen erduldet und auf sich genommen hatte. Die Mutter schloß ihn in ihre Arme, er ließ es dieses Mal ruhig mit sich geschehen. Früher wäre ihm diese Zärtlichkeit nur lästig gewesen, und er hätte sich schleunigst aus dem Staube gemacht.

Am dritten Tage traf er mit Albrecht zusammen. Sie saßen einander gegenüber, beide befangen, Albrecht in etwas stärkerem Maße, und brachten kein ordentliches Gespräch zustande.

»Da bist du also nun zurückgekommen«, sagte Albrecht, ihm erschien dies so außergewöhnlich, daß er es sich immer wieder ins Gedächtnis zurückrief.

»Ja«, wiederholte Fritz, »nun bin ich wieder da. Du wunderst dich wohl ein wenig?«

Albrecht zögernd: »Ja, ich bin überrascht.«

»Meine Eltern habe ich zur Einsicht gezwungen.«

»Und das genügt dir?«

»Ja, oder dachtest du … ich habe ihnen bewiesen, daß es mir ernst ist, ich brauche nicht mehr zur Schule zu gehen.« Diesen lästigen Zwang war er nun los, Gott sei Dank.

Albrecht schwieg, er schämte sich ein wenig, Fritz hatte einen Teil seiner Gedanken erraten. Vielleicht der Gang ins Abenteuer, vielleicht der Wunsch nach Klarheit und Leben, vielleicht auch beides glaubte Albrecht damals aus den Worten seines Freundes herauszulesen. Es ist mir ernst, hatte er eben gesagt, seine Stimme klang kraftvoll und bewußt, untrüglich, er sprach die Wahrheit.

»Und was willst du jetzt beginnen«, fragte Albrecht.

Fritz blieb stumm, er konnte keine genaue Auskunft geben. Er hatte verschiedene Pläne, seine Eltern und sein Schwager bemühten sich für ihn, im Augenblick vermochte er nichts zu sagen.

Nach ein paar Tagen hatte er seinen Entschluß gefaßt. Er ging nach Hamburg und trat als Lehrling in eine Exportfirma ein. Er war beglückt.

»In einem Kontor«, fragte Albrecht voll Verwunderung.

»Ja«, erwiderte Fritz ein wenig traurig, »es geht eben nicht anders, das muß man mit in Kauf nehmen. Aber dann ist da noch Hamburg, das Wasser« – diese Aussicht ließ ihn vieles ertragen. »Die Firma hat große Niederlassungen in Übersee«, sagte er, und schon gewann seine Phantasie die Oberhand. Übersee – das Wort lockte, da gab es noch etwas zu entdecken, die weite Welt, andere Völker, fremdartige Sprachen, verborgene Schönheiten, ein wunderbarer Dunst von Fremde und Gefahr umschwebte all das. »Zuerst bleibe ich natürlich hier im Lande«, fuhr er fort, »um den Betrieb kennenzulernen, das ist nicht so einfach, man kann auch da seinen Mann stehen. Aber nachher gehe ich hinüber.«

»Wohin?« fragte Albrecht.

Fritz lachte. »Nach Übersee natürlich.«

Er verabschiedete sich, zu Beginn des kommenden Monats trat er seine Stelle an.

Albrecht ging weiter zur Schule, er kam in eine neue Klasse, das letzte Schuljahr begann. Er tat seine Pflicht, blieb unauffällig, allmählich schloß er sich völlig von anderen ab. Freunde hatte er außer Fritz nie gehabt, nun war auch der weg, Albrecht blieb allein mit seinen Büchern und seiner Geige. Ja, Bücher, sie gewannen eine immer größere Bedeutung in seinem Leben. Damit hatte es folgende Bewandtnis: Albrecht lernte einen Mann kennen, der großen Einfluß auf ihn gewann und einen gewaltigen Turm in seinem jungen Leben erbaute. Er wurde sein Führer, sein Freund auf lange Zeit. Albrecht sah ihn das erstemal an einem Vortragsabend der Literarischen Vereinigung, zu dem er sich in alter Gewohnheit eingefunden hatte.

Die Literarische Vereinigung bestand am Orte schon so manches Jahr. Abseits von den zahlreichen Vereinen und Vereinigungen sportlicher und politischer Natur, die in dem Städtchen gediehen, führte sie ihr eigenes beschauliches Dasein und unterschied sich von den übrigen in der Hauptsache dadurch, daß sie an Ehren- und Feiertagen nie auf dem Marktplatz Aufstellung nahm und im langen Festzug mit hinausmarschierte. Denn sie besaß keine Fahne. Was in aller Welt sollte sie auch im Wappen führen? Etwa das geschlechtslose Zeichen der Literatur?

Albrecht Seldersen kam oft als Gast zu ihren Veranstaltungen, die des Sommers an Nachmittagen in einem Garten außerhalb der Stadt, winters in unwirtlichen Vereinszimmern zur Abendzeit stattfanden. Er erschien, wenn er sich besonderen Gewinn davon versprach. Selbst das Gespött der Mitschüler konnte ihn nicht fernhalten – sonderbar genug. Was mochte er dort wohl suchen? Mit der Zeit nämlich hatte er herausgefunden, daß ein Gedanke, den er vorerst nur in sich wie einen Hauch, einen leise klingenden Ton verspürte, bei irgend jemand anderem, einem Dichter, zu einer festen, klaren Harmonie geworden war, die frei klang und auf eine seltsame Weise die Seele reinigte und stärkte. Er empfand dies als wohltuend und erfrischend, ähnlich dem Bad, mit dem er sich nach dem Spiel auf dem Sportplatz die Ermüdung aus den Gliedern trieb und den Körper säuberte.

Da saß er nun zuunterst an einer langen Kaffeetafel, denn es wurde dabei Kaffee getrunken, oder er schob seinen Stuhl in die Ecke, baute einen zweiten vor sich als Schutzgitter auf, legte die Arme auf die Lehne und hielt Umschau. Die Kaffeetassen klirrten. Alte Frauen, Alt-Jüngferlein, vor dem Kriege den obersten Schichten zugehörig, unter den neuen Verhältnissen wirtschaftlich abgedrängt und ohne Einfluß, hier friedlich beieinander, ließen sich vorerzählen, nickten beifällig mit dem Kopf und hoben die Tasse. Das männliche Element war an Zahl spärlich vertreten, aber was waren das für Männer! Ein Major a. D. hatte die Leitung, ein aufrechter Mann, stets auf der Suche nach neuen Attraktionen für seine Vereinigung. Er selbst bestritt, wenn Not am Mann war, den größten Teil der Veranstaltungen, es ging über seine Kräfte, obgleich er für sein Alter noch überaus beweglich war. Er wusch sich im Winter mit Schnee, der auf seinem Balkon lag, turnte des Sommers nackt mit Gleichgesinnten auf einem eigens hierzu abgesteckten Gelände. Ihn unterstützte der Buchhändler des Ortes, ein ehemals wilder, temperamentvoller Mann, der jetzt in der Kraft seiner zweiten Jugend mit dem Genius rang und ihm kleine Novellen und Geschichten abzwang, die den Weg bis in mittlere Familienzeitschriften fanden.

Der engagementslose Schauspieler, der vom Sommertheater hier übriggeblieben war und den kunstbesessenen Bürgern mit Pathos Gedichte und Dramen eintrompetete, war an einen anderen Ort gezogen, der Major hielt abermals Ausschau – da tauchte Anfang des Jahres in der Stadt ein junger Richter auf, Assessor noch, kurz nach dem Examen von seiner Behörde hierher geschickt und mit einem Kommissorium betraut. Er kam aus dem Rheinland, besaß lockere Bewegungen und ein freies Benehmen, an dem die starren Formen, in denen sich hier das Leben bewegte, oft Anstoß nahmen. Da saß er nun in diesem Ort, und wenn er nicht mit sich selbst in seiner Stube oder draußen im Wald ein Gespräch beginnen wollte, so mußte er sich schon an die Menschen hier halten, die das geistige Leben zügelten. Dem Major kam er nur zu willkommen. Man lud ihn ein, Vorträge zu halten, nur widerstrebend ließ er sich überreden.

Tags zuvor wurden diese Veranstaltungen durch Aushang im Schaufenster einer Konditorei und der Buchhandlung bekanntgegeben. Da fand sich allmählich alles ein, was vorher versteckt in seinen vier Wänden Zwiesprache mit dem Geist der großen Welt und dem geheimnisvollen Leben gepflogen hatte.

Die Vorträge fanden in diesem Jahr in dem ausgeräumten Fremdenzimmer eines Hotels statt, über den Hof gelangte man, eine dunkle Stiege aufwärts, durch einen kleinen Flur, die zweite Tür links, in das Zimmer. Das Hotel war vielseitig. Im Vereinszimmer unten tanzte eine Wandervogeltruppe Volkstänze, das Gehämmer auf dem verstimmten ächzenden Klavier drang bis nach oben, nebenan kicherten die Hausmädchen mit dem Kellner, darunter lag die Gastwirtschaft, in den hinteren Räumen übte ein Gesangverein.

Das Zimmer ist schon fast voll. Die Stühle stehen dicht, nur ein kleiner Gang dazwischen bleibt frei. Der Major empfängt mit strahlendem Gesicht jeden Neuankommenden, schüttelt ihm persönlich die Hand, dankt ihm für sein Erscheinen. So viele Gäste!

Der Eintritt ist frei, eine Umlage, zu Beginn erhoben, verbürgt eine kleine Dampferfahrt im Sommer.

Zehn Minuten nach der festgesetzten Anfangszeit erscheint der Vortragende mit den Töchtern des Amtsrichters und der Frau seines Wirtes. Er überragt alle Anwesenden um einen Kopf, nur noch der Major kann sich mit ihm messen. Mit schnellem Blick sieht er sich im Kreis um: fast nur alte Leute, Frauen, wenig Männer, zwei Lehrer und ein

Schüler mit kurzen Hosen und braunem Manchesteranzug, blond mit verwunderten Augen, Albrecht Seldersen. Der junge Vortragende nickt mit dem Kopf hinüber, obgleich er ihn nicht kennt. Das ist ein Verbündeter, denkt er, und als er vorne am Tisch steht, sieht er ihn noch einmal freundlich an. Dann beginnt er mit seinem Vortrag.

Er spricht erregt, mit weiten Gesten, voll Temperament, und allmählich vollbringt er das Wunder, sich in diesem kalten Raum, angesichts so vieler Menschen, die nichts mit ihm gemein haben, zu entzünden. Alle Gesichter um ihn herum verlieren an Form, verschwimmen ihm zu dem Gesicht des kleinen Schülers dort unten, der ihn unverwandt ansieht. Da beugt er sich etwas vor, um dem Gesicht näher zu sein, und spricht zu ihm, als wären sie beide allein in dem Zimmer: »Tonio Kröger aber hielt sich abseits. Was er konnte, war dies: ein wenig Geige spielen, Verse machen, eine Stimmung bis zu Ende auskosten, sehnsüchtig und schmerzvoll. Verstehst du, warum ich zu dir spreche? Du sitzest da, mit kurzen Hosen, offenem Kragen, inmitten alter Leute, und glaubst damit Sturm laufen zu können, bis dir der Atem einmal ausgeht. Aber wogegen? Gegen das Rohe, Laute, Unedle. Du spielst im dunklen Zimmer Geige und läufst dabei um den Tisch. Am nächsten Tag holst du dir einen Preis beim Dreikampf. Du prügelst dich, wenn dich einer beschimpft, und sitzt abends hier und hörst verwundert zu, was ich dir sage. Es ist in Ordnung so. Denn der Geist ist es, die Liebe zu ihm, was allein uns tätig macht. Was anders konnte mich bewegen, in eurem kalten, weltverlorenen Nest, in diesem ungastlichen Fremdenzimmer zu reden, vor Menschen, die noch den Geschmack ihres Abendbrotes auf der Zunge haben.«

Nach dem Vortrag wartete Albrecht vor der Türe. Da kam er schon in Begleitung von zwei Frauen, sie unterhielten sich lebhaft. Albrecht dreht sich um und will nach Hause gehen, als der andere ihm die Hand hinstreckt:

»Guten Abend, hat es Ihnen gefallen?«

Albrecht verbeugte sich tief, keiner soll sehen, wie ihm das Blut in die Wangen schießt.

Am nächsten Tag, als sie sich auf der Straße begegnen, grüßen sie sich, als wären sie seit langem schon gute Freunde.

»Ich heiße Albrecht Seldersen«, sagte Albrecht.

»Schon gut.« Der andere wußte seinen Namen längst. »Sie müssen mich bald einmal besuchen. Wann haben Sie Zeit?«

»Ich bin Schüler«, antwortete Albrecht.

»Ja. Wollen Sie morgen abend zu mir kommen? Nicht zu spät bitte.« Er gab ihm seine Adresse. Albrecht nahm die Einladung an.

Als er anderen Tages die Gartentür öffnete, stand Dr. Köster oben am Fenster und grüßte herunter. Oben gab er ihm einen herzlichen Empfang. Albrecht fühlte sich sofort heimisch. Er blickte sich im Zimmer um, an der Wand stand ein großes Regal vollgepackt mit Büchern, auf dem Flügel lagen Noten und Bücher bunt durcheinander.

»Haben Sie schon zu Abend gegessen«, erkundigte sich Dr. Köster. Albrecht bejahte.

»Ich dachte mir«, fuhr der andere fort, »wir bleiben zuerst hier auf meinem Zimmer, später gehen wir dann vielleicht noch ein wenig auf die Straße hinunter oder in den Park. Mögen Sie nicht?«

»Doch«, sagte Albrecht schnell, »sehr gern, man kann überhaupt hier sehr schöne Spaziergänge unternehmen, manchmal stundenweit, ohne einen Menschen zu treffen. Das ist ja das einzige beinahe, was wir hier haben. Aber Sie sind ja wohl noch nicht lange hier am Platz?«

Dr. Köster lachte. »Ich hoffe, daß ich alles bald gut kennen werde. Wollen Sie nicht mein Führer sein?«

Albrecht sah ihn schweigend an. Dann nickte er nur.

Sie unterhielten sich eine gute Weile. Albrecht achtete angespannt auf die Fragen, die der andere an ihn richtete, und bemühte sich, sie zu seiner Zufriedenheit zu beantworten. Als einmal eine kleine Pause entstand, sprang Dr. Köster auf, setzte sich an den Flügel und sang und spielte ein kleines Lied, wie man es gerade überall hörte.

Albrecht blieb auf seinem Platz sitzen, die kurzen Hosen waren an den kräftigen Beinen etwas hinaufgerutscht und ließen die Knie frei. Die Strümpfe waren gerollt.

Dr. Köster stand vom Klavier auf.

»Gefiel es Ihnen, Albrecht? Ich habe es neulich irgendwo gehört und wieder vergessen, zufällig kam es mir gerade jetzt wieder in den Sinn.«

Sie unterhielten sich weiter. Albrecht ließ den anderen reden, es hörte sich angenehm zu, wenn er erzählte. Er kam auch aus einer kleinen Stadt. Sein Vater war Arzt, wie schon sein Großvater und dessen Vater wieder. Nur er war aus der Reihe getreten. Seine Studien hatten ihn in viele Städte geführt, nun arbeitete er hier auf dem Gericht, er war eine Amtsperson und genoß Ansehen. Doch jetzt war er privat. Nebenbei beschäftigte ihn eine große Arbeit, die sich sicherlich über mehrere Jahre hinzog. Er deutete dies nur kurz an, und Albrecht stellte in dieser Richtung weiter keine Fragen. Früher als Schuljunge und noch in den ersten Semestern war er viel gewandert. Noch heute trug er die Nadel seines Bundes auf dem breiten Westenrevers.

Die Zeit ging voran. Und immer mehr schien es Albrecht, als würde vor ihm sein eigenes Leben von einem Fremden ausgebreitet, der es kannte und vielleicht um noch mehr wußte. Es war geradezu unheimlich oft und unsagbar spannend. Es kam Albrecht vor, als säße er in den Startlöchern und wartete auf die Kommandos. Ja, wie war es doch nur? … Aber er machte sich weiter keine Gedanken. Er liebte die Gepflegtheit, die ganze wohlgestaltete Ordnung, die von jenem ausging. Wenn er ihm vorlas oder vorsang und Albrecht lag auf dem Sofa lang ausgestreckt und hörte zu, so erfüllte ihn eine tiefe Zufriedenheit. Es war ein wundervoller Ausblick, der sich ihm darbot. Albrecht war ihm zugetan aus einer jungenhaften Bewunderung und einem zärtlichen Vertrauen heraus. Angestrengt überdachte er, was er für ihn tun könne, um zu beweisen, daß er würdig sei und nicht mit leeren Händen komme. Aber der andere verlangte nichts. Albrecht bat zum Abschied, Dr. Köster solle ihn in der Wohnung seiner Eltern besuchen. Auch sie würden sich gewiß freuen. Dr. Köster sagte zu.

Es verging einige Zeit, bis er sein Versprechen einlöste. Albrecht hatte ihn unterdessen einige Male auf der Straße in Begleitung von Frauen gesehen, ehrerbietigst grüßte er hinüber und wagte nicht, das Wort an ihn zu richten. Aber eines Tages war er da, lachend, fröhlich, aufgeräumt. Er setzte sich sofort an das Klavier, sang, spielte und half Albrecht über die ersten Minuten der Befangenheit hinweg. Frau Seldersen erschien, und Albrecht stellte vor. Sie bat Dr. Köster, zum Abendessen dazubleiben. Er nahm ohne Umschweife an. Die Mutter

deckte für beide den runden Tisch vorn in der Stube, in der der Bücherschrank und der Schreibtisch standen. Als sie das Tablett brachte, zitterten ihre Hände. Albrecht merkte dies. Auch Herr Seldersen ließ sich
sehen, gab Dr. Köster die Hand und sagte ein paar Worte: er freue sich
und hoffe, daß Albrecht nicht zu dumm sei. Dr. Köster lachte und sah
auf Albrecht, der verlegen und ungehalten über die Worte des Vaters an
dem Tisch lehnte und mit vollem Mund das Kauen vergaß. Herr Seldersen verschwand, und sie waren wieder allein.

»Was wollte mein Vater?« fragte Albrecht.

»Seien Sie nicht dumm in der Tat«, verwies ihn der andere, »oder
wollen Sie ein Kompliment erobern.«

Albrecht schüttelte den Kopf. Sie aßen weiter.

Da fiel Albrecht ein, daß er Dr. Köster noch nichts von seinem
Freund Fritz erzählt habe. Was wohl seine Meinung darüber sei?

Dr. Köster ließ sich berichten, sein Gesicht wurde ernst und abweisend, schließlich sagte er:

»Und wie alt ist Ihr Freund?«

»Neunzehn Jahre.«

»Nun, da müßte er wissen, was er tut.« Es klang wie ein Vorwurf.
Schweigen.

»Mir liegt so etwas nicht«, gestand Dr. Köster weiter, »ich sehe
weder eine Notwendigkeit noch eine innere Berechtigung, weittragende Entschlüsse zu fassen und große Taten einzuleiten, wie es
nach Ihren Worten bei Ihrem Freund der Fall ist. Ich verstehe es
schon, aber ich glaube nicht daran. Ich sage Ihnen, Albrecht, mir ist
nichts mehr verhaßt, und hüten auch Sie sich – ein Wort für später –
vor dem Tätigwerden in diesen Dingen, ein Kämpfer, aktiv oder
weiß der Himmel was zu sein. Ich habe mich stets vorgesehen, ich
glaube, auch auf Sie paßt dieser Rat. Sie haben doch neulich meinen
Vortrag gehört?«

Albrecht schwieg. Er konnte nicht widersprechen, wenn er auch verspürte, daß noch einiges einer Klärung bedarf. Er hatte nur eine Ahnung von dem, was durch die Worte hindurchsah. Aber er wollte nicht
länger dabei verweilen.

Dr. Köster erhob sich und ging zum Bücherschrank, er öffnete ihn.

»Lesen Sie, lieber Albrecht, das ist gescheiter, und es kommt mehr für einen dabei heraus. Sie besitzen Bücher, ganz nett, haben Sie sie alle schon gelesen?«

Albrecht trat neben ihn. »Ja.«

»Ich borge Ihnen gern Bücher, wenn Sie wollen. Sie werden sie gut halten. Bücher sind Freunde.«

Albrecht versprach es. Er sagte, daß er sich sehr freue, Bücher zu lesen, die der andere für ihn aussuche.

Und Dr. Köster hielt sein Versprechen, er borgte Albrecht Bücher, und diese Bücher traten in Albrechts Leben, gewannen eine feste Bedeutung und waren nicht mehr fortzudenken.

Unter denen, die er Albrecht lieh, befand sich eins von einer bestrickenden Schwermütigkeit und Süße, wie es Albrecht bisher noch nie gelesen hatte. Er las es unzählige Male, fast konnte er es auswendig, und immer wieder erschloß sich ihm eine neue Erkenntnis. Da war die Welt bunt, erschreckend und voller undeutbarer Geschehnisse, und abseits von ihr, in einem weiten Abstand, hielt Tonio Kröger, kein Held und Eroberer, Abenteurer und Glücksbringer, sondern einer, der noch in der größten Bewegung die Zügel bei sich straff hielt, einer, der zuviel wußte, Tausendfältiges in der kleinsten Offenbarung erlebte, ein sorgfältiger Beobachter bis zur Selbstaufgabe, einer, der sich selbst den Spaß verdarb – ein Überzähliger des Lebens. Schon als junger Bursche schien er dazu bestimmt, alle Erscheinungen, in denen das Leben sich ihm kundgab, auf eine sehnsüchtige und schmerzvolle Art zu erkennen und zum zweiten Male bei sich zu erleben. Er litt, wenn er liebte, und stand abseits, wenn um ihn herum andere dem Leben ihren Tribut zollten – doch bei ihm lag die Erkenntnis und der Schmerz, er war das Wissen und der Verzicht. Unbedenklich verlor sich Albrecht an die bezaubernde Stimmung, die aus dem Buch entstand, er begab sich seines Verstandes und fühlte traumhaft die schwebende Grenze, an der sich Leben und Tod, Gesundsein und Krankheit leise berührten. Es kamen ihm wunderbare und große Gedanken, über deren Bestehen er sich selbst keine Rechenschaft geben konnte, doch vorerst überwog das Erstaunen und die Unsicherheit. Dieses Buch wurde für Albrecht bestimmend, hier glaubte er sich erkannt, seine Möglichkeiten im voraus gezeichnet, er hielt fest an dem einmal gesteckten Wege, ja, er glaubte sogar dort, wo er abzuweichen drohte, gewaltsam wieder auf den richtigen Pfad zurückfinden zu müssen.

Das Herbstgeschäft war ein großer Versager gewesen, man hatte sich schon anfangs keine Vorstellung und Hoffnungen gemacht, nun übertraf es sogar sie schlimmsten Befürchtungen. Das vorige Jahr – ja, da hatte man den besten Vergleich zu dem mageren Ergebnis jetzt, es war ein Jammer, die Ware lag in den Fächern, und nur selten ließ sich ein Käufer blicken. Die wenigen, die wirklich noch viel brauchten, weil sie eine große Familie waren oder sich schon im Vorjahre hinübergeholfen hatten, konnten bei weitem nicht alles bezahlen, und Herrn Seldersen blieb nichts anderes übrig, als zu borgen und den Betrag in das Buch zu schreiben. Was konnte er schließlich sonst tun, borgte er nicht, dann machte ein anderer das Geschäft. Gewiß gab es auch noch einige, die regelmäßig ihr Geld brachten, aber sie konnten den Ausfall nicht wettmachen.

Nun ist auch durchaus nicht einzusehen, warum Menschen, die an sich schon über wenig verfügen, sich gerade für den Herbst neu einkleiden sollen und nicht das weitertragen, was sie den ganzen Sommer hindurch angezogen haben, zugegeben, die Luft ist nicht mehr ganz so warm, so kalt wie im Winter ist sie aber erst recht nicht, vielmehr eine angenehme, ausgeglichene Mischung von beidem. Ging man im Sommer, wenn die Sonne brannte, in Hemd und Hose, so zieht man sich jetzt, da es kälter wird, eine Jacke darüber oder noch ein paar Unterkleider darunter, aber sich eigens dafür neue Sachen kaufen, das hat Zeit bis zum Winter selbst.

Herr Seldersen vertröstete sich also auf den Winter und hoffte dort auf eine Belebung. Nun, um es kurzweg zu sagen, auch mit dem Winter war nicht viel Staat zu machen. Herr Seldersen hatte Zeit genug, am Nachmittag, wenn also die eigentliche Geschäftszeit war, die Straßen entlangzugehen und Ausschau zu halten, ob bei der Konkurrenz etwas zu tun war. Er tat dies auf eine verstohlene und umständliche Art, er nahm einen Brief zur Hand und gab sich den Anschein, als ob er zur Post ginge. Sein Weg führte an verschiedenen Geschäften vorbei, er hatte genügend Gelegenheit nachzuspähen, sich zu überzeugen und zu beruhigen – der Konkurrenz erging es nicht besser. Oft ging er auch hinein in den Laden, dann stand er lange Zeit mit Herrn Wiesel im Gespräch, sie erzählten sich gegenseitig, wie schlecht das Geschäft jetzt ging. Immer fanden sie einen neuen Standpunkt, von dem aus sie sich an ihr eigentliches Thema heranpirschten. Dann kam meistens gerade ein Kunde oder auch mehrere auf einmal, Herr Seldersen verabschiedete sich schnell und ging nach Hause. In seinem Laden empfing ihn seine Frau, angelehnt an die Tür hielt sie Ausschau und gab offen zu, daß sie im Augenblick keine Beschäftigung hatte.

»Komm herein«, bat sie der Vater, er hatte es nicht gerne, wenn sie an der Türe stand, wie um aller Welt auszubreiten, seht, ich habe nichts zu tun. »Komm herein«, bat er nochmals.

Die Mutter wehrte ab, sie verstand nicht, was der Vater wollte: »Laß mich«, sagte sie, »ich stehe doch nur hier und passe auf, denkst du, es geht mich nichts an?«

Diese Frau, Herr Seldersen schüttelte den Kopf, er ging hinein und versteckte sich in einer dunklen Ecke. Ab und zu kam die Mutter und verkündete, eben sei Frau Zorn mit einem großen Paket von Herrn Wiesel gekommen, während sie doch bei ihnen hier hoch im Buch steht. Dann nahm sie wieder ihren Platz ein, bis sie die nächste Meldung brachte. Herr Seldersen verlor mittlerweile die Geduld, er schickte sie nach oben. Es kam in dieser Zeit häufig zu Unstimmigkeiten zwischen ihnen.

Die beiden letzten Tage vor dem Fest setzte auf einmal ein Kommen und Gehen ein, daß Seldersens kaum Zeit zum Essen fanden, zu dritt arbeiteten sie im Laden mit einem Lehrmädchen, und Albrecht stand an der Kasse, man hatte seine Hilfe nötig, es ging nicht anders. Am Abend fielen die Eltern ins Bett, aber die Freude und das Bewußtsein, noch auf dem Platz zu stehen, überwogen bei weitem die Müdigkeit.

»Glaub mir«, sagte die Mutter dann zu Vater und Sohn, »glaub mir, wenn einer hier etwas zu tun hat, dann haben eben alle zu tun, und wenn der eine unten steht und wartet, dann warten sie alle, glaub mir, Brot wird für alle gebacken.«

Herr Seldersen nickte nur mit dem Kopfe, diese beiden Tage zum

Schluß gingen über seine Kräfte, er wußte sich nicht zu fassen vor Glück, schließlich sagte er:

»Ja, ja, aber was nützt es, es kommt darauf an, wer es länger aushält.«

Da war wieder sein altes Mißtrauen, seine ganze Hoffnungslosigkeit lag in den Worten. Schwieg er doch lieber, so raubte er anderen nicht die Hoffnung.

Die Wochen danach wurden still und trostlos, der Winter ließ alles viel schwerer ertragen, die Stadt war wie ausgestorben, bei der Kälte wagte sich niemand hervor.

Über Neujahr stellte sich auch Fritz wieder zu Hause ein, er hatte sich ein paar Tage Urlaub geben lassen und verbrachte ihn bei seinen Eltern. Er sah wohl aus, anscheinend bekam ihm der Hamburger Aufenthalt gut, stolz ging er durch die Straßen, seine Eltern verhehlten nicht ihre Zufriedenheit. Ja, nun war er in Hamburg, er hatte seine Arbeit, es ging ihm gut, viel wußte er Albrecht zu berichten. Die Stadt vor allem, was gab es da nicht alles zu sehen, überall steckte sie voller Geheimnisse und Schönheiten. Unten am Hafen, in dem Gängeviertel, St. Pauli und dann die Vororte rings herum, der Fluß und schließlich das Meer. Er konnte nicht genug sehen, und auch heute hatte er sicherlich noch nicht alles kennengelernt. Albrecht hörte gespannt zu, bewundernd sah er zu Fritz auf ... alles das hatte er gesehen. »Und deine Arbeit, was ist mit deiner Arbeit?« fragte er. Schließlich ist er doch nur nach Hamburg gefahren, um dort in einer großen Exportfirma zu lernen, und jetzt saß er schon die ganze Zeit hier und konnte sich nicht genug tun in Erinnerungen an die Stadt und wie gut ihm alles gefallen habe – von der Arbeit bei seiner Lehrfirma kein Wort.

»Wie ist das mit den Aussichten?« fragte er noch einmal.

Da wurde Fritz ziemlich kleinlaut, er mußte erst längere Zeit nach einer Antwort suchen. »Nun, nun, so schnell geht es nicht, zuerst muß ich lernen, dann kann man weitersehen.«

Albrecht überlegte, die Worte machten ihn nachdenklich, war Fritz zufrieden, oder was für ein Grund bewog ihn, sich so vorsichtig auszudrücken? »Es ist sicherlich nicht so, wie du es dir anfangs vorgestellt hast«, sagte er vorsichtig. Fritz nickte.

»Ja, ja, es ist schwerer, als man sich es vorstellt, plötzlich tauchen

Schwierigkeiten auf, an die man gar nicht gedacht hat, es gibt unerhörte Verwicklungen, man sollte es nicht glauben … nun ja, wir haben eben den Krieg verloren.«

»Den Krieg verloren«, wiederholte Albrecht, das war also die Ursache der Schwierigkeiten und Verwicklungen, von denen Fritz sichtlich niedergeschlagen sprach, das hatte er da oben in Hamburg also erfahren?

»Wie steht es denn mit dem Überseehandel?« fragte er.

Fritz kleinlaut: »Ich sagte es dir doch eben schon, was hast du denn für Vorstellungen?«

Albrecht erstaunt: »Vorstellungen?« Nun, er hatte keine, ihm schwebte nur das vor, was Fritz sich zu Beginn seiner Lehrzeit unter Überseehandel vorgestellt hatte, er ließ damals in seiner Unwissenheit und Freude so etwas verlauten, ein Gemisch von exotischen Völkern, fremden Sprachen, Schiffen und Wassern, das lockte, da gab es noch etwas zu entdecken, und nun … »Mit dem Überseehandel ist es schlecht bestellt«, sagte Fritz, »die Einfuhr, Ausfuhr, Zölle, der Absatz, die ausländische Konkurrenz, was sich da alles gegen uns verschworen hat« …

Albrecht hörte gespannt zu, wie Fritz erzählte, er sah ihm an, daß es ihm schwerfiel, diese Wahrheiten zu berichten, noch schwerer mußte es ihm geworden sein, sie untrügbar ohne Täuschung zu sehen, zu erkennen und sich einzugestehn, so ist es, nicht anders – er hatte es mit eigenen Augen gesehen. Und noch mehr. Fritz berichtete von Firmen, die er in Hamburg kennengelernt hatte, sie hatten mittlerweile das Rennen aufgesteckt, waren als Opfer auf der Strecke geblieben, aber seine Firma … Gott bewahre, da bestand keine Furcht, sie würden sich sicherlich halten und durch die schwere Zeit hindurchbringen, dies war seine Hoffnung.

Also auch bei ihnen stand es nicht zum besten? Fritz verhehlte es nicht, sein Gesicht wurde ernst und nachdenklich, als hafte er persönlich.

»Und wie lange mußt du lernen?« fragte Albrecht.

»Zwei Jahre.«

Den Tag nach Neujahr fuhr Fritz wieder ab.

Glück auf, dachte Albrecht, er wünschte alles Gute.

Dieser Winter war reich an Ereignissen. Im ersten Monat des neuen Jahrs erschoß sich der Mitinhaber eines großen Geschäftshauses in Berlin, dessen geschäftliche Verbindungen nach allen Ländern reichten. Es war ein bedeutsames Ereignis, überraschend vor allem und betrübend, es offenbarte mit unnachsichtlicher Deutlichkeit, was man bei der allgemein fortschreitenden Unsicherheit und Bedrängnis für die Zukunft zu erwarten hatte. Tags darauf stand es in allen Zeitungen mit Rückblicken, genauen Erklärungen bis ins einzelne.

Herr Seldersen las den Abschnitt in seiner Zeitung immer wieder, und jedesmal schüttelte er den Kopf, hier konnte er nicht mehr mit, das überstieg seinen Verstand, maßloser Schmerz ergriff ihn.

»Was sagen Sie nur, Herr Wiesel«, fragte er, »was sagen Sie nur? Nach achtzigjährigem Bestehen! Hätten Sie es geglaubt?«

Herr Wiesel schüttelte den Kopf, er hätte es ebenfalls nicht für möglich gehalten. Gewiß, jedermann wußte, daß auch hier die Zeit ihre Spuren hinterlassen hatte, es war längst nicht mehr so wie früher. Neue Häuser waren auf den Plan getreten, jünger, lebendiger, unbeschwerter; eine andere Art, geschäftliche Dinge abzuwickeln, kam auf, der Markt selbst hatte sich im Laufe weniger Jahre völlig verändert. Es gab Stockungen in den Zahlungen, aus dem Kreis der Kunden und Abnehmer schied so mancher aus, der viele Jahre hindurch getreue Gefolgschaft geleistet hatte, eins kam zum anderen. Im Hintergrund standen die Banken, da gab es keinen Zweifel, sie sprangen zu jeder Zeit hilfreich ein. Bis an das private, persönliche Bedürfnis hatte sich die Not allerdings noch nicht durchgefressen. Aber die Schwierigkeiten türmten sich, der Name, einst zu einem festen Begriff geworden, war weg, die Ehre, das Ansehen. Deshalb entschloß sich der eine Inhaber im Alter von sechsundfünfzig Jahren, selbst ein Ende zu machen.

»Sich erschossen …«, flüsterte Herr Wiesel. Der Tod selbst erschien ihm weit bedeutsamer als der Grund, der ihn hervorrief.

»Und die Folgen, beachten Sie die Folgen, Herr Seldersen, so ein Geschehen ist von weitem Ausmaß.« Mehr wollte er im Augenblick nicht sagen.

Er hatte recht, es war, als wenn Europa von der Landkarte verschwand.

Jetzt erst wurde offenbar, wie tief auch das kleinste tägliche Geschehen weiterfraß und alles schicksalhaft auf eine geheimnisvolle und unlösliche Weise miteinander verkettet war.

Herr Seldersen hatte die ganzen Jahre, seit sein Geschäft bestand, Waren von dieser Firma bezogen. Das bedeutete eine große Ehre und Genugtuung, nicht jedermann wurde als Kunde aufgenommen. Wer da als Käufer in den Büchern stand, war vor aller Welt als fest und sicher hingestellt. Und nun dieser Vorfall und die Folgen, die er mit sich führte, Herr Wiesel hatte sie schon leise angedeutet, auch Herr Seldersen wurde betroffen. Es dauerte nicht lange, da erhielt er ein Schreiben mit der Aufforderung, seine Verpflichtungen, die der alten Firma gegenüber noch bestanden, sofort einzulösen. Das Geschäft wurde aufgelöst, mehrere Firmen, die Hauptgläubiger, fanden sich zusammen und führten das Unternehmen unter einem anderen Namen weiter. Bevor sich dieser Wechsel vollzog, mußten alle noch ausstehenden Schulden eingetrieben werden.

Was sollte Herr Seldersen tun? Er hatte seine Schulden bisher so getilgt, daß er die Summe, die ihm im Augenblick gerade zur Verfügung stand, in mehrere Teile teilte und jeden seiner Gläubiger mit einer kleinen Summe für kurze Zeit vorerst zufriedenstellte. Er hatte sich ein ganzes System darin zurechtgelegt und kam bisher gut damit zu Rande. Es war zwar ein elendes Hinken, aber man kam damit vom Fleck, und solange nicht unvorhergesehen irgend jemand ein Bein stellte, gab es auf diesem Weg kein Hindernis. Nun sollte er auf einmal eine Summe bezahlen, die ausgereicht hätte, um sich sechs andere Gläubiger wieder für eine Spanne Zeit gefügig zu machen.

War das nun das Ende? Kam es so schnell und überraschend, nachdem es so lange Zeit gebraucht hatte, um sich heranzuschleichen? Gab es da keinen Ausweg? Der Vater schrieb an seinen Bruder, der Anwalt in M. war, er hatte eine einträgliche Praxis, es ging ihm gut. Sie waren zu Hause viele Geschwister gewesen, das Leben hatte sie zerstreut, es vergingen manchmal Jahre, ehe sie sich wieder zu Gesicht bekamen, in der Zwischenzeit hielten Briefe mit langweiligen Familienbekenntnissen den Verkehr notdürftig aufrecht. Ein jeder hatte mit sich zu tun, hatte seinen Beruf, der ihm Pflichten auferlegte. Der Vater schrieb:

»Mein lieber Bruder«, aber schon hier an der Stelle, gerade zu Anfang, konnte er nicht mehr weiter. Man hatte ihn unversehens überfallen und schnürte ihm nun langsam die Kehle zu. Aber er sollte einen Brief schreiben. Nie war er je ein Briefschreiber gewesen. Den ganzen Tag saß er über das Schreibpult gebeugt in seinem Laden, als er dann am Abend in die Wohnung ging, schloß er das Zimmer ab, rückte einen Stuhl an den Schreibtisch, tauchte die Feder ein, setzte an … und schrieb keine Silbe. Die Tinte trocknete ein und bedeckte, eine dicke schwarze Kruste, die Feder. Nie würde er mit einer solchen Feder einen Brief schreiben können. Er zog sie vom Halter, besah seine verschmierten Hände, ging hinaus, um sie sich zu waschen, und begann von neuem, an seinen Bruder zu schreiben. Die Gedanken, die in seinem Kopf gewohnt hatten, versteckt, ohne daß er es wußte, brachen hervor und trieben ihr traurig verschlungenes Wesen. Nie hatte er jemanden zu irgendeiner Zeit gebraucht, noch ihm einen Brief der Art geschrieben. Es mußte nun sein. Er schrieb. »Mein lieber Bruder, ich muß Dir heute schreiben, da dies für mich der einzige Weg ist. Daß ich mein Lebtag gearbeitet und nur das im Sinne gehabt habe, weißt Du. Willst Du noch mehr hören? Du stehst selbst zu sehr im Leben und kannst wissen, wie schwer es heute jedem wird, der wie ich ein Geschäft und sich die Jahre hindurch stets anständig durchgebracht hat, ohne die Grenzen zu überschreiten, die ihm gezogen sind. Auch ich bin nicht verschont geblieben. Es waren aufregende Zeiten. Nun scheint es am Ende zu sein. Es geht nicht mehr weiter. Mich trifft keine Schuld.«

Und das Wort seines Vaters, der nun schon lange tot war, kam ihm ins Gedächtnis. Dieses schrieb er seinem Bruder: »Als Zeugen kann ich nur unseren seligen Vater anrufen. Er hatte zehn Köpfe zu ernähren, und die Mutter machte es ihm nicht leicht, aber oft sagte er mir – ich war noch klein damals und gerade das erste Jahr in der Lehre –, Reichtümer kann ich nicht erwerben und werde ich auch nicht hinterlassen, aber was ich verdiene, ist ehrlich und durch Arbeit verdient, das ist der einzige Luxus, den ich mir leiste.«

Zum Schluß schrieb er ganz offen, wie es mit ihm stand. Seine Gläubiger bedrängten ihn sehr, bisher war es immer noch gut gegangen. Jetzt ist es vorbei. Was soll er beginnen? Das Geschäft aufgeben und

etwas Neues anfangen, den Beruf wechseln in seinem Alter von sechsundfünfzig Jahren? Soll er resigniert und müde die Hände in den
Schoß sinken lassen? Nein, noch fühlt er sich nicht alt. Aber es muß
etwas geschehen, er will es noch einmal versuchen. Eines nur brauchte
er dazu: Geld und nochmals Geld, um seine Verpflichtungen alle auf
einen Schlag loszuwerden. Dann will er gerne noch einmal von vorne
anfangen.

Über das Wasser kam kein Gewitter herüber, dann standen die Wolken
am Himmel zu unheimlicher Schwärze geballt, und der Regen fiel ohne
Unterlaß. Am dritten Tag schüttelte der Bauer nachdenklich seinen
Kopf, meinte, daß es mit der Aussicht um die Ernte dieses Jahr schlecht
bestellt sei, wenn das ewige Naß nicht einmal aufhöre, da auf den Feldern alles verfaule. Nach vier Tagen war der Himmel strahlend blau.
Die Sonne brannte herab und sog bald die Feuchtigkeit aus dem Boden, so daß der Landmann wieder den Kopf schüttelte und meinte,
wenn es jetzt nicht bald Regen gäbe, müsse auf den Feldern bald jeder
Halm verbrennen und verdorren. Ewig war er unzufrieden, aber von
seinem Boden ging er nicht …

Auf die Dauer ließ sich der Zustand nicht verheimlichen, Frau Seldersen erfuhr zuerst davon, später die Kinder. Um Albrecht tat es dem
Vater am meisten leid, der Junge brauchte seine Gedanken für die
Schule, da gerade mußte er jetzt mit seinen mißlichen Angelegenheiten
dazwischenkommen. Aber es gab nicht viel zu leugnen, ein Entschluß
mußte gefaßt werden, es mußte endlich einmal durchgreifend etwas
geschehen. Lange hatte man mit Bangen diesem Stand entgegen-
gesehen, jetzt empfand man es geradezu als Erlösung, daß man selbst
wieder einmal eingreifen durfte, aufgerufen wurde, eine Sache vor-
wärtszubringen und dem Ende zuzuführen. Es gibt nichts Verhängnis-
volleres für einen Menschen, als untätig, abwartend zu stehen, wie einer, der keinen Einfluß mehr hat auf sein persönliches Ergehen, der
abgemeldet ist, keine andere Bestimmung findet, als zu dulden, zu ertragen und sich ruhig zu verhalten.
    »Wenn ich das Geld erst zur Verfügung habe«, sagte Herr Seldersen,

»dann will ich noch einmal von vorne beginnen.« Es war, als spräche er ein Gelübde.

Die Worte nahmen sich seltsam genug in seinem Munde aus, da sie von einem alten Mann gesprochen wurden, der eigentlich mehr an das Ende denken sollte, statt mit neuer Hoffnung sich zu trösten, daß er noch einmal von vorne beginnen wolle. Die Anneliese und die Mutter verhehlten ihre Zuversicht ebenfalls nicht, nur Albrecht schwieg. Langsam mußte er sich an den Gedanken gewöhnen, daß sein Vater im Alter von über fünfzig Jahren davon sprach, noch einmal von vorne zu beginnen.

»Wenn du das Geld hast, dann glaubst du doch aber bestimmt, daß du viel damit ausrichten kannst, auch für später?«

»Man hofft doch immer«, erwiderte der Vater bei weitem nicht mehr so zuversichtlich wie zuvor, »man hofft doch immer noch, anders wäre es ja auch zu traurig.«

Pause.

Albrecht: »Ich glaube, solange man lebt, muß man das.«

»Solange man lebt?«

»Ja, oder meinst du … man darf nichts unversucht lassen.«

Herr Seldersen hegte den Verdacht, daß Albrecht mit seinen letzten Worten eine bestimmte Absicht verfolgte, er wußte aber nicht genau, ob er sie mit Überlegung oder ahnungslos sagte. Im Augenblick war er geneigt, der bewußten Überlegung eine Menge zugute zu schreiben, und er verspürte eine gewisse Achtung vor dem Sohn. Bisher schien es ihm, als ob Albrecht unbefangen und ohne tiefere Einsicht den Ereignissen um sich herum gegenüberstehe, als wenn er nicht den Ernst und die nötige Reife besitze, um sich in den Verhältnissen zurechtzufinden. Der Vater hatte sogar begründete Furcht für die Zukunft, oft sprach er mit Anneliese darüber, und dann die Sorge um die Berufswahl. Was würde geschehen, wie würde sich alles gestalten, vorerst sah er noch keinen Weg. Albrecht machte sich anscheinend weniger Gedanken, er wartete ab und zeigte sich nicht ängstlich und voreilig in seinen Entschlüssen.

Jeden Abend sitzt er in dem kleinen Zimmer vorne am Schreibtisch, vor ihm liegen bunt durcheinander Bücher, Hefte, beschriebene Zettel. Die Augen brennen, der Kopf schmerzt dumpf, für einen Augenblick legt er ihn auf die Tischplatte und ruht sich aus. Die Wärme des eigenen Körpers, des überheizten Zimmers wird ihm lästig, er springt auf, öffnet das Fenster, lehnt sich hinaus und atmet befreit die winterlich kalte Nachtluft. Die Straßen sind leer, die Bäume neigen sich unter der weißen Schneelast. Der Sternenhimmel glitzert, greifbar nahe jedes Sternbild. Unten an der Haustür steht das Dienstmädchen der Wirtsleute, sie ist noch nicht lange in ihrer Stellung. Albrecht erkennt sie an den blonden krausen Haaren, die wie eine Pelzmütze den Kopf umrahmen. Wie eine Dame kleidet sie sich; wenn sie mit ihrer Arbeit fertig ist, geht sie hinunter und wartet vor dem Haus. Jeder, der hier vorbeikommt, sieht sich lange nach ihr um, vielleicht hat sie das gern. Ein Mann, eher noch ein Junge, tritt zu ihr heran, Albrecht erkennt ihn: es ist der Tischlergeselle von gegenüber. Er ist groß, stark, hat lange Glieder. Was sie wohl miteinander reden? Albrecht legt sich auf die Lauer.

»Guten Abend, du kommst ja heute so spät?« Sie hat lange auf ihn gewartet.

»Ich konnte nicht eher kommen«, antwortet der Junge kurz.

Albrecht versteht deutlich jedes Wort, die Luft ist klar und kalt, kein Wind trägt den Schall fort. Eine langweilige Begrüßung. Schweigen. Sie stehen einander gegenüber. Warum sie sich nicht bei den Händen nehmen, sich gegenseitig wärmen.

»Was hast du«, fragt das Mädchen endlich, ihre Stimme klingt ohne Erregung und verwundert.

»Ich muß mit dir sprechen, Johanna«, ganz langsam kommt jedes Wort, als überlege er sich noch, ob er es überhaupt sagen soll. Er lehnt sich an die Hauswand. Nach einer Weile:

»Ich bin heute beim Arzt gewesen, ich hielt es nicht mehr aus, dem Meister fiel es schon auf, er fragte, was mir ist.«

Stille.

»Warum hast du mir nicht gesagt, daß du krank bist?«

»Ich bin nicht mehr krank«, antwortet das Mädchen, »ich bin schon gesund.«

Wieder ist der feste klare Klang ihrer Stimme da, der den Jungen unsicher macht.

»Aber warum hast du mir nicht gesagt, daß du es gewesen bist, ich hätte mich dann vielleicht etwas vorgesehen.«

Sie lacht leise, aber ohne Spott: »Du warst ja so schrecklich wild«, sagt sie, und jetzt ist sie ganz zaghaft geworden, »konntest es ja gar nicht erwarten, gleich beim erstenmal schon …«

Sie schweigt.

»Aber nicht ein einziges Wort hast du gesagt, das hätte doch genügt.«

»Ich dachte wirklich, ich bin schon gesund, und dann … ich habe nicht nur an dich gedacht.«

»Nicht nur an mich, was meinst du damit?«

Schweigen.

»Warum antwortest du nicht? Es ist gut, ich werde dich nun anzeigen, Johanna.« Jetzt ist seine Stimme fest und klar geworden, so sicher ist er seiner Sache, er steht vor ihr, ganz dicht. Sie schweigt noch immer. Dann nimmt sie ihre Schlüssel, ohne Eile schließt sie die Türe auf und läßt von innen langsam den Riegel vorfallen. Der Junge tritt an die Türe heran, greift an die Eisengitter vor dem Fenster.

»Johanna«, ruft er leise, »Johanna.«

Man hört sie zuerst langsam, dann immer schneller nach oben laufen bis unter das Dach, wo ihr Zimmer liegt. Der Junge geht durch den Schnee heim. Albrecht schließt das Fenster, mit der Arbeit ist es für heute vorbei.

Als der Bruder zurückschrieb, daß er unter bestimmten Bedingungen bereit sei, mit dem erforderlichen Betrag einzuspringen, schrieb Herr Seldersen an seine Gläubiger: um sich seiner Verpflichtungen auf einmal zu entledigen, beabsichtige er seine Gesamtschuld in Höhe einer angemessenen Quote auf einmal abzutragen. Er erwartet zusagenden Bescheid, um mit ihnen in nähere Verhandlungen zu treten, da er so schnell wie möglich sein Geschäft nach modernsten Geschäftsprinzipien wieder aufbauen will. Das war die allgemein gültige Form eines außergerichtlichen Vergleiches. Viele Tage vergingen, ehe nacheinander die Antworten einliefen, einige erklärten sofort ihr Einverständnis, andere nur unter Vorbehalt. Aber der Hauptlieferant blieb am hartnäckigsten, für ihn stand viel auf dem Spiel, er hatte viel zu verlieren, und so fand er immer neue Punkte, um eine Sonderstellung für sich zu beanspruchen. Herr Seldersen stand mit ihm, seitdem er selbständig war, in Verbindung, es war die Firma, bei der Herr Nelken als Mitinhaber im Geschäft tätig war. Oft genug hatte Herr Seldersen den alten Chef in seinem Kontor besucht, manche Stunde im Gespräch mit ihm verbracht. Schließlich fuhr er, da die Angelegenheit drängte, zu mündlichen Verhandlungen nach Berlin. Er zog seinen blauen Anzug an, rasierte sich gut, war überhaupt mit Sorgfalt gekleidet, um einen guten Eindruck zu machen. Mit den besten Vorsätzen war er hergekommen, nun saß er da, als hätte man ihn nur über die Hintertreppe hinaufgelassen.

»Was glauben Sie wohl, Herr Seldersen, wie oft an einem Tage unsere Zustimmung verlangt wird, dreimal, viermal und noch öfter. Wir haben große Verluste, und immer sind Firmen darunter wie die Ihre, die schon lange Jahre bestehen. Ohne einen Pfennig gehen die Leute aus dem Haus.«

Herr Seldersen nickte, gewiß, die Not hatte nicht nur einen und ihn alleine getroffen, sie blieb allgemein.

Der andere: »Und nun zu Ihnen, ich muß Ihnen sagen, wir sind sehr überrascht, bis zuletzt haben Sie bei uns Bestellungen aufgegeben, sind Sie von unseren Reisenden besucht worden.« Er machte eine Pause und sah Herrn Seldersen lange an.

Ein Vorwurf?

Der Vater überlegte: »Man versucht doch alles bis zuletzt, man darf doch keine Möglichkeit auslassen, wenn so wenige vorhanden sind.« Wahrlich, einen Vorwurf verdiente er nicht, er hatte nicht die Absicht, zu täuschen oder aus seiner verzweifelten Lage einen Vorteil zu ziehen und die Gläubiger übers Ohr zu hauen. Das überließ er anderen, die am Boden liegend noch so viel Kraft besaßen, ihre Angreifer überlisteten und dann die Gewißheit eines letzten Triumphes mit in den Tod nahmen – nein, er nicht, bei ihm geht es um etwas anderes. Endlich einmal will er seine Ruhe haben. Ruhe! Nicht mehr das dauernde Auf und Ab, gemischt aus Angst, Verzweiflung angesichts einer Zukunft, die, da man sie nicht sieht, doppelt tödlich erscheint. Er hat keinen Mut mehr und keine Kraft. Ist seine Lage noch dazu angetan, anderen seine Stärke zu beweisen?

»Ja, ja, Sie versuchen natürlich sich zu helfen, aber die Quote ist uns zu niedrig, wir verlieren zuviel bei Ihnen.«

Der Vater erwidert, daß er doch nun schon fünfundzwanzig Jahre … und dann alles, was er schon so oft gesagt und noch mehr, was er sich im stillen überlegt hat. Alles fiel ihm jetzt ein, und er sprach ohne Scham davon. Aber es berührte ihn nicht mehr. Er ist alt, und je älter er wird, um so mehr bebt der Boden, auf dem er steht. Das hat er erleben müssen, und so wie er gerade dastand, sagte er es mit einer leisen Verwunderung, daß er überhaupt noch lebte. Es ist schon richtig, man hat ihn mit den Lieferungen immer bevorzugt, aber nun sind sie gezwungen, ohne Rücksicht auf persönliche Beziehungen hart und ohne Nachsicht vorzugehen.

Ein harter Kampf, es war eine Probe für die Nerven und die Geduld des Herrn Seldersen, der andere wollte sich die Angelegenheit noch einmal überlegen, zuviel gab es zu bedenken, er mußte sich mit dem anderen Mitinhaber erst beraten, auch mit Herrn Nelken. Da hatte Herr Seldersen keine Angst, seiner Zustimmung war er sicher. Er gedachte selbst noch einmal mit Herrn Nelken zu sprechen, aber nie bot sich ihm eine Gelegenheit, immer hieß es, Herr Nelken sei im Augenblick nicht im Hause, oder wenn der Vater ihn doch von weitem zu Gesicht bekam, lief er sehr geschäftig davon. Herr Seldersen konnte sich des Eindrucks nicht erwehren, daß jener es vermeiden wolle, mit ihm zusammenzukommen. Das bedrückte ihn tief, er gab sich keiner Hoffnung mehr hin.

Die Angelegenheit zog sich nun schon über sechs Wochen in die Länge, viel Schreibereien, langweilige Verhandlungen. Der Schnee begann langsam wegzutauen, da hatte Herr Seldersen alles zusammen, er zahlte die Quote von dem Geld, das ihm ein Bankier auf die Bürgschaft seines Bruders hin gab. Hinzu kamen die Zinsen, natürlich, oder hatte sich Herr Seldersen gedacht, daß man ihm das Geld einfach auf Treu und Glauben lieh? Die Zinsen mußten sein, das war so üblich, aber eine Mehrbelastung, ohne Zweifel, sie stellten eine gewaltige Last dar. Zuerst fielen sie noch nicht ins Gewicht, Herr Seldersen glaubte sie auf sich nehmen zu können, später erst sollte er merken, wieviel Mühe und Sorgen ihm alleine schon diese Zinsen bereiteten. Die Schulden wurden bezahlt, die Gläubiger waren zufriedengestellt, Herr Seldersen hatte anscheinend ein bezahltes Lager, eine neue Zeit schien anzubrechen.

Im Frühjahr bestand Albrecht seine Abschlußprüfung, er tat sich nicht besonders hervor, wie sollte er auch seine Gedanken zusammennehmen? Er stand vor seinen Lehrern, die ihn die langen Jahre hindurch zu kennen vermeinten, und beantwortete ihre Fragen, während er unablässig daran dachte, wie er seinem Vater im Augenblick und für die Zukunft am besten half, daß er endlich wieder froh und würdig werden konnte. Ja, Frohsinn und Würde, dies ging ihm durch den Kopf, und das andere hier war Lüge, nichts weiter als eine unendliche, gewalttätige Lüge. Nichts als Verachtung hatte er für seine Lehrer übrig, eine stolze Verachtung, daß sie ihn hier auf seine Reife prüften und ob ihm das Zeugnis zu erteilen sei, während sie noch nicht einmal um seine brennendsten und verzweifelten Sorgen wußten.

Albrecht ging nach Berlin und studierte, was hätte er anderes tun sollen? Sollte er Kaufmann werden? Gott bewahre ihn davor, sagte der Vater oft emphatisch zu seinen Bekannten, wenn sie an ihn die Frage richteten. Und sie gaben ihm recht, nein, nein, nur nicht Kaufmann, das bot keine Aussichten, da stand man bald vor dem Nichts. Aber sie wußten auch nichts anderes und Besseres an die Stelle zu setzen. Wenn man es sich recht betrachtet, dann konnte man beinahe nichts mehr mit gutem Gewissen als aussichtsreich empfehlen, alles war langsam und unaufhaltsam im Niedergang begriffen, vieles lag schon am Boden. Der Vater hatte seinen Kummer, das kam also auch noch dazu, nichts blieb ihm anscheinend erspart. Die letzte Hoffnung war immer noch das Studium, da hatte man eine Beschäftigung, der nach außen hin wenigstens noch ein gewisser Schein anhing, man konnte versuchen, es sich billig einzurichten, nebenbei Geld zu verdienen, und es dauerte eine beträchtliche Zeit. Die Ausbildung erstreckte sich über mehrere Jahre, da wurde man vor allem jetzt noch vor keine Entscheidung gestellt oder mußte Angst haben, wenn die Lehrzeit abgelaufen war, auf der Straße zu liegen, man konnte abwarten, das war es, abwarten, wie die Dinge verliefen.

Unter den vielen Ratschlägen und treusorgenden Empfehlungen lief eines Tages auch von einem entfernten Verwandten das Anerbieten ein, monatlich einen kleinen Zuschuss zu schicken. Das war endlich etwas Festes, worauf man bauen konnte, eine Zusicherung, mehr, ein unverhoffter Glücksfall. So studierte Albrecht, um abzuwarten. Er ging nach Berlin.

Den Eltern wurde es schwer, als er sie verließ; lag auch keine große Entfernung zwischen ihnen, sie hatten kein Kind mehr im Hause.

»Man wird alt«, sagte die Mutter, es war ihr bitter ernst damit, aber sie zwang sich zu einem Lachen, als habe sie einen Scherz machen wollen. Der Vater schwieg, er war alt und hatte das Altsein auf seine Art erfahren. Er dachte, wenn man alt ist, soll man schweigen, denn wer heute alt ist, ist nicht mehr in der Zeit.

Albrecht verabschiedete sich von allen Bekannten, er blieb auf der Straße stehen und sagte ihnen auf Wiedersehen.

»Und du gehst nach Berlin?« fragten sie. Albrecht nickte.

»Das wird aber ein Leben, hier dieses alte Nest, ach, wenn ich auch herauskönnte. Und du studierst also?« Sie wünschten ihm viel Glück. Ja, er solle nur recht genießen. Die wenigsten wußten, was es hieß, Student sein.

Er nahm Abschied, er ging durch die Straßen seiner Heimatstadt, die Häuser standen vertraut an den Bürgersteigen und winkten ihm zu, Albrecht war ergriffen. Ich gehe jetzt, flüsterte er, ich muß mich etwas umsehen, aber ich komme bald wieder. Die steinernen Wesen nickten ernst und schwiegen. Albrecht stieg hinauf auf den Berg und rief zum letzten Male in den tiefen Wald hinein. Das Echo kam laut zurück. Angespannt hörte er zu, Freude überkam ihn. Er warf Steine in die Luft, nach den Vögeln, die sich, angelockt durch die warme Jahreszeit, schon eingefunden hatten. Juchheisa, er fuhr hinaus, und er würde zurückkommen.

Auch von Dr. Köster, seinem Freund, dem jungen Gelehrten, der tagsüber in seinem Zimmer saß und an einem großen Buche schrieb, nahm Albrecht Abschied. Sie waren die Zeit, die sie sich nun kannten, gute Freunde geworden, jetzt ließ Albrecht ihn hier alleine zurück. Der Abschied wurde ihm schwer, er hatte ihm viel zu danken, unendlich viel. Dr. Köster ermahnte ihn, nicht der Bücher zu vergessen und dessen, was sie oft miteinander im Gespräch sich erobert hatten. Er gab ihm unzählige Ratschläge mit, was fand er im Augenblick nicht alles für Worte und Bilder aus seinen eigenen vergangenen Jahren, die ihm jetzt wieder lebendig erschienen. Er hatte Ahnung, was es bedeutet, zu studieren, er hatte Einblick genommen und wußte – aber er wußte dennoch nur die Hälfte. Albrecht nahm alles mit, und als er von ihm schied, durchfuhr ihn der Gedanke, daß er jetzt Gelegenheit habe, was ihm bisher bloßes Wissen war, auf die Probe zu stellen und neu durch das Leben zu erfahren. Vielleicht offenbarte sich ihm dabei vieles, was er noch nicht gewußt hatte, ja, vielleicht wurde ihm so ein neues und völlig anderes Wissen.

Bevor er aber seine Stadt verließ, trat noch ein anderes Ereignis dazwischen. Fritz war aus Hamburg zurückgekommen, auf einer Karte hatte er eines Tages seinen Entschluß mitgeteilt. Und dann war er da. Große Bestürzung, bald ein Jahr war er in Hamburg, man hatte gehofft, daß er festen Boden gewonnen, vergebens, alles in den Wind geschlagen, Fritz kam einfach zurück, keine Macht der Erde vermochte ihn zurückzuhalten. Und die Gründe, was mochte ihn bewogen haben, auf einmal wieder zu Hause aufzutauchen?

»Das ging ja ein wenig schnell«, sagte Herr Fiedler und setzte hinzu: »Konntest du es nicht länger aushalten?«

»Nein«, erwiderte Fritz, »man hätte mich nicht länger behalten.«

Nicht länger behalten, aus welchem Grunde? Hatte er sich etwas zuschulden kommen lassen? Über ein Jahr war er in der Lehre.

Ein einfacher Grund … die Firma hatte Bankrott gemacht, Fritz lag auf der Straße. Dafür hatte er nun alles auf sich genommen, das Kontor, den ganzen Tag auf einem Schemel über das Pult gebeugt, die Luft in dem engen Raum, alles das über ein Jahr – jetzt lag er auf der Straße. Er war sehr verstimmt, verärgert, man merkte ihm an, daß ihm etwas Unangenehmes in die Quere gekommen war.

»Was sollte ich anders beginnen«, meinte er, gleichsam als Entschuldigung, daß er seinen Eltern hier zur Last fiel. Er hatte gewiß keine Schuld an dem Fall seiner Firma, aber es betraf ihn mit, und er trug daran so schwer, als habe er einen großen Verlust erlitten. Alles in allem hatte ihn dieses eine Jahr in Hamburg stark mitgenommen, er war immer noch kräftig, männlicher als zuvor, seine Augen glänzten hinter den Brillengläsern, aber er besaß nicht mehr die ungehemmte Freude und die stolze Zuversicht wie früher. Viel hatte er in Hamburg gesehen, mehr, als er jetzt zu erzählen vermochte. Er hatte mit Matrosen aller Herren Länder gesprochen, stand am Kai, wenn die ausländischen Schiffe abgingen und ankamen, hatte aufmerksam den Gang der Dinge in Hamburg selbst und überall in der Welt verfolgt. In dem Geschäft, in dem er arbeitete, konnte er alles selbst am besten ermessen, die Niederlassungen in Übersee, einst blühend und ein stolzer Besitz ... bald hatte er begriffen, daß in der nächsten Zeit für ihn keine Aussicht bestand, eine Abteilung zu übernehmen, im Gegenteil, man entließ die Angestellten nach und nach, und es war fraglich, ob man die Lehrlinge behielt, wenn sie ausgelernt hatten.

»Du hast Pech gehabt«, bedauerte ihn Albrecht, »ausgesprochenes Pech.«

Fritz zuckte die Achseln: »Lassen wir das.« Gewiß, es betraf ihn, es war sein persönliches Mißgeschick, aber im Grunde hatte er diesen Zustand lange schon vorausgesehen, er überraschte ihn nicht mehr, er war so allgemein und verbreitet, daß von einem persönlichen Pech ausschließlich hier nicht die Rede sein konnte. Alles brach langsam zusammen, alte Handelshäuser, einst mächtig und angesehen, schlossen ihre Kontore, ihre Schiffe lagen in einer langen Schlange im Hafen, ein großer Friedhof, sie schaukelten auf dem Wasser, preisgegeben jeder Witterung. Lange Zeit hatten sie keine Ladung mehr gelöscht, keinen fremden Erdteil mehr gesehen. Die Mannschaft trieb sich in der Stadt umher oder war an einen anderen Ort gezogen, sie gingen stempeln oder versuchten ihr Glück anderswo. Es war eine langsame Auflösung, die sich da vollzog, Fritz hatte es mit eigenen Augen gesehen.

»Und wie ist es dir ergangen?« fragte Fritz.

Oh, eine Menge hätte Albrecht erzählen können, er hatte in der Zwischenzeit viel erlebt, aber er wurde nicht warm. Seltsam, er konnte sich nicht aufraffen, etwas zu berichten, immer wieder ging es ihm durch den Sinn, daß Fritz nun ebenfalls so weit sein könnte, wenn er nicht vorzeitig Schluß gemacht hätte. Damals erschien alles in einem anderen Licht. Albrecht verschwieg sich nicht, daß er zeitweilig selbst Vertrauen in diesen Schritt gesetzt und sich für Fritzens Zukunft das Beste versprochen hatte. Der Freund hatte versucht, Anschluß zu finden, über ein Jahr war es ihm gelungen, nun lag er auf der Straße, ohne Beschäftigung, das Jahr war verloren – einfach auf der Straße. Er konnte es ertragen, er hatte keine Not zu leiden, seinen Eltern ging es immer noch gut, der Vater selbst hatte sich zurückgezogen und Erich, seinem Ältesten, der bisher in Wahrheit schon den Betrieb aufrechterhielt, auch nach außen mehr Freiheit gegeben. Da kam Fritz nun, er merkte bald, daß er hier überflüssig war, man sagte es ihm nie, nein, man bewies Verständnis für seine Lage, aber er selbst war zu offen, zu selbständig, als daß er versuchte, sich hier einzuschleichen und neu wieder zu beginnen. Was er benötigte, war ein fester Halt, irgendeine große Arbeit, die ihn auf lange Zeit fesselte, oder eine Idee, die seinen Atem lang hielt und ihn nicht in die Einsamkeit zurückstieß. Das alles wußte Albrecht, wenn auch nicht so genau und fest umrissen – vor allem eine Arbeit.

»Und du studierst also?« sagte Fritz.

»Ja«, wiederholte Albrecht, er schämte sich im Augenblick ein wenig, er wußte selbst nicht, warum.

Pause.

Fritz sitzt breit da und legt seine Hände auf die Knie.

»Wie kommst du darauf?« fragte er dann.

»Ach«, Albrecht überlegt, welche Antwort er ihm jetzt geben könnte ...

»Ich meine«, unterbricht ihn Fritz, »bist du zufrieden?«

Zufrieden? Warum soll er nicht zufrieden sein, offen gestanden, er hat ja keine anderen Wünsche, er wollte sich erst einmal umtun, man sollte ihn in Ruhe lassen. Hier in Gegenwart seines Freundes verspürte er keinen Aufschwung und kein sonderliches Begehren, es schien, als ob er alles ruhig mit sich geschehen ließe.

»Was sollte ich denn anderes tun?« fragte er gelassen.

Na ja, also das ist es. Was sollte er anderes tun. Fritz blieb stumm.

»Und was wirst du beginnen«, fragte Albrecht.

Fritz sah zu Boden, als müßte er dort unten einen Gedanken auflesen.

»Ich werde versuchen, irgendwo unterzukommen.« Nein, nein, so leicht gab er sich nicht geschlagen, sein Schwager und seine Eltern würden ihm dabei helfen, vielleicht lernte er auch erst Autofahren, aber das wußte er noch nicht genau, irgend etwas wird sich schon finden.

Albrecht lebte sich schnell ein, es ging alles verhältnismäßig leicht und einfach. In einer stillen Querstraße im Süden der Stadt, einem ehemals bevorzugten und vornehmen Stadtteil, hatte er ein Zimmer gemietet. Vor dem Fenster stand ein großer Kastanienbaum, die mächtigen grünen Arme verdeckten fast die gegenüber steilaufragende Hofwand. Die Besitzerin der Wohnung, eine ältere Dame, befand sich tagsüber außerhalb des Hauses, sie arbeitete als Vorsteherin eines großen Salons, die ganze Hausarbeit verrichtete ein Mädchen. Sie stammte noch aus der Zeit, als die Eltern des Fräuleins in der gleichen Wohnung lebten, man hatte sie übernommen, sie war alt, schweigsam und ausgedient. Als Albrecht einzog, empfing sie ihn zuerst mürrisch und voller Mißtrauen, nachher verschwendete sie viel Sorgfalt an ihn.

In der ersten Zeit nahm sich Anneliese etwas seiner an, der Vater hatte sie darum gebeten, er erinnerte sie an die Tage, da sie das erstemal allein in der großen Stadt auf eigenen Füßen stand. Der Junge ist doch unbeholfen, sagte er, er sieht noch so ahnungslos aus, wer weiß, wie er sich darein findet, aber der Anfang muß auch für ihn einmal gemacht werden. Anneliese versprach, auf ihn zu achten, zusammen gingen sie des Nachmittags essen. Sie wußte überall gut Bescheid und versäumte nicht, ihr Wissen in das rechte Licht zu setzen.

»Vor allem mußt du achtgeben, wenn du über die Straße gehst, du mußt dich nach allen Seiten genau umschauen, darfst eben nicht schlafen oder träumen, wie du es zu Hause getan hast.«

Albrecht erstaunt: »Schlafen und träumen?«

»Ja, ja, das stimmt schon, aber hier mußt du deine Gedanken zusammennehmen, es kann nicht immer einer neben dir herlaufen und auf dich aufpassen.«

»Das ist auch gar nicht nötig«, entgegnete Albrecht gereizt, nun hatte er genug, sie nahm es zu genau mit ihren Ratschlägen und dem Aufpassen. Ja, sie tat geradezu, als wenn er am hellichten Tag im Tran umhergegangen wäre und überhaupt nicht achtgegeben hätte, was um ihn herum vorging. Doch sie ließ nicht locker.

»Noch eins«, fügte sie hinzu, und ihre Stimme ließ schon ahnen, wie wichtig ihr dieser Rat erschien, »es kommt jetzt öfters einmal in den Straßen zu Ansammlungen und mitunter auch zu unzweideutigen Situationen, geh du deiner Wege, laß dich in nichts ein, immer die Unschuldigen bekommen die Hauptprügel.«

Albrecht versprach, auch hier Folge zu leisten. Was es mit diesen Ansammlungen, wie seine Schwester meinte, auf sich hatte, wußte er ahnungsweise. Er hatte öfters davon in den Zeitungen gelesen, auch zu Hause, erinnerte er sich, war es mitunter zu Ansammlungen und Protestmärschen durch die Stadt gekommen. Schließ die Fenster, hatte der Vater dann immer befohlen, aber zum Schluß war die Sache jedesmal harmlos abgelaufen. Doch nun hier in der großen Stadt?

Schon an einem der nächsten Tage bekam Albrecht einen Vorgeschmack dessen, was seine Schwester nur dunkel und allgemein hatte verlauten lassen. Er schlenderte lässig durch die Straßen, ohne ein bestimmtes Ziel. Es war hell, überall brannten die Reklamen, an den Häuserfronten Laufschrift, die Schaufenster in allen Farben, bunt und nicht zu übersehen. Viele Menschen waren unterwegs, aber das fiel nicht weiter auf, zu jeder Stunde konnte man hier viele Menschen antreffen. Dazwischen patrouillierte in Gruppen zu zweien und dreien Polizei. Als Albrecht einmal stehenblieb und die fetten Buchstaben einer Zeitungsüberschrift las, kam ein Polizist heran und forderte ihn auf, unverzüglich weiterzugehen. Die Kinnriemen waren eng gezogen, an der Seite baumelte verheißungsvoll der Gummiknüppel. Albrecht folgte der Aufforderung. Die Menschenmassen auf den Bürgersteigen wurden immer dichter, sie zogen alle in die gleiche Richtung, kein geschlossener Zug, aber unzweifelhaft – sie gehörten zusammen, sogar der Fahrdamm war bevölkert. Die elektrischen Bahnen und Autobusse vollführten mit ihren ununterbrochenen Signalen einen Heidenlärm, nur schwer kamen sie vorwärts und waren dicht besetzt. Die Menschen hatten es eilig, Albrecht befand sich unter ihnen, er nahm ihren Schritt an, fast konnte man meinen, er gehörte zu ihnen. An den Säulen hingen Plakate, der Boden war von Zeitungen und Papieren übersät, Zettelverteiler drückten ihm einen ganzen Stoß auf einmal in die Hand. Zu Hause, dachte Albrecht, und ließ einen Packen zu Boden gleiten, nur wenige behielt er zurück, um sie später zu lesen, zu Hause. Erst wollte er einmal hier herauskommen. Schließlich war er auch neugierig, wo die Menschen so eilig hinsteuerten. Die Polizei stand auf den Straßen, in kurzen Abständen, daß jeder Mann seinen Nachbarn sehen konnte, und spaltete die Gruppen der Vorbeirückenden, ohne sich von der Stelle zu rühren. Die Reihen teilten sich und fanden dahinter wieder zusammen, spalteten, teilten sich abermals, schlossen wieder dicht, bis sie an den Vorgarten eines großen Lokales kamen. Dort gingen alle hinein. Beim Durchqueren einer Kette hielten sie kleine rote Karten, die Eintrittskarten, hoch in die Luft, damit die Männer an der Sperre sie durchließen und es keinen Aufenthalt gab. Eine Versammlung fand hier statt. Unschlüssig stellte Albrecht sich vorn bei der Kasse mit an, vor ihm warteten in einer Schlange noch mehrere. Verschiedene Erwägungen gingen ihm durch den Kopf. Als er an die Reihe kam und man Geld von ihm verlangte – keine gewaltige Summe, aber sie überstieg den Preis, den er in Gedanken dafür ausgeworfen hatte –, zog er das Geld schnell wieder zurück. »Nein«, sagte er, »es ist mir zu teuer, das kann ich nicht ausgeben.« Das Fräulein an der Kasse lachte leicht, er trat einen Schritt zurück, der nächste legte das Geld abgezählt auf den Tisch und nahm die Karte in Empfang, es gab keinen Aufenthalt.

Da stand er nun, blamiert vor aller Augen, er hatte gelogen, natürlich glatt gelogen, er hätte ja sagen können, er sei Student, er brauchte nur seinen Ausweis vorzulegen, und schon hätte er eine verbilligte Karte. Wie er nur darauf kam – aber er empfand Scham im Augenblick, sich auf sein Studium zu berufen. Ihm lag nichts mehr daran, ebenfalls in den Saal zu gehen, er ließ die Versammlung sein und machte sich ein wenig beschämt davon. Neben der Kasse, angelehnt an das Gitter, stand ein mittelgroßer Mann, sein Amt war, hier an der Kasse zu stehen und aufzupassen, daß sich alles vorschriftsmäßig abwickelte und bei dem erwarteten Andrang keine Stockung eintrat. Die ganze Zeit hatte er Albrecht schon beobachtet, wie er unschlüssig sich mit anstellte und dann auf einmal so schnell umsprang. Er lachte breit über das ganze Gesicht, trat auf Albrecht zu und bot ihm ohne großen Aufwand eine Freikarte an. Eine Freikarte – er hielt sie ihm gerade hingestreckt. Verwirrt vernahm Albrecht das Angebot, es war ihm sichtlich unangenehm, erneut vor eine Entscheidung gestellt zu werden. Er überlegte. Der Mann stand ruhig ihm gegenüber und wartete gespannt. »Nein«, sagte Albrecht plötzlich, ein Entschluß brach in ihm durch, »vielen Dank, aber ich kann nicht hineingehen, mir fiel nämlich in letzter Minute ein, gerade als ich an die Reihe kam, daß ich mir für den Abend schon etwas anderes vorgenommen habe. Als ich hier vorbeikam und so viele Menschen hineingehen sah, vergaß ich und stellte mich mit an. Nein, danke, sonst hätte ich mir schon eine Karte im Vorverkauf besorgen können.«

Nun gut, er lehnte höflich ab. Der Mann grinste und bezog wieder seinen Beobachterposten. Albrecht blieb allein. Im Vorverkauf, hatte er gesagt, es war ihm verdammt unbehaglich, als er diese Schwindelei vorbrachte. Im Vorverkauf – wenn er nicht zufällig vorbeigekommen wäre, nie im Leben hätte er gewußt, daß hier heute abend eine Versammlung stattfand. Er verließ den Garten und begab sich eiligst nach Hause. Als er in seine Straße einbog und sie so ruhig und unberührt fand, kam es ihm erst recht zu Bewußtsein, wie lärmend und erregt es in den Hauptstraßen zuging. Die Kinder, die am Tage über den Damm ihre Spiele trieben und als einzige hier Lärm vollführten, schliefen schon lange in ihren Betten, aus den Fenstern lehnten die Erwachsenen, sahen hinauf zum Himmel und hinunter auf die Straße; wenn jemand vorbeiging, starrten sie hinüber auf die gegenüberliegende Hauswand, aus deren Fenstern die Bewohner sich ebenfalls stillvergnügt hinauslehnten und die Alltäglichkeiten mit ihren Blicken aufnahmen – alles war so unabänderlich und von steter Wiederkehr, es konnte nie anders sein. Nur hier fühlte Albrecht sich wohl, in der Ruhe und Einsamkeit. Er ging noch ein paar Schritte auf der Straße hin und her und überdachte seine Lage. Nun war er schon längere Zeit hier in der Stadt, er hatte sich tüchtig umgesehen, sein Tag war ausgefüllt. Am Vormittag hatte er seine Beschäftigung, er ging in die Kollegs, der restliche Tag gehörte ihm, er gab Unterricht, um sich seinen Unterhalt zu verdienen, sein Leben war langsam auf eine neue Grundlage gestellt. Eigentlich hatte er sich alles etwas einschneidender und gewaltiger vorgestellt, die Wirklichkeit enttäuschte ihn. Er hatte geglaubt, schon gleich zu Anfang das Leben mit vollen Händen fassen zu müssen, er wollte für den künftigen Tag nicht leer ausgehen, er tat sich im stillen groß an Wünschen, Versprechungen und Hoffnungen, nun lief er die ganze Zeit hier leer und einsam herum, alles bot sich wesentlich anders dar, noch nichts hatte er für sich erobert. Und allmählich, wie er da herumlief, überkam ihn die Erkenntnis, daß es auch in Zukunft nicht anders sich vollziehen würde, er mußte sich auf ein langes Warten vorbereiten, zuerst einmal mußte er Kenntnis nehmen, es war nötig für ihn, erst einmal viel zu wissen, dann konnte er daran gehen, selbst einzugreifen und für sich etwas zu erobern. Vorerst aber blieb ihm nichts anderes übrig, als mit wachen Sinnen still zuzusehen und das, was er gesehen, gleichsam innerlich zu vermerken, aufzuschreiben. Er dachte an seine kleine Stadt, an seine Wälder und die vielen verschwiegenen Verstecke, in denen er sich sicher und geborgen fühlte, auch wenn er allein war. Warum in aller Welt war er hier, warum steckte man ihn hierher, wo er nicht glücklich wurde und das Leben auf eine kräftige und zugleich schamlose Art sich zu entfalten begann? Nein, das war nichts für ihn, nie würde er lange hier bleiben können. Ja, aber hatte er denn vergessen, daß vor noch nicht allzulanger Zeit er sich gefreut und in kühnsten Träumen gewiegt hatte? Was war denn geschehen, wie kam er zu dieser Wandlung, woher stammte die Verwirrung? Gemach, gemach, hieß es nicht vorhin, er war allein. Und dann noch eins: wer von den Menschen hätte schon je einmal begriffen, daß er älter wurde?

Übrigens wurde er bald anderen Sinnes. Knapp acht Tage später fand in dem gleichen Saale abermals eine große Versammlung statt, diesmal erfuhr Albrecht rechtzeitig davon durch die Ankündigungen, er sicherte sich im voraus eine Karte. Am Abend erlebte er dann einen grandiosen Aufmarsch, einen mitreißenden Redner und saß unter einer andachtsvoll lauschenden Menge, die mit dem Vortragenden ging und oft durch Beifall und Zurufe das Bild kraftvoll belebte – alles dessen wurde er Zeuge mit einer Mischung von persönlichem Unbeteiligtsein und sachlicher Anerkennung des äußerlichen Erfolges. Er erlebte dies, als säße er im Theater, mit einer Hingabe an das farbige, künstlerische Element, mit einer Art selbstsicheren Genusses, ohne sich zu verheimlichen, daß er im Grunde hier fremd und fehl am Orte war. Es war schmachvoll genug.

Als er nach einiger Zeit nach Hause fuhr, das erstemal seit vielen Wochen, erwartete ihn eine Nachricht, eine Neuigkeit, die ihn beim ersten Anlauf umwarf, welche Überraschung! Fritz Fiedler ging nach Amerika. Er hatte sich entschlossen, in drei Wochen schon fuhr er ab.

Seitdem Fritz damals in Hamburg die große Enttäuschung erlebt hatte und erschüttert in seinem Glauben und mit manchem Zweifel, den er früher nicht kannte, nach Haus gekommen war, lief er hier nun schon die ganze Zeit umher, stets auf der Suche nach einer neuen Arbeit. Seine Eltern und sein Schwager bemühten sich mit ihm, sie waren voller Hoffnung, daß es ihnen abermals gelingen würde, Fritz in einer Lehrstelle unterzubringen. Es war nicht einfach, und Fritz selbst hatte sich von Anfang an keinen großen Vorstellungen hingegeben. Er suchte unermüdlich, sprach überall vor, hielt Empfehlungen bereit, es nützte ihm nichts, die Schwierigkeiten räumte er nicht aus dem Wege. Er hatte kein festes Zeugnis in Händen, diesen Mangel, den er selbst verschuldete, mußte er nur zu oft verspüren. Außerdem war er in einer Lehrstelle gewesen, ohne sie zu beenden; traf ihn auch kein Verschulden – das Jahr war verloren, er mußte noch einmal von neuem anfangen. Nur unter dieser Bedingung zeigte man sich bereit, ihn aufzunehmen. Fritz hätte sich schließlich auch zufrieden gegeben und alles hingenommen, wenn ihm nicht zum Schluß ein Zweifel gekommen wäre. Wer bot ihm eine sichere Gewähr dafür, daß es ihm in seiner zweiten Lehrstelle nicht ähnlich erging wie in seiner ersten und er vor der Zeit wieder auf der Straße lag? Er erwachte aus seiner schläfrigen Gelassenheit, er ballte die Fäuste, begehrte auf, seine Stimme klang scharf und fordernd, er verstand nicht, warum man ihm so viele Schwierigkeiten bereitete. Zur Not hätte er irgendwo einen Unterschlupf gefunden, wenn es ihm darum gegangen wäre, in einem kleinen Geschäft, hinter dem Ladentisch, in engen Räumen, ein Lehrjunge und gleichzeitig Aushilfe in der Wirtschaft.

Danach stand nicht sein Sinn, er verzichtete freiwillig. Er lief zu Hause umher voll Wut und Kraft, er würde es schaffen und nicht in einem Punkt nachgeben. Er mußte endlich wieder zu einer Arbeit kommen, er fühlte es, je länger er zu Haus blieb, von Tag zu Tag entschiedener. Alle hatten sie ihre Beschäftigung, der Vater, die Mutter, der Bruder – nur er, Fritz, blieb untätig, mußte zusehen. Er hatte es versucht, aber es gelang ihm nicht, Anschluß zu finden. Die Zeit hatte er gegen sich, ohne daß er des gefährlichen Gegners völlig gewahr wurde. Auf die Dauer leistete Fritz keine tapfere Gegenwehr mehr, sein Widerstand erlahmte, er wurde müde, es begann eine Zeit, ähnlich der, wie er sie schon einmal vor seiner Flucht erlebt hatte, Wochen dumpfer Trägheit. Es war vergebens, hierzulande kam er nicht weiter, hier bot sich ihm keine Möglichkeit mehr dar. Und als er dies entschieden und endgültig wußte, hatte er gleichzeitig seinen Entschluß gefaßt. Er ging außer Landes, nach Amerika, irgendwohin. Nun gut, wenn es überhaupt noch eine Aussicht auf der Erde gab, dann Amerika, glaubte er. Er ging nach Amerika. Überall sonst waltete das Verhängnis. Amerika! Er sagte es seinen Eltern, da begann erst der eigentliche Kampf. Warum blieb er nicht bei ihnen, sie hatten ihn doch nichts merken lassen, keinen Vorwurf gewagt, nicht einmal eine leise Andeutung. Aber Fritz bestand auf seinem Vorhaben, keiner würde ihn mehr davon abbringen, er würde es durchsetzen, und wenn er zum zweiten Male … Dies wußten seine Eltern, in der Hinsicht war mit Fritz nicht zu spaßen. Und sie gaben zögernd ihre Zustimmung, sie wollten ihn nicht verlieren, so blieb ihnen immer noch die Aussicht auf ein Wiedersehen, außerdem würden sie, auch wenn er drüben war, mit ihm in Verbindung bleiben. Fritz faßte Mut, er betrieb seine Vorbereitungen mit Eifer, nicht ein Tag sollte verlorengehen. Er hatte ein Ziel und eine neue Hoffnung! Seine Gedanken weilten schon lange jenseits des Wassers. Er verabschiedete sich, auf Wiedersehen! Er blieb nicht im Lande. Er lachte: Wem sollte man es zumuten, sich auf einen Gaul zu setzen, der niederbrach? Ihm nicht, er fuhr nach Amerika. Seine Mutter brachte ihn zum Schiff.

Albrecht blieb in der großen Stadt, sie hielt ihn fest, obwohl er sich sträubte. Er fuhr hin und her. Wenn er die Straße, in der er wohnte, verlassen hatte und die ersten Schritte in die Hauptstraße setzte, befand er sich inmitten der Unruhe und Hast und wurde mitgerissen.

Bald nahm er die Gewohnheiten eines Großstädters an, er lief hinter Bahnen her, hatte es eilig, aß im Stehen, lernte inmitten vieler Menschen seine Ellenbogen gebrauchen, wurde rücksichtslos, unhöflich, darüber verlor er seinen Humor, wenn er je einen besaß. Im Grunde war alles geradeso wie zu Hause, wie die Menschen sprachen und sich ihr Leben abwickelte. Nur daß nicht jeder einzelne im Mittelpunkt stand, in der Masse untertauchte und die Gegensätze schärfer nebeneinander bestanden. Aber es wollte ihm scheinen, als ob zu Hause in der kleinen Stadt mehr ursprüngliches Leben war, daß Liebe, Haß, Freundschaft und das Verhältnis der Menschen untereinander – ob sie sich nun vertrugen oder gegenseitig mit Nachreden verfolgten – gelöster, freier von Zwang und Steifheit verlief. Bald fand er sich in den großen Straßen so zurecht wie in den heimischen Wäldern, ebenso draußen, in den Vororten, in denen die Villen der Reichen inmitten prächtiger Gärten standen. Er lief die Boulevards entlang, betrachtete die kostbaren Auslagen in den Geschäften, sah schöne Menschen, sorglos mit Geschmack gekleidet, lachen, scherzen, sich langweilen, im Kaffeehaus sitzen, belauerte ihre Gespräche und lernte ihre Sorgen kennen, traf sie in Konzerten, Theatern, überall wieder, wie sie Wesens von unwichtigen Dingen machten und am Wesentlichen achtlos vorübergingen. Er kannte sich aus in den Teilen, wo die Arbeiter wohnten, die Not aus den Stuben bis auf die Straßen kroch und schon am kleinsten Kind sich verkündete. Und die Not ergriff ihn, jedoch nur so, wie ihn ein Bild, ein Musikstück ergriff und rühren konnte. Und dann waren da noch die vielen, die dahinlebten, versteckt, geduckt, mit Sorgen überlastet, in einen aussichtslosen Kampf verstrickt, die Handwerker, kleinen Kaufleute, Unternehmer, Angestellten, alle, die den Betrieb unterhielten, der sie zerrieb. Sie schufen nicht die Verhältnisse, aber sie waren die Opfer. Wie sie das trugen, mit altem, ingrimmigem Stolz, der sich bis zur Lüge verzerrte. Sie waren eine große Zahl, sie erließen auch Aufrufe, in denen sie ihre Not dartaten und um Hilfe baten. Aber ihre Stimme war nicht kräftig genug und vor allem nicht frei von Scham. Sie schämten sich im Grunde, daß es so um sie bestellt war, da sie mit einem Auge immer nach der Glückseligkeit schielten, die ihnen versagt blieb. Sie hatten noch nicht begriffen, daß sich eine Wandlung vollzog, die sich gerade an ihnen kundtat. Wohin sollte sie führen? Sie wußten es nicht, sie blieben ohne Ahnung, plagten sich weiter; wenn man einen von ihnen stellte, so lachte er demütig und gab sich voller Hoffnung. Aber vielleicht erschoß er sich schon am nächsten Tag oder vergiftete sich mit Gas. Ja, so war es in der großen Stadt. Dazwischen lebte Albrecht als Student, verdiente sein Geld durch Arbeit, die sich ihm bot. Er hatte Glück, er hatte eine gute Stelle, mancher hätte ihn darum beneidet, er gab Unterricht, wenn er länger blieb, erhielt er außerdem ein Abendbrot. Das half. Aber es war ihm unangenehm, und er wollte nicht, daß man seine Lage durchschaute. Er schrieb Gesuche, bewarb sich um Unterstützungen, alles dies verschaffte ihm nicht wenig Pein.

Er blieb unentschieden, noch wußte er nicht, daß eines Tages auch von ihm eine Entscheidung verlangt werden könnte. Er sah vieles und verrichtete seine Arbeit, aber er zog aus dem, was er um sich herum erblickte, noch keinen Schluß. Es war nicht Feigheit oder Angst, die ihn zurückhielt, denn die hätte er ja mit Worten bemänteln müssen und verkleiden können. Vielleicht war es dies, daß er zu sehr in seine eigenen Angelegenheiten verstrickt darüber hinaus keinen Blick gewann, daß er immer mehr versank in seinen Kreis, in dem Mühe und Arbeit, zwei riesige Mauern, alles andere überschatteten und ihm nur so die Erfahrung zugänglich machten. Er sprach nicht viel, mit seinem Denken war es eigenartig bestellt. Das Zergliedern und Zerlegen eines jeden Dinges in Hintergrund und Anlässe gab ihm vollauf Befriedigung. War dies gelungen, alles fein säuberlich dargetan und bewiesen, dann hieß es Schluß für ihn, und etwas Neues begann seine Neugier zu erregen. Mochten sich andere um die Lösung und den Aufbau kümmern.

Den Wald hinten auf den Höhen hatte man abgeholzt, ein Weg war angelegt, und eine Bank stand da. Der Ausblick reichte weit bis zu den Wiesen und Waldbeständen an der Hauptchaussee. Der Wald war also abgeholzt, aber das Geld reichte trotzdem nicht aus, die vielen Unterstützungen zu zahlen. Die Stadt nahm Geld auf, baute Wege, verbesserte Straßen, legte Kanalisation, für ein paar Monate war gesorgt.

Aber dann konnten nur mit Mühe die Zinsen für das geliehene Geld aufgebracht werden, und die Lasten waren größer und schwerer zu ertragen als zuvor.

Herr Seldersen jedoch war ohne Sorgen, er hatte ein bezahltes Lager, und das ist eigentlich alles, der Briefträger kam zweimal am Tage, und sein Erscheinen löste nicht mehr Unruhe und Verzweiflung aus. Man geht abends zu Bett, schläft nachts ruhig, wacht nur einmal auf, trinkt einen Schluck Wasser und schlummert sanft weiter, bis es hell wird. Am anderen Morgen steht man auf, braucht nicht darüber nachzudenken, was der Tag bringt, kalt, ohne Leidenschaft geht man an seine Arbeit. Herr Seldersen sitzt im Laden, steht auch an der Tür und sieht auf die Straße, immer das gleiche Bild. Die Leute kommen in sein Geschäft, kaufen, lassen anschreiben, erzählen ihre Sorgen, bitten um Nachsicht, die Not ist nicht kleiner geworden. Das Leben läuft dahin, eintönig, ohne Abwechslung, nur zuweilen überschattet von großen Ereignissen. Dann herrscht auch hier in der kleinen Stadt für einige Tage eine gespannt erregte Stimmung, bis sie wieder in ein Nichts zusammenfällt.

An einem der folgenden Wochentage kam Herr Wiesel auf einen Sprung herein.

»Nun stehe ich bald drei Tage in meinem Geschäft und habe gerade das Handgeld«, sagte er sichtlich erregt, »bedenken Sie die Unkosten, und gerade nur, daß ich ein paar Pfennige in der Kasse habe.« So etwas hatte er noch nie erlebt.

Herr Seldersen verstand seine Erregung nur zu gut. »Das kommt vor«, sagte er, »warum regen Sie sich so auf?«

Herr Wiesel war ein alter Geschäftsmann, sein Geschäft in der Eisenstraße ging zu allen Zeiten gut, sein Lager war schuldenfrei, warum sollte es nicht einmal vorkommen, daß auch er die schwere Zeit zu verspüren bekam?

»So etwas habe ich noch nie erlebt«, wiederholte er mehrere Male.

»Wen es trifft«, meinte der Vater.

»Ich verstehe nicht«, entgegnete Herr Wiesel, »wen es trifft, was bedeutet das?«

»Nun, ich meine, der eine kann es aushalten, der andere nicht, län-

145

gere Zeit nur mit Handgeld im Laden zu stehen, das ist der Unterschied.«

»Es kann heute keiner aushalten«, beharrte Herr Wiesel, »ich sage es Ihnen.«

Herr Seldersen war aber doch anderer Meinung. Der eine erliegt in einem halben Jahr, bei dem anderen zieht es sich über drei Jahre hin, das ist ein gewaltiger Unterschied. In der Zeit kann vieles schon wieder besser geworden sein.

Das vermochte Herr Wiesel allerdings nicht zu leugnen. »Aber wir treiben alle dem gleichen Ende zu, ich gebe noch nicht einmal drei Jahre.«

»Und wie ist es mit dem halben Jahr?« fragte der Vater ernst.

Herr Wiesel schwieg. »Sie haben einen Fehler begangen, Herr Seldersen«, begann er zaghaft, eigentlich war das der Anlaß, weshalb er herüberkam, er wollte mit dem Vater einmal offen reden, »Sie haben einen großen Fehler begangen, als Sie im vorigen Jahr den Vergleich schlossen.«

»Sie wissen also?« fragte der Vater erstaunt.

»Natürlich weiß ich, glauben Sie, es weiß sonst keiner?«

Im Ernst, Herr Seldersen hatte nicht geglaubt, daß es verborgen bleiben würde, obgleich er es lieber gesehen hätte. Mit niemandem hatte er darüber gesprochen, wie es eben seine Art war. Doch es konnte nichts verborgen bleiben, mit der Zeit sprach es sich herum, daß es mit dem Kaufmann Seldersen nicht mehr so gut stand. Die Leute schüttelten den Kopf, sie wollten es nicht glauben, jedesmal, wenn sie an dem Geschäft vorbeikamen, reckten sie die Hälse, aber sie sahen immer nur das gleiche, wie die vielen Jahre vorher auch, den Kaufmann Seldersen, wie er verkaufte, an der Kasse saß, jeden, der vorbeiging und hineinsah, freundlich grüßte oder sonst irgendeine Arbeit verrichtete. Er war alt geworden, nun gut, in wen grub die Zeit nicht ihre Zeichen? Aber er sah auch etwas vergrämt und versorgt aus, das konnte schon gut mit dem Gerücht zusammenhängen.

»Warum einen Fehler begangen?« fragte der Vater ernsthaft, »es blieb mir doch nichts anderes übrig, sollte ich denn mein Geschäft zumachen?«

Nein, nein, von Zumachen war erst recht nicht die Rede, Schwierigkeiten gab es überall, sie mußten überwunden werden, dazu war man Kaufmann und noch dazu in einer schweren Zeit.

»Was hätte ich denn tun sollen?« fragte Herr Seldersen hilflos, ihm fiel nichts weiter ein, er glaubte, er hätte damals alle Möglichkeiten genau überlegt. Was Herr Wiesel nur im Sinn hatte?

»Warum haben Sie denn damals alles nur für sich im geheimen abgetan, mit keinem anderen, mit mir oder sonst jemandem den Schritt besprochen. Wir hätten Ihnen gerne geraten, aber von allein kann doch keiner zu Ihnen kommen.«

Herr Seldersen stöhnte bei den Vorwürfen.

»Sehen Sie, ich an Ihrer Stelle«, sagte Herr Wiesel bedächtig, »ich hätte meinen Gläubigern keinen Vergleich angeboten.«

»Keinen Vergleich, ja was denn sonst?«

»Sie wurden doch Ihre Schulden nicht los.«

»Nur zur Hälfte«, erwiderte der Vater, er nannte die Quote.

»Viel zu hoch, lächerlich, Ihre Gläubiger haben dabei noch ein gutes Geschäft gemacht. Das Geld haben Sie sich geliehen und müssen jetzt außerdem noch die Zinsen tragen.«

»Allerdings, aber was denn nur …?«

Da sagte Herr Wiesel: er an des Vaters Stelle hätte Konkurs angemeldet, ja, nichts anderes, Konkurs.

Herr Seldersen war betäubt. »Und dann?«

»Ihre Gläubiger konnten wählen, ob sie sich mit der Quote, die dann herauskam, zufrieden geben wollten, sie betrug vielleicht ein Drittel von der, die Sie ausgezahlt haben, oder ich hätte es auf eine Einigung ankommen lassen und fünf Prozent mehr geboten.«

Der Vater lehnte wie erschlagen am Ladentisch.

»Sie hätten es zustande gebracht, glauben Sie mir, Sie hätten es geschafft.«

Nach einer Weile der Vater: »Wer hätte damals daran gedacht«, er konnte doch auch die Leute nicht vor den Kopf stoßen, sie verloren schließlich genug an ihm.

»Wenn Sie so denken«, meinte Herr Wiesel … »Waren Sie die vielen Jahre, die Sie das Geschäft führen, nicht ein guter Kunde, haben die Leute nicht Geld in der Zeit gesehen …«

»Allerdings …«

»In diesem Falle brauchten Sie nur an sich zu denken, an keinen anderen.«

»Schon recht. In einem Falle habe ich das auch getan, es war mir unangenehm, ausgesprochen unangenehm, wenn man fünfundzwanzig Jahre am Orte ist, meine Frau, die Kinder, alles das zusammen, verstehen Sie, Herr Wiesel, ich wollte die Angelegenheit nicht vor aller Augen abwickeln, und dann … und dann hätte ich ganz das Vertrauen eingebüßt, den Kredit, und das ist doch das Wichtigste.«

»Das Vertrauen, richtig, aber wie ist es jetzt damit«, erkundigte sich Herr Wiesel, »haben Sie keine Schwierigkeiten?«

Doch, gestand der Vater, doch, er hatte große Schwierigkeiten zu überwinden, man kam ihm mit Mißtrauen entgegen, man räumte ihm zwar einen Kredit ein, doch es genügte nicht, die Regale blieben leer. Im Anfang lief er herum bei seinen alten Fabrikanten und bat, ihn jetzt nicht im Stich zu lassen, wo er doch von neuem Fuß fassen und von vorn anfangen wolle. Es wurde ihm sauer genug, zu bitten, aber blieb ihm ein anderer Weg übrig? Schließlich gestand man ihm einen kleinen Kredit zu, man verlangte aber auch für die kleinste Summe pünktliche Bezahlung. Da suchte er sich neue Verbindungen, wo er entschieden und sicher auftrat, so daß er Kredit erhielt. Er suchte lange aus, machte eine große Bestellung, doch dann zum Schluß überkamen ihn Zweifel, und er ließ nur die Hälfte der Ware, die er ausgesucht hatte, kommen.

Pause.

Während sie noch zusammenstanden, kamen die Holzfuhren vorbei. Täglich um die gleiche Zeit, in den Mittagsstunden, zogen die Gespanne beladen mit schweren, dicken Baumstämmen, die oben in den Wäldern gefällt wurden, durch die Straßen. Sie kamen die Chaussee herab, und da die Straße ununterbrochen zur Ebene abfiel, mußten die Kutscher die Bremsen anziehen, und die Pferde trabten gemächlich ihres Weges, sie hatten keine schwere Last mehr zu ziehen. Die Straße machte hier eine scharfe Biegung. In den Kurven stiegen die Kutscher ab, warfen die Leinen über die dampfenden Pferdeleiber, liefen voraus, um zu sehen, ob ihnen ein Wagen entgegenkam. Dann fuhren sie einen großen Bogen, es war nicht immer leicht hindurchzukommen, besonders wenn sie lange Hölzer geladen hatten. Kein anderes Gefährt hatte außerdem noch Platz auf der Straße, die Holzfuhren beanspruchten den ganzen Raum.

Herr Seldersen und Herr Wiesel betrachteten angelegentlich dies Schauspiel, es bereitete ihnen Vergnügen, die Geschicklichkeit der Fahrer mitanzusehen. Es waren nur noch wenige Fuhren. Aber der Wald, der schöne Wald, wurde immer spärlicher.

»Aber besser wäre es doch für Sie gewesen«, kam Herr Wiesel wieder auf den Anfang zurück. »Außerdem müssen Sie noch die Zinsen tragen.«

»Ja, aber meinen Sie denn nicht, daß es doch noch einmal besser wird?«

Herr Wiesel zuckte die Achseln. »Glauben Sie?« fragte er Herrn Seldersen zurück.

Der Vater schwieg. Glaubte er wirklich?

»Wissen Sie«, fuhr Herr Wiesel fort, »wieviel Arbeitslose Amerika und England hat, bedenken Sie: Amerika und England, dabei haben sie den Krieg gewonnen, verstehen Sie das noch?« Und dann erzählte Herr Wiesel mit geheimnisvoll gedämpfter Stimme, was man so munkelte, ein großes Haus mit Niederlassungen über ganz Deutschland steht wacklig, mehr als das, die Aktien auf dem tiefsten Stand, die Aktionäre müssen Opfer über Opfer bringen, die Banken, die dahinter stehen, springen andauernd ein, man kann das Haus doch nicht auffliegen lassen.

Was das für einen Krach gibt, wer da alles mit hineingezogen wird, schließlich sind die Vorräte der Banken auch einmal erschöpft.

Er hat davon gehört, entgegnete der Vater, zuerst wollte er es nicht glauben, aber jetzt ist es ein offenes Geheimnis.

»Ja, ja«, meinte Herr Wiesel, »das wird ein vergnügter Winter.« Dann verabschiedete er sich vom Vater und ermahnte ihn nochmals, wie schon zu Anfang, nicht so verschlossen und getrennt von den anderen seine Sache zu betreiben, denn sie stünden alle auf der gleichen Seite, sie würden zusammenhalten und sich gegenseitig helfen, das sei gewiß. Und wenn Herr Seldersen einmal Ware benötigt, es kann vorkommen, daß ein Kunde etwas verlangt, was er zufällig nicht vorrätig hat, dann soll er getrost zu ihm, Herrn Wiesel, schicken. Er hilft ihm gern aus der Verlegenheit, wenn er selbst die Ware hat. Er überläßt sie ihm zum Einkaufspreis, Herr Seldersen kann soviel aufschlagen, wie er will.

»Und dann teilen wir uns den Verdienst«, sagte der Vater.

Nein, nein, davon will Herr Wiesel nichts wissen, Herr Seldersen hat das Geschäft gemacht, folglich steckt er auch den Verdienst ein.

Herr Seldersen ist gerührt. Die Hand, Herr Wiesel, das ist ein Freund, ein einsichtiger, hilfsbereiter Mensch. Mag man auch sonst in der Stadt über ihn reden, wie er zu seinem Geld gelangt ist ... noch nicht einmal den Verdienst wollte er sich teilen! Die Hand, Herr Wiesel!

Ein dreiviertel Jahr war es gut gegangen, dann, als Albrecht an einem Sonnabend, wie gewohnt, sein Geld für die Woche erhalten sollte, sagte sein Schüler, die Mutter habe vergessen, ihm das Geld zu geben. Vergessen, so, nun, man konnte schon etwas vergessen, Albrecht erwiderte kein Wort, er wollte sich gedulden. Zu Beginn der nächsten Woche erhielt er einen kleinen Betrag, den vierten Teil der Summe, die er zu beanspruchen hatte. Eine ganze Woche verging darüber, sein Schüler vertröstete ihn immer auf den nächsten Tag, es war ihm selbst sichtlich unangenehm. Albrecht wartete ab.

Einmal jedoch konnte er es nicht länger für sich behalten: »Aber Sie wissen doch, daß ich davon lebe.«

Natürlich, er wußte es, aber warum ihm das? »Sagen Sie es meiner Mutter«, antwortete der Schüler. Albrecht bekam sie nur selten zu Gesicht. Er blieb weiter in dieser Stellung, erhielt sein Abendbrot jedesmal, wenn er da war, opferte seine Stunden, aber sein Geld erhielt er nur zögernd, er verstand nicht, warum man ihn nicht bezahlte. Die Eltern wohnten in einer großen Wohnung, sie fuhren mit zwei Automobilen, ein großer Apparat, es fehlte ihnen nichts, um nach außen angesehen und mächtig zu erscheinen. Für die Kinder blieb wenig Zeit, immer waren die Eltern in Bewegung, wurden eingeladen, blieben in der Stadt oder empfingen Besuch. Wenn Albrecht sie sah, getraute er sich nicht, irgend etwas zu sagen. Bis der Vater seines Schülers selbst das Gespräch darauf brachte.

»Sie müssen sich etwas gedulden«, sagte er nachlässig, »ich bin augenblicklich in Schwierigkeiten.« Als wenn es weiter nichts wäre.

Albrecht verbeugte sich und sagte, daß er das Geld zum Leben brauche, im Augenblick zwar habe er genug, er hatte gespart, aber in einer Woche spätestens müsse er wissen, woran er sei.

»Ich werde zusehen«, erwiderte der Mann ruhig, »ich kann mir auch nicht helfen.« Er meinte seine eigenen Schwierigkeiten, daneben erschienen ihm Albrechts Sorgen sicherlich gering, aber er konnte sie nicht befriedigen, da er über kein Geld verfügte. Er hatte große Verluste erlitten, an der Börse waren ein paar schwarze Tage gewesen, er saß in einer großen Wohnung, fuhr in zwei Automobilen, dabei gehörte ihm nichts mehr, er hatte längst schon alles überschrieben und sichergestellt – noch nicht einmal den Hauslehrer seiner Söhne konnte er bezahlen.

Albrecht war es klar, daß seine Tätigkeit hier bald ein Ende fand, mit der Zeit mußte er sich nach einer neuen Beschäftigung umsehen, die ihm Geld einbrachte, ohne daß er Gefahr lief, dabei enttäuscht zu werden. Stundengeben war er überdrüssig, er hatte die Erfahrung eines dreiviertel Jahres, keine schlechte Erfahrung durchweg, er war ehrlich genug einzugestehen, daß es ihm in den ersten Monaten erträglich, ja beinahe gut ging. Und wenn er oft auch mit peinlichen, selbstquälerischen Gefühlen das Essen nahm, das man ihm brachte, so lag sicherlich ein gut Teil an seiner Empfindsamkeit, die ihn jede Lage von allen Seiten genau betrachten und für sich deutlich die Stellung, den Platz, den er dabei einnahm, kennzeichnen ließ. Er blickte um sich, viele Möglichkeiten boten sich ihm, Geld zu verdienen, er konnte versuchen, auf der Post zu arbeiten, Teppiche zu klopfen, Autos zu waschen oder sonst irgend etwas zu tun. Schließlich verfiel er aber auf eine Tätigkeit, die er schon Jahre hindurch zu seiner Freude und seinem eigenen Vergnügen ausübte und von der er nie geglaubt hätte, daß sie eines Tages diese Bedeutung verlor und sich ihm in einer neuen Form darbot: nämlich seine Musik. Er spielte die Geige schon Jahre hindurch, voll zarter Empfindung und mittelmäßigem Können. Es genügte ihm, obwohl er auch hier manchmal besondere Anforderungen an sich stellte. Seitdem er in der großen Stadt lebte, kam er immer seltener dazu, wie früher mit ihr Stunden tiefsten Glückes und restloser Hingabe zu verbringen. Auf der Suche nach einer neuen Beschäftigung erinnerte er sich ihrer wieder, und noch mehr – er rief sich ein Gespräch in das Gedächtnis zurück, das er vor kurzem mit einem Kollegen geführt hatte, es war ihm aufgefallen, daß jener oft mit einem langen, schwarzen Kasten daherkam, in dem Albrecht mit Recht ein Instrument, ein Saxophon oder irgend etwas Ähnliches, vermutete. Bald fand er die Bestätigung. Der Kollege machte Musik, schlug sich mit dem Verdienst durch, er fuhr verhältnismäßig gut dabei, besser als mancher andere. Sein Aussehen hingegen war müde, fahl, immer schien er unausgeschlafen.

Albrecht wandte sich kurzerhand an ihn, bat um seinen Rat. Der andere kam ihm entgegen, er war Mitglied einer Kapelle, fast alle waren sie Studenten, wie er versicherte. Er lud Albrecht zu einem Übungsabend ein, seine Geige mußte er mitbringen. Als er ankam, wurde er herzlich begrüßt und aufgefordert mitzuproben. Albrecht jedoch bat höflich, das erstemal wenigstens zuhören zu dürfen, er wußte, daß die Musik, wie man sie hier betrieb, fremd und neuartig für ihn war, er wollte sich erst mit dem Rhythmus, ihrer Seele, vertraut machen. Man gestattete es ihm, er setzte sich in eine Ecke und lauschte angespannt. Oh, was entdeckte er da nicht alles! Die Musiker waren jung zum Teil, Studenten, lustig und bei der Sache, nur der Posaunenbläser machte ein tieftrauriges Gesicht. Er war als letzter erschienen und hatte anscheinend Mühe, das Instrument hoch und am Ansatz zu halten. Und sein trauriges Gesicht! Die anderen lobten sein Spiel, er blies noch nicht lange die Posaune, man hatte ihn dazu überredet, verlockt, ja geradezu verführt, da man gerade dieses Instrument noch nicht besetzt hatte und keinen auftreiben konnte, der es beherrschte. Alle anderen Instrumente waren doppelt vertreten, nur die Posaune fehlte. So lernte er geduldig Posaune blasen, um seinen Kameraden aus der Verlegenheit zu helfen, er strengte sich gewaltig an, seine Lippen schwollen, wurden rot, dick, und wer ihn auf der Straße sah, wollte manches andere wissen. Aber er blieb weiter dabei, und sein mit Pickeln und Blasen übersätes Gesicht verzog sich schmerzvoll jedesmal, wenn er spielte, es nahm einen traurigen Ausdruck an. Später erst bekam Albrecht heraus, wo der eigentliche Grund seiner Traurigkeit lag. Der andere war schon in einem vorgeschrittenen Semester, er mußte bald an das Ende seines Studiums denken … und er lernte Posaune blasen, denn er brauchte das Geld nötig und hoffte, hier eine Aussicht gefunden zu haben. Er verdiente Geld, darüber kam er nicht zu dem Wesentlichen, seinem Studium selbst. Er mußte eigentlich arbeiten, an das Examen denken und sich vorbereiten, statt dessen brachte er seine Zeit damit zu, zu üben – denn er mußte dauernd üben, sonst konnte er es zu nichts bringen –, Musik zu machen und seinen Unterhalt zu verdienen, außerdem schickte er seiner Mutter monatlich vierzig Mark. War das eigentlich noch ein Studieren? Nun, sein trauriges Gesicht, wenn er die Posaune blies, gab die beste Deutung.

Die übrigen waren froher, je nach dem Instrument, das sie spielten, gemessen und heiter. Die beiden Pianisten – es standen zwei Flügel da – kämpften verbissen, wer von ihnen die meisten Töne hervorbrachte. Den größten Lärm vollführte ohne Frage der Schlagzeuger, er saß senkrecht auf seinem Stuhl, trat die große Trommel, schlug die Wirbel, klingelte das Glockenspiel und hieb die Becken, zwischendurch machte er noch viele unnachahmliche Tricks und Effekte. Außerdem hielt er den Rhythmus, und die Kapelle stand und fiel mit ihm. Und davor, in tänzerischer Haltung, trieb der Dirigent sein Wesen, streichelte die Saxophone, dämpfte das Blech, nickte dem Banjo zu, sprang an geeigneten Stellen unvorhergesehen in die Luft und landete mit einem gewaltigen Satz auf dem Boden. Und sie alle traten mit dem rechten Bein laut schlagend den Takt, so daß die Mieter eine Etage tiefer ihr Mädchen hinaufschickten mit der Nachricht, der Kronleuchter falle jeden Augenblick von der Decke. Albrecht fand die Probe lustig und versprach sich viel Vergnügen von seinem zukünftigen Nebenerwerb.

Dann lernte er Hermann kennen. Hermann war Musikstudent, neunzehnjährig, und erzählte, wie er das erstemal seinem Klavierlehrer einen Tanz vorspielte. Da schrieb dieser alte Mann, dem noch das Gewissen schlug, denn er fühlte eine Verantwortung in sich, an Hermanns Vater und gebot drohend diesem schändlichen Tun Einhalt. Die musikalische Ausbildung, die man ihm anvertraut hatte, legte er ohne weiteres nieder. Hermann brachte Albrecht mit drei anderen Studenten zusammen, sie spielten vereint jeden Sonntag draußen an der Peripherie in einem Restaurant zum Tanz auf, Sommer und Winter, in einem dunklen, verräucherten Saal. Und dann spielte er überall, wo er verpflichtet wurde, auf Bällen, Hochzeiten, Vergnügungen, öffentlichen Tanzereien, bei Spar- und Sportvereinen, Tanzklubs, bei verhangenen Fenstern und mattem Licht in verqualmten Sälen oder in hellen, leuchtenden Räumen – überall kam er hin. Er saß auf seinem Stuhl und spielte, die anderen tanzten, vergnügten sich und waren lustig. Am Morgen waren sie meist alle müde und gingen nach Hause, doch ihre Müdigkeit war verschieden, die einen, weil sie einen frohen, genußreichen Abend hinter sich hatten, Albrecht und die anderen, weil sie gearbeitet – denn es war eine Arbeit – und Geld verdient hatten. Mitunter beim Spiel, wenn er auf die Tanzenden sah, überkam ihn urplötzlich die Lust, gern wäre er aufgestanden, hätte mitgetanzt und wäre vergnügt unter ihnen gewesen. Aber so war es verteilt, er blieb an seinem Platz und spielte, dafür wurde er ja bezahlt, die anderen durften tanzen und sich vergnügen. Immer ging es die Nacht durch, müde fiel er am Morgen ins Bett.

Er spielte in Cafés, einen Monat und länger, fuhr auch mitunter für ein paar Tage nach auswärts, und nicht zu vergessen: er blieb Student, das heißt, eigentlich wollte er ja studieren.

Viele junge Menschen lernte er kennen, die sich gleich ihm ihr Geld verdienten. Wenn sie sich trafen, galt die erste Frage stets dem Examen. Ein jeder stellte die Frage, und Albrecht merkte sehr bald, was es damit auf sich hatte. Das Examen hing drohend über jedem, es nahm keine Rücksicht, immer näher rückte es heran. Eigentlich wollten sie alle ihr Examen machen, auch wenn sie Posaune, Saxophon oder wer weiß was spielen mußten und darüber das Studium vernachlässigten. Aber was bedeutete das schon: Studium? Was hatten sie da später für Aussichten? Sie blieben bei der Musik und ernährten ihre Eltern. So vergingen Wochen, Monate, nicht zum Besten seiner Gesundheit. Er verdiente, war Student – was brachte ihm der nächste Tag? Manchmal wollte es ihm scheinen, als ob er schon einen Beruf habe. Er kannte viele, die absprangen, auch jener Posaunist, der ihm zu Anfang damals durch sein trauriges Gesicht auffiel, sie blieben hängen, machten nie ihr Examen, verzichteten freiwillig. Vielleicht war das das beste, aber was nachher kam, wußte auch niemand.

Jedesmal, wenn der Monat zu Ende ging, setzte sich Frau Seldersen hinter die Bücher, in denen eingetragen stand, was ihre Kunden ihnen schuldeten, verfertigte lange Auszüge und schickte sie an die säumigen Zahler. Doch damit gab sie sich nicht zufrieden, weit wichtiger erschienen ihr die Begleitworte, die sie noch hinzufügte. Sie haben selbst große Zahlungen zu leisten, schrieb sie in offenem Eingeständnis, und dann mahnte sie scharf und rücksichtslos, oft auch weniger eindringlich, sie wußte, an wen sie das Schreiben sandte. Das Lehrmädchen trug die Briefe in die Wohnungen.

Einige Tage vergingen, bis sich die ersten sehen ließen. Man hatte sie gemahnt, sie fanden dies in Ordnung, es war keine böse Absicht, die sie veranlaßte, so lange auszubleiben. Sie brachten etwas Geld, nicht viel, entschuldigten sich umständlich, daß es nicht mehr war, versprachen bald wieder zu kommen und wurden in Gnaden entlassen. Beim nächstenmal hatten sie Aussicht, wieder Ware zu erhalten.

Aber bei weitem nicht alle kamen, eine beträchtliche Anzahl blieb unsichtbar. Sie wohnten außerhalb der Stadt, zum Teil draußen in Siedlungen, in Kasernen und kümmerten sich den Teufel. Was sollten sie den weiten Weg machen, um am Ende trostlos im Laden zu stehen, denn sie konnten kein Geld bringen. Besser, sie blieben einfach weg.

Frau Seldersen warf dem Vater vor, daß er viel zu gutmütig verfahre und nur zu leicht jedem, der kam, ohne näher zu prüfen, Ware mitgab ... Ohne näher zu prüfen, er lachte. Sollte er erst Erkundigungen über sie einziehen, wo er schon im voraus wußte, wie sie ausfielen? Und wenn er ihnen dann keine Ware gab, dann ... dann gingen sie eben zu anderen und erhielten die Ware. Punktum.

»Aber du gehst zu weit, du übertreibst, und auch nachher zeigst du dich zu nachsichtig, man muß sie eben scharf anfassen.«

Der Vater lachte immer noch: »Soll ich sie pfänden?« fragte er leichthin.

»Ja«, antwortete die Mutter in bestimmtem Ton.

»Im Ernst? Sie haben nichts, die Kosten kann ich mir sparen.«

Aber Frau Seldersen gab nicht nach, sie überredete ihn schließlich, es doch einmal zu versuchen, dann werde man sehen.

Herr Seldersen schrieb an seinen Gerichtsvertreter und übergab ihm die Adressen von mehreren Kunden mit dem genauen Schuldenverzeichnis, er solle sehen, was er herausschlug. Nach einiger Zeit kam ein Brief zurück. Es ist aussichtslos, berichtete der Vertreter, vollkommen aussichtslos, er hat sich selbst überzeugt. Nur in einem Fall habe er eine Nähmaschine entdeckt, und er fragte an, wie er sich verhalten solle. Eine Nähmaschine!

Die Frau, der sie gehörte, kam in den Laden, und ohne große Einleitung steuerte sie auf ihr Ziel los. Nicht im mindesten war sie erregt oder verärgert. Im Gegenteil, sie legte eine unheimliche Ruhe an den Tag, die Herrn Seldersen einschüchterte, fast befangen machte.

»Also meine Nähmaschine«, sagte sie mit einem kleinen Lächeln, »das alte Ding.« Und sie erzählte, wie sie sie geerbt hatte. Die Maschine stand in ihrer Küche, und wenn sie mit ihrer Arbeit fertig war – sie hatte Aufwartungen, trug Zeitungen aus, aber es reichte trotzdem nicht, denn sie ernährte eine große Familie, auch ihren Mann –, dann setzte sie sich davor und nähte für ihre eigenen Kinder, für die Kinder von Nachbarsleuten und Bekannten. Manche Nacht verbrachte sie damit, aber ein kleiner Verdienst fiel immer ab.

»Wenn Sie mir die Maschine nehmen«, fuhr sie gemächlich fort, beinahe schon gleichgültig, »dann haben Sie ja noch weniger Aussichten, Geld von mir zu bekommen, Sie nehmen mir einen Verdienst.« Sieht er das nicht ein? Was nützt ihm schon die Maschine, die paar Mark, die sie bei ihrem hohen Alter noch einbrachte …

»Und mein Geld? Ihre Schulden?« fragte Herr Seldersen, »wie steht es damit?«

»Sie bekommen Ihr Geld«, versicherte die Frau, »wenn Sie an der Reihe sind.«

»An der Reihe«, wiederholte er.

Er bildet sich doch nicht etwa ein, daß er der einzige ist, der ihr Kredit gewährt, schließlich braucht man zum Leben mehr, als Herr Seldersen führt.

Hm, hm, das ist gewiß.

Aber so leicht wollte er noch nicht nachgeben, er gedachte, sich einmal unnachsichtlich, rücksichtslos zu zeigen, so wie man mit ihm verfuhr. Es ging ihm um die Sache selbst. Die Leute sollten sehen, daß er nicht länger gewillt war, sich von ihren Versicherungen und Versprechungen hinhalten zu lassen.

Aber die Frau kämpfte weiter für ihre Maschine. Als sie einsah, daß sie ihr Ziel nicht so leicht erreichte, sagte sie, immer noch ruhig wie zuvor, aber Herr Seldersen hatte ein feines Gehör: »Bitte, nehmen Sie sie mir, ich werde dafür sorgen, daß es jeder erfährt.«

Weiter nichts. Sie wartete, was würde Herr Seldersen tun?

Was blieb ihm übrig? Wollte er in der Tat, daß die Frau unter ihren Bekannten verbreitete, daß er jetzt sogar schon die Möbel aus der Wohnung holte? Und was waren das für Bekannte, denen sie dies erzählte? Nun, Herr Seldersen wußte es nur zu gut, diese Bekannten eben waren auch seine Kunden. Nein, er dachte im Ernst nicht daran, was lag ihm schon an der Maschine. Noch am selben Tag schrieb er seinem Vertreter, daß er verzichte, erleichtert atmete er auf.

Da stand er nun in seinem Laden, seine Frau lief unruhig hin und her, sie hatte das Gespräch mit angehört und auch keinen besseren Ausweg gewußt.

»Ich werde niemandem die Möbel aus der Wohnung holen«, sagte er feierlich.

Frau Seldersen schwieg.

»Das sind eben meine Kunden«, fuhr er fort. Er war nicht wenig stolz auf sie.

Frau Seldersen schwieg noch immer. Sie hatte in der letzten Zeit nur zu oft bei sich festgestellt, wer zu ihnen kam und wer nicht mehr zu ihnen kam. Die Frau Lanz hier vom Ort, Frau eines höheren Beamten, jahrelang eine gute Kundin, und Frau Uhlfink, Besitzerin einer kleinen Landwirtschaft unten im Bruch, sie kamen nicht mehr und mit ihnen mehrere andere, sie gingen jetzt zu Herrn Dalke. Frau Seldersen konnte sie aufzählen. Sie blieben fern aus vielfachen Gründen, eigenartig verschlungen und im Zusammenhang mit dem Geschehen, das Seldersens umgab. Es war ein Zeichen! Und um den Ersatz, der sich für sie einstell-

157

te, war es traurig bestellt. Noch nicht einmal eine Nähmaschine konnte man bei ihnen pfänden! Das waren eben ihre Kunden.

Albrecht ging seinen Weg, den er nur von ungefähr kannte und dessen Ende vorderhand noch nicht abzusehen war. Er machte ihn einsam, mit verhaltenem Schmerz, denn es erschien ihm nicht gemäß, dort etwas Ganzes zu fordern und zu empfangen, wo er selbst nur mit halbem Einsatz spielte. Er hielt sich zusammen, das Sich-einmal-gehen-Lassen vieler Menschen war für ihn die Quelle widerwärtigster Erlebnisse. Er litt keine Halbheiten, um so mehr, als er in seinem äußeren Tun täglich zu unvollkommenen Übereinkünften gezwungen war. Oft saß er in seinem kahlen Zimmer am Rande des Bettes und überdachte, wie es wäre, wenn er jetzt im Süden in irgendeiner Universitätsstadt lebte, wie viele seiner Kollegen, umgeben von Erinnerungen an seine kleine Stadt, aus der er kam, im Kreise von Menschen, mit denen ihn eine ruhige und feste Freundschaft verband. Aber in Wirklichkeit ging dies alles nicht – er mußte hier bleiben, wo er sein Geld verdienen konnte, mußte sich die Nächte für das Vergnügen anderer Leute um die Ohren schlagen, mußte auf seinem Platz bleiben, ausharren – das Studium ging darüber zum Teufel. Er liebte die Exaktheit in allen Disziplinen, er verband mit ihr einen unaussprechbaren Begriff von Gesundheit und Kraft. Und doch blieb sie ihm versagt, denn man zwang ihn, wild, aufreibend zu leben, auf tausenderlei Dinge zu gleicher Zeit konzentriert. Was ihm von der Schule her im Gedächtnis geblieben war und er für wert hielt, strebend auch für sich zu erringen, war das anbetungswürdige Bild des Altertums, die Körperhaftigkeit im Geiste, die Schönheit in der Kraft und Gesundheit, die Würde in der Tugend. Das Verlangen nach diesem Ziel ließ ihn den Körper im Laufen und Spiel stählen, ihn stark und widerstandsfähig machen, es gehörte ebenso zu ihm wie das Geigenspiel und der Umgang mit Büchern.

Und dann kamen Wochen, in denen er vor lauter Dingen, die im Augenblick zu erledigen wichtiger war, seinen Körper vernachlässigte, ihm die Erholung und sein Dasein vorenthielt. In seinen Kleidern, in denen der Rauch von verqualmten, stickigen Gaststuben lag, fühlte er sich wie in einem Gefängnis, elend und verlassen. Dann holte er aus einer Schublade die Diplome hervor, auf denen die Preise, die er früher im Wettkampf errungen, beurkundet waren, lange Zeit ruhte sein Auge darauf, und er erinnerte sich voll sehnsüchtiger Wehmut der Jahre, da ihm dies gestattet war und er noch nichts ahnte von Zwang und Verdammnis.

Er lehnte sich nicht auf, er schrie nicht, noch erhob er drohend seine Stimme – auch dies gehörte nicht zu seiner Art, die mehr im Schweigen, im Betrachten, im Ertragen verankert war, statt die Verwirrung und den Unfrieden seiner Umgebung durch sein persönliches Geständnis zu vermehren. Schon als Knabe auf der Schule zog er in sich die Vorstellung groß – vielleicht entsprang sie übertriebenen und anmaßenden Vorstellungen über seine Person –, daß er da sei, Ordnung zu stiften, Unruhe zu beheben, in Verwirrung sich selbst aufgebendes Leben durch Klarheit neu wieder aufzurichten. Ja, er ging so weit in seinen Folgerungen, daß er sich später selbst lächelnd eingestand, sein Los sei zu spielen, zu Tanz und Vergnügen aufzuspielen, nicht aber teilzuhaben und selbst zu tanzen.

Und wie stand es mit der Zeit und den Ereignissen um ihn herum, die er mannigfach und täglich schärfer gezeichnet unterscheiden konnte? Nun, er ging nicht mit geschlossenen Augen, er sah deutlich genug und mit scharfer Unterscheidung, sah durch die äußeren Vorgänge die Anlässe, die Motoren, sah, wie hinter einer schön hergerichteten glänzenden Außenfläche feine Risse ihre schmalen Adern verzweigten und es nach Fäulnis stank. Wenn sein Herz auch für die Unterdrückten und Verfolgten schlug – er stand auf keiner Seite, er nahm sich aus, schwebte gleichsam hoch darüber in der Luft, voller Stolz und Wertbewußtsein. Da keiner ihn aufforderte, sich zu entscheiden, kam er um eine Stellungnahme herum, gab Zeitmangel und wichtigere Beschäftigungen vor, der Tor, denn er hatte aus dem Leben noch nicht die Erfahrung geschöpft, daß zu einem vollgültigen Inhalt eine gemäße Form gehört, die ansitzt und keine Nachlässigkeit duldet.

Und noch etwas kam hinzu, eine geheimnisvoll gefährliche Kunst, der er sich schon in den letzten anderthalb Jahren auf der Schule ergeben, die ihm unendliches Wissen erschloß und auch den vernichtenden Schmerz nicht vorenthielt, die Kunst – denn nur in der Hand eines

Künstlers zeigte sie ihre wahre Gestalt und ward zur Kunst –, den Urgrund zu erforschen, auf dem Körperliches und Seelisches, Stoffliches und Geistiges sich auf unfaßbar göttliche Weise zu dem vereinigten, aus dem dann eine menschliche Äußerung, eine Tat, überhaupt alles Geschehen sich entwickelte. Die große Lust, hinter die Kulissen zu sehen, die anscheinend großen Geheimnisse zu entlarven und nackt, ohne Scham darzubieten, überkam ihn. Und mit der Erkenntnis ward ihm eine tiefe gewaltige Macht über die Menschen in die Hand gegeben. Die gleiche Erkenntnis war es aber auch, die ihn in so manchen Zweifel verstrickte, nicht auftauchen ließ zu einer fröhlichen, gesunden Lust am Dasein. Ohne Zweifel, er war blasiert, geplagt mit einem Zuviel an Wissen, hier drohte die Gefahr. Würde er sie erkennen und bannen? Oft stand er dann vor dem Spiegel, sah in sein Gesicht und forschte nach einer Spur, aber kein Alter sprang ihm entgegen, es änderte sich nichts, er blieb abwartend, auf dem Sprung und im tiefsten Grund einsam, unglücklich und voller Verlangen. Er empfand sich ausgestoßen und hintangesetzt, ohne Anschluß, manchmal glaubte er selbst, daß er nicht in die Zeit gehöre. Dann überfiel ihn der Wunsch, mit anderen Menschen zusammen zu sein, so stark, daß er sich aufmachte und dahin fuhr, wo er wußte, daß er zu jeder Zeit viele Menschen traf.

Eines Nachmittags gelangte er in einen Stadtteil, in dem es seit längerer Zeit gärte, es ereignete sich damals viel in jenen Straßen. Als Albrecht hinzukam, war alles schon in vollem Gange. Als wenn die Menschen irrsinnig geworden wären ... sie stehen an den Ecken, johlen, schreien, und jedesmal, wenn ein Polizeiauto vorbeifährt, an dem die Mannschaften wie die Kletten hingen, sich nur mit einem Arm festhalten, bereit, sofort abzuspringen, wenn der Befehl kommt – dann verstärkt sich das Geschrei und Gejohle auf der Straße über den Damm hinüber bis auf die andere Seite. Und dazwischen wickelt sich der normale Verkehr ab, gehen Menschen, unbeteiligt, fahren Automobile, Straßenbahnen, ziehen Pferde ihre Last, nur die Haltestellen sind verlegt, Radfahrer müssen absteigen. Die Straße ist schon zehnmal geräumt worden. Dann kamen die Polizisten, an der Spitze lief, in der Hand den geschwungenen Gummiknüppel, der Hauptmann, hinter ihm die Mannschaft, Sturmriemen unter dem Kinn. Sie rennen die Straße entlang, es sieht spaßig aus, wie sie in ihren Ledergamaschen so laufen, wie die Störche waten sie, treiben die Menschen vor sich her, schlagen, wen sie gerade erreichen, Kinder, Frauen, Greise. In den Hausfluren, die Treppen und Kellergänge hinab stehen Menschen, verängstigt, lachend, voll Wut, und warten, bis der Sturm draußen vorübergetobt und sich in eine andere Straße verzogen hat. Dann geht es wieder von neuem los, sie kommen aus ihrem Versteck hervor, stehen wieder an den Straßen, den Ecken, Autos fahren vorbei, bis wieder ein Befehl kommt. Wie in der Schule, denkt Albrecht; wenn der Lehrer vorne steht, brummen die hinteren Bänke, rennt er nach hinten, geht es vorne los. Auf dem Platz nebenan stehen bewaffnete Reiter – nur für den äußersten Notfall. Die Straße hinauf, verdeckt durch Fußgänger, geht ein kleiner Mann in Wickelgamaschen, Wolljacke und Schirmmütze. Er legt die Hände rund um den Mund und ruft mit ungeheurer Stimme. Zum Schluß bringt er ein Hoch aus. Was dazwischen liegt, ist nicht zu verstehen, aber alle stimmen begeistert ein. Die Polizei riegelt von zwei Seiten die Straße ab und treibt die Menschen in die Häuser. Die Pistolen stecken noch in der Seitentasche. In kurzer Zeit ist wieder Ruhe. Die Menschen stehen auf den Straßen zusammen wie vorher. Aus einer Gruppe löst sich ein junger Bursche, er lacht und geht mit langsamen Schritten, Hände in den Hosentaschen, über den Damm, er schlendert gemächlich seines Weges. An der Ecke steht ein Polizist, ein junger Kerl, noch rot vom Laufen und außer Atem, mit den Händen rückt er sein Koppel zurecht. Der Bursche steuert gerade auf ihn zu, man kann alles deutlich erkennen, da sie an der Ecke stehen, wo sich die beiden Straßen rechtwinklig treffen. Der Bursche greift flüchtig mit der Hand an die Mütze und fragt. Seine Kameraden an der Ecke stoßen sich an und lachen, vor Vergnügen halten sie sich die Seiten. Es ist zu laut, man kann nicht hören, was die beiden verhandeln. Der Bursche fragt den Polizisten irgend etwas, vielleicht ob er ihm nicht sagen kann, wie spät es ist oder wo sich die und die Straße befindet – die gerade um die Ecke herumläuft – oder ob er Feuer für eine Zigarette hat, irgend etwas. Der Polizist sieht ihn an, packt ihn an den Rockknöpfen, drängt ihn ab auf den Damm. Es ist nicht die Stunde zum Scherzen und Witze zu machen. Der Bursche, man versteht immer noch kein Wort, deutet auf seine Jacke: Ich habe doch nur etwas gefragt. Der Polizist: Ob er seinen Spaß mit ihm haben will, oder so ähnlich, haut ihm den Gummiknüppel über die Schulter. Der Bursche lacht nicht mehr, er hat sich das wohl etwas anders vorgestellt. Er steht da mit wildem Kopf, mehrere Polizisten kommen von einer Jagd zurück, erregt, atemlos, um sich hier an der Ecke zu sammeln.

Die beiden ersten haben noch die letzten Worte gehört. Sie hauen ihm mit dem Gummiknüppel über den Kopf, über die Schulter, es geht ganz schnell. Der Bursche steht auf dem Damm neben der Bordschwelle, kein Wort sagt er mehr. Der vierte schlägt ihm mit dem Knüppel auf den Kopf, der fünfte haut ihm von hinten in die Kniekehle, der Bursche steht immer noch aufrecht, aber er wackelt schon bedenklich. Der sechste haut ihm den Schaft über den Kopf. Die Burschen von der anderen Straßenecke grinsen längst nicht mehr. Der siebente tritt ihm in den Hintern, beim achten fällt er wie ein Streichholz um – die freiwilligen Samariter bringen ihn weg. Die Straße wird geräumt, in den Nebenstraßen geht die Jagd weiter, man sieht nichts mehr, hört nur Rufe, Befehle, unzählige Schüsse, Fenster werden eilig zugeschlagen. Die Samariter rennen wie besessen in Richtung des Schalles.

Plötzlich war die Straße abgeriegelt, nach keiner Seite mehr gab es ein Entkommen, sie wurden alle verhaftet, Albrecht darunter, auf Lastautos verladen und nach dem Präsidium gebracht. In den Räumen schon eine große Menge, die die Neuankommenden mit Kampfrufen begrüßt. Frauen sind darunter, Kinder, Männer, alle laut schreiend und schimpfend, bis sie zum Verhör aufgerufen werden. Albrecht sitzt abseits auf einer Bank und wartet, bis die Reihe an ihn kommt. Ein älterer Wachtmeister nimmt seine Personalien auf. Als er »Student« hört, stutzt er und sieht Albrecht prüfend an.

»Was hatten Sie in der Gegend zu suchen, junger Mann«, fragt er, »da Sie doch nach Ihren eigenen Angaben in der entgegengesetzten Richtung wohnen?«

Albrecht überlegt: »Eigentlich hatte ich nichts in der Gegend zu suchen«, sagte er langsam, »ich fuhr nur einmal dahin.«

»So«, antwortete der Wachtmeister und erhebt sich, »Sie fuhren nur eben dahin, aus Neugierde, obgleich Sie wissen konnten, daß es unruhig und nicht ohne Blutvergießen abgehen werde.«

Albrecht verwirrt: »Ja, aber warum schießen Sie denn?«

Der Wachtmeister bleibt ernst und gelassen: »Und wer schießt aus Wohnungen und von Dächern herab auf die Straßen, meinen Sie, zum Vergnügen schießen wir Menschen tot. Junger Mann, Sie stellen sich aber verdammt ahnungslos.«

Albrecht schwieg, bald konnte er gehen, er erhielt einen Verweis und die Aufforderung, sich nicht mehr bei Ansammlungen zu beteiligen.

Auf dem Rückweg überdachte er noch einmal die Vernehmung, er fand sein Verhalten schlapp und feige. Jetzt fielen ihm eine Menge Antworten ein, die er hätte anbringen können: Ich habe immer da etwas zu suchen, wo Menschen aus Hunger demonstrieren, für Arbeit und Brot. Das dünkte ihm besonders wirkungsvoll. Was ihm der Beamte da wohl zur Antwort gegeben hätte? Er schoß nicht gern auf eigene Landsleute, aber es fielen doch Menschen. Dann war das ganze eben ein Irrtum, das dünkte Albrecht die beste Erklärung, daß hier ein großer Irrtum vorlag. Aber er hatte gesehen, daß Menschen, einfach weil es ihnen schlechtging, weil ihre äußere Form zerbrochen war, sich zu unerhörten Taten zusammenraffen konnten und ihr Leben wagten. Sie wollten die Zeit und die Verhältnisse, die gegen sie ausschlugen, ändern. Dies erschien ihm so ungeheuerlich, daß er erschauerte, wenn er an seine eigenen inneren Nöte dachte, die ihn hinderten, tätig einzugreifen. Und er wurde sich seiner Einsamkeit und seiner freiwillig isolierten Stellung bewußt. Noch hielt er sie hoch, noch besaß er Ausdauer und lebte von dem, was er in den Jahren zuvor angesammelt und aufgespeichert hatte. Aber die Farben, mit denen die Bilder angestrichen waren, verblaßten immer mehr und nahmen an Wert ab, es war fraglich, ob Albrecht noch so wie früher bereit war, für sie einzustehen und sein junges Leben hinzugeben. Er erinnerte sich der Worte, die noch aus der Schulzeit her tief in ihm aufbewahrt waren, von dem Geist und der Liebe zu ihm, die allein tätig macht. Er erinnerte sich, und gewaltige Bedenken stiegen in ihm auf, wenn er das heutige Geschehen damit verglich. Zog er außerdem noch sein eigenes Leben in Betracht, wie er sich anstrengte, plagte und seine Kraft allein an Dinge verschwendete, die er mit den Worten äußerlich, praktisch, ökonomisch in herabsetzendem Sinne zu klassifizieren bereit war, so wußte er am Ende nicht mehr, wo das Recht und die Behauptung stand oder ob nicht etwas künstlich aufgebauscht war, was in der Natur nie gegensätzlich bestand.

Aber eine Frage hätte er selbst gerne an den Wachtmeister gerichtet, eine einzige Frage nur: Ob er glaubte, daß die anderen, gegen die er vorgehen mußte, zum Vergnügen Steine von den Dächern warfen und aus den Fenstern feuerten, einfach aus dem Vergnügen am Werfen und Schießen, zumal wenn einer unten steht. Oder ob er nicht auch meinte, daß jene ein Zwang trieb, eine Aufforderung zu handeln, da nur auf diese Art eine Möglichkeit bestand, sich im Leben zu halten, indem sie sich wehrten. Aber nicht nur dies allein – indem sie zerschlugen, was im Zusammenbruch sie mit zu verschütten drohte. Und immer noch nicht genug, sondern gleichzeitig beim Zerschlagen an Stelle des Alten etwas Neues formten, aufbauten, was ihnen entsprach, in dem sie leben konnten und durften ohne Kampf, Zwang und Pein. Wenn sie nur für einen Augenblick ermüdeten oder sich zurückzogen, waren sie für das Leben erledigt, sie kamen aus dem Tritt. Sie durften es sich nicht leisten, die Hände in den Schoß zu legen und müde zu sein.

Schon nach wenigen Monaten befolgte der Vater Herrn Wiesels Aufforderung, er besuchte ihn über die Mittagszeit und zog ihn ins Vertrauen. Er hatte Wechsel ausgegeben, vor längerer Zeit den ersten. »Ich konnte mir nicht anders helfen«, entschuldigte er sich, er tat es nicht leichten Herzens, es war überhaupt das erstemal in seinem Leben, daß er zu einem Wechsel seine Zuflucht nahm. Im Augenblick war ihm auch geholfen, der Gläubiger nahm ihn an, Herr Seldersen löste ihn zu dem angesetzten Termin ein, es ging gut, daraufhin gab er unbedenklich mehr aus.

Herr Wiesel hörte sich seine Erklärung ruhig an. »Seien Sie vorsichtig«, mahnte er, »es ist allerdings heute so üblich, doch ich habe mich bisher immer gehütet.«

»Sie kamen eben noch nicht in die Lage«, antwortete ihm der Vater unbedenklich, »aber mir blieb damals nichts anderes übrig, ich bin sonst vorsichtig, Sie wissen es gut genug.«

Herr Wiesel wußte es. Wenn Herr Seldersen Wechsel ausgab, so war das schon ein bedeutsames Zeichen, kein Leichtsinn oder Bequemlichkeit, ein Zeichen!

Schließlich rückte der Vater ganz mit der Sprache heraus, er bat Herrn Wiesel, ihm zu morgen einen kleinen Betrag zu leihen, da er zur Einlösung von zwei Wechseln den Gesamtbetrag noch nicht beisammen hatte. Etwas würde er heute noch einnehmen, aber es reichte dann immer noch nicht, er wollte die Wechsel nicht zurückgehen lassen.

»Aber Sie haben doch drei Tage Zeit, ehe die Post sie Ihnen endgültig vorlegt«, so eilig war es doch nun wohl nicht, wie der Vater es hinstellte.

Doch, die drei Tage hatte er schon verstreichen lassen.

Pause.

»Das ist etwas anderes«, erwiderte Herr Wiesel und gab dem Vater das Geld. Er kann es ihm zurückgeben, wann er will, es eilt nicht, deswegen soll er sich keine Kopfschmerzen machen.

Herr Seldersen dankte gerührt und fragte, wie es mit den Zinsen sei, aber der andere schien die Frage zu überhören.

Dann ging er nach Hause und wußte nicht, ob er sich über Herrn Wiesels Hilfsbereitschaft freuen oder über seine eigene verzwickte Lage, die ihn Herrn Wiesels Versprechen auf die Probe stellen ließ, den Kopf hängen lassen sollte. Es lag eigentlich noch kein ausreichender Grund vor, sich Gedanken zu machen und den Mut aufzugeben. Über ein Jahr war es jetzt her, daß er den Vergleich geschlossen und einen großen Teil seiner Schulden auf einen Schlag erledigt hatte. Für den Augenblick war eine große Last von ihm genommen, wenn Herr Wiesel ihm auch hinterher diesen Vergleich als einen Fehler hinstellen wollte und einen anscheinend besseren Vorschlag unterbreitete – es änderte nichts daran, daß über ein Jahr vergangen war, in dem Herr Seldersen nicht viel von den großen Sorgen und Kämpfen merkte, die sich von Tag zu Tag immer mehr verschärften. Ja, er lebte beinahe abseits auf einer Insel, der Sturm toste um ihn herum, die Gewitter schlugen ein, doch auf seinem Platz blieb es kühl, heiter und trocken. Er stand unten in seinem Laden, die Leute kamen zu ihm, berichteten von ihren Sorgen, klagten und wuchsen in ihrer Not unermeßlich. Geduldig hörte er sich ihre Reden an, früher verband ihn eine geheime Kameradschaft, der er nie in Worten Ausdruck verlieh, in letzter Zeit behandelte er dieses Gefühl nachlässig, dabei gab er Wechsel aus und mußte sich Geld von Herrn Wiesel leihen, um sie einzulösen und sich Unannehmlichkeiten zu ersparen. Seine Art, sich in geschäftlichen Dingen zu bewegen, war neuerdings etwas schludrig geworden, ungenau und undurchsichtig. Auch jetzt ging er noch nicht von dem festen Wege des Rechtes und des Gesetzes ab, aber im Vergleich zu früher tat er alles nicht erschöpfend, eben schludrig, wie einer, der langsam die Übersicht und den Zusammenhang verliert.

Auch Frau Fiedler ließ sich ab und zu blicken, stets brachte sie Nachricht von ihrem Fritz. »Er ist in New York«, erzählte sie, das heißt, ob er sich jetzt noch dort aufhält, wußte sie nicht genau. »Er hatte einen Landsmann kennengelernt, beide wollten zusammen in das Innere fahren, der andere besaß eine Farm, und für Fritz boten sich gute Aussichten auf Arbeit und Verdienst. Die Hälfte des Geldes, das wir ihm mitgegeben, hat er schon zurückgeschickt«, sagte sie voller Stolz. Aber es klang sehr unwahrscheinlich, sicherlich erfand sie dies im Augenblick, um anzuzeigen, wie gut es Fritz erging. Die Eltern freuten sich, und Frau Seldersen sagte:

»Ich wünsche Ihnen sehr, Frau Fiedler, daß es Ihrem Fritz endlich gelingt, festen Fuß zu fassen, was haben Sie schon seinetwegen für Kummer und Sorgen gehabt.«

»Ja«, erwiderte sie und erinnerte sich, »es war schon schwer mit ihm. Aber jetzt sage ich mir, vielleicht ist es gut, daß Fritz nach Amerika gegangen ist. Sehen Sie sich einmal die Jungens an, die jetzt aus der Schule kommen.«

Während sie so dastanden und sich unterhielten, ging der Polizist Nikolaus draußen vorbei. Plötzlich hielt er an, sah in den Laden, ob der Vater wohl allein war, dann kam er kurz entschlossen herein und flüsterte ihm ein paar Worte ins Ohr. Wenn er heute abend den Laden schließt, soll er nicht vergessen, vor seinen Fenstern die Rollkästen herunterzulassen. »Warum?« fragte der Vater erstaunt. »Was ist denn heute abend los?«

»Eine Versammlung«, erklärte Nikolaus mit geheimnisvoller Stimme, »der Redner kommt von auswärts, er wird in einem großen Zug von der Bahn abgeholt. Man muß auf alles gefaßt sein, wer weiß, ob es ruhig abgeht.«

Herr Seldersen lachte: »Glauben Sie wirklich?«

Nikolaus wiegte bedächtig den Kopf: »Es ist alles möglich, wir müssen jedenfalls gerüstet sein.«

Das klang geradezu unheimlich. Der Vater glaubte es nicht, aber er bedankte sich für den Rat. Auf alle Fälle wird er die Rollkästen herunterlassen.

Herr Seldersen ging wieder zu den beiden Frauen und erzählte kurz seine Unterhaltung mit dem Polizisten, er vergaß nicht hinzuzufügen, wie er darüber dachte. Frau Fiedler jedoch hatte ein wenig Angst, sie wollte nun schnell nach Hause gehen und alles vorbereiten. Herr Seldersen versuchte sie zu beruhigen, doch da fing auf einmal die Mutter an, ihre Ängste einzugestehen, man könne nie wissen, wie nahe die Gefahr sei. Sie sprach immer von Gefahr. In Berlin ist es jetzt auch unruhig, wenn Albrecht sich nur vorsieht. Die Anneliese ist von selbst klug und meidet die Gefahr.

Als sie beide allein waren, fragte der Vater die Mutter, warum sie vorhin auf einmal sich so ängstlich angestellt habe. Frau Seldersen sagte, was sie ängstigte. Der Vater konnte ihre Gründe alle restlos widerlegen, doch die Angst selbst konnte er nicht mit Worten aufheben.

»Angst braucht nur der zu haben«, erklärte er schließlich, »der fürchten muß, dabei etwas zu verlieren.«

Sie konnte ihm nur zustimmen. Als er aber fortfuhr, ihr nunmehr auseinanderzusetzen, warum gerade sie dann keine Angst zu hegen brauchten, wies ihn die Mutter zurecht. Er versündige sich ... für sie gäbe es nicht mehr viel zu verlieren – sie wurde ordentlich erregt bei seinen Worten, immer malte er alles gleich schwarz und konnte sich nicht genug tun, anderen Leuten einen Schreck einzujagen. Aber vielleicht, überlegte sie später, hatte er in diesem Falle wirklich einen Grund, schließlich mußte er auch wissen, was er redete. Herr Seldersen dachte an den kleinen Kipfer, zwischendurch war er mehrere Male bei ihm erschienen, er hatte nie viel Zeit übrig, um sich in ein Gespräch mit Herrn Seldersen einzulassen.

»Es gibt viel zu tun«, erklärte er gewichtig. Seine Tätigkeit füllte ihn ganz aus. Er fuhr umher, organisierte, setzte Versammlungen fest, nur selten ergriff er selbst das Wort. Er mußte sich schonen, das laute Sprechen strengte seine Lungen an. Immer, wenn er Herrn Seldersen die Hand gab, lachte er verschmitzt. Nie fragte er, wie es die anderen taten: wie geht es denn?

Er wußte, das genügte ihm.

Landstreicher, Penner, Tippelbrüder, verlorene Schwestern, Greise und sonstiges Gefieder, über alle Wege kamen sie her, gingen herum in der Stadt in die Läden, klopften an Türen, waren verwegen – sie kamen auch zu Herrn Seldersen. Sie kamen des Morgens, sie kamen des Mittags, sie schlichen am Abend unheimlich leise, man gab ihnen, um sie loszuwerden, das Erbarmen hatte man längst verlernt. Vorsichtig öffneten sie die Türe, blieben dicht dahinter stehen, murmelten leise ihren Spruch, ein jeder anders, und doch alle mit gemeinsamem Sinn, man gab ihnen, kein Mensch hörte noch recht hin. Es waren Menschen aller Art, ewig vergessen, nie heimgefunden, aus der Bahn geworfen, mit verlorenem Ziel, ohne eigene Schuld, verfolgt, verraten und verdammt, sie bettelten sich durch das ganze Land.

Ein Mann trat in den Laden, Herr Seldersen sah ihn, ging zur Kasse und griff zu einem Geldstück. Aber der Mann kam näher heran. Er trug eine schwarze ausgebeulte Hose und ein braunes mißfarbenes Jakket, kein Kragen, kein Schlips, auf dem Kopf eine Mütze – für einen Landstreicher sah er immer noch leidlich aus. Herr Seldersen trat ein paar Schritte zurück. Da zog der Mann seine Mütze und sagte vernehmlich: »Guten Tag, Herr Seldersen.« Der Vater ging einen Halbkreis um ihn herum und betrachtete den Fremden genau.

»Nun, Sie kennen mich wohl nicht mehr?«

»Doch«, beeilte sich Herr Seldersen, er kniff die Augen zusammen und überlegte angestrengt, im Augenblick allerdings … er lächelte … »Sie sind …«

»Wurmbach«, verneigte sich der andere.

Richtig, Herr Seldersen erinnerte sich, aber wo hatte er ihn gesehen?

»Ich war bei Herrn Dalke«, sagte Wurmbach, »Verkäufer in der Männerkleidung …«

»Sie waren«, unterbrach ihn Herr Seldersen erstaunt.

»Ich bin ohne Stellung jetzt, er hat mich entlassen, ohne Grund, das heißt, das schlechte Geschäft ist der Grund …«

»Ging das Geschäft denn so schlecht«, erkundigte sich Herr Seldersen angelegentlich, im Augenblick beschäftigte ihn nur dieser Gedanke.

»Es ging zurück«, bestätigte Wurmbach, »der allgemeinen Lage entsprechend, ich bin nicht der einzige, den es betroffen hat. Wenn das Geschäft nicht mehr so gut geht wie früher, trägt eben der Verkäufer, der Angestellte, die Schuld, er ist das erste Opfer. Mich hat Herr Dalke vor einem halben Jahr eigens aus Schlesien kommen lassen, er versprach mir eine gute Stelle, für lange Zeit, nahm ich an. Jetzt sitze ich da mit meiner Familie.«

Mittlerweile hatte Herr Seldersen genügend Gelegenheit, sich Herrn Wurmbach von allen Seiten gründlich zu betrachten. Daß er ihn nicht vorhin gleich erkannt hatte, wie doch die Kleidung einen Menschen veränderte! Natürlich kannte er ihn, ein halbes Jahr hatte er ihn täglich sauber und wohlgekleidet ins Geschäft zu Herrn Dalke gehen sehen. In diesem Aufzuge jetzt schien er stark heruntergekommen, dabei war er erst vierzehn Tage ohne Arbeit, aber er hatte Sorgen um seine Zukunft. Herr Seldersen hatte ihn anfangs für einen besseren Landstreicher gehalten! Er hatte sich geirrt, natürlich. Nein, Herr Wurmbach kam als Kunde, er kaufte allerhand ein. Knöpfe, Nadeln, Gummiband, Stopf- und Nähgarn, ein kleiner, runder Betrag kam zusammen. Er hatte sich einen kleinen Handel aufgemacht und ging auf gut Glück zu Bekannten, auch zu Fremden, und suchte seine Ware loszuwerden. Er konnte doch nicht den ganzen Tag stillsitzen, so verfiel er auf diesen Gedanken, er handelte, irgend etwas wurde in jedem Haushalt schon gebraucht.

Er kam öfter und kaufte ein, jedesmal, wenn er seine Ware losgeworden war. Viel Verdienst sprang nicht heraus. Er mußte eine Frau und ein Kind ernähren.

»Ja, wenn ich ein Rad hätte«, sagte er einmal zu Herrn Seldersen.

»Ein Rad?«

Nun, dann könnte er über Land auf die Dörfer fahren, in einem Tag könnte er einen beträchtlichen Weg zurücklegen, die Dörfer liegen alle dicht beisammen, er hätte Aussicht, bedeutend mehr zu verdienen.

Herrn Seldersen gefiel dieser Gedanke.

»Aber das nicht allein«, sagte Wurmbach und nahm einen gehörigen Atemzug, »da muß ich auch eine größere Auswahl haben ... aber darüber spreche ich noch einmal mit Ihnen, Herr Seldersen.«

Nach drei Tagen kam er wieder und führte ein Rad an der Hand. Dann begann er ohne große Einleitung auf sein Ziel loszusteuern, er machte dem Vater den Vorschlag, er solle ihm aus seinem Geschäft Ware mitgeben, er, Wurmbach, fährt über Land und wird sie verkaufen. Es braucht nicht nur bei Knöpfen und Schnürsenkeln zu bleiben, auch andere Sachen würde er schon loswerden, Herr Seldersen sollte es nur einmal versuchen. Herr Seldersen wußte nicht genau, wie Wurmbach sich das vorstellte, ob er sich da als Angestellter betrachtete oder auf eigene Faust den Handel betreiben wollte, nur daß er eben die Ware von ihm bezog – aber das sollte bald geklärt werden, Wurmbach hatte sich alles genau überlegt. »Sie geben mir die Ware«, sagte er, »ich verkaufe sie unterwegs, jeden Abend, wenn ich zurückkomme, rechne ich mit Ihnen ab, und an der Gesamtsumme, die ich am Tag hereinbringe, beteiligen Sie mich mit einem bestimmten Anteil.«

Hm, hm, der Vater meinte, daß sich über den Vorschlag reden ließe.

Aber dann sagte der andere noch etwas von Reisekosten, die er vergütet haben wollte, da erklärte ihm Herr Seldersen energisch, nein, Reisespesen, das war zuviel, die konnte er ihm nicht vergüten, so viel brachte ihm das Geschäft nicht ein, da verzichtete er lieber.

Wurmbach machte ein trauriges Gesicht ... »noch nicht einmal die Spesen«, sagte er niedergeschlagen, »dann lohnt sich ja für mich das auch nicht.« Und er rechnete vor, wieviel sein Anteil ausmachte und auf welchen Betrag er es an einem Tage, hoch gerechnet, bringen konnte.

Es war in der Tat nicht zuviel, da konnte Herr Seldersen getrost die Spesen übernehmen. Den ganzen Tag war er mit seinem Rade unterwegs, große Strecken legte er zurück. Abends kam er heim, müde, verstaubt, rechnete bei Herrn Seldersen ab und zog mit seinem Anteil in der Tasche nach Hause. Herr Seldersen sah wohl ein, daß Wurmbach bei dem Geschäft schlecht wegkam, es war nicht leicht, er mühte sich redlich.

. Eine ganze Zeit ging es gut, sie kamen erträglich miteinander aus. Wurmbach erschien nicht mehr wie früher jeden Abend zur Abrechnung. Oft war er zu müde, oder er kam erst in der Nacht zurück, dann erschien er am nächsten Tag. Schließlich stellte er sich nur noch zweimal in der Woche ein und brachte für die restlichen Tage die Abrechnung. Dann nahm er Ware mit. Er schien sich mit seiner neuen Tätigkeit abgefunden zu haben, er blieb am Orte, anscheinend bot sich ihm nirgendwo eine bessere Aussicht, er trieb seinen Handel weiter, den er einst in der Not angefangen und sicherlich nur als Aushilfe und Verlegenheit gedacht hatte ...

Aber Herr Seldersen gewann den Eindruck, als ob es nicht mehr mit rechten Dingen zuginge. Es war einmal vorgekommen, daß Wurmbach mit einem traurigen Gesicht kam und erklärte, er hätte nichts verkauft, er könne nicht abrechnen. Da er aber gerade einmal da war, nahm er von neuem Ware mit. Herr Seldersen gab sie ihm ohne Bedenken, er wollte ihn nicht aufsitzen lassen. Gleichzeitig erteilte er ihm den Rat, nur gegen bar Kasse zu verkaufen. Herr Wurmbach erwiderte, daß er das ebenso gut allein wüßte, er sei schließlich kein Anfänger mehr, das Geschäft ging schlecht, und er stöhnte.

Dann, als er die nächste Abrechnung brachte, wußte Herr Seldersen nicht mehr recht, wieviel Ware Wurmbach eigentlich von ihm erhalten und was er verkauft hatte. Mit der Aufstellung, die er vorzeigte, konnte es schon seine Richtigkeit haben, ebensogut konnte sie aber auch falsch sein, es war nicht genau zu übersehen. Herr Wurmbach brachte Geld, zog sich den Betrag, der ihm zustand, ab, forderte neue Ware, aber Herr Seldersen zögerte. Er verlangte erst die genaue Abrechnung, er bestellte ihn auf den nächsten Tag zu sich. Unverrichteter Sache kehrte Wurmbach nach Hause. Herr Seldersen besprach sich mit seiner Frau, sie riet ihm, die Hände davon zu lassen, so große Summen hat Wurmbach nie eingebracht. Und jetzt begann die Sache undurchsichtig zu werden. Hatte der andere es darauf abgesehen, ihn zu betrügen – nun, er war ein armer Teufel, schon zu Anfang hätte Herr Seldersen wissen können, daß jener nicht mit dem auskommen konnte, was er ihn verdienen ließ. Er suchte seinen Vorteil wahrzunehmen, auf ehrliche Weise ging es nicht, nun gut, so versuchte er es eben anders. Aber daß er sich gerade Herrn Seldersen aussuchen mußte, gerade ihn, als ob er es sich hätte leisten dürfen, obendrein noch Verluste zu haben.

Am nächsten Tag erschien Wurmbach, abermals mit einer Abrechnung, sie war noch mehr verworren und undurchsichtig als die erste. Er rechnete dem Vater lange vor und suchte ihn zu überzeugen, daß es seine Richtigkeit habe: das hat er von ihm an Waren bekommen, so viel hat er verkauft, dafür ist das Geld, den Rest hat er noch. Da sagte Herr Seldersen, er wolle gern einmal den Rest sehen. Im Augenblick hielt er die Angelegenheit für nicht mehr so wichtig, im Ernst, er dachte nicht daran, Herrn Wurmbach vollends zu überführen. Der andere erschrak jedoch, gut, Herr Seldersen kann ihn sehen, wenn er will, jeden Tag, aber man glaube ihm nicht mehr, Mißtrauen also, nun, er denke sich sein Teil. Dann sei es vielleicht doch besser, sich zu trennen. Er, Wurmbach, würde seinen Handel allein weiter betreiben.

Das ist wohl das beste, erwiderte Herr Seldersen, er hatte es sich nicht anders gedacht. Allerdings, wenn er Ware haben will, kann er ruhig kommen, er muß sie nur sogleich bezahlen, nur für Geld kann er ihm jetzt noch Ware geben.

Wurmbach lachte spöttisch. Für Geld? Das hat er nötig, da braucht er nicht zu Herrn Seldersen zu gehen, schließlich ist es keine Kleinigkeit, andauernd auf dem Rade unterwegs zu sein.

»Das weiß ich«, versicherte der Vater, »es ist schwer, aber ich habe es nicht nötig, mir von Ihnen etwas vormachen zu lassen.«

»Vormachen?« Er glaube ihm also nicht mehr?

»Ich weiß nicht«, sagte Herr Seldersen, »Sie sind ein armer Teufel, vielleicht betrügen Sie mich, vielleicht auch nicht, Sie sind ein armer Teufel.«

Wurmbach: »Von Betrügen keine Rede, ich will leben, ganz einfach, meine Frau und mein Kind …«

Herr Seldersen unterbrach ihn: »Ich bleibe auch ehrlich. Schon gut, aber suchen Sie sich einen anderen aus.«

Wurmbach wollte noch etwas erwidern, aber der Vater schnitt ihm das Wort ab. Wurmbach stand verlegen und wußte sich nicht mehr zu helfen. Herr Seldersen versicherte, daß er nicht daran denke, die Angelegenheit ans Tageslicht zu bringen. Aber seine Lage selbst sei zu ernst, als daß man ihn hintergehen oder gar betrügen könne. Der andere scheine dies nicht genau zu wissen. Wurmbach verließ ohne Gruß den Laden, auch in der Folgezeit ließ er sich nicht mehr blicken. Er fuhr immer noch mit seinem Rad durch die Straßen, auf ein Korbgestell hatte er seinen Packen geschnürt, wer weiß, woher er die Ware bezog. Er schlug sich weiter durch, nach einem Jahr war er plötzlich aus der Stadt verschwunden.

Seldersens fiel es auf, daß Frau Fiedler in der letzten Zeit wieder still und gedrückt umherging, wie damals, als Fritz das erstemal aus der Stadt verschwunden war. Sie kam nur selten herein und vermied es dann, das Gespräch auf Amerika zu bringen. Von selbst wagten die Eltern nicht zu fragen, sie schonten sie. Man sah ihr an, daß sie nicht gefragt werden wollte. Fritz war in Amerika, es waren jetzt bald zwei Jahre, daß er hinübergegangen war. Seine Briefe kamen selten, niemand wußte genau, wo er sich im Augenblick aufhielt. Er wollte an die Pazifische Küste, so lautete seine letzte Angabe. Dann blieb jede Nachricht aus, ein Kartengruß aus Chikago, von nun an war es völlig still um ihn.

Eines Tages kam Herr Wiesel ganz aufgeregt zu den Eltern. Eine Neuigkeit wollte er ihnen erzählen, sie würden es nicht glauben, aber er hat sie von seinem Bruder, der hier in der Nähe in M. wohnt, verbürgt erhalten. Fritz Fiedler war in M.! Was sagten sie nun?

»Unmöglich«, erwiderte Frau Seldersen, »Fritz ist in Amerika.«

»Aber er ist doch in M.«, ereiferte sich Herr Wiesel.

»Dann ist er eben zurückgekommen«, warf Herr Seldersen ein, »ich habe es mir übrigens gleich gedacht, daß Amerika auch so auslaufen würde.«

Herr Wiesel gab dem Vater recht, die Idee damals, nach Amerika zu gehen, war abwegig und von weit hergeholt. Daß er nun nach zwei Jahren wieder zurückkam, erbrachte am besten den Beweis. »Amerika«, sagte er höhnisch, »ein jeder denkt in Amerika drüben sein Glück zu machen, wenn er hier keine Aussichten mehr hat. Das ist aber einmal gewesen, Amerika muß sich heute selbst helfen, weshalb bestehen sonst die scharfen Einwanderungsgesetze? Es hat noch nicht einmal Arbeit für seine eigenen Leute, da braucht es arbeitsuchende Einwanderer, was?«

»So ist es«, nickte Herr Seldersen, ließ Herrn Wiesel und die Mutter allein und begrüßte eine Kundin, die eben den Laden betrat. Frau Seldersen unterhielt sich weiter, aber sie hörte nur mit halbem Ohr hin, was Herr Wiesel sprach, sie war unaufmerksam. Sie vernahm, wie der Vater nach einer Weile zu der Frau sagte, daß er den Stoff nicht führe, in ein paar Tagen bekomme er ihn herein, wenn sie sich bis dahin gedulden wolle? Oder wie ist es mit einem anderen Stoff, da kann er ihr empfehlen … Aber die Frau beharrte auf ihrem Wunsch. Herr Wiesel verabschiedete sich: »Ich komme nachher noch einmal vorbei«, sagte er und winkte dem Vater von weitem zu.

Herr Seldersen gab sich große Mühe, er holte eine Menge Stoffe hervor und breitete sie aus, die Kundin ließ sich nichts einreden. Sie wolle auch gleich zahlen, erklärte sie immer wieder, darüber sollte kein Mißtrauen erst aufkommen. »Aber liebe Frau«, entgegnete Herr Seldersen, der Name war ihm im Augenblick nicht mehr im Gedächtnis, »liebe Frau, ich würde Ihnen die Ware auch so mitgeben, wie lange kennen wir uns schon?« – »Bald acht Jahre«, erwiderte sie, »aber meinen Namen wissen Sie immer noch nicht.« Herr Seldersen entschuldigte sein schlechtes Gedächtnis, er lachte, ja, ja, wenn man alt wird. Es sollte ein Witz sein, aber verdammt viel Ernst und Wahrheit sah hindurch. Es entstand ein peinliches Schweigen, Frau Seldersen hielt sich im Hintergrund. Schließlich versuchte Herr Seldersen das letzte, er griff nach dem Schreibzettel und fragte, ob er die Ware besorgen solle. Aber die Frau lehnt ab, sie hat es sehr eilig, sie will verreisen und näht sich das Kleid selbst. »Vielleicht bekomme ich in einem anderen Geschäft, was ich suche, ich werde mich einmal auf den Weg machen.« – »Möglich«, sagt Herr Seldersen, sein Gesicht erscheint wieder maßlos alt und traurig, »möglich ist es. Und sonst kommen Sie ruhig wieder, ich besorge Ihnen den gewünschten Stoff innerhalb von zwei Tagen. Am nächsten Tag, abends, können Sie ihn haben, vielleicht schon am Nachmittag.« – »Schönen Dank«, verabschiedete sich die Frau, noch an der Tür dreht sie sich um und versichert, wie gern sie gekauft hätte. Er weiß, daß sie immer bei ihm kauft. Aber das Geld ist doch so knapp, und wenn man schon etwas kauft, dann muß es richtig angelegt sein. Keiner kann von ihr verlangen, daß sie etwas nimmt, was ihr nicht gefällt. »Aber natürlich«, wirft Frau Seldersen ein, die ganze Zeit hatte sie stumm dagestanden und das Gespräch verfolgt, sie konnte doch auch an dem Ausgang nicht viel ändern, »natürlich, wir geben uns auch die größte Mühe, aber alles kann man nicht führen, nun, vielleicht klappt es ein anderes Mal besser.« Die Frau geht.

»Schade, aber es ging wohl nicht anders?« fragte Frau Seldersen, als sie wieder allein waren. Sie überlegte immer noch, ob sie nicht vielleicht doch noch eine Möglichkeit fände.

»Du hast es doch selbst mit angesehen«, erwiderte Herr Seldersen gereizt, einen Vorwurf vertrug er nicht.

»Es ist nur«, begann die Mutter zaghaft, »schon das drittemal schikken wir die Frau Binge jetzt weg, sie heißt Frau Binge, du kennst natürlich ihren Namen, die Frau kommt nicht mehr wieder, mit der Zeit merkt sie gut, daß wir vieles nicht mehr haben, und andere auch.«

»Ich kann mir nicht helfen«, entgegnete der Vater erregt. Doch plötzlich kommt ihm ein Gedanke, er läßt die Mutter einfach stehen, rennt zur Tür hinaus, sieht sich auf der Straße nach allen Seiten um, bis er die Frau Binge erblickt hat, und läuft nun mit weitausholenden Schritten hinterher. Sie ist gerade auf dem Wege zu Herrn Wiesel, als sie jemand sanft an ihrem Arm berührt. Wie sie sich umdreht, steht Herr Seldersen da. »Frau Binge«, sagt er, und ein mildes Lächeln begleitet seine Worte, noch einmal: »Frau Binge«, denn jetzt weiß er ja ihren Namen, »warten Sie einen Augenblick, ich habe mich vorhin geirrt, meiner Frau fiel es eben erst ein, ich habe den Stoff, den Sie suchen. Er liegt oben in meiner Wohnung, ich habe ihn vor längerer Zeit schon für jemanden zurückgelegt, er hat vergessen, ihn abzuholen, er konnte nur eine geringe Anzahlung leisten. Kommen Sie zurück, ich dachte vorhin nicht mehr daran.« Frau Binge sieht Herrn Seldersen an, als erblicke sie ein Wunder. Vorhin hatte er es endlos bedauert, und jetzt … der Stoff liegt oben in seiner Wohnung. Sie ist überrascht und merkt gar nicht, daß sie mit Herrn Seldersen schon wieder zurück in sein Geschäft geht. Als sie beide zusammen ankommen, steht Frau Seldersen an der Kasse, und bevor sie überhaupt vor Schreck sich gefaßt hat und wieder zu einem Worte gekommen ist, sagt der Vater laut mit betonter Stimme: »Du konntest es mir auch früher sagen, daß der Stoff oben auf dem Schrank liegt, wie lange liegt er jetzt schon da? Ich habe es der Frau Binge gesagt.« Die Mutter weiß immer noch nicht, was sie von dem ganzen Theater denken soll, der Vater wirft ihr Blicke zu, die sie sich ebenfalls nicht deuten kann. Sie schweigt, das einzige, was sie in ihrer Lage tun kann. Herr Seldersen bespricht sich unterdessen weiter hinten im Laden mit seinem Lehrmädchen und gibt ihr flüsternd einige Anweisungen, während kräftige, bewußte Handbewegungen seine Worte unterstützen. Das Mädchen macht große Augen und verschwindet aus dem Laden. Der Vater kommt wieder nach vorn zu den beiden Frauen und beginnt mit der Frau Binge erneut ein Gespräch. Was er ihr nicht alles erzählt! Frau Seldersen kann es nicht mit anhören und stellt sich an die Tür. Da sieht sie ihr Lehrmädchen, die Lisbeth, auf der anderen Seite des Bürgersteiges entlanglaufen, andauernd dreht sie sich scheu um, sie hat es sehr eilig, überquert den Fahrdamm und steuert geradezu auf das Geschäft von Herrn Wiesel. Sie verschwindet darin. Nach einer Weile kommt sie mit einem großen Paket, an dem sie mühselig schleppt, wieder zum Vorschein, wählt abermals den geheimnisvoll vorgeschriebenen Umweg, über den Fahrdamm hinüber auf die andere Seite, damit sie keiner erblickt, und kommt durch die hintere Tür zu Seldersens in das Geschäft. Der Vater nimmt ihr das Paket ab, sie selbst ist erhitzt und noch außer Atem, und schnürt es vor Frau Binge auf. Er schmunzelt. Drei große Stoffballen! Welch eine Auswahl! Auf dem Schrank da oben mußte er ein kleines Warenlager versteckt halten. Frau Binge sucht aus, bald hat sie den richtigen Stoff gefunden. Er gefällt ihr. »Es ist gut, daß Sie mich zurückgerufen haben, Herr Seldersen«, nicht oft genug kann sie es versichern, nein, wie leicht hätte er sich dieses Geschäft entgehen lassen können. Sie schüttelt den Kopf, wenn sie denkt, wie nahe die Möglichkeit schon war. Dann bezahlt sie und verläßt glückstrahlend den Laden.

Uff! Das war ein schweres Geschäft. Der Vater setzt sich an die Kasse, zieht sich den Verdienst ab und schickt das übrige Geld mit der Ware zurück an Herrn Wiesel. Geschäfte der Art kann er nicht dreimal am

Tage machen, schon nach dem zweiten wäre er erledigt für die restliche Zeit. Seine Nerven gehen einfach nicht mehr mit. Erschöpft legt er den Kopf auf die Tischplatte. Frau Seldersen kommt langsam von der Tür zurück, sie hat ihren Platz nicht verlassen, sie brachte es nicht über das Herz dabeizustehen, während der Vater Ware verkaufte, die er sich eben wie eine Diebesbeute von Herrn Wiesel hatte holen lassen. Wie kam er nur auf den Gedanken! Ob es das erstemal war? Wer weiß, wie oft er dazu schon seine traurige Zuflucht genommen hatte. Sie trat an die Kasse und sah den Vater dahinter hocken.

»Hast du denn etwas daran verdient?« fragte sie mitleidig.

Er schüttelte den Kopf, ohne aufzusehen. »Nicht viel, ein paar Pfennige. Aber man will das Geschäft doch auf jeden Fall machen.«

»Ja, ja ...«

Schweigen.

»Das hast du noch nicht nötig«, sagte die Mutter endlich, »dir von Herrn Wiesel Ware zu holen.« Sie verstand es noch immer nicht.

»Ach was«, gab er gereizt zur Antwort.

Sie horchte auf. Dann redete sie ihm gütig zu, er solle es doch einmal versuchen, vielleicht bekommt er selbst irgendwo die Ware, er ist viel zu ängstlich und unsicher. Aber Auftritte wie eben müssen in Zukunft unterbleiben, wenn es überhaupt noch einen Sinn für sie in der Zukunft gibt. Schämt er sich denn nicht vor sich selbst?

»Nein«, kommt verloren seine Antwort, »das habe ich verlernt.« Er starrt vor sich hin.

Pause.

Frau Seldersen: »Du hast keine Kraft mehr.«

Er nickt traurig: »Nein.«

»Du bist kein Mann mehr.«

»Nein.«

Schweigen.

Plötzlich der Vater: »Woher soll ich denn Ware bekommen, wer gibt mir denn etwas?« Er ist aufgesprungen, sein Gesicht ist verkrampft, keuchend preßt er die Worte hervor.

»Du übertreibst«, erwiderte die Mutter gefaßt.

»Ach, was verstehst du, geh hinauf.«

Sie bleibt.

Er setzte sich wieder hin: »Erspare mir deine Ratschläge, geh hinauf.«

Sie nimmt ihre Schlüssel, die Tränen stehen ihr in den Augen, sie geht hinauf. Er war maßlos in der Erregung, schon seit einiger Zeit gab es oft heftige Zusammenstöße, ein nichtiger Anlaß genügte, um die angespeicherten, bisher zurückgehaltenen Gefühle zum Ausbruch zu bringen. Man konnte ihm den Vorwurf, daß er Streit suche, nicht recht machen, seine Natur war im Grunde ruhig und ausgeglichen, aber jetzt verlor er nur zu leicht die Nerven und die Selbstbeherrschung. Kein Wunder, seit Jahren stand er im Kampf, ohne sich eine Ausspannung zu gönnen, jeder Tag brachte immer nur neue Aufregungen und höhere Anforderungen.

Die Angelegenheit mit den Wechseln damals hatte er glücklich beendigt und Herrn Wiesel das geliehene Geld bald darauf zurückgezahlt. Aber mit der Sitte selbst hatte er nicht gebrochen, es ließ sich nicht vermeiden, er gab wieder neue Wechsel aus. Im Augenblick war ihm geholfen, hinterher kam dann erst die große Spannung, Erwartung und der Gang zu Herrn Wiesel … das griff an die Nerven. Frau Seldersen hatte schon recht, es fehlte eine Menge Ware, aber mußte sie ihm das sagen, wußte er es nicht selbst, zumal jetzt nie eine Gelegenheit vorüberging, da sich der Mangel unangenehm bemerkbar machte. Alles in allem, es war ein Kreuz, hier unten zu stehen, warten zu müssen, bis einer kam und kaufen wollte, die hoffnungsvolle Freude zu Anfang, dann das krampfhafte Suchen, während die Angst schon im Hintergrund stand, und das nackte Eingeständnis zum Schluß … einer Beschäftigung nachzugehen, die nichts weiter war als eine Tätigkeit, die leerlief; kein Verdienst, keine Freude mehr sprang dabei heraus, ein Kreuz. Keiner hatte Arbeit, keiner hatte Geld, sie hingen alle zusammen, es war kein Leben und kein Sterben, das Warten machte müde und stumpfte ab. Schon am Tage ging man mit geschlossenen Augen herum, und kein Ergebnis, das größte selbst, aus welcher Richtung es auch kam, vermochte die Gemüter noch sonderlich zu erregen. Es war eine Trottelei, nichts weiter als ein sinnloses Gehen, ein Bein vor das andere setzen, ohne Überlegung und inneren Zwang … einfach eine Trottelei.

Frau Seldersen schrieb an Albrecht, was sie von Herrn Wiesel erfahren hatte. Hinzu fügte sie ihre eigenen Beobachtungen über das veränderte Benehmen von Frau Fiedler, es mußte schon lange Zeit nicht mehr so recht geklappt haben. Zum Schluß riet sie Albrecht, möglichst vorsichtig zu verfahren und Fritz nicht mit zu viel Ratschlägen zu kommen. Das beste sei vielleicht, ihn völlig in Ruhe zu lassen, der arme Junge! Über ihre eigenen Angelegenheiten schrieb sie nur kurz, der Vater sei mißmutig und unbeherrscht, sicherlich stehe er wieder vor unüberwindlichen Hindernissen, aber er lasse nichts darüber verlauten, sie denke nicht daran, ihn mit Fragen zu bedrängen. Außerdem wird sie das Hausmädchen entlassen und nun die ganze Arbeit selbst verrichten, sie hat es sich ausgerechnet, die Ersparnis ist groß. Daß es für sie eine ungewohnte Arbeit ist, verhehlte sie nicht. Die vielen Jahre hindurch hat sie sich stets ein Mädchen halten können, aber auch die Ausgabe darf sie sich jetzt nicht mehr leisten. Solange ihre Kräfte noch reichen, hofft sie mit der Arbeit fertig zu werden.

Albrecht erhielt den Brief mit der Abendpost. Er las und legte ihn ruhig weg, er wollte ihn später noch einmal lesen. Noch einen anderen Brief hatte er erhalten, ein Angebot, für zwei Monate in die Provinz als Musiker zu fahren. Die Bezahlung war gut, er beschloß ohne langes Zögern, den Vertrag zu unterschreiben. Er tat es ein wenig übereilt, sein Entschluß reute ihn später, die zwei Monate lagen in den Ferien, er versäumte also nicht viel, aber auch er mußte nun bald an sein Examen denken. Wenn ihm der Gedanke kam, erinnerte er sich seiner Kameraden, denen das gleiche Geschick widerfuhr, und diese Verbundenheit erweckte in ihm manche neue Hoffnung.

Dann las er den Brief seiner Mutter noch einmal.

Albrecht überlegte lange, dann schreibt er an Fritz. Es wird ein kühler Brief, ohne Leidenschaft; er hat von seiner Rückkehr gehört und ist über alle Ereignisse im Bilde. Sie sind geschehen, unwiderruflich geschehen, darüber Betrachtungen anzustellen, verlohnt nicht die Zeit. Bevor er sich jetzt neu entscheidet, bittet er ihn, eingedenk ihrer freundschaftlichen Gespräche aus vergangenen Jahren seinen Vorschlag anzuhören und genau zu überlegen. Er rät ihm, dort wieder anzufangen, wo er vor Jahren eigenwillig aufhörte, die Zeit, die ihm bis zu einer Abschlußprüfung fehlt, nachzuholen, damit er vorerst ein festes Zeugnis in Händen hat. In anderthalb Jahren kann man sich wieder sprechen. Vorerst bietet ihm Albrecht seine Unterstützung an. Er kann in Ruhe und Sicherheit eine Sache zu Ende bringen, er bleibt davor bewahrt, auf der Suche nach einer neuen Arbeit abermals Rückschläge und Mißerfolge hinnehmen zu müssen, die unfehlbar wieder eintrafen. Fritz antwortete bald, man merkte seinem Briefe an, wie oft er ihn abgeschrieben hatte. »Vielen Dank für Dein Anerbieten und die persönliche Hilfeleistung«, schrieb er, er freute sich in der Tat, daß man sich seinetwegen den Kopf zerbrach. Aber er kann den Vorschlag nicht annehmen, er hat schon gewählt und kann nicht zurück. »Ich habe mich sehr verändert«, schrieb er weiter, und über dieses offene Eingeständnis seiner Wandlung wunderte sich Albrecht am meisten, er konnte damit nichts anfangen. Fritz bat, ihn an einem Sonntag, wenn Albrecht nach Hause fuhr, in M. zu besuchen, dann können sie gemeinsam vieles besprechen. Das alles klang ein wenig geheimnisvoll und verwirrt.

Schon an einem der nächsten Sonntage fuhr Albrecht eine halbstündige Bahnfahrt nach M. Unterwegs traf er Fritzens Eltern, sie begrüßten sich, es herrschte eine herzliche Stimmung. In M. an der Bahn erwartete sie Fritz, abermals große Begrüßung. Fritz erschien äußerst ruhig, er sah blaß aus, rauchte unablässig, die Finger der Hand waren bis zum Nagel gelb. Die beiden Freunde gingen voraus, Fritz erzählte unbefangen, wie lange er schon hier sei, was er den Tag über treibe. Er war guter Dinge und schien sich wohl zu fühlen. Er benahm sich, als habe er Albrecht vor vierzehn Tagen das letztemal gesehen. Albrecht daneben verlegen, ein wenig beschämt und verängstigt, er glaubte, daß Fritz ihm Theater vorspiele, und glaubte es auch wieder nicht. Unvermittelt bat Fritz Albrecht mit leiser Stimme, er solle nicht mehr mit persönlichen Vorschlägen kommen, wenn man ihn fragte, seine Eltern und sein Schwager seien sich schon einig über seine nächste Zukunft; von sich selbst sprach er nicht. Albrecht blieb stumm, also keine persönlichen Vorschläge mehr, so etwas Ähnliches hatte er schon zu Anfang erwartet, er versprach es.

Dann saßen sie zusammen um den Kaffeetisch, eine große Familie, nach langer Trennung das erstemal, daß sie wieder zusammensaßen.

Frau Fiedler blickte immer wieder zu ihrem Fritz hinüber, sie war froh, daß sie ihn wieder bei sich hatte, darüber vergaß sie fast alles andere. Fritz saß völlig schweigsam dabei, als wäre er nur zufällig an den Tisch geraten, aber nicht der Mittelpunkt. Es wurde allmählich dunkler, der Schwager brachte Zigaretten und lenkte dann geschickt das Gespräch darauf, wie er sich Fritzens Zukunft vorstellte. Er sprach ausschließlich zu Albrecht gewandt, da er ja so gut wie zur Familie gehörte, er war eingeweiht, wußte alles, von Beginn der Flucht. Er brauchte deshalb nicht verlegen zu sein; wenn er damals nicht davon sprach, tat er nichts weiter als sein Versprechen halten. Frau Fiedler nickte mit dem Kopf und sah hinüber, auch sie hatte schon längst verziehen. Albrecht beißt die Zähne aufeinander, man lobt ihn für eine Sache, die der Anfang eines Leidensweges war. Und noch stand man nicht am Ende.

Auch Herr Fiedler war zufrieden, er hatte es von Anfang an nicht gern gesehen, daß Fritz nach Amerika fuhr ... aber damals konnte ich meinen Willen nicht durchsetzen, sagte er, Fritz mußte allein die Erfahrung machen. Er war beruhigt, er hatte recht behalten.

Der Schwager rückte mit seinen Plänen heraus, er entwickelte sie behutsam und mit Geschick. »Fritz ist noch nicht zu alt«, meinte er, »er kann noch einmal von vorne anfangen. In Hamburg hatte er Pech, als das Geschäft aufflog und er auf der Straße lag. Über ein Jahr hat er verloren ... und dann Amerika« –, doch darüber wollte er nicht mehr sagen. Es ist verdammt schwer in der ganzen Welt, auch in Amerika ... Die Arbeit liegt nicht auf der Straße, viel weniger das Geld, und das Glück, wer denkt heute noch an das Glück? Fritz hat sich den Wind um die Nase wehen lassen, er hat viel gesehen, er ist zurückgekommen, und nun muß er noch einmal von vorn anfangen. Es hilft ihm nichts, persönliche Forderungen und Wünsche muß er dabei zurückstellen. »Das müssen wir alle«, sagte der Schwager. Zehn Jahre war er verheiratet, aber Kinder sind ihm versagt geblieben. Er will versuchen, Fritz eine Stelle zu besorgen, es wird schwer sein, sicherlich, aber er hat gute Beziehungen, Fritz muß nur die Zuversicht haben, manchmal will es ihm scheinen, als ob er doch gar zu trüb in die Zukunft blicke. Ein junger Mensch muß seine Kräfte zusammennehmen, wie viele müssen sich draußen herumschlagen.

Alle beteiligten sich am Gespräch, eine kleine Plauderei, dabei geht es um den Bestand eines Menschen. Ja, Albrecht empfand diese Sorglosigkeit und Gemütlichkeit, in der hier ein Geschick für die Zukunft ausgesponnen wurde, geradezu als unwürdig und fehl am Platz. Man trank, rauchte, saß behaglich in einem warmen Zimmer, ob dies von dem Schwager beabsichtigt war? Dann war er bereit, seine Geschicklichkeit und Vorsicht anzuerkennen, sie war außerordentlich.

Fritz schweigt. Rittlings auf dem Schreibpult sitzt er, raucht und stößt den Rauch langsam in die Luft, so daß er bald hinter einer dichten Wolke verschwindet. Er hört zu, wie die anderen beraten, ob er Konfektionär, Eisenwarenhändler oder sonst etwas Ähnliches werden sollte. Abends kann er sich dann weiterbilden, Kurse besuchen, Sprachen lernen, sagt der Vater, er ist glücklich und sieht alles schon fertig beisammen.

Und Albrecht? Nun, er saß mit am Tisch, man ließ ihn an der Beratung teilnehmen, hin und wieder wagte er auch ein Wort, vorsichtig und tastend, ob er auf Verständnis stieß oder nur in das Leere sprach. Gar zu bald merkte er, wie es damit bestellt war, ließ die anderen reden und verhielt sich die übrige Zeit still, bis man ihn wieder fragte. Er reimt sich mühevoll ein paar Sätze zusammen und versinkt dann für längere Zeit in Nachdenken. Er kommt darüber nicht hinweg, er ist erschüttert. Merkt denn keiner hier im Zimmer, nicht seine leibliche Mutter mit ihrer übergroßen Liebe, nicht der Schwager, der selbst viel in der Welt umhergetrieben war, empfinden sie denn nicht die gewaltige, tödliche Müdigkeit, und dann noch das andere, eine ganz große Angst, die hier umging? Albrecht konnte es selbst nicht genau benennen, aber die Zeit, die er nun hier am Tische und Fritz hinten auf dem Schreibpult sitzt, wird er diese seltsame Empfindung nicht los, er sieht sich mehrfach um, ob Fritz überhaupt noch anwesend und im Zimmer ist. Ich habe mich schon entschieden, hatte er Albrecht geschrieben. Wozu hatte er sich entschieden, daß er Konfektionär oder Eisenwarenhändler werden wollte? Fritz saß oben auf der Schreibtischplatte, erhöht, und sagte kein Wort. Zerbrecht euch nur die Köpfe, ihr meint es gut, aber es kommt doch anders. So machte er sich lustig.

Es war mittlerweile völlig dunkel geworden, und als Albrecht sich wieder einmal umdrehte, erblickte er die Gestalt seines Freundes sacht aus der Dunkelheit herausgehoben, Fritz zog an seiner Zigarette, die Spitze glimmte auf, und da sah Albrecht auch für einen Augenblick das Gesicht, es war blaß, wächsern, wie das eines Toten. Albrecht hielt den Atem an.

Er erhob sich und verabschiedete sich reihum, er wollte zu Fuß nach Hause gehen, in zwei Stunden, so hofft er, wird er den Weg bewältigen. Ein Zug geht erst spät am Abend. Fritz begleitet ihn, sie gehen langsam durch die Stadt. Fritz ist vollkommen ruhig, er geht langsam mit weiten Schritten, nur widerwillig nimmt Albrecht das Tempo an. Ihm ist unbehaglich zumute, jetzt, wo er mit dem Freund allein ist, ohne die selbstsichere Entschlossenheit der anderen.

»Was hältst du von den Plänen«, fragt Fritz lächelnd.

Albrecht kalt und entschlossen: »Es ist gut so, hoffentlich gehen sie in Erfüllung.«

»Ja. Aber es ist doch schwerer, als sie sich das vorstellen, oder weißt du es auch nicht?«

»Doch«, erwidert Albrecht zaghaft, »ein wenig weiß ich schon Bescheid.«

Schweigen.

Fritz geht nebenher mit seinen weitausholenden, langsamen Schritten und lächelt in sich hinein. Kleiner Junge, denkt er, was strengst du dich so sehr an, was glaubst du verheimlichen zu müssen, meinst du wirklich, daß es so einfach ist? Du hast ja lange noch nicht so viel gesehen wie ich, kleiner Junge, du hast noch keinen Mut, nicht den Mut zur Wahrheit (aber er meint die lautlose Verzweiflung).

Du irrst, antwortet Albrecht stumm, du irrst, ich weiß mehr, als du ahnst – es ist alles aussichtslos, alles völlig aussichtslos …

»Es wäre alles viel leichter, wenn ich ein Ziel hätte, was hältst du davon? Ich frage dich, hast du ein solches Ziel?«

Albrecht überlegte, kam er zur Besinnung in der großen, schmerzlichen Verwirrung, hatte er, gesund und jung, ein Ziel für sich selbst? Nein, er hatte keines, er lief umher und dachte nur an den nächsten Tag, daß er Geld verdiente und wieder zu leben hatte, daß er keinem zur Last fiel – aber darüber hinaus traf kein Ereignis seinen Blick. Nur ab und zu hielt er mitten in der Hast an und schöpfte Atem. Er kam aus dem Tritt. Dann war es für wenige Tage um ihn geschehen, er lag da wie ein Toter, man ließ ihn in Ruhe, bald fand er sich wieder zurecht.

Aber ich studiere ja, erinnerte sich Albrecht plötzlich.

Ist das ein Ziel, glaubst du, daß du deshalb mehr Aussichten hast?

Albrecht laut: »Ich fahre jetzt für zwei Monate als Musiker in die Provinz.«

»Als Musiker?«

»Ja, ich mache doch jetzt Musik.«

»So, damit verdienst du dein Geld. Kommst du aus?«

»Es reicht gerade.«

»Seid ihr alle Studenten?«

»Nein, Musiker, zum Teil auch Kaufleute« ... Eine Dummheit, eine verhängnisvolle Dummheit!

Fritz ironisch: »Abgebaute Konfektionäre und Eisenwarenhändler.«

Oh, diese Dummheit, Albrecht möchte sich selbst verprügeln.

Fritz: »Diese Möglichkeit habe ich später nicht, noch nicht einmal Gitarre kann ich spielen.«

»Das ist doch Unsinn«, erwiderte Albrecht gereizt.

»Unsinn?« Das glaubt er nun durchaus nicht. Ist es nicht in der Tat so: Man lernt drei Jahre, und wenn man ausgelernt hat, wird man entlassen, dann geht man eben auf die Höfe und macht Musik oder sagt Gedichte auf. Ist es so?

Albrecht fühlt langsam eine tiefe und gewaltige Kraft in sich emporsteigen, er hätte Lust, jetzt zu sagen: Ja, so ist es, und dann hat man sogar noch Glück, und es geht einem gut, wenn man den Leuten das Herz zu rühren weiß. Du darfst nicht denken, ich säße ahnungslos in Berlin, aber da darfst du eigentlich gar nicht mitreden.

Warum nicht? hätte Fritz erstaunt gefragt.

Albrecht: »Du hast doch deine Eltern hinter dir, das ist etwas Sicheres und immer für den äußersten Notfall.«

»Ich wünschte, mein Vater wäre arm«, sagte Fritz auf einmal.

Albrecht sah ihn erstaunt an, was meinte er damit, er wünschte, sein Vater wäre arm, auf was für Gedanken der Freund nur kam!

»Vielleicht fiele mir dann mancher Entschluß leichter«, fuhr Fritz fort.

Pause.

»Warum, fällt es dir jetzt schwer, dich zu entschließen?«

Fritz schwieg, sein Atem ging schwer, er sah starr auf den Boden. »Oft glaube ich«, sagte er leise, »es müßte ein großer Zwang hinter mir stehen, vielleicht könnte ich mich dann noch einmal aufraffen. Aber wozu denn, es ist ja alles verfahren, elendig verfahren … Eigentlich geht es mir aber noch gut«, fuhr er in einem ganz anderen Tone fort, »meinst du nicht auch, wenn ich wollte, meine Eltern würden mich schon durchbringen, wenn ich auch nichts verdiente, ich könnte Auto- fahren lernen, auf eine Fliegerschule gehen, sie würden das Geld noch einmal wagen, jetzt sind sie daran, mir eine Stelle zu besorgen, irgend- eine, ich werde abwarten.«

»Aber warum tust du es dann nicht«, fragte Albrecht.

»Ach, ebensogut könnte ich den Mount Everest besteigen, das wäre das gleiche.«

Albrecht dachte nach, was Fritz mit dem Zwang meinte, er glaubte bereits leise, daß er ihn verstand. Noch später, wenn er sich dieses Ge- sprächs erinnerte, überkam ihn die gleiche Empfindung. Es mußte ein Zwang hinter ihm stehen, der befahl und gleichzeitig festhielt, auf ei- nen Platz bannte. Aber mehr wußte Albrecht noch nicht.

Und dann erzählte Fritz von Amerika, nicht viel, ungern willfahrte er dem Wunsch des Freundes, gab nur kurze Umrisse; was dazwi- schen lag, mußte sich Albrecht selbst zusammenreimen. Die Einreise- erlaubnis war gesperrt, er galt als Vergnügungsreisender, seine Auf- enthaltszeit war kurz bemessen. Er mußte eine bestimmte Summe Geldes vorweisen können, als Sicherheit, daß er nicht auf Arbeit ange- wiesen war, die er amerikanischen Arbeitern wegnahm. Die ganze Zeit lebte er in der ununterbrochenen Angst, von der Polizei gefaßt und ausgewiesen zu werden. Alles hat er durchgemacht, was ein Frem- der, der heimlich Arbeit sucht, durchmachen muß, Geschirr gewa- schen und Zimmer gesäubert, Stiefel geputzt, Zeitungen verkauft, aber keine geregelte Arbeit, nichts war von längerer Dauer. Wie sollte man da hochkommen? Er mußte sich sehr in acht nehmen, daß man ihn nicht vor der Zeit aufgriff. Er arbeitete bei den Spritschmugglern, bei denen es viel zu verdienen gab. Aber war er ausgezogen, sein Leben als Spritschmuggler am Michigansee unter den Kugeln der Polizei zu lassen? Dann lernte er einen Landsmann kennen, der ihn um viel Geld brachte. Sie wollten zusammen ins Innere fahren und in der Landwirtschaft arbeiten, der andere gab sich als Farmer aus, er suchte gerade eine tüchtige Hilfe. Fritz gab ihm Geld für Einkäufe, und der Mann ließ sich nie wieder sehen. Der Polizei durfte Fritz die Angelegenheit nicht übergeben.

Die Überfahrt. Eingepfercht zusammen mit Ausländern, hauptsächlich Portugiesen, Polen, Balkanbewohnern in einem Raum, für jeden blieb nur ein kleiner Platz. Und dann die Frauen. Jeden Abend lagen sie zu Haufen übereinander, was sollten sie auch während der ganzen Reise anfangen? Salon und Unterhaltungen gab es nicht. Das Schiff, auf dem er fuhr, gehörte zu den neusten Fahrzeugen dieser Linie.

Es war bei weitem nicht alles, was er erzählte, nur ein kurzer Ausschnitt aus seinen Erlebnissen, tagelang hätte er erzählen können. Manches hatte er auch vergessen, die Erinnerung ließ ihn im Stich, zu vieles hatte er in diesen zwei Jahren hinter sich gebracht, jetzt war ihm der Grund verschlossen. Aber Albrecht ahnte hinter dieser Schweigsamkeit alles, was Fritz nicht aussprach, den Einsatz von Kraft, der vergeblich war, die Hoffnung, die stets in Aussichtslosigkeit mündete, was sollte er weiter dazu sagen? Es war grauenvoll, und niemand würde es zum zweiten Male wagen.

Fritz erzählte ruhig und ohne Leidenschaft. Aber er hatte mittendrin gestanden, spurlos war es nicht an ihm vorübergegangen, wenn er sich auch den Anschein gab. Er war enttäuscht, ungeheuer enttäuscht. Und nicht nur das. Es war die völlige Hilflosigkeit, das schmerzvolle Erstaunen über eine Welt, die in Wirklichkeit anders war, als man sie sich geschaffen wünschte.

In den Straßen brannten die Laternen, ein leichter Regen fiel. Sie gingen die Promenade entlang auf die Chaussee.

»Und nun mußt du von neuem versuchen«, sagte Albrecht, »es bleibt dir nichts anderes übrig.«

Fritz nickte stumm.

»Du mußt ein wenig zuversichtlicher sein«, munterte ihn Albrecht großspurig auf, als hätte er es selbst faustdick.

Schweigen.

»Eins verstehe ich nicht«, fuhr Albrecht fort, immer wenn er den Freund ansah, ging ihm dieser Gedanke durch den Kopf, »eins verstehe ich nicht, du bist doch kräftig, oder wie? ...« Sie waren gerade unter einer Laterne angelangt, Fritz bleibt stehen. »Kräftig, meinst du, nun ja ...« Mit unendlicher Nachlässigkeit zieht er seine Hände aus der Tasche, hebt langsam die Arme, spreizt die Finger und hält die Hände in die Luft: »Da sieh.« Als ginge unsichtbar ein kräftiger Strom hindurch, so zittern die Hände bis in die letzten Fingerglieder hinauf, sie wollen sich nicht fassen vor Erregung, sie schlenkern hin und her, und je mehr sich die Muskeln anspannen, desto größer wird das Ausschlagen. Fritz sieht auf seine Hände, auf seine großen kräftigen Hände, sie scheuen vor keiner Arbeit zurück, können gewaltig zupacken, aber sie zittern, und Albrecht sieht das. Er lächelt schmerzlich, und als wolle er nicht zurückstehen, hebt er seine Hände in die Höhe. Sie sind unendlich feiner, nicht so kräftig, und verraten mehr Empfindsamkeit, aber es sind auch die Hände eines Jungen, sie können auch zupacken. Er hält die Hände hoch, daß das Licht auf sie fällt, und siehe: sie zittern ebenso, vielleicht ein wenig schwächer, aber auch er vermag nichts dagegen auszurichten, er steht da und sieht auf seine Hände, und sie verraten, sie erzählen und sagen dem Freund alles – das haben sie gemeinsam, es ist genug.

»Ich werde jetzt nach Hause laufen«, sagt Albrecht, »in anderthalb Stunden habe ich es geschafft.« Fritz begleitet ihn noch ein Stück. »In Berlin sind wir natürlich oft zusammen«, verspricht Albrecht, »du kannst dir in meiner Nähe ein Zimmer mieten.«

»Hm ...«

Am Bahnübergang trennen sie sich. »Du schreibst mir sofort, was du ausgerichtet hast, übermorgen fahre ich schon ab.«

Noch nicht zehn Schritte sind sie auseinander, da ruft Fritz, und seine Worte gehen mit dem Wind: »Hallo.« Albrecht bleibt stehen und geht einige Schritte zurück.

»Ich vergaß dich zu fragen, ob du Schwierigkeiten mit deinem Studium hast, ich meine, wie es mit dem Geld ist.«

Albrecht lächelt. »Ja, und? ... was soll die Frage?«

»Ich würde gern mit meinen Eltern reden, damit sie dir ...«

»Nein, so weit ist es noch nicht, ich danke dir«, ruft Albrecht gegen den Wind zurück.

»Mir fiel es nur eben ein, auf Wiedersehen.«

Ein jeder geht in seine Richtung.

Schön war auch der Herbst, er war kräftiger, männlicher und bunt, in prächtigen Farben schillernd. Stundenlang konnte man durch die Heide gehen, und der Blick ertrank fast in dieser unendlichen Weite. Die Seen hielten noch ihre Wärme bewahrt, das Wasser duftete. Und dann der Wald, der unendliche Wald. Er stand ruhig, groß und still, wie ein ernstes Geheimnis. »Wie könnte man hier leben«, sagte Herr Seldersen, und jedesmal stöhnte er tief. Was für ein Leben hätte das sein können! Er ging umher in all dieser Schönheit, beschämt und verlegen, als verdiente er sie nicht. Was sind das für Zeiten, die Männer so unmännlich machen! Gewiß, er war der Vater und stand seiner Familie vor, er hatte diese Stellung erhalten, seine Sache, wie er sie ausfüllte und zu Ansehen brachte. Er hatte sie nie ausgenutzt und anderen seine Autorität aufgezwungen, in den guten Jahren blieb er gleichmäßig und beherrscht. Aber dann, als er aus dem Krieg wieder heimkam, in den Jahren danach, als die Schwierigkeiten sich türmten und kein Tag ohne Sorgen und Angst verging, zeigte sich seine ganze Schwäche. War er denn noch der Führer, der über alle Hindernisse hinweg den richtigen Weg fand, dem man vertraute? In Wahrheit brauchte er am nötigsten Hilfe, hilflos war er, er wußte nicht aus noch ein. Seine eigene klägliche Lage kam ihm so grauenhaft deutlich zu Bewußtsein, daß er vergaß, sie mit Worten und Taten zu bemänteln, er war zu ehrlich, vielleicht auch zu dumm. Seht, so bin ich, schien er sagen zu wollen, ein Mann und hilflos, ich muß untätig sein, warten und dulden, daß man auf mich tritt, wie auf einen Fußabtreter. Wenn man mir meine Sachen aus der Wohnung holt und aus dem Geschäft – ich muß dabei stehen und zusehen. Er hatte sein Leben lang gearbeitet und seine Familie anständig ernährt, seine Miete und Schulden pünktlich bezahlt, auch darüber hinaus fiel so mancher Brocken noch ab, er genoß Vertrauen und Ansehen. Heute verdiente er nicht einmal so viel, um zwei Menschen würdig durchzubringen, an seine Schulden überhaupt nicht zu denken.

Immer am Ersten war die Miete fällig. Solange Herr Seldersen sich erinnern konnte, hatte er sie stets pünktlich an dem Tage selbst dem Wirt hinübergetragen. Heute ist der Fünfte, und sie ist immer noch nicht bezahlt. Der Vater wartete noch drei Tage, dann ging er zum Wirt.

»Es ist das erstemal«, bringt er mühselig hervor, »daß ich unpünktlich bezahle«, sauer genug wird es ihm, darüber ein Wort zu verlieren. Der Wirt sagte nichts, noch bot sich ihm kein Anlaß, Herr Seldersen lobte seine Nachsicht.

Aber beim nächsten Mal schickte der Wirt vier Tage nach der festgesetzten Frist ein Mädchen aus seinem Geschäft mit der Rechnung, die schon seine Unterschrift trug.

»Ich komme nachher selbst hinüber«, gab der Vater dem Mädchen zur Antwort. Während er den Brief las, stand sie schüchtern und verlegen an der Türe, nur ungern hatte sie die Botschaft übernommen.

Als Herr Seldersen später zum Hauswirt ging, war er vor Erregung leichenblaß.

»Verklagen Sie mich nur, hetzen Sie das Gericht auf mich«, schrie er, »ein jeder soll wissen, daß ich meinen Zahlungen schlecht nachkomme, nachdem ich fünfundzwanzig Jahre lang alles bis auf den Pfennig pünktlich bezahlt habe. Jetzt haben Sie Grund, in Sorge zu sein.«

Das war nun stark übertrieben, seine Erregung ließ ihn die Grenzen überschreiten. »Was soll das bedeuten?« fragte der Wirt, »ich habe Sie gemahnt, mahnen Sie ihre Schuldner nicht auch?«

Da merkte Herr Seldersen, daß er zu weit gegangen war; hatte er es nötig, seine Ängste laut hinauszuschreien und einen jeden erst auf seine Lage hinzuweisen? Er trat den Rückzug an, vorsichtig, soweit ihm noch eine Überlegung blieb.

»Warum schicken Sie mir dann diesen Brief da«, er hielt ihn in der zitternden Hand, »wenn ich das Geld habe, werde ich die Miete bezahlen, jetzt müssen Sie mir etwas entgegenkommen.«

»Ja, ja, aber ich wollte Sie nur erinnern.«

»So, nur erinnern, weiter nichts.«

Den ganzen Tag gingen Herrn Seldersen diese Worte durch den Kopf. So weit war es gekommen, daß man sich einbildete, ihn an seine Zahlungen erinnern zu müssen, die er wer weiß wieviel Jahre hindurch stets pünktlich erledigt hatte. Auf einmal befürchtete man, daß er diese Frist vergessen könne, sonderbar. Er dachte auch an seine Schuldner, die er mahnte, und trotzdem trugen sie das Bargeld das nächste Mal zu einem anderen hin. Voller Verachtung gingen sie an seinem Geschäft vorüber, würdigten ihn selbst keines Blickes – im Grunde schämten sie sich.

Wenn Herr Seldersen durch die Straßen ging, sich die Schaufenster ansah und dann vor seinen Auslagen stand und verglich, hatte er ein Gefühl, als ob ihn jemand angesprungen wäre und den Hals würgte. Die ganze Nacht liegt er dann wach, wälzt sich unruhig im Bett, bis seine Frau neben ihm aufwacht.

»Was hast du?« fragt sie noch halb im Schlaf.

Keine Antwort.

Nach einer Weile:

»Ich werde morgen dekorieren, es fällt mir eben ein.«

»Und deswegen holst du mich aus dem Schlaf?« Im gleichen Augenblick tut er ihr wieder leid. »Aber du hast recht, das Fenster ist jetzt drei Wochen alt, und innen kannst du auch alles neu herrichten. Aber jetzt versuche noch ein paar Stunden zu schlafen.«

»Ja.«

Sie legt sich auf die andere Seite und schließt die Augen. Ruhig liegen sie nebeneinander, ein jeder lauscht auf die Atemzüge des anderen, aber mit dem Schlaf war es vorbei.

Wenn der Oktober zu Ende ging, holte Herr Seldersen vom Boden den eisernen Ofen und die langen Rohre. Jetzt hatte er wieder für mehrere Tage seine Arbeit, er schmiert den Ofen aus, säubert die Rohre, stellt selbst die Heizung auf. Er kniet auf dem Boden, steht auf einer Leiter, schlägt Nägel hoch oben in die Decke, daß der weiße Putz auf seinem Anzug zerbröckelt, und ist für andere Dinge nicht zu haben. Wer ihn ansprach, bekam eine Antwort, über die er nicht lange nachzudenken brauchte. Seine Kleidung, seine Hände waren schmutzig, auch nach Feierabend legte er die Sachen nicht ab. Er säuberte sie nur oberflächlich vom Staub und trug das übrige als Ehrenkleid der Arbeit.

»Es sieht jeder nur, daß ich gearbeitet habe«, sagte er, er hatte eigentümliche Vorstellungen.

Frau Seldersen war maßlos erregt. »Aber trotzdem kann man wenigstens sauber sein«, sagte sie, »was sollen die Leute von mir denken, wenn ich dich so herumlaufen lasse. Heute begleite ich dich nicht mehr, ich schäme mich.«

Da wird Herr Seldersen grob und geht alleine weg. Zu Hause weint die Mutter, »ich glaube, er verliert noch seinen Verstand«, sagt sie zu sich unter Tränen.

An einem Nachmittag schickte Herr Dalke sein jüngstes Lehrmädchen zu Herrn Seldersen und lud ihn für den Abend ein: Seine Frau war verreist, er alleine in der großen Wohnung, die Zeit wurde ihm lang, er liebte die Geselligkeit. Zuerst wollte Herr Seldersen ablehnen, ihm war nicht nach abendlichen Sitzungen zumute, die, wie er wußte, sich bis in die späte Nacht hinzogen. Aber Frau Seldersen, die dabei stand, als das Mädchen die Aufforderung brachte, gab ihm zu verstehen, daß er Herrn Dalke unmöglich absagen konnte. Was hatte er auch für einen Grund? Der Vater blieb unentschlossen. Einen schönen Gruß, ja, er wird pünktlich erscheinen, antwortete sie ohne Zögern, und vielen Dank. Herr Seldersen war starr. Das Lehrmädchen verließ den Laden, ging über die Straße, und der Vater sah sie zu Herrn Wiesel hineingehen. Also auch Herr Wiesel, zu dritt würden sie den Abend verbringen, es konnte ihm recht sein, aber große Lust verspürte er immer noch nicht. Wie kam seine Frau dazu, über seinen Kopf hinweg eine Einladung anzunehmen, die ihm nicht genehm war?

»Du wirst dir deinen blauen Anzug anziehen und hingehen«, sagte die Mutter, ohne sich weiter auf nähere Erklärungen einzulassen. Er mußte wieder einmal mit anderen Menschen zusammenkommen, in letzter Zeit hatte er nur selten die Gelegenheit gesucht, er schloß sich gerne ab, blieb allein mit seinen Gedanken und grübelte.

Am Abend bürstete Herr Seldersen an seinem Werktagsanzug herum, der durch die vielen ausgefleckten Stellen ein unerklärlich farbloses Aussehen bekommen hatte. Er war nicht zu bewegen, sich umzuziehen. »Es ist ja dunkel«, sagte er, »wer sieht mich da schon.« So ging er davon.

Zu dritt saßen sie um den kleinen runden Tisch in der warmen Stube, auf einem Tisch daneben standen Zigarren, Likörflaschen aufgebaut, Herr Dalke hatte gut vorgesorgt, es herrschte eine behaglich gemütliche Stimmung in dem Raum. Herr Dalke wartete nicht lange, sogleich begann er die Karten zu mischen, er war ein leidenschaftlicher, aber verteufelt schlechter Spieler. Das Spiel verschaffte ihm einen außerordentlichen Genuß. Und mit welchem Eifer betrieb er es! Die ganze Zeit saß er mit erhitztem Gesicht über den Tisch gebeugt, hielt die Karten ganz eng an seinen Körper, so daß er selbst nur unter schwierigen Verrenkungen und Verdrehungen einen Blick hineinwerfen konnte, immer glaubte er, daß man sich gegen ihn verschworen habe. Jede einzelne Karte versah er mit langen Erklärungen, ein endloses Selbstgespräch, zu dem Herr Wiesel nur still nickte und ab und an ein Scherzwort einwarf, um Herrn Dalke noch mehr zu reizen, während Herr Seldersen ruhig auf seinem Platze saß und schwieg. Er hielt die Karten, sorgfältig gelegt, geradeaus vor seinem Gesicht hoch in der Luft, indem er den Arm auf den Ellenbogen stützte. Er liebte Spieler von der Art des Herrn Wiesel, die mit Bedacht, wortlos, aber gefährlich ihre Karten ausspielten. Wie Herr Dalke nur so mitgenommen werden konnte! Und wenn er gar verloren hatte, dann hockte er verstockt und voll Trauer auf seinem Platz, als habe er die Niederlage seines Lebens erlitten, andauernd sprach er vor sich hin und erklärte, wie er es hätte besser machen können und dann doch noch gewonnen hätte. Er trank einen Likör und begab sich von neuem in die Gefahr. So ging es in die ersten Stunden des neuen Tages hinein. Herr Seldersen lehnte in seinem Stuhl, die Zigarre lag halb zu Ende geraucht in dem Aschenbecher, seine Hand, in der er die Karten hielt, ruhte müde auf der Tischplatte, kaum konnte er seine Augen noch offen halten. Er hatte es im voraus gewußt, daß es wieder spät in der Nacht wurde, er sah zur Uhr – volle fünf Stunden saß er hier, und noch nicht drei Sätze hatte er gesprochen. Auch Herr Wiesel war schläfrig, er nickte noch immer zu Herrn Dalkes Erzählungen, aber vielleicht tat er es schon im Schlaf, er mußte sich in acht nehmen, daß sein Kopf nicht einmal in der Bewegung ausrutschte und auf dem Tisch aufstieß. Einzig Herr Dalke war noch frisch, er spielte im Verlust, der Ärger hielt ihn wach. Plötzlich warf er die Karten auf den Tisch, er hatte genug. Herr Seldersen rechnete zusammen und reichte ihm den Zettel, damit er ihn überprüfte. Herr Dalke nickte nur mit dem Kopf, es wird schon stimmen, und schob ihm das Geld zu. Danke, offen gestanden war es Herrn Seldersen peinlich, das Geld zu nehmen, aber er hatte ja gewonnen. Auch Herrn Wiesel schob Herr Dalke das Geld zu, aber der nahm es lachend in Empfang: »Dafür werden Sie heute ein gutes Geschäft machen«, tröstete er, »und ich habe wenigstens schon eine Einnahme.« Herr Dalke mußte über den Witz lachen, aber er winkte ab, ein gutes Geschäft, ja, er wünschte, er könnte wieder einmal so sprechen. Er wollte ihnen einmal etwas erzählen. Da kam heute ein höherer Beamter zu ihm hier aus der Stadt, er will keinen Namen nennen, aber sie würden erstaunt sein – und zog ihn ins Vertrauen. Er brauchte nötig Sachen für sich und seine Familie, schon immer hatte er seine Ware von Herrn Dalke bezogen, er ließ eine lange Rede vom Stapel, wie zufrieden er stets gewesen sei, und am Ende bat er, da er nicht alles auf einen Schlag bezahlen könne, um Nachsicht. Herr Dalke kam ihm entgegen, er gewährte sie. Aber das ist nur ein Beispiel, Dutzende kann er anführen.

Herr Seldersen lauschte gespannt. Das ist nicht anders, begann Herr Wiesel, das Borgen bringt uns an das Ende, und überdies macht es die anderen lässig und bequem, auch er kann erzählen. Nun, um die Zinsen nicht zu verlieren, schlägt er jedesmal eine Summe auf. Wenn dann die Zahlungen stocken und man die Schuldner auffordert zu zahlen, dann gehen sie beleidigt vorbei und würdigen ihn keines Blickes, sicherlich schämen sie sich. Nun, darauf kann er keine Rücksicht nehmen. Oder sie bleiben überhaupt ganz weg, gehen zu jemand anders und fangen da an zu borgen.

Was es mit dieser Scham auf sich hatte, wußte Herr Seldersen nur zu gut. Ging es ihm denn im Grunde anders, sah er nicht auch zu, wo sein Vorteil blieb, knüpfte er nicht auch neue Verbindungen an, wenn ihn seine alten noch verpflichteten?

»Was soll man da tun?« fragte er beiläufig.

Herr Dalke zuckte die Achseln, was konnte man da schon tun? Nichts, gar nichts, man mußte vorsichtig sein. »Lieber mache ich das Geschäft nicht, als daß ich mich in solch ungewisse Sachen einlasse, auf Verdacht ... wenn man erst einmal damit anfängt, ist es aus.« So ist es, bestätigte Herr Wiesel, auch er borgte und schrieb an, aber er tat es mit Vorsicht, er konnte noch wählerisch sein.

Herr Seldersen überlegte bei sich, daß manchen Tag kein Stück Ware aus dem Geschäft hinausging, wenn er es nicht auf Treu und Glauben dem Kunden mitgab – sie würden es schon abbezahlen. Was wußten die beiden anderen von den Geschäften, zu denen er gezwungen war.

»Es ist schon nicht leicht«, sagte Herr Wiesel und gab Herrn Dalke die Hand, »gute Nacht, vielen Dank, angenehme Ruhe.«

»Gute Nacht, Herr Seldersen.«

»Gute Nacht.«

Sie gingen durch die dunklen Straßen. Nach ein Uhr ließ die Stadtverwaltung die Laternen auslöschen – um zu sparen. Zögernd tappen ihre Schritte.

»Seien Sie vorsichtig mit dem Borgen, Herr Seldersen«, warnte Herr Wiesel, »es führt zu nichts, Sie hörten, was Herr Dalke eben gesagt hat.«

Daß er es auch tat – Herr Seldersen wunderte sich, er hatte es nicht geglaubt.

»Warum? Meinen Sie, Herr Dalke macht eine Ausnahme? Er tut es vielleicht mehr, als er es zugeben will.«

»Aber er sieht sich seine Leute an, er kann noch wählerisch sein.«

Dann verabschiedete sich Herr Wiesel, er war bei seinem Hause angelangt.

Herr Seldersen ging alleine weiter, er ließ sich das Gespräch noch einmal durch den Kopf gehen. Die ganze Zeit über war er das seltsame Gefühl nicht losgeworden, Herr Dalke und Herr Wiesel pflegten geheime Beziehungen untereinander. Anfangs konnte er sich über seine Vermutung keine genaue Rechenschaft geben, die Unterhaltung war ruhig verlaufen, ein jeder hatte sein Teil dazu beigesteuert, ein jeder sagte das, was er im Augenblick dachte, keiner verschwieg etwas. Aber dennoch – Herr Seldersen blieb dabei –, Herr Dalke und Herr Wiesel pflegten geheime Beziehungen untereinander, zwischen ihnen bestand, nicht näher faßbar und greifbar, eine geheime Verständigung. Aber worin, zum Teufel? Er war versessen auf den Gedanken und ruhte nicht eher, als bis er hierin Klarheit geschaffen hatte, er fand, daß er es sich schuldig war.

Es war alles höchst einfach und Herrn Seldersens Vermutung keineswegs aus der Luft gegriffen. Die Erlebnisse der letzten Jahre hatten sein Empfinden in vieler Hinsicht geschärft und ihn auch hier nicht im Stich gelassen. Er hatte recht, wenn er auch übertrieb, die Folgen für sich aufbauschte und schlechter dabei wegkam als die anderen zwei. Das eine verband sie alle drei: sie mußten Ware geben, ohne dafür gleich das Geld zu sehen, sie schrieben an. Herr Dalke vornehmlich den Beamten, den Lehrern und den Angehörigen der gehobenen Stände, er konnte seines Geldes ziemlich sicher sein. Herr Wiesel desgleichen. Aber zu Herrn Seldersen kamen ausschließlich – wie konnte es anders sein – die armen Teufel, die Ausgeplünderten, die Hoffnungslosen. Irgendein Geruch lag in der Luft, der sie zu Herrn Seldersen zog, eine Art von Verwesungsgestank, Leichengeruch, eine ebenso vertrackte, geheime Verbundenheit, wie sie Herr Seldersen vorhin zwischen Herrn Wiesel und Herrn Dalke herausgespürt hatte. Dies war es, nichts anderes. Es kam ihnen nicht so sehr darauf an, ob sie den Kunden verloren oder nicht, sie konnten es aushalten, vorläufig bestimmt, und sicherlich noch lange Zeit später. Ein Verlust hin und wieder schuf bei ihnen keine Veränderung, er brachte das Gebäude nicht zum Wanken. Und er? Er war selbst ein armer Teufel, auf jeden Pfennig kam es bei ihm an, von Anfang an mußte er darauf bedacht sein, sich jeden Kunden zu erhalten, in jeder Lage, auch für später, um jeden Preis. Er konnte keine entschlossenen Maßnahmen ergreifen, er konnte es sich nicht leisten, zu tief hing er in dem ganzen Verhängnis. Die anderen konnten anschreiben, vier Wochen, sechs Wochen, acht Wochen, ein halbes Jahr, es kam ihnen nicht darauf an, sie schöpften aus einer Reserve. Sie konnten sich energisch und zielbewußt zeigen, den säumigen Kunden mahnen, verklagen und pfänden, zum Schluß kehrte er zu ihnen zurück, er war auf sie angewiesen. Aber er, Herr Seldersen?

Und dies war die Erfahrung, die Herrn Seldersen im Gespräch mit Herrn Wiesel und Herrn Dalke gleichsam auf übersinnliche Weise zuteil wurde.

Es ging nicht mehr, beim besten Willen, so ging es nicht mehr weiter, das Ende selbst konnte nicht schrecklicher sein. Mit den Briefen damals hatte es begonnen, mit den Briefen fing es auch jetzt wieder an. Der Briefträger brachte sie zweimal am Tage, und mit ihnen zog abermals ein: Kummer, Verzweiflung, Sorgen, alles hatte man schon einmal erfahren. Anderthalb Jahre war es ruhig gegangen, daß es nicht von langer Dauer sein würde, hatte Herr Seldersen damals schon gewußt. Es war ähnlich einem Schlaf während eines Gewitters. Er las die Briefe, er kannte ihren Inhalt, dieses Mal aber waren sie wesentlich schärfer gehalten, man mahnte ihn nackt, ohne Rücksichtnahme, die Gefahr eines Verlustes lag zu nahe, man war gewitzt durch die Erfahrung, vorsichtig, ohne Vertrauen. Herr Seldersen schrieb zurück, bat um Nachsicht, alles wie schon einmal. Als Antwort erhielt er nach einigen Tagen eine Aufforderung vom Anwalt, das Geld innerhalb einer bestimmten Frist zu überweisen, man drohte mit einer Klage und allen Schritten, die sich daraus ergaben. Aber auch die Klage hatte der Vater schon miteinberechnet, sie erschreckte ihn nicht mehr. Er ging zu Herrn Wiesel und lieh sich das Geld, auch dabei empfand er nichts mehr. Die übrigen Gläubiger stellte er durch kleine Summen zufrieden, die er in den folgenden Tagen wegsandte. Es war eine Schusterarbeit, eine elende Flickerei, in seinem ganzen Leben würde er nicht mehr davon loskommen. Die Briefe und Drohungen häuften sich, ihre Sprache wurde anmaßend und schneidend. Aber das Geld, woher sollte Herr Seldersen das Geld nehmen?

Eines Nachmittags machte sich Frau Seldersen verstohlen auf einen langen Weg. Sie zog sich oben in der Wohnung an, nahm ihre Tasche und erschien dann unten im Laden, in dem Herr Seldersen geduldig saß und wartete.

»Ich gehe noch ein wenig spazieren«, sagte sie, und ihre Stimme klang fest, sicher, es sollte durchaus keine Entschuldigung sein, daß sie sich hinauswagte und ihn hier allein zurückließ. Er nickte ihr zu, froh, daß sie sich dazu aufgerafft hatte, er hätte sie gern begleitet. Die Sonne stand am Himmel, die Luft lag leicht und warm über der Stadt.

Frau Seldersen verließ das Geschäft, doch sie hatte nicht die Absicht, ein harmlos vergnügter Spaziergänger, ruhig ihres Weges zu gehen und sich zu erfreuen, ihr Ziel war nicht der Wald da draußen, der sich prächtig und satt über dem weiten Tal erhob, oder die gepflegten Anlagen, in denen es sich gemächlich und heiter wandeln ließ. Sie lenkte ihre Schritte dorthin, wo die Häuser eng, dichtgedrängt an den holprigen Straßen standen, Menschen in verqualmten Stuben wohnten, sie stieg eine ausgetretene, steil aufstrebende Wendeltreppe empor, bis zum obersten Stock, unter das Dach, klopfte an die Tür und trat in das Zimmer.

Auf dem Sofa lag faul und schwer der Mann und schlief. Die Fliegen spielten über sein Gesicht, im Schlaf schlug er nach ihnen. Die Frau saß am Tisch; als Frau Seldersen eintrat, sprang sie auf.

»Frau Seldersen«, rief sie erstaunt, ging ihr ein paar Schritte entgegen und begrüßte sie. Sie setzten sich an den Tisch.

»Pst«, machte die Mutter, »nicht so laut, Ihr Mann schläft, gewiß ist er müde, hat er wieder Arbeit, Nachtschicht?«

»Arbeit«, wiederholte die Frau spöttisch. »Er hat schlechte Angewohnheiten angenommen, er ist müde, er trinkt. Heute mittag kam er wieder in dem Zustand heim. Wir können ruhig laut miteinander sprechen.«

Frau Seldersen bedauerte sie. Mittlerweile hatte sie sich vom Treppensteigen erholt.

Pause.

Sie sitzen sich gegenüber und sehen sich erstaunt und verlegen an. Dieser unerwartete Besuch überraschte die Frau nicht wenig, gern hätte sie bald gewußt, woran sie mit diesem Besuch war, eine große Ehre, vielen Dank auch. Aber ohne einen besonderen Grund war Frau Seldersen nicht die vier Treppen heraufgestiegen.

»Sie wohnen aber recht nett hier, wirklich …«, sagte Frau Seldersen langsam, ihre Blicke wanderten in der Stube umher.

War sie deshalb hergekommen, um sich davon zu überzeugen?

Schweigen.

Frau Seldersen suchte krampfhaft nach einem Anfang. »… und die Gardinen, wie schwer Sie sich damals entschlossen haben, nun sind Sie sicherlich selbst zufrieden.«

Die Frau nickte: »Ich habe sie jetzt gewaschen, sie sind noch frisch von der Spanne.«

Pause.

Frau Seldersen überlegt, da kam ihr die andere zu Hilfe.

»Ich glaube, es steht noch ein Rest auf die Gardinen an«, sagte sie zögernd, als erinnere sie sich nur schwer. Frau Seldersen nickte, auf einmal verspürte sie Mut.

»Nicht nur auf die Gardinen«, sie hebt den Blick und sieht die Frau unbeweglich an.

»Ich weiß«, flüstert sie.

Schweigen.

»Wir haben jetzt große Zahlungen«, sagt Frau Seldersen stockend, »nur schwer kommt das Geld ein, wir müssen zusehen …«, und der Mut wächst ihr aus ihren eigenen Worten entgegen. Sie spricht weiter. Die Frau versteht, auch sie gehört zu denen, von denen Frau Seldersen spricht, sie ist Geld schuldig, eine ganze Seite in dem Buch ist für sie eingerichtet.

»Sie haben sich lange nicht sehen lassen«, fährt Frau Seldersen fort, »sind Sie krank gewesen? Ich wollte einmal nachsehen, wie es Ihnen geht, und bei der Gelegenheit können Sie vielleicht ein paar Mark auf Ihre Schuld bezahlen.«

Nun war es heraus, sie war gekommen, Geld zu holen. Sie stieg vier Treppen hinauf und nahm Anstrengung und Herzklopfen in Kauf.

Die Frau an der anderen Seite des Tisches, die Kundin, die hier eben gemahnt wurde, saß auf einem Stuhl in ihrem Zimmer und dachte, es wäre besser, sie säße ganz alleine hier, oder draußen irgendwo. Dann wieder rief sie sich in das Gedächtnis zurück, daß sie sich ja in ihren eigenen vier Wänden befand, nirgendwo anders, in dem Geschäft von Seldersen zum Beispiel oder zur Verhandlung im Gerichtssaal. Sie blinzelte zu Frau Seldersen hinüber und sagte:

»Ich hatte mir vorgenommen, morgen oder übermorgen, an einem der nächsten Tage bestimmt, in die Stadt zu kommen, die Wochen vorher ging es nicht, es tut mir leid.« Seldersens brauchten auch das Geld, natürlich, das sah sie ein. Dann erhob sie sich, nahm ihre Schlüssel und schloß, indem sie sich oft nach dem Sofa umdrehte, ein kleines Fach in dem Schrank auf. Sie stöberte darin herum und zog eine kleine Pappschachtel hervor, in der sie, versteckt, damit es ihr Mann nicht fand,

Geld aufbewahrte. Sie entnahm ein paar Münzen und schloß alles sorgfältig wieder ab, stets mit der Besorgnis, daß ihr Mann davon aufwachte. Auf einmal glaubte sie anscheinend selbst nicht mehr an seinen festen Schlaf. Dann trat sie an den Tisch: »Da«, sagte sie und gab der Frau
Seldersen das Geld.

»Danke.« Frau Seldersen steckte es sogleich in ihre Tasche, im stillen
überrechnete sie … vier Wochen war die Frau nicht zu ihnen in das
Geschäft gekommen, jetzt gab sie ihr fünf Mark, stolz, und dachte, wer
weiß was für eine bedeutende Zahlung sie da leiste. Macht etwas über
eine Mark die Woche, die Zinsen nicht einberechnet. Herzlich wenig
und kein Grund, sich zu rühmen. Aber die Frau glaubte, ein gutes und
rechtschaffenes Werk vollendet zu haben, Frau Seldersen ließ ihr den
Glauben. Sie hatte fünf Mark in ihrer Tasche; noch einige Zeit blieb sie
am Tisch bei der Frau sitzen, sie hatte es nicht mehr so eilig, vor allem
wollte sie sich nicht den Anschein geben, als sei sie nur wegen des lum-
pigen Geldes heraufgekommen.

Der Mann lag immer noch auf dem Sofa und schlief sich seinen
Rausch aus. Die Frau stand an der anderen Seite des Tisches, aufrecht,
die Hände in die Seiten gestützt, und blickte zu Frau Seldersen hinunter.
Nur ungenau hörte sie, was Frau Seldersen erzählte, es ging ihr nicht aus
dem Sinn, was sie eben erlebt hatte. Dann erhob sich Frau Seldersen und
verabschiedete sich, sie ging leise, um den Mann nicht aus dem Schlaf zu
wecken, zur Tür. Dort drehte sie sich noch einmal um, nickte mit dem
Kopf. Da stand die Frau immer noch am Tisch und sah mit weiten Augen zu ihr herüber. Frau Seldersen wurde ernst. Die ganze Zeit über
hatte sie sich sicher und beherrscht gezeigt, nun bebten ihre Hände, ihre
Lippen zitterten, sie gedachte noch ein paar Worte zu sagen, sich zu entschuldigen. Sie schämte sich … Doch wortlos öffnete sie die Tür und
stieg die enggewundenen, schmalstiegigen vier Treppen hinab.

Die Frau in der Stube setzte sich wieder an den Tisch. Nun kam man
schon zu ihr ins Haus, um das Geld zu holen, das sie schuldete! Das
hatte sie noch nie erlebt, aber seltsam … aus diesem Zwischenfall las sie
nicht für sich etwas Nachteiliges oder sogar Beschämendes heraus, sondern der andere, der die vier Treppen bis zu ihr hinaufstieg, um das
Geld zu kassieren, war der Spieler, auf den das ganze Licht fiel. Höchst

eigenartig, sie gedachte sich einmal mit der Nachbarin eine Treppe tiefer darüber auszusprechen.

Frau Seldersen ging reihum in die Wohnungen zu ihren Kunden. Sie wohnten hier alle dicht beieinander, der Nachmittag war lang, sie hatte noch viel vor. Auf der Straße spielten die Kinder, Frau Seldersen blieb stehen und gab einem kleinen Bub oder Mädel die Hand. »Guten Tag«, sagte sie freundlich, »ist deine Mutter zu Hause?« – »Nein«, antwortete der Knirps mit einem quiekenden Stimmchen, »meine Mutter ist auf dem Feld, abends kommt sie heim.«

»Und dein Vater?«

»Das weiß ich nicht.«

»Einen schönen Gruß«, bestellte die Mutter, »du weißt doch, wer ich bin.«

Sie zog weiter. Sie ging über einen Hof, auf dem Geflügel schnatternd und glucksend durcheinander lief, der Hund riß an der Kette und bellte wütend, die Mutter trat an das Fenster und sah in das Zimmer. Leise klopfte sie mit einem Finger gegen die Scheibe.

»Wer ist denn da«, rief eine müde Stimme von innen. Frau Seldersen nannte ihren Namen. Eilige Schritte kamen angeschlürft, eine alte Frau erschien hinter den Fenstergardinen.

»Welche Überraschung«, rief sie, »Frau Seldersen, kommen Sie nur herein, welche Freude.«

Die Mutter trat in das Zimmer und wurde mit Ehren überhäuft. Sie mußte Platz nehmen, die alte Frau brachte eine Tasse, ohne Henkel und mit abgestoßenem Trinkrand, sie tranken zusammen Kaffee. Die Frau war allein, sie wohnte bei ihrem verheirateten Sohn, die Schwiegertochter war nicht zu Hause.

»Sie haben geschlafen«, bedauerte die Mutter, »wenn ich das gewußt hätte …«

Aber die alte Frau wehrte ab: »Nur wegen meines Herzens«, sagte sie mit heiserer Stimme, »da muß ich öfters liegen. Ja, das Herz will nicht mehr.«

»Das dachte ich mir doch«, warf Frau Seldersen ein, »ich wollte nur einmal sehen, wie es Ihnen geht.« Vorläufig besaß sie noch nicht genug Mut. Sie erkundigte sich voller Teilnahme nach allem möglichen.

»Lange habe ich Sie nicht mehr gesehen«, begann die Mutter auf einmal, wagte sie es doch?

»Ich gehe nicht mehr viel hinaus«, erwiderte die Alte, »der Lärm, die Aufregung, die Menschen und mein Herz …«, sie schnappt nach Luft. »Ich bin meinen Kindern eine Last.«

Frau Seldersen sah sie an, eine alte Bekannte, sie hatte auch ihren Mann gekannt, nun war er schon zehn Jahre tot. Den einen Sohn hatte der Krieg ihr genommen, bei dem anderen wohnte sie jetzt. Er schlug sich durch, ohne feste Arbeit, die Mutter unterstützte mit ihren paar Rentengroschen den Haushalt. Ob Frau Seldersen dennoch ein Wort wagte?

Eine gute Weile unterhielten sich die beiden Frauen, die Mutter vergaß darüber nicht, weshalb sie hierhergekommen war, aber sie machte auch nicht die leiseste Andeutung, eine unerklärliche Scham hielt sie zurück. Und der alten Frau, die zufrieden und gottergeben von ihren Leiden berichtete, erging es im Grunde nicht anders. Die ganze Zeit wurde sie den Gedanken nicht los, daß sie bei Seldersens noch im Buch stand und lange schon kein Geld mehr gebracht hatte. Sie hoffte, daß sie selbst noch einmal es in die Stadt tragen könnte, wenn sie wieder gesund war. Einen kleinen Teil hatte sie in der Schublade zusammengespart. Ob sie es wagte – Frau Seldersen war bei ihr zu Besuch, eine Gelegenheit –, ob sie ihr das Geld gab? Sie erhob sich und ging mit unsicheren Schritten wankend durch die Stube. Da bat Frau Seldersen, sie solle sich wieder hinlegen, das sei für ihr Herz besser. Die Frau hielt an und gab ihr Vorhaben auf. Nun gut, vielleicht kam sie selbst noch einmal ins Geschäft. Frau Seldersen verabschiedete sich, zu lange hatte sie sich hier aufgehalten.

Beim nächsten fand sie niemanden vor, die Tür verschlossen, sie kehrte auf der Schwelle um. Beim vierten war die Stube voller Menschen, Nachbarn, Bekannte, Männer, Frauen, sie hatten ihre Kinder mitgebracht. Eine große Balgerei auf dem Boden, Hallo, Lärm und Tabaksqualm. Frau Seldersen blieb an der Tür stehen und setzte keinen Schritt in das Zimmer. Aller Augen gingen hin zu ihrem Platz. Sie winkte in die Stube.

»Wollen Sie nicht nähertreten«, riefen die Männer und schlugen die Karten mit Wucht auf den Tisch, daß es klatschte. »Wir feiern gerade

Geburtstag.« Die Mutter dankte, sie will sich hier nicht lange aufhalten. Die Kinder krochen an sie heran. Vom Tisch erhob sich eine Frau und kam mit nachlässigen Schritten zu ihr. Begrüßung. Die Mutter flüstert der Frau etwas ins Ohr. Die macht ein überraschtes Gesicht, Frau Seldersen redet weiter auf sie ein, ohne Unterlaß.

Pause.

Die Frau geht langsam durch das Zimmer zurück, hochaufgerichtet, ein jeder kann sie sehen, die Männer unterbrechen das Spiel, es herrscht plötzlich eine Totenstille in dem Raum, sogar die Kinder lauschen voller Erwartung. Die Frau ist am Küchenschrank angekommen und nimmt aus einer Tasse, im mittleren Fach, zwei kleine Geldmünzen. Sie geht wieder zurück.

»Da«, sagt sie und gibt vor aller Augen Frau Seldersen das Geld in die aufgehaltene Hand, wie man einem Bettler etwas gibt, den man an der Tür abfertigt. Kein Wort weiter.

»Danke«, sagt Frau Seldersen, »lassen Sie sich bald einmal sehen.« Die Frau verspricht es, sie schließt die Tür. Schon hebt drinnen das Lärmen wieder an.

Frau Seldersen steigt langsam die Treppe wieder hinunter, ihr Puls jagt, sie keucht, ihr schwindelt, sie ist halb bewußtlos. Wie sie draußen steht, überlegt sie dunkel, es wäre noch Zeit, sie könnte noch zu verschiedenen anderen gehen … aber für heute hat sie genug. Langsam kehrt sie in die Stadt zurück.

Am Abend, als Herr Seldersen die Tageseinnahmen überzählt, legt sie ihm schweigend das Geld auf den Tisch, er nickt mit dem Kopf und zählt weiter. Frau Seldersen nach einer Weile:

»Von Frau Arndt und Mertens.«

»So«, fragt der Vater, »hast du sie denn getroffen und angesprochen? Ich hätte das nicht gewagt.«

»Du«, erwidert die Mutter geringschätzig, »ich war in den Wohnungen. Die alte Bach ist krank, vielleicht schickt sie die Tochter, man muß sich eben in Erinnerung bringen.«

Der Vater nimmt das Geld und legt es zu dem übrigen, er spricht kein Wort, nicht einmal ein »Danke« kommt über seine Lippen. Sein Gesicht ist starr, unbeweglich, der Ärger und Verdruß frißt in ihm.

Aber auch Frau Seldersen ist verärgert, ohne Zweifel hat sie mehr Grund dazu. Ob er sich denn vorstellt, daß es ihr ein leichtes gewesen ist, sich zu diesem Schritt aufzuraffen, wenn er wüßte ... Wie einen Bettler an der Tür hat man sie abgefertigt. Nie mehr würde sie etwas unternehmen, ihm behilflich zu sein, nie mehr, nichts als Undank erntet sie.

Schon nach zehn Tagen machte sie sich zum zweitenmal auf den Weg, dieses Mal hatte sie mehr Erfolg, so daß auch Herr Seldersen nicht umhin konnte, ihre Tüchtigkeit und Gewandtheit anzuerkennen, aber mit der Sache selbst hatte er sich immer noch nicht abgefunden. Diese Frau!

Frau Seldersen hingegen, angespornt, ließ diese Spaziergänge zu einer ständigen Einrichtung werden, im Monat mindestens zweimal.

Aber das Geld reichte immer noch nicht, ohne Unterlaß schrieben die Gläubiger, Herr Seldersen wußte sich nicht mehr zu helfen. Er schrieb, ohne seine Frau vorher zu fragen, an Albrecht.

Albrecht saß in einer größeren Stadt Mitteldeutschlands, tat seinen Dienst als Musiker und lebte ohne Sinn für sich hin. Der Tag zerfiel in zwei Hälften, die eine davon arbeitete er angestrengt und fast ohne Pause, die andere schlief er. Dazwischen lag gar nichts, keine Erholung, keine Ruhe, keine Freude. Als er den Brief seines Vaters erhielt, ließ er sich Vorschuß geben und schickte das Geld noch am gleichen Tage ab. Er erhielt alsbald einen Dankbrief, der ihm das Wasser in die Augen trieb, er zerriß ihn und wünschte zu vergessen. Nach zwei Monaten fuhr er wieder nach Hause; müde, ohne Schwung, ein wenig verbittert kam er an, noch ein paar Tage, dann begann seine Arbeit in Berlin. Er ruhte sich aus, kam mit niemandem zusammen.

Fritz Fiedler saß immer noch zu Hause, er hatte noch nichts gefunden, so sehr sich seine Eltern auch bemühten. Er lungerte herum, die Tage vergingen, ohne daß er eine sinnvolle, geregelte Tätigkeit fand. Er verkam langsam. Dies alles beobachtete er mit einer hämischen Schweigsamkeit, nur selten ließ er sich blicken.

Frau Seldersen hatte das Dienstmädchen entlassen, sie besorgte schon seit langem den Haushalt allein, sie rechnete Albrecht vor, wieviel sie an Essen, Lohn und allem anderen sparten. Sie hatte in den Wochen, in denen sie nun schon alleine war, über zehn Pfund an Gewicht abgenommen, die Arbeit strengte sie sichtlich an. Aber sie plagte sich weiter, verbissen, als habe sie ihr Leben lang nichts anderes getan. Mitunter betrachtete sie ihre Hände, die rissig und rauh wurden, die Nägel spröde und flach, aber keine Klage wurde jemals laut. Herrn Seldersen war es nicht nur um die Ersparnis zu tun, er verfolgte noch einen anderen Zweck. Er wußte von sich selbst, was es hieß, den ganzen Tag ohne eine ordentliche Beschäftigung im Laden stehen oder, wie die Mutter, an die Tür gelehnt, und Ausschau nach Kunden halten. Alles war zu ertragen, aber ohne eine Beschäftigung konnte man nicht sein.

In der ersten Zeit ging es gut so, sie waren beide zufrieden, wenn auch das Leben an Bequemlichkeit verloren hatte. Herr Seldersen blieb den Vormittag alleine unten, nahm die Post in Empfang, und was die Mutter nicht wußte, brauchte er nicht zu erzählen. Aber nicht lange, da erschien sie wieder im Laden, zuerst am Nachmittag, dann am Vormittag, auf einen Sprung sah sie hinein, schließlich richtete sie es so ein, daß sie sich gerade immer zu der Zeit unten einfand, wenn die Post kam. Warum sie nicht oben bliebe, fragte der Vater unlustig. Sie schüttelte den Kopf, es ging nicht, die Unruhe, die quälende Ungewißheit trieb sie immer wieder hinunter. So standen sie nun wieder zusammen und kamen sich erneut ins Gehege. Frau Seldersen war hellsichtig, sie wußte mehr, als der Vater ihr sagte, aber längst noch nicht alles. Er wollte sie schonen und erzählte ihr nicht, was sich am Tage mitunter abspielte, von den Briefen, Mahnungen und anderen unangenehmen Zwischenfällen. Aber gerade diese Rücksicht schien ihr unerträglich, sie wußte nichts, aber sie ahnte sehr vieles, nichts Bestimmtes, überall nur ein Verdacht, Vermutungen, die schwerer wogen als eine Gewißheit. Sie sah, wenn sie alleine war, in den Büchern nach, überrechnete die einzelnen Abschlüsse, verglich sie mit früheren, blätterte weit zurück in den Jahren. Sie zerwühlte ihren Kopf und ging umher wie im Traum.

Auf der Straße sprach sie eine Bekannte an und machte sie darauf aufmerksam, daß ihr Kleid eine große schadhafte Stelle aufwies. Verwirrt dankte Frau Seldersen für den Hinweis, sie hatte es nicht gesehen, sie trug sich jetzt weniger sorgfältig und sauber, ein wenig nachlässig schon und gleichgültig. »Vielen Dank«, sagte sie, »ich habe nicht darauf geachtet, ich bin immer so in Gedanken …«, aber bei den letzten Worten stutzte sie schon, sie durfte nicht zuviel verraten.

»Ja, ja«, erwiderte die Frau, »Sie sehen auch schlecht aus, früher waren Sie viel frischer.«

»Ich habe doch schon zwei erwachsene Kinder«, verwahrte sich die Mutter. Sie hielt das für eine Entschuldigung. Dann erzählte sie, daß sie ihren Haushalt jetzt allein besorge, wir sind nur zwei Menschen, aber Arbeit gibt es immer. Die Frau drückte ihr die Hand und ging weiter.

Auf dem Rückweg kamen der Mutter die Tränen. Jetzt sah man ihr schon auf der Straße an, wie es mit ihnen stand, nicht nur dem Vater, jetzt auch ihr schon. Und sie hatte sich so bemüht, es verborgen zu halten, sich nichts anmerken zu lassen!

Oben in der Wohnung verlor sie ihre Fassung völlig, sie legte sich auf das Bett, weinte und blieb liegen, bis am Nachmittag Herr Seldersen zum Essen heraufkam. Als er noch nichts vorbereitet fand, murrte er und ging wieder hinunter.

Wissen tät' ich gerne, was die Frau den ganzen Vormittag über getrieben hat, noch nicht einmal das Essen hat sie fertig, wenn man hungrig hinaufkommt, so viel hat sie doch nicht zu tun. Aber er sagte es immer, sie besaß keine Einteilung.

So dachte Herr Seldersen und steigerte sich immer weiter in einen Unfrieden hinein. Er hatte nicht gesehen, daß die Mutter rotverweinte Augen hatte, daß sie zerschlagen und verwundet, ein kranker, leidender Mensch, umherlief. Die Not hatte ihn stumpf und blind gemacht und nur in schmerzlich feinen Bezirken eine übertriebene Empfindsamkeit übriggelassen.

Die Tage verloren immer mehr an Licht und Wärme, die Winterware wäre längst fällig gewesen, doch Herr Seldersen schob den Termin immer wieder hinaus. Er schrieb an seine Lieferanten, sie sollten ihm die Ware noch nicht zusenden; dadurch gewann er Aufschub für die Zahlungen später. Als es aber dann an der Zeit war, kam eines Tages ein Brief, man kann ihm die bestellte Ware nicht liefern, schrieb der Fabrikant, die Zahlungen in den letzten Monaten waren zu unregelmäßig, das Risiko eines neuerlichen Verlustes kann er nicht noch einmal auf sich nehmen. In den vorangehenden Monaten hatte er empfindliche

Ausfälle zu verzeichnen, auch dort, wo er es nicht erwartete, aber überall forderte die Zeit ihre Opfer, so daß er fortan nur mit der größten Vorsicht ans Werk gehe. Den dritten Teil der bestellten Ware kann er Herrn Seldersen zusenden.

Da stand der Winter vor der Tür, man ertrug wieder geheizte Zimmer und warme Kleider, aber der Kaufmann Seldersen stand ohne Ware da. Die Leute kamen zu ihm ins Geschäft, um einzukaufen, er begrüßte sie freundlich, ließ sich nichts anmerken und hörte ihre Wünsche an. Einen Augenblick, sagte er dann und schickte die Mutter oder das Lehrmädchen weg zu Herrn Wiesel oder Herrn Dalke, um von dort die Ware zu holen. Frau Seldersen sah es von Anfang nicht gerne, für sie bedeutete es die restlose Aufgabe ihrer Selbständigkeit, fortan waren sie nur noch eine Filiale, ein Ableger von beiden, aber der Vater bewies hierin eine Sorglosigkeit, die man früher nie an ihm wahrgenommen hatte. Während dann die Kundschaft im Laden geduldig wartete, erzählte er, daß die Ware eben erst angekommen sei, noch nicht einmal ausgepackt stehen die Kisten unten im Keller. Er war unerschöpflich im Erfinden von geeigneten Ausreden, ja, er schien sogar selbst eine diebische Freude dabei zu empfinden, wenn er seinen Kunden allerhand Geschichten auftischen konnte. Oft waren sie jedoch so offenbar und durchsichtig, daß die Mutter ihre Schlüssel nahm und beschämt nach oben ging. Wenn der Vater sie später zu Gesicht bekam, grinste er voller Behagen, aber sie sah doch tiefer, sie ließ sich kein Theater vormachen. Die Leute kamen nur noch vereinzelt zu ihnen ins Geschäft, mit der Zeit hatte es sich herumgesprochen, daß Herr Seldersen keine große Auswahl führte, sie fühlten, wie es mit ihm stand. Die Geschichten, mit denen er ihnen aufwartete, bekamen sie sonst nirgends zu hören. Sie waren ungeduldig und ließen sich nicht länger mehr hinhalten.

Lieber gingen sie zu Herrn Dalke, seine Ware ist nicht besser und auch nicht wesentlich billiger im Preis, aber da war das Geschäft, die Aufmachung, die Auslagen, was gab es nicht alles zu sehen; sie vergaßen für einige Zeit ihre Kümmernisse, die Augen schwelgten in den unfaßbaren Vorräten, die Kinder bekamen außerdem einen Luftballon oder irgendein Spielzeug, ein Fähnchen, auf dem der Name des Herrn

Dalke gedruckt stand. Es war ein Wunder und zugleich ein Geschenk. Zu Weihnacht ließ sich Herr Seldersen große papierne Teller herstellen, er verschenkte sie, doch neben den Fähnchen und den Luftballons konnten sie nicht bestehen. Es war nur eine unnütze Ausgabe und verteuerte den Betrieb, besser, er unterließ künftig derartig kostspielige Reklame, mit Herrn Dalke konnte er doch nicht mit.

Herr Seldersen las den Brief, seine Frau stand dabei, sie sprachen kein Wort miteinander, sie dachten beide den gleichen Gedanken: das war das Ende. Wenn er jetzt nicht achtgab, war es um ihn geschehen, was sollte er aber tun?

»Du mußt sofort nach Berlin fahren«, drängte die Mutter. Er schüttelt den Kopf. »Doch, doch«, wiederholt sie, »was soll denn sonst werden?«

»Ich weiß nicht«, sagt er, ihm ist alles gleich, er läßt es gehen. Frau Seldersen weinte sehr an dem Tage.

Am nächsten Morgen fuhr der Vater nach Berlin, er hatte es sich überlegt, er wollte mit dem alten Chef persönlich reden, vielleicht erreichte er sein Ziel. Ob er auch Herrn Nelken bat. Unmöglich, murmelte er vor sich hin, unmöglich, jetzt im Winter … Über den Winter mußte er noch kommen, er fühlte noch einen Rest von Ehrgeiz.

Es dauerte seine Zeit und bereitete viel Schwierigkeiten, bis Herr Seldersen vorgelassen wurde. Er wagte nicht, die Augen aufzuschlagen, er glaubte, ein jeder hier in dem Geschäft wüßte, wie es mit ihm stand und in welcher Angelegenheit er kam. Vorn an der Anmeldung nannte er seinen Namen …

Herr Seldersen? Ja, man kannte ihn noch, wenn er sich auch lange nicht hatte blicken lassen. »Es ist gut, in welcher Angelegenheit bitte?« Der Vater drückte sich um eine genaue Angabe herum, er will hier wegen eines Briefes, den man ihm geschickt hat, Rücksprache nehmen. Man weist ihn einen Stock höher, da trifft er bestimmt jemanden an. Er ging durch die geräumigen Säle, die ihm bekannt waren wie sein eigener Raum zu Hause. Eine Totenstille herrschte hier, vereinzelt standen an den Lägern Kunden, wurde ein Korb mit Paketen bepackt zur Auslieferung durchgeschoben, die Verkäufer standen herum und langweilten sich, viele neue Gesichter, Herr Seldersen kannte sich nicht mehr aus. Dann traf er einen alten Bekannten, herzliche Begrüßung.

»Sind Sie auch wieder einmal hier, man sieht Sie nur selten bei uns, wie geht es denn?«

Ob er es wohl wußte, der Vater überlegte bei sich, dann stammelte er ein paar nichtssagende Worte … »wenn ich etwas brauche, schreibe ich, die Reise ist zu teuer, eine einfache Postkarte genügt.«

»Werden Sie denn nicht mehr von uns besucht?« fragte der andere.

»Natürlich«, antwortete Herr Seldersen hastig, »aber wie das Reisen heute ist, wissen Sie selbst, Sie sind doch früher auch gereist.«

»Ja, ja, ich weiß Bescheid«, er verlor sich in Erinnerungen.

Der Vater fragte weiter, warum so wenig Betrieb hier sei, wie ausgestorben, jetzt in der Wintersaison, vor Weihnachten, eigentlich habe er erwartet …

»Es ist nicht mehr so arg mit dem Geschäft«, winkte der andere ab, »wir verspüren es auch.« Dann erzählte er mit leiser Stimme, das große Haus Hans & Co. stelle seine Zahlungen ein. Es war noch nicht spruchreif, aber lange dauerte es bestimmt nicht mehr, ein offenes Geheimnis. Herr Seldersen wiederholte, Hans & Co., nicht möglich, er schüttelte den Kopf, unfaßbar, wohin soll das führen? Einer nach dem anderen, und jetzt auch schon die Großen, von denen man wer weiß was für Vorstellungen hatte. Da darf man sich ja am Ende nicht wundern …

Nein, nicht wundern, bestätigte der andere.

»Aber wohin soll denn das führen?« erregte sich Herr Seldersen, »ich frage Sie, wohin?«

Pause.

»Ich weiß es nicht, Herr Seldersen, man liest doch täglich in den Zeitungen eine große Aufstellung von denen, die es aufgegeben haben, das ist vielleicht das beste, ich weiß es nicht.«

»Ja, aber was dann, was kommt danach?«

»Auch das weiß ich nicht«, erklärte schließlich der andere, beinahe schämte er sich, es zu sagen, »ich weiß es nicht, ich bin alt, ich werde es nicht erleben und denke nicht mehr darüber nach.«

Herr Seldersen schwieg. Wie es auch kommt, er erlebt es nicht mehr, hatte der andere gesagt und sich still beschieden. Nun, auch Herr Seldersen wünschte oft, daß er so denken könnte, das Verlangen nach Ruhe, nach tiefem Frieden, nach Bewußtlosigkeit überfiel ihn seit langem immer stärker, gefährlich nahe schon, es wußte kein Mensch.

Er verabschiedete sich und ging einen Stock höher. Hier suchte er lange Zeit, bis er endlich den einen Inhaber fand. Herr Seldersen grüßte und ging vorüber, er suchte den Seniorchef, er kannte ihn persönlich, von ihm erhoffte er sehr viel. Er fand ihn nirgends, die Zeit schritt vorwärts, und er hatte noch nichts erreicht. Den anderen Inhaber kannte er auch, allerdings nur flüchtig, er war erst seit kurzem eingetreten, noch nicht ganz fünf Jahre. Er war jung, energisch, zielbewußt, Herr Seldersen verspürte von Beginn an eine Abneigung gegen ihn. Er hatte nie viel mit ihm zu tun in den Jahren, da es mit ihm noch besser stand, ängstlich vermied er eine nähere Berührung, wer weiß, von welchen Gefühlen er sich da leiten ließ.

Endlich faßte er Mut, trat an den jungen Chef heran und fragte höflich, wo der Seniorchef, der alte Herr – er nannte dessen Namen –, zu finden sei.

»Er ist nicht im Hause«, antwortete der andere, »in welcher Angelegenheit bitte?«

Herr Seldersen erklärte, daß er ihn gern gesprochen hätte. Wann er zu erreichen sei?

»Selten«, entgegnete ihm der Jüngere, »selten ist er noch im Haus, das hohe Alter, die Verhältnisse … es ist so ratsamer.«

Der Vater verstand. Da war er nun umsonst hergekommen. Er überlegte, dann machte er eine kurze Verbeugung, schließlich war er der Ältere, und wenn er auch als Bittender kam – nicht zu viel Untertänigkeit. Er nannte seinen Namen. »Ich kenne Sie«, erwiderte der Chef freundlich, vorhin tat er, als hätte er einen Fremden vor sich. Herr Seldersen nahm einen Anlauf und offenbarte vorsichtig den Zweck seines Besuches. Der andere verstand sofort, er war über alles genau unterrichtet. Er sprach überaus höflich, bedauerte unendlich, zwischendurch entschuldigte er sich für einen Augenblick, um einen Anruf zu erledigen, kam wieder, führte die Unterredung weiter, rief einen jungen Mann heran, diktierte ein paar Sätze, die ihm gerade durch den Kopf gingen. In den Pausen stand der Vater da und wußte nichts mit sich anzufangen, am liebsten wäre er auf und davon gelaufen, aber dies ging nicht, er wartete geduldig.

Auch Herr Nelken erschien, aber er blieb im Hintergrund. Wenn der Jüngere wiederkam, setzte er das Gespräch genau an dem Punkte fort, wo er zuletzt stehengeblieben war. Sein Ton war freundlich, zuvorkommend, wie es sich für einen klugen Geschäftsmann geziemt, jedoch gerade dies machte Herrn Seldersen so befangen.

»Ja, ja«, sagte er, »ich gestehe Ihnen zu, daß Sie schlechte Erfahrungen haben und vorsichtig sein müssen.« Der andere nickte lebhaft … er wollte ihm einmal einen Einblick in die Bücher verschaffen, Augen würde er machen.

»Aber wenn Sie den ganzen Kredit entziehen, wo soll man dann hinkommen?«

Schweigen.

»Wir haben eben das Vertrauen verloren«, erklärte ihm der Chef gemächlich, »die schlechten Erfahrungen geben uns recht.«

Herr Seldersen suchte krampfhaft nach einer Erwiderung. »Das Vertrauen«, flüsterte er, »schon recht. Wenn jemand Geld hat, dann ist es keine Kunst, Vertrauen zu gewähren, aber …«

»Herr Seldersen«, unterbrach ihn der andere, »Sie haben bei uns doch Kredit gehabt, bis Sie vor anderthalb Jahren mit dem Vergleich kamen, wo wir viel verloren. Trotzdem räumten wir Ihnen weiter Kredit ein, wenn wir ihn auch beschränkten, aber wir gaben Ihnen doch eine Möglichkeit wenigstens. Nun sind Sie mit Ihren Zahlungen wieder im Rückstand, kann man es uns verdenken?«

»Es reichte eben schon damals nicht, wenn Sie mir damals eine größere Möglichkeit geboten hätten, bedenken Sie doch, die Konkurrenz ist groß.«

»Ich weiß nicht«, der Jüngere zuckte die Achseln, »trotzdem … dann gingen wir ein noch viel größeres Risiko ein. Sie hatten doch keinen Rückhalt, und wir können doch nicht ins Blaue hinein vertrauen. Sie denken doch auch kaufmännisch, geben Sie zu, es wäre nicht kaufmännisch gedacht.«

»Aber wenn ich Ware gehabt hätte«, wiederholte der Vater, er kam nicht darüber hinweg, als wenn dies der Schlüssel für alles wäre.

»Nein, Herr Seldersen«, sagte der Chef auf einmal, es klang, als wollte er den Vater gütig belehren, »Ihnen wäre auch so nicht geholfen, Sie irren, wenn Sie das glauben. Ihre Lasten wären nur größer geworden.«

»Größer geworden? Warum?« forschte der Vater, er sah den Grund nicht ein.

»Haben Sie denn keine Arbeitslosen in der Stadt?« fragte der andere ruhig.

Der Vater schwieg, er verstand jetzt, ihm schwindelte. Das ewige Leid, wie man es auch drehte und wendete, zum Schluß kam man immer wieder auf den Anfang zurück. Es hing alles dicht zusammen, wer fand sich da noch hindurch? Er nicht mehr, ihm war der Weg versperrt. Und wie der junge Chef das mit den Arbeitslosen scheinbar so ruhig und unbeteiligt sagte, ward allmählich der Vater sich bewußt, daß er hier nicht allein stand und nur seine Sache vortrug, es war da noch etwas anderes in ihm, ein Gefühl, das er bisher noch nicht gekannt hatte. Er sah in Gedanken einen geduldigen, traurigen Zug aufmarschieren, sie kamen zu ihm, sagten, nun können wir nicht mehr kaufen, denn wir haben gerade so viel, um zu essen, und das geht vor. Aber der Vater gab ihnen, dies war unabänderlich, solange er auf seinem Platz stand, hielt er durch, schenkte Vertrauen, weil es sonst überhaupt nicht mehr ging.

Hier stand er nun und kämpfte, daß man ihm wieder Vertrauen schenkte, ein verzweifelter Kampf, er wollte ja noch arbeiten … »und jetzt wollen Sie mich also aufsitzen lassen«, sagte er leise, er hatte schreien wollen, aber dazu konnte er sich nicht mehr aufschwingen.

»Wir geben Ihnen Ware, natürlich«, entgegnete der andere höflich wie zuvor, »wenn ich mich recht erinnere, den dritten Teil können Sie jederzeit von uns haben, war es nicht so?«

»Es reicht nicht«, hält ihm der Vater vor, »gerade jetzt vor Weihnachten, gerade jetzt hofft man doch etwas zu verkaufen.«

Ein Achselzucken. Herr Seldersen verabschiedet sich und geht mit schweren Schritten durch den Raum. Als er bei Herrn Nelken vorbeikam, sah er auf, ein Gedanke durchzuckte ihn, er gedachte einen Augenblick stehenzubleiben. Herr Nelken stand da und sah zu Boden, er suchte vielleicht gerade eine Stecknadel, die ihm heruntergefallen war.

Der Vater wußte nicht, ob er ihm die Hand geben solle? ... Hier hatte er seine Rolle zu Ende gespielt, er ging.

Am Nachmittag traf er sich mit seinen Kindern, er trat ihnen wesentlich gefaßter und ruhiger entgegen, aber es blieb ihnen doch nicht verborgen, wie es in Wahrheit mit ihm stand. Lange saßen sie zusammen, der Vater erzählte, warum er hier in Berlin war, berichtete auch von der Unterredung und dem Ergebnis. Langes Schweigen. Endlich sagte Anneliese, daß man es dabei doch nicht belassen könne, irgend etwas müsse geschehen. Er sah sie an. »Aber was?« fragte er leise, »hast du einen Vorschlag?« Schweigen. Dann sagte er, daß er es schon lange habe kommen sehen, aber bisher hat er noch nie davon gesprochen, um sie nicht unnötig zu beunruhigen, jetzt kann es nicht mehr lange dauern, es sei unsinnig, sich länger noch einer Erwartung hinzugeben. Bei diesen Worten liefen ihm die Tränen über die Wangen, aber er merkte nicht, daß er weinte. Dann verharrten sie lange in tiefem Schweigen. Die ganze Zeit hörte Albrecht nie auf, seinen Vater groß anzusehen, er erinnerte sich, daß er ihn schon einmal hatte weinen sehen. Damals saß er in der Küche auf einer kleinen Bank und weinte, weil er nun hausieren gehen müsse, er sah keine andere Möglichkeit mehr, sie erschien ihm so untragbar, daß er weinte. Umsonst waren die Tränen, er war nicht hausieren gegangen, es kam alles anders, eine Besserung trat nicht ein, es wickelte sich nur viel langsamer und schwerer ab, als er damals ahnte. Nun saß er hier, weinend, und sagte, daß das Ende gekommen ist, man gibt ihm keine Ware mehr, das Vertrauen hat er unwiderruflich eingebüßt, nun ist er am Schluß angelangt.

Aber er war noch nicht am Schluß angelangt, er irrte, wenn er so sprach, nur seine Unwissenheit konnte als Entschuldigung gelten, noch hatte er nicht alle Möglichkeiten erschöpft, noch nicht die tiefste Scham erlitten – sie blieb ihm nicht vorenthalten.

Der Nachmittag verrann unter endlosem Nachdenken, Überlegen, Pläneschmieden, es kam nichts dabei heraus, alles war ohne Aussicht. Der Vater fuhr nach Hause, zum Abschied küßte er sie zärtlich, dann stieg er in seine Bahn.

»Man sollte ihn nicht alleine fahren lassen«, sagte Anneliese. Albrecht zuckte die Achseln, er war selbst gelähmt.

Zu Hause erwartete ihn die Mutter auf der Bahn, es war kalt und zugig, es fror sie selbst in ihrem Mantel. Als sie ihn an der Sperre sah, wie er die Fahrkarte abgab und sich dann umblickte, ob man ihn abhole, wußte sie alles. Stille Begrüßung, sie nimmt seinen Arm, und so gehen sie langsam, gegen den Wind ankämpfend, nach Hause. Der Vater erzählt zögernd von allem möglichen, was er in Berlin gesehen hat, von dem Zusammensein mit den Kindern, er bestellt Grüße – über den ursprünglichen Sinn seiner Reise kein Wort. Endlich fragt die Mutter, sie kann es nicht länger mehr aushalten, die Nerven versagen ihr …
»und was hast du erreicht?«

»Nichts«, erwiderte der Vater, »nichts.«

Pause.

»Mein Gott«, flüsterte die Mutter, »was nun?«

Hatte der Vater es gehört? Er schob die Mütze tief herab, sein Gesicht blieb verdeckt. Die Mutter weinte leise vor sich hin, den ganzen Tag über hatte sie gebangt, ihre Ahnungen! Alles umsonst, und was nun? Der Wind pfiff und bog die Körper zurück, man mußte sich ducken und ordentlich dagegenstemmen, um einen Schritt Boden zu gewinnen. Sie kämpften sich durch, sie bissen die Lippen aufeinander und sprachen kein Wort. Ermattet kamen sie zu Hause an, die Mutter brachte das Essen, aber sie aßen beide nicht, sogleich gingen sie zur Ruhe.

Und nun muß ich von einer Nacht erzählen, die so angefüllt ist von unergründlicher Trauer und tiefster Verzweiflung, daß die Gedanken sich voreinander verbergen. Ich will berichten, behutsam und zart, da ich keine alten Wunden neu bluten lassen will, von dieser einen Nacht, in der es schien, als sollte das Schicksal einen irrsinnigen Ausweg gefunden haben. Ich beginne:

In dem Schrank, der in dem Schlafzimmer in der Ecke vorne am Fenster steht, hielt Herr Seldersen in einem Gefach unter Wäschestücken einen Revolver versteckt. Er hatte ihn aus dem Krieg mit nach Hause gebracht, ein jeder wußte es, niemand sagte es dem anderen. Doch nein, ich muß von neuem beginnen, muß viel weiter zurückgreifen, nicht eine Spur von Schatten darf auf den Ereignissen liegenbleiben, die zu dieser Nacht führten.

Ein Revolver ist gut, der Gasschlauch verlängert die Qual. Seht Herrn Seldersen, einen Mann über die Fünfzig, er hat den Krieg draußen im Feld gesund überstanden, vier entfesselte Jahre vermochten nicht, ihm das Ende zu bereiten, er kam zurück, wie man aus einem Feldzug, den man verloren hat, zurückkommt, zermürbt, ermattet, müde – aber mit gesunden Gliedern und heil, das Leben blieb bewahrt. Und nun liegt dieser alte Mann, dem das Leben so arg mitspielte, nachts in seinem Bett, wälzt sich unruhig von einer Seite auf die andere, als sei der ganze Körper eine einzige große Wunde, und findet den Schlaf nicht. Neben ihm liegt seine Frau wach. Er stöhnt, betet und flucht, nur das eine erbittet er noch, Vergessen, Ruhe, endlich einmal Ruhe. In tiefer Nacht richtet er sich langsam in seinem Bette auf, und wie er dann behutsam und vorsichtig die Decke abstreift, ist er so entbrannt in seiner Vorstellung, in dem Gedanken an das, zu dem er sich entschließt, daß er nicht merkt, wie nebenan in ihrem Bett die Mutter ebenfalls ganz leise die Decke zurückschlägt, nur unendlich behender und mit der Angst, daß es zu spät werde. Der Vater steht vor dem Wäscheschrank, leise dreht er den Schlüssel und öffnet vorsichtig die Tür, von der er weiß, daß das spröde Holz knarrt. Da steht die Mutter neben ihm, in ihrem Nachthemd, gespenstisch, überragend groß, wahnwitzig entschlossen. Sie ergreift des Vaters Hand und drückt sie langsam nieder, mit gewaltigen Kräften, die aus einem alten, im Verfall begriffenen Körper wunderbar entstehen. Der Vater ist im ersten Augenblick so überrascht, daß jeder Widerstand erlahmt und die Mutter leichtes Spiel hat. Doch bald gewinnt er wieder Gewalt über seine Kräfte, und nun beginnt im Dunkeln ein stiller, verzweifelter Kampf. »Laß mich«, stöhnt er irr und voller Wut, daß ihm jemand dazwischengekommen ist. Sie steht da, wie in einem Wahn, ehern umschließt sie seine Hand. Dazu ihr stilles Weinen. »Es ist genug jetzt«, preßt der Vater endlich hervor, »jetzt endlich ist Schluß.« Er bittet flehentlich, ihn freizugeben. Kein Wort entfährt der Mutter, die übergroße Anstrengung spannt den Körper siegesgewiß. Pause. »Nein, nein«, sagt sie leise, ihre Stimme erzittert in dem Schluchzen, »nein, nein.« Wer vermag dagegen etwas auszurichten? Heftiger, verbissener Kampf. Der Vater sieht zu der Mutter in der Dunkelheit auf, sieht ihr altes Gesicht, die aufgelösten Haare, den vor Erregung zitternden Körper. »Komm«, flüstert sie leise, »komm zurück, wir legen uns wieder hin.« Es klingt unendlich gütig, beinahe lockend. Der Vater kann nicht umhin, er läßt sich befehlen und legt sich still in sein Bett. Doch der Kampf ist noch nicht zu Ende, als würde er sich jetzt erst seiner Lage bewußt, er wirft sich hin und her, ein wühlendes Weinen ergreift ihn, sein Körper zerspringt fast unter den gewaltigen Stößen. Die Mutter daneben liegt zuerst ganz ruhig und läßt den Schmerz austoben, sie ist ohne Gedanken und nur offen dem Augenblick. Dann tastet zart ihre Hand, und wie sie es früher getan hat, sie nimmt seinen Kopf, rückt unmerklich näher und umfängt den Vater in ihrer Umarmung. Da kann er sich nun ausweinen, sie fühlt den bebenden Körper, und allmählich merkt sie, wie er nur noch in schweren großen Schlägen sich aufbäumt und dann langsam zur Ruhe kommt. Und so überkommt ihn mildtätig und erlösend der Schlaf.

Am übernächsten Tag in der Abendstunde ließ sich Herr Seldersen bei Herrn Dalke anmelden. Er befolgte den Vorschlag seiner Frau und trat in seine tiefste Erniedrigung. Den Vormittag ließ er vorübergehen und auch den Nachmittag, erst als es allmählich in den Straßen dämmrig wurde und in den Geschäften schon das Licht brannte, fühlte er sich mutig genug. Ja, er ging zu Herrn Dalke, der in drei Wochentagen so viel einnahm wie er in dreißig, der einen Rückhalt hatte, Vertrauen besaß, alles, wie er wollte. Nun ging Herr Seldersen zu ihm. Eigentlich waren sie Konkurrenten, wenn sie auch persönlich gut miteinander standen – war er denn aller Scham ledig gegangen?

Herr Dalke war ein kluger Mann, er saß oben in seinem Kontor, über seine Bücher gebeugt, als der Vater eintrat.

»Guten Abend«, sagte er leise, »störe ich?«

Herr Dalke zeigte sich nicht im mindesten überrascht, er ging dem Vater entgegen, ließ ihn zuerst Platz nehmen, dann setzte er sich ihm gegenüber und fragte ihn, nein, er fragte nicht viel, er wußte ja genug. Er vermied es geschickt und machte es Herrn Seldersen nicht allzuschwer, ohne lange Umschweife, er wußte, warum man ihn aufsuchte. Ein Gespräch, ein munteres Gespräch über all das, was Herrn Seldersen bedrückte, floß zwischen ihnen, und dann war es eigentlich Herr Dalke, der dem Vater einen Vorschlag machte, zurückhaltend und voller Nachsicht, er wollte sich nicht aufdrängen. Er bot ihm eine Summe an, gerade genug, daß sich Herr Seldersen für den Winter mit Ware eindecken konnte. Da saß er und brachte kein Wort heraus, das hatte er nicht erwartet, alles andere, das nicht.

»Es ist zu viel«, sagte er, »ich kann es nicht annehmen, ich muß Ihnen nachher das Geld doch zurückzahlen, das wäre viel zu schwierig, nein.«

Sie einigten sich auf die Hälfte des Betrages, es war auch noch genug.

Herr Seldersen wollte schon aufstehen und sich verabschieden, aber für Herrn Dalke war die Angelegenheit noch nicht erledigt. Er sah weiter.

»Herr Seldersen«, sagte er, »für das Geld, das ich Ihnen gebe, will ich gern eine Sicherheit haben.«

Herr Seldersen hob den Blick, vermied aber, Herrn Dalke anzusehen.

»Eine Sicherheit?« flüsterte er.

Herr Dalke nickte: »Ja, Ihre Möbel und einige Wertsachen, daß der Betrag erreicht wird. Es ist besser so. Bringen Sie mir morgen eine Aufstellung.«

Dann gab er ihm die Hand. Herr Seldersen atmete erleichtert auf.

»Vielen Dank«, sagte er, er schüttelte sie kräftig, »vielen Dank!« Auch Herr Dalke war sein Freund, in den langen Jahren, die sie sich kannten, gab es nie eine Mißstimmung zwischen ihnen, wenn sie auch Konkurrenten waren und im Grunde mehr als das. Herr Dalke besaß, was dem Vater fehlte, Vertrauen, ein großes Geschäft, einen Rückhalt, Reserven, und das war das Entscheidende. Er gehörte zu denen, um die sich eng und fest immer mehr der Ring schloß und die untereinander festgeschweißt standen. Ein einzelner konnte da nicht gegen an. Ja, eigentlich hatte Herr Dalke schuld, keine persönliche Schuld, er meinte es nicht schlecht, aber er stand auf der anderen Seite. Er war ein Mörder, nicht heimlich und aus einem Hinterhalt, sondern eine Macht, die feststand, die gesichert war und mordete mit dem, was sie tat. Das war Herr Dalke, und dazu ein Freund. Am nächsten Tage fuhr Herr Seldersen nach Berlin und kaufte Ware für das Geld, das ihm Herr Dalke gegeben hatte. Er ging in das Geschäft, in dem er vor kurzem seinen größten Sturz erlebt hatte … man entzog ihm das Vertrauen, nachdem er es fünfundzwanzig Jahre besessen. Nun gut, er ging dahin, obgleich er es nicht nötig hatte; für sein Geld bekam er die Ware überall, mit Kußhand. Aber den Triumph wollte er sich nicht entgehen lassen.

Er suchte lange aus, ein großer Auslieferungskorb wurde voll-gepackt. Beim Überrechnen verschwand der Verkäufer einen Augen-blick, um Erkundigungen einzuholen. So war es angewiesen worden, über jeden Käufer mußte er eine Erkundigung einziehen. Er kam nicht allein zurück, der jüngere Chef begleitete ihn, der gleiche, mit dem der Vater vor kurzem die Erfahrung gemacht hatte. Leider nicht Herr Nel-ken, Herr Seldersen wollte bitten, auch Herrn Nelken zu rufen. Sie alle sollten es sehen. Der jüngere Chef begann höflich, aber entschieden, er bedaure sehr, aber Herr Seldersen entsinne sich gewiß ihres Gesprä-ches …

»Ich bezahle sofort«, unterbrach ihn der Vater.

»Wie bitte?«

»Ich zahle sofort bar«, wiederholte Herr Seldersen, man hatte ihn anscheinend nicht verstanden. »Mein Zug geht in anderthalb Stunden, bis dahin muß die Ware auf der Bahn sein. Ich nehme sie sofort mit, wenn es nicht geht, dann bedaure ich …«

»Aber natürlich, wird prompt erledigt.« Er will also sofort bezahlen, schon gut, es wird pünktlich geliefert, er kann sich darauf verlassen.

Der junge Chef stand da und wußte nicht, was er weiter sagen sollte. Es konnte ihm schließlich gleich sein, woher Herr Seldersen das Geld auf einmal hatte, vielleicht hatte er zufällig eine Erbschaft angetreten oder in der Lotterie gewonnen oder auch gestohlen … was ging ihn das an. Herr Seldersen bezahlte bar, erhielt seine Ware, er war wieder ange-sehen, Herr Seldersen, zu Diensten, immer zu Diensten …

Als er wieder draußen stand, spuckte der Vater dreimal kräftig aus – ob er mit seinem Absatz die Fensterscheibe eintrat? Jedoch, er hatte seine Ware, er konnte eigentlich zufrieden sein. Aber widerlich, unsag-bar widerlich, er hatte genug von dem Theater. Beinahe schämte er sich, eine so erbärmliche Rolle darin erhalten zu haben. Den Herrn Nelken übrigens hätte er gerne gesprochen, er hatte ihm eine ordentliche Ohrfeige zugedacht.

Im Dezember, in der Nacht zu einem Mittwoch, erschoß sich Fritz Fiedler in einem kleinen Hotel in der Mitte der Stadt. Als man ihn am Morgen fand, war sein Körper kalt, ein dünner roter Streifen war aus einer kleinen Wunde an der Schläfe quer über das Gesicht geschmiert. Schon am nächsten Tage erfuhr Albrecht vom Tode seines Freundes. Als ihn das Mädchen am frühen Morgen weckte, war es noch dunkel. Er schaltete die Lampe auf dem Nachttisch ein, ein wohltuender gelber Schimmer verbreitete sich über dem Zimmer. Er tritt zum Fenster, auf dem Hof liegt weißer Schnee, der über Nacht gefallen ist. Dann sitzt er fertig angezogen an seinem Tisch und ißt mit der schwermütigen Feierlichkeit, die jeder an sich hat, der alleine am Tisch sitzt und ißt. Das Mädchen kommt langsam in das Zimmer herein, sie ist alt, schon über zehn Jahre im Hause. Sie lehnt sich an den Türrahmen und fragt auf einmal: »Kennen Sie einen Fritz Fiedler oder Fiedeler?«

»Ja, Fritz Fiedler, den kenne ich«, erwidert Albrecht und läßt sich nicht stören, »was ist mit ihm, woher kennen Sie ihn?«

»Ach«, sagt das Mädchen, »es steht heute in der Zeitung, ich las eben, da hat sich ein Fritz Fiedler erschossen.«

Albrecht springt auf, der Schlaf ist aus dem Zimmer gewichen. Fritz ist tot! Er läuft nach vorne, die Zeitung liegt auf dem Schreibpult, er braucht nicht lange zu suchen, er findet bald die Nachricht, zehn Zeilen, ein kurzer Absatz, die täglichen Selbstmorde. Fritz hat sich erschossen, nicht alleine, er hat ein Mädel mitgenommen, so groß war ihre Liebe gewesen, kein Mensch hat davon gewußt.

Der Tag fing jetzt erst an, er mußte zu Ende gebracht werden. Albrecht fährt in die Stadt, dann geht er ins Schauhaus, dort muß er den Freund noch einmal sehen. Als er die Tür zum Vorzimmer öffnet, wenden sich drei schwarze Gestalten um, die Eltern und ein Verwandter. Albrecht geht zur Mutter und gibt ihr die Hand.

»Weinen Sie nicht«, sagt er, »jetzt ist er ja endlich erlöst.«

Aber das war nur eine neue Aufforderung.

Der Vater steht die ganze Zeit daneben und zeigt mit dem Finger an die Schläfe: »Hier hat er sich hineingeschossen.« Das wiederholt er fünfmal, immer die gleichen Worte und die gleiche Handbewegung.

Albrecht wies sich aus und bat den Sekretär, die Leiche sehen zu dürfen. Man gab ihm einen Führer mit. Auf dem Wege durchquerten sie eine geräumige Halle, auf dem Altar stand ein Kruzifix. Sie gingen über lange Korridore und gelangten an eine Treppe. Hier kamen ihnen vier Männer entgegen, feierlich in Gehrock und Zylinder gekleidet. Einer sagte:»Ich habe dem Fuhrmann ausdrücklich gesagt, daß er einen Sarg mitbringen soll, er wollte es dem Tischler ausrichten, er versprach es mir. Jetzt ist kein Sarg da, und die Leute kommen von auswärts. Der hat auch nur im Sinn, wo er etwas verdienen kann. – Ja, ja.«

Sie kommen in den Keller, zu beiden Seiten stehen große hölzerne Verschläge wie Kaninchenställe, was wohl da drin sein mag? Hinten in der Ecke tritt der Führer an einen heran. Er weist Albrecht einen Schritt zurück, öffnet ein Schloß und zieht einen Wagen heraus. – Obenauf liegt der Tote. Der Wärter tritt zurück, stellt sich an die Wand, verschränkt die Hände auf dem Rücken und senkt das Gesicht zu Boden, sein Amt war hier zu Ende.

Auf der Bahre lag Fritz, er war nackt, und sein herrlicher Körper erschien ohne Fehler. Die Augen geschlossen – keine Brillengläser mehr – das Gesicht wie im Schlaf, als ruhe er sich aus. Quer über die Wange lief ein roter Streifen, blaß und eingetrocknet. Tot. Wenn dies nicht wäre, dachte Albrecht, er faßte es nicht, das war der Tod. Er begriff ihn noch immer nicht. Er sah den Freund liegen, als wenn er schlafe, jetzt muß er doch aufwachen, wenn er ihn leise bei der Hand nimmt. Die Hand ist kalt und steif. Und der Körper, der schöne, athletische Körper, lag da und antwortete mit keiner Regung. Aus dem kleinen Loch am Kopf war quer über die Wange das Leben gelaufen und hatte sich verflüchtigt. Albrecht kannte den Körper, als er noch warm war und unter der Berührung mit der Hand verstohlen zuckte, wie er sich bog, spannte und wieder locker wurde beim Wurf und Lauf. Er kannte, er wußte, er sah. Aber das war jetzt der Tod. Was ist der Tod? Oder wenigstens das Ende des Lebens? Hier war eine Schranke, darüber hinaus ging es nicht mehr, gab es keine Verständigung.

Lange Zeit stand Albrecht an der Bahre seines toten Freundes, es kamen ihm keine Tränen. Eisige Kühle stieg in ihm auf, er blieb hart, bezähmt, aber dennoch ergriffen, voller Trauer und lebend. Er nahm Abschied, es war die Stunde des Todes und der Geburt in einem, aber dies wußte er noch nicht. Er nahm Abschied von einem Menschen, seinem Freunde, der einst gelebt hatte und dessen Leben nichts anderes war als ein Versuch, am Leben zu bleiben, als Mensch, vollgültig, warm und in der Zeit, ein Versuch, Anschluß zu finden, unternommen aus einer vollblütigen Kraft und einem jungen Glauben. Er nahm Abschied von allem, was sie miteinander gesprochen, worin sie sich gestritten und zusammen in die Irre gegangen waren. Der Tod hier war jedoch wahr, kein Irrtum mehr, er brachte die Lösung. Ja, erst später, wenn Albrecht an diese kurze Stunde mit seinem toten Freunde zurückdachte, erfaßte er ihn in seiner ganzen Bedeutung. Der Tod war ein Opfer und eine Erlösung zugleich. Er brachte ein Leben zum Erlöschen und ward dadurch ein Sinnbild, ein Beweis, noch mehr, eine Mahnung. Er war eine Tat, die in jedem eingeschlossen lag, mehr oder minder deutlich, auch in Albrecht. Gleichviel, dadurch, daß sie bestand, ward sie bewußt, erkenntlich und deutbar. Und brachte sie damit nicht die Heilung? Fritz hatte vollendet, was dunkel in ihm lag, er hatte die Tat gewagt und auf sich genommen, der Weg wurde frei zu einem neuen Leben.

Fritz Fiedler war tot. Albrecht ging wieder durch die Straßen seiner Heimatstadt, schon am nächsten Tag war er nach Hause gefahren. Die Eltern, nicht erstaunt über sein plötzliches, unangemeldetes Eintreten in den Laden, fragten nicht viel, machten keine Worte, sie selbst waren zu sehr beteiligt. Nun war er wieder zu Hause, in der Stadt, die für sie beide so viel Gemeinsames barg, von hier hatten sie ihren Ursprung genommen, immer blieb ein Hauch des Alten an ihnen zurück.

Albrecht war allein. Was konnte er für seinen toten Freund tun? Er ging in die Geschäfte und kaufte die Zeitungen, in denen der zwiefache Tod groß aufgebauscht zu einer Liebestragödie umgearbeitet war.

»Ich will alle Nummern der Zeitung haben, die hier zum Verkauf ausliegen.«

Der Händler erwiderte: »Nein, mehr als drei Exemplare gebe ich nicht, andere wollen es auch lesen.« Er merkte recht wohl, was Albrecht plante. Es stand alles darin, von der Flucht aus der Schule angefangen, dann Amerika, und noch vieles mehr, was sich zugetragen – ein trauriges Meisterstück an Ausdeutung und Erklärung. Er hatte sich mit einem Mädel erschossen, eine Liebestragödie. Das Publikum fand Gefallen daran.

Das war alles, was Albrecht tun konnte: Zeitungen kaufen und verbrennen. Am Sonntag vor Weihnachten wurde der Freund beerdigt. In der Stadt lag der Schnee noch festgestampft und grau, auf dem Kirchhof über den Gräbern lag er weiß und unberührt.

Dann fuhr Albrecht wieder nach Berlin, das Leben ging weiter, es hielt ihn in unablässiger Spannung. Der Winter war kalt und die Not groß, das war nun schon der dritte Winter, den man so erlebte. Wie hatte man vor ihm gebangt, gejammert, der dritte Winter … Nun stand man mitten darin, anfangs hatte man geglaubt, man würde ihn nie überleben.

Spät an einem Winterabend verläßt Albrecht seine Wohnung und geht auf die Straße, ihn treibt eine nicht zu fassende Unruhe und seine grenzenlose Einsamkeit. Der Schnee liegt hartgetreten und spiegelglatt auf den Wegen, es ist kalt. Albrecht läuft, die Hände tief im Mantel vergraben, die Ohren unter einer Mütze versteckt, ohne Ziel, gedankenlos durch die belebten Straßen. Viele Menschen sind unterwegs, zu jeder Zeit sind Menschen anzutreffen. Sie gehen gemächlich ihres Weges, als wüßten sie alle ein behagliches Ziel. Wenn aber einer es eilig hat und schnell vorwärtskommen will, muß er achtgeben. Albrecht windet sich stolpernd und schliddernd durch die offenen Lücken. Hoppla, was wohl die Frau gesagt hätte, wenn er nicht in letzter Minute die richtige Wendung vollführt und an ihrem Hals gelandet wäre? Haha, gut das. Sie dürfen nicht glauben, daß es meine Absicht war, an Ihrem schönen Hals zu hängen, ich bitte tausendmal um Entschuldigung. Warum ich es so eilig habe? … in meinem Zimmer ist es heute zu kalt, verstehen Sie das? Das heißt, als ich nach Hause kam, war mein Zimmer sehr warm. Ich zog meine Jacke aus, öffnete den Kragen, das war bequem. Doch nach einer halben Stunde wurde es geradezu unerträglich warm, dazu eine stickige Luft – nicht mehr zum Aushalten. Vor allem reine

Luft, gutes Atmen … ich öffnete vorsichtig ein Fenster, legte mich aufs Bett, da mich die Müdigkeit heimtückisch anfiel. Ich kenne sonst keine Müdigkeit, kein Ausruhen, bei mir gibt es sonst nie … aber das ist Nebensache. Als ich wieder aufwachte, war es dunkel und kalt. Ich strecke die Hand zum Fenster hinaus, aber draußen ist es genauso eisig. Ein Windstoß muß das Fenster ganz geöffnet haben, und die kalte Luft zog herein. Der Spiegel war beschlagen, der Ofen stand feucht in seiner Ecke. Ich mache Freiübungen, um wieder warm zu werden, bewege meine Glieder, singe, versuche Geige zu spielen, aber nur die Finger werden warm, der Kopf glüht mir, sonst bleibt es kalt wie zuvor. Ich hatte vergessen, das Fenster zu schließen. Was sollte ich in einem kalten Zimmer anfangen?

Die Schienen beim Straßenübergang sind glatt gefroren, wer darauf tritt und sich nicht in der Gewalt hat, fällt hin, gerade vor die Straßenbahn. Der Führer klingelt, streut Sand, bremst, das erleuchtete Auge vorn am Bug kommt immer näher. Schnell, gleich wieder aufstehen, weiterlaufen, Achtung, flitzt ein Auto hinter dem Wagen hervor, du hast es nicht gesehen, schreckst zurück, die Räder heulen vor Wut, als sich die Bremsen in die Fahrt einfressen und sie aufhalten. Verschüchtert, eingeklemmt zwischen Straßenbahn und Auto steht ein bleicher junger Mensch, aufrecht, mit jagendem Atem.

Die Mütze des Schutzmanns ist grün, er trägt weiche Ohrenschützer. Die Lichter an der Zeitungsfiliale sind groß und gelb, der Strich darunter blau, die Fenster gelb ausgeschlagen, die Zeitungen, schwarze Buchstaben auf grauem Papier … Farben, Farben, überall Farben, jeder Mensch hat eine andere Farbe, nur eine ist schön – rot. Wenn das Blut noch dazu, nur ein klein wenig, ein dünner Strich, über die Wange gezogen ist. Wenn mein Vater sich freut, weint er, nicht vor lauter Glück vergießt er Tränen, sondern weil ihm dann seine Not am meisten gegenwärtig ist. Wer an die Hausmauer lehnt, weil er auf dem Boden vor Kälte nicht mehr sitzen kann, tut es nicht aus Vergnügen an einer neuen Beschäftigung, die einem das Leben bietet. Hat er ein Holzbein, so braucht er keine Bange zu haben, daß es ihm eines Tages vor Kälte erstarrt und abfällt. Aber das ist etwas, ein Mensch, der an der Wand steht, mit einem gesunden Bein, das andere liegt irgendwo in Rußland oder Frankreich … das ist schon etwas. Da braucht man nicht zu denken und zu suchen, wo steckt der Anfang.

Ein Mann spricht ihn an, greift flüchtig an seinen Hut und murmelt ein paar Worte. Albrecht schüttelt den Kopf, nein, ich habe selbst nichts, ich kann nichts geben. Aber er bleibt stehen und sieht sich den Mann näher an, er ist alt und mächtig heruntergekommen … Ein paar Streichhölzer, wiederholt der Mann und hält die Schachtel in der Hand. Albrecht erwidert: »Danke, ich rauche nicht.« Aber er bleibt fest auf seinem Platz, er sieht sich den Mann recht genau an. »Sind Sie Vater?« fragt er auf einmal, »haben Sie Kinder?« Der andere nickt traurig mit dem Kopf, kneift seine Augen zusammen und geht weiter.

Albrecht läuft durch die Straßen … Vater, denkt er, Vater … Sein Kopf ist ihm zum Zerspringen, und seine Gedanken gehen wirr durcheinander, es ist, als sei er nur noch halb bei Bewußtsein. Und dann das Gefühl, in der letzten Zeit überfällt es ihn immer heißer, er kommt sich so recht erbärmlich vor, daß er hier herumläuft und sich mit persönlichen Gefühlen und quälenden Selbstbeobachtungen herumschlägt, während zu Hause sein Vater … aber genug, es ging nicht mehr.

Er springt auf eine Bahn, die geradenwegs daherkommt, sieht nicht nach der Nummer, nach dem Ziel. Er steht vorn, neben dem Wagenführer in seinem dicken Pelz, bezahlt und fährt, bleibt lange an einer Haltestelle stehen und empfindet Kälte. »Ja, wollen Sie nicht aussteigen?« fragt der Schaffner, »es ist Endstation.« – »Ach so, ich fahre wieder mit Ihnen zurück.« – »Das geht nicht«, kommt die Antwort, »wir bringen den Wagen in den Schuppen.«

Es ist spät, wie er nur von hier nach Hause kommt? Er befindet sich irgendwo ganz weit draußen. Der Führer weist ihm den Weg zum nächsten Nachtomnibus. Albrecht fährt nach Hause, müde, abgekämpft, nie war er glücklicher.

Die Ferien begannen, Albrecht kam nach Hause, er war aus Berlin abgefahren, ohne den Eltern vorher seine Ankunft mitgeteilt zu haben. Sie erschraken, als er so unerwartet zu ihnen in den Laden trat, fast erkannten sie ihn nicht mehr wieder. Er war blaß, etwas heruntergekommen, und seine Gestalt erschien welker und zerbrechlicher denn je. Albrecht begrüßte sie voller Freude, er war ja heimgekommen, und als er seinem Vater die Hand gab, wußte er im gleichen Augenblick alles, er war wieder zu Hause und aufgenommen in den engen Kreis der Sorgen und Ängste, die auch die seinen waren. Dies waren seine Eltern, der Vater ein alter Mann, nicht so sehr alt als nun völlig gebrochen und hilflos, das Haar der Mutter erglänzte grau, ihr Körperchen glich dem eines Kindes, aber dennoch war sie immer noch die Stärkere und Aufrechte, weiß der Himmel, aus welchem geheimen Boden sie ihre Kraft zog. Es war alles so, wie Albrecht es sich vorgestellt hatte ... Er blieb vorerst daheim, er gedachte sich ein wenig auszuruhen, die Eltern pflegten ihn sorgsam mit aller Liebe, deren sie fähig waren, er vergalt es ihnen mit kindlicher Zärtlichkeit und Treue.

Hier in der Stadt war das Leben trostlos, wo Albrecht auch hinsah, überall begegnete er müden Gesichtern, in denen die Not und die gegenwärtige schwere Zeit geschrieben stand. Nirgends gab es noch unbefangene Freude und Lebenslust, sogar Herr Wiesel ließ den Kopf hängen, er ging umher, er hatte keine Sorgen, aber das Leben, das er um sich herum immer elender und mehr verfallen sah, stimmte ihn traurig – er besaß eben ein mitfühlendes Herz. Albrecht ging durch die Straßen, besuchte vertraute, verschwiegene Stellen im Wald, wo er einst als Kind erhitzt und mit kühnen Träumen gespielt hatte. Er blieb seltsam kalt und unberührt. Hatte er vergessen, war er doch untreu geworden? In seinem Kopf lag eine dumpfe Müdigkeit, einen schweren Panzer trug er mit sich herum, er keuchte und stöhnte sehr unter seiner Last, aber vermochte ihn nicht zu lösen.

Das Leben der Eltern stand erneut vor einer großen Veränderung, der letzten vielleicht, die ihnen bis jetzt zum Schluß vorenthalten geblieben war, sie kam nicht überraschend, man hatte sie erwartet, lange Jahre hindurch; es war nur eine Frage der Zeit, wann sie eintraf, es konnte gar nicht anders sein. Nun war es so weit mit dem Bankrott, Herr Seldersen gab sein Geschäft auf, es ging nicht mehr weiter. Dies war seine feste Überzeugung. Lange genug hatte er diese Entscheidung hinausgeschoben, sie bei sich aufbewahrt, gleichsam, als halte er eine furchtbare Waffe in seinen Händen, mit der er eine große Rache vollbringen könnte. Lange genug hatte er diesen Zustand ertragen, ein leises unaufhaltsames Sterben, wie eine Seuche, die sich verschleppt hatte. Sollte er noch einmal zu Herrn Dalke gehen und ihn bitten, oder dieses Mal vielleicht zu Herrn Wiesel? Nein, er ging nicht, zu beiden nicht, er wird vielmehr auf das Gericht gehen und den Bankrott über sein Geschäft anmelden. Punktum.

Er sagte es Albrecht, er wollte ihn langsam mit dem Gedanken vertraut machen. Albrecht blieb stumm, er hatte es nicht anders mehr erwartet. Wenn der Vater meinte, daß es das beste sei für ihn und für sie alle überhaupt ... aber vieles blieb noch ohne Antwort, ohne Lösung zurück. Endlich, mehrere Tage nach seiner Ankunft, wagte Albrecht die Frage an seinen Vater zu stellen, wie es denn werden solle, wenn er hier das Geschäft aufgab und damit seine Beschäftigung verlor, wollte er denn ganz feiern? Wie dachte er sich seine Zukunft? Verdammt gut gefragt, da gab es kein Ausweichen, Albrecht erschrak fast selbst vor der Unentrinnbarkeit seiner Gedanken.

»Wir werden die Wohnung aufgeben und mit euch zusammen nach Berlin ziehen«, antwortete Herr Seldersen ohne lange Überlegung, dieser Schritt stand für sie fest.

»So, und dann, was weiter?«

Hm ... Herr Seldersen zuckte die Achseln, was weiter, er wußte es nicht, anscheinend hatte er es noch nicht einmal überlegt, aber im Augenblick zeigte er sich nicht im mindesten erschreckt oder gar besorgt. Kaum glaublich, unfaßbar – keine Gedanken um das, was nachher kam? Aber erst wollte er hier einmal zu einem Ende kommen. Was danach kam – schlimmer konnte es auf keinen Fall werden, das wußte er bestimmt. Nein, Herr Seldersen machte sich im voraus keine Gedanken.

Albrecht unterließ jede nähere Frage, nie würde er seinen Vater verstehen, nie seine Gleichgültigkeit begreifen. Er selbst gedachte nicht, der Zukunft in einer ähnlich abwartenden Haltung gegenüberzutreten, im Gegenteil, er war auf das höchste gespannt und zum äußersten Kampf bereit. Im Augenblick jedoch lag er noch ermattet da und konnte in Gedanken keinen Plan aufstellen. Aber er wußte, daß hier in diesem anscheinend nur äußeren Geschehen, in dieser Verwandlung, die sich im rein Wirtschaftlichen vollzog, der Grund gelegt war für schwere und entscheidende Auseinandersetzungen über seine zukünftige Stellung und Tat, daß hier eigentlich für ihn erst alles begann, wo seinem Vater das Ende bereitet stand. So wie sein Vater sprach, konnte nur jemand sprechen, der restlos am Ende stand, dem der Tisch gnadenlos abgeräumt war, ohne Hoffnung, ohne Zuversicht und Liebe – gnadenlos. Albrecht erschauerte, je fester die Erkenntnis in ihm Wurzel schlug, und eine sonderbare Anwandlung überkam ihn oft, wenn er mit seinem Vater sprach. Er hatte dann nicht mehr das Empfinden, mit einem Menschen zu sprechen, der alt und abgekämpft auf einem verlorenen Posten stand, aber immer noch lebte und atmete, sondern es schien ihm, als stünde er vor einem Denkmal, dem Sinnbild der vergangenen Zeit, und er neigte sich tief in Gedanken vor Bewunderung und unsagbarem Schmerz. Er war, solange er alleine geblieben war, still und zurückhaltend, beinahe unentschlossen geblieben in allem, was er tat, kein Mensch, nur er selbst stellte Anforderungen an ihn. Hier zu Hause trat eine wesentliche Änderung ein: die Eltern waren alt geworden, das Leben hatte sie langsam an die Wand gedrückt, sie fühlten sich müde und enttäuscht. Was blieb Albrecht anderes übrig, als sich zusammenzureißen und von einer verlornen Stelle seiner Seele den letzten Rest von Mut und Zuversicht zusammenzuraffen. Es wurde ihm verdammt schwer, oft meinte er, es übersteige seine Kräfte, und dann dachte er an seinen toten Freund mit lüsternen, süß gefährlichen Gedanken. Aber er hielt durch, ja, er blieb oben, der Himmel sei gelobt, er war jung und nicht danach geschaffen, zu verzagen und untätig dabeizusitzen, während er das Wissen in der Hand hielt. In den Jahren, in denen er allein in Berlin lebte, hatte er viel gesehen und erfahren. Die Ereignisse traten nicht schattenhaft auf und strichen in weiter Ferne vorüber, es ging auch ihn an. Und was er wußte, war schicksalhaftes Nichtkönnen, schuldhaftes Versagen und verkommene Menschlichkeit.

Auch mit Dr. Köster, seinem Freund und Lehrer, wie er sich selbst scherzhaft nannte, traf Albrecht zusammen. Sie verabredeten einen bestimmten Abend, an dem Albrecht ihn besuchen sollte. Sie wollten wieder einmal einen ganzen Abend in Ruhe zusammen sein, in Erinnerungen schwelgen und die alte Freundschaft aufleben lassen. Eine lange Zeit war verstrichen seit den Vorträgen in der Literarischen Vereinigung, da Dr. Köster Albrecht, er war damals noch ein Schüler mit kurzen Hosen und verträumt blickenden Augen, das erstemal gesehen hatte. Als er dann aus der Schule kam und nach Berlin ging, hielt nur ein flüchtiger Austausch von Grüßen und kurzen Briefen die Verbindung zwischen ihnen aufrecht. In den Ferien, wenn Albrecht zu Hause war, trafen sie sich öfters, ihr Verhältnis blieb immer das gleiche wie damals zu Anfang in der Schulzeit.

Albrecht ging zu der verabredeten Zeit hin, und sie saßen zusammen in dem großen Zimmer, das der Doktor bewohnte, solange er schon hier in der Stadt war. Alles stand noch am gleichen Platz wie früher, Albrecht erinnerte sich, er erkannte alles wieder, die Bilder an den Wänden, das hohe zweiteilige Bücherregal, den Schreibtisch in der Fensternische, das Klavier, von Noten und Büchern bepackt, es herrschte immer noch die gleiche vertraute Unordnung. Albrecht stand in dem Zimmer herum, er fand sich nicht so schnell zurecht, er fühlte sich nicht recht behaglich und sonderlich sicher, er überlegte, vielleicht wäre er lieber nicht hierhergekommen. Der andere zeigte ihm Bücher, die er neu erstanden hatte, las Stellen daraus vor und fragte Albrecht um seine Meinung.

»Gut«, bestätigte Albrecht, »ausgezeichnet beobachtet, treffend geschildert, es ist gut.« Er sagte es so hin, ohne daß er sich nähere Rechenschaft über seine Worte abgab, es ging ihn im Grunde nichts an, er hatte gar nicht genau zugehört, er wollte nur eine Pause vermeiden und sich seinem Freunde gegenüber vorerst nichts anmerken lassen. Vielleicht wollte er ihn nicht enttäuschen.

»Darf ich Ihnen das Buch leihen«, fragte Dr. Köster.

»Nein, danke, ich mag nicht«, antwortete Albrecht, er lehnte entschieden ab.

»Warum?« Der andere war erstaunt, er verbarg es nicht. »Warum?« fragte er noch einmal.

»Ich muß meine Augen schonen«, erwiderte Albrecht, »außerdem habe ich keine Zeit.«

Dr. Köster sah ihn an, der Ton mißfiel ihm, in dem Albrecht seine Gründe vorbrachte, er war nicht unhöflich, aber irgend etwas lag in ihm einbeschlossen, was Dr. Köster sich noch nicht erklären konnte.

»Wie Sie wollen«, sagte er kurz, legte die Bücher hin. Dann nahmen sie Platz. Albrecht saß in einem tiefen Sessel, versunken in den weichen Plüsch der Polster, und versuchte, so gut es ging, Fragen zu beantworten, die der andere an ihn stellte. Eine Menge wollte er von Albrecht wissen, wie es ihm in Berlin erging, in dem letzten Jahr hatten sie sich selten gesehen, was er trieb, wie es überhaupt da draußen aussah. Er selbst kam nicht hier aus dieser Stadt heraus, ein verfluchtes Verhängnis hielt ihn fest.

»Nun, reden Sie doch, Albrecht, was ist mit Ihnen, Sie sehen abgespannt und blaß aus, strengt Sie das Leben in der großen Stadt so sehr an?«

»Ach«, erwiderte Albrecht unlustig, er wollte nicht daran erinnert werden, »ich will mich hier ein wenig erholen, ich glaube, ich habe es nötig, jetzt fühle ich mich schon wieder viel wohler. Ein paar Tage bin ich erst hier, meine Eltern sind rührend besorgt.«

Dr. Köster sah ihn heimlich an, er empfand eine Scheu, näher daran zu rühren, er hatte auch studiert, es lag jetzt schon mehrere Jahre zurück, aber hier war der Fall sicherlich anders.

»Erzählen Sie lieber von sich«, bat Albrecht, »was macht Ihre Arbeit, kommen Sie voran, erzählen Sie.«

Was sollte er erzählen von seiner Arbeit, an der er nun schon bald fünf Jahre zubrachte? Im Augenblick ging sie nicht sonderlich voran, sie lag auch nicht völlig brach, mit der Drucklegung hatte er schon begonnen, ein paar Bogen unterlagen gerade der Korrektur, er arbeitete immer noch weiter, alles befand sich in einer ungewissen Schwebe, hing sozusagen in der Luft. Oft überkam ihn Ekel und tiefer Abscheu vor seiner Arbeit, so daß es bedeutender Anstrengung bedurfte, um sich wieder daran zu setzen. Sie wurde nicht fertig, vorläufig war noch kein Ende abzusehen, obgleich sein Verlag vor langer Zeit schon eine Vorankündigung gebracht hatte. Außerdem war ihm das Geld ausgegangen, und er bemühte sich augenblicklich, neue Quellen zu erschließen. Es ist ziemlich unerfreulich, gestand er, aber angenommen, die Arbeit wird beendet, wer liest ein Werk, das entfernt vom Praktischen, nur vom Geist und allem, was an seiner Existenz hängt, handelt, wer liest es wirklich? Nein, nein, wenn er sich die Dinge recht betrachtet, so erfaßt ihn eine tiefe Aussichtslosigkeit. So ähnlich sprach er, nicht die gleichen Worte, aber Albrecht las das alles aus ihnen heraus und zeigte sich nicht wenig erstaunt.

»Also auch hier«, sagte er, »überall diese Resignation, überall, wohin man sieht.«

Dr. Köster nickte. »Nennen Sie es Resignation, nennen Sie es Müdigkeit, wie Sie wollen. Man kann nur traurig sein und schweigen.«

»Warum traurig sein und schweigen?« wiederholte Albrecht. »Meinen Sie, es bleibt nichts anderes übrig, als dorthin seine Zuflucht zu nehmen?«

»Sicherlich, Sie werden es mir bestätigen können, aus den Menschen, die Sie kennen. Aber ich brauche Sie nur anzusehen, Albrecht, da habe ich die Gewißheit. Es tut mir eigentlich aufrichtig leid, aber ich glaube, es bleibt uns nichts anderes übrig, wenn man sich nicht zu den Schreihälsen und männlichen Hysterikern begibt.« Er schwieg bedrückt.

»Sie irren«, sagte Albrecht langsam, »soweit Sie von mir sprechen, Doktor Köster, irren Sie bestimmt. Müde bin ich im Augenblick, das gebe ich zu, manchmal glaube ich auch, ich habe den Zusammenhang verloren, lange Zeit habe ich schon kein Buch mehr gelesen, beinahe bin ich stolz darauf«, fügte er noch hinzu.

»Stolz darauf, lächerlich, Albrecht, lassen Sie es sich von mir sagen, Sie haben kein Verdienst erworben, wenn Sie auf dergleichen hohle Erfolge stolz sind. Kein Buch mehr gelesen, Himmel, wenn Sie früher so gesprochen hätten! Aber die ganze Zeit, die ich jetzt hier mit Ihnen zusammen bin, besonders als ich vorhin die Bücher zeigte, werde ich das unbehagliche Gefühl nicht los, daß Sie geringschätzig denken und sprechen von dem, was Ihnen früher etwas bedeutete.«

Gelassen nahm Albrecht die Vorwürfe hin, denn was waren es anders als Vorwürfe und Rufe zur Umkehr!

»Ich spreche nicht geringschätzig oder gar verächtlich, das müssen Sie mir glauben. Es mag immerhin auch gleichgültig klingen, das schon eher, aber dagegen brauche ich mich nicht zu verteidigen, nicht wahr?«

»Gleichgültig? Ich nehme es eben als Zeichen für Ihre Resignation und Müdigkeit.«

»Ich sehe das viel einfacher«, erwiderte Albrecht, »ich habe in der Tat keine Zeit. Die Tage vergehen, man kommt nur zu rein praktischen Dingen. Ich nehme an, Sie wissen, unter welchen Verhältnissen ich studiere, man nennt es mit einem Wort Werkstudent, das bedeutet, neben meinem Studium arbeite ich und verdiene Geld, oder ich arbeite, verdiene und studiere nebenbei, so völlig klar ist mir das oft selbst nicht. Wenigstens, wenn es um das Geld geht – das Studium geht dabei zum Teufel. Die Nerven auch, aber auch das ist nicht zu ändern.« Er hielt einen Augenblick an. Dr. Köster ihm gegenüber hörte angespannt zu. Dann fuhr Albrecht fort. »Man glaubt den Geist zu erobern und zu erforschen, und dabei scheitert man schon an der äußeren Form, an äußeren Dingen. Alles geht darauf bei der Sicherung der einfachsten Grundlagen. Ich weiß, dieser Widerstreit ist nicht neu, so mancher hat ihn schon erfahren und wieder vergessen.«

»Wieder vergessen, wie soll ich das verstehen, Albrecht?« unterbrach ihn Dr. Köster. Albrecht überlegte kurze Zeit.

»Sehen Sie, ich treffe da so manchmal ältere fertige Leute, die sicher in ihrem Beruf stehen, sie meinen es gut, klopfen mir wohlmeinend auf die Schulter und erzählen, wie schwer es ihnen früher wurde und wie sie sich durchgehungert haben, unter den schwersten Bedingungen. Durchgehungert, sagen sie, und vielleicht waren sie damals aufrührerisch, revolutionär, Kämpfer. Heute haben sie es geschafft, ihre Frauen sprechen mit sichtbarem Stolz und Wohlbehagen von der Tüchtigkeit ihrer Männer, und die Männer selbst? … Traurig, Doktor Köster, ich sage Ihnen traurig, daß man weglaufen und verzweifeln könnte, wenn man später einmal genauso aussieht. In der Tat, ich kenne keinen widerwärtigeren Anblick als saturierte Revolutionäre oder Familienväter mit Vollbäuchen und Fettansatz, die früher einmal Schnelläufer waren und noch die Photographie aus der Zeit herumzeigen.«

Dr. Köster lachte. »Sehr gut, Familienväter mit Vollbäuchen und Fettansatz … aber Sie wollten mir beweisen, daß ich mich irre in dem, was ich vorhin sagte.«

»Richtig, wir waren bei der Resignation stehengeblieben, und ich war nahe daran, ihnen ein Geständnis zu machen.«

»Ein Geständnis? Bitte sehr, welches?«

»Nicht zu schnell, im Augenblick bin ich nicht zu Geständnissen aufgelegt, vielleicht etwas später oder vielleicht heute gar nicht mehr.«

»Nun gut, Albrecht, wie Sie wollen. Ich wundere mich nur, ja ich bin sogar ein wenig traurig darüber, daß Sie sich vor mir schämen, ich dachte, wir hätten die Scham nicht mehr nötig.«

»Mit der Scham ist es so eine eigene Sache, Doktor Köster, wenn Sie zuhören wollten, ich könnte Ihnen da Geständnisse machen, die sicherlich ebenso aufschlußreich sind.«

»Reden Sie, immer reden Sie, Albrecht, Sie müssen alles sagen, was Sie auf dem Herzen haben, ich höre gerne zu.«

»Nun gut«, er begann. »Sie wissen, daß man auf der Universität, um eine Nachsicht bei der Erlegung der Gebührengelder zu erreichen, ein Gesuch einreichen muß, in dem bestimmte Fragen ganz genau beantwortet und zum Teil behördlich beurkundet werden müssen. Am Schluß befindet sich außerdem ein Anhang, eine lange Spalte, hier schreibt man ein paar persönliche Bemerkungen dazu, alles mit dem Ziel, das Gesuch durch nähere Erläuterungen, soweit sie nicht aus den Fragen hervorgehen, für einen gnädigen Bescheid herzurichten. Man muß das tüchtig anpacken. Als ich nun das erstemal ein solches Gesuch ausfertigte und an die Stelle kam, wo ich einige Erklärungen über meine Lage niederschreiben konnte, wußte ich plötzlich nicht mehr weiter und bat einen Kollegen, ein älteres Semester, der hierin schon Übung hatte, mir zu helfen. Er lachte zuerst, als er mein hilfloses Gesicht sah, dann diktierte er mir ein paar Sätze, die sich gewaschen hatten. Ich selbst war ganz gerührt. ›Na‹, fragte er am Schluß freudestrahlend, ›stimmt es, man kann nie schwarz genug malen.‹ Äußerst befangen erwiderte ich, es sei wohl ein bißchen übertrieben, es ginge uns wohl nicht mehr gut, aber so schlecht, wie er es hingestellt hatte, ging es nun auch wieder nicht. Aber wenn die da oben das lesen, dann müssen sie ja gerührt sein. ›Ach was‹, erklärte mein Kumpan, ›was meinen Sie, andere haben das noch viel besser heraus als ich, die kennen überhaupt kein Schamgefühl mehr.‹ Schamgefühl sagte er, er bedauerte es wohl im stillen, daß er noch nicht genügend abgebrüht war und sich noch schämen konnte, da waren ihm andere voraus. Sehen Sie, dieses mit der Scham, die man nie los wird, das war auch mein Fall, das traf mich ebenfalls. Ich kenne diese Scham in noch viel stärkerem Maße, daß sie mir oft kaum erträglich schien, beim Abfassen von Bittgesuchen oder bei mündlichen Unterredungen. Man war immer zuvorkommend zu mir, man ließ mir von jeder Seite Hilfe und Unterstützung zuteil werden, ich kann mich nicht darüber beklagen, überall wo ich hinkam, trat ich demütig und unterwürfig auf, nur so konnte ich meine Würdigkeit beweisen. Ich trug meine Sache vor, und jedesmal, wenn ich geendet hatte, verharrte ich in einem feierlichen Schweigen, wartete, bis man mich wieder fragte. Aber wenn ich dann entlassen war, draußen vor der Tür stand, da überkam mich das Bewußtsein meiner kläglichen Rolle, die ich im Leben spielte, ein jedesmal immer stärker wieder. Ich lief wie ein gekränkter Patriot nach Hause, besah mein Gesicht im Spiegel und empfand die tiefste Abscheu vor meiner Kunst, mit meiner Not hausieren gehen zu können. Ich finde kein anderes Wort, aber meine Lage kam mir unanständig vor, unwürdig, verlogen, was Sie wollen – und dabei war sie wahr, sie entsprach den Tatsachen, das war das Ungeheuerliche, das mich nicht zur Ruhe kommen ließ. Ich wollte den Leuten, zu denen ich als Bittsteller ging, große Geschichten erzählen von meinem Vater, der sein Leben lang gearbeitet hatte und nun nicht mehr weiterkonnte. Ja, aber zum Teufel, warum laufe ich dann, sein Sohn und, wie es so schön heißt, sein Erbe, demütig herum und schäme mich, wir hatten doch nichts Strafbares verbrochen, es ging uns nur immer schlechter, zum Teufel, was sollte das mit der Scham? Wissen Sie eine Antwort darauf, Doktor Köster? Bitte sagen Sie mir Ihre Ansicht.«

»Das ist einfach, Albrecht, Sie merkten eben, daß Sie sich mit Ihren Bitten, demütigen Gesuchen, wie Sie es ein wenig übertrieben nennen, in eine Abhängigkeit begaben, die Ihnen nicht erträglich schien. Sie sind eben stolz und lassen nur gelten, was Sie allein vollbracht haben.«

»Nicht ganz, Doktor Köster, das ist nur ein Teil, aber Sie sind der Wahrheit schon nahe. Was, meinen Sie, hätten mir wohl die Leute geantwortet, wenn ich ihnen das von meinem Vater erzählt hätte. Sie hätten mir wohlmeinend und verstehend auf die Schulter geklopft, versichert, sie wüßten genau Bescheid, täglich hätten sie Einsicht in ähnliche Schicksale, aber die Verhältnisse seien daran schuld, man könne es eben nicht ändern, die Verhältnisse, ich sei nur ein Opfer, und da ich fleißig und bescheiden bin, werde man mir auch helfen. Und man half mir auch. Aber bei mir bewirkte das keine Änderung, ich fuhr fort, mich zu schämen, ja ich könnte beinahe sagen, meine Scham wuchs in dem gleichen Maße, wie man mir half ... und warum jetzt? Sehen Sie, ich merkte nämlich, daß ich keine anständige Haltung im Leben mehr bewies. Wie sollte ich auch, es lag nicht nur bei mir, ich stand schief und verquer mit einem unbeschreibbar schlechten Gewissen auf einem Platze, der nach Untergang, Verwesung, Tod stank. Mit etwas Ironie, etwas Langmut, etwas Schläfrigkeit half ich mir über diese Stunden entsetzlichster Verzagtheit hinweg – Hilfsmittel waren es, Versuche, mich über Wasser zu halten, da es mir schon bis zum Halse hinauf stand. Wir waren eben ein Opfer, mein Vater und ... Aber zum Teufel mit dem ewigen Klagen und Trauern, schließlich sind wir keine Klageweiber, ich habe es satt.«

Dr. Köster sah auf, er lächelte. »Sie reden, als wollten Sie Bomben werfen.« Voller Hingabe betrachtete er seinen Freund, wie er aufstand und sich immer mehr in Feuer redete. Albrecht fühlte den Spott aus seinen Worten heraus.

»Nein«, erwiderte er, »Bomben werde ich nicht legen, nie mich mit solchen großen und mutigen Aktionen befassen, das überlasse ich Kräftigeren. Sie dürfen mich nicht auslachen, aber in Wahrheit, ich schlage mich noch mit Sachen herum, die für andere nie in Frage gestanden haben, die selbstverständlich sind – nämlich, ich habe mich entschlossen, politisch zu werden.«

»Was, Albrecht ... politisch ... armer Junge!« Dr. Köster sprang auf.

»Ja, Sie tun erstaunt, Sie meinen, das Beste ginge dabei an mir verloren, ist es so?«

»Ja, ich kann Sie mir nicht vorstellen. Nun wollen Sie also auch zu den Schreihälsen und männlichen Hysterikern überlaufen, das ist die größte Resignation, die ich mir denken kann.« Er dachte nach, dann sagte er: »Albrecht, ich hatte Sie in Erinnerung als einen kräftigen, gesunden, empfindsamen Jungen, der für sich bleibt und nicht im Chor mit anderen mitschreit. Ich dachte, Sie würden still Ihren Weg gehen, und wenn Sie mir dies nun erklären, so scheint es mir, als ob Sie selbst sich nicht mehr kennen oder sich verfälschen. Liegt darin vielleicht eine bewußte Absicht, der Wunsch nach einer Verwandlung? Es tut mir leid, ich sehe vorläufig nur die übergroße Anstrengung, einen Krampf, wenn ich es so nennen darf. Albrecht, ich gab Ihnen am Anfang unserer Bekanntschaft ein Buch, es ist mehr als ein gewöhnliches Buch, ich weiß, welchen Eindruck es auf Sie gemacht hat. Und nun frage ich Sie, Albrecht, erinnern Sie sich, oder lehnen Sie sogar schon die Erinnerung ab?«

»Ja«, erwiderte Albrecht schwerfällig, »ich erinnere mich«, ungern sprach er jetzt davon. »Ich erinnere mich«, fuhr er leise fort, »es ist vieles wahr, vieles paßt haargenau auf mich, es ist unheimlich oft, zuweilen schien es mir, als sollte ich nie darüber hinwegkommen, es war zum Verzweifeln. Ich hing in mir selbst gefangen, nirgends gab es einen Ausweg, Sie wissen nicht, wie es mir erging. Ich lief herum und verrichtete meine Arbeit gewissenhaft, ein tüchtiger Junge, sagten die Leute, wenn sie von mir sprachen, sie meinten meine Bescheidenheit und Tatkraft, ein tüchtiger Junge, und luden mich zum Mittagessen ein. Aber keiner merkte, daß ich mich eigentlich selbst aufaß, daß ich von meiner eigenen Substanz zehrte und mir von keiner Seite eine neue Quelle zufloß, die mich frisch erfüllte, mich neu speiste. Ich litt Unendliches an dem, was ich täglich sah, an Erfahrung hinzugewann und wußte als Erbteil meiner Erziehung. Ich stand mitten im Leben und verlor immer mehr die Beziehung, den Halt an ihm. Ja, wenn ich einer von denen wäre, ein Drahtseilkünstler, ein Tänzer, der sich meisterhaft durch alle schwierigen Lagen hindurchbalanciert, ich hätte mir eins gepfiffen und mich durchgewunden. Aber ich bin zu schwer, zu alt, ohne Humor meinetwegen, als daß ich das könnte. Sie werden mich nicht auslachen, wenn ich Ihnen ein Geständnis mache, aber ich glaube an Worte wie Sauberkeit, Geradheit, Anstand und Würde. Sie sind für mich mehr als nur Worte, sie verkörpern für mich den einzigen Inhalt, den ich aus einem vollgültigen Leben herauslese. Und das alles besaß ich in meiner damaligen Lage nicht mehr, nur das einzige, das Schamgefühl, und das unendlich schlechte Gewissen, mich um eine Entscheidung herumzudrücken. Ich merkte deutlich, wie ich mit der Zeit immer mehr ausgeschaltet wurde, es bedurfte keiner langen Überlegung, wann der Tag kam, an dem ich gänzlich erledigt war.«

Eine kleine Pause trat in ihrem Gespräch ein, sie hatten sich im Verlauf ihrer Unterhaltung von den Plätzen erhoben und liefen jetzt im Zimmer herum, ein jeder mit seinen Gedanken beschäftigt. Schließlich faßte sich Dr. Köster ein Herz, immerhin war er der ältere, er zog Albrecht auf seinen Platz zurück.

»Kommen Sie, Albrecht, zünden Sie sich eine Zigarette an, dann wollen wir noch einmal gemeinsam Ihre ganze Lage durchsprechen. Mir scheint, Sie handeln da etwas übereilt und nicht frei von Entschlüssen, die Sie unter einem vertrackten Zwang in einer ebenso vertrackten Lage gezogen haben.« Er sprach väterlich, wie ein Lehrer zu seinem Schüler spricht, als müßten sie gemeinsam das Ziel suchen, während er, der ältere, schon längst darum weiß und fein und zart, ohne daß der andere des leichten Betruges gewahr wird, bewußt darauf hinsteuert.

»Danke, keine Zigarette«, lehnte Albrecht ab, »wir wollen uns das Gespräch nicht durch den Duft verschönern und süßer gestalten, es ist besser, alles so schroff und gegensätzlich zu sagen, wie wir es im Augenblick empfinden.«

»Nun, wie Sie wollen, Albrecht.« Er zündete sich eine Zigarette an. Nach einer Weile: »Also wir wollen noch einmal da halten, wo Sie sagten, daß Sie sich entschlossen haben, politisch zu werden. Sie setzten hinzu, es klänge ein wenig lächerlich und anmaßend, wenn Sie davon wie von einem großen Entschluß redeten, der weittragende Folgen nach sich zieht, während es bei anderen Menschen dieses gewaltigen Anlaufes nicht mehr bedarf. Nun, wir wollen diese anderen Menschen vor allem aus dem Spiel lassen und nicht nach ihnen schielen, wie sie es wohl anstellen … Wenn ich überhaupt einen Sinn in allen unseren Unterhaltungen erblickt habe, dann wohl nur den, Sie selbständig denken zu lehren und jederzeit von dieser Selbständigkeit Gebrauch zu machen. Auch heute wollen wir es so halten, nicht wahr? Wenn Sie nun sagten, Sie wollten politisch werden, bemühe ich mich, das vollkommen zu verstehen, um auf die Anlässe zu kommen, die Sie bewegen, Ihre Einsamkeit aufzugeben und sich irgendeiner politischen Partei, wie sie sich jetzt zu Dutzenden auftun, in die Arme zu werfen. Ihre

Einsamkeit, denn das halte ich für das Wesentliche, Sie empfinden das Bedürfnis, mit Menschen zusammenzukommen, denen Sie sich in einer äußeren Zielsetzung verwandt wissen, Sie fühlen sich damit erleichtert, freier, ja das Leben wird für Sie ein wenig bequemer, aber ich bin noch lange nicht am Ende. Ihre augenblickliche wirtschaftliche Lage, die nicht besonders rosig sein mag und auch für die Zukunft ein wenig unklar sich erhebt, bestärkt Sie in Ihrem Entschluß. Ich weiß, es ist schwer, verdammt schwer sogar, ich erkenne das an und berechne es mit ein, Sie sind abgespannt und nervös, mißmutig – alles erscheint Ihnen schärfer und drohender, als es in Wirklichkeit ist. Warten Sie ab, Albrecht, erholen Sie sich etwas, dann wollen wir weiterreden. Aber jetzt habe ich Sie in dem Verdacht – Sie dürfen mir meine Aufrichtigkeit nicht übel auslegen –, ich habe Sie in dem Verdacht, daß Sie stark nach der Glückseligkeit schielen. Gestehen Sie ein, Albrecht, habe ich recht?«

»Ich gestehe nicht«, erwiderte Albrecht ruhig, »nein, ich habe nichts zu gestehen, und mit der irdischen Glückseligkeit überhaupt erst recht nicht. Ich begehre sie nicht in dem Sinne, den Sie mir vorwerfen, noch in irgendeinem anderen. Das war sogar meine erste, und ich will es nicht verheimlichen, schmerzliche Erfahrung, schon vor langen Jahren, damals, als Sie mir das wunderbare Buch liehen, daß ich an dem, was man so gemeinhin mit Glückseligkeit bezeichnet, ›irdische Wonnen und Genüsse in himmlischer Fülle verliehen‹, daß ich daran keinen Teil habe. Um davon beglückt zu sein, muß man aus anderem Holz gebaut, muß man richtig jung gewesen sein, aber nicht ohne Humor und Lachen, wie ich es im Grunde bin. Mit der Glückseligkeit habe ich, glauben Sie mir, nicht das geringste im Sinn. Im Grunde geht es uns beiden um das gleiche, Doktor Köster, ich bitte Sie, es nie im Verlauf unseres ganzen Gespräches zu vergessen, auch wenn wir uns manchmal weit davon entfernen, es geht uns um das gleiche, nämlich, hören Sie recht zu: um den Geist. Zu Anfang unserer Bekanntschaft sagten Sie mir, erinnern Sie sich, ich ging damals noch zur Schule und besaß wenig Erfahrung … Der Geist ist es, die Liebe zu ihm, was allein erhält und uns tätig macht. Sie sehen, ich habe das Wort in gutem Andenken bewahrt, der Geist ist es, der uns erhält, das habe ich damals schon verstanden, und auch heute stehe ich trotzdem noch dazu, wenn ich vorhin auch zu prahlen schien, daß ich lange Zeit nichts Ordentliches mehr gelesen hätte. Ich habe es nicht vergessen. Und allein uns tätig macht … Als Sie damals diesen Satz hinzufügten, glaubte ich, auch den Sinn endgültig begriffen zu haben … und uns tätig macht … Aber jetzt sehe ich, daß ich damals auch noch nicht eine Spur von dem ahnte, was ich heute weiß. Ich sah, wie Menschen, einfach weil es ihnen schlecht ging, weil die Verhältnisse gegen sie Stellung nahmen, aktiv wurden, handelten und Entschiedenes vollbrachten. Zu jeder Zeit ist es so gewesen, sicherlich, aber ich sah dies jetzt, und eingedenk Ihrer Worte von dem Geist und der Liebe zu ihm erschien mir dies unfaßbar, ja, hier sah ich deutlich einen Trennungsstrich gezogen zwischen mir und allen denen, die tatkräftig handeln. Dabei gehörte ich auch zu denen, gegen die die Verhältnisse Stellung nahmen, auch ich wurde ihr Opfer, jedoch ich blieb für mich, mit meinen kleinen Kämpfen und Unentschiedenheiten, abseits, versunken in Beobachtung und Selbstbetrachtung. Allmählich setzte sich in mir das entscheidende Gefühl durch, daß ich mich immer mehr entfernte von dem, was Leben heißt, ja, ich bemerkte, und dies war meine schmerzliche Erschütterung, daß ich mich nicht mehr im Gegenwärtigen halten konnte, daß ich abtrieb, uferlos, in die verschwommene Unendlichkeit.«

»Man könnte meinen, Sie seien der tiefsten Erkenntnisse dabei inne geworden«, entgegnete Dr. Köster, »sind Sie nicht der Ansicht, daß die Lage, die Sie mir eben beschrieben, die eines jeden ist, der abseits nur für sich denkt und Einblick getan hat?«

»Ja«, erwiderte Albrecht zögernd, »vielleicht, aber man darf nicht dabei stehenbleiben, oder vielmehr, ich durfte nicht dabei stehenbleiben, wollte ich überhaupt noch eine Möglichkeit finden, am Leben teilzunehmen. Verstehen Sie das?«

»Ich glaube«, antwortete Dr. Köster nachdenklich, »Sie müssen arbeiten, Geld verdienen. Meinen Sie die dazu nötigen Energien, den seelischen Schwung?«

Albrecht schüttelte den Kopf. »Nein«, sagte er langsam, »auch hier verstehen Sie mich nur halb, es ist mehr, ich muß den Schritt wagen, mich dort eingliedern, wo ich glaube, daß ich hingehöre und für mich eine Lebensmöglichkeit besteht. Ich muß mir eine neue feste Form suchen, aber es ist mehr als nur eine äußerliche Form. Ich habe ihn, den Geist nämlich, neu begriffen, ich habe ihn neu erlebt, da ich ja nichts anderes getan habe als gelebt und gearbeitet, was für mich im Grunde eins ist.«

»Albrecht, wie kommen Sie darauf und welche Folgerungen ziehen Sie daraus für sich im Zusammenhang mit dem, was Sie mir vorhin sagten, daß Sie sich entschlossen haben, politisch zu werden? Sie gehen noch weiter, Albrecht, Sie sind nicht der Mensch, sich einfach mit einer runden Erkenntnis, mag sie auch noch so beglückend oder verwünscht sein, zu begnügen.«

»Nun gut«, erwiderte Albrecht ernst, »Sie bitten mich darum, ich werde diese Bitte erfüllen. Aber versuchen Sie nachher nicht, etwas zu beschönigen oder mich auszulegen oder zu kommentieren, so, wie ich es Ihnen sage, will ich, daß es verstanden wird.

Sie warfen mir vorhin vor, daß ich mit meinem Entschluß, politisch zu werden, meine persönliche Note verliere, wie Sie sagten, oder mich selbst nicht mehr kenne. Sie kamen mir mit der Einsamkeit, und im Gegensatz zu ihr mit der politischen Partei, die durch die gemeinsame äußere Zielsetzung eine Verbundenheit schafft. Ich glaube nicht, daß Sie das Sich-verbunden-Fühlen mit anderen Menschen in einem äußeren formalen Ziel ablehnen wollen, oder hätten Sie doch die Absicht?«

»Nicht im mindesten, Albrecht, Sie haben mich mißverstanden, ich meinte vielmehr alles, was diesem Entschluß mitanhängt, gleichsam ungewollt mit hinzugetragen wird, aber ich verstehe nicht …«

»Gemach, Doktor Köster, zuerst einmal: Sie entsinnen sich, ich hatte hier einen Freund, den Fritz Fiedler. Eines Tages riß er aus der Schule aus, da er glaubte, sein Leben unter den Bedingungen wie bisher nicht zu Ende führen zu können, er riß einfach aus, anders konnte er es seinen Eltern nicht beweisen. Diesen biederen Handwerksleuten, die es durch ihre Arbeit zu einem guten Auskommen gebracht hatten, wollte es zuerst durchaus nicht in den Sinn, daß ihr Sohn keinen Wert darauf legte, ein studierter und, wie sie damit meinten, angesehener und wohlhabender Mann zu werden. Sie hatten ihm die Möglichkeit gegeben, zum Schluß blieb ihnen nichts anderes übrig, sie fanden sich damit ab.

Verstanden haben sie es sicherlich nie. Auch mir ist erst mit der Zeit klargeworden, was Fritz damals bewogen hat. Einmal sagte er mir, daß er keine Brücke fände zwischen dem, was man ihm in der Schule bei-brachte, und dem Leben, das er um sich herum erfaßte; offenbar be-stand da ein tiefer Spalt, den er sah, den auch unsere Lehrer sahen und der sie unsicher machte. Außerdem war er gesund und überaus kräftig, seine Kraft verlangte nach Arbeit, ganz einfach nach einer Arbeit. Er wollte das Leben leben, das er um sich herum sah, sein Vater arbeitete, sein Bruder arbeitete, er wollte es nicht anders. Wie es ausging, wissen Sie. Zuerst versuchte er es hier im Lande. Nach einem Jahr, er hatte noch nicht ausgelernt, lag er auf der Straße, die Firma machte bank-rott. Die Lehrzeit wurde ihm nirgends angerechnet, was nun? Er konnte noch einmal von vorne anfangen, in einer neuen Lehrstelle. Und wissen Sie, Doktor Köster, wie es ihm ergangen wäre, wenn er die Lehrzeit glücklich hinter sich gebracht hätte? Es wäre ihm nicht anders ergangen, er hätte wieder auf der Straße gelegen, ohne Aussichten für die Zukunft, ein hoffnungsloser Fall, einer unter vielen Tausenden. Dann ging er nach Amerika, und als er nach zwei Jahren zurückkam, war er erledigt. Was er in der Zwischenzeit alles erlebt hatte, hat er nie erzählt, nicht schwer, es sich vorzustellen, Amerika hat selbst genügend Arbeitslose. Ich sprach ihn damals, ich konnte ihm nicht helfen, ich war selbst in einer äußerst verzwickten Lage. Ein paar Monate lungerte er noch hier herum, er versuchte vergeblich, Tritt zu fassen, es gelang ihm nicht. Dann erschoß er sich eines Tages in Berlin, in einem kleinen Hotel, zusammen mit einem Mädel. Liebesmord, natürlich, es ging da-mals durch alle Zeitungen, denn was gibt es für andere Gründe, das Leben von sich zu werfen, als Liebeskummer oder verhinderte Sexuali-tät, manchmal auch noch Nahrungssorgen, aber das war bei Fritz nicht der Fall. Seinen Eltern ging es immerhin noch gut. Sie sehen mich fra-gend an, als warteten Sie gespannt auf den Schluß, den ich zu Nutz und Frommen aus dieser Erzählung ziehen würde. Gewiß, es ist leicht, nachher Betrachtungen darüber anzustellen und nachträglich noch mit Vorschlägen zu kommen.«

Pause.

»Mir ist die Angelegenheit mit Ihrem Freund und vor allem der Ausgang klar«, begann Dr. Köster, er besaß Verständnis genug, er bewies es durch seine Worte. »Ihr unglücklicher Freund hatte die tiefe Aussichtslosigkeit erkannt, die am Ende eines jeden Unternehmens stand, auf das er heute seine Kraft richtete. Es ist eine gewaltige Tragik und ein unerhörter Vorwurf.«

»Ja«, fuhr Albrecht erregt auf, »das gleiche lese ich auch heraus. Aber noch mehr, ich wage es heute zu sagen, es mag lächerlich klingen, wo er doch tot ist und nicht mehr zu einem neuen Leben erstehen kann, es gibt einen anderen Weg, der, aufgebaut auf die gleichen Erfahrungen und schmerzlichen Erkenntnisse, nicht unbedingt zu dem Ende führt. Ich weiß, natürlich, für Fritz gab es keine andere Entscheidung, er hätte sie sonst nicht gefällt. Er kannte nicht die Not, es ging ihm äußerlich noch gut, er hätte weiterleben können auf Kosten seiner Eltern und seines Bruders, aber das war nicht das Leben, das er begehrte. Er war jung und besaß Kräfte, aber er war einfach ausgeschaltet. Wenn er sich da entschlossen hätte, politisch zu werden, politisch zu denken, sagen wir, geschichtlich zu denken, zu stürzen, was sich im Verfall schon befand und an ihm sich wirksam zeigte, aber in dem Gedanken, etwas Neues aufzubauen – wenn er sich dazu entschlossen hätte, statt allein herumzulaufen, überall anzurennen und sich immer mehr ein Stück von sich selbst abzuschlagen –, ich wage es heute zu sagen, es wäre anders gekommen. Dieser Entschluß lag nicht in ihm begründet, von allein kam er nicht darauf. Alle haben bei ihm versagt, die Eltern, obwohl sein Vater früher selbst politisch war und sogar eine Freiheitsstrafe zu verbüßen hatte, die Lehrer erst recht – und ich, ich auch, denn ich wußte damals noch nicht genug.«

»Aber jetzt frage ich Sie«, unterbrach ihn Dr. Köster, »da Sie mir zu Anfang sagten, es geht Ihnen nur um den Geist – ich sollte es nicht vergessen, baten Sie mich –, nun, was hat das mit dem Geist und der Erkenntnis zu tun? Oder sind Sie schon so weit, daß Sie aus dem rein Wirtschaftlichen alles erklären wollen?«

»Das ist widerlich«, entgegnete Albrecht langsam und mit unendlicher Schwermut, er erhob sich. Sein Gesicht erstarrte, und jedes Alter wich daraus. »Nehmen Sie es mir nicht übel, ich finde es wirklich widerlich. Soll ich Ihnen versprechen, daß ich nichts vergessen werde, nichts von dem, was wir einst besprachen, von der Kraft des Geistes und der Liebe zu ihm, von der Seele und allem, was zwischen Himmel und Erde in der ewigen Schwebe ist und nur in ihr begriffen werden kann, von der Fragwürdigkeit eines jeden Geschehens, und noch vieles mehr, was so zart und zerbrechlich ist, daß es gefährlich wäre, es auszusprechen, es könnte in der kalten Unwirtlichkeit des Daseins zerfallen ... soll ich das wirklich versprechen, meinen Sie, ich könnte es je vergessen? Nein, ich werde es nie vergessen, niemand wird es vergessen, der je daran teilgehabt hat. Aber jetzt, Doktor Köster, merken Sie auf, jetzt gilt es, etwas ganz anderes zu begreifen, nämlich die unendliche Tragik, die darin liegt, *verdammt sein zum Handeln, während der Geist schon erlöst ist*? Verstehen Sie das? Ich habe sie begriffen, mehr noch, am eigenen Leibe erfahren, gnadenlos, wenn ich jetzt nicht handele, bin ich erledigt.«

Dr. Köster stand auf und sah Albrecht groß ins Gesicht.

»Doktor Köster«, fuhr Albrecht leise fort, »es geht nicht darum, wer von uns beiden recht hat, ohne Zweifel steht das Recht bei jedem von uns, Sie können sogar noch die ewigen, unveränderlichen Wahrheiten für sich in Anspruch nehmen. Gut, ich überlasse Sie Ihnen, desgleichen Ihre Resignation und gepflegte Müdigkeit, nehmen Sie sie hin, Sie dürfen es sich leisten, müde und resigniert zu sein. Die ewige, unveränderliche Wahrheit – nun, sie hält mich nicht mehr, sie läßt mich fallen, ich wäre ein Feigling, ein Selbstmörder, wenn ich sie mir in meiner Lage vor Augen hielte. Die ewige, unveränderliche Wahrheit ... sie ist mir hinreichend verdächtig. Erlöst sein im Geiste, gut, und gleichzeitig verdammt zum Handeln, lernen Sie es begreifen. Dann ist man bereit, sogar zu Krücken seine Zuflucht zu nehmen, wie Sie es vorhin bezeichneten. Aber auch da irren Sie und urteilen nur von Ihrem Standpunkt. Wo gibt es ein Leben ohne Krücken? Lassen Sie mich humpeln und unvollkommen bleiben, wie Sie meinen, wenn ich nur am Leben bleibe. Denn nur im Leben glaube ich dem Geist dienen zu können. Wenn ich Ihnen das Beispiel mit der Form anführte, so sollen Sie weiter wissen, daß es für mich nur diese eine Form gibt. Habe ich je eine besessen, wenn ja, dann ist sie zerbrochen, und ich muß mir eine neue schaffen, in der Anstand, Würde, Gerechtigkeit und Menschlichkeit verbürgt sind. Was haben Sie mir zu erwidern?«

Dr. Köster schwieg lange Zeit. Er trat an das Fenster und sah auf die Straße, als käme ihm von dort aus dem nächtlichen Dunkel die Antwort. Sein Atem ging schwer. Vor seinen Augen entstand das Bild des Schülers von einst, die kurzen Hosen, mit offenem Kragen und mit verwundert, unwissend blickenden Augen, zu ihm hatte er einst gesprochen. Er verharrte lange auf seinem Platz am Fenster. Dann erinnerte er sich jäh der eben gefallenen Worte, sie klangen noch in seinen Ohren, langsam drehte er sich um und sagte:

»Nicht viel, Albrecht. Ich sehe ein, es steht für Sie im Vordergrund. Sie sind, um mit Ihren eigenen Worten zu reden, verdammt, zu handeln, sicherlich … und nur in dieser bestimmten Form. Auch das erscheint mir verständlich. Nein, schütteln Sie nicht den Kopf, als wollten Sie sagen, das Verstehen, der Verstand allein genügt hier nicht, keine Phantasie, mag sie auch noch so blühend und farbig in einem bestehen, reicht aus und kann ermessen – hier vermag nur das Leben zu entscheiden.«

»Es ist so«, flüsterte Albrecht.

»Aber eine Frage noch«, fuhr Dr. Köster unbeirrt fort, »Offenheit gegen Offenheit: glauben Sie auch daran? Antworten Sie mir bitte, glauben Sie an die Erfüllung Ihres Zieles, eines Zieles überhaupt, wenn ich es schnell so nennen darf, antworten Sie bitte.«

»Ja, ich glaube daran«, erwiderte Albrecht feierlich. »Wenn ich meinen Vater ansehe, glaube ich daran.«

Seine Augen leuchteten bewußt und kraftvoll.

»Eine außerordentliche Täuschung«, flüsterte Dr. Köster, »und sonst …«

Schweigen.

»Und sonst, wenn Sie allein sind, Albrecht?«

Nach einer Weile: »Ich will leben, denn ich muß weiterleben und arbeiten. Wir haben nichts mehr zusammen zu besprechen, leben Sie wohl.«

Bankrott! An einem Donnerstag ging Herr Seldersen auf das Gericht, den Konkurs über sein Geschäft anzumelden. Schon vier Wochen vorher hatte er diesen Gang genau überlegt. Der Tag war festgesetzt, an diesem Donnerstag eben. Beinahe hätte er seinen Entschluß wieder umgestoßen, denn er behielt ihn streng für sich geheim. Zwei Tage vorher erinnerte er sich, daß auf diesen Donnerstag sein Geburtstag fiel – ein merkwürdiges Zusammentreffen. Vielleicht eine Bestimmung, so sollte es sein. Es war sein sechsundfünfzigster Geburtstag. Er hielt an dem einmal gesetzten Termin fest und brachte sich selbst das größte Geburtstagsgeschenk. Am frühen Morgen gratulierte ihm die Mutter, und dann begann der Tag.

Über zwei Stunden blieb er von zu Haus weg, eine unendliche Zeit, der Weg zum Gericht erforderte nur wenige Minuten. Unten im Laden saß Frau Seldersen in großen Ängsten, es fiel alles zusammen, der Geburtstag, das Ende, es gab keine Gnade. Dann kam der Vater zurück, er war ruhig und zufrieden. Die Mutter hockte versteckt in einem Winkel, sie weinte, weiter tat sie nichts, sie weinte nur immerzu. Der Vater saß schwer auf dem Stuhl hinter der Kasse, seine Hände lagen auf dem grünbezogenen Schreibpult – er saß in seinem Geschäft, das ihm achtundzwanzig Jahre gehört hatte, bis heute, jetzt war er ein Fremder darin. Er hatte genug getan, sollten andere die Sache zu Ende bringen, er war entbunden von jeglicher Verpflichtung, für lange Zeit, bis man hier zu einem Ende gekommen war.

Es brannte kein Licht mehr in seiner Wohnung, auf seinem Herd flammte kein Feuer mehr auf. Man hatte ihm die Zuleitung gesperrt. Er ertrug es lächelnd, es war ja Sommer. Dann wollte er nach Berlin ziehen, und dann … aber das ist noch nicht an der Reihe, gedacht zu werden. Er war zufrieden, er hatte etwas vollbracht, er machte nicht mehr mit. Er hatte es gesagt, alle konnten es hören. Dabei lag die Entscheidung gar nicht bei ihm, vielmehr war er zu diesem Schritt gezwungen worden. Er hätte es noch einige Zeit hinziehen können, über diesen Winter kam er nicht mehr, er wußte es, es lag ihm nichts daran. Er machte nicht mehr mit. Jetzt endlich war Schluß. Er wollte seine Ruhe haben, nichts weiter als seine Ruhe, einmal wieder schlafen können, Mensch sein, nicht geprügeltes, gehetztes Tier.

Er ist auf der Strecke geblieben, der Bürger Johann Seldersen, er ist im Kampf unterlegen. Was Krieg, Nachkrieg, Inflation, jedes für sich allein, nicht vermochten, haben sie vereint in langer, zäher Arbeit geschafft: Krieg, Nachkrieg, Inflation. Es ging hart auf hart. Der Kaufmann Johann Seldersen ist zurückgetreten, erschöpft, sterbensmüde, aber ruhig, ohne viel Aufhebens. Er ist von der Bühne des Geschäftslebens, auf der er jahrelang vermittelnd zwischen Hersteller und Verbraucher stand, ein sicherer Mitspieler, der seine Rolle bis zu Ende kannte, abgegangen. Der Bürger Seldersen hat aufgehört, ein Bürger zu sein, er besitzt nichts als das, was er auf dem Leibe trägt, und dazu alte Möbel, mit denen er notdürftig seine Zimmer bestellen kann, und auch diese gehören ihm noch nicht einmal. Und das nach dreißigjähriger Arbeit. Die Rechnung ist aufgegangen, null zu null. Er geht heraus, wie er vor dreißig Jahren eingetreten ist, nur liegen dreißig Jahre dazwischen, das besagt alles.

Am gleichen Tage kam noch ein Brief, ein Fabrikant drohte mit einer Klage, stellte eine Frist von fünf Tagen. Herr Seldersen las den Brief sorgfältig, er lachte höhnisch. Ihn ging das nichts mehr an, das war jetzt die Sache eines anderen. Von Gericht wurde ein Sachverwalter über diese Angelegenheit bestellt, ein biederer, angesehener Mann, so alt wie Herr Seldersen. Sie hatten sich oft in geschäftlichen Dingen besprochen, er vertrat den Vater vor Gericht. Man hatte von ihm nichts zu versehen, er würde die Sache in Ordnung bringen. Herr Seldersen bedauerte, daß ihm diese unerquickliche Arbeit nun zufiel. Er waltete seines Amtes, Wochen konnten vergehen, bis die Angelegenheit ins reine gebracht war. Bis dahin hatten Seldersens nichts zu sorgen. Eine Summe war täglich ausgesetzt, mit ihr mußten sie ihren Unterhalt bestreiten, es war mehr, als sie in Zeiten, da sie noch selbständig waren, gewagt hätten, für sich anzuwenden. Nach acht Tagen stand es in der Zeitung. Wer wunderte sich darüber? Wohl niemand in der ganzen Stadt. Also nun auch Herr Seldersen, sagten die Leute und holten Luft, um zu sagen: Und dann kommt eben der nächste an die Reihe. So ging die Entwicklung, man hatte es nicht anders erwartet, schließlich konnte man nichts dagegen ausrichten.

Die Tage waren lang und warm, Seldersens gingen am Abend spazieren, sie gingen über die Wege, langsam, jeden Schritt auskostend. Achtundzwanzig Jahre sind sie hier gegangen, ein Menschenalter beinahe, daß sie innerhalb dieser Mauern ihr Leben begannen. Sie hatten gehofft, später, wenn sie alt sind, in Ruhe hier ihr bescheidenes, sorgloses Dasein zu Ende zu führen. Es ist anders gekommen. Sie sind noch nicht am Ende. Sie sitzen in einem großen Karussell, das sich dreht, immer dreht, ohne Unterlaß, wer aussteigen will, tut es auf eigene Gefahr. Eigentlich sind sie noch nicht alt genug, um schon die Hände in den Schoß zu legen und das beschauliche Dasein alter Leute zu führen. Aber sie sind auch nicht mehr so jung, um wie junge Menschen von vorne anzufangen und sich neu eine Berechtigung zu erwerben. Man hat sie nicht gefragt, ob sie wollen, es ist grausam und unwiderruflich zugleich. Ja, vielleicht liegt doch ein Grund, eine eherne Notwendigkeit darin, nur sie sehen sie nicht, begreifen sie nicht, da es ihr Schicksal, ihr Leid, ihre Tränen sind, die den Blick verdunkeln und die Gedanken nur auf das Nächstgelegene lenken.

Herr Seldersen veranstaltete einen großen Ausverkauf, die Preise herabgesetzt, die Ware wurde beinahe verschleudert. Alle kamen, die die Jahre, die unsagbar schweren Jahre, die Treue gehalten hatten, nun erschienen sie zum letztenmal. Ohne große Worte des Mitleids und der Teilnahme, das verstand sich von selbst, sie kauften noch einmal ein, die Gelegenheit war günstig, das Lager mußte geräumt werden. Auch der kleine Kipfer kam, er brachte seine Frau mit und das jüngste Kind. Es war nun bald ein Jahr alt, es sah verhutzelt aus und war noch so winzig, als sei es eben erst geboren, es schrie jämmerlich. Der kleine Kipfer versuchte, es mit einer rührend väterlichen Hilflosigkeit zu beruhigen, er trug es auf dem Arm, seine Frau hatte nicht die Kraft. Sie hatten Geld mitgebracht, um einzukaufen, was sie gerade am nötigsten brauchten, bei vier Kindern, es reichte nie. Herr Seldersen bediente sie selbst, er holte aus den dunkelsten Ecken hervor, überall stöberte er noch etwas auf.

»Und das hier noch«, sagte er und brachte einen großen Lappen, »gerade ein Rock für Sie, Frau Kipfer.« Er legte alles auf einen Haufen zusammen. Kipfers wurde es unbehaglich zumute, sie hatten fünf Mark mitgebracht. Dann machte der Vater den Preis. »Vier Mark«, sagte er. »Vier Mark, es ist Ihnen doch recht?«

Ob es ihnen recht war. Ein Geschenk! Keiner sagte ein überflüssiges Wort.

Herr Seldersen verpackte alles in einen Karton. Für die Kinder hatte er noch Spielwaren bereitgestellt, seine eigenen Kinder hatten früher mit ihnen gespielt, nun waren sie erwachsen, und die Sachen standen auf dem Boden herum. Der kleine Kipfer holte sie sich an einem der nächsten Tage ab. Zum Abschied gab er dem Vater die Hand, er sah ihn lange an. Dann sagte er auf einmal zögernd:

»Es tut mir leid, Herr Seldersen, wirklich, es tut mir leid.«

Der Vater sah auf, ernst und unbeweglich, er zuckte die Achseln.

»Nun«, sagte er und machte eine Handbewegung. Dann lachte er hilflos und verlassen. Insgeheim verspürte er eine tiefe Freude, daß ihn jemand verstand und mit ihm fühlte. Der kleine Kipfer verstand ihn. Ja, wie war es eigentlich, Kipfer zeigte sich ergriffen und erschüttert, als wenn es ihn selbst betreffe. Aber hatte er nicht vor langer Zeit schon vorausgesagt, wie es kommen mußte? Es kam ihm nicht überraschend, das stand doch alles in seiner Lehre, die er mit seinen kranken Lungen predigte. Er hatte recht behalten. Seht, hätte er voller Stolz sagen können, seht, ein Beispiel, ich habe recht behalten, und er hätte nun triumphieren können. Aber es tat ihm leid, er machte kein Hehl daraus. Die Wahrheit stand bei ihm, doch er litt trotzdem.

Seldersens gingen reihum zu den Bekannten und nahmen Abschied. Es ist keine Entfernung, wir kommen bald auf Besuch herüber, sagten sie. Und das Neue, Unbekannte kam ihnen immer näher. Dann haben sie auch die Kinder, zusammen erträgt sich alles leichter. Aber das änderte nichts daran, daß sie von hier fortgingen und sich im Alter von neuem zum Kampf stellen mußten.

In der Früh' um fünf Uhr kamen die Möbelpacker, in drei Stunden war die Wohnung ausgeräumt und auf zwei Lastwagen verladen. Herr Dalke hatte ihnen die Möbel gelassen, er verzichtete auf seinen Anspruch. Dank!

Sie gingen durch die ausgeräumten Zimmer, die Tapeten zeigten Flecke dort, wo die Bilder hingen, in den Ecken lag Staub und Spinnweben, alles war fremd, kahl und leer. Hier hatte man nun gewohnt, wieviel Jahre waren es? Die Zimmerdecken erschienen doppelt hoch, seitdem die Lampen abgenommen waren, der Fußboden verkratzt und verschabt. Überall glitt der Blick hin, sie nahmen Abschied. Ade nun! Nicht auf Wiedersehen! Guten Tag auch nicht … nun, dann einfach ade!

Albrecht beneidete die Eltern, die weinen durften, ohne Rückhalt weinen konnten. Er nahm sie bei der Hand, sie ließen sich willig von ihm führen.

Sie wohnen in Berlin, irgendwo, eingeklemmt zwischen hohen Häusern mit Ausblick auf graue Wände, düstere Höfe und einen halbverdorrten Kastanienbaum. Die Höfe von vier enggebauten Häusern grenzen aneinander, nur durch einen mannshohen Drahtzaun getrennt, früh um neun Uhr kommen die ersten Hofsänger, so geht es den ganzen Tag, jeden einzelnen hören sie viermal. Mit ihnen wohnen dreißig Parteien im Haus, Vorderhaus und Hinterhaus zusammen. Die Treppen sind eng und nackt. Nachts schallt der Lärm der Straße zu ihnen herauf. Die Wohnung ist um ein Zimmer kleiner, die Stuben sind nicht so geräumig, die Möbel sind die gleichen geblieben.

Sie alle haben ihre Beschäftigung. Die Kinder gehen am Morgen weg, spät am Abend kommen sie wieder. Nie sind sie pünktlich, und Frau Seldersen hat es schwer, für jeden das Essen bereitzustellen. Herr Seldersen hat nicht lange gefeiert, er ist sechsundfünfzig Jahre alt, wer nimmt heute einen so alten Mann noch in seinen Betrieb, sagt er. Er macht sich keine Hoffnung, doch er ist nicht verlegen, er macht sich einen kleinen Handel zurecht, Schnürsenkel, Strümpfe, Bänder, Knöpfe, Nadeln, alles gibt es bei ihm zu kaufen. Damit zieht er herum, geht in die Häuser, auf die Märkte, baut sich einen Stand. Stundenlang steht er zwischen Lärmen und Rufen, und bereit für die Blicke der Käufer. Er ruft nicht laut, preist seine Ware nicht mit großer Stimme an. Wer zu ihm kommt, der kauft. Viel wirft das Geschäft nicht ab, nicht genug zum Leben, der Staat muß helfen. Oft hat er nur so viel, um die Standkosten, das Fahrgeld zu bezahlen, doch dann kommen auch Tage, an denen er ein paar Mark nach Hause bringt. Dann sitzt er den übrigen Tag beglückt auf dem Sofa, liest seine Zeitung, ganz nutzlos ist sein Dasein nicht mehr. Ein paar Mark … so weit ist es mit seiner Bescheidenheit gekommen. Er hat das Gefühl für das Vergangene verloren, alles liegt unfaßbar weit hinter ihm. Und wenn ihm die Gedanken kommen, so berühren sie ihn nicht. Sein Schicksal – das eines Fremden –, ja, ja, es ist gut so. Auch Frau Seldersen ist mit ihrer Arbeit vollauf beschäftigt, nie hat sie Ruhe, sie begehrt sie nicht. Ungern geht sie auf die Straße, sicherlich begreift sie das Leben um sich herum nicht mehr, sie macht sich keine Gedanken.

Und auch das ist in Ordnung.

Wenn der Vater die Zeitung gelesen hat, legt er sie sorgfältig auf dem Tisch zusammen und verharrt lange Zeit mit geschlossenen Augen still auf seinem Platz. Sein Atem geht ruhig. Die Mutter kommt herein, Musik, ruft sie, Musik, hört ihr nicht? Sie geht zum Fenster und öffnet. Ganz deutlich vernimmt man die quietschenden Querpfeifen und die Trommeln, die ein Marschtempo wirbeln. Es kommt näher, jetzt biegen sie um die Ecke. Vorn an der Spitze marschiert ein Mann allein, ihm folgt ein Zug, wohlgeordnet in Viererreihen, der immer mehr anschwillt: ein Demonstrationszug. Arbeiter, Arbeitslose, verarmte Bürger, Studenten, Frauen und Männer. Sie marschieren alle im gleichen Tritt, und obwohl der Mann in der ersten Reihe den Mann in der zehnten Reihe nicht kennt, nicht weiß, wer er ist – sie marschieren zusammen. Ein starker Wille geht von ihnen aus, eine einheitliche Bereitschaft – sie wissen, warum sie marschieren. Als die ersten Trupps an dem Hause angelangt sind, beugt der Sohn sich ein wenig aus dem Fenster hinaus, daß die da unten ihn sehen können, und grüßt die Vorbeiziehenden lautlos. Und langsam, als müßte er eine ungeheure Last von sich stoßen, erhebt der Vater seine Hand, tritt einen Schritt vor neben seinen Sohn – doch als besäße er nicht die Kraft … der Arm fällt ihm schwer herab, er neigt den Kopf zur Erde und schließt die Augen. So stehen sie beide, Vater und Sohn, grüßend, die ganze Zeit, bis die letzten Demonstranten am Fenster vorbeigezogen sind.

(1933)

KOMÖDIE IN MOLL

Für Leo en Suus in Delft

I

»Da sind sie wieder«, sagte der Doktor plötzlich und richtete sich auf. Unversehens wie seine Worte hatte sich das Geräusch der nahenden Flugzeugmotoren in die Stille des Sterbezimmers geschlichen. Er legte den Kopf in den Nacken, kniff die Augen halb zu und lauschte.

Als wenn versteckt irgendwo in dem Hause ein kleiner Dynamo zu laufen begonnen hätte, der schnell auf Touren kam, so verstärkte sich der Summerton der anfliegenden Nachtgeschwader. Er hätte auch – so schien es zu Beginn – aus dem Keller kommen können, oder aus dem Nachbarhaus … Aber es waren die Nachtbomber, unzweifelhaft, die sich da ankündigten. In großer Flugbreite kamen sie von England her über den Strand, der nur wenige Kilometer von hier die Nordsee auffing, warfen ihre Lichtfackeln aus, die den nachkommenden den Anflugsweg über Holland anweisen mußten, und verschwanden über der östlichen Grenze in der Nacht. Wenige Stunden später konnte man sie an einer anderen Stelle mehr nördlich oder südlich im Lande zurückkommen hören. Ihr Geräusch entfernte sich in Richtung des Meeres.

Auch der Mann und die Frau, die unschlüssig um das Bett herumstanden, wie Menschen stehen, die Angst und Trauer zugleich bewegen, hoben ein wenig den Blick und lauschten.

»So früh schon«, flüsterte der Doktor vor sich hin.

Wim sah ihn verwirrt von der Seite an, als sei er im Zweifel, auf was sich diese Bemerkung bezog.

Die ersten Schüsse der Nacht, knallend, dumpf, sie kontrastierten eigentümlich zu dem feinen, fast musikalischen Geräusch der Flugzeuge. Die Glasfenster und Türen klirrten und rammelten, das ganze, zu leicht gebaute Haus antwortete mit einem feinen, kurzstößigen Zittern auf die Explosionen. Der Beginn war immer erregend, wie oft man ihn auch schon miterlebt hatte.

Er war gegen Ende März, die Tage wurden wieder länger. Als der Doktor gegen sieben Uhr erschien, war es draußen noch hell.

Trotzdem hatte Marie, wie sie es seit Monaten tat, das Zimmer auf der ersten Etage, in dem »er« wohnte, verdunkelt. Es war ein ziemlich kompliziertes System von Schnüren und Haken. Sie tat es lieber selbst, da sie fürchtete, man könne ihn von der Straße aus sehen – eine etwas übertriebene Sorge, denn sie hatten kein vis-à-vis.

Ihr Haus stand am Westrand der Stadt in einer Straße von gleichförmigen Neubauten – Suite unten, drei Zimmer mit Bad oben und Dachkammer mit Boden – gegenüber einem Park, hinter dem sich, unterbrochen von Kanälen und Dämmen, das unermeßliche Westland mit seinen Treibhäusern und den durch den Krieg entvölkerten Weideplätzen bis an den Horizont ausbreitete. Dahinter dampfte das Meer. Eine silberne Nacht hielt dort wie ein glitzernder Reif Erde, Himmel und Wasser zusammen.

Diese allabendliche Verdunkelungszeremonie gehörte zu einer Reihe von vorbeugenden Sicherheitsmaßnahmen, die am gleichen Tag mit dem Fremden ihren Einzug in das Haus gehalten hatten. Als dann die Krankheit dazukam, hatte sie mit nur noch größerer Sorgfalt diese Handlung vollzogen in dem unbestimmten Gefühl, daß der Kranke eine noch größere Gefahr für sie bedeute als der Gesunde.

Seit ungefähr zwei Wochen lag er zu Bett. Das Fieber verlieh seinem Gesicht Farbe und Rundung, nachdem ein Aufenthalt von rund einem Jahr tagein, tagaus in dieser Kammer die letzten Spuren von Leben ausgemergelt hatte. In den letzten Tagen sprach er fast kein Wort mehr. Es ging zu Ende.

Wenn Marie am Abend in seinem Zimmer das Licht einschaltete, drehte er in alter Gewohnheit noch das Gesicht der Wand zu. Im Wechsel vom schummrigen Tageslicht zu dem matt-trüben der elektrischen Birne erschien es fahl, pergamenten. Aber der geschwächte Körper blieb dumpf und bewegungslos unter den wollenen Decken. Die

Lampe in halber Höhe in der Mitte des Zimmers verbreitete mehr Schatten als Licht.

Sie hatten, seit er bei ihnen Unterschlupf gefunden hatte, eine kleinere Kerzenstärke eingeschraubt, um zu sparen. Und um den milchig weißen Schirm noch ein bläuliches Tuch gehängt, um ausstrahlendes Licht zu dämpfen.

Wim und Marie waren nicht ängstlich von Natur. Als sie den Entschluß faßten, jemanden bei sich zu verstecken, hatten sie das Risiko, das sie damit auf sich nahmen, ziemlich deutlich vor Augen – bis zu einem gewissen Maße, soweit man ein Risiko a priori einschätzen kann. Denn es fällt unter die Kategorie »Überraschung«, und diese ist eben nicht im voraus zu berechnen.

Wenn es ihm einmal in den Sinn kam, über Tag eigenmächtig das Fenster zu öffnen und seinen Kopf herauszustecken? Oder mitten in der Nacht das Licht anzudrehen, nachdem er vorher eigenhändig die Verdunkelung entfernt hatte? Nicht aus Mutwillen oder um ihnen einen Streich zu spielen … Jedoch bei einem Menschen in seiner Lage konnte man nie wissen, ob er nicht in der nächsten Minute eine Dummheit begehen würde. Schließlich ist es auch kein Pappenstiel, zwölf Monate oder oft noch länger, freiwillig, immer mit einer gewissen Gefahr vor Augen allein in einem Zimmer zu sitzen oder herumzuschleichen – in Filzschuhen natürlich.

Denn um alles in der Welt: die Putzfrau, die zweimal in der Woche einen halben Tag kam, oder die Nachbarn durften nicht wissen, daß sich hier ständig jemand auf der ersten Etage aufhielt, obgleich man ihnen »Gott sei Dank« völlig vertrauen konnte. In dieser Straße waren alle Menschen »gut«. Und wer weiß, ob bei ihnen nicht auch jemand in Filzschuhen durch eine Kammer schlich, der lieber nicht über Tag seine Nase vor die Tür steckte. Enfin, man sprach über derlei Dinge besser nicht. Es wurde soviel geklatscht …

»Kein Mensch darf es wissen, hörst du … nur unter dieser Bedingung«, – hatte Marie damals gesagt.

»Natürlich –« erwiderte Wim geruhsam »kein Mensch, das versteht sich doch von selbst. Aber du mußt es dir gut überlegen, es bringt eine Menge …«

»Ich habe es mir bereits überlegt«, entgegnete Marie. Er konnte wissen, daß sie nichts unüberlegt tat … »Kein Mensch, auch Coba nicht.«

»Auch Coba nicht, einverstanden«, bekräftigte Wim.

Coba war seine Schwester. Sie wohnte in der Nähe, in einem Vorort der Residenz, eine halbe Stunde Fahrt mit der Straßenbahn. Die beiden Frauen standen ausgezeichnet miteinander. Coba kam so oft zu ihnen, daß es auf die Dauer unmöglich war, es vor ihr geheimzuhalten. Und dann, warum vor Coba? … Aber Wim hatte »einverstanden« gesagt. Die Zeit würde es lehren. Und schließlich liegt in jeder Angelegenheit eine gewisse Entwicklungsmöglichkeit.

»Und Erik?« fuhr Marie fort.

»Erik?« fragte Wim entgeistert, noch einmal: »Erik?« Kein Zweifel, sie hatte Angst. Die unsinnigsten Namen fielen ihr ein. »Ja, wie kommst du darauf? Solange wir verheiratet sind, ist er … einen Augenblick …« Er dachte nach. »… Ich glaube, einmal ist er bei uns gewesen. Von ihm haben wir doch nichts zu erwarten … Viel eher, wenn Mutter kommt, was dann?«

Marie erschrak. »An die Möglichkeit habe ich noch nicht gedacht …« Sie strich sich mit beiden Händen über den Kopf und steckte ihre Haare neu auf, obwohl an ihnen nichts zu stecken war … »Ja … überhaupt wenn wir Gäste bekommen … Wie wird Mutter es aufnehmen?«

»Du willst es ihr also sagen?«

»Wenn sie bei uns logiert, Wim – natürlich werde ich es ihr sagen.«

»Ich finde es gar nicht so natürlich«, hatte Wim gesagt und seine Krawatte zurechtgezupft …

Die erste Welle der Flugzeuge flog jetzt über die Häuserreihe.

Sie verharrten alle drei in der gleichen etwas geduckten Haltung, – ganz frei fühlte man sich nie –, den Kopf leicht zur Seite geneigt; bei den Schüssen, die jetzt in kurzen Abständen hintereinander dröhnten, zitterten ihre Nackenmuskeln in der Anspannung des Lauschens und der Gefahr, die über ihren Häuptern dahinrollte und das ganze Haus wie in einer unsicheren Erwartung beben ließ. Mächtig schlugen die Motoren. Die künstlichen Gebilde aus Gestäng und gewelltem Blech, aufgerufen zu einem starr geflügelten, kurzfristigen Leben, erfüllten Land und Himmel mit dem Takt ihrer eisernen Pulse.

Hier in der Kammer starb ein Mensch.

»Da sind sie wieder …« Das waren auch immer seine Worte gewesen. Mitunter wenn sie noch beim Abendessen zusammen in dem Hinterzimmer saßen – das einzige Mal am Tage, daß er, wie verabredet, nach unten kam – hatte er mitten im Bissen seinen Kopf jäh in den Nacken geworfen, so daß seine großen, behaarten Nasenlöcher unter dem stark gekrümmten Nasenrücken sichtbar wurden, und mit vollen Backen, während seine Hände das Eßbesteck senkrecht auf den Tisch pflanzten, diese vier Worte gesprochen: »Da sind sie wieder!« Als wenn er darauf gewartet hätte.

Wenn sie später kamen und er befand sich allein in seinem Zimmer, zuweilen sogar in seinem Bett, richtete er sich auf und sprach diese Formel in die stumme Kammer hinein.

Von ihnen dreien war er immer der erste, der sie hörte.

Wim ließ sich nicht stören. »Sooo«, antwortete er, mehr fragend als zustimmend. Aber auch nicht direkt ungläubig oder abweisend. Vielmehr auf jene taktvoll-uninteressierte Weise, mit der man eine Sache unentschieden läßt, die an sich möglich ist, wenn auch nicht gerade zu diesem Zeitpunkt. Auf keinen Fall unterbrach er deswegen seine Mahlzeit.

»Doch«, sagte Marie und zögerte, bis sie den nächsten Bissen von der gezückten Gabel nahm – »doch, Nico hat recht … hörst du?« … und sie spießte das Messer in die Luft.

»So früh heute«, fuhr Nico fort und sah auf die Uhr an der gegenüberliegenden Wand. »Zehn nach sieben.« Seine Augen glänzten, weil seine Ohren ihn nicht im Stich gelassen hatten. Das Summen verstärkte sich. Auch Wim vernahm es.

Die ersten Schüsse der Nacht, knallend, dumpf, sie kontrastierten eigentümlich zu dem feinen, fast musikalischen Geräusch der Flugzeuge. Die Glasfenster und Türen klirrten und rammelten, das ganze, zu leicht gebaute Haus antwortete mit einem kurzstößigen Zittern auf die Explosionen. Der Beginn war immer erregend, wie oft man ihn auch schon miterlebt hatte.

»Sie wollen wieder früh zu Hause sein, gib mir bitte die Kartoffeln, Marie«, sagte Wim. Er war mit dieser trockenen Erklärung zufrieden und meinte, die nicht besonders interessante Angelegenheit aus der Welt geschafft zu haben. »Eßt! Es wird kalt!«

»Nein, Wim, nein«, entgegnete Nico ein wenig gereizt, als ob es für ihn eine Existenzfrage war, und er ließ den Kopf mit den gefüllten Bakken nach vorn sinken, »nein, das hat seine Gründe … sie werden einen langen Anflug haben, verstehst du? Vielleicht Berlin oder – ja, sicher Berlin, wir liegen hier direkt auf dem Luftweg nach Berlin.« Er sprach mit einer Überzeugung, als trüge er einen aktiven Anteil an der Ausarbeitung der Pläne für diese Bombennacht.

»Und wie ist es dir heute ergangen, Nico?« – fuhr Wim dann meistens fort und drehte kurzerhand von Berlin ab.

Und Nico antwortete im gleichen, gutmütigen Ton: »Danke, Wim, ich bin zufrieden, die Pension ist gut, und ich habe ein wenig Sprachen getrieben, Englisch und Französisch«, – je nachdem was er den Tag über getan hatte.

»Und wieviel Schachpartien hast du gewonnen?«

Denn er spielte Schach, nicht besonders gut, aber mit ungebrochenem Eifer.

Wenn Nico einen guten Tag hatte, antwortete er auf die versteckt schelmische Frage mit einer ebensolchen Antwort, etwa: »Keine, Wim, keine, mein Partner war heute zu stark …«

Er spielte immer mit sich selbst. Stunden und Stunden saß er an dem kleinen, viereckigen Tisch in seiner Kammer, das Brett mit den Figuren vor sich. Der gegenüberliegende Platz war frei … e2-e4, e7-e5, p1-p3 usw. Oft saß er lange, den Kopf in die Hand gestützt und dachte tief nach. Über ein Schachproblem? Über – – ?

Am folgenden Tag konnte er es dann fast nicht abwarten, bis Marie am Nachmittag um fünf Uhr mit der Zeitung oben bei ihm erschien.

Versteckt hinter der Gardine hatte er die Zeitungsfrau beobachtet, wie sie hastig den kleinen Vorgarten durchschritt. Oft lief er gleichzeitig schnell aus seinem Zimmer – auf Hausschuhen natürlich, wie man es zu Beginn verabredet hatte –, so daß er noch oben, auf das Geländer gestützt, hörte, wie die Zeitung raschelnd durch den Briefschlitz gesteckt wurde und dann mit einem nachdrücklichen Ruck auf den Steinboden fiel. Die Sekunden, die dann folgten, waren oft die an Spannung reichsten seines ganzen verborgenen Lebens. Ob sie das wohl begriffen – seine Gastleute?

Er stand oben auf dem letzten Treppenabsatz und wartete, bis Marie kurz darauf aus ihrem Zimmer zum Vorschein kam, wo sie um diese Zeit mit einer Näharbeit beschäftigt saß, und die Zeitung aufhob. Sie entfaltete das Blatt, las die Überschriften – Lügen! nichts als Lügen! aber was sollte man machen, eine Zeitung mußte man schon halten wegen der Lebensmittel – wendete es, las die Familiennachrichten, Todesfälle, Verlobungen, Geburten – natürlich, auch in Kriegszeit wurde weiter geliebt und es kamen Kinder zur Welt – und schritt im Lesen die Treppe hinauf.

»Nico«, rief sie mit halblauter Stimme, daß es selbst ein Lauscher unmöglich hören konnte, nur er, von dem sie wußte, daß er oben stand und wartete – »Nico, du hast wieder einmal recht gehabt, in der Tat – –« Sie machte ihm gern die kleine Freude.

Oft geschah es aber auch, daß sie es vergaß und Wim die Zeitung als erster in die Hände bekam, wenn er aus dem Büro nach Hause kehrte. Oder daß Marie um diese Zeit in der Stadt Einkäufe machte.

Dann saß Nico oben auf der Treppe und führte mit sich selbst einen schweren Kampf, ob er es nicht versuchte und vorsichtig, vorsichtig … er konnte auch seine Hausschuhe noch ausziehen … auf Strümpfen nach unten schlich; einen kleinen Unterschied machte es schon; oder auf dem Treppengeländer, wie er es als Junge getan hatte, – er wußte genau, auf welchen Stufen das Holz nachgab und knarrte, die dritte und fünfte auf der ersten von oben gerechnet, und die erste und vierte auf der zweiten Treppenhälfte.

Aber schließlich wagte er es doch nicht. Wenn er auch überzeugt war, daß niemand, niemand auf der Welt ihn hören konnte … Es war gegen die Verabredung, er unterließ es. Es überstieg fast seine Kräfte. Niemand wußte, welch ein Kampf in ihm tobte.

Schnell rief er sich dann etwas anderes ins Bewußtsein, Marter, Greuel, die ihn sicher erwartet hätten, aber denen er entkommen war zu anderen neuen Foltern hier. »Überall warten Marter und Greuel«, sagte er vor sich hin. »Überall.«

Nach einer Weile stand er auf und schlich in seine Kammer zurück. –

»Na, na«, sagte der Doktor, als die Schläge der Abwehr hart in der Nähe dröhnten, »das sind aber ein paar schwere Brocken.«

Über dem Häuserblock zogen in unablässiger Reihe die Nachtbomber. Es war, als ob sie durch alle Räume des Hauses zugleich flogen.

Er blickte abwechselnd auf die Frau und den Mann, verspürte ihre verhaltene Angst vor dem leise und laut einherkommenden Tod und sah nach dem Schattenspiel der Pendellampe auf der gelblichen Zimmerdecke.

Dann bog er sich wieder über das Bett und betastete den Körper, der langsam erkaltete.

Wim hatte die Hände auf dem Rücken verschränkt und starrte auf den Fußboden. »Wir müssen ihn beerdigen«, dachte er, »natürlich, einen Toten muß man begraben. Aber wie –?«

»So eine Nacht im Bombenkeller, während das Haus über dir zusammenfällt …« Der Doktor führte seinen Satz nicht zu Ende. Tot ist tot, und sterben kann man überall. Auch leben …?

Marie legte ihre Hand zaghaft auf den geschwungenen Rand des hohen Bettgestells am Fußende. Es war ihr, als ob sie den Toten selbst berühre. Sie sah ihn an. Unrasiert und sehr ausgeprägt lag er da, mit geschlossenen Augen. Sein Haupthaar, das wirr und ungekämmt in die knochige, nicht hohe Stirn fiel, war schwarz, der Backenbart, der ihm in der Krankheit üppig gewachsen war, schimmerte rötlich. Der entspannte, halb geöffnete Mund mit dem etwas hängenden Kinn gab dem leidenden Gesicht eine mehr ovale Form. Wie alt er aussah! Alles dies zusammen und die Erinnerung an den Nico, dem sie in ihrem Haus Unterschlupf gewährt hatten, verdichtete sich in Marie zu einem bestimmten Gedankengang. Seltsam, daß es ihr bei Lebzeiten nie in dem Maße aufgefallen war. Sie mußte an die Bibel denken, obwohl sie durchaus nicht kirchlich gesinnt war, an das Alte Testament, von dessen Volk er ein Sohn war. Hiob hätte so aussehen können, dachte sie.

II

»Wie hieß er eigentlich? –« fragte der Doktor.

Noch vereinzelte Schüsse in der Ferne … Es war wie zu Beginn, ein Summerton aus dem Nachbarhaus, oder aus dem Keller …

Wim zuckte die Achseln. Auch jetzt noch gab er den Namen nicht preis. Es blieb ein Geheimnis. »Wir nannten ihn Nico.«

»Nico, Nicodemus? – war das nicht der einzige unter den Schriftgelehrten, der damals …«

»Ja, ja«, sagte Wim. »Unserer war Reisender in Parfumerien.«

Der Doktor verzog seinen Mund.

»Reisender in Parfumerien? Ja, so ein bißchen Wohlgeruch nach dem Kriege hätten wir alle ein wenig nötig. Ist noch nicht das schlechteste. Armer Nico!« Es klang bitter, fast wie ein Vorwurf, daß er sie im Stiche ließ.

Wim preßte die Lippen aufeinander und stieß die Luft hörbar mit einem kurzen Ruck seines Kehlkopfes durch die Nase. »Hm.« Etwas verlegen starrten sie auf das Bett.

Marie wurde dadurch, daß er die ganze Zeit über in der gleichen stummen Haltung bewegungslos dalag, daran erinnert, daß er tot war. In ihrem Hause, in dem noch kein Leben geboren war, lag ein Toter. Sie rief sich diesen Gedanken immer wieder zurück. Der Doktor setzte den Dynamo seiner Taschenlampe mit dem Daumen in Bewegung, so daß wieder ein feines, surrendes Geräusch die Sterbekammer erfüllte. Der kurze, helle Lichtkegel wanderte über das reflexlose Gesicht und die leblosen Hände auf der Bettdecke und hob einige Partien des toten Körpers schärfer hervor.

»Wie lange saß er schon bei Ihnen?«

»Fast ein Jahr, im April kam er.«

»So lange? – Und wie ging es, – war er schwierig?«

»Nicht im mindesten«, versetzte Marie, die das Gespräch der Männer nur insoweit verfolgte, als es mit ihren eigenen Gedanken parallel lief. »Nicht im mindesten.«

»So. Es hätte auch anders sein können. Kannten Sie ihn schon von früher?«

»Nein«, erwiderte Wim.

»Es geschehen da manchmal Dinge, bei solchen zufälligen Kombinationen … Wir sind alle nur Menschen – und es dauert viel zu lange.«

»Ich weiß«, antwortete Wim ruhig. »Er nicht. Es ging gut. Schade um Nico.«

Stille.

»Ja, hier kann er nicht bleiben«, unterbrach der Doktor das Schweigen und trat entschlossen von dem Bett in die Mitte des Zimmers zurück. Die Frau und der Mann folgten ihm.

»Natürlich nicht. Aber wie?« – fragte Marie tonlos, daß niemand es hören konnte.

»Vielleicht, daß man versucht, mit der Polizei in Kontakt zu treten«, sagte Wim und sah den Doktor fest an. Dieser Gedanke beschäftigte ihn schon längere Zeit.

»Mit der Polizei, Wim?«

»Ja –«

Er vermied es, sie anzusehen. In seinem Kopf wirbelten Gedanken wie die Flugzeuge durcheinander, die aus unbekannter Ferne aufgestiegen waren.

»Wim!«

»Die Polizei kriegt ihn auf jeden Fall«, sagte der Doktor so leichthin und strich mit seiner rechten Hand langsam über die Augenlider. »Aber Sie müssen draußen bleiben. Dann kann auch sie mit ruhigem Gewissen ihre Maßnahmen treffen.«

»Welche Maßnahmen, Doktor?«

»Ihn begraben natürlich. – Aber jetzt ist es noch zu hell. Ich komme gegen zehn Uhr wieder. Wir können von Glück sagen, es ist Neumond. Ich werde mit Ihrem Mann alles besprechen.«

Wim nickte. Er hatte begriffen, was der Doktor mit dem Neumond und daß es jetzt noch zu hell sei meinte. Natürlich, so tat man das also. Nicht übel, er würde es Marie vorsichtig beibringen. Sie wird in dieser Nacht kein Auge zumachen. Immerhin, auch ein sonderbarer Gedanke zu wissen, während man selbst in seinem warmen Bett liegt, daß der andere, auch ist er tot, oder eben deshalb …

Bevor der Doktor ging, trat er auf Marie zu, nahm ihre Rechte zwischen seine beiden Hände und sagte in einem etwas feierlichen Tone: »Es ist niemand hier, dem man kondolieren kann. Das kommt wohl öfter vor. Aber trotzdem ist es für Sie wohl ein Verlust. Denn Sie hatten doch wohl die schwerste Last – Sorge«, verbesserte er sich.

Marie sah ihn ruhig an, ihr Gesicht wurde ernst. Sie überlegte. Ja, eine Sorge, aber sie hatte sie gern auf sich genommen. Es war ihr, als hätte sie dabei etwas gelernt.

»Aber die Gefahr ist nicht so groß, wie Sie denken«, fuhr er fort, denn er hatte den Eindruck, daß sie ein wenig Angst hatte. »Es ereignen sich noch ganz andere Dinge in dieser Lage. Zu schweigen von den Infektionskrankheiten, die wir melden müssen, Diphtherie, spinale Kinderlähmung. Das ist sehr, sehr unangenehm. Aber es werden auch Kinder geboren unter den gleichen Umständen wie hier ...«

»Unmöglich«, stammelte Marie. Sie erschrak. Kinder geboren? Hatten die Menschen kein Gefühl für Verantwortung?

»Doch, doch«, bestärkte der Doktor, der ihre Gedanken erriet. »Ich selbst habe schon etliche zur Welt gebracht. Vier Judenknäblein. Kräftige Burschen. Sie schreien, wie alle Kinder schreien, die zur Welt kommen. Aber das ist es, die Gefahr! Man kann sie hören! Die Nachbarn! In Ehen, in denen noch nie Kinder waren, werden auf einmal nach zwölf, vierzehn Jahren von Unfruchtbarkeit Kinder geboren. Die Kinder werden, versteht sich, bei andern untergeschoben.«

Wim und Marie tauschten einen Blick und lächelten. Es mochte ernst, ja selbst ein wenig traurig sein, sie mußten lachen. Was es nicht alles gab! Aber er hatte recht. Kinder wurden überall geboren, in Bombenkellern, bei Luftangriffen, und dort oft schneller, als es lieb ist. Überall wo der Tod hinlangt, geht auch das Leben weiter. Und was ihre Lage hier betraf, so war es vorzuziehen, einen Toten im Bett zu haben als eine Frau mit einem kräftig schreienden Neugeborenen. Auch da hatte er recht.

»Ich muß jetzt gehen«, sagte der Doktor. Wim begleitete ihn hinunter.

Als er wieder oben bei ihr erschien, stand Marie an der Schmalseite des Bettes zu Füßen des Toten. Er trat neben sie, und zusammen sahen sie schweigend auf Nico.

»Wim, weißt du eigentlich, wie die Juden ihre Toten begraben?«

»Was heißt das?«

»Nun, sie haben doch für alles bestimmte Vorschriften und Gesetze, sicher doch auch, wenn einer stirbt.« Hinter ihrer Neugier brannte ein Schmerz, der mehr Trost verlangte, als ein Trost ihn geben kann.

»Natürlich. Irgendwo habe ich einmal darüber gelesen.« Er sprach leise, flüsternd, als schicke es sich nicht, vor einem Toten laut zu sprechen, auf welche Weise man ihn zu begraben gedenke. Zumal er selbst keinen Wunsch geäußert hatte. Wim überlegte einen Augenblick, dann sagte er: »Ich glaube, daß sie ihn waschen und ihm ein Totenkleid anziehen, das nahtlos ist.«

»Waschen könnten wir ihn doch auch.«

»Ach, Marie, lassen wir das. Nico war ja nicht mehr gesetzestreu. Er wird es uns nicht übelnehmen.«

»Ein Totenhemd haben wir nicht, er sicher auch nicht für sich. Wer taucht auch mit einem Totenhemd unter? Oder soll ich einmal nachsehen?«

»Und dann sitzen sie die ganze Nacht bei ihm, sprechen ihre Gebete bei Kerzenlicht – ja, ich glaube, sie nennen es: Schibbe sitzen oder so.«

»Hm. Das alles können wir nicht tun.«

»Zuvor aber legen sie ihn noch, wenn er gestorben ist, auf die Erde, in ein Laken gehüllt.«

»Vielleicht das, Wim?«

»Ja, Marie, das werden wir tun.«

Sie trat einen Schritt zurück. »Komm, ich pack mit an.«

»Nicht jetzt. Warte noch, der Doktor kommt gegen zehn Uhr zurück. Er will mir helfen.«

»Kommt er deswegen noch einmal?«

»Weißt du, es ist zu schwer, einen Toten zu tragen.«

»Zu tragen?« Sie wies mit ihrer Hand. »Hier auf den Boden?«

Er zögerte. »Nicht hier, Marie.«

Er hob die Hand und wies in die Richtung des Fensters. »Wir werden ihn, der Doktor und ich, auf die Erde legen – in den Park. Es ist Neumond. Unter eine Bank. Niemand sieht uns.«

»Wim.«

Ein leises Weinen stieg in ihr auf und erschütterte in feinen Stößen den Körper. »Ach nein – ach ja – was sollen wir anders tun? ... Nico, Nico ...« Sie hielt die Hand vor die Augen. Wim geleitete sie aus der Kammer und die Treppen hinab.

III

Sie aßen meistens eine Viertelstunde, nachdem Wim aus seinem Büro – er hatte eine Stellung als Buchhalter in einer Maschinenfabrik – nach Hause gekommen war. Im Winter, nach Einführung der neuen Zeitrechnung, verließ er sein Büro schon gegen fünf Uhr. Jedoch ob Sommer, ob Winter, sie aßen immer ein Viertel nach sechs. Sie beide hatten sich nach einer ziemlich unbeschwerten Jugend daran gewöhnt, alle Dinge möglichst genau und pünktlich zu tun. Überhaupt Marie. Das gab dem Leben, das doch so viel Veränderungen und Überraschungen bot, besonders in Zeiten des Krieges und der fremden Besetzung, eine gewisse feste Form, an die man sich halten konnte, wenn die andere Sicht uferlos wurde.

Im März war schon wieder alles normal, und Marie atmete erleichtert auf; am Morgen verließ Wim zur festgesetzten Zeit das Haus, und abends kehrte er zur festgesetzten Zeit wieder zurück.

Eines Abends im April hatte Wim während des Essens beiläufig gesagt: »Also heute kommt er.«

»Es ist gut«, erwiderte Marie und aß weiter. Sie hatte alle Vorbereitungen getroffen, er konnte kommen. Aber doch waren sie beide gespannt und leicht erregt.

»Willst du noch ein wenig Suppe, Wim?«

»Hast du noch? Gern. Wollen wir nicht einen Teller aufheben? Du wirst von jetzt ab doch größere Portionen kochen müssen. Und es wird nichts mehr übrigbleiben.«

»Ich werde so große Portionen kochen«, sagte Marie und gab ihm die Suppe auf, »daß wir für den folgenden Tag zum Lunch noch einen warmen Bissen übrig haben. Es gibt eben viel Kartoffeln und Brei, solange es dies überhaupt noch gibt.«

»Meinst du, daß er viel essen wird?«

»Meistens wächst der Hunger, wenn man den ganzen Tag über nichts weiter zu tun hat, als zu sitzen und von einer Mahlzeit auf die andere zu warten.« Sie wartete, bis er seinen Teller Suppe aufgegessen hatte.

»Können wir nicht weiter von den Suppentellern essen?« sagte Marie und erhob sich, um Gemüse und Kartoffeln aus der Küche zu holen.

»Aber ja, dann hast du weniger Abwasch.« Sie sammelte die Löffel ein.

»Bring nur die Töpfe herein«, rief er ihr nach.

Aber sie brachte, wie immer, das blumenumrandete Service, zu dem auch die tiefen Teller gehörten. Es war ein Teil ihrer Aussteuer.

»Was er nur mit seiner Zeit anfangen wird«, sagte Wim. »Schrecklich, eigentlich ein freiwilliges Gefängnis! Vielleicht studiert er.«

»In der Leihbibliothek sind wir auch. Und dann unsre Bücher. – Aber wer weiß, ob wir es aushielten«, fügte Marie hinzu.

Wim sah, daß sie sich schon völlig mit dem Gedanken vertraut gemacht hatte. Er erinnerte sich oft noch ihres ersten Gespräches, nachdem ihn Jop, ein Kollege auf dem Büro, der, wie er annahm, sich mit dergleichen Dingen abgab, gefragt hatte, ob er nicht auch seine »vaterländische Pflicht« zu erfüllen gedenke, und … »Vaterländische Pflicht« hatte er gesagt. Und das Wort, das früher nie den geringsten Eindruck auf Wim ausgeübt oder ihn gar zu einem Entschluß hatte bringen können, klang, seit die Niederlande überfallen und besetztes Gebiet waren, neuartig und voller Bedeutung. Jop kannte die Menschen, von denen er eine Tat verlangte. Zu dem einen sprach er von »einer rein menschlichen Tat«, anderen gegenüber führte er die »christliche Nächstenliebe für Verfolgte« ins Treffen, wieder anderen sprach er von der »vaterländischen Pflicht«. Auf diese Weise erreichte er sein Ziel, das immer das gleiche war.

»Ich werde mit Marie sprechen, Jop, ich bin nicht abgeneigt, jemanden aufzunehmen. Wir haben Platz genug.«

»Ein jeder fast tut es«, sagte Jop, um ihn in seinem Entschluß zu bestärken. Er wußte, daß es auf die Frauen ankam. Die saßen den ganzen Tag zu Hause mit ihren Gästen und hatten die Hauptarbeit. »Mann oder Frau, das muß ich auch wissen.«

»Gut, Jop.«

Anfangs zögerte Marie. »Nicht weil ich gegen Juden etwas habe«, hatte sie gesagt. »Aber sich so intim einlassen mit dem Geschick eines fremden Menschen, die ganze Zeit unter einem Dach, wer weiß wie lange – du weißt, das ist meine Art nicht.« Sie sprach die Wahrheit. Es paßte zu ihrer mittelgroßen, schlanken, fast jungenhaften Figur, die etwas Kühles, Herbes hatte. Nur wo sie lieben konnte, klang ein tieferes Gefühl mit, und dann vermochte sie viele Widerstände zu überwinden. Es war ihre Natur, bereits zu Beginn alle Einwände zu machen. Hierdurch erschien sie schwerfällig. Doch dies ersparte ihr nachträglich Vorwürfe und Ressentiments.

Wim schwieg. Er fand es gut, daß sie sich wehrte. Sie kannten sich schon ungefähr sieben Jahre, er war damals neunzehn, sie einundzwanzig gewesen, seit drei Jahren waren sie verheiratet. Sie hatte ihre Ansicht, die durchaus selbständig war und oft der seinen widersprach, in ruhigem und festem Ton geäußert. Er liebte dies an ihr.

»Vielleicht ist es egoistisch von mir, aber es liegt mir nicht. Außerdem ist die Lage zu ernst, um leichtfertig einen Entschluß zu fassen.«

»Jop hielt es für eine vaterländische Pflicht.«

Sie lachte, so hatte er noch nie gesprochen. Doch als sie merkte, daß es ihm ernst war, hörte sie auf.

Wim sagte: »Es ist die einzige Art für uns weiterzukämpfen, überhaupt etwas zu tun, zu zeigen, daß man nicht einverstanden ist. Bürgerlicher Ungehorsam.«

Sie dachte an die Jungens, die gefallen waren, an die fünf Tage, an Rotterdam und vieles mehr. Langsam reifte in ihr der Entschluß.

»Natürlich«, erwiderte sie, »so ein Untertaucher ist keine Einnahmequelle, für uns zumindest.« Sie hatte gehört, daß oft unbeschreiblich hohe Preise geboten und auch gefordert wurden.

Am nächsten Tag stimmte sie zu, nachdem sie ihre Bedingungen gestellt hatte. »Einen Mann natürlich. Ich gebe ihm das Vorderzimmer oben. Es ist geräumig und hell, wenn man sich den ganzen Tag darin aufhalten muß ... Was meinst du? ... Er braucht nicht immer auf die Decke zu starren. Vom Fenster muß er allerdings wegbleiben, das heißt ... Na, das werden wir schon sehen ... Und in der Ferne die See, man kann sie ahnen an der Zeichnung der Wolken und an der Luft am Morgen, ein wenig Abwechslung … Wie?«

Wim fand es gut.

Am Abend brachte Jop den Fremden, im Dunkel kurz vor elf. Marie hatte sie eingelassen, Jop verabschiedete sich schnell, er mußte wegen der Polizeistunde um elf Uhr zu Hause sein. »Gruß an Wim, ich komme morgen einmal schauen.«

Der Fremde stand im Vestibül, er trug seinen Hut tief ins Gesicht gedrückt, in der linken Hand einen mittelgroßen Handkoffer und unter dem Arm eine schwarzlederne Aktentasche. Marie öffnete die erste Tür rechts zum Vorderzimmer. Hier brannte kein Licht. Durch die geöffnete Schiebetür der Suite strahlte die Lampe aus dem Hinterzimmer, in dem Wim mit einer Arbeit beschäftigt am Tisch saß, auf der dunkelbraunen Tischdecke lagen Bücher und Hefte verstreut. Eine Teetasse daneben. In der Kammer hing der feine, würzige Qualm eines leichten Holzfeuers, unterhalten mit Torfstücken.

Als Marie ihm die Türe geöffnet hatte, war er mechanisch durch das halbdunkle Vorderzimmer gegangen, zögernd. Hinter ihm schloß Marie die Tür. Als er Wim sitzen sah, blieb er stehen, im Rahmen der Schiebetür, vor der Schwelle des Hinterzimmers. Jetzt erst schien er sich zu erinnern, daß er in einem Zimmer stand. Langsam nahm er seinen Hut ab.

Wim war aufgestanden und drehte sorgfältig die Kappe der Füllfeder fest. Dann steckte er sie in die linke, obere Westentasche. Er sah, wie der Fremde in einer fast unmerklichen Bewegung des Kopfes den Blick kurz nach rechts gehen ließ, wo der Ofen stand. Auch war es ihm, als ob sich seine Nasenflügel unter dem Einatmen des feinen Holz- und Torfqualmes leicht strafften und wieder entspannten. Er trug noch einen Wintermantel. Von dem Laufen durch die Stadt war ihm anscheinend warm geworden. Auf der Stirn standen Schweißperlen, auch das Gesicht – von dunkler Hautfarbe mit kleinen Falten um Mund und Augen, tief eingekerbt in die sonst straffe, glattrasierte Haut – glänzte. Seine großen, dunklen, etwas schwermütigen Augen sahen flackernd und fiebrig aus. Das Haar war glatt und dicht, tief in der Stirn. Ein spanischer Typ! Wim sah, daß der Fremde der Ältere war. Er schätzte ihn ungefähr vierzig.

»Kommen Sie herein!« sagte Wim, es fiel ihm nichts anderes ein als diese alltägliche Redewendung. Zugleich lud er ihn mit einem Nicken seines Kopfes ein, näher zu treten.

Der Fremde trat schweigend über die Schwelle. Koffer und Handtasche trug er so, als wenn er es gewohnt war, sie mit sich zu tragen. Seinen Hut trug er ebenfalls in der Linken.

Wim trat ihm einige Schritte entgegen, streckte seine Rechte vor und sagte leiser, als es seine Gewohnheit war: »Willkommen.«

Der Fremde schlug ein. Sie standen dicht voreinander, beide von ungefähr gleicher Größe. »Danke« – sagte der Gast.

Später ließ er es geschehen, daß Marie seinen Mantel und seinen Hut nahm, um sie in das Vestibül zu bringen, und Wim seinen Koffer und seine Aktentasche in eine Ecke stellte. Doch plötzlich sagte er mit einer hell gefärbten Stimme: »Es ist vielleicht besser, wenn auch der Mantel und der Hut vorläufig hier bleiben. Ich nehme sie später mit auf meine Kammer.« An der Tür drehte Marie sich um und sah verlegen auf die Männer.

»Es ist besser«, bestätigte Wim und lachte ihr freundlich zu. Und zu dem anderen gewandt: »Sie haben recht, wir müssen es erst noch lernen.« Jetzt lachte auch Marie. Sie legte die Sachen über einen Stuhl und brachte Tee.

Das Gespräch lief nur stockend. Endlich begann der Fremde, seine Augen blickten ruhiger und weniger fiebrig: »Es ging alles so schnell, Jop mußte sogleich wieder fort.«

Er sagte also »Jop«. Wim merkte es sich.

»Er muß pünktlich zu Hause sein«, fuhr der andere fort.

Allmählich gewann Wim seine alte Sicherheit behaglich wieder. Auch wenn er hier der Jüngere war, so war er doch zugleich der Gastherr, und das brachte verschiedene Verpflichtungen mit sich. Er fühlte, daß der andere haarfein die Gründe seiner anfänglichen Befangenheit begriff und sie wegzunehmen trachtete, obwohl er selbst sich in einer wenig unbefangenen Lage befand. Wim bot ihm eine Zigarette an und sagte, als er das Feuerzeug anstrich: »Meine Frau und ich freuen uns, daß wir für Sie etwas tun dürfen.«

Marie nickte zu seinen Worten und blies langsam den Rauch ihrer

Zigarette durch die Nase. Auch sie hatte ihre Haltung völlig wiederge-
wonnen. Die Begrüßung war ein wenig formlos vor sich gegangen. Der
Fremde hatte recht, es ging alles so schnell, Jop mußte pünktlich zu
Hause sein. Es galt, langsam in dem vertrauten Hafen einer bekannten,
sicheren Konvention zu landen.

Der Fremde strich sich mit der Hand übers Haar. Er konnte es noch
nicht glauben, daß er hier sicher war.

»Die Umstände, unter denen wir hier zusammenkommen«, ergriff
Wim wieder das Wort, »sind nicht gerade ausgesprochen gesellschaft-
licher Natur. Und auch die Absicht unseres Zusammenseins nicht. Wir
werden das noch zusammen erleben, aber trotzdem möchte ich gerne
wissen, wie Sie heißen … Unseren Namen kennen Sie sicher?«

»In der Dunkelheit konnte ich ihn nicht lesen«, antwortete der
Fremde und zeigte sich verlegen.

Sie waren erstaunt. »Jop hat Ihnen unseren Namen nicht gesagt?«
sagte Wim. Was bedeutete das?

»Nein –« erwiderte jener, »es war auch besser so. Es hätte unterwegs
doch etwas geschehen können. Es ist besser, wenn man nicht zuviel
weiß. Bis zum letzten muß man vorsichtig sein.«

Hier machte er eine Pause, sah auf Marie und Wim und sagte dann
zögernd: »Gestatten Sie darum, daß auch ich – ach nennen Sie mich
Nico.«

Marie fand es sehr überraschend, ein wenig überstürzt.

Aber Wim sagte: »Das ist gescheit, Nico« – und gab ihm über den
Tisch die Hand –, »das ist gescheit, schließlich können wir uns hier
nicht lange Komplimente machen. Wir müssen zusammen leben. Ich
bin Wim und das ist Marie.«

Auch Marie gab ihm die Hand.

Dann schenkte sie noch eine Tasse Tee ein.

»Wir haben auch zum Verstecken einen Platz für dich, Nico, in deinem Zimmer.«

Ein Leuchten zog über sein Gesicht. Alle kleinen Falten wurden
lebendig, als er lachte. Zaghaft begann er sein Glück zu fassen.

»Wir werden ihn dir morgen zeigen. Es ist ein wenig kompliziert –
heute ist es zu spät.«

»Gut, Wim, gut.«

»Diese Nacht brauchst du dir keine Gedanken zu machen. Hier sucht dich niemand.«

»Ich bin nicht bang, Wim.«

»Wenn wir ein wenig gescheit sind und vorsichtig, kannst du hier unbesorgt sein und bleiben.«

»Ich hoffe, daß ich euch keine Schwierigkeiten bereite, Marie und dir. Ich weiß nicht, wie lange es noch dauern wird.«

»Das weiß niemand, Nico. In deinem Interesse hoffe ich, daß es nicht mehr zu lange währt.« Wim erhob sich. »Ich denke, wir gehen jetzt –«

»Nicht nur in meinem«, unterbrach ihn Nico und wurde ernst. Jetzt sah man wieder deutlich, daß er der viel Ältere war … »Es sind so viele, so viele …« Es klang einfach und echt.

Wim stutzte, diesen Ton verstand er gut. »Du hast recht – für alle, die in deiner Lage sind, hier oder sonstwo –«

»Und das sind nicht nur Juden –« fügte Nico hinzu. Er erhob sich. Was zu sagen war, hatte er gesagt!

»Auch das«, erwiderte Wim. »Ich werde dir jetzt deine Kammer zeigen.«

»Gute Nacht, Marie.«

»Schlaf gut, Nico, deine erste Nacht hier …«

»Wann morgen früh?«

»Ja wann?« … eben stutzte sie und lächelte ein wenig mitleidig. »Du hast ja Zeit. Ich bringe dir den Tee nach oben.«

»Danke.«

Beladen mit allen Sachen stiegen die Männer die Treppe hinauf.

IV

Noch anderthalb Stunden!

Wim saß wie gewohnt unten im hinteren Zimmer. Die Türen der Suite hatte er zugeschoben. Vor ihm auf dem Tisch lagen Bücher und Hefte, er bereitete sich seit langem auf ein Examen vor, um im Betrieb eine höhere und besser bezahlte Stellung zu erlangen. Im Augenblick arbeitete er nicht. Er hatte seinen Stuhl ein wenig mehr zum Ofen gedreht, auf den Knien hielt er eine Zeitung, die den Tabak der Zigarette auffing, die er sich rollte.

Marie stand in der Küche und wusch. Sie hatte sich aus dem Wäschekorb getragenes Unterzeug, Strümpfe und andere Sachen geholt, noch so spät am Abend. Immer wenn es darum ging, ihre innere Ruhe und ihr Gleichgewicht wieder zu erlangen, begann sie zu waschen und zu putzen. Wim kannte das. Morgen kam die Kammer oben an die Reihe. Schließlich hatte auch ein Toter in ihr gelegen.

Morgen, vielleicht schon in der Frühe, würde ihn auch die Polizei finden. Auf diese Weise kam er doch noch zu einem richtigen Begräbnis. Später konnte man ihn, wenn es jemand verlangte – aber wer in Gottes Namen, denn er hatte ja niemanden mehr! –, später konnte man ihn wieder ausgraben und einen Stein setzen mit seinem richtigen Namen. In einer vertrauten Minute hatte er ihn preisgegeben. Bram Cohen, geboren ... gestorben ... Für sie war er Nico gewesen.

»Das Ende möchte ich noch erleben, Wim, was meinst du?«

»Warum nicht, Nico?« Es war lange vor seiner Krankheit. »Wir alle wollen das – und wenn wir vorher keine Bomben auf unser Dach bekommen ...«

Eigentlich hatte er sich bei den Bomben nichts vorgestellt. Es war eine Art kosmischer Resignation.

»Glaubst du, daß sie noch kommen?« – »Sie«, das waren die anderen, auf der anderen Seite des Kanals, die Invasion! Eine Gewissensfrage!

Wim schob die Unterlippe vor, die Augenbrauen in die Höhe, zog den Kopf dabei ein wenig in den Hals zurück, daß seine Schultern spitzer heraus stachen – ein Gesicht, das alles ausdrückte, was in ihm vorging: ich weiß es nicht, Nico ... (Natürlich, wer konnte mit Sicherheit sagen, daß er es wußte)... ich glaube es auch nicht ... (Besser man rechnet nicht mit der Möglichkeit, dann wird man später nur angenehm überrascht)... aber ich hoffe es doch ... (Dann wäre der ganze verd ... Dr ... endlich, endlich vorbei) ...

»Es ist zu spät schon, Wim – ist es für viele nicht schon zu spät?«

»Ja, leider.« Wim mußte es bejahen. Man konnte die Geduld darüber verlieren.

Schweigen.

Nico sank in seinen Gedanken ab. Dann sah er alt und grau aus, ein müder Vogel, so gar nicht wie ein Reisender in Parfumerien. Er kam zu wenig an die Luft, die wenigen Spaziergänge am Abend in der Dunkelheit um Neumond … Er trug eine alte, verschlissene Hauskleidung, irgend etwas zusammengestellt, eine grau-grüne Hose, blauen Rock, überall, an Ellenbogen und Knien saßen Stopfer und Flicken. Meistens lief er auch ohne Schlips. Am Abend war sein Bart schon wieder stark. Früher hatte er sich zweimal am Tage rasiert.

»Ein Glück, daß meine Eltern schon tot sind.«

»Ja, Nico, ein Glück für sie.«

»Auch für mich. Was hätte ich tun sollen?« Nach einer Weile: »Sie haben alte Leute verschleppt, im Viehwagen, Greise, Kranke … keine Märchen.«

Auch dies wußte Wim. Deshalb hütete er sich, Dinge, die man zu gut weiß, zu ausführlich zu besprechen. Es lag eine Gefahr darin.

»Eine Zigarette, Nico?«

»Danke.«

Feuer.

»Danke, Wim.«

Die ersten Züge schweigend. Dann: »Der Tabak ist aber noch gut, woher hast du ihn?«

Und Wim erzählte die Historie von dem Tabak. »Holländisches Gewächs«, sagte er und schmunzelte, »nach Belgien geschmuggelt, dort fermentiert und etwas parfümiert mit irgendeiner Sauce – und dann wieder zurückgeschmuggelt.«

Für eine kurze Zeit schweiften Nicos Gedanken längs der belgischen Grenze. Er lehnte sich zurück in seinem Stuhl und ließ sich erzählen.

»Kapitalien gehen auf diese Weise über die Grenze, wenn wir beide nur die Hälfte davon hätten, Nico.«

»Was dann, Wim, was dann?« Er gab seinen Anteil, wenn der Krieg damit morgen beendet wurde.

»Letzte Woche sprach ich einen Geschäftsfreund aus Eindhoven«, sagte Wim und nahm noch einmal Feuer. »Was da alles über die Grenze geht – von illegalen Menschen bis zu illegalen Schafherden – alles, alles wird hin- und herübertransportiert.«

»Im letzten Krieg war es genauso.«

»Das weiß ich nicht mehr.«

»Aber ich kann mich noch entsinnen, mein Vater hat es einmal erzählt.«

»Mein Vater«, hatte er gesagt. Es klang so seltsam aus seinem Munde. Es bedeutete zugleich seines Vaters Vater und wiederum dessen Vater. Wie wenn jemand aus Zufall gegen eine Glocke geschlagen hätte, und nun begannen alle Glocken mitzutönen, die einstmals während vieler Generationen aus diesem Metall gegossen waren, zurück zu einem Ursprung.

Er machte ein paar Züge und stieß den Rauch nachdenklich in die verqualmte Kammer. So zwei, drei Zigaretten an einem Abend – was für ein Luxus!

»Und wenn sie geschnappt werden, Wim?«

»Mit so einer Schafherde sind einige zehntausend Gulden weg. Aber der folgende Transport bringt es wieder ein.«

»Und Menschen, wenn sie die fangen?«

»Das kommt drauf an, ob es Piloten sind aus den englischen Flugzeugen, die sie hier abschießen …«

»Was, das gibt es auch?«

»Natürlich, Nico, sie reisen als Stumme, als ein Transport von Stummen zum Arbeitseinsatz …«

Sie mußten lachen, wenn sie es sich vorstellten. Die jungen, sportlichen Männer und stummer Arbeitseinsatz!

»Und die anderen?«

»Das ist anscheinend auch gut organisiert. Wer einmal drüben ist, der ist gerettet. In Belgien gibt es nur eine Militärbehörde, nicht wie bei uns eine bürgerliche Verwaltung.«

»Meinst du, daß auch ich es einmal versuchen sollte –?« sagte Nico plötzlich, denn er hatte seit kurzem ein Papier, das bewies, daß er die und die Person sei. Einen falschen Ausweis natürlich, aber immerhin, wenn man ihn nicht gerade unter die Quarzlampe hielt ... Warum fragte er eigentlich? Das war seine stille Angst. Er befürchtete immer, einmal könnte Wim darauf nicht sogleich antworten und, indem er vorgab nachzudenken, ruhig und scheinbar sachlich sagen: »Das müßte man sich einmal genau überlegen.« Er erwartete es fast. Und von Zeit zu Zeit machte Nico deshalb eine kleine Stichprobe. Es überkam ihn wie eine fiebrige Krankheit, daß er lästig sei, daß die anderen genug von ihm hatten und ihn endlich los sein wollten. Obwohl ihm niemand auch nur die geringsten Anzeichen gab, so hielten ihn die vermeintlichen Gedanken der anderen gefangen: »Wenn wir ihn jetzt nicht hätten, dann könnten wir ...« Oder: »Wir haben doch auch einen ..., das ist dann nicht so einfach. Und gefährlich doch auch ...« Oder ... Es ist wie eine Krankheit, die Gedankenkrankheit der Untertaucher, sie raubt die Unbefangenheit und macht frech oder schwach. Nur wenige läßt sie aufrecht.

Aber Wim fiel ihm in die Rede: »Nein, Nico, es ist besser, du steckst deine Nase nicht bei Tageslicht an die Luft.« Bei der scharfen Kontrolle! Ehe man an die Grenze kam, mußte man vier Stunden mit dem Zug fahren. Es war ihm ohne weiteres anzusehen. »Ich würde es nicht darauf ankommen lassen.«

Hatte er es überhaupt gehört? Ja, ja, aber seine Gedanken waren schon wieder weiter gerast. Sie fuhren in den Zügen mit, die ohne Unterlaß gen Osten gingen, liefen durch die Lager, die Freudenhäuser des Todes, schlüpften ein in Bunker und Kammern, sahen bis ans Ende, bis ans –

Und dann sagte er: »Sie müssen schnell machen, Wim, sonst wird es für uns auch zu spät.«

Es war der tiefste Punkt, den er erreichen konnte. Und er erreichte ihn oft – nur zu oft.

»Ach, Nico«, sagte Wim und lehnte sich weit zurück. Im gleichen Augenblick wünschte er, daß er selbst sechzig und der andere vierzig wäre. Dann wäre es leichter gewesen. Aber dieses Ende hätte auch er nicht verhindern können –

Wie kalt es des Abends noch war, Wim warf Holz und Torf in den Ofen. Beides zusammen gab eine angenehme Wärme, die schnell aufstieg. Und der feine, würzige Qualm.

Marie erschien in der Zimmertür. Sie hatte sie mit dem Ellenbogen aufgedrückt und trocknete sich nun ihre nassen Hände an der Küchenschürze ab. Ihr Gesicht glühte von der Anstrengung. Ihre Augen waren noch gerötet.

»Wim, ich dachte mir –«

»Ja?«

»Ich dachte mir – du wirst vielleicht denken, warum kommt sie jetzt damit.«

»Was dachtest du? Sprich nur … Komm, setz dich.«

»Nein, ich bin draußen noch nicht fertig … was nun mit seinen Sachen wird?«

»Mit was für Sachen.«

»Nun, von Nico, seine Kleider, Wäsche und so –«

Wim stieß ein kurzes, mitleidiges Lachen aus. »Er besaß ja nicht viel.«

»Nein, nicht viel. Soll ich es morgen waschen? Oder …«

»Ja, mach es ruhig morgen.«

»Morgen kommt Coba, ich werde sie fragen«, sagte Marie und schloß wieder die Tür. Coba hatte ihr schon oft geholfen, sie würde auch wissen, was mit der gewaschenen Wäsche zu beginnen war.

Ja, auch Coba wußte es natürlich, ebenso wie Maries Mutter, Leen und sein Freund Leo, der alle möglichen nützlichen Dinge im verborgenen tat. Es ließ sich nicht umgehen – der enge Kreis, wie ihn Marie sich anfangs vorgestellt hatte, war durchbrochen. Es kam fast von selbst. Und auch das andere kam beinahe von selbst. Unerwartet, oder doch nicht so ganz unerwartet. Ein kleines Ereignis nur, aber doch ein Künder, ein Botschafter, den das große Ereignis, das tägliche Geschehen geschickt hatte, um zu mahnen, da es selbst fast unsichtbar, wie zwischen den Zeilen nur geschah. Ein Wind, der auch des Sommers vom Meer her landeinwärts weht, ein wenig voller nur, und schärfer, so daß man leicht fröstelt, eine Wolke, die er schärfer gezeichnet und nicht mehr so strahlend und durchsichtig mit sich bringt, wenn es September wird. So wie eine leichte Erkrankung, fast nicht wert, um sich ins Bett zu legen, den Tod schon empfangen hat.

Zu dritt lebten sie jetzt schon fünf Monate zusammen, vorsichtig und oft in Spannung. Aber doch normal, wie eine jede Gemeinschaft, in der der eine Mensch auf den anderen angewiesen ist, sich selbst zurechtrückt und den Stern findet, unter dem es sich gemeinsam leben läßt.

»Er will heute lieber oben essen«, sagte Marie, noch etwas verstört, füllte die dicke Erbsensuppe in den tiefen Teller und setzte ihn auf das Tablett, auf dem bereits ein Glas Wasser stand.

Wim hob seinen eigenen, noch leeren Teller vorsichtig empor, wiegte ihn sacht mit seinen Fingerspitzen und setzte ihn dann wieder behutsam auf den Tisch, ein wenig mehr nach links.

Dann brachte Marie das Essen auf seine Kammer.

»Du hast es ihm also erzählt«, sagte Wim, als sie wieder unten bei ihm erschien; langsam strich er mit beiden Händen über seine Oberschenkel, sein Rumpf bewegte sich im Takte mit.

»Ja, heute mittag. Er selbst scheint so etwas geahnt zu haben. Plötzlich fragte er mich von selbst, warum ...«

»Und? ...« unterbrach sie Wim. Seine Ungeduld verriet ihn.

Aber es gab gar kein »Und«. Marie setzte das leere Tablett auf einen Stuhl in der Nähe der Tür und trat näher an den Tisch.

Man hatte Jop gefangengenommen, vor drei Tagen; er war in eine Falle gelaufen, aus Unvorsichtigkeit, aus Verrat – wer konnte es sagen? Dergleichen geschah – leider – zu oft in diesen Tagen. Dies war der Einsatz, den ein jeder spielen mußte, der sich überhaupt an dem Spiel beteiligte. Man hatte Haussuchung bei ihm gehalten, um nach Papieren zu suchen, die gegen ihn zeugten. Jetzt saß er in Amsterdam in einem berüchtigten Polizeigefängnis, niemand wußte, ob er das »Kreuzverhör« lebend überstehen würde. Er brauchte nicht viel zu sagen, man war ja so bescheiden, man war schon zufrieden mit einer kleinen, einer winzig kleinen Aussage, – ein kleines Steinchen nur, hoch oben im Gebirge, das losschlug und im Fallen sich zu einer Lawine auswuchs.

Auch Marie und Wim wurden gewarnt, zu spät allerdings; die Gefahr war bereits vorüber. Sie berieten sich, ob sie es Nico mitteilen sollten, – ob es nicht überhaupt besser war, ihn für kurze Zeit aus dem Hause zu schaffen. Nach zwei Tagen kam ein Bericht, daß Jop bei den sogenannten »leichten« Fällen saß. Vorerst war also nichts zu befürchten. Aber doch mußte man auf der Hut sein. Sie beschlossen, es Nico zuerst einmal mitzuteilen.

»Ach« – begann Marie, »er blieb eigentlich ziemlich ruhig.« Sie stockte. »Er erschrak.« Sie stockte wiederum. Sie dachte lange nach, um die Worte zu finden, die das auszudrücken vermochten, was sie zu ihrem eigenen Schrecken wahrgenommen hatte.

Sie hatte die Angst gesehen, die grausame, hilflose Angst, die aus der Trauer und der Verzweiflung aufsteigt und sich an nichts mehr bindet, – die hilflose Angst, die sich nur an das Nichts bindet. Keine Angst, keine Verzweiflung um einen Menschen oder um eine Sache, nichts, nichts, das Preisgegebensein allein, weggeschlagen von allen Sicherheiten, von aller Würde und aller Liebe. Der Mann bot sie ihr so schamlos dar, daß es Marie war, als ob sie ihn selbst in seiner Nacktheit sähe. Kein Schrei, keine Verzerrung des Gesichts oder der Hände, er war aufgedeckt und stand mitten im Raume, Mittelpunkt und Zielscheibe für alle vergifteten Pfeile, die man jenseits des Lebens auf ihn abschoß. Und Marie begriff, daß Worte wie Nächstenliebe oder nationale Pflicht oder bürgerlicher Ungehorsam nur ein schwacher Abglanz waren von dem tiefsten Gefühl, das Wim und sie damals bewogen hatte, einen Menschen, der verfolgt wurde, in ihrem Haus zu beschützen. Wie man einen Körper mit Tüchern und Kleidern verhüllt, da der Brand seiner Nacktheit das schauende Auge zu tief blendet, so umhüllt sich das Leben selbst mit kostbaren Verkleidungen, hinter denen das doppelzüngige Feuer der Schöpfung, wie unter Aschen, schwelt. Liebe, Schönheit und Würde, – alles das war nur angetan, um dem, der sich der Glut in Ehrfurcht nahte, nicht die gierigen Hände und durstenden Lippen zu versengen. Doch wo die schützende Umfassung der Gewalt und der Vernichtung anheimfiel, kam das unverzagte Herz in Aufruhr und ruhte nicht eher, bis es neue Maskeraden geformt und neue Fäden gesponnen hatte, um das Schmähliche zu versöhnen, das Unerträgliche zu erheben.

Auch der Mann, der ihr so bleich gegenüberstand und für einen Augenblick seine Augen schloß, fühlte den Blick, den die Frau auf ihn richtete. Er flüsterte: »Und ich hatte mich so sicher gewähnt, so sicher.«

Er hatte den Namen Jop nicht genannt. Aber Marie sah dennoch, daß er dauernd an ihn dachte und auch ihn in seine – vermeintliche – Sicherheit einbezog. Fast schämte sie sich, daß sie alles dessen Zeuge sein mußte.

Sie hatte dafür keine Worte. Sie sagte: »Er erschrak, natürlich, für uns alle, für Jop, für sich, für uns. Vielleicht ist die Reihenfolge auch ein wenig anders, was macht's schon aus?«

»Merkwürdig«, sagte Wim, »ich hätte gewettet, daß ... Hat er denn nichts weiter gesagt?«

»Wollen wir nicht erst einmal essen?«

Sie setzte sich. Dann fuhr sie fort: »Er schlug mir vor, sich einen anderen Platz zu suchen.«

»Wie denkt er sich denn das«, fragte Wim ein wenig angriffslustig. »Will er so auf die Straße gehen, er weiß doch gar nicht, wohin. Ich hoffe, du hast es ihm gesagt, Marie.«

Marie begann die Teller zu füllen und war mit ihren Gedanken schon wieder in der Küche. Sie dachte an die Fleischstücke, die sie früher immer in der Suppe gekocht hatte und die diese so besonders schmackhaft machten. Wann würde sie wieder Fleisch in ihrer Suppe haben?

Sie begannen zu essen. »Ich werde nachher mit ihm sprechen«, sagte Wim.

»Heute abend kommt er sicher nicht mehr herunter.«

»Dann gehe ich hinauf.« Schweigen. »Hast du ihm auch gesagt, daß für seine Lebensmittelkarten weiter gesorgt wird?«

»Das habe ich vergessen«, sagte Marie und ließ den Löffel in die fleischlose Suppe zurückfallen. »Daran habe ich gar nicht gedacht.«

Und Wim sprach langsam, ohne aufzusehn: »Der ißt doch jetzt keinen Bissen da oben.«

»Ich gehe schon«, rief Marie, ein wenig beschämt und flog die Treppe hinauf. Sie blieb nicht lange.

»Du hattest recht, Wim«, erklärte sie, als sie wieder, etwas erhitzt, an der Tafel erschien. »Alles stand noch, wie ich es ihm gebracht hatte – unangerührt.«

»Vielleicht war es ihm noch zu heiß«, sagte Wim und blies lange auf den gefüllten Löffel, bevor er ihn vorsichtig in den Mund führte.

Am Abend sprach er mit Nico.

»Ja, was wird nun geschehen«, fragte Nico zaghaft.

»Nichts«, antwortete Wim.

Er hatte recht. Es geschah nichts. Jop blieb weg, und Leen kam, der genau das gleiche tat, was Jop getan hatte. Es ging weiter.

Vor allem Coba erwies sich als große Hilfe. Sie hütete das Haus, wenn Marie einmal für kürzere oder längere Zeit abwesend sein mußte, wie damals, als ihre Mutter erkrankte und Marie sie zehn Tage pflegte. Wie ihr Gang war, so war auch Cobas Wesen – ohne Schwere, über jedes Hindernis leicht hinwegschwebend, dabei fest und bestimmt. Sie lachte gern. »Ausgezeichnet«, sagte sie, als Marie sich ihr – gleich bei ihrem ersten Besuch – anvertraut hatte. »Ausgezeichnet. Wie alt? Das geht. Älter sind sie schon zu stark verkalkt. Ich wollte euch schon lange fragen, ob ihr nicht jemanden aufnehmen wollt.«

»Ja, hättest du das auch getan?«

»Einen? Zwei oder vier! Aber nicht drei zusammen. Das ist schlecht bei Streit und so. Da ist immer einer gegen zwei. Übrigens, habt ihr nicht noch jemanden an der Hand, ich muß gerade noch drei Menschen unterbringen.«

»Du?«

»Ach ja, es läuft einem so über den Weg.«

Nein, die Coba, wer hätte das gedacht. Marie schwindelte es.

»Empfängt er auch Besuch? … Er hat niemanden? Ein anderes Gesicht müßte er von Zeit zu Zeit doch einmal sehen.« Es zeigte sich, daß sie über so manche Erfahrung verfügte, die von Nutzen war. »Vorsichtig«, sagte sie, »vorsichtig, Kinder, – aber in Grenzen, nicht übertreiben! Das führt zu Angstkomplexen und ist der Beginn der Dummheiten. Nicht isolieren, und von Zeit zu Zeit frische Luft, wenn möglich. Stell dir vor, wir … !«

Sie sagte sofort »Nico« und er »Coba«. Sie war Ende Zwanzig. Sie brachte ihm das nächste Mal neue englische und französische Bücher, Detektivromane und anderes.

»Wenn die Geschichte vorbei ist, Nico, kriegen wir, Marie und ich, lebenslänglich Parfum von dir, einverstanden?«

»Nuit de Paris, Romance für die Dame am Abend …«

»Nicht nur für den Abend, Nico, den ganzen Tag bin ich Dame –«

Er fuhr fort: »Violetta, Sans-Gêne für den Nachmittag, und des Morgens für die Modenschau …«

»Meinetwegen –« sagte Marie, »ich bin noch nie auf einer Modenschau gewesen.«

Die Namen, die früher wie Zauberformeln geschmeidig und mit Wohlklang über seine Lippen duffeten, klangen nun gewöhnlich und seltsam ungebraucht. Auch sie waren einmal gewesen. Und vielleicht werden sie einmal wieder sein …

»Nur einen Tropfen hinter das Ohrläppchen, Marie. Das Parfum ist die Visitenkarte der Dame!«

Sie lachten. Und Nico lachte mit!

»Und welches bevorzugt die weiße Königin?« fragte Coba mit einem Blick auf die Schachfiguren in Schlachtordnung.

»Das hängt davon ab, ob sie auf Verlust oder auf Gewinn steht.«

»Und ich dachte, dein Parfum helfe einem zu gewinnen, Nico?«

»Da mußt du zur Konkurrenz gehen, Coba, ich nicht«, seufzte Nico, und warf die weiße Königin mit ihren Trabanten um. Bums!

»Ich kenne einen Pianisten«, plauderte sie ungestört weiter, »der sitzt wie du an einem Tisch. Aber er spielt Klavier.«

»An einem Tisch?«

»Die Klaviatur hat er sich auf die Tischplatte gezeichnet. So kommt er wenigstens nicht ganz aus der Übung. Schließlich war Beethoven auch taub.«

»Wie lange sitzt er denn schon?« fragte Marie zaghaft.

»Wir suchen jetzt den dritten Tisch für ihn, am liebsten aus Eiche, zwei andere hat er schon durchgespielt.«

»Da hast du es mit deinem Schach schon besser«, sagte Marie und nickte ihm freundlich zu.

»Ja«, bestätigte Nico, ein wenig gehorsam, »da habe ich es in der Tat besser …«

Dergleichen Besuche halfen, wie auch die von Leo, dem Photographen, der außerdem seine Haarschneidemaschine mitbrachte. Er erschien regelmäßig alle drei Wochen.

»Ich schneide nur ein Modell«, sagte er und rieb sich geschäftig die

279

Hände. »Ich hoffe, Sie werden mit mir zufrieden sein. Und wenn ich die geehrte Kundschaft auch nach dem Kriege behalten darf ...«

Er war Lehrer für Naturkunde und Geographie am Lyzeum. Nico saß wie ein geduldiges Schaf auf dem Stuhl und ließ alles mit sich geschehen. Er freute sich auf diese Besuche. Er war lustig und tat überall mit. Aber plötzlich hielt er ein. Dann konnte er nicht mehr. Selbst in eine Haarschneidemaschine konnte einmal ein Stückchen Haar oder Staub geraten und die geschmeidige Bewegung der Messer zum Stokken bringen. »Da sitze ich hier also und bin fröhlich, weil mir die Haare geschnitten werden«, dachte er bei sich, »bin fröhlich, während ...«

Die anderen merkten es. Aber Leo schnitt weiter.

Wim und Marie saßen dabei, wenn er schnitt. Sie entgingen nur mit Mühe den Anfällen der tückischen Maschine.

Zum Schluß gab Leo eine Extravorstellung und schnitt sich selbst die Haare. Allerdings nur die rechte Seite.

»Die linke hat er noch nicht gelernt«, spottete Nico und besah seinen eignen Schnitt zum drittenmal im Spiegel. Nach der Prozedur fühlte er sich immer etwas traurig und einsamer.

»Die linke ist für den nächsten Kunden«, sagte Leo und bürstete sich den Rock ab.

V

Es gab auch Probleme. Natürlich, überall wo Menschen zusammenleben, gibt es Probleme. Sie sind wie kleine Bomben mit Zeitzündung, die einstmals in grauen Zeiten gelegt wurden. Meistens explodieren sie zu Momenten, wenn man denkt, daß alles doch in bester Ordnung ist. Peng! Ein Knall, man ist überrascht, erschrocken und leicht verärgert. Probleme sind lästig, weil sie überraschend kommen und man sich anstrengen muß. Leute, die behaupten, daß sie ein Problem »ankommen« sehen, gleichen denen, die das Gras wachsen hören.

Ein Problem war die Putzfrau. Sie kam wie gewohnt, jeden Dienstag und Freitag seit zwei Jahren, putzte und schrubbte abwechselnd die

Zimmer der unteren und oberen Etage, die Küche, das Treppenhaus, stopfte, wenn sie noch Zeit übrig hatte, Strümpfe und andere Wäschestücke. Sie war gewohnt, frei durch das Haus zu gehen, das sie bis in die letzte Ecke kannte, und zu arbeiten, ohne daß Marie ihr vorher noch große Anweisungen gab. Und jetzt sollte auf einmal die obere Etage und vor allem Nicos Zimmer »tabu« für sie sein …

»Sie auf einmal entlassen«, sagte Marie abends, als sie allein waren, zu Wim, »fällt erst recht auf. Ich werde sie langsam beschränken.«

»Ich bleibe einfach auf meiner Kammer«, entschied Nico. Das tat er übrigens immer, mit Ausnahme von den Tagen, an denen er sich tüchtig langweilte und zur Abwechslung getreu jede anderthalb Stunden, wie nach der Uhr, auf das WC der oberen Etage ging. »Auch dieser Mittag geht vorüber.«

»Bleib möglichst in deiner Kammer«, hatte Wim zu Beginn gesagt. »Über Tag kommt noch der eine oder andere hier auf Besuch. Marie ruft dich, wenn die Luft wieder rein ist.«

Wenn die Klingel ging, hielt er einen Augenblick oben seinen Atem an und lauschte angespannt. Der Milchmann? Nein, der kam erst gegen Mittag. Eine Frauenstimme! Das ist – er hörte Lachen und helles Sprechen – das ist – und auf einmal dazwischen das Rufen einer Kinderstimme – das ist also Jaapje mit seiner Mutter. Brave Leute, hatte Marie gesagt, als sie ihn in einer vertraulichen Stunde über ihren Bekanntenkreis etwas eingeweiht hatte. Brave Leute, aber ein bißchen einfältig. Strikte Vorsicht. Zum Glück blieben sie nie lange.

Versteckt hinter seiner Gardine sah er später Jaapje mit seinen etwas krummen Beinen durch den Vorgarten trippeln, und die Mutter hinterdrein, während sie sich noch nach rückwärts gewandt mit Marie unterhielt, die in der Haustür blieb. Die Gartentür stand offen. Himmel, ein Pferdewagen! Aber Jaapje blieb an der Bordschwelle stehen und wartete.

»Mama, Mama!« rief er laut, »tomm!« Und sprechen konnte er auch schon! In dem letzten halben Jahr hatte er sich gewaltig herausgemacht.

»Er ruft mich, ich muß kommen«, sagte die Mama stolz. »Tag, Marie!«

Als sie weg waren, rief ihn Marie hinunter. »Hast du Lust, mir einmal das Geschirr abzutrocknen?«

»Gern, Marie.«

Er stand unten in der Küche, nahm vorsichtig Teller und Tassen in seine linke Hand und wischte mit der rechten, die das Tuch zusammengeknüllt hielt, darüber hin.

»Du brauchst nicht so gewaltig aufzudrücken, Nico. So … leichter …«

Das nächste Mal ging es schon besser. Marie konnte so schnell abwaschen, daß Nico mit dem Abtrocknen ins Hintertreffen geriet. Auf der grünen Gummimatte stapelten sich Tassen, Teller und Töpfe.

»Langsam, langsam, Marie, ich komme nicht mit.«

Marie lachte. Es ging ihr nur so von der Hand, es war, als flögen die Teller aus dem kochenden Spülwasser auf den Tisch. »Wim ist ganz verzweifelt, wenn er mir hilft«, sagte sie, »er behauptet, daß er allein vom Zusehen schon schwindlig wird.« Sie hielt den großen zinkenen Topf, in dem die Kartoffeln gekocht wurden, in das Wasser, drehte ihn nach allen Seiten, so daß kleine Wasserspritzer auf den steinernen Tisch und in den Abguß fielen, während sie das Innere mit einem Drahtgeflecht bearbeitete. »Man hat kein Material mehr, um die Töpfe sauberzumachen. Es dauert noch einmal so lange. In der Küche fühlt man, daß es Krieg ist, wenn man den Topf gefüllt oder leer hat. Immer das gleiche Lied.«

Sie goß das Spülwasser weg und ergriff einen Lappen, um die Wanne und den Abguß sauberzumachen. Dann half sie ihm, den Rest abzutrocknen. »Und dann brühe ich uns eine Tasse Kaffee auf.«

So ein Aufenthalt unten war wie eine Reise in ein anderes Land.

Einmal war er von selbst nach unten gelaufen, als er in seinem Zimmer und durch das Haus den Geruch von angebrannter Milch roch. Sicher war Marie ausgegangen, um Besorgungen zu machen; sie würde gleich zurückkommen und hatte inzwischen die Milch aufgesetzt. Der Geruch wurde von Sekunde zu Sekunde stärker.

Als er in die Küche kam, stieß er auf Marie am Kochherd. Nico erschrak. »Ach, ich dachte …«

»Was ist, Nico?« Es klang ein wenig überrascht, aber durchaus freundlich.

»Es roch so nach Milch.«

Da klingelte es, und Marie ging zur Tür. Nico blieb in der Küche zurück. Das angebrannte Eiweiß der Milch war auf dem schwarzen Kochherd zu einer Kruste angebacken.

Draußen stand der Fischhändler, vor ihm auf dem Boden ein großer, geflochtener Korb voll frischem Fang. Eine seltene Gelegenheit! Er wurde immer in die Küche gelassen, wo er die Fische putzte. Marie konnte ihn unmöglich wegschicken, dann kam er ein anderes Mal nicht mehr zurück. Außerdem aßen sie alle gern Fisch. Jetzt saß Nico in der Küche.

Marie war verwirrt und ließ den Fischhändler stehen, lief hastig zurück in die Küche, verschwand hinter der geschlossenen Tür und sagte flüsternd, ein wenig ungehalten: »Der Fischmann, Nico – wohin nur mit dir? Psst, ruhig bleiben. Deine Stimme –« Nico stand an den Küchentisch gedrückt und sah voller Not zu Marie. Was sollte er tun? Hinaus in den hinteren Garten konnte er auch nicht. Himmel, die dumme Milch! Mußte der Fischmann auch gerade jetzt kommen.

Dann hatte sie endlich den rettenden Einfall. Dicht neben der Küche befand sich ein WC, dessen Tür zur rechten Hand von der Küchentür auf den Gang mündete. Der Gang selbst war gute viereinhalb Meter lang, und an dessen Ende stand der Fischhändler, den großen, geflochtenen Korb unter dem Arm, im Begriff hineinzugehen. Entschlossen öffnete Marie die WC-Tür und dirigierte Nico mit einer Handgebärde aus der Küche in das Kabinett, dessen weit geöffnete Tür fast die ganze Breite des Ganges ausfüllte und so Nicos Rückzug deckte. Das »Besetzt« erschien als Halbmond auf der Tür. »Kommen Sie!« rief Marie dem Händler zu. Sollte er denken, was er wollte.

Es dauerte eine halbe Stunde, bis er alle Fische abgeschuppt, sein Geld empfangen hatte und nach einem kleinen Schwatz aus dem Hause verschwand. Die ganze Zeit blieb Nico eingesperrt.

»Du hättest ruhig nach oben gehen können«, sagte Wim abends, als sie zusammen um den Tisch saßen und den Zwischenfall besprachen. Nico empfand es als eine Art von Gerichtsverhandlung, obgleich die beiden anderen das Geschehen gleichmütig aufnahmen und ihm keine übertriebene Bedeutung beimaßen.

»Aber dann hätte er doch gewußt, daß da jemand war.«

»Das hat er doch auf jeden Fall.«

»Aber einer, der oben wohnt, Wim …«

»Und warum nicht?«

? – – – ?

»Warum sollen wir keinen Logiergast haben?«

»Tja.«

»Weißt du, Nico, man muß trachten, so natürlich und unbefangen wie möglich zu bleiben.«

Nico sah auf den Tisch, seine Hände trommelten gedämpft eine Melodie auf das Tischtuch. Endlich sagte er, abgehackt und mit Pausen dazwischen: »Natürlich, Wim – du hast recht – es war nur wegen der dummen Milch –«

»Nico dachte, ich sei weg – und er wollte die Milch retten.« Sie hatte sich bisher nicht in die Unterhaltung der Männer gemischt, wohlweislich. Schließlich war es Wim unangenehm genug, wo er doch der Jüngere und der andere ein ausgewachsener Mann war. Als sie dies sagte, sah sie Nico fest an, dessen sich steigernde Erregung sie mit Verwunderung bemerkte.

»Ich dachte, es ist so schwierig mit der Milchversorgung heute, Marie.«

»Das ist es auch. Aber es ist doch besser …«

»Das nächste Mal laß ich es –« stieß er plötzlich hervor und endete das Getrommel mit einem leichten Schlag seiner Faust, »– ich bleibe einfach oben und lasse Milch Milch sein.«

»Und ich werde mich bemühen«, erwiderte Marie spitz und schaute interessiert nach dem Bild über dem Ofen, als sähe sie es zum erstenmal, »und werde das Gas zur rechten Zeit ausdrehen.«

Schweigen. Peinliche Stille. Nico bereute schon seinen leichten Schlag auf den Tisch. Aber er saß wie angenagelt auf seinem Stuhl, hilfesuchend sah er vom einen zum anderen.

»Ja«, sagte Wim mit seiner unerschütterlichen Ruhe und zog kräftig an seiner Zigarette, »es ist vielleicht das beste, wenn wir es so halten wie bisher. Das ging doch sehr gut. Marie ruft dich, wenn sie meint, daß du kommen kannst. In einem Haushalt gibt es immer Überraschungen.«

Das war zumindest ein Wort, Nico atmete erleichtert auf. Diese Ruhe, die gutmütige Ruhe! Auch Marie fühlte, wie ihr Ärger langsam wich.

»Und dann«, fuhr Wim fort und lehnte sich weit in seinem Stuhl zurück, wie ein Vater, der eine Ansprache an seine vielköpfige Familie hält, »– dann glaube ich nicht, daß du damit – sagen wir – Marie kritisieren wolltest.«

»Nicht im mindesten, Wim«, pflichtete ihm Nico bei. Er zischte es förmlich heraus, um nicht eine Sekunde verstreichen zu lassen, in der die anderen vielleicht das Gegenteil denken könnten. »Nicht im mindesten.« Er blickte hinüber zu Marie, seine Augen groß aufgerissen, sein Gesicht nervös gespannt. Auch seine Hände zitterten.

Er tat ihr leid, ja, es dämmerte ihr, in welcher Verfassung er sich befand. Und daß er tiefer zu verwunden war als sie in ihrer hausfraulichen Eitelkeit. Aber nur mühsam fand sie die Worte, um es ihm abzunehmen.

»Das kann schon einmal passieren«, flüsterte sie und probierte zu lächeln.

Obwohl es nicht deutlich war, was sie eigentlich damit meinte, ihr Mißgeschick mit der Milch oder Nicos, genügte es ihm doch, als er hörte, daß sich ihre Stimme verändert hatte. Es war vorüber.

Sie stand auf, um Tee einzuschenken.

»Es ist gut«, sagte die Putzfrau, »es kommt mir sehr gelegen, einmal in der Woche. Nein, ich nehme nichts anderes an. Das viele Bücken. Unsereins hat auch eine Galle und Leber.« Und die waren bei ihr nicht in Ordnung. Sie war eine Arbeiterfrau, ihr Mann arbeitete in Frankreich für die Deutschen, sie saß allein zu Haus mit sechs Kindern, vier Mädchen zwischen zwölf und achtzehn und zwei Jungens zwischen sieben und zehn.

»Und unser Schlafzimmer brauchen Sie dann auch nur alle drei bis vier Wochen groß sauberzumachen. Dann müssen Sie nicht soviel Treppen laufen.«

»Es ist gut«, erwiderte die Frau.

Nico blieb an diesen Tagen bewegungslos auf seinem Zimmer. Er hörte durch das Haus die Tritte der Frau schwer stapfen, hörte, wie sie Wäsche in das Schlafzimmer trug, mit dem Staubsauger hantierte und andere Dienste verrichtete. Und die Nähe eines Menschen, von dem er wußte, der selbst jedoch keinen Argwohn hatte, erregte die gespannte Ruhe und Einsamkeit seiner Kammer.

Gegen vier Uhr kam dann Marie herauf mit einer Tasse Tee. Sie hatte es so einzurichten gewußt, daß sie die Tasse in der Küche füllte, während die Frau drinnen im Wohnzimmer feierlich und müde auf einem Stuhl saß und ebenfalls ihren Tee trank. Marie kam nur an die Tür, ein Klopfzeichen, Nico öffnete einen engen Spalt und nahm die Tasse in Empfang. Dann schloß er sofort wieder hinter sich ab. An den übrigen Tagen brachte Marie ihre Tasse mit, und dann saßen sie zusammen und plauderten. So vergingen Wochen, ohne daß die Frau merkte, daß Nico auf seiner Kammer saß.

Einmal, Mitte Oktober, wieder an einem Dienstag, als die Putzfrau im Hause war, hörte Nico gegen vier Uhr langsam jemanden die Treppe hinaufkommen. Marie mit dem Tee, dachte er und erhob sich. Was läuft sie bedächtig? Vielleicht bringt sie ihren Tee mit, oder ein Wäschestück … Er schlich zur Tür und wartete. Die Schritte kamen näher, jetzt der letzte Treppenabsatz – auf seine Tür zu. Es war etwas gespannt in ihm. Marie, ich werde ihr das Tablett abnehmen. Er öffnete, vorsichtig.

Vor ihm stand die Putzfrau, sie trug einen Wäschesack und atmete schwer. Ihr graues Haar war von der Arbeit in Unordnung geraten und hing seitlings und über die Stirn in das gelblich-graue, etwas verquollene Gesicht. Sie hatte wieder Schmerzen, und während sie beim Treppensteigen mit der Wäschelast sich nach vorn überneigte, um die Stiche in dem Leib zusammenzudrücken, war sie in Gedanken auf die verkehrte Tür zugelaufen. Sie hielt den Wäschesack fest gegen die Brust gedrückt und sah mit erstaunten Augen auf den Mann, der da plötzlich in der Umrahmung der Tür stand und totenbleich wurde.

Alles aus, dachte Nico. Er begriff, daß er eine nicht wieder gut zu machende Dummheit begangen hatte. Er taumelte und schloß die Augen. Sein Körper fiel leicht gegen den Rand der halb geöffneten Tür. Als er die Augen wieder öffnete, stand die Frau noch immer zwei Schritte vor ihm auf dem Gang. Auf ihrem leidenden Gesicht lag jetzt ein verstehendes Lächeln, das zugleich einige Lücken in ihrem Gebiß

sichtbar machte. Nico legte den Zeigefinger der rechten Hand auf seinen Mund, nickte ihr mit verzerrtem Gesicht langsam und traurig zu
und schloß sacht die Tür.

Die Frau ging eine Tür weiter in das Schlafzimmer und stellte den
Wäschesack ab. Als sie wieder die Treppe hinunterstieg, lag Nico
schweißnaß auf seinem Bett, wie gelähmt, das Gesicht mit beiden Händen bedeckt. Er wußte nicht mehr, ob es wahr oder ein Traumbild gewesen sei. Sein Kopf schmerzte ihn.

Etwas später kam Marie und brachte Tee. Das Klopfzeichen, er öffnete, aber blieb hinter der Tür versteckt und streckte ihr nur die Hand
entgegen. Dann schloß er schnell wieder ab. Marie entfernte sich arglos.

Der Rest des Mittags war Warten, das seine Nerven fast zerriß.
Würde Marie kommen? Was würde sie sagen? Was konnte er zur Entschuldigung sagen? Nichts, nichts, er hatte sich selbst verraten. Es war
alles aus. Er mußte von hier weg, er mußte seinen Platz wechseln. Aber
wohin, wohin?

Aber Marie kam erst, als sie ihn am Abend zum Essen holte.

Er war bleich und verstört. So sehr er sich auch anspannte, um wie
gewöhnlich zu erscheinen, es gelang ihm nicht, Wims Gruß mit der
gleichen Unbefangenheit zu beantworten. Sie beide merkten es sogleich und ließen ihn in Ruhe. Sie kannten ähnliche Stimmungen an
ihm, von Zeit zu Zeit zogen sie wie ein Unwetter herauf und verschwanden, als kämen sie nicht über ein großes Wasser. Der arme Teufel! Wer weiß, welche Gedanken mochten ihn bedrücken. Die Aussicht
auf noch einen Winter? –

An diesem Abend ging er früh auf seine Kammer zurück.

Die Frau hatte nichts verraten. Nico empfand ihr Schweigen doppelt
schwer. Es verpflichtete ihn, zu sprechen. Aber auch er schwieg. Es war
ein Betrug, fast ein Verrat, den er da beging. Er gestand es sich selbst ein.
Aber er schwieg. Warum? Aus Angst vor Folgen, die er nicht kannte,
aber die er in jedem Fall als schrecklich sich ausmalte. Sie würden ihn
kurzerhand hinaussetzen oder … Er wußte, daß er eine Gefahr leichtsinnig heraufbeschwor, daß man sie abwenden konnte, wenn er sie bekannte. Aber er schwieg, mit einem verbissenen Trotz. Es blieb ein Geheimnis, mit einer verwegenen Hoffnung, daß es Geheimnis bliebe.

Ab Dezember erschien die Putzfrau nicht mehr im Haus, sie blieb von selbst weg. Ihr Gesundheitszustand hatte sich wieder verschlechtert.

Wenn Nico an sie dachte, durchfuhr ihn der gleiche kalte Schreck wie damals, und er schloß die Augen. Später empfand er eine Art Sehnsucht nach dem Lächeln auf dem leidenden, verquollenen Gesicht mit den Zahnlücken, ein Verlangen, das seine Angst unmerklich milderte. Er konnte es sich nicht erklären: warum?

VI

Manchmal hatte er Momente, Stunden blinder Verzweiflung und dumpfer Hoffnungslosigkeit, wo er sie haßte, sie und die Vase, die unten im Vorderzimmer auf einem kleinen, mit einem Spitzendeckchen belegten Tische stand neben dem Büchergestell. Es war eine chinesische Vase. Eine Errungenschaft von Wim. Er hatte sie eines Tages von einer Versteigerung mit nach Hause gebracht, als Geschenk für Marie und sich selbst, wie er lachend hinzufügte.

Sie war ungefähr vierzig Zentimeter hoch, aus Porzellan, handbemalt mit leuchtenden blauen und roten Blumen und Figuren. Trotz ihrer Größe und der doppelt geschwungenen Form wirkte sie anmutig und zierlich. Sie war ihr stiller Stolz. Sie brauchten sie niemandem erst zu zeigen. Jedem, der in das Zimmer trat, fiel sie sofort auf, auch Nico, als er sie zum ersten Male sah. Ohne Zurückhaltung bewunderte er sie. Wim stand daneben und lachte verschämt und verschmitzt.

»Doch, doch, das ist aber ein schöner Besitz …! Wie bist du dazu gekommen?« Wim erzählte die Geschichte … »dabei bin ich noch niemals vorher auf einer echten Versteigerung gewesen. Ungeheuer spannend! Ich sah sie vorher schon stehen. Dann bot ich einfach mit. Eigentlich konnte ich es mir nicht leisten. Es war wie ein Rausch.«

»Ja, ja, das begreife ich.«

»Man kann nicht immer vernünftig sein. Marie hat zuerst solche Augen gemacht. Aber sie hat nichts gesagt. Aber jetzt …! Wenn nicht solche Zeiten wären, würden wir uns noch mehr anschaffen. Wir haben auch ein paar Bücher über die Kunst des fernen Ostens. Da stehen sie ...« und er wies in die zweite Reihe des Büchergestells.

»Aber warum? Wenn du etwas Geld hast, dann ist doch jetzt die beste Gelegenheit, um es wertbeständig anzulegen.«

Wim lachte. »Sicher, aber nicht Vasen. Wenn etwas geschieht, gehen die zuerst entzwei.«

»Darf ich sie einmal in die Hand nehmen«, hatte Nico gefragt.

»Sie ist gar nicht schwer, nur ein wenig glatt.«

Und Nico hatte sie vorsichtig in beide Hände genommen und, während er sie behutsam nach allen Seiten drehte, aufmerksam und liebevoll betrachtet. In der Tat, ein prachtvolles Exemplar, man konnte stolz darauf sein.

Dann hatte Wim sie ihm wieder abgenommen: »So, gib einmal her« – und sie eigenhändig auf den kleinen Tisch zurückgesetzt.

Aber in den Stunden, da er selbst tief niedergeschlagen war, hätte er auch die Vase zerschlagen können, wenn er sie hier auf seinem Zimmer gehabt hätte. Da er sie nicht erreichen konnte, verblieb ihm nur, sie zu hassen. Sie wurde ihm ein Symbol, er haßte dieses Symbol, er haßte die, die dieses Symbol besaßen.

Dann bevölkerte sich seine Kammer mit blutiggeschlagenen, verzerrten und entstellten Leidensgesichtern, in deren Zügen er gierig forschte, ob sie ihm nicht vielleicht bekannt waren. Er hörte Stöhnen, Wimmern, Winseln, Jammern, Gott anrufen, Gott verfluchen; sah Greise, Männer, Frauen, Kinder. – Endlos waren die Bilder dieser Stunden. Er lag angekleidet auf der Couch, in seiner Benommenheit dennoch wie auf der Lauer vor neuen Bildern, die ihm seine Eingebung heraufschwemmte und mit ihnen neuerliche Erregung und neue härtere Bilder.

Wenn er tief Atem holte, schmeckte er Gas. Gas! Seine Kammer stand voll Gas. Er schloß die Augen und wühlte seinen Kopf in die Kissen. Was begriffen die anderen davon? Und wenn sie es begriffen – was bedeutete es ihnen? In ihrer geschützten, sicheren Häuslichkeit! Geschützt? Sicher? Seit sie ihn aufgenommen hatten? Nein, nein, er war ungerecht. Aber ihr Haus, ihre Wohnung, ihre Sachen – ihre Welt, wie hatte ihn das alles im Beginn angezogen und besänftigt. Und jetzt: wie eitel, wie aufgeblasen, wie nichtswürdig! Denn er maß mit kosmischen Maßen, von denen er sich gerüttelt und geschüttelt fühlte. Welches Vertrauen zueinander bei welcher Gefahr. Und welche Kluft! Trost! Trost? ... Gibt es so etwas wie Trost?

Wenn er am Fenster hinter der Gardine stand und hinaussah – ein aus unzähligen kleinen Vielecken zusammengesetztes Mosaik war das »Draußen« –, wurde es manchmal besser. Aber oft fand er nicht einmal den Mut, um sich von dem Ruhebett, auf dem er ausgestreckt lag, zu erheben und die paar Schritte ans Fenster zu unternehmen. Er lag wie in Ketten und dachte nach. Erinnerungen stiegen auf, nicht nur die des eigenen, persönlichen Lebens, Geschichte wurde Gestalt, Vergangenes sprach die blutige Sprache eines Geschickes. Und Grauen, Grauen, so überwältigend, wie nur etwas sein kann, was aus dem Vergessen aufsteigt.

Als er hier ins Haus kam, hätte er sich mit einem Platz auf den Kohlen in der Scheuer begnügt und wäre zufrieden gewesen. Jetzt schlief er in einem Bett, aß an einem Tisch, wurde als Mensch behandelt.

Doch je länger es dauerte, desto mehr wuchsen seine Forderungen. Da er von der Außenwelt nichts fordern konnte – was er erhielt, war freiwillig gewährt und fast ein Geschenk –, schlugen seine Forderungen nach innen und wurden maßlos. Aber man half ihm doch, sie halfen ihm doch, war das etwa nichts? Ja, es bedeutete viel. Und es war nichts. Er wurde zu nichts. Es war unerträglich. Es bedeutete seine Vernichtung, seine menschliche Vernichtung, auch wenn er – vielleicht – das Leben rettete. Der kleine Stachel, der in jedem verborgen wächst, der von der Hilfe und dem Erbarmen anderer lebt, wurde riesengroß, wurde ein Speer, der tief im Fleische saß und schmerzte.

Wie stolz hatten sie ihm die Kammer gegeben, wie dankbar hatte er sie bezogen. Wie eingekerkert, wie verlassen, wie elend hatte er sich schon in ihr gefühlt. Die Einsamkeit der Einsamkeit. Er war nie ein Stubenhocker gewesen, jetzt mußte er es sein. Es kam ein Frühling, ein Sommer, ein Herbst ... hinter der Gardine. Nicht immer war das weite Land, der Himmel, das Meer in der Ferne ein Trost, eine Labe fürs Auge. Zu oft, nur zu oft das Tor, das verschlossen blieb.

Mit seinen falschen Papieren konnte er sich bei Neumond in Herbst und Winter auf die Straße wagen. Er ging allein. Die Tage hatten sie gemeinsam im Kalender vorher genau ausgerechnet. »Also, Nico, von … bis … kannst du ruhig ein Stündchen spazierengehen. Nicht länger und nicht zu weit vom Haus. Auch nicht zu spät nach Hause kommen, der Nachbarn wegen.«

»Ja, danke, Wim.«

Sie freuten sich mit ihm. »Du kannst dir wenigstens Bewegung machen. Auf Sonne mußt du schon verzichten.«

Aber er begütigte beide und sagte, daß er das wenige schon als ein Glück empfinde.

Ein Glück! – und doch die dauernde Angst, daß plötzlich eine Taschenlampe in der Dunkelheit vor ihm aufleuchtete und eine strenge Stimme fragte, während ein Lichtkegel sein Gesicht blendete: »Aha – also ein … Wo wohnen Sie?« Er schweigt. »Na, sagen Sie es schon.« Er schweigt noch immer verbissen. »Sie werden es schon sagen. Kommen Sie einmal mit.« Und er weiß, was das bedeutet. Er wird alles bekennen, ja, er wird alles sagen … ich wohne bei … Nein, nein, das nicht, es wäre eine Feigheit, eine grenzenlose Gemeinheit, das verdienten sie nicht. Und wenn man ihn totschlagen würde, totmartern, er würde seinen Mund halten, trotz, ja, trotz aller Folter und … Marie, Wim, darauf könnt ihr euch verlassen, aus mir kriegen sie nichts heraus!

Als er am Abend sich vom gemeinsamen Tisch erhob, ging er ins Vorderzimmer und stand lange vor der Vase, einige Schritte von ihr entfernt. Endlich trat er auf sie zu und glättete nachdenklich ein Fältchen der Spitzendecke, auf der sie stand.

VII

Noch immer stand Marie in der Küche und wusch, als Wim bei ihr erschien. Er machte sich mit auffallendem Eifer an dem Gasherd zu schaffen und auf der steinernen Platte des Küchentisches, auf dem Töpfe und Teller standen, die er auseinanderrückte, als suche er etwas. Er fand es nicht. Dabei schielte er verstohlen nach Marie hinüber, die gerade ein Oberhemd aus der Lauge zog, es betrachtete und dann wieder in das Wasser hineintauchte. Nein, sie hatte nicht mehr geweint, sie erschien ihm ruhiger. Ihr Gesicht war noch gerötet, aber das konnte ebensogut von der Anstrengung und vom Wasserdampf kommen.

»Was suchst du?« fragte sie, ohne aufzublicken, und schaffte weiter. Die Wäsche heutzutage, wenn man keine guten Waschmittel mehr hatte. Nein … !

»Ach, laß nur.«

»Streichhölzer?«

»Ja, ich dachte hier –«

»Im Kasten rechts«, sie wandte den Kopf, ohne im Reiben Einhalt zu tun – »nein – da, ja. Sind denn in der Stube keine?«

»Ich konnte sie da auch nicht finden«, sagte Wim. Er hatte sie auf dem Sims beim Ofen hinter der Fotografie seiner Mutter liegen sehen. Er nahm die Schachtel und verschwand wieder.

Sie hatte nicht gefragt, aber der Doktor mußte jeden Augenblick kommen. Wim wurde ungeduldig.

Es war Nicos Oberhemd gewesen, das sie da in die Seifenlauge gesteckt hatte. Sie hatte nicht erst gewartet, bis Coba kam, und hatte von selbst begonnen, was sie an Wäsche von ihm fand, zu waschen.

Er hatte nur seine Leibwäsche mitgebracht, Laken und Handtücher hatte Marie gegeben. Sie stopfte auch seine Strümpfe und besserte seine Anzüge aus. Es ging soviel entzwei, und er besaß nicht viel. Die große Wäsche und Wims Leibwäsche gab sie zum großen Teile aus dem Haus.

Während seiner Krankheit hatte er besonders viel gebraucht, dreimal mußte sie die Laken wechseln, auch Taschentücher und Pyjamas. Zuerst war es nur eine einfache Erkältung gewesen, verstopfte Nase, Kratzen in der Kehle und ab und zu ein bellender Husten. Wie so etwas öfter einmal beim Wechsel der Jahreszeiten vorkommt. Nico hatte zuerst noch ein paar kleine Witze darüber gerissen. »Meine rechte Mandel«, und er hatte, die Hand am Hals, augenscheinlich geschluckt. »Die rechte, weißt du, wenn man sich so die Zeit nimmt, dann kann man so schön bei sich selbst beobachten, wie es langsam fortschreitet. Morgen ist es auch die linke« – wiederum die Hand am Hals, krampfhaftes Schlucken – »ich fühle es heute schon.«

Auch Marie hatte gelacht, obwohl sie fühlte, daß er niedergeschlagen war.

Sie behandelten es selbst mit Aspirin, heißen Getränken. Abends bekam er einen Strumpf um den Hals. Wim war nach Haus gekommen und hatte erzählt, wie viele Menschen von seiner Fabrik im Augenblick mit den gleichen Erscheinungen zu Hause lagen. Es ist immerhin ein Trost zu wissen, wenn etwas Unangenehmes Allgemeingut ist.

Eines Abends trat plötzlich Fieber auf. Wieder Aspirin, in größeren Dosen. Als am nächsten Morgen die Temperatur bis über 39 gestiegen war, entschlossen sie sich, ihren Arzt zu holen. Dr. Nelis, ein noch jüngerer und energischer Doktor, unverheiratet, verstand sogleich, um was für einen Fall es sich handelte, noch bevor Wim ihn tiefer ins Vertrauen gezogen hatte. Er hatte im Augenblick mehrere Fälle solcher Art in seiner Praxis.

»Herr Doktor, und dann noch eins ...«

»Die Nachbarn? Ich begreife.«

»Denn meine Frau ... und ich ... sie sehen natürlich, daß wir gesund sind und herumlaufen ...«

»Was heißt das«, erwiderte der Doktor, »es gibt auch unsichtbare Krankheiten, bei denen man herumlaufen kann.«

»Aber sie wissen, daß wir nie krank gewesen sind. Und wenn Sie jetzt öfter kommen ... so auf einmal ...« Er sah auf den Boden.

Schweigen. Dr. Nelis faltete die Hände und dachte einen Augenblick angestrengt nach.

Plötzlich blickte er auf und sagte: »Besitzen Sie ein Grammophon?«

»Ein Grammophon?« Wim war über alle Maßen verwundert. Was hatte ein Grammophon mit der Angelegenheit zu schaffen? »Nein!«

»Schade.«

Wieder Schweigen.

»Vielleicht könnte ich mir eins leihen«, entgegnete Wim, ohne zu wissen, warum er sich ausgerechnet ein Grammophon leihen sollte. Sie waren beide nicht so musikalisch, Marie und er.

»Ja? Ach, das ist wiederum nicht so nötig«, sagte der Doktor. Aber Wim merkte, daß das Grammophon es ihm doch angetan hatte.

Endlich faßte er Mut und fragte: »Warum, Doktor – warum ein Grammophon?«

Dr. Nelis lächelte ein wenig und sah Wim unverwandt an.

»Ach« – langsam und etwas gedehnt kamen die Worte aus seinem Munde, als triebe er ein klein wenig Spott mit sich selbst –, »ach, ich bin etwas verrückt auf Grammophonplatten, ich habe selbst schon eine hübsche Sammlung. Das ist mein Hobby. Man weiß es von mir in der Stadt, von jedem weiß man ja so etwas, der ein bißchen exponiert ist. Ich könnte sagen, ich käme zu Ihnen, um eine Grammophonplatte zu hören. Eine ganz bestimmte, hinter der ich schon die ganze Zeit her bin und die Sie zufällig besitzen, zum Beispiel ›Invitation au Voyage‹, nach dem Text von Baudelaire, Musik von … Duparc oder Poulenc … wer ist es nun?«

»Ich weiß nicht«, erwiderte Wim, »ich kenne sie nicht.«

»Schade«, sagte der Doktor, »eine himmlische Platte – eine Gesangplatte … Luxe, calme, volupté.« Er summte leise die Melodie. »Ich wollte, ich besäße sie.« Er starrte entrückt nach der Decke. »Enfin, ich komme, um Ihrer Frau ein paar Kalkinjektionen zu verabreichen, gegen Müdigkeit und allgemeine Unlust. Das ist im Augenblick sehr normal. Auf Wiedersehn.«

Unterdessen hatte Marie Nico vorbereitet, daß Wim den Arzt holte.

»Ist es nicht zu riskant – für euch …« hatte er mit matter Stimme gefragt.

»Keine Sorge, Nico, Dr. Nelis ist gut, in jeder Hinsicht. Und du bist krank.«

»Ja, ich fühle mich auch krank«, erwiderte er leise, legte sich tiefer in die Kissen zurück und schloß die Augen. Er hatte es immer gewußt, man würde ihn hier nicht im Stich lassen …

»Wenn das nur keine doppelseitige Lungenentzündung wird«, sagte Dr. Nelis zu Marie und Wim unten im Hinterzimmer, nachdem er den Patienten gründlich untersucht hatte. »Er ist nicht stark.«

Marie erblaßte. »Ich tue mit dem Essen, was ich kann …«

»Es ist einfach nicht zu schaffen«, erwiderte der Doktor. »Auch sein innerer Widerstand ist nicht zu groß … scheint mir wenigstens. Auch kein Wunder!« fügte er hinzu. »Ich habe ihm eine Spritze gegeben. Heute abend komme ich noch einmal.«

Nach einer Woche war der Zustand noch unverändert, trotz der neuen Präparate, von denen damals jedermann sprach.

Eine Unruhe erfaßte Marie, die sie bisher noch nicht bei sich gekannt hatte. Sie litt. Es war nicht so sehr der Gedanke, daß er die Krankheit nicht gut überstehen könnte, als daß er nicht genügend Widerstandskräfte hatte. Was konnte sie tun?

Als er noch gesund war und auf seiner Kammer saß, hatte sie in der letzten Zeit nie vergessen, wenn sie eintrat, ein frohes und zuversichtliches Gesicht zu zeigen. Irgendwo hatte sie in einer Haushaltzeitung, die auch jetzt noch in unregelmäßigen Abständen erschien, gelesen, daß man positiv sein müsse. Positiv! Das wäre das beste Mittel, um schwierige Zustände zu überwinden. Ohne daß sie es sich direkt vorgenommen hatte, war dieser Gedanke tief in ihr verankert geblieben und offenbarte sich zuerst in der Haltung Nico gegenüber. Positiv! Doch seit er krank lag, wollte es ihr nicht mehr gelingen. Vorsichtig, zaghaft schlich sie in sein Zimmer, betrachtete das fiebrige, schweißige Antlitz mit den geschlossenen Augen und dem halboffenen Mund, der nach Luft rang. In seiner Krankheit und Hilflosigkeit kam sein Wesen – so fühlte sie es zumindest – so deutlich zum Ausdruck, wie sie es früher nie so tief geahnt hatte. Krank und hilflos, war dies nicht in Wahrheit seine Lage? Seine Haltung zuvor konnte man bewundern: er spielte Schach – mit sich selbst –, trieb Französisch, Englisch, las Bücher. Alles, alles war nur eine Art Medikament, das ein Gebrechen heilen mußte. Und Wim und sie hatten seine Haltung oft hoch angeschlagen. Zuweilen hatte sie für sie fast etwas Unheimliches gehabt. Sie stand wie eine Mauer zwischen ihnen dreien, die langsam, langsam abbröckelte in dem Maße, als der Krieg länger dauerte und alles Ungewohnte und Unmenschliche so gewöhnlich und alltäglich wurde.

»Ich muß doch noch einmal nach ihm schauen«, sagte sie eines Abends, als Wim und sie in ihr Schlafzimmer gingen.

»Er wird schon schlafen – du machst ihn wach …«

»Ich bin ganz leise«, beharrte sie.

Noch bevor sie seine Zimmertür ganz geschlossen hatte, hörte sie eine atemlose, verschleimte Stimme: »Marie …«

Sie drehte das Licht an, außerhalb dessen trübem Lichtkegel das Bett

stand. Sein Bart war gewachsen und bedeckte Kinn und Wangen, so
daß er älter und abgezehrter aussah. Sie stand an seinem Bett.

»Soll ich dir noch einmal die Kissen aufschütteln?«

»Ach ja.«

Sie half ihm, sich aufzurichten. Er stützte sich mit großer Anspannung auf die Matratze, während sie geschwind die heiß-zerwühlten
Kissen mit beiden Händen aufklopfte. Dann half sie ihm, als er sich
zurückfallen ließ. Es tat ihm sichtlich gut. Sein Haar bildete ein wirres
Gestrüpp auf seinem Kopf, als wenn es nach einem Regenguß mächtig
ins Kraut geschossen wäre. Feucht und klebrig hing es über die Stirn
und in die Schläfe. Das Halbdunkel des Zimmers gab seinem Gesicht
eine fahle Färbung. Zwei fiebrige Augen standen groß aufgerissen, als
fingen sie in sich alle Schatten der Kammer.

»Marie …«

»Ja?« Sie sprach sehr leise, als fürchtete sie, mit jedem lauten Geräusch den Zustand noch zu verschlimmern. Aber er sagte weiter
nichts, schloß die Augen und lag da, als wäre er im gleichen Augenblick
in Schlaf gefallen. Nur seine Arme, die ausgestreckt auf der Bettdecke
dicht neben seinem Körper lagen, zuckten von Zeit zu Zeit. Dann hob
er sie sacht in die Höhe und ließ sie wieder fallen, wie Flügel, die er
entfalten wollte, doch müde und kraftlos wieder einrollte. Es war, als
wenn er fast nicht mehr atmete, nur die Decke über seinem Leib bewegte sich fast unmerklich auf und nieder.

Marie beugte sich über das stopplige Gesicht, um ihm auch das leiseste Geräusch von den Lippen zu lesen, wenn er Anstalten machen sollte
zu sprechen. So wartete sie längere Zeit. Sie sah die Schweißtropfen auf
seiner Stirn und die kleinen Rinnsale, die das Gesicht und den Hals
langsam hinunter tropften und in den Höhlen über dem Schlüsselbein
verebbten. Die Jacke seines Pyjamas stand halboffen, und von der
feucht-glänzenden Haut unter den Haaren auf der Brust stieg ihr ein
warmer, kräftig riechender Dampf entgegen. Als sie unter der Achsel-
höhle fühlte, bemerkte sie, daß der Stoff dort von Schweiß getränkt
war, ebenso die Stellen an den Seiten und die Armbeugen.

Sie nahm ein Handtuch und wischte zuerst das Gesicht und den Kopf
ab, dann, nachdem sie noch einen Knopf der Bettjacke geöffnet hatte,

die Brust und sorgfältig die Achselhöhlen. Sie spürte, wie sein Körper glühte. Aus ihrem Schlafzimmer holte sie eine Flasche mit Eau de Cologne, die sie für besondere Fälle aufgehoben hatte, spritzte einige Tropfen ihm auf die Stirn und blies leicht ihren Atem darüber, so daß das Parfum verstäubte und seine Kühle die heiße Haut angenehm erfrischte. Es tat ihm wohl. Sie sah, wie sich sein Gesicht wieder belebte.

»Ich werde dir noch einen frischen Pyjama geben, ja?« sagte sie, dicht über ihm gebeugt.

Ein kraftloses Nicken war die Antwort. Als sie zu dem Versteck ging, in dem seine Wäsche lag, hörte sie, wie er auf einmal mit Anstrengung sagte: »Ich habe keinen mehr ...«

Er besaß nicht viel, und das wenige hatte er in den Tagen der Krankheit verbraucht. Sie ging hinaus auf den Gang, wo der Wäschesack noch unausgepackt stand, der tags zuvor mit den sauberen Stücken aus der Wäscherei gekommen war, und zog von unten einen Pyjama von Wim hervor. Sie rief Wim, daß er ihr helfe, und zusammen zogen sie ihn Nico an. Obwohl dieser ihnen, da er schon sehr geschwächt war, nicht viel mithelfen konnte und sie selbst über keine Erfahrung mit Kranken verfügten, ging alles ziemlich schnell von statten.

»Danke, es war so heiß«, sagte er matt, als er wieder bewegungslos auf dem Rücken lag. Wim stand schon an der Tür.

»So, jetzt kannst du besser schlafen, gute Nacht«, sagte Marie und verließ auf Zehenspitzen das Zimmer.

Draußen auf dem Gang verharrten beide noch einen Augenblick und lauschten, als stünden sie vor einem Zimmer, in dem ein Kind schlief. Ihre Blicke trafen sich.

»Komm, Marie!« Er öffnete die Tür zu ihrem Zimmer. Langsam folgte sie ihm, immer noch auf Zehenspitzen.

VIII

Im Vestibül stand der Doktor in Hut und Mantel. Es war ein Viertel nach zehn. Er rieb sich die Hände. »Ich bin auf meinem Fahrrad gekommen«, sagte er. Sonst gebrauchte er sein Motorrad, seit er sein

Auto wegen Mangel an Benzin hatte einstellen müssen. Draußen war es stockdunkel. »Gehen wir gleich«, fragte er und spähte die Treppe hinauf.

Marie hatte die Schürze abgelegt, ihre Hände waren gedunsen und gerötet, ihr Gesicht glühte. Trotzdem war sie gefaßt. »Kann ich etwas helfen«, sagte sie, »oder …«

»Kommen Sie«, sagte Wim und ließ dem anderen den Vortritt. Und zu Marie gewandt: »Warte lieber hier unten, vielleicht in der Kammer …«

»Vergiß den Mantel nicht«, entgegnete sie.

Wim blieb auf der Treppe stehen. »Richtig«, sagte er, und sprang in zwei Sätzen wieder hinab. Den Hut zog er sich fest ins Gesicht.

»Welche Tür?« fragte der Doktor, als Wim hinter ihm die Treppe hinaufgelaufen kam. Er war ein wenig außer Atem, denn er trug seinen schweren Wintermantel.

Sie traten in das Zimmer, in Hut und Mantel glichen sie zwei Herren von irgendeiner Kommission, die gekommen waren, um eine Untersuchung anzustellen bei einem Sterbefall, bei dem es nicht mit rechten Dingen zugegangen war. Entschlossen gingen sie auf das Bett zu, blieben an seiner Längsseite zunächst einmal stehen und betrachteten sich, die Hände tief in den Manteltaschen begraben, ruhig den Fall. Dann schob der Doktor seine linke Hand unter den Nacken des Toten, griff mit seiner anderen nach dem steifen, linken Arm und zog daran. Der Leichnam glitt aus der ebenmäßigen Lage, in der er bisher gelegen hatte, und kam ein wenig quer und schief auf der rechten Gesichts- und Körperhälfte zu liegen. Der Doktor betrachtete schweigend den hervortretenden Adamsapfel des Toten. Wim stand zunächst unschlüssig daneben.

»Wenn wir ihn zunächst einmal aufsetzen«, sagte er …

»Das geht nicht«, erwiderte der andere und blies Luft unter seine Wangen, so daß sie sich leicht rundeten, »bei der Totenstarre.« Er hatte sie eben geprüft. Schweigen. Wim hielt die Hände auf dem Rücken gefaltet, er hatte das eigenartige Gefühl, als wäre er nicht in seiner eigenen Wohnung, sondern in einem fremden Hause auf Totenvisite.

»Das ist doch nicht so einfach«, begann der Doktor aufs neue.

Wim schlug die Decken zurück und maß die Länge des Körpers. »Es scheint mir, Doktor – so – wenn wir ihn über die Schulter legen, so wie eine Planke, vielleicht kann ich es auch allein …«

»Unmöglich! So ein Toter, was denken Sie!«

»Oder ich allein auf meinem Rücken, Huckepack, und Sie stemmen von hinten dagegen, so daß er nicht rückwärts fallen kann« – er bog dabei den Oberkörper leicht nach vorne und zog die Arme wie zu zwei Steigbügeln gekrümmt in Flankenhöhe –, »so.«

Der Doktor zögerte, ehe seine Antwort kam: »Die Gelenke sind noch zu starr.«

Wim schwieg.

»Haben Sie eigentlich schon einmal einen Toten gesehen?« fragte der Doktor plötzlich und drehte dem Toten den Rücken zu. Wim erschrak.

»Natürlich«, sagte er hastig, »meinen Vater damals, ich war noch sehr jung.«

»So, so.« Und dann fuhr er fort, indem er die Decke anstarrte: »Ich bin immer wieder überrascht, wie wenige erwachsene Menschen eigentlich wirklich einen Toten gesehen haben. Das heißt in normalen Zeiten. Manche erst in den dreißiger Jahren. Seltsam. Mit der Liebe hat jedermann viel früher und viel öfter zu schaffen, natürlich. Man müßte jede Woche zumindest einen Toten sehen. Dann gäbe es auch ein besseres Gleichgewicht, und viel Angst würde verschwinden.« Er holte seinen Blick von der Decke zurück und heftete ihn auf Wim. »Erinnern Sie sich denn noch?«

»Sicher«, erwiderte Wim und dachte angestrengt nach.

Er war ein Junge von sieben Jahren, als ihn eines Tages – er trug einen Anzug von schwarzem Samt mit einem crème Spitzenkragen – seine Mutter in das Musikzimmer gerufen hatte, in dem der offene Sarg stand. Sie selbst stand mit verweinten Augen, in einer Haltung, die er nie vergessen würde, groß und aufrecht mit ihrer schlanken Figur, als wachse sie von Minute zu Minute, an den Flügel gelehnt und sagte mit einer leisen melodiösen Stimme – sie sang nämlich – und in einem Ton, den er bisher noch nie bei ihr vernommen und auch später nie wieder gehört hatte: »Wim, da ist Vater. Er ist tot. Nimm Abschied von ihm, mein Junge.« Und Wim war an den offenen Sarg getreten, über dem ein großes Glas der Länge nach lag, und hatte Vater betrachtet. Was hatte er unter seinem Kinn? Ein großer, breiter Holzklotz stand auf der Brust und stützte Vaters Kinn. Sein Gesicht blickte ernst und war fast ohne Falten. Er sah anders aus, besser als die Zeit zuvor, da er krank im Bett lag. Er trug einen Frackanzug und im Knopfloch eine große, weiße Nelke aus ihrem Garten. Wim betrachtete die Nelke und merkte, daß man durch Glas keine Blumen riechen konnte. Nur an dieser Blume, die hinter dem Glas blühte, doch keinen Duft mehr verbreitete, erkannte das staunende Kind das Zeichen des Todes. Auch der Vater lag hinter der Glasplatte, man konnte ihn sehen, doch nicht erreichen. An dem Kopfende standen zwei dicke brennende Kerzen, und am Fußende lag ein großer Kranz mit einer blauen Schleife, auf der in goldenen Buchstaben geschrieben stand: »Ihrem lieben Pappi – die Kinder«.

»Er ist noch zu klein«, flüsterte die Tante der Mutter zu, als sie den Jungen da stehen sah.

»Gottlob«, flüsterte der Onkel, Vaters Bruder, zurück, der seit einer Woche im Hause lebte und alle Geschäfte abwickelte. Im folgenden Jahre heiratete er die Mutter und zog mit ihr nach Indien. Die Kinder kamen auf ein Internat.

Als die Tante Wim still aus dem Zimmer führte, kam Coba durch die andere Tür hinein. Sie war sehr bleich und schluchzte ununterbrochen. Obwohl sie die ältere war, verlangte es die Familienordnung, daß der Sohn zuerst Abschied von seinem Vater nahm …

»Zu zweit werden wir es schon schaffen«, unterbrach der Doktor das Schweigen.

»Ja«, erwiderte Wim mit Überzeugung, als habe er in demselben Augenblick den gleichen Gedanken gedacht. Wie gelb schon Nicos Zehen aussahen, wie Wachs. Ob sie sich auch kalt anfühlten?

»Packen Sie ihn einmal an den Füßen«, sagte der Doktor, er griff unter die Achselhöhlen und hob den Oberkörper vom Laken. Sie legten ihn auf den Boden. Dann stellten sie sich von neuem auf, die Gesichter hatten sie einander zugekehrt, Wim an den Füßen und der Doktor am Kopfende, und trugen den Leichnam unter den Achselhöhlen und an den Füßen, wie man es auf einer alten »Grablegung« sieht, langsam und vorsichtig – denn Wim ging rückwärts – die Kammer hinaus und die Treppe hinunter.

Im Treppenhaus brannte das Licht. Wenn sie die Haustür öffneten, konnten sie von außen gesehen werden.

»Legen wir ihn noch einmal hin«, sagte der Doktor. Anscheinend war er mit dieser Weise des Transportierens nicht einverstanden.

»Hier in den Gang?« fragte Wim zurück und legte die Beine auf die Matte. Etwas widerstrebte in ihm, den Toten hier in den Gang niederzulegen, wo jedermann tagsüber herumlief.

Der Doktor richtete sich auf, da er die ganze Zeit gebückt gelaufen war. »Ein Tuch, wir müssen ein Tuch haben, um ihn einzuwickeln«, sagte er. »Der Pyjama ist zu hell draußen.«

»Marie, ein Tuch, oder eine Decke«, sagte Wim, als er die Tür zum Zimmer geöffnet hatte, in dem Marie beschäftigungslos saß und wartete. »Wir müssen ihn in etwas Dunkles einpacken.«

»Eine Decke?« Sie hatte sich schnell erhoben und war eilends aus dem Zimmer gelaufen. Die ganze Zeit hatte sie auf die Uhr gestarrt, es war über halb elf und keine Zeit zu verlieren, wollte Wim pünktlich wieder zu Hause sein. Er wollte ihr noch nachrufen, daß er selbst, wenn sie ihm nur sagte wo, eine Decke holen würde … So schnell verließ sie das Zimmer.

Sie war nicht darauf vorbereitet, ihn noch einmal hier draußen im Gang und in einer solchen Gebärde auf der Matte anzutreffen. Wohl hatte sie gehört, wie die Männer langsam, Schritt für Schritt, mit einer Last die Treppe hinunterkamen. Doch dieser Anblick kam für sie überraschend. Dort, wo über Tag die Milchflaschen und der Brotkorb und andere alltägliche Dinge standen, wo die Briefe durch den Schlitz hinfielen, wo man ein und aus ging und er selbst einst hineingekommen war – da lag er nun tot. Der Doktor stand an der Treppe zur ersten Etage, den rechten Ellenbogen auf das Geländer gestützt und den Kopf in der gespreizten Handfläche. Vor ihm, auf dem Boden zwischen Treppe und Zimmertür, der Tote.

Als sie in voller Fahrt die Zimmertür schloß, hatte sie keine andere Wahl mehr, dafür war sie in zu heftiger Bewegung, ihre Füße trippelten und wehrten sich, als stünden sie plötzlich vor einem Abgrund. Dann sprang sie mit einem leichten Satz über Nico, ein kleiner, unmerklicher Sprung, knapp bemessen, ohne den Leichnam zu berühren. Ihre Augen, in denen sich Entsetzen, Scham, Trauer widerspiegelten, waren auf den Doktor gerichtet, der ohne seine gekrümmte Haltung zu verändern diesem Schauspiel – zuerst das Zögern und dann der hoffnungslose Entschluß – zuschaute. Er nickte ihr zu. »Und ein paar Sicherheitsnadeln«, flüsterte er, »bitte« –

»Ja«, hauchte Marie und schlich seitlich die Treppe hinauf.

Zu dritt wickelten sie den Leichnam dann in eine Decke, die zuvor auf seinem Bett gelegen hatte, und steckten das Bündel mit Nadeln zu, als wollten sie ihm ein Seemannsgrab bereiten. Als sie fertig waren, zeigte die Uhr im Gang zehn Minuten vor elf. In zehn Minuten konnten sie alles hinter sich haben.

Marie drehte das Licht im Gang aus und öffnete die Haustür.

Die mondlose Nacht war kalt. Marie fröstelte es. Gut, daß er in eine warme Decke eingehüllt ist, dachte sie und konnte diesen kuriosen Einfall nicht loswerden, obwohl sie sich im gleichen Augenblick sagte, daß, ob kalt ob warm, er gegen all dies gefühllos geworden war. Nico, Nico …

Die Männer in ihren Mänteln starrten in das gestaltlose, kühle Dunkel und lauschten angestrengt. Etwas weiter in der Straße schlug eine Haustür zu. Ein Pfiff. Ein Hund kam mit gedämpften, fliegenden Sprüngen über den Kies durch die Finsternis geschossen. Stille.

»Los«, kommandierte Wim leise und packte mit beiden Händen die Beine wie ein Bündel vom Boden und hob sie an seine rechte Hüfte, so daß er, wenn auch leicht auf die Seite nach rechts gedreht, dieses Mal doch vorwärts gehen konnte. Zugleich riß der Doktor mit einem Schwung den verhüllten Körper von der Matte und ließ ihn gegen seine rechte Schulter lehnen, während er ihn mit beiden Armen fest umspannte.

Die ersten Schritte über den Gartenweg bis an das Tor und über den Fußsteig ging es hastig und holpernd, wobei der Tote nach allen Seiten schaukelte. Sie hatten Mühe, daß er ihnen nicht entglitt. Auf dem Damm hatten sie wie von selbst ihren Rhythmus gefunden, in dem auch der Leichnam sich auf und ab mitbewegte und ihnen das Tragen erleichterte. Behutsam schlichen sie durch die Dunkelheit und traten leise auf, um nicht gehört zu werden. Nur wenige Meter auf dem anderen Fußweg, und sie mußten in den Eingang zum Park einbiegen. Wim, der voran ging, fühlte mehr, als daß er es sah, wo der Drahtzaun, Park und Fußsteig voneinander scheidend, durch eine Einbuchtung unterbrochen wurde. Der Doktor, der die größere Last trug, folgte willig.

Hier auf dem Zugangsweg zum Park, beschützt von Sträuchern, die nur mit ihren Spitzen ein schwaches, schwarzes Relief in die Dunkelheit warfen, fühlten sie sich sicherer. Der Boden war durch den Regen der letzten Tage locker genug, daß er ihre Schritte dämpfte, aber auch wieder nicht so aufgeweicht, daß sie darin stecken blieben. Nach fünfzig Metern überquerten sie eine hochgewölbte, schmale Holzbrücke, unter der ein Wassergraben durch die Anlagen lief und, umgeben von Pappeln und Linden, in einen Tümpel mündete, hart an der Grenze zu den Weidelanden. Die Planken knarrten, und sie eilten sich, um auf den Weg zu kommen. Auf der anderen Seite, fünf Meter entfernt, stand eine knorrige, formlose Masse schwarz in der Dunkelheit. Eine Bank, zwei Holzplanken platt und horizontal mit einem Zwischenraum der Länge nach, die Sitzfläche, und eine Planke schräg-hoch und horizontal, als Rückenstütze, Füße und Verbindungsstücke aus Gußeisen.

Nachdem sie auf der Bank den Leichnam aus der Decke gewickelt hatten, hoben sie ihn über die Lehne nach hinten an den Wiesenrand und schoben ihn dann behutsam zwischen die gußeisernen Füße. Er paßte bequem hinein. Dann liefen sie schweigend den gleichen Weg zurück, ein müdes, taubes Gefühl in den Armen. Es schlug elf Uhr. Drei Minuten später stieg der Doktor vor dem Haus auf sein Fahrrad. Da Wim nicht wußte, ob er sich bedanken sollte oder nicht, flüsterte er nur »Guten Abend«.

»Gute Nacht«, murmelte Dr. Nelis und verschwand in der Dunkelheit. Wim trat ins Haus.

Nachdem er Hut und Mantel abgelegt hatte, stand er, was er sonst nie gewohnt war zu tun, einen Augenblick vor dem kleinen ovalen Spiegel im Gang, rückte den Schlips zurecht, wischte mit dem Taschentuch zwischen Hals und Kragen und über die Stirn, kämmte die Haare und tat noch viele Dinge, die einem nur vor dem Spiegel einfallen. Er war verwundert und faßte es nur schwer, daß er so aussah, wie sein Spiegelbild es anzeigte.

Marie kam hastig die Treppe hinunter. Sie sah bleich aus, mit einem rührenden Zug um Mund und Augen. Kein Zweifel, sie hatte oben in seinem Zimmer geweint.

»So«, sagte Wim und sah sie fest, ein wenig mitleidig an.

Sie fragte nichts. Er preßte die Lippen aufeinander und nickte ein paarmal: das hätten wir also geschafft …

Sie gingen ins hintere Zimmer, Wim fiel in den Sessel neben den Ofen, die Beine übereinandergeschlagen, die Hände umspannten die Seitenpolster, als wolle er sogleich wieder aufspringen.

Marie setzte sich an den Tisch.

Schweigen. Sie wartete wie jemand, der selbst etwas verschweigt. Sollte sie beginnen?

»Der Ofen ist aus«, sagte Wim und strich mit seiner Hand über die eiserne Platte.

Ob sie es ihm lieber doch jetzt erzählte? Im Grunde war es nichts besonderes … Es war so kalt hier.

»Ich werde uns Kaffee aufbrühen«, sagte Marie und erhob sich hastig.

Uns? Ihnen beiden, Wim und sich selbst. Und dazu ein trockener Schiffszwieback, so wie immer.

Als sie den Kaffee tranken, reckte Wim auf einmal seinen Hals und fragte: »Regnet es?«

Sie lauschten beide.

»Nein – gottlob nicht.« Pause.

Zu dritt hatten sie, fast ein Jahr hindurch, einen jeden Tag auf diese Weise zusammen beschlossen, bei einer Tasse Kaffee und einem trokkenen Schiffszwieback, oft schweigend, ein jeder seinen Gedanken hingegeben, aber doch zusammen wartend, wartend … Ein wenig Dankbarkeit lag darin, ein wenig Müdigkeit der Nacht, in die man einging, allein oder zu zweit, und ein verstohlenes, trauriges Glück in einer lächelnden, unbegriffenen Nichtigkeit.

»… er paßte bequem hinein«, dachte Wim zu Ende.

»Hast du die Decke mitgebracht?« fragte Marie zaghaft.

»Draußen im Gang.«

Es wurde kälter im Zimmer. Und so leer …

Warum sprach Wim nicht. Hatte er vielleicht doch etwas gemerkt? Sollte sie beginnen und erzählen – Ach, es war zu unbedeutend. Aber sie hatte es getroffen, wie ein Letztes, wie eine Offenbarung, ein letztes unbelauschtes Gespräch. Morgen, vielleicht, würde sie es erzählen können.

»Gehen wir schlafen, Marie«, sagte Wim und begann seinen abendlichen Rundgang durchs Haus. Dies gehört zu den Pflichten eines ordentlichen Hausvaters vor dem Schlafengehen: Die Vordertür, die Scheuertür, die Hintertür schließen, nach dem Gashahn in der Küche schauen, Holz hacken im Keller für den folgenden Morgen. In den letzten Monaten war er auch noch auf den Boden gestiegen, um nachzusehen, ob dort auch die Fenster geschlossen waren. Man konnte nie wissen … Auch heute stieg er wieder hinauf. Eigentlich überflüssig, sagte er zu sich selbst.

Aber er tat es dennoch. Denn so schnell verlernt man eine alte, einjährige Gewohnheit nicht.

IX

»Wenn es nur nicht regnet!« Marie wälzte sich – wie viele Male schon – auf die rechte Seite, zog die Knie an und lauschte in die Nacht hinaus … Wenn es nur nicht regnet, das wenigstens sollte ihm erspart bleiben.

Sie konnte nicht warm werden. Neben ihr lag Wim in seinem Bett, die Decken über den Kopf gezogen, und schlief. Von draußen kam kein Geräusch. Nur neben ihr das warmgedämpfte Anschlagen seines Atems gegen die Decken, langsam und schwer, als müßte er gegen einen Widerstand anschlafen.

Die ersten Nächte, als Nico im Hause war, hatte sie auch keinen Schlaf finden können, mehr aus Furcht und Verwunderung, ob es gutgehen würde und daß man ihn bisher noch nicht entdeckt hatte. Alles im Haus erschien ihr damals am Anfang so verändert, jedes geringste Geräusch hatte auf einmal eine andere und besondere Bedeutung erhalten durch das Geheimnis, das sie unter ihrem Dache verbargen.

Ein Geheimnis! Es war nicht nur, daß sie ihn versteckt hatten – er selbst stellte dies Geheimnis dar, seine Person, sein Leben. Wie ein Niemandsland lag es um ihn, fremd und undurchdringbar. Der Abstand war nicht zu überbrücken. Wie von einem anderen Ufer eines Stromes, während dazwischen der Dampf über dem Wasser hängt und die klare Sicht verdeckt, erschien ihr schon bei Lebzeiten alles, was sie von ihm hörte und sah, seine Stimme, seine Bewegungen, sie verschmolzen fast mit den unpersönlichen, farblosen Nebelschwaden. Jetzt war er tot und aus dem Hause geschafft – aber ein Geheimnis war zurückgeblieben, als Letztes. Zuerst kam es ihr vor, da sie, Tränen in den Augen und allein in seinem Zimmer, es entdeckt hatte, als wäre der Nebel plötzlich aufgestiegen und käme das andere Ufer ganz dicht und immer näher, so daß sie alles auf ihm, den Abhang, die Sträucher und die Erdgruben, genau erkennen konnte. Doch als sie länger hinsah, stieg es wieder wie Dampf aus dem Wasser, alles verhüllend. Marie erschrak, als sie erfuhr, daß ein Geheimnis, das man zufällig errät, ein anderes, noch größeres dahinter verbirgt, das unaufdeckbar bleibt. Und daß jedes Wissen, jede Erklärung nur wie ein Schnee ist, der süß geschlagen in den Teig kommt, um ihn aufzulockern und feiner im Geschmack zu lassen …

Sie brannte darauf, es Wim zu erzählen, jetzt, am liebsten jetzt, es war ihr wieder so nahe. Wenn er aufwachte, würde sie beginnen. Sollte sie ihn aufwecken?

Marie richtete sich auf, bohrte den Ellenbogen in das weiche Kissen und stützte ihr Gesicht mit der Hand. Neben ihr das verhüllte, gedämpfte Schlagen eines warmen Körpers. Wie kalt es war! Sie zog die Decken über Schultern und Rücken. Wieder sah sie das Bild vor sich.

Nachdem sie die Haustür hinter den Männern vorsichtig geschlossen hatte, war sie schnell hinauf in sein Zimmer gelaufen. Sie hörte noch, wie sich Schritte hastig und stolpernd über den Kies entfernten. Dann war es still geworden. Sie sah sich im Zimmer um und begann, Ordnung zu schaffen. Nicht so sehr aus Furcht, daß man, wenn man ihn gefunden hatte, dahinterkommen könne, wo er sich versteckt hatte, und um nun alle Spuren zu verwischen, als aus dem heimlichen Wunsch, ihm noch einmal nahe zu sein. Die Männer trugen den Leichnam, sie trug seine Sachen zusammen, mit denen er gelebt hatte.

Sie hatte immer darauf geachtet, daß seine Kammer sich in einem solchen Zustand befand, daß sie, wenn es nötig war, mit nur wenigen Handgriffen unbewohnt erschien. Seine Anzüge, sein Mantel befanden sich in Wims Schrank, Wäsche, Schreibzeug, Papiere und seine Toilettengegenstände blieben in dem Versteck verborgen.

Einmal an einem Sonntag klingelte es, und ein älterer, fremder Herr verlangte Wim zu sprechen. Marie ließ ihn in das Vestibül und fragte so beiläufig, in welcher Angelegenheit.

»Sind Sie die Frau des Hauses?« fragte der Fremde zurück und sah Marie mit einem eigenartigen, wie es ihr erschien, etwas spitzen Lächeln an. Es beunruhigte sie. Als sie bejahte, zögerte er einen Augenblick, bevor er sagte: »Ach, das möchte ich mit Ihrem Mann lieber unter vier Augen besprechen.« Unter vier Augen! Marie erschrak ungemein. Das versprach nichts Gutes.

Sie rief Wim und lief schnell nach oben. »Nico, ein fremder Herr … Komm, verschwinde schnell.« Sie half ihm, seine Dinge in einer kleinen Handtasche zusammenzupacken, die für diese Fälle bereit stand, und öffnete den Wandschrank. Dahinter befand sich das Versteck. Durch Zufall waren sie darauf gekommen.

Zwischen den beiden Zimmern der oberen Etage lief die Treppe zum Boden. Wenn man die Seitenwand des Wandschrankes in Nicos Zimmer, dort wo die Treppe lief, herausnahm, stieß man auf einen Hohlraum, geräumig genug, um einen Menschen zu verbergen. Wim hatte in seinen freien Stunden die halbe Höhe der Holzwand säuberlich herausgesägt, eine Leiste darüber befestigt, die die Sägespur verdecken mußte, und diese Leiste durch den ganzen Wandschrank in halber Höhe gezogen, um einen einheitlichen Eindruck zu erwecken. Auch unten, wo die Wand den Boden berührte, hatte er eine Leiste zur Stütze angebracht. Mit einigen geschickten Handbewegungen, die Nico bald geübt hatte, konnte man die Wand herausnehmen, hineinschlüpfen und sie, während die Wand von außen wieder eingesetzt wurde, selbst von innen durch Riegel und Querbalken gleichzeitig absperren. Es war eine gute Arbeit, und sie alle hatten ihr Vergnügen daran gehabt.

Der Fremde blieb etwas länger als eine halbe Stunde – er kam auf Empfehlung und suchte einen Platz für einen Untertaucher. Wim mußte seine ganze Geschicklichkeit anwenden, um ihn auf eine verständige Art abzuweisen, ohne durchschimmern zu lassen, daß sie selbst schon versehen seien: »Wir sind erst so jung verheiratet, wissen Sie, und viel zu ungeschickt und unerfahren mit solchen Dingen, meine Frau vor allem, nein, nein, ich selbst bin doch den ganzen Tag abwesend.« Auch bei Empfehlungen mußte man aufpassen, ob es sich nicht um einen Provokateur handelte, der sich ins Vertrauen schleichen wollte …

– Enfin, Nico saß die ganze Zeit wie ein ängstliches Schaf in seinem Verschlag und wartete, bis sie ihn wieder herausließen. Zum Glück kamen solche Besuche nicht oft vor.

Marie zog die Laken von seinem Bett ab. Jetzt mußten sie in den Park einbiegen. Nein, dieses Ende hatten sie nicht erwartet. Sie hatten es sich anders vorgestellt – kein Ende vor dem allgemeinen, großen Ende. Aber wie? Daß sie und Wim eines Tages oben bei ihm erschienen und sagten: »Nico, es ist soweit!«? Oder mitten in der Nacht von der Küste her das Gedröhn der Geschütze, der unbeschreibliche Lärm von Tausenden Flugzeugen, Bomben, dazwischen das feine, rhythmische Geknatter von Mitrailleurs … Und er, ja, was würde er wohl tun – was würde er getan haben? Jubeln? Sie umarmen? Marie! Wim! Jetzt ist es soweit, zu spät, aber endlich … endlich! Oder mit matter Stimme, noch halb fragend, er konnte es nicht glauben: »Ach ja?« Hilflos sah er sie an, seine Augen füllten sich halb mit Tränen, er war wie erstarrt. »Aber Nico, freust du dich denn nicht?« Aber ja, natürlich, doch konnte man dies Freude nennen? Er war so müde geworden von dem langen Warten, von dem Eingesperrtsein. Auch seine Freude war so müde geworden, so verschlossen … Was würde er wohl tun? Sie hatten oft nachgedacht. Aber eigentlich war es unvorstellbar.

Sie hob die Wand heraus und nahm die Sachen, die im Versteck lagen, den Wäschebeutel, ein paar Strümpfe, eine Mappe mit Schreibzeug, Bücher. Als sie ein paar Zeitungen, die er aus Gott weiß welchem Grunde bewahrt hatte, herauszog, fiel ein Päckchen auf den Grund. Sie bückte sich. Was war das? Ein kleines Päckchen, aus festem, gelbem Papier, an der einen Ecke halb aufgebrochen, »Lucky Star« stand mit großen, schwarzen Buchstaben aufgedruckt, eine Prise Tabak fiel heraus und bestäubte den Grund: Zigaretten! Amerikanische Zigaretten! Sie roch daran. Der feine, würzige, amerikanische Tabak, wie sie ihn vor dem Kriege und nun seit Jahren schon nicht mehr geraucht hatten. Wie kam er an dieses Päckchen? Coba? Oder hatte er es aufbewahrt, als eine Art Reliquie? Warum? Und hier in dem Versteck vor ihnen verborgen? Es war noch über die Hälfte gefüllt, vielleicht sechs oder sieben hatte er geraucht. Allein geraucht! Wim hätte doch auch so gern einmal … Aber allein aufgeraucht!

Und plötzlich hatte sie es begriffen, völlig begriffen. Sie sah es vor sich. Sie verspürte ein Ziehen und Pressen in ihrer Kehle, die trocken wurde, und ohne daß sie es wußte, stiegen ihr Tränen in die Augen. Sie setzte sich auf die Couch, das Päckchen noch immer in der Hand. Allein geraucht! Geraucht, wenn er allein war – wenn er sich einsam fühlte – wenn er nicht mehr weiter konnte … Er verbarg es vor ihnen!

Sie sah, wie er hier auf der Couch liegt und auf die Decke starrt. Den linken Arm gekrümmt unter dem Kopf auf dem Kissen, die rechte Hand auf der Stirn. Nichts bewegt sich an ihm. Nur wenn er einatmet, zerteilt ein Beben und Zittern den Luftstrom in unendlich viele, kleine, abgehackte Atemzüge … ich kann nicht mehr, ich kann nicht mehr! Aber kein Schrei, kein Rasen, keine Tränen. Er streckt die Arme neben den Körper und läßt sie dort, zwei ausgediente, morsche Greifhölzer, liegen. Sein Atem wird oberflächlicher, kein Beben mehr. In der Brust klopft ein Herz langsam, langsam, es hat viel Zeit, viel Zeit … Dann wendet er den Kopf ein wenig nach rechts und schließt die Augen. Er wird wie in einen Nebel aufgenommen, sein Körper allmählich in einen Strudel gezogen, der Glied für Glied aufsaugt und zerstäubt. Aber er fühlt keine Seligkeit, keine Erleichterung der nahenden Vernichtung … kann nicht mehr … nicht mehr … So liegt er lange Zeit. Auf einmal sieht er sich selbst so daliegen, wie in einem Spiegel. Er erschrickt. Er liegt sich selbst gegenüber, er könnte die Hand ausstrecken, um sich selbst zu berühren. Aber es geht nicht, zugleich ist er unermeßlich weit von sich geschieden. Und dieses beides, nah und dennoch gleichzeitig geschieden sein, erweckt einen Zustand von Spannung, Qual, der sich aller Empfindung entzieht. Nichts anderes mehr um ihn herum. Er allein, abgeschieden von allem, was sonst zu ihm gehört und ihn wie mit feinen Nervensträngen an das Leben bindet.

Etwas in ihm erhebt sich, etwas in ihm hat einen Einfall gefaßt. Noch wie betäubt, richtet er sich langsam auf und schleicht wie ein Schlafwandler zum Wandschrank, öffnet das Versteck, kramt herum, bis er das kleine, gelbe Päckchen gefunden hat. Es ist noch prall gefüllt. Eine Zigarette zieht er heraus, die übrigen legt er wieder in das Versteck zurück.

Und dann, auf dem Rand der Couch, raucht er diese Zigarette, Zug um Zug…

Als er sie zu Ende geraucht hat, trägt er den Aschbecher mit der Kippe zum Papierkorb und leert ihn dort. Mit der Hand verweht er die leichten Rauchschwaden in der Kammer. Niemand braucht es zu wissen…

Ein Geheimnis! Niemand braucht es zu wissen, dachte Marie und schloß halb aufrecht im Bett die Augen. Ein Gefühl von Wehmut stieg in ihr auf, das gleiche wie am Abend zuvor allein in seiner Kammer. Armer Nico! Ein Geheimnis – was für ein grausames Spiel – vor ihnen, die ihn selbst wie ein Geheimnis verbargen. Aber hatten sie nie daran gedacht, daß auch er noch eines haben könnte, das er nicht mit ihnen teilte? Hatten sie es wirklich vergessen? Waren sie selbst denn auch ohne Geheimnis vor ihm? Manchmal vermeinten sie es zu verspüren, wenn sie ihn verstohlen betrachteten, wenn er aß, wenn er schweigend dasaß und vor sich hinstarrte … War es seine Rasse, die Geschichte seines Volkes? Ja, auch das, wer wollte es leugnen, aber nur zum Teil. Denn dies konnten sie irgendwie verstehen, sie konnten sich einfühlen und es so mit ihm teilen. Das andere, das Fremde, das, was wir nicht selbst sind, ist unserem Begriff eher zugänglich. Aber das Entscheidende blieb unerklärt. Der Funke in ihm, die Absplitterung des großen Feuers, das in der Welt brannte und Leben genannt wurde, geheimnisvoll, einsam, in jedem Menschen neu Gestalt gewinnend und sich offenbarend nur in Bruchteilen einer Sekunde, in den erhellten Augenblicken die Brandmauern der Körper durchbrechend, und dann ein Leuchten, ein Zeichen der Verbindung, der Gemeinschaft, aber auch darin einsam und voller Geheimnis unzerstörbar.

Die Zigaretten gehörten nur ihm allein. Alles andere hatte er mit ihnen geteilt, oder sie mit ihm, wie man wollte. Er hatte ihr durch Wim öfter Blumen bringen lassen, da er selbst sie nicht besorgen konnte, und Wim erhielt an seinem Geburtstag ein kleines Buch als Geschenk von ihm. Aber die Zigaretten – nein, die konnte er nicht mit ihnen teilen.

Was Wim wohl sagte? Würde er es begreifen, oder würde er verstimmt sein? Er lechzte so nach einer guten Zigarette.

Marie warf sich wieder in die Kissen zurück und zog die Decken bis unter das Kinn. Wim lag noch immer bis über den Kopf eingewickelt, sein Atem rollte tief und schwer. Der arme Junge, ihn traf das ganze Erlebnis auch heftiger, als er es zeigte. Der Schlaf war seine einzige Rettung, um morgen wieder frisch für seine Arbeit zu sein. Die Aufregungen der letzten Tage hatten ihn sehr mitgenommen.

Nico lag im Park unter einer Bank. Noch einige Stunden, und man würde ihn finden. Und dann? Manchmal überfiel sie eine leise Angst, daß es noch Verwicklungen gäbe. Aber sie kämpfte dagegen, sie wollte diese Angst nicht haben. Ob sie es überhaupt Wim erzählte? Vielleicht morgen?

Sie schlummerte ein. Als sie wieder aufwachte, schlich sie zum Fenster und lüftete ein wenig die Verdunkelung. Draußen war es noch Nacht. Sie legte sich wieder hin, aber empfand kein Bedürfnis mehr zu schlafen. Das Erlebnis von gestern abend stand ihr wieder vor dem Geiste, aber klarer, deutlicher, als wäre es durch das feinmaschige Sieb des Schlafes gesäubert von allen überflüssigen Gedanken und Empfindungen.

Sie fühlte sich mit dem Toten so verbunden, wie sie es mit dem Lebenden nicht erreicht hatte. Draußen krähte ein Hahn aus einem Garten, der an den Park grenzte.

Sie würde sein Geheimnis bewahren, die Zigaretten verbrennen. Niemand mehr sollte sie rauchen!

X

Am anderen Morgen.

Zuerst wagten sie beinahe nicht, einander anzuschauen.

»Guten Morgen, Marie.« – Langsam wurde es anders.

Als sie dann wie gewohnt um die gleiche Zeit am Frühstückstisch saßen, auf dem wie immer die tiefen Suppenteller, Brot, Butter und Marmelade standen, hätten sie gern die Angelegenheit noch einmal besprochen, vor allem, was sie in Zukunft noch erwarten würde. Denn sie hatten, ein jeder für sich, das unbestimmte Gefühl, daß es noch nicht abgelaufen war. Im Gegenteil. Irgend etwas Neues konnte sich anschließen, was sie im Augenblick noch nicht vermuteten.

Obwohl sie wußten, daß sie beide das gleiche dachten, wagte doch niemand, den anderen in seiner Heimlichkeit zu stören. Marie hatte den Topf mit dem Brei zurück auf den warmen Ofen gesetzt, und sie beide saßen nun über den dampfenden Teller gebeugt und rührten in dem heißen Milchbrei. Von Zeit zu Zeit hielt Wim in dem Löffeln inne, drehte sich etwas auf seinem Stuhl herum und begann, mit einem Schürhaken an dem Ofen zu schütteln und in der Glut herumzustochern.

»Schön warm«, sagte er und rieb sich die Hände.

»Willst du noch etwas Brei«, fragte Marie und erhob sich, um den Topf von der Platte zu nehmen.

»Warum?« fragte Wim. Denn er aß gewöhnlich nur einen Teller.

»Ich hatte noch Milch übrig«, antwortete sie.

»Ach so.«

Sie schöpfte ihm auf und nahm sich selbst auch zum zweiten Male. Jeder aß anderthalb Portionen.

»Willst du dich nicht noch einmal hinlegen?« sagte Wim und steckte seine Serviette in den Ring. Sie sah so unausgeruht aus.

»Ich, warum?« Sie blickte ihn forschend an. Hatte er sie in der Nacht doch beobachtet? »Du mußt noch ein Butterbrot essen«, sagte sie, »du ißt doch sonst mehr.« Sie aßen jeden Morgen nach dem Brei noch zwei Butterbrote mit Marmelade oder einem anderen Aufstrich.

»Nein danke, ich bin fertig.« Er blieb ruhig auf seinem Stuhl sitzen, um ihr Gesellschaft zu leisten.

»Dann gebe ich sie dir mit ins Büro«, erwiderte sie und begann das Brot zu schneiden ... »Du kommst zum Lunch nach Haus?« Denn es geschah, daß er zuweilen in der Fabrik blieb und seine Brote morgens schon mitnahm.

»Natürlich – heute komm ich nach Haus ...«

Endlich faßte sie Mut.

»Denkst du, daß man bald hört, wie es weiter gegangen ist?«

»Sicher, vielleicht schon morgen.«

»Doch so lange?«

Pause.

Sie hatte den letzten Bissen in den Mund gesteckt, und während sie auf die Butterdose und den Marmeladentopf die Deckel schraubte und anscheinend ihre ganze Aufmerksamkeit für diese Tätigkeit nötig hatte, ging sie direkt auf das Ziel los: »Denkst du, daß es noch Verwicklungen gibt?«

»Verwicklungen?« Er dachte nach. »Sicher nicht«, entgegnete er nach einer Weile sehr ruhig und in einem Tone, der anzeigen sollte, für wie gering er diese Möglichkeit halte.

»Aber ... ?«

»Aber? Ach, ich glaube nicht, daß man Haussuchungen deswegen machen wird.«

Den Kopf wieder leicht zur Seite geneigt – er überlegte. Sie hatten sich, wenn man es jetzt richtig bedachte, die Angelegenheit in ihren Konsequenzen nicht genau vorgestellt. Sie nicht, und der Doktor auch nicht. Für sie alle galt nur der Gedanke: den Toten so schnell als möglich aus dem Hause zu schaffen.

»Aber Wim!« Marie war leicht erschrocken, als er das Wort »Haussuchung« aussprach. Obwohl sie selbst insgeheim mit der Möglichkeit gerechnet hatte, gab es ihr einen kleinen Schock, als sie das Wort ausgesprochen hörte. Sie bemühte sich, ihre Gedanken festzuhalten und nicht einem anderen aufsteigenden Gefühl von Besorgtheit und Angst die Zügel frei zu lassen.

Er erhob sich. »Wenn etwas geschieht, kannst du mich auf der Fabrik erreichen. Ich muß jetzt weg.«

»Auf Wiedersehen.« In einer plötzlichen Aufwallung schlang sie die

Arme um ihn und küßte ihn. Und als er ihr den Kuß zurückgab, fühlte er auf einmal, wie gut sie sich wieder hielt, wie gut sie sich das ganze Jahr gehalten hatte.

»Du brauchst dir keine Gedanken zu machen«, sagte er zärtlich, »alles wird gut ablaufen.« Im Augenblick, als er es sagte, glaubte er es selbst.

Um halb zehn kam der Milchmann. Er klingelte zweimal kurz hintereinander. Marie hatte dieses Signal mit ihm und auch mit anderen verabredet, es war angenehmer, im voraus zu wissen, ob man einem bekannten oder einem fremden Gesicht an der Tür gegenüber stünde, in diesen Zeiten …

»So wie immer«, sagte Marie und reichte ihm den blauen Emailletopf. Der Mann maß ihn voll.

»Sie haben heute morgen hier im Park einen Mann gefunden«, sagte er und gab ihr den gefüllten Topf zurück. Breitbeinig stand der stämmige Bursche in seinen Holzschuhen und schloß die weißgetünchte, dickbäuchige Milchkanne mit dem Deckel.

»So …«, erwiderte Marie. Sie konnte sein Gesicht nicht sehen. Ihr Herz begann stärker zu pochen, aber sie blieb ruhig unter der Tür stehen … »Haben Sie Yoghurt heute?«…

Ohne Antwort zu geben, schleppte er die Milchkanne zurück, hob sie mit einem Schwung auf den Wagen und erschien mit zwei kleinen weißen Flaschen voll Yoghurt wieder bei ihr.

»Danke.«

»Einen Toten –« fuhr er fort.

»Hier … in unserem Park?« fragte Marie und hörte, wie etwas in ihrer Stimme mitzuklingen begann, ein Gefühl der Erleichterung, der Erlösung … »Woher wissen Sie das?« Ging diese Frage zu weit? Plötzlich fiel ihr ein, daß der Mann von Haus zu Haus, wo er mit seinem Wagen kam, die gleiche Moritat auftischen würde … Sie haben heute morgen hier im Park einen Mann gefunden … Einen Toten! … Ja …

Sie mußte verstohlen lachen und verspürte den leichten Kitzel, das Gespräch so auf eine echte Manier, wie es sich mit einem Milchmann gehört, zu Ende zu führen.

»Um halb sieben«, fuhr er fort, »der Melker hat es gesehen, als er auf dem Rad von der Weide kam.«

»So – was war das für ein Mann?« Sie hielt den Atem an, um seine Antwort abzuwarten.

»Das weiß ich nicht«, sagte der Milchmann und steckte nachdenklich beide Hände in die Hosentaschen. Sein Gesicht wurde ernst, die Unterlippe etwas vorgeschoben. »Irgend so ein armer Teufel – manchmal liest man es auch in der Zeitung, daß sie einen gefunden haben, am Wege oder sonstwo ...« Und dann mit leiser Stimme, vorsichtig: »... es wird wohl ein Jude gewesen sein ...«

Pause.

»Ach so«, erwiderte Marie langsam, als ginge ihr ein Licht auf, »meinen Sie ... das ist schon möglich.« Sie hielt die Flaschen mit dem linken Arm fest gegen ihren Körper gedrückt, der Milchtopf stand auf dem Boden unter der Haustür. Sie wartete noch. Und ...?

Ein paar Häuser weiter kam eine Frau aus der Tür und lief durch den Vorgarten, den Milchtopf in der Hand. »Milchmann!« rief sie mit einer hohen, fistelnden Stimme, noch bevor sie ihn vor dem Haus mit Marie im Gespräch erblickt hatte. Mit kleinen, nervösen Schritten lief sie eilig auf den Wagen zu, der am Rande des Bürgersteiges verlassen stand. Sie hielt den Topf etwas in die Höhe und winkte.

»Ich komme«, rief der Milchmann zurück und blieb, die Hände in den Taschen, bewegungslos auf seinem Platz. Und zu Marie gewandt: »Die hat es auch eilig.«

»Vielleicht«, erwiderte Marie. Was sie wissen wollte, hatte sie erfahren – und am Wagen wartete schon ein anderer Kunde. Sie konnte es jetzt kurz machen und verschwinden.

»Na, bei der ... ist er auf keinen Fall gewesen«, sagte der Milchmann ganz leise, so daß es Marie noch gerade hörte.

Sie begriff es sofort. Trotzdem fragte sie unschuldig: »Wer?«

»Na«, – und ein großer Daumen wurde mehrmals kurz hintereinander in die Richtung des Parkes geschüttelt.

»Warum?« sagte Marie, und ein vielsagendes Lächeln beendete den Satz, als wüßte sie so verschiedene Geheimnisse ...

»Die?« flüsterte der Mann, und nahm auch seine linke Hand aus der Tasche und beugte sich leicht zu Marie, »... ist viel zu bang.« Und seine leise Stimme drückte alles aus, was er in dem Augenblick empfand, ein wenig Verachtung und Spott. Und dazu ein Lachen, als wüßte er noch mehr Geheimnisse …

Aber er wußte sie doch nicht, er konnte sie nicht wissen, entschied Marie, als sie wieder allein im Hause war. Er wollte damit nur zum Ausdruck bringen, daß er seine Kunden kannte. Natürlich, das hatte man schnell heraus, ob einer, an den er seine Milch verkaufte, sich bang oder außergewöhnlich bang anstellte. Aber als ein wenig unheimlich empfand sie es doch.

Aber Nico lag nicht mehr unter der Bank! Sie hätte aufschreien können, als sie diese Nachricht vernahm, vor Freude aufschreien. Dieses plötzlich aufsteigende Gefühl von Genugtuung, daß er nicht mehr wie ein toter Vogel unter dem freien Himmel im Park lag, hatte ihr den Mut gegeben, das Gespräch mit dem Mann auf eine etwas gewagte und gefährliche Manier zu Ende zu führen. Er konnte es sicher nicht bemerkt haben. Schließlich kamen alle Häuser in der Nähe des Parkes in Betracht. Natürlich, daß sie nicht eher daran gedacht hatte.

Als sie wieder in der Küche stand und die Milch und die Yoghurtflaschen auf die kalte Steinplatte stellte, wußte sie endgültig, daß Nico in ihrem Hause aufgehört hatte zu leben. In die Trauer über seinen Tod, die jetzt erst völlig durchbrach, da die Angst von ihr genommen war, mischte sich das Gefühl der Freude, der Genugtuung, daß man ihn gefunden hatte und daß ihm nun nichts mehr geschehen konnte. Sie würden wieder wie zuvor allein sein in ihren vier Wänden, vielleicht kam auch ein neuer Gast. Aber er, Nico, würde nicht mehr oben an der Treppe stehen und warten, daß man ihm die Zeitung brächte. Er würde überhaupt nicht mehr warten. Er hatte sich gegen den Tod zur Wehr gesetzt, der von außen kam. Da hatte ihn jener von innen geholt. Wie in einer Komödie, in der man den Auftritt des Helden, der die Auflösung bringt, von rechts erwartet. Und er kommt von links aus der Kulisse. Die Zuschauer jedoch gehen danach überrascht, erfreut und ein wenig gewitzigt nach Hause. Sie fühlen, daß das Spiel am Ende doch ein wenig traurig ablief. Denn man hatte ihn von rechts erwartet …

Und dann war noch eine kleine Beschämung dabei, eine kleine Enttäuschung. Warum mußte er auch sterben? Warum mußte gerade er, der sich bei ihnen verbarg, sterben, einen gewöhnlichen, normalen

Tod sterben, so wie man ihn zu allen Zeiten, ob Krieg, ob Frieden, stirbt. Beinahe schlug er ihnen mit diesem Tod ein Schnippchen, ihnen, die ihn für ein ganz anderes Ziel verborgen hielten. Um zu sterben, hätte er sich schließlich nicht zu verstecken brauchen, da hätte er ruhig wie die ungezählten anderen ...

Und dann blieb noch die kleine menschliche Enttäuschung, daß er ihnen gestorben war. Man hatte nicht alle Tage die Gelegenheit, einen Menschen zu retten. Uneingestanden hatte dieser Gedanke ihr oft weitergeholfen, wenn sie, leicht bedrückt und voller Zweifel, den immerhin komplizierten Zustand nicht länger mehr ertragen zu können glaubte und ihr Mut sank. Immer einen Fremden in seinem Hause, einen Mann, der untätig blieb, immer ein Schicksal, immer die Gefahr, nie einmal unbefangen, nie, nie ... !

Heimlich hatte sie sich vorgestellt, wie sie am Tage der Befreiung zu dritt Arm in Arm aus ihrem Hause gingen. Ein jeder würde es ihnen sofort ansehen, was er für einer war, an seiner bleichen Gesichtsfarbe, der Farbe der Stubenhocker, die sein Äußeres nur noch stärker prononcierte. Was würden die Nachbarn und dieser und jener in der Straße für Augen machen, wenn er auf einmal aus ihrem Hause kam und mit ihnen auf der Straße herumspazierte. Es gab ihnen die kleine Genugtuung, die ein jeder nötig hatte, der sich Opfer auferlegte, eine kleine Genugtuung. Und dann fühlte man, daß man – ein klein wenig nur – auch persönlich den Krieg gewonnen hatte.

Dies verflog nun alles in Rauch, nicht einmal ein Traum mehr. Sie alle drei waren Pechvögel. Aber er war doch der größte.

Armer Nico!

Hatte er nicht am ersten Abend, als Wim sagte: »... allen, die in deiner Lage sind« ... geantwortet: »Und das sind nicht nur Juden ...«?

Sie hatten diese Worte gern gehört; für sich selbst beanspruchte er kein besonderes Mitleid. Er trat sozusagen bescheiden zurück in den Kreis, in die Bruderschaft aller Leidtragenden, als Gleicher unter Gleichen. Es war eine sympathische Geste von ihm, – eine Geste, aber nicht die volle Wahrheit.

»Eigentlich sind sie alle Pechvögel.«

»Wer?«

»Die Juden.«

Es war nicht ihre Gewohnheit, über *die* Juden zu sprechen. Daß einer ein Jude war, war für sie kein Problem.

»Sie haben es schwer«, sagte Wim, »sie sind wie Hasen, auf die gejagt wird. Anscheinend ist ihre Schonzeit abgelaufen.«

»Warum lassen sie sich auch jagen?«

»Was sollen sie anders tun«, fragte Wim, »weglaufen oder sich fangen lassen …?«

»Und daß sie trotzdem Hasen bleiben wollen«, sagte Marie, »begreifst du das?«

»Das ist ihre Religion«, erklärte Wim.

Doch Marie protestierte. Denn sie hatte noch an nichts merken können, daß Nico etwas mit der Religion zu schaffen hatte. Eigentlich begriffen sie beide nicht, obwohl sie ihn verbargen, was das nun genaugenommen war: ein Jude. Ein Mensch wie alle anderen Menschen. Aber … Was aber? Es war schwierig, mit einem Menschen vertraut und in häuslicher Gemeinschaft längere Zeit umzugehen, ohne langsam doch nach seinem Woher-Wohin zu fragen. Das bedeutet noch nicht, daß auf einmal Probleme entstehen und Grenzen sich abzuzeichnen beginnen, während dies zuvor im naiveren Umgang, da man unbefangen ist, nicht der Fall war. Aber sie beide hätten zu gern gewußt, warum ihr Nico noch ein Jude war. Doch nicht etwa, weil die anderen sagten, daß er einer sei?

»Ob ich ihn einmal fragen kann, Wim, was meinst du?«

»Wenn du es vorsichtig anstellst. Man weiß nie, ob es für ihn nicht peinlich ist. Es ist immerhin, auch wenn man es ganz natürlich betrachtet, eine etwas schwierige Angelegenheit, einen Menschen zu fragen, warum er der und nicht jener ist. Und ein wenig komisch dazu.«

Und so hatte Marie ihn einmal, als sich die Gelegenheit bot, beim Geschirrspülen in der Küche, gefragt, er solle ihr nun einmal sagen, warum er noch …

»Man sieht es mir doch an«, war seine erste Antwort.

Marie schüttelte den Kopf. »In Frankreich oder in Spanien, auch schon bei uns in Brabant würdest du nicht auffallen.«

»Ja, vielleicht.«

»Und warum bist du dann nicht ausgetreten?«

Sie meinte eigentlich »übergetreten«. Es war ein Versehen. Aber als sie es selbst merkte, unterließ sie es, sich zu verbessern.

»Erstens würde es mir jetzt auch nicht viel helfen«, hatte er ruhig gesagt, während er mit großen Zirkelbewegungen einen Suppenteller abtrocknete, – »auch nicht viel helfen. Sie nehmen alle, auch die Getauften.«

Pause.

»Und zweitens, Nico?« Es war beinahe wie ein Verhör. Nur daß Marie, als der Befrager, innerlich mehr zitterte als der Befragte.

»Und dann, – ach, Marie, offen gestanden, ich habe sehr oft daran gedacht, es zu tun. Du weißt, ich halte keine Gebräuche mehr.«

»Und warum nicht, Nico, warum hast du es nicht getan?« Sie drehte sich ihm unmerklich zu, ohne ihre Hände aus dem Spüleimer zu nehmen.

»Was hat er denn darauf geantwortet«, fragte Wim, als Marie ihm das Gespräch erzählte.

»Etwas sehr Seltsames, das ich eigentlich nicht gut begreife. Beinahe finde ich es ein wenig absurd, nämlich: ›Ich habe mir immer vorgestellt, was mein Vater wohl dazu sagen würde.‹«

»Das hat er also gesagt?«

»Ja … was sein Vater wohl dazu sagen würde.«

Wim schwieg.

»Wie findest du es denn?«

»So unsinnig finde ich es gar nicht«, sagte Wim nach einer Weile.

Marie zögerte.

»Um dies zu begreifen, muß man entweder ein Sohn sein, – oder einen haben. Nicht wahr?« Sie lachte und hob sich ein wenig auf die Zehenspitzen.

»Vielleicht«, erwiderte Wim und schlug leicht mit seiner Stirn gegen die ihre.

Nachdem sie die üblichen häuslichen Arbeiten erledigt hatte, fand sie oben auf dem Gang der ersten Etage noch den Wäschesack unausgepackt, so, wie er aus der Wäscherei kam. Über den vielen anderen Dingen der letzten Tage war sie noch nicht dazu gekommen, die Wäsche einzuräumen. Es war inzwischen ein Viertel nach elf geworden, und sie gedachte, bevor sie den Lunch bereitete, ihn schnell auszupacken und in den Schrank zu ordnen, als Coba erschien.

»Coba!?« sagte Marie und empfand auf einmal wieder Schmerz über alles, was sie schon hinter sich geglaubt hatte. Ihr Aussehen wurde so ernst und traurig, daß Coba sogleich alles wußte.

»Himmel!« – vor Schreck legte sie ihre Hand auf den Mund. Als sie vor fünf Tagen das letzte Mal hier ins Haus kam, war er noch am Leben gewesen. So schnell! »Erzähle«, sagte sie und setzte sich im Gang auf die vorletzte Treppenstufe. »Wo ist er?«

Als Marie geendet hatte, schwieg auch Coba eine ganze Zeit. Sie starrte trübe vor sich hin, und Marie hatte genügend Anlaß, sich zu wundern, daß ein Mensch, der so lebhaft und voller Einfälle war, so still sein konnte.

»Es ist so das beste«, sagte Coba schließlich und erhob sich – »für euch und für ihn ... armer Vogel ...« Sie zog sich den Mantel aus.

»Ich werde Kaffee aufbrühen«, sagte Marie, »aber zuvor wollte ich noch die Wäsche einräumen. Ich bin gleich fertig. Wim kommt nach Hause.«

»Ich helfe dir«, erklärte Coba und stieg langsam hinter ihr die Treppe hinan.

Sie nahm die Wäsche aus dem Sack und gab sie Marie, die sie in den Schrank legte.

»Was hatte er an?« fragte Coba und packte einen großen Stapel fein gebügelter Oberhemden, die Wim gehörten.

»Einen Pyjama – von Wim«, fügte Marie hinzu, nahm den Stapel auf ihre Hände und lief zum Schrank.

»So«, – Coba bückte sich von neuem und griff einen Haufen bunter Frottétücher, der zuunterst im Sacke lag. Die Tücher waren gezeichnet.

»... Dann hoffe ich nur, daß du vorher deine Wäschenummer herausgetrennt hast.« Da stand sie schon wieder aufrecht und wartete auf Marie, die immer noch am Schrank beschäftigt war.

»O Coba –« sagte Marie tonlos, es war ihr, als ob sie gegen den Schrank fiele. Sie drehte sich um, und Coba sah in zwei weit aufgerissene Augen, die bis auf den letzten Spalt die Angst füllte, von Sekunde zu Sekunde anschwellend, so daß sie zwischen den Lidern hervor das Gesicht überschwemmte und schon den Hals hinab und in die Arme und den Körper lief.

Coba ließ achtlos die Tücher auf den Wäschesack zurückfallen und eilte zum Schrank. Sie packte Marie an den Oberarmen und trat ganz nahe an sie heran. Alle wehmütige Erinnerung war verflogen, es galt eine neue Gefahr.

»Erinner dich gut«, flüsterte sie in Spannung, vielleicht war es nur eine Täuschung... »hast du sie vorher...?«

Marie schloß die Augen und schüttelte den Kopf. Unter der Berührung der zwei kräftigen, entschlossenen Hände, in denen sie die ganze Energie der jungen Frau verspürte, war es ihr, als würde sie selbst von jeglicher Energie entladen. Sie fühlte, wie sie aus ihr wich. »Nein«, flüsterte sie.

»Komm«, sagte Coba und zog sie auf einen Stuhl, »beruhige dich ... was für eine Entdeckung!«

Als Marie saß, fühlte sie sich besser, aber der Schock lähmte ihre Glieder. Es kam so schnell, ohne Übergang, zumal nach den Wochen und Monaten, in denen sie die Hilfreiche spielen mußte. Nun fühlte sie sich hilflos, so beschämt über diese neue Rolle, in die sie unversehens geraten war und die sie noch gar nicht beherrschte.

Auf dem Boden, in einiger Entfernung von ihr, lagen die Handtücher, verstreut und auseinander gefaltet, sie sah die Wäschenummern in der Mitte des oberen Randes, rot auf weiß.

»Was nun?« fragte sie.

»Wann kommt Wim zurück?« fragte Coba.

»Gegen zwölf, Viertel eins. Hat es noch so lange Zeit?«

»Ich hoffe«, erwiderte Coba, »ich kenne allerdings eure Polizei nicht, ist sie noch gut?«

»Ich glaube. Wim sagte so etwas.«

»Pack die notwendigen Dinge ein, ich werde Wim empfangen, wenn er kommt«, erklärte Coba.

Marie ließ sie gewähren.

»Guten Tag, Coba, du hier? Wo ist Marie?« sagte Wim, als er kurz darauf ins Haus trat. »Hat sie dir erzählt...?«

»Und noch mehr –« erwiderte die Schwester. »Hör einmal zu!«

»Ver ..., ist das wahr?« rief Wim und wurde leichenblaß. Er begann durch die Kammer zu stapfen.

»Es ist keine Zeit zu verlieren«, sagte Coba. »Ich nehme an, daß in deinem Pyjama außer der Nummer der Wäscherei noch dein Monogramm eingenäht ist, wie es sich für eine gute Hausfrau geziemt.«

»Natürlich. Ich ...«

»Laß das. Ihr müßt verschwinden ... ihr müßt untertauchen ...«

Ein kurzes Lachen, wie ein Hustenstoß. Mitten in der Kammer blieb er mit einem Ruck stehen. »Weißt du eine Adresse für uns?« Also so weit war es nun. Jetzt kam die Reihe an sie. Gestern noch Gastgeber und Trost gewährend, morgen selbst Gast und Mitleid fragend ...!

»Notadressen für dringende Fälle gibt es immer.«

»Es ist doch ...« Eine Bitterkeit lag noch in seiner Stimme. Er nahm die Wanderung wieder auf. Plötzlich stand er vor ihr. »Du hast recht.« Es klang ruhiger, er hatte seinen Entschluß gefaßt. »Wir müssen sofort weg. Sofort ... Daß wir beide nicht an die Nummer gedacht haben, es war Abend und so dunkel in der Kammer. Ich auch nicht, ich habe ihr doch beim Anziehen geholfen ... Ist schließlich ganz gleichgültig. Aber, da ist man ein ganzes Jahr vorsichtig, paßt auf wie ein Polizist im eigenen Haus, alles geht gut. Und dann zum Schluß ... Es ist beinahe zum Lachen!«

»Ihr kommt zuerst zu mir«, begann Coba. »Ich transportiere euch dann weiter.«

»Gut, Coba, wir gehen mit dir.« Er hatte seine alte, besonnene Haltung völlig zurückgefunden. Der Schreck nur! »Es kann auch sein, daß die ganze Angelegenheit im Sande verläuft, unsere Polizei ist zum übergroßen Teil noch gut, sie arbeitet mit, wer weiß?« schloß er. Ja, es gab noch eine Chance. Abwarten. »Nur der Chef ist ein falscher, von der anderen Seite. Wollen mal sehen. Wir gehen mit dir.«

»Du kannst mit dem Rad fahren, und Marie und ich nehmen die Tram.«

»Wo ist Marie?«

»Sie packt bereits oben.«

Als er in die Kammer trat, war Marie gerade damit beschäftigt, die Handtücher vom Boden zu nehmen und zu bergen. Sie weinte.

»Ich habe auch nicht daran gedacht«, sagte Wim, noch bevor sie zu Worte kam. Auf jeden Fall wollte er ihr deutlich machen, daß es ihrer beider Angelegenheit galt. »Vom Doktor wollen wir gar nicht reden. Schließlich läßt der auch nicht seine Visitenkarte im Bauch, wenn er jemanden operiert …«

Marie mußte über den letzten Vergleich ein wenig lächeln. »Was wird nun«, sagte sie zaghaft. »Hat dir Coba erzählt? Ich habe alles gepackt.«

»Wir gehen sofort aus dem Haus, ich mit dem Rad, du mit der Tram.«

»Mußt du nicht zur Fabrik?«

»Das bringe ich schon in Ordnung.«

»Ich bin fertig.«

»Gehen wir«, sagte Wim.

»Die anderen Wäschenummern habe ich so gut es ging, herausgeschnitten –«

Wim unterbrach sie. »Nicht nötig. Sie haben doch Listen in der Wäscherei und außerdem, was jetzt noch von uns dort ist. Komm.«

Während die beiden Frauen sich im Vestibül ankleideten, ging Wim noch einmal durch die Räume, um flüchtig zu schauen, ob vielleicht noch andere kompromittierende Dinge herumlagen. Auch das war im Grunde sinnlos, denn wenn nur das eine herauskam, genügte es schon, sie saßen in der Falle.

Als er im Vorzimmer an dem Tischchen vorbeikam, auf dem die Vase stand, schoß ihm der Gedanke durch den Kopf, wie schnell man, wenn es nötig ist, von allen Dingen, die man in Freuden besitzt, lassen kann. Genau so schnell wie aus einem Seßhaften ein Vertriebener wird. Und er hörte in Gedanken Nicos Stimme, als er ihm erzählte, wie er aus seiner Wohnung gegangen war.

»… es waren nur zwei Zimmer in Untermiete, mit Morgensonne. Ich besaß nicht viel Möbel, die wert waren, gerettet zu werden. Ein Bild und ein paar Bücher habe ich an einen Kollegen gegeben.«

»Du kannst sie behalten, wenn ich nicht zurückkomme …«

»Ich werde sie dir sicher bewahren.«

Und Nico war fortgefahren: »Eben tat es weh, ein kleiner zuckender Schmerz. Schließlich hatte ich über zehn Jahre in der Wohnung gehaust. Aber dann ging ich. Den Koffer hatte ich bei mir …«

Coba steckte ihren Kopf durch die halbgeöffnete Tür: »Wir gehen, auf Wiedersehen bei mir.« Sie gingen.

Wim war allein. Die Stimme sprach weiter: »… zuerst hatte ich gedacht, bevor es soweit war, daß ich es nicht überleben würde. Aber dann ging ich. Es war gut so. Ob ich noch einmal zurückkomme?« … Die Stimme brach ab.

Wim begriff es jetzt besser. Er wartete noch. Dann ging er. Die Haustür schloß er schnell hinter sich ab. Ob sie noch einmal zurückkommen? Da stand sein Rad, angelehnt an die Hausmauer, so wie er es immer hinstellte, wenn er aus der Fabrik nach Hause kam. »Ein kleiner zuckender Schmerz, Wim –«

Aber auf jeden Fall: es war gut so …!

XI

»Ich kann nicht mehr sitzen«, seufzte Marie, daß Wim ihr gegenüber am anderen Fenster es hören konnte. Auf die abgegriffenen Seitenpolster gestützt, stemmte sie sich ächzend in die Höhe. »Mein Rücken! Was soll ich nur tun?«

Die Beine übereinandergeschlagen, das rechte über das linke, und von Zeit zu Zeit wechselnd, lehnte Wim mit Behagen tief in seinem Sessel, auf seinen Knien ein dickleibiges Buch, ein Roman, in Mexico spielend, der zweite innerhalb dreier Tage.

»Ich weiß es nicht«, sagte er wie aus einer anderen Welt und las weiter. Marie wartete.

Welch unheimliche Stille im Haus, selten das Geräusch einer Tür, die man öffnete oder schloß. Wurde in dem Haus denn nur gesessen? Eine Ruhe wie auf einem Friedhof.

Ob sie ihn schon begraben hatten? Und ob man auch schon wußte …?

Zuweilen hörte man das Heulen der Sirenen. Luftalarm! Hier oben im dritten Stock hörte man es besonders gut. Mitunter zweimal am Tag. Jetzt kamen sie auch schon am Tage! Ein ganzes Orchester Sirenen, nacheinander einsetzend. Das Aufpeitschend-Erregende, wenn sie auf Touren kamen und sich hochschraubten, der ganze Körper wurde gleichsam an den Ohren mit emporgezogen. Und das Klägliche, Mitleid erweckende, wenn ihnen die Luft ausging und sie abfielen, so daß man selbst außer Atem geriet. Marie flößte es Schrecken ein und verstärkte ihr Gefühl, daß sie aufgescheucht und gejagt wurden.

Dann kam ihr Nico wieder in den Sinn. Sie hatte ihn begriffen. Die ganze Zeit, die er in ihrem Hause versteckt zugebracht hatte, war für sie gewesen, als hätte sie immer besser begriffen, ihn und das andere, das hinter ihm stand, unsichtbar, und das er verkörperte. Bis sie schließlich allein in seiner Kammer hinter sein Geheimnis gekommen war. Aber jetzt schien es ihr, als wenn sie selbst auf eine neue Art in dieses Geheimnis eingegangen war. Und sie erinnerte sich, in seinen Augen ein Irrlichtern, wie wenn man ihn hetzte, zuweilen entdeckt zu haben.

Wenn sie ans geschlossene Fenster trat und tief hinab in den kleinen Hintergarten sah, überfiel sie eine Art Schwindel. Sie lehnte die Stirn gegen das Glas, um einen Halt zu fühlen. Es begann in den Augen, ein eigentümliches Drehen und Ziehen, das allmählich den ganzen Kopf in einen Wirbel hineinzog, als verlöre sie das Bewußtsein, während zugleich eine Angst in ihr aufstieg. »Lächerlich«, sagte sie zu sich selbst.

Aber die Angst blieb, wie ein Feuer aus einem geheimen Brandherd züngelte sie plötzlich hervor und brannte eine tiefe und schmerzhafte Wunde, daß Marie fast in Tränen ausbrach. Noch nie hatte sie es so gefühlt. Schnell trat sie von dem Fenster weg.

»Du findest es doch auch besser, wenn ich mich nicht zu viel auf der Straße sehen lasse«, begann sie wieder. Sie blieben beide – natürlich! – nicht den ganzen Tag auf ihrem Zimmer.

Aber es kam immer wieder die gleiche Antwort:

»Ja, besser – das heißt, wenn du willst …« Er las weiter.

Sie wurde noch tiefer in ihrer Unentschlossenheit bestärkt. Auch sie konnte keine direkte Gefahr erblicken, wenn sie hinunterging. Schließlich sah man es ihnen beiden nicht an wie Nico, daß sie sich verstecken mußten. Sehr unwahrscheinlich, daß sie beide von der Polizei bereits gesucht wurden. Hier in der großen Stadt! Es gab wichtigere Dinge, interessantere Personen, die Aufmerksamkeit beanspruchten.

Aber die neue Rolle, die ihr so unversehens zugeteilt war, konnte Marie noch nicht spielen. Sie fühlte sich unsicher. Daß sie durch ihn dereinst in eine ähnliche Lage gebracht wurden, in der er sich befand, als sie ihn aufnahmen! Diese Ungewißheit, die von Tag zu Tag mit dem Warten anwuchs, während das Leben, das sie bisher geführt hatten, langsam abbröckelte wie ein Berg, der sich mit der Zeit selbst abträgt und von dem nichts übrigbleibt als ein Abgrund auf der anderen Seite, der immer mehr und mehr sich ausdehnt, aber dessen Anblick die aufgetragenen Steinmassen verdecken. Und doch war es nur eine ähnliche Lage. Fern von allen Dingen, an denen ihr Herz hing, die Ungewißheit, ob sie zurückkehren konnten, das lange Warten, die Angst – alles war nur ähnlich, eben angedeutet, kaum vergleichbar. Es reute sie nicht, daß sie damals den Entschluß gefaßt hatten, ihn aufzunehmen. Aber so schnell wechselt selbst der beste Schauspieler nicht – unvorbereitet – von einem Fach ins andere hinüber.

Ob Wim dies alles anders empfand als sie? Gern hätte sie ihn gefragt, aber sie konnte die einstürmenden Gedanken noch nicht in Worte kleiden. Und dann fand sie ihn ein wenig unaufmerksam, um nicht zu sagen unhöflich. Marie begann ihre Wanderung durch das Zimmer. Sie trat vorsichtig auf, um in der Kammer darunter nicht gehört zu werden.

Ein großer, blauer Vorhang an der einen Längsseite verdeckte die beiden hochgeschlagenen Klappbetten. Die Wandtapete, zum größten Teil verschossen, zeigte noch Spuren von Gelb. Der Spiegel in rotes Holz gefaßt, Stuhl, Tisch und Schrank, zeigten alle Nuancen von Dunkel- bis Hellbraun. Keine Farbe paßte zur anderen. Zusammen war es wie ein großes Feldbukett.

An der Wand gegenüber hing ein großes Bild in einem imposanten Goldrahmen. Ein Prachtstück! Eine Jungfrau stand darin, einsam unter einem Baum auf einem Berge und unter sich ein Frühlingsgewitter im Tal. Wolkenzüge lagerten die Berghänge hinauf, dazwischen brachen, von einem höheren Ort, goldene Strahlen hindurch. Sie konnten auch von der Goldleiste herrühren.

Marie blieb stehen. »Wie kann man sich nur ein solches Bild aufhängen? Begreifst du das, Wim?« Sie kniff die Augen bis auf einen kleinen Spalt zu, als wenn die Tropfen des Ungewitters aus dem Tal ihr ins Gesicht sprühten.

Wim las die Zeile schnell zu Ende und hielt sie dann mit seinem rechten Zeigefinger fest, wie ein kleiner Abc-Schütze, dem beim Lesen die Zeilen durcheinander purzeln.

Er begriff es auch nicht. »Ja, einfach abscheulich.« Das Bild war in der Tat nicht schön. Aber es störte ihn auch nicht.

»Das Gewitter, schau nur, es hat dem Maler in seine Palette geregnet.«

»Ist es kein Kunstdruck?«

»Aber nein.«

Aber da hatte er den Zeigefinger schon wieder zurückgezogen und war aufs neue in dem mexikanischen Urwald untergetaucht.

Den ersten Tag nach ihrem hastigen Weggang mit Coba waren sie hier in der Residenz gelandet, in einer Familienpension, die von einem älteren Fräulein betrieben wurde. Das Haus, ein altmodischer, dreistöckiger Bau in einer kleinen, abseits gelegenen und langweiligen Straße, die Gäste ältere Ehepaare, die, über die drei Stockwerke in je ein oder zwei altertümlich ausstaffierte und stets ungelüftet riechende Räume verteilt, mit verstohlener Langmut zusammen die Gebrechlichkeit des Alters milde ertrugen und insgeheim voll Spannung und Neugier warteten, wer von ihnen zuerst das Feld räumen müsse.

»Eine Notadresse«, hatte Coba gesagt, und »So ein lieber, alter Mensch.«

Was für liebe, alte Bekannte Coba doch hatte, dachte Marie und schwieg mit viel Geschick bei dem folgenden Besuch Cobas. In normalen Zeiten hätte sie es nicht einen halben Tag in der Umgebung ausgehalten.

»Sie tut viel für uns«, fügte Coba noch hinzu mit einem bedeutungsvollen Gesicht, als erzähle sie schon zu viel Geheimnisse, und in der Schwebe lassend, wer dieses »für uns« eigentlich war.

»So?« fragte Wim ein wenig ungläubig.

Coba nickte lebhaft mit dem Kopf. Doch!

Aber mehr konnte sie unmöglich verraten. Und Wim ließ es dabei bewenden.

Die Pensionsmutter trug ein hochgeschlossenes, schwarzes Kleid, das die zierliche Figur wie eine Galauniform einschnürte, und um den Hals eine doppelt geschlungene, goldene Kette, noch tief über die Brust hinab. Sie ging sehr aufrecht und war von einer weltgewandten Höflichkeit. Sie war eingeweiht. Persönlich brachte sie ihnen das Essen auf das Zimmer.

»Mein Neffe und seine Frau kommen für einige Tage zu mir«, hatte sie zu Beginn ihrer näheren Umgebung mitgeteilt, den Stubenmädchen und zwei älteren Ehepaaren. Bald wußte es das ganze Haus. »Sie wurden evakuiert. Und bis sie ein neues Heim gefunden haben, sind sie meine Gäste.« Und sich näher beugend, als wolle sie flüstern, aber doch mit erhobener Stimme, denn die Alten waren schon ein wenig taub: »Die junge Frau ist im dritten Monat ...«

Von alledem hatten Marie und Wim keine Ahnung, nur Coba war mit im Komplott.

Zuerst war Marie froh gewesen, ein Dach über dem Kopf zu haben. Am zweiten Tag entdeckte sie das Gemälde und einige andere, kleine, farbige Abbildungen von Hunde- und Katzenköpfen. Das Gemälde jedoch wuchs. Es hing gegenüber den Betten. Abends, wenn sie schlafen gingen, war es ein Abendgewitter, und die Jungfrau hatte sich im Gebirge verlaufen, und am Morgen stand sie schon da, sie war immer die erste, die wach wurde, und sah ins Tal. Am dritten sprach Marie es endlich aus. Ihre Ungeduld wuchs. Auch begann sie zu zweifeln, ob es überhaupt nötig gewesen war, ihr eigenes schönes Heim zu verlassen. Von Zeit zu Zeit fiel ihr dieser Gedanke ein, daß sich vielleicht auch eine andere Lösung hätte finden lassen.

»Hätte man nicht auch sagen können –« begann sie wieder.

»Was?« fragte Wim und schlug endgültig sein Buch zu. Nur die Fingerspitze hielt er noch dazwischen geklemmt.

Marie dachte an den Milchmann und den Bäcker. Und die Nachbarsfrau sagte zu ihrem Mann: »Hier – nebenan sind sie schon drei Tage nicht zu Hause ...«

»Ach –«

»Alle Menschen kommen vergebens an die Tür.«

»– Nein, nein, sie hat nichts hinterlassen. Anscheinend sind sie Hals über Kopf...«

»Meinst du, daß –?«

»Psst, nicht so laut, die Kinder!«

Marie hielt es nicht mehr aus. Wie gehetzt lief sie durch das Zimmer.

Wim verfolgte jede ihrer Bewegungen ängstlich. Er begriff sie, er begriff sie vollkommen. Aber er konnte ihr nicht helfen. Eigentlich fand er sie ein wenig kindisch, daß sie so gar nichts mit sich anzufangen wußte. War sie nicht auch den ganzen Tag allein zu Haus, wenn er auf dem Büro saß, so oft ging sie doch wahrlich nicht aus. Er hatte Mitleid mit ihr.

Er wollte es noch einmal mit Geduld versuchen.

»Wenn du dich ein wenig zu mir setztest?«

»Danke, ich habe dir doch soeben gesagt, daß ich nicht mehr sitzen kann.« Tränen standen ihr in den Augen.

»Ich hatte es vergessen«, entschuldigte er sich.

»Vergessen«, wiederholte sie geringschätzig.

»Man muß versuchen, das Gute herauszuholen«, entfuhr es ihm plötzlich. Er selbst war über seine Worte verwundert. Wie ungeschickt!

»Das Gute!« Bittrer Hohn klang aus ihrer Stimme.

Geduld, sagte Wim zu sich selbst. Es läuft verkehrt. Aber ein wenig langweilig fand er sie immer noch.

»Wenn ich jetzt zum Beispiel meine Bücher hier hätte, wie schnell würde ich mit meinem Examen vorwärtskommen.«

»Ach du!« Er irritierte sie mit seiner zur Schau getragenen Indolenz.

Sie nahm in ihrem Sessel wieder Platz.

»Früher hast du doch auch so gern gelesen«, sagte er sacht.

Marie schüttelte den Kopf. Es schnürte ihr die Kehle zu.

»Sicher«, beharrte er milde.

Aber sie sah ihn nur traurig an und schluckte tapfer die Tränen hinunter. Pause.

»Du hast auch viel zuwenig Strümpfe«, sagte sie leise, als wäre dies der Grund von allem Unglück.

»Ich brauche ja auch keine.«

»Und dein Oberhemd muß ich waschen.«

»Eins habe ich noch im Schrank.«

Und plötzlich ganz trostlos: »Ich habe doch viel zuwenig mitgenommen ...« Aber es klang wie: ich habe doch soviel zurücklassen müssen.

»Das ist immer so, Marie.«

»Gestern kam der Gasmann und heute der Mann von der Elektrizität.«

»Ja? Aber weißt du, was ich nicht schön finde?«

»Das ist nämlich noch nie vorgekommen, daß sie haben warten müssen«, fuhr sie fort. Sie verspürte eine leichte Angst. Was fand er nicht schön an ihr? Es war so ungewohnt, so seltsam, den ganzen Tag mit einem Mann, mit seinem Mann zusammenzusitzen in einer Stube, von ihm gesehen und in allem beobachtet zu werden. Ob das anderen Frauen auch so erging? Sie zerknüllte das Spitzentaschentuch in der Hand und fragte zaghaft: »Was denn, Wim?«

»Daß man von der Jungfrau nur den Rücken sieht.«

»Von welcher Jungfrau denn?«

»Da auf dem Bild!«

Er lachte, als er ihr verdutztes Gesicht sah, und sie wurde von seinem Lachen angesteckt.

Er sagte: »Ein Rücken, das ist doch außerordentlich uninteressant.«

Aber ihre Gedanken waren weiter gesprungen. Sie mußte schon wieder daran denken. »Hat es eigentlich in der Zeitung gestanden?«

»Das habe ich ganz vergessen, Coba zu fragen.«

»Ob sie wohl heute kommt?«

»Sicher, bisher kam sie jeden Tag. Vielleicht —«

»Ach, wie lange noch?« seufzte Marie.

»Wie lange noch«, das hatte Nico auch so oft gefragt, erinnerte sich Wim. Die gleiche Frage! In einer ähnlichen Lage! Und doch so verschieden. Sie hatten immer noch eine Möglichkeit mehr, zum Beispiel daß Coba erschien und alles in Ordnung war.

Und auf einmal schob Marie ihren Sessel näher an den seinen und sagte mit einer flackernden Stimme: »Wenn Nico uns hier sitzen sähe ...«

Wim erschrak. Auch er hatte die ganze Zeit daran denken müssen. Immer wieder, bis in den mexikanischen Urwald, hatte ihn dieser Gedanke wie ein giftiges Tier in das dichteste Gestrüpp verfolgt: »Wenn er uns hier sitzen sähe!« Was würde er wohl sagen? Marie? Wim? Meinetwegen? Und er erblaßte … Die Rollen waren verändert. Der Abstand zwischen ihnen war geringer geworden. Jetzt hätte er sie bevatern können. Und sie begriffen ihn besser. »Kenne ich alles. Im Anfang ist das immer so. Man gewöhnt sich daran …« Und Wim sah ihn beinahe leibhaftig vor sich stehen, mit einem verstehenden, ein wenig spöttischen Lächeln um seinen straffen Mund, einen Kranz von unzähligen Fältchen um die Augenwinkel. Aber seine Augen blickten traurig. Meinetwegen? Doch als er sah, daß in Wims Gesicht kein Verweis, keine Spur von Anklage oder Reue lag, sondern nur die geduldige Bereitschaft eines, der zu Ende trägt, was er einmal begonnen hat, entspannten sich auch seine Züge. Ruhig sahen sie einander in die Augen.

Und Marie zupfte abwesend an ihrem Taschentuch.

Da klopfte es, und sie beide sprangen auf. Das ältliche Fräulein erschien, in Hut und Mantel, mit dem Vieruhrtee. Marie nahm ihr das Tablett ab.

»Aga hat angerufen«, sagte die Pensionshalterin und lächelte freundlich.

»Aga«, fragte Marie, »wer ist denn das?«

»Nun, Sie wissen doch – Coba nennt sich Aga am Telefon.«

»Natürlich«, bekräftigte Wim, »sehr verständig … und?«

Er brannte vor Neugier.

»Sie kann heute nicht kommen, ließ sie sagen.«

»Wieder nichts«, sagte Marie und drehte sich bestürzt zu Wim. »Siehst du.«

»Hat sie denn schon Fühlung mit – ich weiß nicht, mit wem, aber …«

»Es läuft noch über eine Zwischenperson«, erklärte der liebe, alte Mensch und sah besonders lieb darein. Es klang besänftigend.

»Dann werden wir noch Geduld üben müssen«, sagte Wim und legte seine Hand sacht auf Maries Schulter. Schweigend setzte sie das Tablett auf den Tisch.

»Wegen Ihrer Lebensmittelkarten machen Sie sich keine Sorgen«, erklärte das Fräulein, »die kriegen Sie auf jeden Fall – wenn es nötig ist«, fügte sie schnell hinzu: »Ich muß schnell auf den Zug. Heute abend bin ich wieder zurück. Es ist alles gerichtet.«

Und aufrecht verließ sie das Zimmer.

»Ich glaube es nicht mehr«, sagte Marie und fiel auf einen Stuhl nieder. Völlig hilflos sah sie auf Wim. Er zuckte die Achseln. Abwarten!

Aber im selben Augenblick, als das Fräulein die Tür hinter sich geschlossen hatte, hatte er das Empfinden, als wenn sich irgendwo, unsichtbar im Zimmer, eine andere Tür öffnete, die ihm die Aussicht auf eine Ferne gab, die er nicht kannte. Während er noch stand und schaute, zog ein milchweißer Dunst herauf und überschwemmte die noch festen Konturen der Kammer. Er hatte das Gefühl, daß alles um ihn herum, auch der Boden, auf dem er stand, vage und wie von ungefähr wurde. Er strich mit seiner Hand nachdenklich über sein Haar, als müßte er es gegen einen plötzlich aufsteigenden Wind, der es durcheinander wirbelte, beschützen. Er fühlte den Schlag seines Herzens. Es hatte seinen inneren Rhythmus verändert, es klopfte stärker, mutiger. Dann sah er Marie sitzen. Auch sie war weit von ihm in eine Ferne gerückt, fast unerreichbar. So wie sie jetzt dasaß, die Arme fest an den Körper gedrückt und die Hände auf dem Schoß gefaltet, allein und voller Trauer, war sie nicht mehr seine Frau. Es liefen keine Verbindungen zwischen ihnen. Er sah sie wie zum ersten Male. In diesem Augenblick wurde ihr Bild in seiner Fremdheit, in seinem Anderssein fest in ihn eingegraben. Er sah, daß sie weinte.

»Aber Marie, du weinst ja«, sagte er und nahm ihre Hände. Die Tränen liefen ihr über die Wangen.

Er fuhr fort, während er zart ihre Hände streichelte: »Was hast du? ... Hast du Angst?«

»Ich weiß nicht«, flüsterte sie fast unhörbar zurück.

Schweigen.

Danach tranken sie den Tee.

Der Kontakt lief gleichfalls über die Notadresse. Aber das hatte Coba ihnen nicht erzählt. Warum auch? Das ältere Fräulein hatte eine noch ältere Schwester in derselben Stadt, in der Marie und Wim wohnten.

Diese hatte seit einiger Zeit, nachdem man die Männer weggeholt hatte, eine Hilfsanstellung bei der Gemeinde, und zwar bei der Ausgabe der Lebensmittelkarten erhalten. Ihr fiel die Aufgabe zu, mit dem betreffenden Polizeibeamten, der den nächtlichen Fund im Park bearbeitete, in Verbindung zu treten und das Nötige zu erforschen; ob man in der Tat die Spur, die durch die Wäschenummer der Polizei so leicht in die Hände gespielt war, verfolgte.

Nachdem sie den Namen des Polizisten herausgefunden und zugleich erfahren hatte, daß er noch, was man nennt »ein guter Patriot« war, pirschte sie sich an ihn heran.

Darüber vergingen einige Tage, zu lange für die beiden in der Kammer im dritten Stock.

Langsam verging Wim die Lust am Lesen. Zusammen gingen sie hinunter und liefen durch die Stadt, voller Spannung, ob sie einen Bekannten aus ihrem Städtchen träfen, der den Grund ihres Hierseins kannte. Aber alles verlief ohne Zwischenfälle. Niemand forschte nach ihnen. Das Wetter war noch kalt und stürmisch. Der Aufenthalt in einem geheizten Zimmer in der Nähe des Ofens bot noch immer die größte Annehmlichkeit. Langsam wurde auch Wim ungeduldig.

»Was meinst du, Marie«, fragte er sie eines Tages, »ob ich mir Arbeit vom Büro kommen lasse?«

Marie erschrak. »Aber – dann glaubst du selbst also nicht mehr, daß wir bald …«

»Aber nicht doch«, unterbrach sie Wim. »Das hat doch damit nichts zu tun. Ich meinte nur, wir haben genug Arbeit in der Fabrik, und ich habe doch genügend Zeit.«

Aber Marie nahm es als Zeichen, daß auch er alle Hoffnung verloren hatte.

Da stand zwei Tage später zu einer Stunde, da sie sie nicht erwartet hatten, Coba in ihrem Zimmer. Sie lachte zufrieden.

»Coba!« rief Marie und eilte auf sie zu. Das Lachen irritierte sie. Sollte es bedeuten, daß sie wirklich nun … Nun, da es so plötzlich kam, war es beinahe nicht glaubhaft.

»Was ist?« sagte Wim tonlos.

»In Ordnung«, antwortete Coba und trat näher.

Wim preßte das Buch so fest unter die Achsel, daß er seinen Finger, der zwischen den Seiten stak, einklemmte: Er wartete noch immer.

»Ihr könnt wieder zurück.«

Marie fiel ihr um den Hals. Ein leises Schluchzen.

»Ich weiß«, sagte Coba und klopfte ihr ermunternd auf den Rücken. »Es hat so lange gedauert. Und die Ungewißheit.«

»Das hast du gut gemacht«, sagte Wim und ergriff ihre Hand. Mehr brachte er nicht hervor. Ein warmes Gefühl stieg in ihm auf, er wollte sich freuen, er wollte auch zeigen, wie er sich freute. Aber es klang gedämpft, fast traurig.

»Ich nicht«, erwiderte Coba freudig erregt. »Der Polizist! Ihr habt Glück gehabt.«

Wir werden also nach Hause zurückkehren, dachte Wim bei sich. Wir haben Glück gehabt. Bedeutete dieses warme Gefühl, das sich mit einer leichten Trauer mischte, das Glück? Sie hatten eine Erfahrung gewonnen – vielleicht ist dies das Glück?

»Ich habe mir solche Vorwürfe gemacht«, sagte Marie noch schluchzend und löste sich von Cobas Hals.

»Aber Marie, wir beide«, entfuhr es Wim.

Doch sie schüttelte langsam und ein wenig feierlich den Kopf, indem sie sich zugleich die Tränen abwischte. Nein, sie allein! Wie auch sie allein nur das Geheimnis wußte. Denn irgendwie lag eine geheime Verbindung zwischen diesen beiden Geschehen, sie wußte noch nicht, welche.

Coba fuhr fort: »… er selbst hat Wäschenummer und Monogramm herausgeschnitten und vernichtet, als er es bemerkte. Ja, unsere Polizei …! Er begriff es sofort. Später, als sein Chef dazu kam und der Arzt, der die Obduktion durchführte, fanden sie keine Spur mehr.«

Wim schwieg und biß sich auf die Unterlippe.

Jedoch Marie sagte, nach einer kleinen Pause: »Müssen wir uns nicht bei ihm …«

»Bedanken!!« rief Coba – »Marie! Du bist wohl …! Wenn du willst, kannst du ihm nach dem Krieg Blumen schicken!«

Nach dem Krieg! »Ich fürchte, das hat noch ein wenig Zeit«, sagte Wim bitter. Bei den vielen Aufregungen, Sorgen und dem täglichen

Kleinkram konnte man beinahe vergessen, daß immer noch Krieg war.

»Jetzt kommt ihr zu mir«, sagte Coba entschlossen. Und dann packten sie ihren kleinen Koffer.

XII

Als sie spät am Abend, kurz vor elf, mit dem letzten Zug nach Hause kamen, stand die Mondsichel am Himmel und warf ein mattes Licht. Es war so hell, daß man erkennen konnte, daß hier zwei Menschen, ein Mann und eine Frau, gingen. Jedoch ihre Gesichter blieben unkenntlich.

Marie und Wim fanden das Halbdunkel angenehm. Denn sie hatten das Gefühl, daß es immer noch etwas zu verbergen gab.

Große, dunkle Wolken segelten über den Himmel und verfinsterten für einen Augenblick jede Aussicht. Ein Wind wehte vom Meer. In der Nacht würde er Regen bringen. Der Regen in dieser Nacht würde nicht in ihren Schlaf fallen.

Als sie um die Ecke bogen, schlug die ganze Gewalt des Windes von den Weidelanden und über den Park her um sie. Scheinwerfer in der Ferne. Wenn der Wind nachließ, vernahmen sie von weit her schwache Schläge … Diese Nacht hatten die Flugzeuge einen anderen Weg gewählt.

Der Park lag einsam. Am Fußweg entlang ein Drahtzaun, nur an einer Stelle unterbrochen. Dort lief der Pfad leicht abwärts. Das letzte Mal war ihn Wim gelaufen … Dahinter, mannshoch und tieferen Schatten gebend, stand Gesträuch wie die Dunkelheit selbst, mehr im Hintergrund, gleich ausgelöschten Kerzen, Bäume und Telefonstangen. Es war wie der Blick auf einen Friedhof.

Sie fanden die Wohnung vor, wie sie sie verlassen hatten. Aber doch traten sie ein wie in etwas, das ihnen, einst vertraut, plötzlich fremder geworden war. Auch ihre Freude war gedämpft.

Da sie vorerst noch kein Licht anzünden konnten, tasteten sie sich durch die dunklen Räume und Gänge, um die Fenster zu verhängen.

Einmal stießen sie im Dunklen gegeneinander. Einen Augenblick standen sie, zwei warme Inseln in dem kalten Meer der Finsternis, einander gegenüber und warteten und ruhten aus. Es war Abenteuer genug. Und als sie sich dann vorsichtig mit leicht erhobenen Armen durch das Haus bewegten, nahmen sie auf eine andere Weise von ihren Dingen wieder Besitz, als man es tut, wenn man sofort nach dem Eintritt in ein Haus, noch bevor man durch ein Zimmer gegangen ist und hier ein Kissen zurechtgerückt und dort an einer Decke gezupft hat, helles Licht einschaltet.

Danach stieg Wim in den Keller, um Holz für den folgenden Tag zu richten. Marie brühte Kaffee auf. Alles begann wieder, so wie man es gewohnt war. Sie fühlten sich ein wenig beschämt und einsam; obwohl sie nicht darüber sprachen, merkte jeder es dem anderen an.

Dann zog Wim die Uhr auf. Und mit jeder halben und vollen Stunde, die sie anschlug, da Wim die Zeiger mit seinem Finger leicht vorausschob, kehrten auch sie wie zu einem neuen Tag zurück.

Es ging auf Mitternacht.

»Morgen früh wie gewöhnlich?« fragte Marie.

»Um halb acht – komm!«

Als sie die Treppe hinauf in ihr Schlafzimmer stiegen und an »seiner« Tür vorbeikamen, blickten sie scheu und schweigend auf das hell gestrichene Holz. Die schwarze Klinke stand fest und horizontal eingelassen, wie immer.

Aber ihnen beiden schien es, als wenn die Tür anders geschlossen war als je zuvor.

(1947)

DER TOD DES WIDERSACHERS

Die hier veröffentlichten Aufzeichnungen wurden mir einige Zeit nach dem Krieg in Amsterdam von einem holländischen Advokaten übergeben. Er selbst hatte sie, wie er mir mitteilte, ungefähr zweieinhalb Jahre nach Kriegsausbruch von einem seiner Klienten erhalten, einem Mann Anfang Dreißig, der ihn zuweilen in harmlosen geschäftlichen Dingen um Rat gefragt hatte, wie es die tägliche Praxis eines Advokaten mit sich bringt. Zwischen ihnen beiden hatte nie ein besonders vertraulicher Ton geherrscht, der als Erklärung für die Tatsache hätte dienen können, daß jener ihm, seinem Rechtsbeistand, ein Bündel beschriebener Papiere überreichte, bevor er selbst für einige Zeit von der Bildfläche verschwand, um sich in Sicherheit zu begeben, nicht ohne vorher erklärt zu haben, daß diese Papiere den gegenwärtigen Besitzer nicht in Gefahr brächten und überall aufbewahrt werden könnten. Der Advokat hatte es jedoch für besser gehalten, sie mit eigenen Dingen und denen anderer Klienten unter seinem Hause einzugraben, wo sie den Krieg überstanden. Während jedoch die meisten vergrabenen Schriftstücke von ihren Besitzern wieder abgeholt werden konnten, blieben diese Aufzeichnungen in seinem Schreibpult liegen.

»Hier«, sagte er und überreichte mir das Bündel. Es war fleckig, zerknittert, die Schrift war zum Teil ausgelaufen, als hätte es längere Zeit im Wasser gelegen.

»Sie sind ja deutsch abgefaßt«, sagte ich überrascht.

»Lesen Sie«, erwiderte er kurz.

»Sie stammen also nicht von einem Holländer«, sagte ich.

»Nein. Lesen Sie und sagen Sie mir, was Sie davon halten.«

Ich begann nach dem Verfasser zu fragen, aber er wich jeder Antwort aus. Ich wußte, daß er vorzüglich Deutsch sprach, und erwog, ob er nicht selbst der Urheber sei. Ich stellte vorsichtige Fragen. Er lachte und sagte nur: »Lesen Sie, wenn Sie wollen.«

»Und was dann?« fragte ich weiter.

»Ich weiß es nicht. Vielleicht fällt Ihnen etwas ein.«

»Ist es keine Mystifikation?«

»Nein, nein«, erwiderte er hastig, »prüfen Sie selbst. Diese Papiere enthalten Aufzeichnungen, die ohne Zweifel als ein Versuch ihres Verfassers gedeutet werden müssen, über sehr persönliche Probleme seines Schicksals mit sich ins reine zu kommen. Aber lesen Sie erst, später können wir uns darüber unterhalten. Er war ein Verfolgter.«

»Das waren wir alle.«

»Sie bringen sie mir zurück?«

Er schloß die Schublade, aus der er sie herausgezogen hatte. Ich sah ihn an, wollte noch einige Fragen stellen. Doch er war ungeduldig. Ich unterließ es.

»Hat es Eile?« fragte ich nur.

»Nein«, erwiderte er. »Sie können mich hier in meiner Kanzlei treffen.«

Wir verabschiedeten uns.

Einige Tage später rief er mich an und erkundigte sich nach der Adresse eines gemeinsamen Bekannten, der plötzlich wieder aufgetaucht war. Ich gab sie ihm.

»Und?« fragte er.

»Ich hatte noch keine Zeit«, antwortete ich.

»Es hat keine Eile. Wir sehen uns?«

»Ich bringe sie Ihnen zurück!« sagte ich.

»Gut«, erwiderte er und lachte.

In den folgenden Tagen las ich sie.

I

Seit Tagen und Wochen denke ich an nichts anderes mehr als an den Tod. Jeden Morgen stehe ich, obwohl ich sonst lange und gerne schlafe, in der Frühe auf nach einer traumlosen Nacht. Ich fühle meine Kräfte stark und bereit in mir wie seit langem nicht mehr. Ich grüße den Tag, der mir den Gedanken an den Tod aufs neue bringt. Mit jedem Atemstoß dringt er tiefer bis in die verborgenste Stelle meines Körpers und erfüllt ihn ganz. Es ist der Tod, der mir die Feder führt, der Tod! Gott allein weiß, welches Erlebnis mir die Gedanken an ihn wie Eierchen in mein Gehirn gelegt hat, wo sie ungemerkt brüteten und reiften, bis sie eines Tages ausschlüpften und sich meinem Bewußtsein vorstellten. Aha, dachte ich, als er zum erstenmal in mir auftauchte, da ist er also, und begrüßte ihn, wie man einen guten alten Bekannten begrüßt, der einen Zug später kam, als man ihn erwartete. In Wahrheit hatte ich gar nicht so sehr auf ihn gewartet, er kam mir immer noch zu früh und überraschend. Ich wünschte ihn mir auch nicht herbei. Früher, wenn ich andere Menschen so über ihre Todesgedanken reden hörte – und über nichts lieben es die Menschen mehr sich auszulassen als über das, was sie ihr Letztes nennen –, blitzte es in mir auf: Und du, was ist mit dir und mit dem Tod, sag, wie hältst du es mit ihm? Dabei rauchte ich seelenruhig meine Zigarette und trank meinen süßen Tee, lauschte den Erzählungen der anderen und fühlte mich wohl. Nichts fiel mir weiter dazu ein. Auf jeden Fall war ich, was man einen interessierten Neutralen nennt. Der Tod – willkommen, dachte ich, oder zum Teufel –, bei Gott, ich weiß nicht, was ich mit ihm anfangen soll. Noch bin ich gesund, pfui, pfui, pfui, fühle mich bei meiner Jugend noch wohl und hoffe nicht, daß ich schon irgendwie ausersehen bin.

Dies alles ist verändert, seit ich an den Tod denke. Und weiter tue ich nichts als sitzen, sitzen und an ihn denken. So erfüllt bin ich, daß, schlüge man mir das Haupt vom Rumpf, mein Magen oder mein rechtes Kniegelenk die Tätigkeit des Denkens an ihn übernehmen und, ich wette, glücklich zu Ende führen würde. So voll bin ich vom Tod, so gesättigt.

Erzählen, wie er in meinen Kopf, in mich hineinkam? Ich entsinne mich nicht und will die Fäden lieber unentwirrt dort lassen, wo sie geknüpft wurden. Es ist das gleiche, wollte man die Frage des Arztes nach dem ersten Auftreten von Schmerzen am Arm nach bestem Wissen und Gewissen beantworten: An einem Dienstag, ich erinnere mich genau, ich ging über den Pferdemarkt und traf einen Bekannten. Er erzählte mir, daß er von Zeit zu Zeit ein zartes Stechen im Arm, oben in der Nähe des Gelenkes, verspüre. Vielleicht Rheumatismus, sage ich. Wer weiß auch, was das sein mag. Wie ich dann weiterlaufe, verspüre auch ich von Zeit zu Zeit so ein feines, leises Ziehen den Arm hinauf in die Schulter, da war es wieder, so zart, vielleicht daß eine Mutter so den ersten Stoß eines Kindes in ihrem Leib vernimmt. Aber nein, das weiß doch niemand, und wer es mir erzählte, wäre ein Narr, oder der andere ein Tor, wenn er es glaubte.

Ich kann nicht sagen, wie es war, als der Tod in mich fuhr, aber wohl, wie es war, als ich ihn verspürte. Wie wenn grimmige Schmerzen nachts den erlösenden Schlaf verstören, erging es mir. Nur daß es kein Schmerz war. Etwas ganz anderes, viel mehr Beseligendes, als ein Schmerz es sein kann, erfüllte mich. Ich verging fast.

Hier muß ich einfügen, welcher Art der Gedanke an den Tod war, der mich überfiel. Nicht der Gedanke an meinen Tod, den ich einst, bald oder in weiter Zukunft, sterben würde, ergriff mich. Beim ewigen Himmel der Nacht, ein so törichter Gedanke liegt mir fern, und ich hoffe nicht, daß ich mich je mit ihm zu beschweren brauche. Der Gedanke an den eigenen Tod – mich läßt der Gedanke kalt, unbewegt, vorerst kann er mich nicht erschüttern. Ich glaube nicht, daß ein ernsthafter Mensch sich je mit dem Gedanken an seinen Tod aufhalten wird. Dies ist nicht meine Sache, wird er sagen, mein Tod ist nicht meine Sache, und an ihn denken hieße sein Leben, das groß sein kann, wenn man es groß ersehnt, verkleinern, hieße die Grenzen angeben, denen es sich freiwillig fügen sollte. Ein Mensch wie ich – und ich bin nicht der einzige, zum Trost weiß ich das – lebt und arbeitet und beginnt sein tägliches Unternehmen in dem Gedanken, daß es so ewig und ununterbrochen weitergehen wird, im Namen des Himmels und aller Gerechten, bis ans Ende aller Zeiten.

Der Gedanke an den Tod meines Feindes war es, der mich wie in kalter Nacht durchfuhr und erschauern ließ. Der Tod meines Feindes – ich denke ihn mit aller Seligkeit, die ein Gedanke haben kann für den, dem ein Gedanke etwas Lebendiges ist. Der Tod meines Feindes – ich denke und erlebe ihn mit der Schwere und Erhabenheit, die ein Gedanke an einen Feind haben kann, der einem wert ist. Der Tod meines Feindes – zu jeder Stunde des Tages sind ihm ein Teil meiner Gedanken geweiht. Es sind die stolzesten Augenblicke über Tag, abgesehen von den Abenden und Nächten, wo kein anderer Gedanke als dieser mich beherrscht. Der Tod meines Feindes – gesegnet sei der Gedanke an den Tod meines Feindes. Man soll sich seinem Tod langsam entgegensehnen, wie die Braut dem Bräutigam, so sagen die Menschen, die ein eigenartiges Behagen darin schöpfen, die Sache des Todes und die der Liebe miteinander zu verbinden. Langsam soll man sich an ihn gewöhnen, um sich seiner wert und würdig zu erweisen. Nur wer dies erlernt hat, darf Anspruch erheben, sein Leben voll gestaltet zu haben. Aber ich sah viele, die sich an ihren eigenen Tod langsam und mit Schmerzen gewöhnt hatten, jedoch der Tod ihres Freundes warf sie um.

Wenige Menschen sah ich, die dem Tod ihres Feindes gewachsen waren. Seit mich dieser Gedanke ergriffen hat, hat sich mein Leben zu einem Ziel emporgeschwungen. Nie habe ich nach diesem Ziel gesucht noch gedacht, daß es mir je bereitet sein könnte. Ach, wie schmählich habe ich gelebt, bis ich erfuhr, welches Ziel auf Erden einem Menschen überhaupt bereitet sein kann. Was bedeuten sie alle, die anderen Ziele, die sich die Menschen selbst stecken, wähnend, Glückseligkeit, Liebe, Haß könnten sie hinwegtäuschen über den schalen Rest, der mit einem entseelten Körper zurückbleibt. Keine noch so hochherzige Lüge vermag den Brand zu löschen, den der Tod entfacht in den wahrhaft festlichen Gemütern zur Stunde des Erkennens. Ein Rauschen in den Lüften wie beim Fällen eines alten, starken Baumes, ein Pfeil, geschossen in das glitzernde Azur der Winterszeit – mein Gemüt ist festlich gestimmt, mein Feind betritt das weiße Land seines Todes.

Ich will, daß er, der zu seinen Lebzeiten wußte, daß er mein Feind war wie ich der seine, in seiner Sterbestunde eingedenk ist, daß mein Gedanke an seinen Tod unserer Feindschaft würdig ist. Ich trete auch jetzt keinen Zoll von ihr ab. Sie bleibt unser unvergängliches Eigentum noch in seiner letzten Erdenstunde. Ich bin es ihr, die unser Leben erfüllte, auch im Tode noch schuldig.

Ein langer Weg war es, bis mein Feind an sein Ende kam. Er führte von Sieg zu Sieg, zu Triumphen, die Bahn eines Unsterblichen. Er lief auch durch Niederungen, durch Sümpfe und Moraste, in denen es brütet und keimt von verborgenen Lüsten, mit Modergeruch voll Krankheit und Heimtücke – das Leben eines Sterblichen, so wie das meine. Heute hat er seinen größten Triumph erlitten: Er betritt das weiße Land seines Todes. Aber ein noch längerer Weg war es, bis ich, frei von allen kleinlichen Anlässen, deren sich Haß und Rache nur zu gerne bedienen, ihm auf seinem letzten Weg begegnete. Auch jetzt noch lebt ein Funke von Haß und Rache in meinen Gedanken, eine Spur von Gehässigkeit furcht sie. Ich wollte, ich könnte auch diese letzte Spur aus meinen Gedanken ausrotten, die wollüstigen Verzweigungen und Wurzeln von Schadenfreude und Wut: Ich bin es, der sitzt und wartet, und jener schreitet in seinen Tod, hört ihr es, jener schreitet in seinen Tod! Man kann sich nicht die Falten aus dem Gesicht herausschneiden, wie man die faulen Stellen aus einem Apfel herausschneidet, man muß sie tragen im Gesicht und wissen, daß man sie trägt, man sieht sie wie in einem Spiegel alle Tage, wenn man sich wäscht, man kann sie nicht herausschneiden, sie gehören in das Gesicht. Aber trotz allem, es ist ein festliches Warten, voll Freude und Trauer und Erinnerung und Abschied und Nimmerwiedersehn.

Ich wünschte ihm den Tod nicht, wie man jemandem etwas Schlechtes zudenkt oder mit Todeswünschen sich seine Widersacher vom Halse zu schaffen trachtet.

Was irren doch die Menschen, die glauben, der Tod sei eine Art Be-

strafung. Auch ich, dies muß ich gestehen, war lange Zeit diesem Irrtum verfallen. So sehr haßte ich, so stark verlangte ich, mich zu rächen.
Zu rächen nicht nur mich allein, mein eigenes Unglück, damals, als ich
es noch groß und als ausschließliches Eigentum fühlte, das er über
mich brachte, zu rächen auch die anderen von meinem Volke, die
ebenso litten wie ich. Zum Glück erkannte ich noch beizeiten die Unsinnigkeit dieses Gedankens. Daß ich sie erkannte, auch dies verdanke
ich meinem Feinde.

Mein Feind – ich werde ihn B. nennen – trat in mein Leben, ich erinnere mich, es sind seitdem rund zwanzig Jahre vergangen. Damals
wußte ich nur undeutlich, was es bedeutet, Feind zu sein, und noch
weniger, was es bedeutet, einen Feind zu haben. Man muß zu seinem
Feind heranreifen wie zum besten Freund.

Oft hörte ich den Vater mit der Mutter darüber sprechen, zumeist
im geheimnisvoll flüsternden Ton der Erwachsenen, damit von uns
Kindern keines es höre. Es lag eine neue Art Vertraulichkeit in ihren
Worten. Sie sprachen, um etwas zu verbergen. Aber die Kinder lernen,
hellhörig durch sie, die Geheimnisse und Ängste der Älteren und wachsen an ihnen empor. Mein Vater sagte:

»Wenn B. je an die Macht kommt, dann gnade uns Gott! Dann werden wir noch etwas erleben.«

Meine Mutter erwiderte ruhiger: »Wer weiß, vielleicht kommt es
auch anders. Ein so großer Herr ist er doch noch nicht.«

Ich trage das Bild noch in den Augen, wie sie damals zusammen
saßen und miteinander sprachen.

Der Vater sitzt in der Küche auf einem niedrigen Stuhl, ein kleiner
gedrungener Mann, etwas beleibt, und stützt seinen Ellenbogen auf
den Rand des Schrankes, der die ganze Wand füllt. Seinen rundlichen
Kopf hält er nach der Seite geneigt, die gespreizten Finger tragen die
Last. Er hat gesprochen, aber sein seitlich gesenkter Kopf täuscht vor,
als neigte er ein anderes Ohr vor, um eine Botschaft zu vernehmen. Er
lauscht. Jedoch, es muß eine betrübliche Botschaft sein, die er vernommen hat. Sein Gesicht hat im Sprechen und Lauschen den Ausdruck
von Betrübnis, Drangsal, wie wenn tief innen ein schwarzer Schleier in

das Gesicht gefallen wäre, der es verhängt und zugleich als Hintergrund dient für alles, und darüberhin und davor ist das andere ausgespannt, das Äußere, Muskel, Haut, Haar, gleitet Bewegung, zuweilen noch ein Lächeln, aber immer, wenn man dieses Gesicht betrachtet, weiß man, dahinter liegt auf dem Grund, von dem aus es sich aufbaut, liegt, ganz von innen kommend, Drangsal, Betrübnis.

Seine Frau, die Mutter, ihm gegenüber an den Tisch gelehnt, neigt sich leicht vorwärts, hinein in den schmalen leeren Raum, den ein Gang zwischen ihnen läßt und den eine Fliege mit ihrem schweifenden Gesumme erfüllt, und sieht hinab auf ihn, der so klein dasitzt auf seinem Stuhl, kleiner als ein Kind, denn er ist ein Erwachsener. So hat sie sich unzählige Male hinabgebeugt zu allem, was kleiner und schwächer ist, und ohne daß sie es merkt, fällt ihr Körper von selbst hinein in dieses Sich-Zuneigen, obwohl er noch aufrecht und jung erscheint. Sie weiß, daß er nicht hört, was ihre Worte hinübertragen, daß nichts diesen Vorhang durchbricht, was von außen auf ihn prallt, aber daß das Sich-Neigen in den leeren Raum ihn erreicht. Er, der mit seiner Arbeit die Zeit in viele kleine Teile auseinanderbricht und die Bewegung gerinnen läßt in eine atemlose Pause zu Stillstand und Brache und dennoch in dieser Erstarrung noch etwas von dem, was sich bewegt, wiedereinzufangen sucht, Bewegung in Stillstand beleben will, fühlt die Bewegung auf sich zu und deutet aus ihr und entnimmt, was andere den Worten entnehmen.

Er war heraufgekommen aus seiner Dunkelkammer, in der die Platten in großen gläsernen Schalen gespült werden, bis das Bild auf ihnen entsteht, und war spornstreichs in die Küche gegangen, die er leer fand. Er setzte sich auf den niedrigsten Schemel, seine Frau hörte ihn heraufkommen und dort hineingehen. Sie ging zu ihm.

Die Küche ist der kahlste Fleck des ganzen Hauses, vollgestellt mit grüngestrichenen Möbeln, blank geschrubbt und glatt. Über dem Handtuchhalter hängt eine blaugestickte weiße Gardine, und um den Sims des Gestelles zieht sich ein Band weißer Spitzen. Alles ist kalt und wie abgeleckt. In der Mitte hängt ein weißer Lampendeckel an einer braunen Schnur tief herab. Hinter dem Rücken des Mannes verdeckt ein langer gelbverblichener Vorhang zwei hölzerne Bretter, vollgepackt mit Schuhen, und darunter liegen auf dem Fußboden in einer Ecke alte Zeitungen.

In diesem Augenblick betritt das Kind, das Stimmen durch die geschlossene Tür hörte, den Raum. Es sind Stimmen, die noch etwas ausdrücken, was hinter den Worten liegt, und das Kind, neugierig, wird davon in die Küche hineingezogen.

Die Küche ist für ein Kind ein Platz des Genusses und der süßen Geheimnisse, angenehmer Überraschungen, in die es am liebsten seine Finger hineinsteckt, um sie ablecken zu können, aber nicht der Platz für ernste Gespräche.

Vom Anfang ihres Gespräches weiß ich nichts, es sind nicht die Worte allein, an die ich mich erinnere, da in ihnen, für mein Bewußtsein zum erstenmal, der Name ausgesprochen wurde, den ich nicht mehr vergessen sollte. Aber Worte sind oft ganz unwichtig. Auch wenn man sie vergessen hat, man erinnert sich des ganzen Bildes, zweier Menschen, die sich in einer abgeleckten, kahlen Küche befinden, der eine sitzend und sein Haupt in die gespreizte Hand gestützt, der andere stehend, und zwischen ihnen ein schmaler, leerer Raum, in den sich ein Frauenkörper hineinhängt. Und auch des beiden Gemeinsamen erinnert man sich, das unaufhaltsam auf die beiden eindringt, der eine schon völlig erwartend und sich ihm entgegenlehnend, als flüchte er zu ihm hin, um in ihm Beschirmung zu finden, und der andere sich dagegen aufbäumend, noch aufständig, bereit, es mit ihm aufzunehmen: die unaufhaltsame Bedrängnis. Sie liegt in dem ganzen Bild, wie es sich geschlossen darbietet, aber auch in jedem Ausschnitt, in der Falte des verblichenen Vorhanges, vor dem der Vater sitzt, in der Fliege, die um die Lampe kreist und den leeren Raum zwischen den beiden mit ihrem summenden Fluge ausmißt. Sie liegt auch in dem blanken, geschrubbten Holzfußboden und in den geschlossenen Schranktüren und in dem Schalterknopf am Eingang der Tür. Die unaufhaltsame Bedrängnis liegt in allem, und wessen man sich auch einzeln erinnert, dieses oder jenes, eines zieht das andere mit herauf und verdichtet sich zu dem Ganzen, das tief innen geblieben ist in der Erinnerung und immer noch bleibt. Es ist nicht Angst, es ist etwas viel Stärkeres und Gefaßteres, als Angst ist, wenn sie in dir aufbricht. Du kannst nämlich fühlen, wie es langsam sich dir naht und auf die Schultern drückt. Du kannst dagegenstoßen, in es hineinbeißen und dich dagegenstemmen. Es ist so wirklich wie der Schalterknopf und die Fliege und die alten Zeitungen in der Ecke hinter dem Vorhang.

Alles das war der Eindruck weniger Sekunden, als ich eintrat. Das Gespräch zwischen ihnen lief noch einige Sätze weiter. Mein Vater sah mich dabei prüfend an, als dächte er über mich ernsthaft nach. Das Dunkle in seinen Augen verschwand. Die Mutter lehnte sich zurück und lachte mir zu.

»Soweit ist es noch lange nicht«, sagte sie. »Und wer weiß.«

Er holte einen Auslöser aus der Tasche und begann mit ihm zu spielen.

»Heute habe ich einen Hund und eine Katze fotografiert«, sagte er.

»Ja«, rief ich erfreut. »Haben sie sich vertragen?«

»Nein«, erwiderte er belustigt.

»Wie hast du sie dann aufgenommen?« fragte ich.

»Ich werde es dir erzählen. Eine Frau kommt in mein Atelier. An der Hand führt sie an der Leine eine schöne, große Dogge, am anderen Arm hängt ein Henkelkörbchen mit einer Chinchillakatze. ›Das sind Bützi und Hützi‹, sagt sie. ›Ich bringe sie Ihnen zu einer Aufnahme. Es sind die bravsten Tiere der Welt, schon ein Jahr leben sie zusammen. Es sind unsere Kinder, nur daß sie sich besser als Geschwister vertragen. Mein Mann wünscht zu seinem Geburtstag eine Fotografie von beiden, wie sie friedlich nebeneinanderliegen. Ich will sie ihm schenken, verstehen Sie, zur Erinnerung.‹«

»Zu welcher Erinnerung?« unterbrach ich ihn.

»Nun, daß Hunde und Katzen friedlich in diesem Hause leben.«

»Du mit deinen Geschichten«, sagte die Mutter lachend und erhob drohend ihren Finger.

»Es ist aber eine wahre Geschichte«, verteidigte er sich.

»Wahr oder nicht«, fuhr sie belustigt fort.

»Aber sie haben sich ja gar nicht vertragen«, warf ich auf einmal dazwischen, »zu Beginn hast du es wenigstens gesagt, also …«

»Ihr habt mich nicht ausreden lassen.« Und dann fuhr er fort: »Die Frau holt das Kätzchen aus dem Körbchen und setzt es auf die

Erde. Der Hund setzt sich auf seine Hinterpfoten, steht wieder auf und trottet gutmütig durch das Atelier. Das Kätzchen schleicht sich unter den Tisch und beginnt sich zu lecken. Inzwischen unterhandle ich mit der Frau, wir besprechen die Größe und die Zahl der Abzüge. Sie bestellt sich eine solche Anzahl, als wollte sie ihrer ganzen Familie und allen ihren Freunden einen Abzug zur Erinnerung schenken. Wir einigen uns über den Preis. Im stillen überlege ich das Arrangement. Es soll ein einfaches Foto sein. ›Vielleicht einen kleinen Tisch mit Blumen dahinter?‹ frage ich. ›Ach ja‹, antwortet sie, und kurz darauf, ›ach nein, lieber nicht, es soll nur ein Foto von beiden sein, und Blumen würden nur stören.‹ Ich schiebe einen niedrigen Sessel herbei, werfe ein gelbliches Tuch darüber, die Frau lockt das Kätzchen unter dem Tisch hervor, hebt es auf den Sessel, es beginnt zu schnurren, der Hund kommt herbeigetrottet und läßt sich auf Zuspruch wieder auf seine Hinterpfoten nieder. Ich rücke meine Lampen zurecht, schalte die Deckenbeleuchtung ein, bringe zwei kleine Scheinwerfer in Stellung, um die Gruppe ins richtige Licht zu setzen. Die Frau steht bei den Tieren und spricht ihnen gut zu. Inzwischen ist das Kätzchen herabgesprungen, der Hund sitzt fest auf seinem Platz und sieht interessiert zu. ›Bützi, komm‹, ruft die Frau. Bützi schleicht heran und wird wieder auf den Sessel gehoben, bleibt einen Augenblick ruhig sitzen, reckt sein Hälschen, schaut nach oben, so daß es den Anschein hat, als ob es seine Schnurrhaare unter der Nase und auf der Oberlippe balanciere, es blinzelt, schaut unruhig nach rechts und links und springt wieder hinab. Im gleichen Augenblick ruft die Frau: ›Ach, ich habe vergessen, ihr das Halsbändchen umzutun‹, und kramt in ihrer Tasche. ›Wenn ich es nur nicht vergessen habe‹, murmelt sie. ›Nein, da ist es, komm, Bützi, komm, ich muß dir dein Halsbändchen umtun, du mußt doch schön sein, wenn du fotografiert wirst.‹ Das Kätzchen sitzt wieder unter dem Tisch und kommt mit seinem gespannt-zögernden Gang gravitätisch hervorgeschlichen. Die Frau beugt sich hinunter und macht das Halsband fest. Dann hebt sie das Kätzchen wieder auf den Sessel, und im gleichen Augenblick, als ihre Hände den Tierleib entlassen, trifft das Kätzchen Anstalten, wieder hinabzuspringen. ›Aber Bützi‹, ruft die Frau ein wenig verärgert, und während sie mit ihren Händen das Tier leicht auf den Sessel drückt, dreht sie sich um und fragt mich, ob es noch lange dauert, sichtlich nervös und unsicher geworden über den Erfolg der in Aussicht genommenen Vorstellung. ›Ich bin soweit‹, sage ich. ›Nur dieses Kabel noch, so.‹ – ›Das viele Licht macht sie nervös‹, ruft die Frau.«

Er unterbrach seine Erzählung und sah mich spöttisch an. »Auch Mütter müssen immer das Betragen ihrer Kinder, die sie zuvor als einen Ausbund von Tugenden dargestellt haben, beschönigen, wenn diese sich vor allem Volke vergaloppieren – ist es nicht so?«

Sein rundliches Haupt hielt er zur Seite geneigt, seine etwas zugekniffenen Augen blinzelten im Kreise herum. Er schwieg, als erwarte er Beifall. Er liebte es, sich von Zeit zu Zeit in solchen allgemeinen Betrachtungen zu gefallen, unter der Maske einer objektiv gültigen Feststellung, während jedem von uns seine Anspielung deutlich war. Aber die Mutter hatte im Laufe der Jahre gelernt, dergleichen über sich ergehen zu lassen. Sie schwieg ebenfalls, als stehe sie ganz im Bann seiner Geschichte und warte auf die Fortsetzung.

»Also«, fuhr er fort und nahm seine alte Haltung wieder ein, »während die Frau ihr Kätzchen in Schutz nimmt, sehe ich ihr rot angelaufenes Gesicht und sehe weiter, daß auch sie selbst sich ausstaffiert hat, als käme sie mit auf das Bild. ›Wollen Sie nicht das Kätzchen auf den Schoß nehmen?‹ frage ich. Sie zögert mit der Antwort und sagt nur: ›Meinen Sie, und was kostet das?‹ – ›Natürlich‹, sage ich, ›dann hat Ihr Mann alles, was er liebt, auf einem Bild, und es kostet Sie keinen Pfennig mehr.‹ Sie zögert noch einmal, tritt langsam von dem Sessel zurück, denkt nach, sieht auf die Tiere, sieht zu mir herüber und schweigt. Inzwischen sitzt Bützi noch immer auf dem Sessel, ich prüfe die erste Einstellung. ›Ach nein‹, sagt sie, ›nur die Tiere, so wie es in Wirklichkeit ist.‹ Da beginnt die Dogge – die ganze Zeit hat sie ruhig und breit gesessen und zugeschaut, wie das Kätzchen sich schlecht aufgeführt hat –, jetzt reißt sie ihr Maul weit auf und gähnt, erhebt sich, dreht sich etlichemal im Kreise und setzt sich wieder hin, aber diesmal mit dem Rücken zum Apparat. Bützi schaut verwundert. ›Hützi‹, ruft die Frau von der Seite, wo sie ihren resignierten Posten bezogen hat, und läuft erbost zu den Tieren, packt den Hund am Halsband und dreht ihn mit einem Ruck dem Objektiv zu. Ihre Nervosität ist so groß, daß die Tiere von ihr ergriffen werden. Wieder ist Bützi unter den Tisch gesprungen, und Hützi hat sich in den Falten eines Vorhanges verwickelt. Ist Bützi auf einen abgedankten Scheinwerfer gesprungen, steht Hützi vor dem großen Fenster, schaut hinaus, während ihre Herrin vergebens lockend und drohend die Gunst der Tiere wiederzuerlangen sucht. Es ist ein Schleichen und Trotten, ein Springen und Laufen durch das Atelier, ein lautlos-feierlicher Protest der Tiere dagegen, ihren widernatürlichen häuslichen Frieden zur Schau zu stellen. Und dazwischen die aufgeregte ratlose Frau, schwitzend von Gekränktheit, Enttäuschung und den tausendkerzigen Lampen, stets mit Ausrufen die Stille durchbrechend, wie: ›Ach, Hützi‹, ›Komm, Bützi‹, ›Ach nein‹, ›Komm auf deinen Platz‹, ›Komm zu deinem Frauchen‹, und dann die Beteuerung, daß sie zu Hause so friedlich miteinander lebten. ›Sicher sind es die Lampen, die sie beunruhigen, sie sind es eben nicht gewöhnt, und nun muß ich für meinen Mann doch ein anderes Geschenk ausdenken!‹«

»Wenn du dem Kätzchen Milch gegeben hättest«, sagte ich, »dann hättest du sie doch fotografieren können, aber so ... wie schade!«

»Ich habe sie aber dennoch fotografiert«, sagte der Vater vielsagend.

»Ja?« rief ich jubelnd, »erzähle, wie du das gemacht hast.«

»Komm mit«, sagte er. »Ich werde dir zeigen, was ich getan habe.«

»Du kannst es mir später auch zeigen«, sagte die Mutter und verschwand.

Wir gingen durch das Atelier, in dem noch der Sessel und die Geräte standen. Das Licht war ausgeschaltet.

Wie das künstliche Licht ein anderes Licht ist als das des Tages, so ist das Dunkel der Dunkelkammer ein anderes als das Dunkel der Nacht. Soeben bist du noch durch ein helles Zimmer gegangen, in das von allen Seiten Licht hereinflutet, und jetzt stehst du in einer Dunkelkammer, aber draußen ist es Tag. Wie ist es dunkel hier, sagst du zu dir selbst, vielleicht auch, um dir ein wenig Mut zu machen im Dunkeln. Wer weiß, welche Gedanken in einem solchen abgeschlossenen Raum, der dunkel ist, in dir heraufkommen, während dich das Bewußtsein nicht verläßt, daß draußen Helle, Licht, Tag ist. Aber wenn du am Abend von einem erleuchteten Zimmer in ein anderes hinüberwechselst, in dem Dunkelheit herrscht, dann ist es wiederum etwas ganz anderes, und du bist ein anderer am Abend. Aber jetzt kannst du jeden Augenblick zurückkehren aus dem Schwarzen in das andere, das Helle, wenn du nur willst. Aber nein, du hast es freiwillig auf dich genommen und bleibst. Draußen ist es Tag. Du bist eingetreten, und deine Augen sind geblendet von so viel Dunkelheit. Es spielt tief in den Pigmentkernen deiner Augen, es schmerzt, nur einen Augenblick, daß du die Lider zukneifst und wartest, bis zwischen den Zapfen und Stäbchen innen eine andere Verabredung getroffen ist. Beides ist in dir, das Dunkle und das Helle, tief in der Netzhaut sind sie dir zu eigen, und du kannst sie wählen aus demselben Brunnen, je nachdem wo du dich befindest, im Hellen oder im Dunkeln. Wenn du sie wieder in der Dunkelkammer aufschlägst, sehen deine Augen in einer Ecke des Raumes ein glühendes Pünktchen, es ist rot. Du hast es anfangs nicht gesehen in soviel Dunkelheit, aber jetzt siehst du es. Ausgespannt mitten in dem Schwarzen hängt es und gibt nur einen matten, kleinen Schein. Es ist kein Licht, das leuchtet, es macht die Dunkelheit nur tiefer, sichtbarer, und du greifst sie mit dem Dunkel in deinen Augen und trägst sie herum in deinem Körper und deinen Händen, wie sie dich mit sich trägt und dich mahnt, daß das Schöpferwort jeden Augenblick ausgesprochen werden kann. Stille und Dunkelheit und der Schlag des Herzens.

»Komm her«, sagt der Vater, und ich sehe in der milden Finsternis, wie er aus einer großen Schale mit Flüssigkeit eine dunkle Platte herausfischt, von der die Tropfen in die Schale zurückfallen, und sie gegen das rote Lämpchen hält. Ich sehe auch seine Gestalt mit leichtem Schnitt aus der Dunkelheit herausgelöst, so daß ich seine Bewegungen beim Spülen erkennen kann. Ich höre nach langem Schweigen seine Stimme, sie erscheint mir tiefer und voller. Erwartungsvolle Angst steigt in mir auf, jedesmal wenn ich hier allein mit ihm bin, auf eine andere Weise allein bin, als wenn ich in einem taghellen Zimmer mit ihm zusammensitze. Denn in der Dunkelheit wird die Tat gezeugt eines jeglichen, man kann sie ins Helle und wieder ins Dunkle tragen, im Dunkel wird sie gezeugt.

»Das ist ein Hund«, sage ich mit gedämpfter Stimme.

»Das ist Hützi«, sagt er.

»Und hier?« Er zeigt mir eine neue Platte.

»Bützi!« rufe ich. »Du hast sie also doch aufgenommen!«

»Aber jedes für sich allein.«

»Sie haben sich nicht vertragen«, sage ich. »Und jetzt?«

»Ich bringe beide auf eine Platte und mache davon einen Abzug. Und auf dem Bild sitzen Hützi und Bützi friedlich zusammen, wie sie zu Hause sitzen. Dies ist das Geburtstagsgeschenk.«

Die beiden Fotoplatten liegen wieder in der großen, gläsernen Schale. Ich sehe ihn an, mir scheint, als sei es heller im Dunkel geworden. Ich erkenne die Züge seines fleischigen Gesichtes, auf dem etwas Triumphierendes liegt. Es ist kein Schatten mehr, es ist wieder eine Gestalt geworden.

Und ich sage: »Eigentlich ist es gar nicht wahr, denn sie haben hier doch nicht zusammengesessen.« Zugleich fühle ich eine Bewunderung für ihn in mir aufsteigen, obwohl meine Worte anscheinend nur Kritik enthalten.

»Was macht das?« sagt er erstaunt. »Das nennt man eine Trickaufnahme.«

»Aber es ist nicht wahr«, wiederhole ich hartnäckig. »Du machst es und findest es sehr spaßig, aber eigentlich ist es gemogelt!«

»Ach was!« Er ist ungehalten. »Das ist eben der Trick. Das verstehst du noch nicht.« Es ist wieder dunkler geworden in der Kammer. Er hat das rote Lämpchen ausgeschaltet.

»Komm!«

Ich fühle mich an den Schultern gepackt, und tappend werde ich durch das Dunkel geschoben, schwarz verhangene Wände entlang, durch gewundene Gänge, in die von außen Lichtstäubchen fallen. Dann wird ein schwarzer Vorhang zur Seite geschoben, die Ringe gleiten hell auf der eisernen Stange, und wir stehen preisgegeben dem vollen, hellen Licht des Tages.

Ich fühle, daß ich etwas gutzumachen habe, und frage dumpf: »Darf ich dabeisein, wenn du es machst?«

Er schaut mich nicht an, sieht durch das große Fenster des Ateliers hinaus auf den Vorgarten und sagt verbissen: »Nein!«

›Dann gnade uns Gott.‹ Die Worte meines Vaters liefen mir noch lange nach. ›Dann gnade uns Gott …‹ Wer war dieser Mann, daß er die Gnade Gottes für uns nötig machte, von der mein Vater nur bebend sprach?

Eines Tages stellte ich den Vater und fragte ihn ohne Umschweife. Gelassen nahm er dieses Mal meine Frage hin.

»B. ist unser Feind«, sagte er und sah mich nachdenklich an.

»Unser Feind«, sagte ich ungläubig.

»Was erzählst du wieder für Geschichten!« rief meine Mutter aus dem Nebenzimmer. Ihre Stimme zitterte.

»Er hat mich gefragt, und ich gebe ihm eine Antwort«, rief er zurück.

»Vergiß nicht, er ist noch ein Kind!«

»Er wird es aber begreifen«, sagte er. »Ist es etwa nicht wahr?«

Sie schwieg.

»Unser Feind?« wiederholte ich ungläubig.

»Ja, der deine und der meine und vieler anderer Feind auch!« Er lachte laut, ich dachte, daß er über mich lachte. Seine Mundwinkel hingen herab. Geringschätzig sah er mich an.

»Jetzt ist es genug!« ertönte wieder die Stimme aus dem Nebenzimmer.

»Warum?«

»Du brauchst ihm nicht auf jede Frage zu antworten! Gehe hinunter auf die Straße spielen, Kind«, fügte sie hinzu.

Ich sah ihn unentwegt an.

»Auch der meine?« fragte ich. »Ich kenne ihn ja nicht, kennt er mich denn?«

»Gewiß, der deine auch. Wir werden ihn kennenlernen, fürchte ich.«

»Warum aber?« fragte ich weiter. »Was haben wir denn getan?«

»Wir sind …«, erwiderte mein Vater.

Stille.

Meine Mutter trat ins Zimmer.

Was diese Antwort mit meiner Frage zu schaffen hatte, ist mir im Grunde damals nie klargeworden, so tiefsinnige und wohlerwogene Erklärungen ich auch später noch zu hören bekam. Alles schien mir eher ein Wahn zu sein.

Wie es dann mit der Gnade Gottes bestellt sei, fragte ich meinen Vater nie. Denn aus seinen Worten verspürte ich seinen Ingrimm und die ganze Bitterkeit, mit der er eine große Gefahr zu verkleinern trachtete. Vergebens. Soweit hatte ich ihn schon damals begriffen, daß B. als Feind mächtig war und noch mächtiger werden konnte, so daß einzig Gott mit seiner Gnade ihm widerstehen konnte. Doch eines begriff ich nicht. Genausowenig wie ich wußte, wer er war, von dem mein Vater als unserem Feind sprach, ebensowenig wußte ich, wer Gott war, von dessen Gnade mein Vater sprach. Ich kannte sie beide nicht. Aber sie beide waren da.

»Aber noch ist es nicht soweit«, fügte mein Vater milder lächelnd hinzu, um mich zu beschwichtigen, da er meine Stummheit richtig deutete. Mir schien es jedoch, als wenn er mit seinen Worten mehr sich selbst besänftigen wollte.

Dies geschah, als ich zehn Jahre alt war, und von diesem Zeitpunkt an stand hinter meiner Jugend ein doppelter Schatten, den die Worte meines Vaters heraufbeschworen hatten. Bis zu welchen Maßen er aufsteigen sollte, konnte ich damals noch nicht ahnen. Ich empfand nur das Fremde, das, ohne daß ich es mit Worten genauer hätte umschreiben können, auf einmal in mein Leben getreten war. Meine kindliche Unbefangenheit war angetastet. Ein leichter Riß, der mit den Jahren zu einer Wunde klaffte, die tief ins Fleisch drang, ohne sich zu schließen.

II

Ich habe meine Aufzeichnungen noch einmal durchgelesen und bin erschrocken. Ich möchte nicht in den Verdacht geraten, hier zu sitzen und mich zu bemühen, einen Roman zu schreiben. Ich habe viele Berufe gehabt und viel Lehrgeld zahlen müssen, aber nie den eines Schreibers.

Ich bin auch Sportlehrer. Meine Hände sind mehr geeignet, einen Ball oder eine Kugel zu halten als einen Federhalter. Abgesehen von meiner Unerfahrenheit, meine Gedanken und Gefühle in allgemein faßlichen Sätzen zum Ausdruck zu bringen, verbindet sich meine Beobachtung mit zuwenig Geduld, warten zu können, bis das Bild gerundet entsteht. Das Detail, das schnell zu bewältigen ist, reizt mich, die kurze Strecke der Sprinter ist meine Bahn.

Wenn ich mich jedoch einmal überwand und mich in Geduld faßte, merkte ich bald, daß mich meine Beine auch über längere Strecken trugen. Nie ließ mich mein Atem im Stich, vom Regelmaß des Herzschlags zu schweigen. Aber ich gab auf aus Langeweile. Meiner Ausdauer mangelt es an Phantasie. Zudem hasse ich die Prozedur. Mein Vater war Fotograf. Ein Roman oder eine Erzählung besteht ebenso wie der Film aus einzelnen aus der Zeiteinheit gebrochenen fotografischen Aufnahmen, die zusammengefügt den Eindruck einer sich unablässig durch die Zeit bewegenden Handlung erwecken sollen und in der Tat auch erwecken. Man wird begreifen, wenn ich erkläre, daß ich genug habe von Tricks aller Art. Gewichtige Fachleute, die sich Psychologen nennen, behaupten, wie ich gelesen habe, daß unser menschlicher Geist diese Taschenspielerkünste benötige und ohne sie weder die Wirklichkeit erfassen noch sich mit ihr in ein richtiges Verhältnis setzen könne. Sei dem, wie ihm wolle. Die einzige Bewegung, die auf Erden ungebrochen verläuft und mich interessiert, ist die Bewegung eines beseelten Körpers. Alles andere ist denaturierte Wirklichkeit. Begriffe sind ihr Prunksarg. Ich tue nichts anderes, als daß ich niederschreibe, was mir einfällt und was mich bewegt.

In einigen Wochen werde ich einen Entschluß fassen müssen, dessen Tragweite mir vorläufig noch ungewiß ist, da ich alles von ihm zu erwarten habe. Falls er in eine bestimmte Richtung fällt, werde ich diese Aufzeichnungen irgendeinem aus meinem weiten Bekanntenkreis übergeben und sie mir nach diesem Ereignis wieder zurückholen. Ich werde sie ergänzen mit meinen Erfahrungen in der dazwischenliegenden Zeit oder sie vernichten. Ich weiß sicher, daß ich alles überstehen werde, daß ich, vielleicht mit einigen Schrammen, wieder auftauche. Und falls ich nicht zurückkomme – auch mit dieser Möglichkeit muß ich rechnen –, kann der jeweilige Besitzer sie in den Ofen werfen, wenn er es nicht zuvor getan haben sollte. Auf jeden Fall werde ich der Hilfsbereitschaft und Gutmütigkeit des künftigen Bewahrers Rechnung tragen, daß ich Namen und direkte Anspielungen vermeiden werde und alles so allgemein wie möglich halte. Falls man diese Blätter bei ihm findet, darf ihm keine Gefahr erwachsen. Zum Glück gibt es Feinde genug auf dieser Welt unter jedem Himmelsstrich. Ein jeder kann jeden damit meinen, wenn er nur tüchtig schimpfen kann, und ich bin mir bewußt, eine abgeschmackte Wahrheit zu verkünden, wenn ich niederschreibe, daß es niemals auf Erden aufhören wird, Feinde zu geben. Sie rekrutieren sich aus den einstigen Freunden.

Mir schmeichelt die Einflüsterung, daß der künftige Besitzer meine Niederschrift nicht vernichten wird. Er wird sie selbst erst lesen, sie diesem und jenem zeigen, schließlich wird sich ein anderer mit meinen Federn schmücken und die Ohrfeigen empfangen, die mir zugedacht sind. Mein Eingeständnis zu Beginn, keinen Roman schreiben zu wollen, wird man einfach als einen üblen, gar nicht so originellen Trick disqualifizieren. Mir kann es gleich sein. Ich schreibe, weil die Bewegung, mit der die Feder über das Papier läuft, eine Spannung in mir löst und zugleich eine andere erweckt, die mir Vergnügen bereitet. Nicht die Langeweile treibt mich. Die Umstände machen es ratsam, im Zimmer zu bleiben und sich nicht oft auf der Straße blicken zu lassen. Ich schreibe, weil mir das Betreten der Sportplätze und der Zugang zu der Badeanstalt verboten ist. Das Schreiben ist eine Art Zimmergymnastik en minature.

Zudem bin ich besessen von einem Gedanken, den öffentlich zu bekennen ich mich weislich hüten werde. Meine eigenen Leute würden mich umbringen. Mir selbst erscheint er nicht so außergewöhnlich. Das Besessensein liegt in der Luft, hie Freund – hie Feind. Es wird mich zu gegebener Stunde nicht hindern können, meine Pflicht zu tun. Kein Mensch ist sattelfest. Ich bilde mir nicht ein, schlechter zu reiten als die anderen. Ob ich so gut schießen kann wie sie, ist eine andere Frage.

Der Vorwurf, ein Überläufer, eine Art Spitzel zu sein, hätte mich zu einem früheren Zeitpunkt mehr treffen können als jetzt, da ich die Gründe meines Wankelmutes freimütig bekenne. Eine gewisse Unbeholfenheit in Gefühlsdingen ließ mich schwach erscheinen, so wie ich im Wettstreit verlor, wenn ich mein Training vernachlässigt hatte. Aber ich stellte mich zum Streit. Es gibt stärkere Charaktere mit verborgenen Schwächen, die den Vorwurf der Feigheit eher verdienen. Die Unebenheiten meiner Gedanken und Stimmungen trachte ich nicht zu bemänteln, noch will ich auf meine Irrtümer besonders pochen. Es ist ermüdend, vor sich selbst ohne Unterlaß auf der Hut zu sein. Vielleicht, daß mich auch ein Wahn beherrscht, der, einem inneren Bedürfnis entspringend, Genesung bringt der Verwirrung, für die ich keinen Namen weiß. Mag sie sich auch immun erweisen gegen die Bombardements der Logik, gleichviel, ich wage den Versuch, die Verstrickungen, die mich fesseln, zu enträtseln, selbst auf die Gefahr hin, daß ich dabei den Fehler begehe, andere ernster und wichtiger zu nehmen, als der Verachtung geziemt, mit der sie mir begegnen. Irgend etwas ist los, ich fühle es, ein Fieber, dessen Erreger noch unbekannt sind. Wenn ich erst einmal die Bedeutung erfaßt habe, werde ich wissen, was mich hält oder zuletzt fallen läßt.

Ich habe schon gesagt, daß mein Vater Fotograf war. Er kam zu diesem Beruf, als er in allen anderen Schiffbruch erlitten hatte. Es war mein Unglück, daß er in ihm nicht scheiterte. Vielleicht wäre vieles anders gelaufen. Seine Trickaufnahmen haben mein Kinderleben mit beträchtlicher Unruhe erfüllt, wie mir erst später deutlich wurde. Anfangs glaubte ich, daß er ein ausgezeichneter Fachmann sei, später fand ich nicht Worte genug, meiner Geringschätzung seines Könnens Ausdruck zu verleihen, nachdem er schließlich, zu spät für mich, auch in diesem Beruf Schiffbruch erlitten hatte. Obwohl die Gründe hierfür mehr in den allgemeinen Umständen der Zeit als in rein persönlichen zu suchen sind, bin ich der Meinung, daß er nicht besser oder schlechter war als jeder andere in seinem Fach. Sein Fach ist eine Frage des Retuschierens und Beleuchtens. Man hebt Partien und Flächen hervor, um andere desto leichter verschwinden lassen zu können. Vielleicht hätte er es weiter gebracht, wenn er mit einem schlechteren Gewissen gemogelt hätte. So sagte er den Leuten mit seinen Fotografien auf eine ungehobelte Art die Wahrheit, die sie für Kunst hinnahmen.

»Er hat es nicht leicht gehabt in seinem Leben«, sagte die Mutter, als sie, Jahre später, einige vertrauliche Mitteilungen machte, ohne jedoch das Gefühl zu erwecken, daß sie ihn verriet. »Ach ja, er hat es nicht leicht gehabt!« Sie seufzte und starrte vor sich hin, als wäre er schon lange tot und nur in ihren trüben Erinnerungen noch am Leben. »Zuerst die vielen Kinder zu Hause, der frühe Tod der Mutter, der Vater, sein Vater, ein rechtschaffener Mann, so rechtschaffen, daß er es nicht übers Herz brachte, sich noch einmal zu verheiraten. Der jüngste Bruder ist auf Abwege geraten, du kennst die Geschichte.«

Ich nickte. Ich kannte sie.

»Und was für Berufe hat er ausgeübt, zuerst in der Lehre beim Uhrmacher, danach Reisender, Empfangschef, maître de réception im Hotel. Als das schiefging, Tanzstundenlehrer, später Inhaber eines Putzsalons. Und danach Fotograf. Das ist er jetzt noch. Wie lange?«

»Ich erinnere mich an das kleine Zimmer hinter dem Laden, wo du saßest und Hüte machtest«, sagte ich.

»Mit zwei Lehrmädchen«, sagte sie. »Ich habe immer, so gut es ging, mitgearbeitet.«

»Tanzstundenlehrer war er auch?« Die Vorstellung, daß mein Vater, der etwas beleibte, kahle Mann, die neuesten Schritte und Tempi vorführte, erschien mir absurd. Ich mußte lachen.

»Er konnte ausgezeichnet tanzen«, sagte sie. »Dicke Leute sind oft sehr beweglich und elegant. Er schwitzte nur sehr dabei. Ein Abend kostete ihn zwei Hemden.«

Sie hielt einen Augenblick inne. Betrübnis überzog ihr Gesicht. Sie schwieg.

Was denkt sie jetzt, überlegte ich im stillen. Sie sagt, daß er gut tanzen kann, und ist selbst betrübt. Was hat diese Betrübnis zu bedeuten? Das ist keine Trauer über Dinge, die einst, als sie geschahen, schön waren und deren Erinnerung mit Wehmut sich paart. Und ich sagte: »Ich habe euch aber nie tanzen sehen!«

»Ich konnte nie gut tanzen!« erwiderte sie und errötete.

»Dann hätte er es dich lehren können!« sagte ich.

Sie schüttelte den Kopf.

Ich glaubte, daß ich es begriff, und darum flüchtete ich schnell zu einer anderen Frage, deren Beantwortung mir weniger Verlegenheit und Beschämung mit sich zu bringen schien, und sagte: »Und im Hotelfach – warum ist er nicht maître de réception geblieben?« Für diesen Beruf erschien er mir im Augenblick außergewöhnlich geeignet. Ich sah ihn, in der Vorhalle des Hotels, auf Plüschteppichen, wie er mächtig dasteht, sich die Hände reibt und mit tiefen Verbeugungen die Gäste empfängt und seine Anordnungen trifft. Er trägt eine gestreifte Hose und einen passenden schwarzen Rock, der über dem Bauch ein wenig straff sitzt. Sie sah mich an. »Du weißt es nicht?«

»Nein«, sagte ich und erschrak. »Du brauchst es mir nicht …«

»Nein, nein«, sagte sie schnell, »du bist groß genug, es zu wissen.« Sie zögerte. »Ich dachte, du wüßtest es doch, die Sache mit … Ach, dein Vater ist auch nur ein gewöhnlicher Mensch – er hat eine kleine Dummheit …, ich dachte immer, du wüßtest es, die Sache mit dem …« Sie stockte, als wollte sie es sich noch einmal überlegen.

»Mit wem?«

»Der Geschäftsführer war es«, sagte sie. »Angeblich ein guter Freund von ihm. Ich habe ihn immer gewarnt.« Ich fühlte, wie eine Welle sie ergreift, eine Welle, die irgendwoher angeritten kommt, aus einem Meer voller Klippen, Strudel und Sandbänke; wo es gefährlich ist, sich ins Wasser zu begeben, und sie steht am Ufer, schaut hinein in das verräterische Spiel und beginnt zu rufen, aber ihre Stimme wird übertönt durch die Gewalt der Brandung. Der Anblick überfällt sie, als stünde sie selbst mittendrin. Und dann begann sie zu erzählen.

»Der andere hatte Geld unterschlagen, und der Vater kam dahinter. Der andere nannte sich seinen Freund und begann zu bitten und zu schmeicheln, bis sich Vater erweichen ließ und versuchte, ihm aus der Patsche zu helfen. Er war ein Lump, einfach ein Lump. Sogleich als er wieder festen Boden unter den Füßen verspürte, begann er die Sache so zu drehen, daß Vater mit hineinschlidderte. Irgendeine Geschichte mit Wechseln und so – ich verstehe nichts davon.« Sie saß da, ineinandergefallen, gealtert, einen harten, verbissenen Zug um den Mund, als erzählte er ihr, was geschehen war, was sie in ihrer Angst schon lange zuvor in sich hineingenommen hatte. ›Du hast wieder einmal recht gehabt‹, stöhnt er hervor, ›wieder einmal recht gehabt.‹

Aber sie will es nicht mehr hören, hinterher, daß sie recht gehabt hat, nein, sie wehrt sich, sie will es nicht mehr hören. Es stößt sie ab, dieses Eingeständnis des bleichen, aschfahlen Mannes, der sich nicht zu helfen weiß und nur Trost findet in dem Gedanken, daß sie recht gehabt hat. ›Ich hätte auf dich hören sollen.‹

Sie möchte ihn schlagen, so wie er sie schlägt mit seinem Eingeständnis und seiner Wollust des Bekenntnisses. Er steht vor ihr, schwer und behäbig, der Schweiß rinnt in dünnen, geschlängelten Bahnen über sein Gesicht, sein Kopf dampft, er zieht ein Taschentuch aus seiner Hose und wischt mit großem, hastigem Armschwingen über Gesicht und Hals.

Und dann trägt er zum soundsovielten Male die Geschichte vor, wie er sie sich zurechtgelegt hat, daß sie sich zugetragen habe. Sie hört ihn wieder an, ohne ihm in die Rede zu fallen, ohne ihn zu unterbrechen, obwohl sie weiß, daß er auch jetzt noch etwas vor ihr verschweigt, ja, daß er es sogar vor sich selbst verschweigt. Er beteuert es vor ihr und vor sich selbst, wie es sich zugetragen hat, als müßte er erst mit einem leichten Hauch den Spiegel verhängen, bevor er in ihn zu blicken wagt. Denn was kann ein Mann sonst noch tun, wenn der Widersacher in ihm hervorbricht und ihn – auch ist es sein Freund, der ihn verleitet – treibt und hetzt zu einer Jagd, wo er Jäger und Wild zugleich ist. Was kann er sonst noch tun, als einen Spiegel zu behauchen und in der Trübung sich mild zu spiegeln?

Er hat also eine kleine Dummheit gemacht, dachte ich bei mir, vielleicht, daß er nicht merkte, daß der andere ein Lump war?

»Er ist zu gut und zu vertrauensvoll«, sagte die Mutter und atmete auf. Diese Erklärung befreite sie von einer Last, die sie seit Jahren mit sich herumtrug.

»Erzähle«, sagte ich ruhig. »Ich möchte gerne alles wissen.«

Sie sah mich an mit ihrem Blick voll Dankbarkeit, daß es ihr endlich möglich war, von einer kleinen Dummheit zu berichten, die mein Vater begangen hatte, weil er zu gut und vertrauensvoll gewesen war.

»Ich verstehe nichts davon«, sagte sie. »Es war eine Wechselgeschichte. Es war ein schönes Hotel, und der Geschäftsführer war ein Lump. Was er tat, war schlecht, aber was der Vater tat, war dumm. Es war schon eine Dummheit von ihm, einen Lumpen seinen Freund zu nennen. Er tat Dinge, die nicht erlaubt sind, und wenn sie schief ausgehen, sind sie erst recht nicht erlaubt. Es ging aber schief aus, und darum saß er in der Patsche. Frag ihn selbst, wenn du es genau wissen willst, denn ich verstehe nichts davon.«

Sie schwieg.

»Wie ist es denn abgelaufen?« erkundigte ich mich. Aber im selben Moment tat es mir leid, ich hätte die Frage gerne zurückgenommen. Ich dachte, da hast du eine taktlose Frage gestellt, da hast du selbst eine Dummheit gemacht. Aber zugleich bangte ich vor der Wahrheit, die ich vernehmen sollte.

»Es hat uns unsere Ersparnisse gekostet«, sagte sie, »um die Sache in Ordnung zu bringen. Es war die einzige Möglichkeit.«

Ich fühlte mich erleichtert, und ich sagte: »Ohne Gerichte also, Gott sei Dank.«

Sie erschrak und sah wild um sich. »Natürlich!« erwiderte sie. »Dein Vater ist doch kein Verbrecher.«

Da kam mir ein Gedanke. »Jetzt begreife ich«, fuhr ich fort, »warum er mich damals bei der Geschichte mit den Briefmarken nicht geschlagen hat.« Ich erinnerte mich plötzlich dieser ganzen Geschichte, die sich nach der Geschichte mit Hützi und Bützi zugetragen haben muß.

»Welche Geschichte?« fragte meine Mutter. Ihre Gedanken hingen noch dem Vorhergehenden nach, und sie fragte versunken: »Welche Geschichte?«

»Mit den Briefmarken«, wiederholte ich. Ich war froh, das Gespräch auf ein anderes Thema bringen zu können, wenn mir auch erst später einfiel, daß sich in der Geschichte nicht so sehr das Thema als die Hauptpersonen veränderten.

»Richtig«, sagte sie nach einer Weile, »die Geschichte mit den Briefmarken, das war damals, nicht wahr?«

»Ja.«

»Und er hat dich nicht geschlagen?« wiederholte sie, als hielte sie dies für das Wichtigste der ganzen Geschichte.

»Nein«, bekräftigte ich, »damals hat er mich nicht geschlagen.«

»Was hat er denn dann mit dir getan?«

»Das weiß ich nicht mehr so genau, aber auf jeden Fall hat er mich nicht geschlagen.«

»Tat er das so oft?« fragte sie.

»Ja, ich glaube, daß er mich oft geschlagen hat.«

»Aber damals nicht?« sagte sie, als täte es ihr gut, noch einmal festzustellen, daß er mich damals nicht geschlagen hat.

»Er hat mich damals nicht angerührt«, wiederholte ich.

»Aber du mußt noch fortwährend daran denken«, sagte sie, »und anscheinend bist du sehr böse auf ihn, denn jetzt sprichst du von nichts anderem als von den Schlägen, die du gekriegt hast. Vielleicht fand er es nicht der Mühe wert, dich deswegen zu schlagen.«

»Ich glaube, daß ich es damals nicht begriffen habe, aber hinterher hat es einen großen Eindruck auf mich gemacht. Eigentlich hatte ich es erwartet, und wenn er es getan hätte, hätte ich mich sicherlich leichter gefühlt.«

»Er vielleicht auch«, sagte sie. »Ich erinnere mich. Er war fassungslos, als er es hörte. Er kam zu mir, gleich nachdem der Vater von Fabian bei ihm gewesen war, bleich, seine Lippen bebten. Er stöhnte mehr, als daß er sprach: ›Es ist etwas Entsetzliches geschehen, der Junge ...‹«

»Und was hast du gesagt?« fragte ich. Erst jetzt fiel mir auf, daß sie niemals mit mir darüber gesprochen und daß auch ich niemals das Bedürfnis empfunden hatte, mit ihr hierüber zu sprechen. Ich dachte, daß es damals vielleicht ihr Einfluß gewesen war, daß der Vater mich nicht angerührt hatte.

»Ich fand es nicht so entsetzlich, für mich war es ein Spiel. Dergleichen tun doch viele Kinder.«

Ich war ihr dankbar für ihr Verständnis und hätte es ihr gerne gezeigt. Aber eine sonderbare Beschämung hielt mich zurück, fast ein Schuldgefühl, als ob ich eben erst wieder in ein ähnliches Spiel verfallen wäre, und ich suchte in meiner Erinnerung nach einer Tat, die ich hätte gestehen können.

»Aber er konnte sich nicht beruhigen«, fuhr sie fort. »Zwei Nächte lang lag er wach neben mir, ich hörte, wie er sich im Bett herumwarf. Nach einer Weile machte er Licht, weckte mich und fragte: ›Der Junge wird doch nicht ... Was meinst du?‹« Sie schwieg.

»Ich begreife es nicht«, sagte ich.

»Er war bang«, sagte sie, »daß du und er …«

»Ach so«, sagte ich. »Natürlich, jetzt verstehe ich, warum er Angst hatte. Das hätte ich eigentlich sofort verstehen können, warum er sich so ängstigte.«

»Ja, er hatte halt Angst«, wiederholte sie und machte mit ihren Händen eine entschuldigende Gebärde, als wäre Angst das einzige Gefühl gewesen, worauf er sich mit Recht hätte berufen können.

»Da brauchte er doch keine Angst zu haben«, sagte ich etwas gereizt, »das gibt es doch gar nicht.«

»Was gibt es denn nicht?«

»Nun dies – Vererbung, oder wie man das nennt.«

»Unsinn«, sagte sie, »natürlich gibt es das nicht. Aber man hat immer wieder Angst, daß es sie doch gibt.«

Es war um die Zeit gewesen, als alle Jungen und auch ich anfingen, Briefmarken zu sammeln. Wenn man ein bestimmtes Alter erreicht hat, fängt man an, etwas zu sammeln, das gehört sich so und steht auch in allen Büchern, Briefmarken oder Reklamemarken, Bändchen von Zigarren oder Nägel, die man auf der Straße findet, Steine oder Blätter von den Bäumen, Blumen und bunte Schmetterlinge. Oft fängt man schon früher damit an, mit sieben, acht Jahren, aber dann ist es nur ein kurzwährender Trieb. Einige Zeit ist man völlig in seinem Bann, es ist eine ernsthafte Sache, man tut und denkt nichts anderes mehr, aber dann löst sich sein Griff, und plötzlich ist er entschwunden, genauso schnell, wie er kam, was bleibt, ist die Erinnerung an eine Spielerei. Einige Jahre später wird es ernster. Man fängt an zu sammeln und zu ordnen, man hat Freude, etwas zu besitzen und es beharrlich zu vermehren, man vergleicht, man tauscht, plötzlich ist man in einen Wettkampf hineingeraten mit sich selbst und mit anderen, der auf eine besonders hartnäckige und stumme Weise, aber in Freundschaft ausgefochten wird. Ein echter Sammler verspürt doppelte Freude, erstens, wenn er seinen Besitz ausbreiten kann und fühlt, daß er sich mehrt, und zweitens, wenn er seine Sammlung geordnet vor sich hinlegt und Blatt für Blatt umschlägt in seinem Buch, das seinen Eifer und seine Hartnäckigkeit birgt. Es gibt Sammlungen, die der Stolz von Familien sind, einstmals begonnen aus der Spielerei eines Kindes. Sie gehen vom Vater auf den Sohn, und wenn man sie herausholt und betrachtet, ist es ein Festtag, während der Sinn sich alle Tage hindurch damit beschäftigt, ohne daß man etwas gemerkt oder auch nur das Geringste vermutet hätte, daß dieser und jener stattliche und durchaus ernsthafte Herr, mit dem man gerne in ein Gespräch verwickelt ist, in ein durchaus vernünftiges Gespräch verwickelt ist, in seiner Brieftasche einige seltsame Exemplare mit sich herumträgt, die er gerade erstanden hat und an die er unablässig denkt. Und plötzlich, mitten in dem Gespräch, zieht er sein Portefeuille heraus, bringt ein kleines, glänzend-durchsichtiges Kuvert zum Vorschein und fragt mit veränderter Stimme: »Haben Sie diese schon gesehen? Wir können tauschen, wenn Sie etwas anzubieten haben!« Und dann präsentiert er vorsichtig ein paar Briefmarken, während er zugleich aus seiner Aktentasche einen kleinen, dickbäuchigen Katalog, den neuesten Jahrgang, herauszieht, um den Wert, der darin vermeldet steht, sogleich nachzuschlagen und um zu beweisen, daß es ihm um ein ehrliches Geschäft zu tun ist. Mit der Briefmarke hat es eine besondere Bewandtnis. Es ist eigentlich Geld, gummiertes Geld, oder ein kleines Bild aus dem großen Weltpanorama, man kauft es und bezahlt dafür, man klebt es auf einen Brief oder auf ein Paket, um sie versenden zu können. Eine Briefmarke reist wie ein Gruß durch die ganze Welt. Du klebst sie auf einen Brief, und am anderen Ende des Globus löst ein Kind sie mit brennender Vorsicht wieder ab.

Ich bin nie ein großer Sammler gewesen, aber damals war ich, wenn auch nur kurze Zeit, ergriffen von diesen kleinen viereckigen, ovalen, länglichen, immer farbigen Stückchen Papier mit dem Gummi hintendrauf, der, wenn man ihn leckte, dumpf-süß schmeckte. Erst geht es nur um das Sammeln, das Mehren, das Besitzen. Langsam erwacht dann der Sinn für das, was man sammelt, für den Wert des Besitzes, man beginnt es zu lieben, zu berechnen, zu vergleichen. Man wittert nach allen Seiten hin, entleert Papierkörbe, stöbert Briefumschläge durch, ab und zu kauft man von seinem Taschengeld in einem Papiergeschäft die kleinen, durchsichtigen Säckchen oder läßt sie sich zum Geburtstag schenken. Ich tauschte mit diesem und jenem, auch mit älteren Leuten. Es ist ein besonderer Reiz, mit Erwachsenen Briefmarken zu tauschen, wenn sie, diese kleinen Heftchen in den großen Händen, sich zu dir hinunterbeugen und auf ernsthafte Weise mit dir sprechen, da sie dich als Partner und nicht als Kind ernst nehmen. Es besteht kein Unterschied mehr zwischen euch, die Briefmarke hat ihn aufgehoben. Zuweilen hatte ich etwas anzubieten, und dann bot mir wiederum ein anderer an, was ich suchte. Es war schön, zu tauschen und Wert gegen Wert herzugeben, auch wenn jeder auf seine Weise bemüht war, so vorteilhaft wie möglich aus dem Tausch herauszukommen.

Damals waren die Briefmarken mit den Aufdrucken die große Mode und äußerst begehrt von jung und alt. Es war einige Zeit nach dem Ersten Weltkrieg, und die allgemeine Unsicherheit jener Tage offenbarte sich in den Briefmarken dergestalt, daß man alle möglichen Sorten mit bestimmten Aufdrucken versah. Die Aufdrucke haben es allen Sammlern angetan. Die Postverwaltungen aller Länder scheinen dies zu wissen und fachen das Verlangen immer wieder aufs neue an. Eine neue Fluglinie wird zum erstenmal geflogen, eine Ausstellung wird eröffnet, irgendein Gedenktag wird eingesetzt, und eine Marke erhält einen Aufdruck. Damals waren es in der Mehrzahl geographische Namen, Memel, Danzig, Belgien, Afrika, Togo usw., die mit dicken, schwarzen Buchstaben auf die farbigen Bilder aufgedruckt wurden. Eine ganze Historie kann man von den Marken ablesen.

Um dieselbe Zeit hatte ich zu meinem Geburtstag eine kleine Kinderdruckerei erhalten, und eines Tages begann ich kurzerhand, auf Briefmarken zu drucken. Ich war ungemein stolz auf diese großartige Idee. Da habe ich also etwas herausgefunden, dachte ich bei mir, eine ganz einfache Sache, so einfach, daß anscheinend kein anderer darauf gekommen ist. Man braucht nur ein paar Buchstaben zusammenzusetzen, sie auf einem Stempelkissen schwarz oder blau zu färben und dann vorsichtig in der richtigen Lage auf die Briefmarken zu drucken. Und wenn man sie wieder abhebt, sieht man das Wort in feuchten Lettern daraufstehen, es leuchtet, es lacht an, und die Briefmarke hat ein anderes Gesicht. Vielleicht ist ein bißchen Mogelei dabei, ganz bestimmt ist ein bißchen Mogelei dabei, und es ist vielleicht auch nicht gut, daß ich es tue, aber es ist doch ein guter Einfall, beinahe sieht es aus, als ob es echt wäre. Ich werde es noch besser machen, so daß es ganz echt aussieht. Ich werde zu den Kindern gehen und sie fragen, ob sie mit mir tauschen wollen. »Hast du Briefmarken zum Tauschen?« werden sie fragen. »Zeig her!« Und selbst die Kinder, die bisher mit mir nicht tauschen wollten, warum, weiß ich eigentlich nicht, werden mir ihre Briefmarken zeigen, werden mit mir tauschen. Zuerst werde ich zu Fabian gehen, der ist ein bißchen dumm und wird es nicht so schnell merken, und dann zu den anderen, nicht zu allen, vielleicht gehe ich auch nur zu Fabian, denn eigentlich ist es etwas gemogelt. Aber ich werde Briefmarken tauschen, echte gegen gedruckte, vielleicht findet er sie auch schön und freut sich, daß er sie von mir kriegt, solange er es nicht weiß. Aber wenn es herauskommt, wird niemand mehr mit mir tauschen. Aber solange sie mit mir tauschen, werden sie mich lieben, denn sie werden denken, daß ich ihnen gute Briefmarken gebe. Es wird ihnen nicht einfallen, daß es anders sein könnte. Auch Fabian wird mich lieben und sein schwerhöriger Vater, dem die Sammlung eigentlich gehört.

Ich suchte mir einen Aufdruck heraus, der nicht zu schwer zu setzen war. Trotzdem war der Unterschied mit dem Original auffallend, selbst mir fiel er auf. Aber dies nahm ich nur als einen neuen Anreiz, meine technischen Kunstgriffe zu verbessern. Das technische Problem überwog das moralische und drückte es zeitweilig völlig in den Hintergrund. Trotzdem fühlte ich mich zuweilen äußerst unbehaglich.

»Hast du deine Briefmarken mitgebracht?« fragte Fabian und schlug sein Album auf. Es war ein mittelgroßes, schmales Buch, in das er seine Marken steckte, bevor er sie seinem Vater zeigte, der anwies, welche Briefmarken wert waren, in das große Familienalbum übernommen zu werden.

»Ich habe sie vergessen«, sagte ich kleinlaut.

»Du sammelst doch noch?« fragte er.

»Ja.«

»Warum hast du sie denn nicht mitgebracht?« fuhr er fort, »du hast mir doch erzählt, daß du neue Marken hast, die du mit mir tauschen willst.«

»Ich werde sie schnell holen«, sagte ich und stand neben ihm, bereit, nach Hause zu laufen.

»Was sind es denn für Briefmarken?« erkundigte er sich.

»Von überall her.«

»Viele?«

»Nein«, sagte ich, »ich sammle noch nicht lange.«

»Sammelt dein Vater nicht?«

Ich verneinte.

»Och«, sagte er, »dein Vater sammelt also nicht mit? Mein Vater sammelt mit mir.«

»Soll ich sie holen?« fragte ich.

»Hast du auch Aufdruckbriefmarken?« fragte er.

Ich zögerte. »Ja, nicht viele.«

»Hole sie ruhig«, sagte er.

Ich holte sie.

Unter den Briefmarken befanden sich drei von verschiedenen Werten, die ich selbst hergestellt hatte. Ich hatte mir die größte Mühe gegeben, sie dem Originale getreu nachzumachen. Die ersten waren mißlungen, man sah ihnen deutlich die Fälschung an, und auch die folgenden waren nicht viel besser. Ein geübtes, weniger begehrliches Auge hätte sofort ihre Unechtheit erkannt. Mit der Zeit waren mein Mut und meine Gleichgültigkeit gewachsen. Aus den vielen, die ich hergestellt hatte, suchte ich drei aus, die mir am besten gelungen erschienen, und mischte sie unter die übrigen.

»Du hast aber viele Briefmarken!« sagte Fabian. »Darf ich hieraus mit dir etwas tauschen?«

»Wenn du etwas hast, was ich brauchen kann«, erwiderte ich großspurig. Ich war erregt, Angst und Neugier beherrschten meine Gefühle, ich wagte nicht aufzublicken und vertiefte mich in die Marken.

»Und hier«, sagte er und schüttete aus einem großen, braunen Umschlag einen Klumpen auf den Tisch. »Das sind meine, und das sind deine«, sagte er, teilte die Haufen mit seinen Händen gut voneinander ab und begann eifrig, in den meinen nachzustöbern. Um zu zeigen, daß es ihm ernst war, um die Sache noch gewichtiger zu machen, holte er eine Pinzette und eine Lupe herbei, sein Vater hatte ihn das gelehrt.

Ich erschrak. Mit der Lupe kriegt er es sofort heraus, sagte ich zu mir. Aber dann kann ich es immer noch so hinstellen, als ob es eine unschuldige Spielerei wäre. Ich nehme die Marken zwischen meine Finger und werde sie zerreißen, aber vielleicht merkt er es doch nicht.

»Hast du einmal das Album von Arthur gesehen?« fragte er, während er mit seiner Pinzette Marke für Marke aus dem Haufen zog und sie unter der Lupe angestrengt betrachtete. Er hatte einen Haarwirbel unmittelbar an der Haargrenze oberhalb der Stirn, der ihn zu hindern schien. Von Zeit zu Zeit zog er seine Stirn in Falten und bewegte die Haare des Wirbels, so daß sie noch aufrechter standen als sonst. »Och«, fuhr er fort, »der hat eine Sammlung, die ganze Welt sammelt er. Sein Vater sammelt mit ihm. Was sammelst du?«

»Alles«, sagte ich kleinlaut.

»Wir sammeln nur Europa«, sagte er. »Es ist unmöglich, alles zu sammeln, sagt mein Vater. Aber Arthur – er hat die Mauritius, glaube ich.«

»Was hat er?« fragte ich.

»Die Mauritius«, wiederholte er, zaghafter, und sein Wirbel stand aufrecht.

»Die Mauritius?«

»Ja, ich glaube.«

»Donnerwetter, hat er die Mauritius?« sagte ich. »Hat er sie oder sein Vater?«

»Sie beide«, sagte Fabian. Er schob Marke nach Marke zur Seite, nachdem er sie einen Augenblick betrachtet hatte. »Wenn sein Vater stirbt, hat er sie allein.«

»Warum stirbt sein Vater?« fragte ich.

»Ich meine, später, wenn sein Vater stirbt, gehört sie ihm allein.«

»Ach so«, sagte ich. »Hat er sie dir gezeigt?«

»Er hat es mir versprochen. Er muß noch seinen Vater fragen, ob er erlaubt, daß er sie mir zeigt.«

»Ich möchte sie auch gerne sehen.«

»Ich weiß nicht, ob Arthurs Vater will, daß er sie dir auch zeigt. Soll ich ihn fragen?«

»Ach ja, wenn du ihn fragen willst, vielleicht erlaubt es sein Vater.«

»Was ist denn das?« sagte er und fischte mit der Pinzette eine Briefmarke heraus. Ich beugte mich tiefer über den Tisch, um genau zu
sehen, welche Briefmarke er aus dem Haufen herausangelte, aber ich
hatte es sofort gesehen und brachte kein Wort heraus. Er nahm die
Lupe.

»Welche meinst du?« sagte ich, um Zeit zu gewinnen, »ach, diese.«

»Die habe ich noch nie gesehen«, sagte Fabian und betrachtete sie
genau. Bisher hatte er Marke nach Marke zur Seite geschoben, nachdem er kurz geprüft hatte, ob er sie für seine Sammlung brauchen
könnte. Er besaß sie alle. Nur bei dieser verweilte er länger. Stolz beschlich mich, daß eine Briefmarke von mir seine Aufmerksamkeit erregt hatte und er sie genau betrachtete. Wenn er nur nichts merkt,
dachte ich.

»Was für ein komisches Ding«, sagte er, »es ist ein Aufdruck, ich
habe gar nicht gewußt, daß es solche gibt. Die ich kenne, sehen anders
aus.«

»Alle sehen anders aus«, sagte ich. »Laß einmal sehen.«

»S-a-r-r-e«, buchstabierte er, »Sarre? Ich weiß, daß es Exemplare mit
dieser Aufschrift gibt«, fuhr er fort, »aber diese sieht so komisch aus,
findest du nicht auch?«

»Ich kenne keine andere«, erwiderte ich und wartete voller Spannung.

»Es ist eine richtige Briefmarke«, sagte er, nahm sie mit der Pinzette
auf und hob sie gegen das Licht. »Sie ist gestempelt.«

Ich wagte nicht zu schauen und wühlte in dem großen Haufen, der
auf dem Tisch lag.

»Hat sie ein Wasserzeichen?« fragte ich. »Sieh einmal nach, ob sie ein
Wasserzeichen hat.«

»Ja, sie hat auch ein Wasserzeichen.«

Sie hat ein Wasserzeichen und ist gestempelt, dachte ich bei mir, es
ist eine echte Briefmarke, aber ich habe etwas aufgedruckt, und wenn
ich es ihm jetzt sage, dann ist alles in bester Ordnung, es ist ein Witz,
ein Spiel, und alles ist in Ordnung. Aber er wird nicht mit mir tauschen, und er wird mich nicht lieben, wenn er nicht mit mir tauscht,
denn es sind die einzigen Exemplare, die er nicht besitzt.

Aber ich sagte: »Sie hat ein Wasserzeichen und ist gestempelt. Ich habe sie von einem Brief abgemacht.«

»Kriegst du Briefe aus Sarre?« erkundigte er sich.

»Mein Vater.«

»Aber dein Vater sammelt doch gar keine Briefmarken«, sagte er, als verwundere er sich, daß Menschen, die keine Marken sammeln, Briefe mit Aufdruckmarken empfangen, die er nicht besaß.

»Mein Vater bekommt von überall her Briefe«, sagte ich.

»Och«, erwiderte er, »ja?« fragte er und zog seine Augenbrauen und seine Stirn in die Höhe – lange Zeit. Er überlegte. Dann legte er die Marke links zur Seite neben sich.

»Hier ist noch eine«, sagte er und zog aus dem Haufen noch ein Produkt von mir heraus. »Sie sieht anders aus.«

»Es ist eine 15-Pfennig-Marke, Sarre«, sagte ich.

»Sie ist gestempelt, ich sehe«, erwiderte er.

»Willst du noch sehen, ob sie ein Wasserzeichen hat?« fragte ich.

»Warum?«

»Ich hatte drei Exemplare«, fuhr ich fort. »Noch eine von 20 Pfennig. Hier ist sie.« Ich holte meine letzte Schöpfung hervor.

Er wollte sie nehmen und zu den zwei anderen legen, aber ich sagte: »Die kannst du nicht kriegen, die habe ich nicht doppelt.«

»Schade«, meinte er.

»Vielleicht habe ich sie doch doppelt«, sagte ich.

»Jetzt darfst du bei mir suchen«, sagte er.

»Nimmst du sie alle drei?« fragte ich.

»Hast du sie doppelt?«

»Ja«, erwiderte ich.

»Ich nehme nur die zwei«, erklärte er und legte die letzte plötzlich wieder zurück.

»Also diese zwei«, wiederholte ich und atmete auf. »Jetzt bin ich an der Reihe.«

»Ich weiß nicht, ob Arthur wirklich die Mauritius hat«, sagte er.

»Du hast es doch gesagt!«

»Aber ich weiß es nicht genau, er hat es mir erzählt.«

»Warum erzählt er dann diese Geschichte?«

»Er fand sie vielleicht selbst so schön.«

»Auch wenn er es schön findet, brauchen wir es noch nicht zu glauben.«

»Och«, sagte Fabian nur.

Inzwischen hatte ich zwei Briefmarken von den Azoren herausgesucht, zwei große, längliche Briefmarken, die gar nicht so schön waren, aber mir gefiel der Name Azoren so gut, und ich dachte, daß es dort sehr schön sein müßte auf den Azoren, und ich beschloß, einmal dahin zu fahren, um mich davon zu überzeugen. Außerdem wußte ich sicher, daß sie echt waren.

»Willst du sie haben?« fragte Fabian.

»Sie gefallen mir, aber sie sind nicht so viel wert wie die, die du von mir hast«, sagte ich. Er zögerte, sah starr vor sich hin und sagte: »Du darfst dir noch eine aussuchen.«

»Danke«, sagte ich gerührt. »Das finde ich nett von dir, Fabian.« Ich freute mich, daß er meine Marken so hoch schätzte. Ich hatte viele Ängste um sie ausgestanden. Dann lief ich schnell nach Hause.

Ungefähr eine Woche später erschien Fabians Vater im Atelier bei meinem Vater. Er war ein großer, schlanker Mann mit dichtem, schwarzem Haar und einem Kneifer auf der Nase seines Mondgesichtes. Er hielt beim Gehen seine Hände auf dem Rücken verschränkt, so daß er stocksteif mit hohem Kreuz einherstolzierte. In dieser Haltung unternahm er des öfteren weite Spaziergänge durch die Stadt, wobei er niemanden sah und, da er schwerhörig war, auch niemanden hörte, wenn man ihn grüßte.

»Ich bringe Ihnen Briefmarken«, sagte er mit der schrillen, gequetschten Stimme eines Schwerhörigen und legte zwei Marken auf den Tisch.

»So?« erwiderte mein Vater erstaunt.

»Sammeln Sie auch?« fragte er inquisitorisch.

»Nein«, erwiderte mein Vater.

»Die Marken sind falsch«, sagte er, »das sieht ein Kind. Ich möchte die drei anderen, die Ihr Sohn mit Fabian getauscht hat, zurückhaben. Sagen Sie ihm das.«

Mein Vater verstand nichts von Briefmarken, aber auch er sah, daß diese hier gefälscht waren.

»Ein nettes Früchtchen, Ihr Sohn«, sagte Fabians Vater. »Kinde-
reien«, murmelte mein Vater bestürzt.

Der andere hatte es nicht gehört. »Guten Tag«, sagte er und verließ
stocksteif das Atelier.

Unmittelbar nach ihm kam seine Frau, Fabians Mutter. Sie war klein
und zierlich, dunkelhaarig, und immer von einer freundlichen Besorgtheit, als wenn die ganze Welt schwerhörte.

»Ich finde es auch schlimm«, sagte sie, »aber ich fürchte, daß mein
Mann es ein wenig übertrieben hat. Es sind schließlich Kinder. Mein
Mann ist ein alter Sammler, verstehen Sie, und da hat es ihn besonders
getroffen. Lassen Sie die Briefmarken zurückbringen.«

»Ich finde es auch nicht angenehm«, erwiderte mein Vater. »Ich
danke Ihnen.«

Am Nachmittag, nach der Schule, erschien er bei mir.

»Du hast mit Fabian Marken getauscht?« sagte er.

»Ja.«

»Und du hast eine kleine Kinderdruckerei«, fuhr er fort.

»Ja, Vater.«

Ich sah zu Boden, und erst jetzt, als ich ihn nicht mehr anzublicken
wagte, sah ich, gleichsam ein Nachbild auf dem Fußboden, daß seine
fleischigen Wangen kraftlos und schlapp in seinem Gesicht hingen, wie
bei alten, zahnlosen Leuten. Sie waren bleich und grau, es war gar kein
Fleisch mehr, sondern eine Masse, aus der Leben und Kraft gewichen
waren, eine Art Teig, und seine Augen sahen wie irr und hatten keinen
festen Punkt mehr, aus dem sie schauten. Ihr Blick lief nicht mehr hinaus aus dem toten teigigen Fleisch, sondern hinein in den Körper, ich
hatte nicht mehr das Gefühl, daß er mich ansah und zu mir sprach,
sondern wie aus der Ferne zu einem anderen, den er auch anschaute.
Er atmete schwer. Der Schweiß lag wie ein dünnes, graues, perlendes
Papier über der teigigen Haut, er hielt einen Schlüsselbund in seiner
Hand und drückte ihn, als wäre er ein Gummiball, aus dem er die Luft
unablässig herausdrückte, und ich hatte große Angst, daß er mich
schlagen würde.

»Du bringst Fabian die Briefmarken zurück«, sagte er langsam mit
heiserer Stimme, beinahe freundlich, als lüde er mich dazu ein.

»Ja, Vater.«

»Hast du mich verstanden?«

»Ja.«

›Hast du mich verstanden?‹ Das war immer die Einleitung, wenn er mich schlug, und ich wartete, daß er es auch dieses Mal tun würde, obwohl er so heiser-freundlich zu mir gesprochen hatte. Ich wartete, ja, ich wollte, daß er mich schlug. Als ich aufsah, stand er noch immer in der gleichen Haltung, den Oberkörper zu mir heruntergeneigt. Er atmete schwer. Ich hörte, wie er seinen Atem in kurzen Stößen aus dem Mund gewaltsam hinauspreßte. Dann ging er, den Schlüsselbund mit seiner Rechten umspannend und drückend, als wäre er ein Ball.

»Ich bringe dir die Marken zurück«, sagte ich zu Fabian.

Er saß vor dem geöffneten Album und schlug gemächlich Blatt für Blatt um. »Och«, sagte er nur, und sein Wirbel auf der Stirn ging auf und nieder.

»Ich habe sie selbst bedruckt«, preßte ich hervor.

»Och«, sagte Fabian, »selbst bedruckt, och?«

Ich gab sie ihm, und er steckte sie in das gleiche Kuvert, aus dem er sie damals hervorgeholt hatte. Schweigen.

»Ich dachte mir …«, begann ich zu stottern.

»Och, ich finde es aber arg«, sagte er, »och.«

Aber ich hatte gar nicht das Gefühl, daß er es so arg fand. Er war eigentlich recht freundlich und sprach auf freundschaftliche Weise mit mir. Er fand es vielleicht arg, weil sein Vater es arg fand und weil er sich hatte täuschen lassen und nicht gemerkt hatte, was, wie sein Vater sagte, ein jedes Kind merken konnte. Brennend gerne hätte ich gewußt, ob er selbst nicht auch schon einmal einen gleichen Einfall gehabt und ihn nur nicht ausgeführt hatte, weil er keine Kinderdruckerei hatte, die ihn hätte verleiten können. Aber alle hohen Träume waren nun verflogen, und das stimmte mich traurig. Fabian würde es erzählen, er würde es Arthur mit seiner Mauritius erzählen und allen anderen Kindern. Niemand wird mehr mit mir tauschen wollen, ich werde die Mauritius von Arthur niemals sehen, wenn er sie besaß. Mir war die Lust am Tauschen vergangen und an den Briefmarken und auch ein wenig an der Kinderdruckerei, mit der ich immer so gerne gespielt hatte.

Dann sah Fabian mich stehen und sagte: »Mein Vater wollte die anderen zerreißen.«

Es tat ihm anscheinend leid.

Ich nickte stumm.

III

Ich sitze in meiner Kammer, blicke hinaus auf die Häuser und Gärten jenseits der Straße und denke an dies und das. Dort, an der Ecke, in einem verwilderten Garten steht ein großer, kräftiger Baum. Sein Stamm ist hohl, langsam stirbt er von unten, von der Wurzel her, ab. Jedes Jahr steigt der Tod höher in seine Äste und Zweige. Bald wird er die Krone erreicht haben.

Vor einigen Jahren, als ich ihn zum erstenmal sah, stand er noch in vollem Laub. Von meinem Platz hinter dem Fenster konnte ich sehen, wie er sich von Monat zu Monat verwandelte. Ich denke zurück und sehe ihn vor mir, so wie er früher dastand. Er zeigte mir die Jahreszeiten an. Im Spätherbst verlor er seine Blätter. Dieser Winter wird vielleicht sein letzter sein. Jetzt steht er wieder kahl und dürr. Durch die Straßen weht ein scharfer, eisiger Wind. Es ist Mitte Januar, und die kalte Luft dringt durch die Spalten der Türen und Fenster unseres Holzhauses in einem anderen Land.

Mein Vater kommt herein, er ist alt, seine Augen sagen ihm schon den Dienst auf. Er trägt einen Kohleneimer in seiner Hand, um den Ofen wieder aufzufüllen, der zu schnell niederbrennt. Mit zitternden Griffen macht er sich an ihm zu schaffen, schüttelt den Rost, wirft Holz und Torf hinein.

»Es wird nicht warm«, sagt er, »dir muß kalt sein.«

»Nein, danke«, erwidere ich. »Mir ist es nicht kalt.«

Er wartet. Ich fühle, daß er etwas sagen will, obwohl er nur hereingekommen ist, um den Ofen aufzuschütten.

»Das möchte ich gerne noch erleben«, sagt er plötzlich nach längerem Schweigen.

»Was?« frage ich zurück, obwohl ich ganz genau weiß, worauf sein Wunsch zielt.

»Das Ende, wie alles abläuft, das möchte ich gerne noch erleben.«

In seiner Stimme klingt noch eine schwache Hoffnung auf. Jeder Wunsch nimmt im Augenblick, da er ausgesprochen, einen kleinen Teil seiner Erfüllung schon vorweg.

»Ich bin alt«, fügt er hinzu. Es klingt wie eine Verabredung.

»Warum nicht«, frage ich zurück. »Das hat nichts mit dem Alter zu tun. Die Jüngeren sind oft die ersten Opfer.«

»Man hat es unterschätzt«, sagt er vor sich hin, wie in einem Selbstgespräch. Wieder versinkt er in dumpfes Brüten. Jetzt, wie er so dasteht, kenne ich alle seine Gedanken. Tausend Möglichkeiten wälzt er in seinem Kopf herum: hätte ich damals dies getan und dann das. Alle Möglichkeiten werden noch einmal durchgenommen und untersucht, er fühlt eine Schuld, eine sehr persönliche Schuld, daß alles so gekommen ist. Natürlich ist er nicht untätig gewesen. Aber seine Taten sind nicht mehr der Spiegel, in dem er sich ungebrochen erkennt. Sie erscheinen ihm nicht mehr im Einklang mit dem, was er heute weiß und sieht.

Dann beschäftigt er sich wieder mit dem Ofen. »Es wird nicht warm«, sagt er und verläßt zögernd die Kammer.

Ich fühle die Kälte nicht. Es ist ein Feuer in mir, das sich selbst nicht verzehrt. Der Tod, an den ich denke, hat es lodernd in mir entfacht.

Schlürfende, tappende Schritte auf dem Gang. Eine Tür fällt ins Schloß. Dann ist alles wieder still.

Ich werde alles erzählen und nichts verschweigen, soweit es meinen Feind und mich betrifft. Wenn ich an seinen Tod denke, gedenke ich meines Lebens. Tiefer begreife ich sein Schicksal, seit er das meine wurde, größer, als ich je gedacht.

Ich werde nichts erzählen von dem Leid, das durch ihn über uns kam. Die Stunde des Todes ist nicht die der Abrechnung.

Mein Feind war in mein Leben getreten, mein Vater hatte ihn eingeführt. ›Dann gnade uns Gott‹ – und – ›wir werden ihn noch kennenlernen, fürchte ich.‹ Nie wieder werde ich diese Drohung vergessen, noch den Blick, als er sie ausstieß.

Aber mir bedeutete es vorerst noch nichts. Ein fremdes Element war in mich hineingelassen und lag dort unbeweglich, stumm, eingekapselt, ohne Berührung und ohne Nervenstränge zu den übrigen Organen.

Auch meine Phantasie schien mich im Stich zu lassen. Sie suchte sich ganz andere Objekte, um die sie ihre kindlichen Ängste und Hoffnungen kreisen ließ. Meine Gedanken hatten ihn in eine merkwürdige Stille gebannt, eine Stille, aus der die ersten Keime der Einsamkeit schlugen.

Die Gespräche der Eltern wurden zahlreicher, offener und unverblümter. Ich entnahm ihnen viel. Mein Vater schien sich besonders in dem Gedanken zu gefallen, die Zukunft schwarz auszumalen. Die Mutter verwies es ihm dann.

»Hör auf«, sagte sie, »du rufst den Teufel herbei, und anscheinend macht es dir auch noch Vergnügen.«

Er erwiderte: »Ich sage nur, was ich denke und was ich befürchte, daß es eines Tages Wirklichkeit werden könnte.«

»Du glaubst eben nicht«, sagte sie vorwurfsvoll.

»Was soll ich denn glauben?«

»Daß es nicht geschieht, wovor du dich fürchtest!«

»Wer sollte es verhindern, daß es geschieht?« fragte er argwöhnisch und legte seinen runden Kopf auf die Seite.

»Nein«, sagte sie stolz, »diesmal bringst du mich nicht so weit, daß ich den Namen ausspreche, so weit bringst du mich diesmal nicht, daß ich ihn ausspreche und du dich lustig machst.« Ihre Stimme klang entschlossen und hart, als wollte sie mit einem Befehl erzwingen, was sich nicht zwingen läßt.

»Du kannst ihn ruhig aussprechen«, entgegnete er gelassen. »Ich werde nicht spotten.«

»Auch wenn du nicht spottest, so hast du darum noch keinen Glauben«, sagte sie.

Wir standen unten im Atelier. Sie ging zu den Schaltern und drehte das Licht aus. »Wir müssen sparen«, sagte sie. »Du brennst unnütz Licht, ich habe es dir schon öfter gesagt.«

Es war eine schlappe Zeit. Anscheinend hatten die Menschen genug bekommen von ihren eigenen Gesichtern und denen ihrer Frauen und Freunde, sie ließen sich nicht mehr so oft fotografieren.

»Nein, diesen Weiberglauben habe ich nicht«, sagte er kurz und begann im Atelier hin und her zu wandern.

»Gib acht, was du sprichst«, mahnte sie ihn, »das Kind ist hier.«

Ich stand neben einer der großen, fahrbaren Lampen und hielt mich an der eisernen Stange fest. Während ich sie auf ihren kleinen Rädern hin und her bewegte, war mir doch keines der Worte entgangen. Beim letzten Satz horchte ich auf und beendete mein Spiel.

»Es ist aber doch ein Weiberglaube«, sagte er und streifte mich mit einem Blick, »und ich will nicht«, fuhr er fort, »daß ein Junge einen Weiberglauben bekommt. Er soll nicht glauben, daß Gott oder wer sonst dort oben hinter den Wolken in seiner Dunkelkammer sitzt, eine Art besserer Verkehrspolizist ist und aufpaßt, daß es keine Straßenunfälle gibt. Die Menschen müssen selbst aufpassen, daß sie nicht überfahren werden. Aber denkst du wirklich, daß der Mann da oben in seiner Dunkelkammer ...«

»Jetzt spottest du«, sagte die Mutter erregt. »Hör auf, ich bitte dich, es wird dir noch einmal leid tun.« Sie war bleich geworden, ihre Hände, die sie wie beschwörend ausstreckte, zitterten.

»Es ist mein Ernst«, erwiderte er, »und wenn er mir mein Gerede übelnimmt, so ist er es nicht wert, da oben in der schönen Dunkelkammer zu sitzen und die schönste Einstellung zu haben mit allen Beleuchtungseffekten« – und Tricks, hätte er sagen können –, »die man sich nur wünschen kann. Ich beneide ihn darum. Ein Mensch ist ein Mensch, das ist immer so gewesen, auch als es hier auf Erden noch keine fotografischen Apparate gab. Er hat Hände, Füße, ein Gesicht, zwei Augen, einen Mund mit Lippen, er hat eine Zunge, zu sprechen, zu fluchen oder meinetwegen zu beten, die Wahrheit zu sagen oder zu lügen, wozu hätte er sonst eine Sprache erhalten, alles zu sagen, was ihm einfällt. Aber niemand weiß, ob der alte Fotograf da oben Lieblingsporträts hat, Aufnahmen, die er besonders gelungen findet und die er dann und wann hervorholt und mit Behagen betrachtet. Und vielleicht ergeht es ihm ebenso wie uns allen, daß er erst hinterher entdeckt, welche Fehler er gemacht hat oder wo er im geheimen ein wenig hätte nachhelfen müssen, und vielleicht würde er auch gerne die Aufnahme wiederholen, wenn er nur die Möglichkeit hätte. Ich bin nur ein kleiner schmieriger Fotograf hier auf diesem Planeten, denn eigentlich habe ich dieses Fach nicht richtig gelernt, wie ich Uhrmacher gelernt habe, ich habe als Liebhaber angefangen, ich bin nur ein Amateur, und wenn ich auch jetzt ein Fachmann bin, so bleibe ich doch ein Liebhaber-Fachmann – ja, was wollte ich sagen, ach so –, aber ich habe noch keinen Kunden hier herein- und wieder hinausgehen sehen, der nicht, und sei es nur in dem Augenblick, da ich abdrückte, geglaubt hätte, daß sein Gesicht das schönste sei, das sich ein Fotograf nur wünschen kann, und ich habe sie in ihrem Glauben gelassen und mir Mühe gegeben, sie in ihrem Glauben noch zu bestärken. Sie alle waren dankbar, wenn ich ihre Gesichter später in der Dunkelkammer ein wenig retuschiert hatte oder meine Lampe oder Linse so einstellte, daß sie so vorteilhaft wie nur möglich herauskamen. Es ist mir nicht immer gelungen, ich weiß es. Sieh sie dir alle an, alle Porträts, die ich gemacht habe. Da ist eine Nase schief und dort ein Mund zu dick; dem einen stehen die Ohren ab, bei dem anderen stehen die Augen zu tief, da sind die Flächen und die Abstände der einzelnen Partien zueinander zu unharmonisch und taugen überhaupt alle Maße nicht. Wenn einer dumm ist, so mag er schön sein, aber ich kann es nicht ändern. Und wer häßlich ist und klug, der bleibt es, auch wenn ich seine Klugheit noch so vorteilhaft heraushole.«

»Und wenn einer gut ist?« fragte sie.

»Dann hat er eine Warze oder ein Muttermal.«

»Und wenn einer gut und schön und klug ist«, mischte ich mich auf einmal ins Gespräch.

Er sah mich strafend an: »Du auch?« sagte er langsam, dann fuhr er fort: »Der kommt nicht hierher, der hat mich nicht nötig, es sei denn für ein Paßfoto, das ist etwas ganz anderes. Aber vielleicht gibt es doch eine Lieblingsaufnahme für einen jeden von uns, selbst für den alten Fotografenmeister da oben, nämlich die, die ihm am meisten mißlungen ist und die er sich in stillen Stunden hervorholt und betrachtet und dabei zu sich selbst sagt, damit die Bäume nicht aus dem Himmel in die Erde wachsen: ›Du alter Pfuscher!‹«

»Du mit deinen Geschichten«, sagte die Mutter und winkte mir: »Komm, willst du für uns Brot holen?«

Ich ging mit ihr.

»Was meinte der Vater?« fragte ich.

»Er hat so seine Gedanken«, sagte sie, »jetzt ist es halt ein Fotograf.«

»Was heißt das, warum sprach er so?«

»Früher, als er noch Tanzlehrer war«, sagte sie, »war es der Obertanz-meister da oben, oder noch früher der Chef der Rezeption da oben. Er denkt, daß Gott ebenso viele Berufe hat wie er selbst.«

Aber es gab auch Perioden, in denen er ausgelassen war, voll guten Mutes, und sagte, daß vorläufig noch nichts geschähe, überhaupt alles noch anders verlaufen könne. So ging es lange Zeit. Aber die Eltern waren doch verändert. Eine Sorge drückte sie, aber mir schien es, daß, je größer sie wurde, ihre Auswirkung das Gegenteil hervorrief.

Der Vater, der immer wenig Vertrauen gezeigt hatte, wurde optimistisch, und sie, die ihrem Weiberglauben nachlebte, erschien mir unfroher und leerer an Hoffnung. Mich trieb die Neugier, mehr zu wissen, und ich besah mir eifrig die Zeitungen und Journale, in denen zuweilen sein Bild stand.

Ich erinnere mich an ein bestimmtes Bild. Ich war enttäuscht. Ich kann nicht mehr sagen wie sehr. Es war die erste Enttäuschung, die er mir bereitete. Das nichtssagende, gewöhnliche Foto eines Mannes in den mittleren Lebensjahren! So erschien es wenigstens dem Kind, das eine Eigenheit der Gesichter ungedeutet läßt. Ich hatte mehr erwartet, in dem unbestimmten Gefühl, daß ein Feind eine besondere, andere Art Mensch sei, kein gewöhnlicher Sterblicher, einer, den ein außergewöhnlicher Vorgang, eine hervorragende Verbindung über das Tägliche hinaushob. Aber jemand wie alle anderen, ohne Zweifel wie mein Vater und ich – warum mußte man dann gegen ihn die Gnade Gottes anrufen? Konnte er so mächtige Dinge geschehen lassen, daß sich selbst ein Vater fürchten mußte? Wer gab ihm die Macht dazu?

Diese und ähnliche Gedanken haben mich damals besonders heftig erschüttert. Sie bildeten das erste schwache Vorgefühl dessen, was ich später als Gewißheit erfuhr: daß der Feind eine Fahne ist, die der Tod aus einer anderen Welt in unser Dasein herüberwehen läßt.

Manchmal beugte ich mich, wenn die Worte meines Vaters eine größere Gewalt über mich ausübten, über das Bild und ließ seinen wütenden Grimm vollends in mich einfließen. Mein Feind, dachte ich, mein Feind, und besah trotzigen Blickes die Fotografie, die unbeweglich und kühl wie allezeit blieb.

Auch der Haß bedarf der Erwiderung, soll er währen.

Langsam stürzte die Brücke ein, die mein eingebildeter Sinn zu dem leblosen Bild zu schlagen versuchte, und der Feind meines Vaters war mir fremder als je. Ich jedoch fühlte mich dann bedrückt wie bei einem Ungehorsam. Doch von einer Seite, von der ich es nicht erwartete, sollte ich mit seiner Macht näher in Berührung kommen. Denn das Sonderbare war, daß ich mit ihm zu schaffen hatte, auch wenn er selbst nicht direkt in Erscheinung trat. Er wirkte im Unsichtbaren und schickte, ohne daß dies einem Kinde deutlich werden konnte, seine Boten und Abgesandten durch das Land.

Schon als Kind hatte ich oft Schmähungen und Gehässigkeiten bald von diesem, bald von jenem zu erdulden. Man weiß, daß das Leben der Kinder von allen Seiten umgeben ist von Kränkungen und Gefahren. Ihre Ursache trachtete ich vergebens zu ergründen. Dabei wurde mir manche Erkenntnis über die Beziehungen der Menschen zueinander zuteil.

Ich litt sehr unter diesen Erfahrungen. Aber vorläufig wurden sie immer noch durch andere Freundschaften aufgewogen. Mein besonders reizbares Gemüt – das gleiche, das mich später zum Ertragen noch weitaus größerer Lästerungen so ausnehmend befähigte und bis an den Rand des Möglichen meinen Spürsinn schärfte – trug jede Erschütterung geduldig für sich nach innen aus. Doch im Laufe der Zeit wurde es ärger.

Es begann damit, daß Kinder meines Alters oder ältere, denen ich nie etwas zuleide getan, anfingen, mich zu peinigen und zu verfolgen. Bald stand ich allein. Daß es sich nicht mehr um die alten kindlichen Plagereien und Fehden handelte, merkte ich bald. Ihrem Verhalten lag ein bestimmter Gedanke zugrunde, ihr Handeln verriet Überlegung. Sie schlossen mich von ihren Spielen aus.

Ich ging weinend zu meiner Mutter und klagte ihr meine Not. »Sie lassen mich nicht mehr mitspielen«, sagte ich und ballte meine Fäuste, um durch die Spannung zu verhindern, daß sie sah, daß ich weinte. Aber ich weinte doch.

Sie nahm es nicht so schwer und sagte: »Geh nur wieder zurück, sie werden dich schon wieder mitspielen lassen.«

»Nein«, erwiderte ich.

»Gehe nur«, sagte sie liebevoll, »und versuch es noch einmal, vielleicht hast du sie geärgert.«

»Ich habe ihnen nichts getan«, sagte ich voller Wut, »und sie lassen mich nicht mitspielen, bestimmt nicht, ich weiß es sicher, sie tun es nicht.«

»Es geht schon wieder vorüber«, sagte sie beschwichtigend, aber an ihrer Stimme merkte ich, daß sie es auch nicht mehr glaubte.

Es half nichts. Wie ich auch meine Fäuste ballte, die Tränen liefen über mein Gesicht, ohne daß ich das Gefühl hatte, bei ihr zu stehen und zu weinen. Ich schämte mich, und es waren nur meine Augen, die weinten, meine Stimme und mein Körper blieben unerschüttert. Gefühle von Härte und Entschlossenheit hatten sich meiner bemächtigt. Sie waren größer als das Gefühl des Schmerzes und das Gefühl des Ausgeschlossenseins.

»Ist es so?« fragte sie noch einmal, und ich sah ihr ernstes und betrübtes Gesicht.

»Es ist schon seit Wochen so«, sagte ich, »ich habe es euch nur nicht erzählt.«

»Und warum nicht?«

»Ich weiß es nicht.«

Aber doch, ich wußte es sehr wohl, ich wußte, daß es sie treffen, daß es sie schmerzen würde, daß es irgendwie zusammenhing mit den ursprünglich heimlichen und immer lauter werdenden Gesprächen, deren ich Zeuge war, daß sie es in ihr Gespräch einbeziehen würden und alles, alles sich für uns unabsehbar anließe.

»Ist Fabian dabei?« fragte sie. Sie suchte nach einem Ausweg, um Ursache und Wirkung zu ergründen und durch eine triftige Erklärung die Sache aus der Welt zu schaffen.

Ich verneinte. »Er ist der einzige, der mich mitspielen lassen will.«

»Das ist es also nicht«, hörte ich sie sagen.

»Nein, das ist es nicht«, wiederholte ich kleinlaut.

Sie sagte nichts mehr, fragte auch nicht, ob die Kinder noch mehr sagten, ob sie untereinander flüsterten, sie begriff anscheinend alles, alles. Dann nahm sie meine Hand und führte mich zurück zu den Kindern. Wir gingen schweigend über den Marktplatz zu dem Torhäuschen, wo die anderen spielten. Sie unterbrachen ihr Spiel, als sie uns beide kommen sahen.

»Hier«, sagte meine Mutter und versuchte ihr streng-ernstes Gesicht durch ein Lächeln zu lösen. »Er ist ein Kind wie ihr. Ihr seid alle Kinder, spielt miteinander!«

Die meisten Kinder hatten in ängstlicher Spannung zugehört.

Die wenigen, ruhigen Worte meiner Mutter überraschten sie, da sie gleichsam etwas anderes erwartet hatten, eine Strafpredigt oder eine Drohung. Einige kamen an meine Seite und nickten mir liebevoll zu. Nur zwei ältere Jungen verzogen hämisch ihr Gesicht, flüsterten miteinander und blieben weiter unbewegt stehen. Die Worte hatten nicht den mindesten Eindruck auf sie gemacht.

Man vergißt Erniedrigungen nicht. Das Eingreifen meiner Mutter hatte, wenn ihm auch ein zeitlicher Erfolg beschieden war, die Schwäche meiner Stellung nicht verheimlichen können. Im Gegenteil, es bekräftigte sie nur. Die anderen würden es nicht vergessen. Und auch ich vergaß es nicht. Die ursprüngliche Freude am Spiel wurde gedämpft durch eine Scheu, daß man mich vielleicht ausschloß.

Einige Zeit blieb dies so. Später dachten sie sich etwas Neues aus. Man gab einfach viel schlechteren Spielern bei der Wahl den Vorzug, so daß ich als letzter übriggeblieben, verlegen und beschämt zwischen den vollzähligen Parteien stand.

»Na, dann komm mal her«, sagte schließlich der Anführer der einen Partei großzügig, während sich alle Umstehenden an meiner Verlegenheit weideten. Ihr höhnisches Grinsen ließ mich die Augen niederschlagen, und so begab ich mich unter mühsam zurückgehaltenen Tränen auf den Platz, den man mir anwies.

»Du spielst rechter Verteidiger«, sagt der Anführer.

»Gut«, sage ich und stelle mich rechts auf.

»Was willst du hier?« sagt der Junge, der am Tor steht und erstaunt ist, daß ich auf einmal hier auftauche.

»Ich bin rechter Verteidiger«, sage ich.

»Was?« fragt er. »Scher dich zum Teufel, hallo«, und er biegt seine Hand als Sprachrohr um den Mund, und er ruft: »Wen schickst du mir da, einen Piefke? Ich kann ihn nicht gebrauchen.«

»Warum nicht«, ruft der andere zurück.

»Ein Verteidiger muß wie eine Mauer sein«, ruft er, »wie ein Brocken Stein, er muß das Gewicht haben von einer kleinen Tonne, um das Tor zu verteidigen. Er darf kein Floh sein, sonst wird er ja überrannt, wenn er nicht fest auf seinen Füßen steht.«

»Na, und?«

»Er ist ein Floh, er hat kein Gewicht!«

»Aber er kann gut laufen und ist ballsicher«, tönt es zurück.

»Ich will eine Tonne haben und keinen Floh, der vor meinem Tor herumspringt. Wenn er gut laufen kann, stell ihn in den Angriff.«

Die anderen Jungen hören das Gespräch, ein jeder hat inzwischen seinen Platz eingenommen, der Schiedsrichter wartet mit der Flöte zwischen den Lippen, nur ich laufe unsicher hin und her.

»Wir bleiben so, wie wir sind«, ruft der Stürmer, der den Angriff leitet. »Ich kann ihn erst recht nicht gebrauchen, und wir haben übermorgen unseren Wettkampf, und der Sturm bleibt unverändert. Laß ihn rechten Läufer spielen, wechsel du mit ihm, Tom.« (Seltsam, daß ich den Namen behalten habe.)

»Ich denke gar nicht daran«, sagt Tom, »ich habe nichts damit zu schaffen, ich bin rechter Läufer und ich bleibe rechter Läufer. Sonst spielt er ja auch nicht mit.«

»Fertig«, ruft der Schiedsrichter und pfeift. Das Spiel beginnt. Mir war die Lust am Spiel vergangen, obwohl ich immer so gerne gespielt hatte. Sie schlossen mich aus. Man kann kein Kind härter treffen. Sie wollen dich nicht haben, dachte ich mir, sie lieben dich nicht, deshalb haben sie dich ausgeschlossen. Jetzt lassen sie dich mitspielen, aber du gehörst nicht zu ihnen, und deshalb ist es bei weitem schlimmer als früher, als sie dich nicht mitspielen ließen. Sie wissen, daß ich gut laufen kann, daß ich ballsicher bin, an meinem leichten Gewicht bin ich nicht schuld, sie wissen es, sie sagen es selbst, daß ich ein brauchbarer Spieler bin – aber trotzdem, sie schieben mich hin und her. Keiner will mich haben. Ich kann besser laufen als sie, ich kann sicherer schießen, es hilft alles nicht, und außerdem werden sie neidisch. Aber wenn ich nicht besser bin, wenn ich mir keine Mühe gebe und alles aus mir heraushole, haben sie erst recht einen Grund, mich auszuschließen.

Da kam der Ball und dicht hinter ihm der feindliche Stürmer.

»Angreifen«, brüllte der Torwart, der gleiche, der mich nicht haben wollte, als er mich mit einem Floh verglich.

Ich setzte an und sprintete vorwärts. Ich war als erster am Ball. Kurz bevor ich mitten im Lauf den Ball mit einem leichten Schwung meines rechten Beines zurück und mitten ins Spiel schlug, tauchte der feindliche Stürmer vor mir auf. Er kam mit voller Fahrt angelaufen, und als er sah, daß er den Sprint gegen mich verlor, lief er aus allen Kräften auf mich zu, er gab sich keine Mühe, seinen Lauf abzubremsen, und wir prallten aufeinander. Ich fiel als der Schwächere auf den Boden, der andere taumelte, hielt sich aber auf den Füßen. Mitten im Fall verspürte ich einen stechenden Schmerz in meinem Fußknochen. Der andere hatte mir, während ich fiel, einen Tritt versetzt. Ich war überzeugt, daß es die Revanche für den verlorenen Sprint war.

»Aufstehen«, brüllte der Torwart.

Ich stand auf, mein rechter Fuß schmerzte. Ich versuchte zu laufen, aber ich konnte nur humpeln, jeder Schritt bereitete mir Schmerzen. Durchhalten, dachte ich bei mir, es ist deine eigene Ungeschicklichkeit, durchhalten, wenn du durchläufst, geht es vorüber, das kann einem jeden passieren, das braucht noch keine Absicht gewesen zu sein, obwohl ich überzeugt bin, daß es doch eine war. Ich humpelte noch eine Weile herum, das Spiel wogte auf der Mitte hin und her. Die Schmerzen ließen nach, und ich spielte weiter. Ich verteidigte mein Tor.

»Gut, Floh«, rief der Torwart, »angreifen, als Verteidiger mußt du angreifen, nicht zögern, ran an den Feind!« Was wollte er mit seinem Gerede?

Ich griff an, ich schoß drauflos, warf mich in jedes Getümmel, es war mir gleichgültig, ob ich hinfiel, ob man nach mir trat. Die Art der meisten Ballspiele leistet dem Übelgesinnten hierzu reichlich Vorschub. Ich zog mir beim Laufen eine Unzahl kleiner Verletzungen, Prellungen, Verrenkungen zu, mein Körper war voller blauer Flecken, an meinen Beinen blutete es aus kleinen Wunden. Ich achtete nicht darauf. Es ist ein Spiel, dachte ich.

Da wurde der Ball auf der rechten feindlichen Seite gespielt, auf unserer Hälfte, und ich stand rechts, auf meiner Seite, und sah, wie der linke feindliche Flügel auf gleicher Höhe mit dem rechts gespielten Ball im Laufschritt aufrückte.

»Abdecken!« rief der Torwart.

Ich stellte mich so auf, daß der ganze Flügel gedeckt war. Aber unser linker Verteidiger wurde umspielt, eine hohe Vorlage zur Mitte, wo der Mittelstürmer stand, der, ohne zu zögern, mit einem Kopfball zum linken Flügel durchspielte. Ich griff an, ein hoher Schuß hinüber zum anderen Flügel.

»Dranbleiben!« brüllte der Torwart. Es galt dem linken Verteidiger. Er wurde wieder umspielt, der Ball kam zurück zur Mitte, wo ich jetzt stand und mit einer plötzlichen Bewegung meines linken Fußes die Richtung des Balles veränderte und ihn ins Feld zurücksandte. Sie kamen zurück, und es war ein schöner Kampf. Ein jeder sah zu, wie der feindliche Angriff Katze und Maus mit uns spielte. Wir hatten den vollzähligen Sturm gegen uns, fünf Mann gegen zwei, unser Mittelläufer blieb vorn, er war außer Atem.

»Komm zurück!« rief ich ihm zu.

»Maul halten, Floh«, brüllte der Torwart. Nervös lief er zwischen seinen zwei Pfosten hin und her. »Da kommen sie!«

Wieder wurde der Ball links gespielt, ein kleines Täuschungsmanöver des rechten Außenstürmers, und unser Verteidiger lief nach außen zur Grenzlinie, während der Ball zur Mitte rollte, ich kam zu spät. Aber der Junge, der am Ball war, zögerte und kombinierte.

»Schießen!« rief seine eigene Partei. Er hatte eine ausgezeichnete Chance, uns den Ball ins Tor zu knallen. Der Weg war völlig frei. Aber er kombinierte hin- und herlaufend in unserem Strafraum, Staub wirbelte auf, und auf unseren Gesichtern und Händen bildete sich eine leichte Sandkruste. Unser Tor war in großer Gefahr, wir waren unterlegen. Der Torwart hielt seine gebogenen Arme ausgestreckt vor sich hin und tänzelte geduckt mit leichten Sprüngen hin und her, jeder Bewegung des Balles nachgehend. Da kam er mit Fahrt hoch nach halblinks vom Feind aus gesehen, von uns halbrechts. Ob wir verlieren oder gewinnen, sagte ich zu mir, ist gleichgültig. Es ist ein schönes Spiel, und ich bin dankbar, daß man es mich mitspielen läßt. Zwei Stürmer und ich sprangen nacheinander in die Luft, ich berührte den Ball im Fluge mit meiner Stirn und schlug ihn mit einer seitlichen Bewegung weit weg. Aber während ich noch in der Luft schwebte, fühlte ich einen bohrenden Schmerz in meinem Rücken, ich hatte das Gefühl, als ob ich in der Mitte durchbräche. Man hatte mich von hinten angegriffen, auf eine heimtückische und verbotene Weise angefallen. Der Junge, der es auf mich abgesehen hatte, war von hinten gegen mich angesprungen und hatte mir mit seinem Ellbogen oder seinem Knie einen Schlag versetzt, um mich vom Ball zu stoßen, daß mir die Luft wegblieb. Auf dich hat er gespielt, schoß es mir durch den Kopf, und nicht auf den Ball. Dich wollte er haben, und nicht den Ball. Natürlich kann er immer sagen, daß er wohl den Ball spielen wollte, und wenn man zu zweit oder zu dritt nach einem Ball springt, kann viel geschehen, auch Dinge mitunter, die gar nicht beabsichtigt sind. Aber dies war ein heimtückischer Stoß, der soundsovielte in diesem Kampfspiel, ohne daß der Schiedsrichter je gepfiffen hätte. Es ging alles so schnell, der Ball war weggeschlagen, mir war die Luft abgeschnitten, meine Geduld riß.

Noch eben war es ein so schönes Spiel gewesen, und bevor ich wieder mit meinen Füßen den Boden berührte, hatte ich mitten im Sprung mein rechtes Bein nach hinten geschleudert. Ich fühlte, daß meine Ferse gegen etwas Weiches, Fleischiges trat, es war mir völlig gleichgültig, ich trat einfach, und mein Tritt war gut. Ich fiel, aber noch im Fallen hatte ich dem anderen einen Tritt versetzt, so daß auch er hinfiel und sich vor Schmerzen auf dem Boden krümmend den Leib hielt. Ich hatte ihn unter den Gürtel getroffen. Ich sah ihn liegen und war befriedigt, und sogleich war ich selbst der Getroffene, der sich dort wand, und war entsetzt über die Gewalt, mit der ich ihm den Tritt versetzt hatte. Er sprang sofort wieder hoch und stellte sich mir gegenüber auf.

Unbeschreiblicher Haß sprach aus seinen Zügen, grenzenlose Verachtung. Ich wünschte, daß er mich schlug, daß er meine Herausforderung annahm. Es war mir gleichgültig, wie das Ende des Kampfes aussah. Auch wenn ich der Schwächere, der Unterlegene war, ich würde mich mit ihm schlagen. Er maß mich nur kurz mit seinem Blick, drehte sich um, hielt seinen Leib und lief langsam weiter. Das beredte Schweigen aller Spieler, selbst der meiner Partei, belehrte mich, wie auch sie darüber dachten. Ich schlich mich vom Spielfeld, bevor mich der Schiedsrichter verwies.

Dieses kleine Erlebnis hat seine Spuren in mir hinterlassen. Es bestimmte mich schon frühzeitig, eine andere Haltung zu wählen und mich nicht auf die gleiche Manier zu verteidigen, wie ich angegriffen wurde. Jeder Versuch eines Angriffs, den ich in Zukunft unternahm, mußte mißglücken, wie er den anderen gelang.

Bald sollte ich den Schlüssel zu ihrem Verhalten finden.

Als ein Junge eines Tages in der Klasse ein loses Blatt aus seinem Buch in meiner Nähe zu Boden fallen ließ, bückte ich mich, zu diensteifrig, um es aufzuheben. Dabei drehte ich es in meiner Hand. Es war das Bildnis von B., wie es mir aus den Zeitschriften bekannt war. Ich wurde verlegen und zögerte. »Gib her«, sagte der Junge barsch und zog es mir aus der Hand.

Die wenigen, die diesen Vorgang beobachtet hatten, verzogen spöttisch den Mund. Sie alle trugen auf einmal den gleichen Ausdruck von Vertraulichkeit auf ihren Gesichtern. Er erinnerte mich an die andere Vertraulichkeit der Eltern. Ihr verbissenes Schweigen ließ mich nicht zu Worte kommen. Der Bann, den sie um mich schlugen, verlieh mir das Zeichen des Verfemten, des Besonderen. Ich wußte, daß ich ausgestoßen war, nur für mich selbst stand. Ich bildete mir ein, daß ich allen sichtbar dieses Mal auf der Stirn trüge. Dieses Gefühl hat so tief Wurzel in mir geschlagen, daß ich es noch Jahre später nicht aus mir herausreißen konnte.

So wurde er mir vertrauter aus den Schmähungen und Bitterkeiten jener, die sich seine Freunde nannten und hinter denen er stand, ein Unsichtbarer, Unbekannter. Er veränderte allmählich alles, die Haltung der Kinder, ihre Sprache, ihren Blick, ihre Gebärden, ebenso wie er die Eltern verändert hatte. Er lehrte mich die Einsamkeit, das Qualvolle, Trostlose in ihr, erst später ihre Stärke. Doch er selbst blieb in der Ferne, in die er von Beginn an gerückt war, unbeweglich. Und ich hätte einen Schatten hassen müssen, wenn ich ihn treffen wollte. Schon dämmerten seine Umrisse stärker. Aber das Geheimnis einer Feindschaft, die ein Leben erfüllt, blieb dem Kinde vorerst noch verborgen. Es war der Beginn eines Leidensweges, und schon hier fühlte ich die ganze

Last seines zukünftigen Verlaufes im voraus. Die Erinnerung an die nun kommenden Jahre hat mein Gedächtnis mit dem gleichen trüben Licht beschattet.

Und heute, wo ich hier festlich sitze und schreibe, steigt das verzweifelte Gefühl des Verfemtseins jener Zeit wieder in mir auf, jene unwägbare Leere und Verlassenheit, die immer stärker alles in sich hineinzog. Kein Trost für die schmerzliche Erkenntnis, daß ich selbst zum Feind ausersehen war. Wieviel mehr fühlte ich die Abneigung, den Haß, der in den anderen gegen mich brannte, als daß mir der Gedanke gekommen wäre, daß auch ich ein Recht hatte, Abneigung zu empfinden, zu hassen. Ich den anderen feind! Wie sollte ich das ertragen? Gewaltig brach diese Entdeckung in mich ein. Es war beinahe eine Verpflichtung, ich hatte etwas gutzumachen. Aber was?

Sein Bild jedoch, über das ich mich zuweilen mit brennenden Augen beugte, gab leblos sein Geheimnis nicht preis. Auf eine seltsame Weise, ohne daß ich es merkte, hatte es sich mit Krallen und Haken in mein Fleisch hineingelassen. Je mehr ich auch daran rüttelte, um so stärker fühlte ich nur die Schmerzen seiner Verankerung.

Unverwandt sah ich so lange in den Spiegel, bis ich mich selbst in ihm zu erkennen glaubte.

IV

Jetzt will ich niederschreiben, wie es war, als ich meinen Freund zum letzten Male sprach. Etwa anderthalb Jahrzehnte sind vorbeigegangen, seit sich ereignete, was ich erzählen will. Aber mir ist, als hätte es sich eben zugetragen. Danach habe ich ihn nie wieder gesehen. Nur einmal, vor wenigen Jahren, fragte man mich noch in D., ob ich den und den kenne. Man nannte seinen Namen. Ja, den kenne ich, erwiderte ich. Weiter nichts.

»Ich weiß, daß Sie ihn kennen«, sagte der andere.

»So?«

»Wollen Sie wissen, von wem?«

Ich wartete.

»Von ihm selbst«, erhielt ich als Antwort. »Er selbst hat es mir erzählt. Ich traf ihn zufällig. Er läßt Sie grüßen. Vielleicht kann er Ihnen behilflich sein. Er hat Karriere gemacht, er ist ein hohes Tier geworden.«

»Hat er Ihnen aufgetragen, mich zu fragen, ob er mir behilflich sein könnte?« fragte ich scharf.

»Gewiß«, bestätigte der andere, »gewiß. Er ließ es unverblümt durchschimmern, daß er sehr gern seinen Einfluß ...«

»Danke«, gab ich zurück. Nichts weiter. Keinen Gruß, keine Antwort auf diese deutliche Frage. Keine Botschaft. Die Angelegenheit ließ mich völlig kalt.

Doch damals war er noch mein guter Freund. Wenn ich eine Wand in meine Gedanken schiebe, die den ganzen Ablauf teilt in ein Davor und ein Danach, gelingt es mir vielleicht auch, das Gefühl wieder aufzuwecken, das sich mir mit der Niederschrift der Worte verbindet: Mein guter Freund. Er wohnte in H. und kam jede Ferien in unser Städtchen, wo er bei einer alten Tante in einer Mansarde oben auf dem Boden hauste. Zwei große Fenster waren in das Dach eingelassen, vermutlich war die Kammer ursprünglich als Atelier gedacht.

Wenn wir uns auf den Tisch stellten und die Fenster an einer Eisenstange aufwärts hoben, konnten wir unsere Köpfe über die Dachziegel hinausstrecken. Wir sahen über die ganze Stadt. Dicht vor uns das Zifferblatt der Kirchturmuhr. Hinter der Stadt begann das weite Flachland, in der Ferne begrenzt durch den Fluß. Dann und wann fegte ein Windstoß über die Dächer und über unsere Gesichter. Wir konnten uns dann gut vorstellen, zusammen auf See zu sein oder als Piloten aufzusteigen.

Hier oben waren wir den Flugzeugen näher, die ihren Weg am Himmel über unserem Städtchen suchten. Man flog damals noch nicht über Länder und Meere non-stop, wie es heute selbstverständlich ist. Auch fände ich es nicht mehr der Mühe wert, es überhaupt zu erwähnen, wenn ich nicht damit zum Ausdruck bringen wollte, daß der kleineren Leistungsmöglichkeit damals eine größere Begeisterungsfähigkeit entsprach.

Mein Freund überschlug keine Ferien, er kam, wenn auch oft nur für wenige Tage. Warum kam er überhaupt hierher? Er machte einmal eine

Anspielung in dieser Richtung, daß es für ihn vorläufig noch die einzige Möglichkeit sei, dem Bereich seiner Eltern zu entschlüpfen. Die Einladung der Tante diente als Vorwand.

Dann vergingen Monate, bis wir uns wiedersahen. In der Zwischenzeit schrieb er ab und zu einen Brief. Ich antwortete spärlich. Er war drei Jahre älter als ich und einen Kopf größer. Er ging noch in die Schule und saß jetzt in der obersten Klasse.

»Guten Tag«, sagte er in seiner gelassenen Art, »da bin ich wieder, wie steht es? Danke übrigens für deinen Brief, du bist ein großer Schreiber.« Ich hatte ihm dann meist nicht geantwortet und suchte nun verlegen nach einer Entschuldigung.

»Laß das«, begütigte er, »ich schreibe, weil ich mir selber Vergnügen machen will.« Er sprach so ruhig und freundlich, daß ich mich sogleich wieder vertraut fühlte.

Er hatte übrigens einen kleinen Sprachfehler, durch eine Hasenscharte. Ich war daran gewöhnt, so daß ich es fast nicht merkte. Wohl beobachtete ich, daß er unruhiger war, wenn er mit einem Fremden zusammentraf. Dann sprach er bedeutend schlechter. Gerade weil er sein Gebrechen verbergen wollte, merkte man es stärker. Aber da er von Natur sanft war und nicht zum Widerspruch neigte, fand er alsbald seine alte, unauffällige Sprechweise zurück.

Wo ich ihn kennengelernt hatte? Irgendwo beim Schwimmen in der Badeanstalt oder bei einem Schulsportfest, wie das so geht, wenn Jugend auf irgendeinem Platz zusammenkommt. Das erste Mal sprachen wir über Schule, Lehrer, Ausflüge, über alles, was so ein Schülerdasein erfüllt. Wir gingen zusammen nach Hause und verabredeten uns für den folgenden Tag. Ich war ungemein stolz, daß mir ein größerer Junge die Ehre erwies, sich mit mir zu unterhalten. Ich hatte eine Eroberung gemacht.

Insgeheim bangte ich, daß er vielleicht auf eine hinterhältige Weise erführe, wer ich war. Das heißt, wer ich in den Augen der anderen war. Aber noch mehr bangte ich, daß er erführe, wie ich mich selbst fühlte. Ich würde ihn wieder verlieren, kein Zweifel, war er erst einmal dahintergekommen, war das Los unserer beginnenden Freundschaft besiegelt. Ich tat alles, dies zu verhüten.

Schon in diesen frühen Leidenschaften liegt die erste Selbsttäuschung. Die hochherzigen Gefühle, deren wir uns rühmen, verdecken nur die uneingestandene Schwäche, einem Verlust nicht gewachsen zu sein. Unsicherheit an allen Ufern. Es ist, als vertraue man nur seinem eigenen Unvermögen und handle trotz aller Mimikry in dem Wissen, in Liebesdingen die Note ungenügend zu erhalten.

Aber meinen Freund schien das nicht zu interessieren, was mich ängstigte. Er blieb, der er war. Langsam teilte sich mir seine Gelassenheit mit. Auch bei unserem letzten Zusammentreffen – ich wußte noch nicht, daß es das letzte war – fand ich ihn unverändert in seiner Zuneigung und Freundschaft. Auf den Spaziergängen, die wir oft stundenweit in die waldreiche Umgebung unternahmen, tauschten wir unsere Gedanken aus, berichteten von Erlebnissen. Da er der Ältere war, waren seine Erfahrungen in meinen Augen reicher. Ich hörte ihm gerne zu. Auch vergaß er nie, mich anzuspornen, von meinen Erlebnissen zu berichten.

Je unbeschwerter mir unsere Freundschaft erschien, desto weniger kam es mir in den Sinn, ihm von meiner Not zu erzählen. Warum auch? Zwischen uns beiden spielte sie nicht. Etwas sträubte sich in mir, sie völlig aufzudecken. Ich hielt sie nicht für gewichtig genug. Vielleicht schämte ich mich auch, durch ein Geständnis meinen eigenen Wert herabzusetzen.

Jedoch dieses letzte Mal verlief es anders. Ich schüttete ihm mein verwundetes Herz aus, in der geheimen Erwartung, Trost und Beistand bei ihm zu finden. Die Zeit, daß meine Mutter mich an der Hand zurück zu dem Spiel der Kinder brachte, war vorüber. Ich fand, daß ich ihm alles ruhig erzählen konnte, ohne jämmerlich zu erscheinen. Und er?

Es hieße nachträglich meine Erinnerung umfärben, wenn ich behaupten wollte, daß ich schon zu Beginn in seinem Verhalten eine Spur des Kommenden erblickt hätte. War es dann Verstellung, Heuchelei? Nein, nein, so merkwürdig kann ein Mensch sein, daß er zu Beginn eines Gesprächs noch freund, an dessen Ende jedoch fremd und wie verhaßt erscheint.

Er hörte sich wie immer schweigend mit dem Ausdruck geduldiger

Bereitschaft meine Erzählung an. Ich war dies gewohnt von ihm. Er blickte in die Ferne oder vor sich auf den Weg, die Hände auf dem Rücken. Von Zeit zu Zeit gab er mir mit dem Kopf ein Zeichen, daß er mir folge. Verstohlen betrachtete ich ihn von der Seite. Ein warmes Gefühl überströmte mich. Ich freute mich, daß er neben mir ging. Auch erschien es mir gut, wenn er alles wüßte. Wenn er mein Freund ist, ging es in meinem Kopf herum, kann ich ihm auch von meinem Feinde erzählen, von den Nöten, die er mir allerorts bereitet.

»Du hast also einen Feind«, wiederholte er nach einer Weile und blieb ernst, »warum hast du mir noch nicht von ihm erzählt?«

»Es erschien mir noch nicht wichtig genug«, sagte ich ohne viel Überlegung.

»Du irrst«, sagte er bestimmt und sah mich auf einmal an, »du irrst ganz gewiß, dein Feind muß dir selbst wichtiger sein als dein Freund.«

Obwohl mir dieser Ton nicht direkt neu war, da er einer Ahnung in mir entsprach, war ich dennoch überrascht. Ich hatte diese Antwort nicht erwartet.

»Warum«, erwiderte ich, »wie ist das möglich? Übrigens bin ich mehr sein Feind als er der meine. Ich kenne ihn nicht einmal. Mein Vater sprach von ihm.« Ich begann nun zum erstenmal von B. zu erzählen, ohne noch seinen Namen zu nennen.

Auf einmal fragte er ziemlich unvermittelt: »Wer ist das eigentlich?«

Ich nannte seinen Namen.

Er schwieg.

Nach einer Weile sagte er, und es schien mir, daß er wegen seines Gebrechens ein wenig näselte: »Was sagt übrigens dein Vater von ihm?«

Ich wiederholte ihm die Worte meines Vaters.

Pause.

»Kennst du ihn?« fragte ich schließlich.

Er nickte. »Ich kenne ihn gut«, sagte er langsam und vorsichtig.

Ich erschrak. – »Ja? Was hast du mit ihm zu schaffen?«

»Sehr viel in letzter Zeit, sehr viel.«

Die Antwort überraschte mich.

»Ist er denn auch dein Feind?«

Er verzog seinen Mund zu einem leichten Lachen, ich sah seine Hasenscharte.

»Nein, nein, im Gegenteil!«

»Dein Freund also?«

Er schwieg. Meine direkte Frage kam ihm offenbar ungelegen. Ich kann nicht in Worte fassen, wie sehr mich dieses Schweigen bedrückte. Übrigens hatte mich sein Betragen die ganze Zeit über verwirrt, vor allem sein Sprachfehler.

Ich verlor meine Selbstbeherrschung und begann in höhnischem Tone, ohne genau zu wissen, was ich sprach:

»Wer ist dieser Herr eigentlich, der von sich selbst so viel Lärm macht, daß die andern noch mehr Lärm über ihn schlagen? Wer ist er, und was kann er? Welche Leistungen hat er aufzuweisen? Welche? Lächerlich! Ein unverfrorener Patron, frech und unverschämt! Er belästigt einen jeden, der nicht seiner Meinung ist. Jetzt führt er eine Partei an. Man schenkt ihm zuviel Beachtung. Ein paar handfeste Kerle, und der Spuk ist zum Teufel. Wir wollen aufhören, über ihn zu sprechen. Er ist nicht interessant genug dazu.«

Soweit ich mich erinnere, war dies das erste Mal, daß ich dergestalt gegen ihn zu Felde zog. Ich selbst erschrak ein wenig vor meiner Heftigkeit. Bisher hatte sich keine Gelegenheit geboten, sie auf diese unmittelbare Weise zu äußern, ausgenommen der Zwischenfall auf dem Sportfeld. Aber dessen Ausgang hatte mich nur noch verzagter gemacht. Man kann nicht immer milde und behutsam sein, wenn man dabei seine Nägel ins eigene Fleisch graben muß, um seiner Wut Luft zu verschaffen. Es schadet der Gesundheit, den Heiligen zu spielen.

Mein Freund hatte mich herausgefordert. Sollte er also ruhig wissen, was ich davon dachte. Ich fühlte mich entschlossen.

»Du irrst«, erwiderte er ruhig. »Ich sage dir, daß du dich schrecklich irrst.« Wieder dieser näselnde Ton. »Du mußt mit ihm rechnen. Ein paar handfeste Kerle vermögen nichts gegen seine Ideen, es sei denn, daß sie ebensolche handfesten Ideen als Waffen mitbrächten. Aber soweit ich sehe …« Er sprach wieder wie zu Beginn. Seine Stimme verbreitete noch immer die alte Vertraulichkeit, die sonst so guttat. Die gute

Seele! Aber jetzt irritierte mich dieser Ton. Es war das Letzte, was ich noch ertragen konnte.

»Was hast du mit ihm zu schaffen?« fragte ich gereizt.

»Dies will ich dir noch sagen«, fuhr er unbeirrt in seinem leicht schulmeisterlichen Ton fort, »was dir ein Freund oft nicht sagt, was du dir oft selbst nicht wagst zu sagen, weil du es nicht wissen willst oder es auch in der Tat nicht weißt, dies erfährst du oft nur durch deinen Feind. Er übertreibt vielleicht, er tut dir sicher viel Unrecht dabei, aber vergiß es nicht, irgendein Kern ist wahr. Irgendwo muß er tief von dir getroffen sein, tiefer als mancher andere, der dir vielleicht nähersteht. So hingerissen ist er von dir. Vergiß es nicht! Nicht seine Worte mußt du wägen oder untersuchen. Dort, wo er getroffen ist, mußt du ihn aufsuchen. Du könntest entdecken, daß ihr vielleicht verwandt seid.«

Ich begriff ihn, ja, ich begriff ihn in großen Zügen, wenn mir die Bedeutung des einen oder anderen Wortes auch vielleicht entging. Er wollte sagen, daß ein Feind ein Positivum ist. Ein Positivum! Irgendwie hatten seine Worte einen Nachhall. Nein, er predigte nicht tauben Ohren. Aber, zum Teufel, was hatte er mit ihm zu schaffen? Er wich der Antwort aus.

»Du kennst ihn«, begann ich wiederum.

»Ja, ich kenne ihn, seit einiger Zeit bin ich ihm durch verschiedene Umstände nähergekommen.«

»Du hast mir nie von ihm erzählt.«

»Du hast selbst begonnen heute.«

»Und wenn ich nicht begonnen hätte?«

Er schwieg, aber zugleich sah ich, daß er beinahe unmerklich seine Schultern hob und wieder fallenließ.

Wenn ich nicht begonnen hätte, hätte er dir auch nichts erzählt, dachte ich bei mir. Der Gedanke, daß er eigentlich bisher genau das gleiche verschwiegen hatte wie ich, bestürzte mich. Welche Ironie einer Freundschaft. Es war ein doppelter Betrug mit der gleichen Person.

»Vielleicht hätte ich dir doch recht bald von ihm erzählt«, unterbrach er das Schweigen. »Du hast ein Recht, es zu wissen. Ich habe ihn gesehen, schon einige Zeit zuvor, und ich war bezaubert. Ich habe ihn sprechen hören, und ich war gewonnen. Ich glaube, er ist mein Freund geworden. Mein Leben gebe ich ihm.«

Das Leben einer Hasenscharte, dachte ich. Zugleich verspürte ich einen Schmerz. Er saß irgendwo in meinem Körper, ohne daß ich die Stelle genauer hätte angeben können. Ich schämte mich meiner Gehässigkeit. Plötzlich war er etwas verändert.

»Und warum willst du ihm dein Leben geben?« fragte ich weiter in dem gleichen höhnenden Ton, den ich zugleich so verabscheute. Du mußt ihn hassen, kam es mir plötzlich in den Sinn, du mußt ihn jetzt hassen. So gehört es sich. Es ist Verrat verübt, ein Verlust wird erlitten …

Für einige Sekunden trachtete ich, das Gefühl des Hasses in mich willentlich einzubrennen. Vergebens.

Traurigkeit beschlich mich, vielleicht, weil niemand mich um mein Leben bat?

»Er hat große Ideen«, fuhr er fort, »begreifst du, was das bedeutet? Er gibt unserem Leben neue, große Ziele, wert, für sie zu leben oder zu sterben. Ich wünschte, du sähest oder hörtest ihn auch einmal.«

Eine absurde Idee!

»Er ist mein Feind«, sagte ich fest, »der meines Vaters und vieler anderer auch, die so sind wie wir. Er wird uns vertilgen, wenn nicht die Gnade …«

»Ach, geh doch«, rief er dazwischen, »was du da plapperst, er hat jemanden nötig, einen Feind oder sonstwen, um zu seinem Ziele zu gelangen. Du nimmst alles viel zu wörtlich.«

»Was hat er nötig?« fragte ich mißtrauisch, »einen Feind, um zu seinem Ziele zu gelangen?« Ich begriff ihn nicht.

»Nun, hat dein Vater nie zu dir gesagt, wenn er dich vor etwas warnen wollte, paß auf, sonst wirst du wie der oder der, die Nichtsnutze, willst du ein solcher werden? Das gleiche tut er mit dir und den anderen. Nichts weiter. Auf diese Weise macht er seine Gedanken und Absichten deutlich. Vielleicht hat er auch recht.«

»Das ist wahr«, erwiderte ich kleinlaut, »mein Vater sagt dies zuweilen. Es ist eine Warnung und eine Drohung.«

»Nun, siehst du«, sagte er leichthin.

Aber ich war nicht zufrieden. In diesem Alter steht man allen Einflüsterungen offen. Denn die Möglichkeiten der äußeren Welt sind zugleich die Wirklichkeiten der inneren. Zuvor hatte er anders, ernsthafter gesprochen, und jetzt machte er einen kleinen Scherz aus allem. Und ich verlor ihn. Was kümmerten mich schließlich die Ziele und Umwege, die mein Feind angeblich nötig hatte, um wer weiß was zu verwirklichen. Ich dachte an den Freund, der mir verlorenging. Anscheinend fühlte er, was in mir sich abspielte.

Die Hasenscharte sagte: »Aber zwischen uns ändert das nichts, verstehst du mich?«

Ich lachte höhnisch. »Das ist nicht dein Ernst. Mich willst du zum Freund und ihn? Das ist ganz unmöglich!«

Er sah meine Erregung und versuchte wieder einzulenken. Ja, er gab sich die redliche Mühe, die Enttäuschung, die er mir wissentlich oder unwissentlich bereitet hatte, zu dämpfen. »Du übertreibst«, sagte er unablässig.

»Und wenn er seine gewaltigen Ideen, wie du es nennst, ausführt und dabei auch die mit uns verwirklicht, was dann?«

»Aber soweit ist es ja noch nicht«, begütigte er, »Ehrenwort.«

Die gleichen Worte, die mein Vater damals gebraucht hatte, um mich zu beruhigen.

Seine Antwort war für mich das Zeichen, daß er eigentlich schon am Ende stand. Er wußte sich selbst keinen Rat mehr. Um mich zu schonen, blieb er unehrlich. Vielleicht sah er selbst die Unmöglichkeit dessen ein, was er einige Sekunden zuvor noch als die selbstverständlichste Sache von der Welt verkündet hatte. Für mein Gefühl kam es jedoch zu spät. Ich konnte nicht mehr zurück.

Er war nicht mehr derselbe wie am Anfang unseres Spazierganges, alles war verändert. Was war geschehen? Nichts weiter, als daß zwei Freunde über einen Dritten sprachen und sich dabei herausstellte, daß dieser des einen Feind, des anderen Freund war. Ich beobachtete ihn unaufhörlich von der Seite. Er lief wieder gemächlich. Mir war die Welt in Stücke gebrochen, von denen zwei große Fragmente, Freund und Feind, sich nur unvollkommen zu dem Ebenmaß der verlorenen Einheit zusammensetzen ließen. Aber zugleich empfand ich auch, daß ich endlich nun meinen Feind aus Fleisch und Blut gefunden hatte, durch den Verlust des Freundes.

Einsilbig beendeten wir unseren Weg. Ein Gespräch kam zwischen uns nicht mehr zustande. Mir schien es, daß von Zeit zu Zeit ein leises Lachen um seinen Mund spielte. Gewiß dachte er an seinen neuen Freund, er hatte ihn ja gesehen und sprechen hören. Sicher wußte er noch viel mehr von ihm zu berichten. Mir kam es in den Sinn, ihn nach seiner Errungenschaft zu fragen. Meine Neugier wuchs, mein Stolz hielt sie zurück. Es wurde unerträglich. Da kam mir der wahnwitzige Einfall, daß er alles so arrangiert habe, daß er seine letzten Worte nur gesprochen habe, um diesen Spaziergang, der so geordnet und maßvoll begonnen hatte, in Frieden und um des Friedens willen zu beenden. Vielleicht hatte er noch andere Gedanken dabei über mich, die er sorgfältig vertuschte.

Wir waren auf dem Rückweg. Wie immer begleitete ich ihn nach dem Hause seiner Tante. Das letzte Stück ging ich dann allein. Im Grunde machte ich ihm diesmal die Sache sehr einfach. Wir konnten Abschied nehmen, als wäre nichts geschehen. Er brauchte die folgenden Ferien nur zu überschlagen, und er war mich los. Aber ich würde auf der Hut sein.

Auf einmal sagte er: »Ich möchte dir gerne noch eine kleine Geschichte erzählen.«

»Zum Abschied?« entfuhr es mir.

»Wie du willst«, antwortete er gelassen, »wie du willst, ich habe sie selbst erst vor kurzem gehört. Aber ich kann es auch lassen.«

»Welche Geschichte?« fragte ich vorsichtig.

Er lächelte über meine Neugierde und sagte: »Die Geschichte von den Elchen. Kennst du sie?«

»Nein.«

»Höre zu!« Er machte eine kleine Pause und überlegte. Ich fürchtete, daß ihm auf einmal die Lust vergangen sei, mir diese Geschichte zu erzählen. Nach einer Weile begann er.

»Vor vielen Jahren war der Kaiser einmal zu Gast bei seinem Vetter, dem Zaren. Es war ein langer Besuch mit vielen Besichtigungen, Festen und Jagden. Und zum Abschied schenkte der Zar seinem Vetter zum Zeichen ihrer unverbrüchlichen Vetternschaft ein Rudel Elche. Es waren prächtige, große Tiere mit breitschaufligen Geweihen, man findet sie nicht mehr in unseren Gegenden. Nur in Rußland leben sie noch in einzelnen Gebieten, scheu und stolz, in Steppen und Wäldern, die nur selten noch Menschen betreten. Der Kaiser nahm sie in sein Land mit, rief alle seine Förster zusammen und erzählte ihnen, welch kostbares Geschenk ihm und auch ihnen von seinem Vetter zuteil geworden war. Und zusammen suchten sie nun in ihrem eigenen Land nach einem Platz, von dem sie glaubten, daß sich die Tiere dort heimisch fühlen könnten. Es war ein ausgedehntes Gebiet mit Wäldern und Steppenplätzen, zwischen der Ostsee und dem Haff gelegen, weitab von menschlichen Siedlungen. Sie erklärten es zu einem Naturschutzgebiet, bauten kleine Holzschuppen und füllten sie für den Winter mit Heu und Blättern, und ein Förster wurde zum Aufseher über dieses Gebiet ernannt. So ging es einige Zeit, und die großen Hirsche lebten verstohlen in ihrem Reich zwischen den zwei Wassern auf der Nehrung, sie fanden sich zusammen an den Futterplätzen und paarten sich unter den alten Buchen. Des Morgens konnte man sie am Ende einer Lichtung langsam in das hohe Gebüsch hinüberwechseln sehen, am Tage, wenn man sie beschlich, standen sie allein und unbeweglich zwischen den verhangenen Zweigen und spähten mit ihren weiten, braunen Augen wie in die Unendlichkeit. Wenn man sie erschreckte, zuckten sie zusammen und sprangen mit hohen Sätzen in das Innere. Ihre Hufe stampften die Erde, und sie liefen weiter und pirschten in die hügeligen, grasbestandenen Flächen, eine Anhöhe hinauf, sie warfen ihren Kopf in den starken Nacken, so daß es schien, als ob das Geweih auf ihrem Rücken entspränge, und dann tauchten sie wieder ein in das Dunkel des Waldes. Ihr schwerer Leib riß sie noch eine kurze Weile in die einmal begonnene Flucht, und allmählich ging sie über in das stolze Schreiten des Hirsches. Ihr langer Hals neigte sich zur Erde, sie rupften Gras und Blätter, und jetzt war ihr Geweih gleich knorrigen Ästen, die von den Bäumen gefallen waren. Der Geruch der Losung der Tiere des Waldes vermischte sich mit dem Geruch ihrer Losung, ihr Gebrüll zur Brunftzeit wurde heimisch unter den Stimmen der Tiere und im Walde, und es schien, als ob ihre Anwesenheit von alters her das Leben zwischen den zwei Wassern erfüllt hätte.

Jedoch nach geraumer Zeit kamen die ersten Meldungen, daß die Tiere eingingen. Immer häufiger fand man verstreut im Walde, in den Ebenen, mal hier, mal dort, den Kadaver eines Elches. Der schöne, einst warme Körper lag starr und wie ein abgestorbener Baum auf der Erde, seine gebrochenen Augen starrten wie leblose Glasperlen aus ihren Höhlen, und kein äußeres Zeichen gab es, wie der Tod in dieses Tier gefahren war. Zugleich schien es, als ob eine Apathie die noch Überlebenden befallen hätte, ihre Sprünge hatten den kühnen Satz verloren und ihre Flucht die Anhöhen hinauf und hinunter in die Ebenen den federnden Schwung ihres Laufes.

Der Kaiser berief seine Förster, und zusammen gingen sie zu Rate, wie man dem schweigenden Sterben der Tiere Einhalt gebieten könnte. Man erwog alle Möglichkeiten, Futter, Klima und Behausung der Tiere, und holte Tierärzte herbei, die die Kadaver untersuchten nach Stoffen, die die innere Ursache des Todes erweisen könnten. Jedoch vergebens, sie fanden keine. Und ein jeder, der sich auf wissenschaftliche Weise mit dem Leben im Walde befaßte und dessen Einsicht und Urteil für maßgebend gehalten wurde, eine Klärung dieses rätselvollen Todes zu fördern, wurde befragt. Doch niemand wußte es. Schließlich schrieb der Kaiser an seinen Vetter, den Zaren, und gab seiner Betrübnis Ausdruck und bat ihn um einen Rat.

Der Zar schickte einen seiner Förster, der seit vielen Jahren im Gebiete der Elche gelebt hatte und alles wußte, was mit dem Wandel dieser Tiere zusammenhing. Dieser Mann kam und bezog ein kleines Holzhaus im Walde zwischen der See und dem Haff und blieb dort ein ganzes Jahr. Er untersuchte alles, was mit dem Leben der Elche in ihrer neuen Heimat zusammenhing, und als das Jahr herum war, ging er zum Kaiser und den anderen Förstern und Wissenschaftlern und sagte: ›Ich habe alles untersucht und habe gefunden, daß das Heu vorzüglich ist und die Blätter kräftig. Das Klima ist gut, und die Erde und der Wald und die Steppe sind gut. Alles ist getan, was ein Mensch tun kann, die Tiere am Leben zu erhalten, es fehlt ihnen an nichts.‹

›Warum sterben sie dann?‹ fragte ungeduldig der Kaiser. ›Wenn es ihnen an nichts fehlt, warum?‹

›Es fehlt ihnen an nichts‹, sagte der Alte beharrlich, ›und niemand hat einen Fehler gemacht, außer einem ...‹

›Und was ist das eine?‹ unterbrach ihn der Kaiser wiederum.

›Eines fehlt ihnen‹, fuhr der Förster fort, ›und darum sterben sie.‹

›Nun?‹ sagte der Kaiser und trommelte mit seiner Hand auf dem Tisch.

›Die Wölfe.‹

›Die Wölfe?‹ wiederholte der Kaiser ungläubig.

›Ja‹, sagte der Alte, ›die Wölfe, die Wölfe fehlen ihnen.‹ Und dann fuhr er wieder nach Hause zu seinen Elchen und Wölfen.«

Mein Freund schwieg.

Eine Zeitlang liefen wir schweigend nebeneinanderher, und unablässig wiederholte ich in mir seine Worte: ›Die Wölfe fehlen ihnen, die Wölfe!‹ Ich war bestürzt.

Wer hätte je gedacht, daß es die Wölfe waren, die ihnen fehlten. Warum nicht der Himmel über der Steppe oder die einheimischen Singvögel oder ...? Doch nein, die Wölfe fehlten ihnen. Ich fühlte, daß ich etwas sagen mußte, aber mir fiel weiter nichts ein als dieser eine Satz.

»Eine sonderbare Geschichte«, sagte ich nach einer Weile, ohne direkt das Wort an ihn zu richten.

Er antwortete nicht.

Warum hat er sie mir überhaupt erzählt? Er wird doch eine sehr bestimmte Absicht gehabt haben, diese und keine andere Geschichte aufzutischen, ging es durch meinen Kopf. Und jetzt wartet er vielleicht, daß ich etwas sage und seine Geschichte lobe.

Ich suchte krampfhaft nach Worten. Er hatte so lange gesprochen, und jetzt schwieg er, und durch beides, das Sprechen und das Schweigen darauf, hatte er eine große Macht über mich erreicht. Ich fühlte, wie sie auf meine Schultern drückte und meine Zunge lähmte. Seine Erzählung hatte mich getroffen. Sie hing mit unserem Gespräch zusammen, das war gewiß, mit dem Feind und allem, was ihn betraf. Ich ahnte einen Zusammenhang, und ich war erregt.

Aber zugleich widersetzte sich etwas in mir, und ich fand keine Worte, um mich auszudrücken. »Eine höchst eigenartige Geschichte«, wiederholte ich verstimmt und machte wiederum eine kleine Pause zum

Zeichen, daß ich über diese höchst eigenartige Geschichte noch einmal gründlich nachdenken müsse.

»Ich glaube, daß ich begreife, warum du sie erzählst«, fuhr ich fort. »Aber völlig begreife ich doch noch nicht. Diese Tiergeschichten liegen mir im Grunde nicht, ich habe sie nie geschätzt. Man will etwas von den Menschen erzählen und bedient sich der Tiere, warum? Mensch und Tier, das sind zwei völlig andere Planeten. Und was für den einen gilt, gilt nicht unbedingt für den anderen.«

Ich merkte, daß ich zu diskutieren begann, um meine alte Sicherheit zurückzufinden. Dabei sah ich ihn an und sah, wie er seine Oberlippe mit der Narbe gegen die Zähne spannte und wie abwesend in die Ferne starrte. Vielleicht hatte er meine letzten Worte gar nicht mehr aufgenommen. Mir wurde unbehaglich zumute, ich schwieg und lief stumm neben ihm her.

Bei der nächsten Wegkreuzung, einige Straßen vor dem Haus seiner Tante, blieb ich stehen. Ich gab ihm die Hand.

Entschlossen schlug er ein. Er schien diesen Abschluß erwartet zu haben. Dann sah er mich fest an. Ich wußte nicht recht, ob sein Blick traurig oder triumphierend gemeint war. Ich konnte ihn nicht deuten. Er hob leicht seinen Kopf und schaute die Straße entlang. Er schien sichtlich aufgeräumt. Dann räusperte er sich. Die Narbe auf seiner Lippe rötete sich leicht. Dies war das letzte Zeichen, das ich von ihm vernahm.

V

Von der Zeit, die darauf folgte, ist nur ein schwacher Abglanz der Traurigkeit, die mich damals befiel, in meiner Erinnerung geblieben. Ich hatte meinen Freund verloren, einen Menschen, den ich schätzte, der mir lieb war und dem auch ich, wie ich hoffte, etwas galt. Dieser Verlust entblößte mich und gab mich mehr denn je jeglicher Unbill preis.

Aber ich verbarg meine Verwundbarkeit hinter einem unmutigen Stolz, der die mir aufgezwungene Einsamkeit zu einer selbstgewählten umfälschte. So tröstete ich mich in dem Wahn, daß ich nicht das Opfer, sondern der Anstifter einer Verschwörung war. Man erträgt Gebirge von erkalteten Gefühlen, die man sich selbst auf die Schultern legt, leichter als den Funken der Gefahr, die zum Kampf aufruft.

Meine Mutter erkannte als erste die Verwandlung. Nach einiger Zeit erkundigte sie sich mit unauffälligen Worten nach dem Ergehen meines einstigen Freundes. »Man sieht euch gar nicht mehr«, sagte sie.

Mit einer ebenso unauffälligen Antwort versuchte ich, ihre Frage zu umgehen.

»Ist etwas vorgefallen?« fragte sie weiter.

Ich liebte es nicht, Herzensgeheimnisse mit den Eltern zu teilen.

»Er ist drei Jahre älter als ich«, gab ich zur Antwort.

»Kommt er nicht mehr in seinen Ferien hierher?«

»Ich weiß es nicht.«

»Ich dachte, daß ich ihn gestern gesehen hätte. Er lief auf der anderen Seite und blickte weg. Vielleicht war er es auch gar nicht«, fügte sie hinzu.

Er war also doch wiedergekommen? Ich war bestürzt. »Das ist möglich«, erwiderte ich.

Die letzten Worte unseres Gespräches hatte mein Vater aufgefangen. Anscheinend hatte er alles erraten. Sein Gesicht zeigte einen Anflug des Schmerzes, den er zu verbergen trachtete, wie wenn er einen Verlust erlitten hätte. Er dachte angestrengt nach und spielte dabei mit seinem Schlüsselbund.

»Du wirst dich daran gewöhnen müssen«, sagte er schließlich und sah mich fest an.

Auf einmal war der Haß da. So plötzlich kam er herauf und überfiel mich, daß ich gar keine Zeit hatte, mich seiner zu erwehren. Ich haßte meinen Vater, dessen Gesicht mir meinen Schmerz anzeigte. Mich daran gewöhnen müssen, dachte ich bei mir, das sagst du mir, als ob es das einzige wäre, das mir verbliebe. Weißt du denn nichts Besseres? Mich daran gewöhnen müssen, wie du dich daran gewöhnt hast, und dein Vater und wieder dessen Vater und die ganze Reihe davor, als ob es die gewöhnlichste Sache der Welt wäre, einen Freund zu verlieren. Ich haßte ihn, da ich fühlte, daß er mir die Kette des Unausbleiblichen umgeschirrt hatte, wie man einen Sträfling in Ketten schlägt. Ein törichtes

Unterfangen, sich ihrer entledigen zu wollen. Das Urteil war gesprochen, aber die Schuld lag bei ihm, bei meinem Vater. Auch er hatte sie einstens empfangen wie ein Geschenk, das er vererbt bekommen hatte, eine Last, die in Sorge gegeben und in Sorge empfangen wird. Ich sah ihn unverwandt an. Er hätte mich besser auf dieses Geschenk vorbereiten sollen, er hätte mir sagen müssen, daß es Qualen verschafft und Lasten bereitet, daß es Schmähungen, Verluste und Abtrünnigkeiten in seinem Gefolge mit sich schleppt, Unrecht und Ohnmacht, und daß dies die Welt bedeutet, das Leben, zu dem er mich erweckt hat, dies, und nicht das andere, von dem in beschaulichen Kinderbüchern die Rede ist.

»Man muß auch seinen Stolz bewahren«, fügte er hinzu, gleichsam um unser beider Gedachtes mit dem fehlenden kräftigen Ferment zu versehen. Er hätte keine besseren Worte finden können, um meinen Unmut noch mehr zu reizen. Er sprach von etwas, das er selbst nicht besaß. Stolz? Worauf? Daß man ist, der man ist, und nicht ein anderer? Vielleicht gar noch ein Stoßgebet, etwa: ›Mein Gott, ich danke Dir, daß ich bin, wie ich bin, und nicht wie der andere?‹ Dies ist der Anfang aller Barbarei.

Meine Mutter mischte sich wieder in das Gespräch. »Wie lange noch, und du gehst hier weg«, sagte sie, »du wirst andere Freundschaften schließen.« Sie sollte recht behalten.

Die Umstände drängten. Ich verließ die Schule und ging nach F. Es fügte sich, daß ich bald in einen Kreis gleichaltriger Schicksalsgenossen kam, die wie ich dieses Mal trugen.

Wolf war einer von ihnen und Leo, Harry und Max, und noch viele andere Namen fallen mir wieder ein, ein ganzes Notizbuch könnte ich mit ihnen füllen. Vielleicht, daß der oder jener, dem später meine Aufzeichnungen in die Hände geraten, noch ein paar Namen, die ich nicht nenne, hinzufinden wird, um sie alle zu einem romanhaften Gefüge zu verdichten. Es gibt Beispiele genug.

Sonderbarerweise scheine ich, mir selbst unbewußt, mehr oder weniger überzeugt zu sein, daß nicht ich es sein werde, der diese Blätter, zu welchem Zwecke es sei, dann auch zurückholt. Irgendwie hat diese innere Überzeugung mit dem Entschluß zu schaffen, den ich in kurzer Zeit zu fassen gedenke und den ich vielleicht schon gefaßt habe, da ich seine möglichen Folgen durchaus schon jetzt einberechne. Aber auch in anderer Hinsicht fällt mir dies auf. Anscheinend beabsichtige ich, ursprünglich gegen meinen Willen, künftigen Bearbeitern meiner Aufzeichnungen ins Handwerk zu pfuschen und selbst das zu tun, was sie später zu ihrem Geschäft machen. Sollte ich wieder mich selbst täuschen und doch mehr Hoffnung und Zukunft gleichsam als Konterbande mit im Gepäck führen, als ich mir selbst einzugestehen bereit war? Ich habe wohl gewußt, daß Worte gleich einem Koffer mit doppeltem Boden sind und daß man, selbst von den besten Vorsätzen beseelt, nicht verhindern kann, daß man von der vorgeschriebenen Linie, die Wahrheit und allgemeinmenschlicher Anstand vorzeichnen, abweicht. Daß aber der Umstand, auf weißem Papier mit der Feder etwas hinzukritzeln, allein schon genügt, allen Versuchungen zu erliegen, denen man zu entrinnen sich vorgenommen hat, übersteigt meine Fassungsgabe. Dabei bin ich nicht mehr so naiv, zu glauben, daß Schreiber, das heißt Menschen, die ihr Fach verstehen und es mit Anstand und Würde betreiben und aufgehört haben zu lügen, nur noch die Wahrheit sprechen. Wer auf Glatteis ausrutscht, merkt es sofort, wenn er hingefallen ist. Ich merke es erst hinterher, wenn es zu spät ist. Mögen andere Sand streuen, überarbeiten und Korrekturen anbringen, ich bin Manns genug, mich mit meinem Gebrechen zu versöhnen. Ich kenne keinen Rekord, der nicht nach einiger Zeit verbessert wäre, ich sah Unbekannte als Überraschungssieger durchs Ziel gehen, Cracks scheitern. Sie hatten ihr Training vernachlässigt. Mein Ideal war der Zehnkampf. Die Musiker, die ihre Symphonien und Sonaten komponieren, kommen meinem Geschmack am nächsten, wenn sie auf ein Adagio das Menuett in einer neuen Tonart folgen lassen. Ich habe den Faden verloren, was wollte ich aufschreiben?

Ich war also in einem Kreis gleichaltriger Schicksalsgenossen untergekommen. Es ist immer auffallend, wie sich überall auf Erden Kreise bilden von Menschen, die das Schicksal irgendwie zusammengefügt hat. Man sehe die Matrosen. In welcher Hafenstadt der Welt sie auch anlegen, sie finden ihre Quartiere, wo sie erwartet werden. Man sondert sich ab und bildet, den anderen weithin erkennbar, eine eigene Gemeinde. Man ist ein anderer, und das ist das Eigene. Bald vermag niemand mehr zu sagen, ob es das Mal oder die Gemeinde ist, die den Unterschied zuwege bringt.

Wolf war nicht der erste, den ich kennenlernte. Aber von allen, die ich traf, hatte er den stärksten Eindruck auf mich gemacht, obwohl ich ihn nicht meinen Freund nenne. Er war groß, überragte die meisten von uns um Haupteslänge und war etwas dick. Er trug zuviel Fett auf seinen Muskeln und bewegte seinen Körper schwerfällig. Ich hatte ihn oft angehalten, etwas Sport zu treiben. Vergebens! Auch war er nachlässig gekleidet. Meist trug er ein buntes Oberhemd, blau oder rot, mit wehendem Kragen, nie einen Schlips. Er hatte große Füße, aber die Schuhe, die er trug, waren immer noch eine Nummer größer, so daß sie wie kleine Kähne an seinen Füßen saßen. Aber mochten auch Flecken und Falten auf seinen Kleidern sitzen, von seinem Gesicht strahlte Gutmütigkeit.

Er war einige Jahre älter als wir, alt genug, bestimmte Erfahrungen seines Lebens so zu verarbeiten, daß er gereifter erschien. Aber er war es auch tatsächlich. Zusammen mit seiner Mutter, einem älteren Bruder und einer jüngeren Schwester hauste er in einem Vorort. Sein Vater war vor einigen Jahren an den Verwundungen eines Anschlages gestorben, er war eines der ersten Opfer gewesen. Man vermutete, daß er diesen Zwischenfall selbst herausgefordert hatte.

Obwohl ich Wolf schon einige Male hie und da getroffen hatte – da ich mich wenig blicken ließ, bot sich die Gelegenheit nicht früher –, sprach ich das erste Mal vertraulicher mit ihm an dem Tage nach dem kleinen, eigentlich unbedeutenden Zwischenfall im ersten Stock des Warenhauses, der für mich noch andere Folgen hatte, von denen ich später berichten werde.

Zu jener Zeit arbeitete ich als Aushilfe in dem Warenhaus, das mitten in der Stadt an der Hauptstraße stand, nur fünfhundert Meter vom Bahnhof entfernt. Wenn man von den Perrons kommend den Vorplatz überquerte und man stand wenige Schritte weiter auf der ersten Brücke neben dem blinden Straßenmusikanten mit seinem Bernhardiner, sah man es oben am Ende der Straße und direkt am Platze liegen, gegenüber dem Schloß, von der Börse nur durch einen Parkplatz für Autos getrennt. Viele hielten die Börse für ein schöneres Gebäude, und vielleicht war sie es auch. Sie war später erbaut als der Bahnhof. Aber mir gefiel das Warenhaus. Es war ein gar nicht so großes, aber fest und solide gebautes Haus, kein Palast oder Märchenschloß, sondern schlicht ein Haus, aus Sandstein erbaut, in das man am Tage ohne Furcht hineingehen konnte, einfach gegliedert in der Front und in den Seitenfassaden, nur sechs Etagen hoch, kein Wolkenkratzer, sondern ein Haus, in dem man zu Hause ist und – in welchem Stockwerk man sich auch befindet – fühlt, daß man Grund unter seinen Füßen hat und ein Dach über seinem Haupt. Gewiß gibt es auf der Welt noch viel größere und pompösere Warenhäuser, in New York, in Chicago, in Philadelphia und Rio. Aber darauf kommt es nicht an. Alles, was man von einem Warenhaus erwartet, traf man dort an, und noch viel mehr, was man sich nie erträumt hätte. Und dann die Menschen aus der ganzen Stadt, die man dort traf, mit einem großen und mit einem kleinen Geldbeutel, und dann die Menschen aus der Provinz. Es war das schönste, das ich bisher gesehen hatte, man hätte sich völlig in ihm verlieren können, und dennoch fand man sich überall wieder zurecht. Aber vielleicht schien es mir auch nur so schön, weil ich in ihm gearbeitet habe.

In der Stadt selbst gab es noch viel größere und höhere Häuser mit unzähligen Stockwerken, richtige Himmelsburgen wie das Haus der Krankenkassen im Südteil. Aber das war ein kaltes, weißes Haus mit zahllosen, auf einer Linie kunstfertig aneinandergereihten Fenstern. Wenn man draußen vorbeiging, spürte man, daß es drinnen nur um Zahlen und Papier ging, man sah die Menschen über Maschinen gebeugt und rechnen und schreiben, überall nur gebeugte Rücken und Schubfächer an den Wänden mit Akten. Es kam nur Staub, aber keine Freude aus diesem Gebäude.

Aber im Warenhaus gab es unten an der Straße, wo die Fußgänger liefen, die lange Reihe der großen Schaufenster. Ein jedes Fenster war eine kleine Geschichte voller bunter Einfälle und mit Liebe erzählt, ein jedes wieder anders als die vorigen, und an den Fronten entlang hingen in der Mitte, als wären sie aufgeklebt, die farbigen Reklamen bis auf das hohe Portal hinab, und ganz oben am Dachfirst lief am Abend die Leuchtschrift. Wenn man dort ging, war es, als würde man von Fenster zu Fenster gezogen, und man wurde wieder ein Kind, dem alles nur zum Anlaß dient für seine eigenen Wünsche und Träume. Aber dann geht man, schon leicht verzaubert, die vier, fünf Stufen hinauf zum Haupteingang, wo an der Drehtür der baumlange Portier in seiner grünen Livree und der großen Schildmütze auf dem Kopf steht und aufpaßt, daß die Tür gut in Schwung bleibt und die Straßenjungen nicht hineinschleichen. Hin und wieder gibt er mit seinem langen Arm der Tür einen Stoß, sie dreht sich, die Menschen in ihr drehen mit, drehen hinein und hinaus, ein kühler Luftzug erhebt sich, und der Portier steht breitbeinig und blickt auf die Straße und auf die Vorübergehenden und läßt gleichzeitig die Tür nicht aus dem Auge.

Und dann trittst du ein in das Innere und stehst in einem hohen Saal, in den von oben durch das Fenster das volle Licht fällt. Der Saal erstreckt sich tief nach rechts und nach links wie zwei ausgestreckte Arme, die dich empfangen. Aber du übersiehst ihn nicht, du ahnst nur seine Tiefe, irgend etwas raubt dir immer die Sicht, so daß du dich überraschen lassen mußt, wenn du von dem breiten Gang in der Mitte durch die unzähligen Seitengänge nach links und nach rechts an den beladenen Tischen in den Hintergrund schreitest. Es sind alles wieder kleine Säle, die sich aneinanderreihen, sich einander öffnen und von Tisch zu Tisch nur geschieden sind durch einen schmaleren Gang. Aber bevor du sie ermessen kannst, währt es seine Zeit. Denn vorn, am Ende des Mittelganges, in der Nähe der Haupttreppe und dort, wo es bei den Fahrstühlen um die Ecke geht, steht in einer Art Zelt ein Mann in Hemdsärmeln und verkauft, hingegeben an den Kreis der Neugierigen, der sich stets erneuert, einen kleinen Apparat, dessen Wunder er für fünfzig Pfennige gemein werden läßt. Es ist ein kleines Weltwunder, das er die Ehre hat heute vorzuführen, und man muß sich beeilen und es heute kaufen, denn morgen ist es kein Wunder mehr. Aber während du dort stehst und staunst, treibt zu dir her ein leichter Seewind, der Duft von Tannennadeln, Seifen, Parfüms und Puder, von Kämmen und Taschen und Schals. Die Frauen bringen ihn mit, die nie, wenn sie hierher kommen, versäumen, langsam und nachdenklich durch die Stände zu gehen und einen Blick einzufangen von dem, was nur ihnen gehört, die jungen Mädchen, die in Scharen aus den Kontoren um die Mittagszeit kommen und ihre hastigen Einkäufe machen. Am anderen

Flügel jedoch geht es ernster zu, bei den Wollsachen, dem Leinen und Satin, die in dicht bepackten Regalen und in großen Kästen dich erwarten.

Du steigst in den Lift und schwebst hinauf zum ersten Stockwerk, während es dir vom Kopf in den Rücken wie ein dumpfer Strom hinabrieselt aus dem metallenen Gestühl. Bevor du ganz entschwebst, siehst du noch durch einen immer kleiner werdenden Schlitz die gereckten Hälse derer, die dir nachstarren, und das wirre Durcheinander der übrigen, die, kleiner geworden, ihren Weg durch die Haufen und aneinander vorbei suchen. Dann bist du angelangt bei den Möbeln und den schweren Damaststoffen für Sessel und Diwan, die dort lässig aufgestellt sind und dich einladen zu einem wohligen Versinken. Aber du schreitest zaghaft weiter über Brücken und Teppiche, in die ferne Träume und Geschichten geknüpft sind, für die du jetzt nicht völlig aufgelegt bist, entlang an dickbäuchigen, kühlen Linoleumballen, die fest wie Ecksteine stehen, und trittst ein in den großen Lichthof, der das Haus nach allen Seiten und hinauf und auch das Dach auseinanderreißt mit Weite, Licht und Höhe, daß das Gestein in den Mauern bricht vor so viel Luft und du dich auf einem breiten Platz wähnst, in einer fremden Stadt in einem fremden Land, irgendwo im Süden, wo es sich leichter lebt. Zugleich ist es aber auch ein großer, funkelnder Theatersaal mit Rängen ringsum und bis hinauf unter das gläserne Dach, und überall Menschen, wie zu Beginn der Vorstellung. Sie stehen herum und unterhalten sich, laufen oder sitzen und schauen, über das Geländer geneigt, hinunter, wo du stehst und hinaufschaust. Überall sind Stimmen um dich, du hörst sie alle auf einmal, aber dir ertönt keine einzige, daß du sie verstündest. Es ist ein Chor von Stimmen, aber in deinem Ohr werden sie alle nur ein einziger, dumpf schwellender Ton mit vielen Tonranken um ihn herum, du hörst ihn besser, wenn du die Augen schließt. Und so, wie er in deinem Ohr summt, summt er durch das ganze Haus, die Ränge hinauf und durch alle Gänge, er birgt alle Töne in sich, so vielfältige, als es Farben gibt hier unten in dem Lichthof, wo die Stoffe schräg ausgerichtet in den Regalen liegen, die grünen, die roten, die blauen, die gelben und schwarzen. Das dunkelt und hellt auf in den unzähligen Zwischentönen, die deine Augen zu einem neuen Gesicht umschaffen, dort die dunkelblauen Samte und hier die türkischen Seiden, die Veloure und Crêpes de Chine, die weinroten Voiles und bedruckten Kattuns, die halbfarbigen Musselins und Brokate. Es schlägt dir entgegen aus den Draperien in der Mitte des Hofes, aus den Dekorationen und den kunstfertigen Attrappen, dies alles zusammen ist Farbe, Ton und Stoff. Und dazwischen laufen die schwarzgekleideten Verkäuferinnen, dir zu Diensten, wenn du sie rufst.

Dort, wo die Menschen auf dem zweiten Rang an niedrigen, runden Tischchen sitzen, beginnt der Speisesaal, erstreckt sich über die ganze Breite bis an die Vorderseite, jedoch auf dem Weg dorthin durchquerst du erst noch die Buchabteilung. Es ist wieder eine andere Stadt, die du betreten hast. An den Tischen und Regalen stehen versunken Menschen mit Büchern in den Händen und haben Zeit. Auch die Verkäuferinnen und der Chef sind still und haben Zeit. An ihrem Auftreten merkst du, daß sie mit Büchern umgehen wie mit einem schwierigen Liebhaber, und du hast dir vorgenommen, keines der Bücher in die Hände zu nehmen und nur zu schauen und dich auf diese Art gütlich zu tun. Aber ohne daß du es weißt, bist du schon an den Tisch getreten, greifst vorsichtig ein kleines Buch und blätterst und liest schon ein zweites und dann wieder ein neues, und schon bist du verloren. Langsam schleust du dich von Buch zu Buch, bis dich die Töne eines Flügels herauslocken aus dem Reich der Augen, denn in der Nähe ist die Musikabteilung. Du bist überrascht, ein Flügel ist das letzte, was du hier erwartet hast. Ein Tanz erklingt, irgendein Song mit starken, festen Rhythmen im Baß, und eine Melodie darüber von einfacher Eindringlichkeit. Eine Frau steht neben der Spielerin und lauscht, bevor sie die Noten kauft, um sie zu verschenken, während aus der Ecke weit dahinten, wo die Töne nur noch ein Schweben sind, ernste Musik ertönt von einer Grammophonplatte, eine Fuge und Invention. Du läufst näher hinzu und lauschst, bis du genau erkennst, was es ist, und gehst zufrieden weiter über die Mitteltreppe in die folgenden Stockwerke, in denen Anzüge und Kleider auf Bügeln an großen fahrbaren Gestellen hängen, Pelze und Jacken, einfache und teure Dinge, große und kleine Maße, und dort an der Ecke schreitet ein Hochzeitszug lebensgroßer Puppen, die Braut lacht in ihrem Schleier, der Bräutigam lacht steif und bietet ihr seinen Arm, steifbeinige Kinder streuen lachend Blumen, und dahinter altes und junges Volk, an ihren Kleidern kann man ihr Alter ablesen. Und noch etwas weiter, durch einen schmalen Gang getrennt, stehen ein Kinderwagen und eine Wiege. Wie du noch einmal zurückschaust, siehst du die Bilder wieder hängen, und du erschrickst, denn die Bilder sind nicht schön.

Da hast du dann endlich etwas gefunden, was häßlich ist, die Bilder. Du würdest nie eines von ihnen aufhängen, und doch werden sie gekauft. Nein, Bilder gehören nicht in ein Warenhaus, denkst du, obgleich in ihm alles zum Betrachten daliegt. Aber das Betrachten von Bildern ist ein anderes Schauen, nicht wie sonst im Warenhaus. Doch du darfst nicht verweilen, denn dich erwartet noch die Sportabteilung, sieh, welch ein Betrieb! Schnell dort ein kurzes Stoßen am Punchingball. Fuhr nicht einmal ein Segelboot durch deine Träume? Dort zeltet man an einem grünen Abhang. Das Motorrad daneben, während um die Ecke schon der Winter eingefallen ist, mit Rodel und Ski, Schlittschuh und Bobsleigh. Das Lachen, das du weiter oben hörst, kommt aus der Spielwarenabteilung. Dort ist es immer voll, und du kannst schauend noch einmal zurücksteigen in die Seligkeit deiner eigenen Kinderzeit und nachholen, was du versäumt hast, das Lachen, das unbefangene Glücklichsein und zugleich die ernsthafte Betriebsamkeit, die das Spiel ist, phantasievolle Tat, die sich nur im Spiele meint.

Aber noch bist du nicht am Ende. Du durcheilst die Haushaltsabteilung, denn du bist ein Mann, und was gehen dich die Töpfe und Pfannen an und Gläser und Eimer und Bürsten und Holzlöffel und Waschmittel und Messerbänke und Eieruhren. Einen Blick nur auf das bemalte Geschirr, die Tassen und Kannen und die verzierten Teller, später, später einmal, wenn du irgendwo zu Hause bist und denkst, daß du bleibst.

Du bist ermüdet und läufst und steigst weiter. Du siehst nicht mehr, was sich für deine Augen ausbreitet, es ist zuviel, du kannst es nicht mehr in dich hineinsehen, und immer wieder kommt dir das kleine Handtäschchen in den Sinn, aus rotbraunem Leder, das dir so sehr gefiel, und du weißt jemanden, der es gerne tragen würde. Du bist zu müde von allem, und noch warst du nicht oben in der Lebensmittelabteilung. Es ist viel, es ist zuviel zu sehen in einem Warenhaus, daß man schließlich vergißt, daß man alles kaufen kann, und wie durch ein Museum wandert und schaut und stehenbleibt. Alles ist so schön und bunt, so vielfältig in seinem friedlichen Nebeneinander, man muß sich freuen, man muß lieben, man muß glücklich sein, es ist die ganze Welt, die hier ausliegt. Du brauchst sie nicht zu kaufen, du kannst sie auch nicht kaufen, denn soviel Geld hast du nicht und wirst du nicht haben. Aber noch warst du nicht oben in der Lebensmittelabteilung, bei den kandierten Früchten und den Nüssen, den Mandeln und dem Gefrorenen, den Gewürzen, Muskat, Nelken und indischem Curry, Sambal, und den Käsen, Würsten und Schinken, den Säcken voll Mehl, Grieß und Erbsen, Schokoladen, Marzipan und Weinen, bei den Verkäuferinnen mit den weißen Schürzen und Häubchen. Es blitzt auf den weißen Fliesen, es wird geputzt und gescheuert, das Weiße ist sauber, und es schmeckt besser. Du begehrst auch nicht mehr, vor lauter Begehren begehrst du nicht mehr, denn in deinem Begehren hast du schon teilgehabt, es ist so viel zu begehren, daß du über die Unersättlichkeit deines Herzens lachst und über deine Ausschließlichkeit und eine Zufriedenheit ersehnst, die du nicht kennst, wenn du nicht im Warenhaus bist. Auch wenn du Geld hättest, mehr könntest du nicht begehren, und auch wenn du noch weniger hättest, als du besitzt. Mit Geld kannst du dein Begehren erfüllen, aber das Erfüllen ist nicht zu erfüllen und nicht zu erlernen. Doch du erfährst, daß es viele Begierden gibt auf dieser Erde, daß sie nebeneinanderliegen wie in einem Warenhaus, für einen jeden eine andere, und daß man durch sie alle hindurchgeht wie durch ein Warenhaus, den gleichen Weg, der Portier, die Hauptreppe, der Lift oder die Rolltreppe, der Lichthof und dann weiter hinauf und dann wieder zurück und hinaus durch die Drehtür an der anderen Seite.

Aber wenn du wieder draußen stehst und hast nur für fünfunddreißig Pfennig oder für siebzig Pfennig gekauft, einen Bleistift oder ein Feuerzeug, so ist es doch, als hättest du alles andere mitgekauft.

Eines Tages las ich in der Zeitung, daß das Warenhaus junges Personal suchte für alle Abteilungen, Anmeldungen dort und dort. Ich meldete mich und kam zu einem jungen Personalchef. Er las die Papiere, die ich ausgefüllt hatte.

»Student?« fragte er. »Wir suchen hauptsächlich Personal für den Verkauf, wir bilden es in Fachkursen aus. Warum kommen Sie?«

»Ich möchte gern im Warenhaus arbeiten«, sagte ich.

»Warum?« fragte er wiederum. Aber ich merkte, daß er voll Teilnahme fragte und im Grunde nicht erstaunt war, daß ich hier erschien.

»Ich bin schon oft durch das Haus gegangen«, sagte ich, »fast fühle ich mich heimisch. Außerdem muß ich Geld verdienen.«

»Als Verkäufer? Unmöglich!«

»Dann vielleicht etwas anderes«, erwiderte ich.

»Was können Sie?«

»Ich kann Kisten öffnen und Pakete einpacken«, sagte ich. Ich hatte oft genug zu Hause meinem Vater geholfen, wenn er Kisten mit Apparaten und Filmen erhielt. Auch das Paketpacken hatte ich gelernt.

»So?« sagte er, als wäre es die einfachste Sache der Welt.

»Morgen um zwölf Uhr im Speicher, hinterer Eingang, melden Sie sich beim Chef!« Er kritzelte ein paar Zeilen auf einen Zettel und übergab ihn mir.

Vom folgenden Tag an arbeitete ich täglich einige Stunden als Aushilfe, meistens in der Mittagszeit, auf dem Speicher. Zuweilen half ich beim Einpacken in den Abteilungen.

Es war in den letzten Tagen des Ausverkaufs. Die großen Schlachten waren bereits geschlagen, als zur Mittagsstunde ein unvorhergesehener Sturm auf die Abteilung für Stoffe, in einer Ecke des Lichthofes gelegen, einsetzte. Plötzlich waren die Tische, auf denen die farbigen Stücke, zum Teil nur noch Kupons von einigen Metern, ausgebreitet lagen, umlagert von einer Schar heftig aufgeregter Käuferinnen. Die Mädchen, die kleinere Besetzung, die über Mittag den Dienst versah, wehrten sich tüchtig. Ich stand am Einpacktisch neben der Kasse, zwischen dem Publikum und mir war ein metallenes Gitter. Da erhob sich ein großer Tumult in der gegenüberliegenden Ecke, zwei Stimmen, die sich erregt stritten, drangen zu mir herüber. Ich lief hinzu und sah, wie inmitten wartender und kaufender Frauen zwei sich um den Besitz eines Stückes roten Tuches balgten, indem beide es am Ende festhielten und es sich aus den Händen zu winden suchten. Heftige Ausrufe begleiteten ihre Versuche, wobei jede ihren Erstanspruch behauptete, kraft ihrer eigenen Person und unter Anrufen anderer Zeugen aus dem Kreis der Wartenden. Immer, wenn es um die Erfüllung eines Begehrens geht, das allgemein ist, bilden sich Parteien und Kreise, um die Sache gründlich auszufechten, und auch hier gab es deren zwei.

Hinter den Tischen, vor den Regalen mit den sich lichtenden Flächen, standen die Mädchen, nahmen die Bestellungen der Käuferinnen entgegen, schleppten neue Kupons herbei, maßen ab, schrieben eilig Rechnungen und brachten die verkauften Stücke zum Einpacktisch.

Eine der Verkäuferinnen war entmutigt zurückgetreten und lehnte gegen die leeren Fächer, die Streitenden betrachtend, nachdem ihre Versuche, schnell Frieden zu stiften, gescheitert waren. Sie stand da, bleich und sichtlich unter dem Eindruck ihrer Schlappe, und sah zu den Frauen, als betrachte sie eine Filmszene, gefesselt, etwas ergriffen, aber doch mit Abstand. Sie hatte ein leicht unregelmäßiges ovales Gesicht, das linke Auge war eine Spur kleiner, aber ihr Blick war lebhaft und warm. Ihr Haar hatte die Farbe eines Geigenholzes, rotbraun, und funkelte, wenn das Licht daraufiel. Ich sah sie stehen und sah zugleich das Eigenartige, wie sie dastand. Sie nickte mir lächelnd zu, als ich, aus meiner Ecke hervorkommend, unter die Gruppe der Frauen und zu den Streitenden trat.

Seit einer Woche arbeitete ich mittags in dieser Abteilung, ich hatte sie des öfteren gesehen. Anscheinend erkannte sie mich auch, sie nahm es als selbstverständlich hin, daß ich ihr zu Hilfe kam.

»Aber, meine Damen«, sagte ich, und meine Stimme allein bewirkte, daß sie alle plötzlich schwiegen.

»Ich war eher hier«, sagte die eine, eine etwas dicke Frau mit energischem Kinn und breitausladenden Wangenknochen. Sie hielt den Kupon fest und zog ihn zu sich hin.

»Sie irrt«, sagte die andere. Sie war ein wenig kleiner und sah in allem weniger robust aus. »Sie hat sich nicht umgesehen, sonst hätte sie mich stehen sehen können.« Sie zog den Kupon am anderen Ende zu sich hin.

Alle Frauen sahen auf uns, die Verkäuferinnen legten die Stoffe und die Scheren auf den Tisch zurück und blickten neugierig zu uns herüber.

Ich wandte mich zu der Frau, die zuletzt zu mir gesprochen hatte. »Wollen Sie den Stoff für sich selbst kaufen, gnädige Frau?« fragte ich.

Es war ein knallroter Wollstoff.

Sie nickte. »Ja, er reicht gerade für ein Kleid.«

»Aber die Farbe kleidet Sie ja gar nicht, gnädige Frau«, sagte ich etwas leise, um besser gehört zu werden. Sie erschrak so heftig, daß ihre Finger, die sich krampfhaft in den Stoff gebohrt hatten, sich lockerten und sie ihn beinahe losließ, so daß die andere die Gelegenheit benutzte und ihn ihr mit einem Ruck entwand. Die Unterlegene betrachtete mich unverwandt, sie war eine Frau in den mittleren Jahren und hatte sicherlich nicht erwartet, daß man sie hier so gütlich ansprach. Ihr Gesicht verlor seine Starre, ihre Lippen verloren ihre Gespanntheit, und der halbgeöffnete Mund verlieh ihrem Gesicht einen milderen, hilflosen Ausdruck.

»Aber dann kriegt die andere ihn doch«, sagte sie leise, so, daß nur ich es hören konnte.

Da sie kleiner war, beugte ich mich etwas zu ihr hinab – ich stand mit dem Rücken zu der anderen Frau –, daß nur sie meine Worte hören konnte: »Ich kann niemandem verbieten, zu kaufen, was er will, aber dies hier ist bestimmt nicht Ihre Farbe.«

Sie war über die plötzliche Wendung noch immer so überrascht, daß sie in ihrer Einfalt sagte: »Mein Mann findet das auch, er hat mich davor gewarnt. Danke!«

Sie überließ den Kupon der anderen, wandte sich an die Verkäuferin, die mit Erstaunen der Entwicklung der Dinge gefolgt war, und sagte: »Ich nehme lieber den anderen, den taubengrauen, Sie wissen schon, den ich zuerst ausgesucht hatte.«

»Wie haben Sie das gemacht?« fragte Wolf, als ich ihm später den Zwischenfall erzählte.

»Ich weiß es nicht«, sagte ich.

»Aber Sie müssen doch etwas dabei gedacht haben«, beharrte er.

»Ich wollte den Streit beilegen. Das andere kommt von selbst, sehr einfach«, erwiderte ich.

»Schade, daß Sie sonst so starrköpfig sind«, sagte er.

»Bin ich das?« fragte ich. Es war das erste Mal, daß er offen sagte, was er über mich dachte.

»Niemand weiß, was Sie eigentlich denken und wo Sie stehen«, fuhr er fort.

»Oho«, sagte ich, »das ist doch wohl deutlich, denke ich.«

Bin ich nicht so wie sie, dachte ich bei mir, und trotzdem zweifeln sie? Trage ich nicht genau wie sie das Mal, das uns verbindet? Denken sie, daß ich weniger an ihm leide als sie, weil ich es nicht zu einem stolzen und erhabenen Ehrenzeichen, zu etwas Einmaligem erhebe, als ob nichts weiter Erhabenes in der Welt bestünde als dieses? Weil ich nicht hassen kann, wo man nicht liebt – zweifeln sie deshalb? Wenn ich doch nur wüßte, ob der alte Fotograf da oben, von dem mein Vater so oft sprach, Lieblingsporträts hat, die er von Zeit zu Zeit hervorholt und in Liebe betrachtet. Vielleicht liebt er sie alle, seine Aufnahmen, oder besonders die eine, die ihm gründlich mißlungen ist und die er auch von Zeit zu Zeit einer kleinen Revision unterzieht? Aber niemand weiß, welche die mißlungene ist. Die Dunkelkammer birgt das Geheimnis. Es wäre vermessen und eitel, es genau wissen zu wollen.

»Man findet Sie im allgemeinen zu starrköpfig«, sagte Wolf. »Vielleicht sind Sie es im persönlichen Umgang weniger, wenn man Sie näher kennenlernt. Leider geben Sie niemandem die Gelegenheit dazu.«

»Warum findet man mich starrköpfig?« fragte ich.

»Sie haben starrköpfige Ansichten«, sagte er, »wenigstens in den sparsamen Äußerungen, die Sie über Ihre Lippen bringen. Bei den seltenen Gelegenheiten, da man Sie sieht, findet man Ihre Ansichten starrköpfig. Meine persönliche Ansicht ist, daß Sie unsicher sind. Vielleicht hassen Sie sich selbst?«

»Sie meinen, daß ich mich hasse, weil ich lieber ein anderer sein möchte als der, der ich bin?«

»Vielleicht«, antwortete er zaghaft.

»Dann irren Sie sich«, sagte ich entschieden.

»Es wäre mir ein Vergnügen«, sagte er mit einer gewissen Höflichkeit und zugleich Kälte in seiner Stimme. »Man sollte in der Tat annehmen, daß Sie wüßten, wo Sie hingehören. Man hat den Eindruck, daß Sie schwanken, daß Sie – sagen wir es einmal offen – ein schwacher Bruder sind.«

»Vielleicht ein Spitzel?« begann ich zu höhnen.

»Das nicht«, entgegnete er ernsthaft, den schwachen Bruder desto mehr unterstreichend, »das nicht. Für Geld sind Sie nicht käuflich.«

»Schade«, fuhr ich in dem gleichen ironischen Ton fort, »ich hoffte, daß ich hierzu Anlage besäße, nicht wahr?«

»Für Geld nicht«, wiederholte er noch einmal, eine andere Möglichkeit durchaus hervorhebend.

»Wofür dann?« fragte ich herausfordernd.

»Warum treiben Sie Spott mit sich selbst«, sagte Wolf und sah mich ruhig an, »warum? Es ist schon schwer genug, ertragen zu müssen, daß man nicht geliebt wird.«

Ich erschrak. »Woraus schließen Sie das«, sagte ich leichthin, um nicht den Eindruck zu erwecken, daß ich getroffen war.

»Sie verraten sich.«

»Inwiefern?«

Ich merkte, daß ich nicht mehr Herr meiner Erregung war, und räusperte mich einige Male energisch.

»Tun Sie mir bitte den Gefallen«, sagte er in seiner gleichen ruhigen und eindringlichen Art, »und nehmen Sie *ihn* nicht immer in Schutz.«

»Wen?« fragte ich.

Er lachte.

»Man weiß bei Ihnen nie, ob Sie sich verstellen oder ob Sie es wirklich so meinen.«

»Ach so«, sagte ich.

Schweigen.

Nach einer Weile begann ich: »Warum wirft man mir vor, daß meine Gedanken an bestimmten Punkten abweichen von den allgemeinen? Ich habe als Kind gewisse Erlebnisse gehabt, und ich …«

Er unterbrach mich. »Sie werden nicht anders gewesen sein als die von uns allen«, sagte er. »Das entschuldigt nicht Ihren Mangel an Teilnahme, an Gefühl der Schicksalsverbundenheit, das uns zusammenschmiedet. Sie vergessen, daß, wer auf dieser Erde leidet, zu den Auserwählten gehört.«

Sie alle leiden, flog es durch meinen Kopf, sie alle, ich wußte es, an ihrem Mal. Aber sie erheben es zu einem stolzen und erhabenen Ehrenzeichen, zu etwas Einmaligem, als ob es nichts auf dieser Welt gäbe, das erhabener wäre. Aber sie leiden, und eigentlich ist es eine kleine Mogelei, was sie aus ihrem Leiden machen.

»Wenn ich nur Sicherheit hätte, daß es wirklich so ist, wie Sie sagen«, erwiderte ich, »wenn ich dies nur wüßte.«

»Ja, natürlich«, sagte er rasch, ohne nachzudenken. Aber ich sah an seiner Art, wie er den Kopf allmählich hob und den Blick von mir abwandte und ihn angestrengt in die Ferne richtete, daß er selbst mit seiner Antwort nicht zufrieden war.

»Nehme ich ihn denn in Schutz?« fragte ich.

»Nicht direkt, vielmehr könnte man Ihr Bemühen, sich in ihn hineinzudenken, seine Beweggründe zu erforschen und zu begreifen, deuten, daß eine gewisse Sympathie Ihnen nicht fremd ist, obwohl …«

»… man verlangen könnte, daß ich ihn haßte«, vollendete ich seinen Satz.

»Nein«, sagte er, »nicht hassen, aber daß Ihr Stolz Ihnen verböte, sich dergestalt in ihn einzuleben, daß Sie darüber beinahe vergessen, was Sie sind und wer er ist. Dies ist das Wesen der Sympathie. Oder befürchten Sie, ärmer zu werden, wenn man sich beschränkt?«

Es ging also doch um den Stolz, den man bewahren mußte. Zugleich verband er sich mit einer gewissen Beschränktheit, von der man wiederum nicht wußte, ob sie selbstgewollt oder von der Außenwelt aufgedrungen war. In jedem Fall schien sie mir notwendig zu sein im Sinne eines Selbstschutzes und einer Selbstrechtfertigung.

»Sie wollen also lieber Gott danken, daß Sie sind, der Sie sind, und Sie ziehen gegen den anderen zu Felde, weil er eben ein anderer ist«, sagte ich. »Sie vergessen, daß der andere das gleiche mit Ihnen tut, da für ihn Sie der andere sind. Es ist alles ein großes Karussell mit den gleichen geschnitzten Holzpferdchen, nur verschiedenartig gefärbt, zur Abwechslung des verehrten Publikums.«

»Es gibt aber eine Grenze«, sagte er, »wo das Mitgefühl, das Sicheinfühlen von selbst aufhört.« Er schien mir traurig zu sein, daß er diese Grenze setzen mußte. Er brach ab und schwieg.

Ich hätte wer weiß was gegeben, wenn ich seine Gedanken gewußt hätte, die ihm jetzt, wo er schweigend vor sich hinstarrte, durch den Kopf schossen. Sein massiger Körper atmete schwer, es war, als ob er mit jedem Atemzug alles aus der Luft herausholte an Leben, was sie besaß, um es seinem Körper dienstbar zu machen. Er atmete, als wäre ein jeder Atemzug sein letzter.

Wolf war ein guter Mensch, wer mit ihm nur einmal zu schaffen hatte, wußte das. Vielleicht dachte er an seinen Vater, den man umgebracht hatte, und dachte zugleich auch an den Täter. Vielleicht dachte er in einem Atemzug an beide zusammen und noch an viele andere Dinge, die ich mir nicht vorstellen konnte, weil ich sie nicht erlebt hatte. Ich hatte ihn nie nach seinem Vater und nach allem, was mit dem Geschehen zusammenhing, gefragt. Ich dachte mir, daß es nicht gut sei, zu fragen. Auch hatte er, früher als ich, erfahren, was es heißt, einen Feind zu haben, aber er hatte es anders erfahren, tiefer, wahrhafter, trotzdem konnte ich mir immer noch nicht gut vorstellen, wie er es erfahren hatte. Er selbst blieb schweigsam. Es gab Augenblicke, in denen ich wünschte, ihm einen Gefallen zu tun, zu denken und zu fühlen, wie er dachte und fühlte. Aber dann hätte ich den Riß erkennen müssen, der schon durch meine Kinderwelt lief und sie in zwei Stücke – hie Freund, hie Feind – zerbrochen hatte.

Ich hatte für immer meinen Freund, den ich an meinen Feind verloren hatte, hergeben müssen, obwohl ich es war, der ihn damals gehen ließ. Ich hätte von der Hand meiner Mutter weglaufen müssen, als sie mich zu den Kindern zurückbrachte, ich hätte meine Hoffnung aufgeben müssen, sie alle noch einmal zurückzugewinnen, und ich hätte so heftig und grausam wie sie sein müssen, um mich auf der anderen Seite zu behaupten. Auf der anderen Seite, dachte ich im stillen. So weit ist es also schon gekommen, daß man auf einer Seite steht und in einen Kampf verwickelt ist, bevor man überhaupt Gelegenheit gehabt hat nachzudenken, warum man ficht, wer Gegner ist, warum er es ist und worum es eigentlich in diesem ganzen Kampf geht. Sieh dir die Menschen an, du brauchst nur ein paar grobe Lügen zu nehmen und sie jemandem anzuheften, schon hast du Anhänger, die dir glauben, es bilden sich Parteien, Gruppen, Rassen. Kontinente rüsten sich zum

Streit und zetteln ihn dann auch an. Man ist zu allem bereit, man gibt selbst sein Leben hin, man ist heftig und grausam wie der andere, und vielleicht ist es nötig, so zu sein oder es zu lernen. Vielleicht verschaffte man sich nur auf diese Art Respekt und wurde schließlich Freund mit jenen, denen man feind war. Aber es war so verwirrend, dies zu denken, man verrohte, und alle Dinge, die bisher noch schön waren auf der Erde und die man liebte, wurden roh und häßlich. Aber vielleicht war es dennoch nötig, es zu lernen und es gut zu lernen, später einmal. Und dann würde eine Zeit kommen, da man es wieder verlernen müßte, da man alles vergessen müßte, was man gelernt hat. Aber hatte Wolf es denn gelernt, konnte er nach allem, was ihm und seinem Vater widerfahren war, heftig und grausam sein? Es war mir unmöglich, es zu glauben, wenn ich ihn so neben mir in die Ferne starren und schweigen sah.

Dies alles wollte ich ihm sagen, und ich suchte nach Worten, um es ihm deutlich zu sagen. Aber was bedeuteten Worte ihm, der seinen Vater verloren hatte und viel ertrug. Ich brachte nicht viel Worte hervor und stammelte nur: »Wenn er uns auch schlechtmacht, braucht er selbst noch nicht schlecht zu sein. Eines Tages wird er seinen Irrtum schon einsehen, vielleicht mit unserer Hilfe.« Es tut gut, Gutes zu sagen von jemandem, der selbst nur schlechte Dinge tut, zu sagen von jemandem, der selbst über dich nur schlechte Dinge in der Welt verbreitet. Man fühlt sich dann immer besser als er.

Er hörte mich ruhig an, obwohl ich bemerkte, daß ich ihn mit meiner Behauptung stark irritierte.

»Wären Sie imstande«, fragte er, »sich nachts auf einen Kirchhof zu schleichen und ihn zu verwüsten, bedenken Sie, die Ruhestätte der Toten zu zerstören?«

Ich wußte, daß dergleichen geschah, aber ich fand es absurd, mich dies zu fragen, und ich grinste.

»Warum grinsen Sie?« sagte er.

»Mir fiel etwas Komisches ein«, erwiderte ich.

»So?«

»Ja, ich könnte mir nämlich vorstellen, daß ich es täte, vorausgesetzt, daß mir jemand deutlich machte, daß diese Tat, sagen wir, gottgewollt, vernünftig und im Zuge eines bestimmten Planes sogar notwendig sei. Man kann einen Menschen zu vielen Dingen überreden.«

»Sie könnten dies«, sagte er, »Sie schwätzen, alles ist blasse Theorie bei Ihnen, und dabei grinsen Sie noch. Wären Sie wirklich imstande, einen alten Mann in einen Hinterhalt zu locken und ihn dort kaltzumachen, aus irgendeinem Grunde, dessen Notwendigkeit Sie sich vorgaukelten?«

»Man läßt in Träumen noch ganz andere Dinge geschehen«, erwiderte ich.

Er schien diese Antwort erwartet zu haben, er zeigte sich nicht im mindesten überrascht. Er legte seine Hände mit gespreizten Fingern auf seine Knie, schaute zu Boden und sagte, als spräche er in die Erde hinein:

»Das einzige, was man hoffen kann, ist, daß nicht ein anderer kommt und alle die Dinge, die man selbst nicht zu tun sich bemüht, ausführt. Wehe dem, der unsere Träume verwirklicht.«

Mich überrieselte ein Schauer, und ich sagte verzweifelt:

»Was soll ich tun, bitte sagen Sie es mir, da kommt einer daher und behauptet, daß ihr Schurken seid und …«

»Ihr? Sie? Wir!« verbesserte er mich, »Sie gehören auch dazu, vergessen Sie es nicht!«

»Gut. Sie haben natürlich recht. Ich versprach mich. Also, daß wir Schurken sind, und schon haben wir nichts Besseres zu tun, als mit ihm mitzuspielen und ebenfalls zu behaupten, daß er auch ein Schurke ist, vielleicht ein noch viel größerer Schurke.«

»Haben Sie sich schon einmal überlegt, warum er es von uns behauptet?«

Mir fielen die Worte meines Freundes ein, als ich ihm damals ungefähr die gleiche Frage gestellt hatte, und ich wiederholte nur:

»Ich weiß gar nicht, ob es ihm so ernst ist, wie es von uns genommen wird. Er verfolgt ein bestimmtes Ziel, und dafür hat er einen Feind nötig, um seine Propaganda an ihm wie an einem Kleiderhaken aufzuhängen und der Welt seine Pläne deutlich zu machen. Im Grunde meint er sich selbst.«

»Eine fürchterliche Wahrheit, die Sie da aussprechen«, sagte Wolf, und sein schwerer, etwas verfetteter Körper richtete sich auf, »so fürchterlich, daß ich zugleich zweifle, ob Sie ihre Tragweite übersehen.«

»Was meinen Sie, daß er tun wird? Haben Sie Angst?« sagte ich kühn, wie nur der Unverstand kühn sein kann.

»Ich befürchte das Schlimmste«, sagte er leise und atmete schwer, daß sein blaues Hemd sich bei jedem Atemstoß in unzählige Falten brach. Seine Angst verfehlte nicht, Eindruck auf mich zu machen, um so mehr, als sie mir nicht aus einer Schwäche seines Charakters als vielmehr aus einem starken Wissen, vielleicht aus einem Vorgefühl zu stammen schien. Ich sah sein ruhiges Gesicht mit dem gutmütigen Ausdruck, in das Entschlossenheit getreten war.

»Was muß ich denn tun?« wiederholte ich.

»Nichts«, sagte er, »gar nichts. Die Leute, die fragen, was sie tun müssen, die sollten lieber gar nichts tun. Das ist nämlich das große Unglück, daß sie es nicht wissen und daß sie denken, daß sie dennoch etwas tun müssen. Wer weiß, was er zu tun hat, wo sein Platz ist, der handelt im rechten Augenblick, es kommt aus ihm selbst, ohne daß er vorher erst lange fragt, was er nun in aller Welt tun muß. Darum ist es besser, daß Sie nichts tun.«

»Sie sind ein wunderlicher Mensch«, sagte ich.

»Ich finde Sie viel wunderlicher«, erwiderte er. »Sie kommen aus einer kleinen Stadt, in der Sie sicherlich viel Unangenehmes erlebt haben. Als Kind hat man Sie schon ausgeschlossen, nicht wahr? Im Grunde wissen Sie so gut wie ich, wo Sie hingehören, ich glaube auch nicht, daß Sie sich dagegen sträuben. Das ist es nicht, was Sie beunruhigt. Aber Sie wollen etwas Unmögliches, Sie versuchen den Riß, der durch diese Welt läuft, zu kitten, so zu verkleben, daß er nicht mehr sichtbar ist, und dann denken Sie vielleicht, daß er nicht mehr besteht. Sie stehen mitten in einem Geschehen und versuchen, sich darüber Rechenschaft zu geben und es zu gleicher Zeit zu gestalten, indem Sie mit einem Satz rausspringen und es gleichsam vom Standpunkt einer Mondpflanze betrachten. Sie versuchen, etwas, das Sie angeht, zu beschauen, wie etwas, das Sie angeht und zugleich nicht angeht, habe ich recht?«

Ich hatte ihm voller Bewunderung zugehört, da er Gedanken aussprach, die ich niemals auf diese Weise hätte aussprechen können. Ich nickte nur schweigend und ermunterte ihn fortzufahren.

»Eines Tages werden Sie entdecken, daß es unmöglich ist und ...«

»Und was dann?« fragte ich hastig.

»Dann werden Sie nicht mehr zu fragen brauchen, was Ihnen zu tun verbleibt.«

»Wenn nicht ein ganz anderes Problem noch hinzukäme«, fuhr ich fort.

»Welches?« fragte er.

»Daß sich ein jeder beruft, daß er sozusagen die Legitimation in der Tasche mit sich herumträgt als die einzig echte und wahre Legitimation, sozusagen ein persönliches Empfehlungsschreiben von der höchsten Instanz.«

»Ich kann Ihre Schwierigkeiten begreifen«, erwiderte er, »es sind die unseren auch. Vergessen Sie nicht, daß der Riß, den Sie außen in der Welt zu sehen vermeinen, innen liegt, in der Schöpfung, wenn Sie wollen, wenn Ihnen das etwas sagt. Er greift bis in unsere Träume hinein.«

»Dann hat er also doch recht«, sagte ich nach kurzem Nachdenken.

»Gewiß«, sagte er, »aber wir auch.«

»Dann besteht keine Aussicht, daß dieses Spiel je endet.«

»Ich weiß es nicht«, sagte er. »Wer kann das wissen?«

»Es wird also immer so weitergehen?«

Er zuckte mit seinen Schultern und machte eine fragende Gebärde mit seinen Händen.

»Immer wieder neue Widersacher werden auferstehen und in die Arena treten, und von unserer schönen Welt wird täglich ein Stückchen mehr abbröckeln wie von einer alten Ruine aus früheren Zeiten, durch deren verfallene Gemäuer der Wind pfeift und der Regen peitscht, täglich wird ein Stückchen mehr abbröckeln, bis sie ganz in Trümmer fällt und nur kaltes Geröll noch den Platz angibt, wo sie einstens in herrlichen Zeiten stand. Und in diesem grausamen Spiel spielen wir mit, uns der Illusion hingebend, es glücklich beenden zu können. Ich werde traurig, wenn ich daran denke, welches das Ende sein wird.«

Wolf stützte seinen Kopf in seine Hand und strich langsam über seine stopplige Wange. Er ließ mich ausreden und wartete.

»Wollen Sie es ändern?« fragte er.

»Ich habe als Kind Briefmarken gefälscht, was tut man als Kind nicht alles, mein Vater ist ein Fotograf, ich bin in seiner Dunkelkammer zu Hause«, sagte ich.

Er lachte und atmete auf. »Und?« fragte er.

»Sie haben schon recht, der Riß verläuft innen. Ohne ein bißchen Mogelei geht es anscheinend nicht.«

»Dürfen wir Sie morgen abend erwarten?«

»Erwarten«, fragte ich bestürzt, »wozu?«

»Harry hält einen Vortrag, Sie werden viele Fragen erörtert und vielleicht beantwortet finden, die uns hier beschäftigt haben.«

»Meinen Sie nicht auch, daß unsere eigene Existenz das entsetzliche Beispiel einer fürchterlichen Wahrheit ist?« fragte ich.

»Vielleicht«, sagte er nachdenklich, »vielleicht …«

»Ich komme«, sagte ich zögernd. Er gab mir die Hand und ging.

Am nächsten Abend erschien ich, und auch in der Folgezeit ließ ich mich öfter in dem Kreise blicken. Das ›Wir sind‹ meines Vaters klang in meinen Ohren nach, und so wurde ich zaghaft einer der Ihren oder vielmehr der Unseren, zaghaft, denn das Vertrauen in die eigene Sache wog mir zu leicht und vermochte nicht die nagende Erwartung in ein Zukünftiges auszuschließen, an dem auch der Widersacher seinen gerechten Anteil hatte.

Man kennt die Umstände Ende der zwanziger, Beginn der dreißiger Jahre, die dem *Ereignis* vorangingen. Alles schien auf dieses Kommende hinzuweisen. Das heißt, in der Erinnerung ist es so. Vielleicht ist es trügerisch, die Zeit in die Jahre *davor* und *danach* einzuteilen, wie es die Geschichtsprofessoren tun, wenn sie die Historie, die sie zu beschreiben gedenken, erfinden. Das Geschehen ist ein anderes.

Die Sache ist, daß ich die selbstbewußten Verrichtungen meiner sogenannten Leidens- und Schicksalsgenossen beargwöhnte. Nicht, daß ich ihnen ihr Recht auf eine Entscheidung, auf eine bestimmte Stellungnahme bestritt. Aber sie vermochten nicht, mich zu überzeugen. Auch wenn ich unter ihnen lebte und Freundschaften schloß mit dem Argwohn des einmal Enttäuschten, die große Herausforderung, die an uns alle ergangen war, gedachte ich bis zum bitteren Ende anzunehmen. Ich wollte mir nicht vor der Zeit meine Grenzen abstecken lassen, bevor das ganze Land vermessen war. Ängstliche Genügsamkeit schafft Horizonte. Der Umkreis des Sichtbaren wächst mit dem Mute dessen, der seine Blindheit abzuwerfen trachtet. Stolz und Haß erschienen mir nur angetan, den Blick zu trüben.

Natürlich war dies alles zugleich eine Torheit. Man muß ein schwacher Bruder sein, wenn man dergestalt denkt. Die menschliche Natur lebt vom Beschränkten. Der menschliche Geist sammelt seine Erfahrungen im Umkreis, den seine Hände wirkend erfassen. Der Mensch hat ein Recht auf seine Rache, heißt es nicht so? Meine Zaghaftigkeit war eine Schwäche, meine Kumpane warfen sie mir vor. Inmitten der Gespräche und Diskussionen, die sich ungewollt immer um das Eine und den Einen drehten, auch wenn sein Name wie beschwörend nie genannt wurde, beschlich mich ein bisher unbekanntes Gefühl. Zwischendurch erinnerte ich mich des Verlustes, den ich geraume Zeit zuvor erlitten hatte. Hatte ich ihn immer noch nicht überwunden? Überwunden? Was heißt das? Man überwindet einen Verlust nicht. Man macht ihn sich zu eigen, nimmt ihn ganz in sich hinein und lebt mit ihm in vertrauter werdendem Umgang, oder der Verlust bleibt in einem stecken, wie ein Hühnerbeinchen, das in der Gurgel steckengeblieben ist.

Wenn meine derzeitigen Freunde ihre Witze und Späße trieben oder auf sonst irgendeine Art versuchten, ihn ins Lächerliche zu ziehen, verzog ich keine Miene und blieb stumm. Wartet nur, dachte ich mit der drohenden Allüre eines mißvergnügten Propheten, euch wird das Lachen vergehen. Aber auch, wenn sie, ins Gegenteil fallend, ihrem Haß die Zügel schießen ließen und das Menetekel seiner Erscheinung in eine sich verfinsternde Zukunft warfen, blieb ich, ungerührt von ihren Affektionen, ein Einsamer unter ihnen.

VI

Es regnete, als ich am Abend des Tages, da sich der Zwischenfall im Warenhaus ereignet hatte, nach Geschäftsschluß durch den hinteren Ausgang auf die Straße trat. Im Treppenhaus und draußen unter dem überdachten Vorplatz wartete eine Menge, während andere durch das Portal strömten, den Mantelkragen hochschlugen und durch den Regen ihren Weg nach Hause suchten. Aus dem Haufen der Wartenden löste sich eine Gestalt, trat auf mich zu und streckte mir die Hand entgegen. Unter der Regenkappe erkannte ich die Verkäuferin von heute mittag.

»Es regnet«, sagte sie lächelnd, als wollte sie ihr Warten damit entschuldigen, obwohl sie einen Regenmantel trug, und ich sah in ihrem leicht unregelmäßigen Gesicht den warmen, lebhaften Blick, den sie auf mich gerichtet hielt.

»Aber auch ohne Regen hätte ich mir Mühe gegeben, Sie hier zu treffen, um Ihnen für Ihre Hilfe zu danken.«

»Eine komische Geschichte«, sagte ich schnell, um meine Verlegenheit zu bemänteln. »Sie hatten es anscheinend schon aufgegeben?«

»Ja«, erwiderte sie offenherzig, »ich war am Ende, aber außerdem ritt mich auch der Teufel. Ich wollte sie es allein ausfechten lassen, es ist so schön, zuzusehen, wie andere sich in die Haare kriegen.«

Ich war noch immer befangen und machte einige spöttische Bemerkungen über beide Frauen. Sie lachte und erzählte ungezwungen von anderen Zwischenfällen, in denen sie erfolgreicher als Vermittlerin aufgetreten war.

Es hatte aufgehört zu regnen. »Gehen wir?« fragte ich. Wir liefen zusammen die Straße hinauf, die durch den Regen blitzblank gespült war. An der Ecke blieben wir stehen.

»Sind Sie in Eile?« fragte ich.

Sie verneinte. »Und Sie?«

»Ich auch nicht«, sagte ich. Ihre Unbefangenheit löste die meine. Sie gefiel mir.

»Ich koche heute nicht«, sagte sie. »Ich habe mich mit meinem Bruder in einer Konditorei verabredet. Und Sie?«

»Ich esse gewöhnlich dahinten in einem kleinen Restaurant, ich habe ein Abonnement. Aber ich bin nicht gebunden«, fügte ich hinzu.

Wir gingen weiter, sie plauderte von ihrem Leben mit ihrem Bruder, der zwei Jahre älter war. Sie hatten zusammen eine kleine Wohnung. Sie führte neben ihrer Arbeit noch den Haushalt, er arbeitete in einem

Büro und studierte abends. Sie erzählte es so im allgemeinen, und ich wollte nichts Näheres fragen, obwohl meine Zurückhaltung ein Fehler war. In der ersten halben Stunde der Bekanntschaft, wenn der andere noch dem Taumel des Neuen unterliegt und seine Zunge bereitwilliger sich lösen läßt, soll man in sein Leben hineinspähen und alles nehmen, was er einem Wissenswertes mitgibt. Erst später, und oft zu spät, erfährt man Umstände, die man mit einiger Geschicklichkeit zu Beginn hätte sehen und dann viel leichter hätte einordnen können. Sie sprach auf leichte, natürliche Weise und dennoch mit einer gewissen Scheu, die ihre Auswirkung auf mich nicht verfehlte.

»Sie sind hier geboren?« fragte ich.

»Nein, nein, wir kommen aus der Provinz. Und Sie?« fuhr sie fort.

»Ich auch«, erwiderte ich.

Sie lebte seit ungefähr einem Jahr hier. Durch irgendwelche Ereignisse, die sie nur flüchtig streifte, war sie gezwungen, zusammen mit ihrem Bruder hier ihr Glück zu versuchen, in zwei Kammern und einer Küche im Westen der Stadt. Sie machte nicht den Eindruck eines Menschen, der mit seinem Schicksal hadert. Entsprach ihr anscheinend zufriedenes Wesen einer inneren Harmonie, die von selbst alle Gegensätze in sich versöhnt, oder war noch etwas anderes mit im Spiel, irgendein blinder Flecken, ein Mangel an Tiefgang?

»Sie arbeiten als Aushilfe bei uns«, sagte sie.

»Woher wissen Sie das?« fragte ich.

»Man sieht Sie nur stundenweise«, sagte sie. Es war ihr also aufgefallen, daß ich kam und daß ich nur einige Stunden blieb.

»Ja«, sagte ich.

»Gefällt es Ihnen?«

»Ich arbeite sehr gerne im Warenhaus.«

Sie sah verwundert drein und lächelte über meinen Enthusiasmus. Anscheinend teilte sie ihn nicht, obwohl sie ›bei uns‹ gesagt hatte, als sie mich fragte.

»Sie kommen nur dann und wann«, sagte sie, »aber wenn man tagein, tagaus …« Sie vollendete den Satz nicht. »Alles, was man zu Beginn herrlich findet, wird dann gewöhnlich. So geht's.«

Ich erzählte ihr von meinen ersten Besuchen in dem Warenhaus, von meinen Wanderungen durch die verschiedensten Stockwerke und wie mir die Fülle dessen, was ich dort sah, ein Gefühl des Glückes vermittelt hatte, eine Unerschöpflichkeit und Reichhaltigkeit wie das Leben selbst.

»Ich arbeite vom ersten Tag meines Hierseins im Warenhaus«, sagte sie.

»Und gefällt es Ihnen?«

»Ich bin nie so überall hingewandert wie Sie, ich glaube, manche Abteilungen kenne ich überhaupt nicht.«

»Das finde ich aber merkwürdig«, sagte ich.

»Wenn man den ganzen lieben langen Tag drinnensteckt?« sagte sie. »Außerdem hat es seine Schattenseite, so ein Warenhaus.«

»Gewiß. Im Augenblick wüßte ich nicht welche.«

»Es sind hundert Geschäfte in einem«, sagte sie. »Denken Sie sich einen kleineren Ort, einen Papierwarenladen oder ein Modegeschäft, und dann wird eines Tages dort ein Warenhaus eröffnet.«

»Ich weiß«, sagte ich, »daß man das behauptet. Aber ist es wirklich so?«

»Ich dachte«, erwiderte sie kurz und schwieg. Sie hatte mit größerer Hartnäckigkeit und Schärfe gesprochen, als ich es ursprünglich an ihr vermutet hätte. Jetzt gab sie sich den Anschein, als spreche sie aus Erfahrung. Wer weiß?

Dahinter steckt die Familiengeschichte, dachte ich und konstruierte die Intrige. Der Vater ein kleiner Geschäftsmann vom alten Schlage, nicht untüchtig, aber nicht mit seiner Zeit mitgehend, voller Ressentiments, die er auf seine Kinder überträgt. Diese ziehen in die Stadt, und die Tochter beginnt bei dem zu arbeiten, den sie eigentlich als Mörder ihres Vaters verachten und hassen müßte. Anscheinend ist sie sich dieses Zwiespaltes nur halb bewußt. Ihr tapferer Sinn hilft ihr darüber hinweg. Es war eine wenig originelle und ziemlich hausbackene Geschichte.

»Langweilt es Sie nicht, nur Pakete zu packen?« erkundigte sie sich nach einiger Zeit. Sie hatte ihre Mißstimmung überwunden, und aus dem warmen Ton, der in ihrer Stimme klang, schloß ich, daß ihre Anteilnahme echt war.

»Im Gegenteil, es beschwingt meine Phantasie«, sagte ich spöttelnd.

»Phantasie und Pakete packen«, sagte sie, »vielleicht, daß Sie Ihre Phantasie in die falschen Pakete packen?«

Ich merkte an mir selbst, daß ich in Feuer geriet, als ich weitersprach. Aber diese Begeisterung diente nur dazu, meine Verlegenheit zu verbergen.

»Empfangen Sie nie ein Paket?« fragte ich zuerst.

»Zuweilen«, antwortete sie und schloß ihr linkes Auge, das etwas kleiner war.

»Und freuen Sie sich dann nicht?« fuhr ich fort.

»Gewiß«, antwortete sie, aber zugleich so zurückhaltend, daß ich zweifelte, ob sie wirklich je Pakete erhielt.

»Was gibt es Schöneres«, sagte ich, »es ist noch das einzige Wunder, die einzige Überraschung, die uns verblieben ist auf dieser Welt.«

»Ich glaube, es beginnt wieder zu regnen«, sagte sie und griff nach ihrer Kappe, die sie in die Seitentasche ihres Mantels gesteckt hatte.

»Ich werde überall hingeschickt«, fuhr ich fort, »in beinahe allen Abteilungen habe ich gearbeitet, wo Not am Mann ist, nur in der Glasabteilung noch nicht. Das wagt man anscheinend noch nicht …« Wir gingen weiter, sie strich mit der Hand durch die Luft und bog den Kopf in den Nacken, um den Regen zu fühlen. Sie lachte und sah mich zugleich von der Seite an, die veränderte Haltung ihres Kopfes offenbarte mir ein anderes Gesicht. Ich war überrascht. »… obwohl ich vorsichtig genug bin!« fügte ich, ein wenig aus der Fassung gebracht, hinzu. Zugleich dachte ich, daß ich auch mit diesem Gesicht einmal vorsichtig umgehen würde, falls ich es je in meinen Händen hielte.

»Sie sehen nur die Menschen im Eifer der Wahl und der Entscheidung, wenn sie kaufen. Das ist sicher auch sehr fesselnd, nicht wahr? Sie sehen sie sozusagen heiß in der Schlacht. Aber ich sehe sie danach, nach dem Sieg oder nach der Niederlage, wie Sie wollen, wenn sie ihre Trophäe mit nach Hause nehmen. Die einen, denen ein Kauf nichts mehr bedeutet, so abgestumpft sind sie schon, daß sie die Erfüllung eines Wunsches gar nicht mehr fühlen. Aber ich sehe auch die Glücklichen, die Zufriedenen und auch die Zweifler, die nie wissen, ob sie einen guten Kauf getätigt haben.«

Wir überquerten eine Straße. »Passen Sie auf«, sagte sie und ergriff meinen Arm. Ihr Griff war kräftig und zart.

»An der Art, wie sie von der Kasse zurückkommen und mir den Zettel hinhalten, sehe ich ihnen an, was sie für Käufer sind. Es ist eigentlich schon ihr Besitz, den ich in meinen Händen halte, um ihn einzupacken. Sie stehen da und warten, um ihr Päckchen in Empfang zu nehmen, und ich stelle mir vor, wie sie es zu Hause wieder auspacken oder wie sie es weitergeben, wenn sie es verschenken. Mitunter bedanken sie sich, wenn ich es ihnen reiche, und dabei gehört es doch schon ihnen.«

»Wenn man Geld hat, ist man gewöhnt zu kaufen, dann fällt es auch viel leichter, als wenn man lange rechnen muß«, sagte sie. »Können Sie auch in ihr Portemonnaie schauen?«

»Man sieht es ihnen an«, erwiderte ich, »es gehört zu ihrer Freude oder zu ihrem Zweifel. Der eine verfügt über wenig, und darum freut er sich über einen Kauf, der andere besitzt auch wenig, und darum zweifelt er und macht eine ernste Sache aus seinem Kauf. Und dann gibt es Menschen, denen man es ansieht, daß sie zufrieden sind, mit oder ohne Geld, das ist einerlei.«

»Das Schönste aber sind doch die Kinder«, sagte sie, »haben Sie nicht die Kinder gesehen?«

»Ja«, sagte ich, erfreut, daß sie mich an die Kinder erinnerte, »Sie haben recht, die Kinder im Warenhaus, das ist wirklich das Schönste. Man sollte die Warenhäuser nur für die Kinder lassen. Unten an der Treppe beginnt es schon, der Jubel, das lacht und prustet und hat Angst und weint. Die Seligkeit der Spielwarenabteilung, wenn ein Kind überhaupt eine Vorstellung vom Paradies fassen könnte, muß es die Spielwarenabteilung sein.«

»Oder das Schnellbuffet.«

»Ja, das Schnellbuffet in der obersten Etage«, sagte ich, »wenn mich nur nicht da oben so oft die Lust überfiele, die Schlagsahne über die Brüstung in den Lichthof zu schütten.«

»Hier ist die Konditorei«, sagte sie und blieb stehen. »Haben Sie Lust, meinen Bruder kennenzulernen?« Die Türe der Konditorei war unablässig in Bewegung von den kommenden und gehenden Gästen. Wir gingen hinein.

Ihr Bruder wartete schon an einem kleinen Tisch mit zwei freien Stühlen, hinten in der Ecke des Saales. Er saß mit dem Rücken zur Wand, so daß er uns kommen sah. Sie begrüßten sich unauffällig, ein kurzes Winken mit der Hand, ein Nicken des Kopfes, hallo. Wir gaben uns die Hand. Er war ein großer, hagerer Junge, älter als seine Schwester, auch der äußeren Erscheinung nach, dabei steif in den Bewegungen und undurchsichtig in seinem Gebaren. Er trug einen kleinen Schnurrbart auf der Oberlippe. Sein Gesicht drückte kein Gefühl aus, als wir uns begrüßten. Wir nahmen Platz und bestellten. Wir waren eine schweigsame und nicht besonders aufgeräumte Tischgesellschaft. Sie bestritt den größten Teil der Unterhaltung, wobei sie sich lange über den Zwischenfall in der Abteilung und über meinen Anteil an seiner Lösung ausbreitete. Er beschränkte sich auf einige blasse Ausrufe wie ›so, so‹ oder ›aha!‹. Ich hatte den Eindruck, daß ihn die Geschichte langweilte. Meine Gegenwart störte ihn ohne jeden Zweifel. Während des Essens beobachtete er mich prüfend einige Male und wandte seinen Blick nicht ab, als ich ihn dabei ertappte. Ich bereute, mitgegangen zu sein. Wir beendeten schnell unsere Mahlzeit. Auch seine Schwester beobachtete er auf dieselbe Weise. Jedoch sie schien daran gewöhnt zu sein.

Das Essen hätte für mich eine Warnung sein müssen. Man soll nicht mit Menschen umgehen, die bei Tisch keine gemütliche Stimmung aufkommen lassen und auf ihrem Stuhl sitzen, als wären sie beim Zahnarzt.

»Sie müssen mich entschuldigen«, erklärte er unmittelbar, nachdem wir draußen standen, und zu seiner Schwester gewandt: »Du weißt, ich habe eine wichtige Verabredung.«

In den kurzen Worten, die er an sie richtete, schien mir ein Gefühl von Besorgnis mitzuklingen. Dies versöhnte mich ein wenig mit ihm, wenn auch mein Argwohn nicht wich.

Er verabschiedete sich schnell. Aber auch nach seinem Verschwinden wollte sich lange Zeit nicht mehr die gleiche unbefangene Stimmung zwischen uns wieder einstellen, die zu Anfang geherrscht hatte. Auch sie schien unter dem Eindruck des mißglückten Essens zu stehen. Sie gab sich alle erdenkliche Mühe, mich und sich über das Peinliche hinwegzubringen. Man kann nicht sagen, daß sie Komödie spielte.

»Gehen wir noch ein Stückchen?« sagte sie. »Ich habe später noch eine Verabredung mit meiner Freundin aus dem Geschäft. Haben Sie so lange Zeit?«

Wir gingen zusammen durch die lebhaften Straßen, in die der Abend fiel. Sie erkundigte sich nach meinem Studium, fragte dies und das, ging auf meine Antworten ein, und allmählich kam der alte Ton wieder zurück wie zuvor auf dem Weg in die Cafeteria.

»Übrigens«, sagte sie, »haben Sie nicht vorhin gesagt, daß man im Warenhaus alles kaufen könne, was ein Menschenleben ausfüllt, von der Wiege bis zum Grabe?«

»Ja, das habe ich gesagt.«

»Mir fällt etwas ein, was es bei uns nicht zu kaufen gibt.«

Wieder das ›bei uns‹ – sie rechnete mich doch dazu. Sie wartete mit der Antwort, um mir die Möglichkeit zu lassen, sie zu erraten. »Ich weiß es nicht«, sagte ich.

»Särge«, sagte sie, »man kann keine Särge bei uns kaufen. Schließlich gehört zu einem Menschenleben von der Wiege bis zum Grabe der Sarg.«

»Ich werde es dem Direktor mitteilen«, erwiderte ich mit ernstem Gesicht. »Übrigens gibt es Warenhäuser, die wohl Särge führen, ich habe es irgendwann einmal gehört.«

»Wir nicht«, wiederholte sie, »vielleicht können Sie Chef der Sarg-abteilung werden, wie wäre es?«

Obgleich ich nicht umhinkonnte, über ihren höchst komischen Ein-fall zu lachen, beschlich mich im Augenblick ein unbehagliches Gefühl. Ich erstarrte. Vielleicht war es auch nur ein Vorgefühl?

»Hier ist der Autobus«, sagte sie. Wir waren an der Haltestelle, an der sich bereits mehrere Passagiere eingefunden hatten.

»Auf Wiedersehen, einen vergnügten Abend«, sagte ich.

»Auf Wiedersehen«, sagte sie, »ist das morgen?« Der Autobus kam. Ich nickte. Sie sah mich mit einem warmen Blick an, ich lachte ihr freundlich zu. Der Autobus fuhr schnell wieder ab. Sie stand am Ein-gang. Ich sah, wie sie durch die beschlagene Scheibe mir zuwinkte.

VII

Was die Worte meines Vaters nicht erreicht hatten, was meinen gegenwärtigen Kumpanen mit all ihrem leidenschaftlichen Haß und kühnen Stolz nicht gelungen war, bewirkte die Erinnerung an meinen verlorenen Freund. Durch das Eingeständnis seiner Freundschaft für ihn rückte mir mein Feind näher. Mit einem großen Schritt trat er aus seiner gestaltlosen Einsamkeit und sprach zu mir. Meine Vorstellung war angeregt. Er war ein Mächtiger, einer, der Veränderungen schaffte, wohin er kam, Gefahren brachte, Herzen bewegte und bezwang. Seine Umrisse waren in die Zukunft geworfen wie in einen großen Stein, aus dem Liebe und Haß seine Gestalt langsam in der Zeit herausmeißelten. Eines Tages würde mein Weg den seinen kreuzen. Ich bedauerte mein übereiltes Handeln von damals, das mich ohne weiteres vor dem Hause der Tante hatte Abschied nehmen und weglaufen lassen. Hätte ich nicht stärker kämpfen müssen? Hatte ich nicht zu früh Verzicht geleistet? Widerstrebende Gefühle: Bewunderung, Furcht, Neugier, Stolz beherrschten mich in der Folgezeit.

Im Grunde war ich gekränkt, vielleicht war ich auch eifersüchtig gewesen auf den neuen Bewerber, der so unzweifelhaft den Vorzug in der Gunst meines alten Freundes genoß. In allem kam er mir zuvor. Ich hatte das Nachsehen, das traurig stimmt. Keiner von ihnen beiden sollte sehen, daß sie mich leiden machten. Langsam gewöhnte ich mich an diesen Zustand. Die Rolle dessen, der unterlag, bot mir die süße Entschädigung, in der Phantasie mich als der unangreifbar Überlegene zu gebärden, so daß mich schließlich der Gedanke bestach, daß der Weg zu ihm und durch ihn hindurch zugleich der Weg zu mir selbst sei.

Hätte ich früher mehr Mut gezeigt, vielleicht wäre ich der Wahrheit schneller nähergekommen.

Heute, da ich die Zeit miterlebt habe, in der er zur Macht emporstieg, wenn ich sie auch geringachtete, da ich erlitt, welche Gefahren er heraufbeschwor, wenn ich sie auch durchstand; heute, da ich weiß, daß alle Erwägungen, ob das Schicksal, oder wie man dergleichen nennt, ihm, sei es auch vergebens, eine Aufgabe, mag man sie klein oder groß

einschätzen, zuteilt hat, die er hätte erfüllen können, wenn, ja wenn –
daß alle solche Erwägungen inhaltlose Beschwörungen sind angesichts
einer Partnerschaft auf Leben und Tod, die unbarmherzig war …, heute, da ich mich vorbereitete, seinen Tod zu erwarten und ihm zu begegnen, wie ich ihm bei Lebzeiten nie habe begegnen können, bin ich gewiß, daß in den widerstrebenden Gefühlen damals eines war, dessen
ich mich eigentlich zu schämen hätte. Welches Raffinement auf kos-
mischem Plan: sich dem zuzuneigen, der einem als Widersacher bestellt ist! Der Weg zu ihm und durch ihn hindurch zugleich der Weg zu
mir! Nie hat der Haß – und wie habe ich ihn später noch gehaßt – eine
solche Gewalt über mich ausgeübt, daß er mich ganz verblendete. Er
enthielt jenen Tropfen uneingestandener Zuneigung, der ihm erst die
nötige Würze verabfolgte. Diesen Tropfen habe ich aus jener Zeit her-
übergerettet, da ich einen Freund verlor und einen Feind gewann.

Aber damals kannte ich mich in meinen Gefühlen noch wenig aus.
Kann man einen Menschen aus tiefstem Herzen hassen und ihm zugleich zugetan sein, der einem weder lebendigen Leibes noch in irgendeiner menschlichen Äußerung persönlich nahegerückt ist?

Bis ich, wie durch einen Zufall, einige Jahre später seine Stimme hörte, die Stimme meines Feindes.

Schon von jeher haben Stimmen großen Eindruck auf mich gemacht.
Sie schleichen sich in mein Gehör und unterbrechen die Einsamkeit
meiner Gedanken. Ein Ton wird angeschlagen, er erweckt andere Töne, Akkorde brechen auf, ganze Geschichten von Klängen bestürzen
mich. Zum Beispiel zwei Menschen auf der Straße, die sich dicht unter
meinem Fenster unterhalten. Ich vernehme nur ihre Stimmen. Der
Wind zerwehte ihre Worte, der Sinn verweht, übrig bleibt nur die
schnelle Aufeinanderfolge von Schwingungen an meinem Trommel-
fell, ich selbst verstehe nichts von dem, was sie da sprechen. Aber aus
den Stimmen, die die Luft mir zuträgt, aus dem Tonfall, den steigen-
den und fallenden Lauten, aus dem Behutsamen und Sachten, kann
ich den Inhalt ihres Gespräches entnehmen. Ich glaube, daß ich mich
auf Stimmen verstehe. Auch die Stimme eines Kindes! Nicht ohne Rührung vermag ich der Stimme eines Kindes zu lauschen, den ersten

Wortbildungen und Sprachversuchen, beginnend mit dem frühesten Krähen und Stammeln. Nicht diese sind es im Grunde – diese ersten geistigen Versuche, wie die Menschen sagen –, die mich anrühren. Das Stimmchen, mit dem diese ersten Experimente vollbracht werden, hat meine ganze Liebe und Andacht. Unbegreiflich, nur die Anzahl der gesprochenen Worte zu zählen und sich die Kostbarkeit des Klanges entgehen zu lassen. In nichts anderem als diesem Stimmchen zeigt sich das köstliche Erwachen der kleinen Seele. Ich höre die Stimme eines Menschen, und langsam entsteht mir ein Bild des Sprechers. So denke ich ihn mir, so könnte er sein. Manchmal will es mir scheinen, als ob bestimmte Töne in der Stimme Geheimnisse verrieten, deren sich der Sprecher selbst nicht bewußt ist. Eine Stimme hat eine große Macht über mich.

Es gibt Menschen, die ernsthaft behaupten, daß es an seiner Stimme läge, wiederum andere, daß es die Kraft seiner Augen sei, ein nicht näher zu beschreibendes Glitzern und Irrlichtern, und dritte, daß ein gewisser elektrischer Strom, ein Fluidum, das von seiner Person ausstrahle, das Geheimnis seiner Wirkung erkläre. Alle diese Erklärungen habe ich im Laufe der Jahre an mir selbst überprüfen können. Ich finde sie übertrieben, lächerlich. Sie gehören mit zu der Legende, die sie mitformen halfen. Man muß ihnen darum aufs schärfste entgegentreten. Einzig mit seiner Stimme hat es, wie mir scheint, eine besondere Bewandtnis.

Ich hatte eine Reise unternommen und kam eines Abends nach einer langen Fußwanderung müde in eine mittelgroße Stadt. Sie lag an einer Hügelkette, ein Fluß durchzog sie. Diese Art des Reisens bereitet mir die größte Abwechslung, und ich ziehe sie jeder anderen vor. Wenn man, hingegeben den auf- und absteigenden Wellen einer Landschaft, von Hügel zu Hügel sich treiben läßt und erläuft, was das Auge aus der Ferne gesammelt hat, erst dann ist man der Mühle des Täglichen entflohen, die mit unbarmherzigem Tritt das Denken und alle Sinne unablässig zermahlt und zerstäubt. Aus der Tretmühle dieser Zerstreuung war ich hierher geflüchtet, alles zurücklassend, was der inneren Sammlung abträglich sein könnte. Doch mit der Ironie des kleinen Wandergottes hatte ich nicht gerechnet.

Bei der hereinbrechenden Dunkelheit und bei meiner eigenen Müdigkeit waren mir, als ich aus den Wäldern in die Stadt hinabstieg, wohl hie und da große weinrote Plakate aufgefallen, die zum Teil abgerissen und überklebt an den Wänden der Häuser und an den Reklamesäulen hingen. Jedoch, ich schenkte ihnen keine besondere Beachtung und ging in den ersten besten Gasthof, ungefähr in der Mitte der Stadt, den ich viele Menschen zugleich mit mir betreten sah. Der Wirt brachte mich auf mein Zimmer. Aus dem Fenster sah ich die Brücke über den Fluß, das träge hingleitende Wasser dämmerte wie fließendes Metall zu mir herauf.

Ich hatte eigentlich die Absicht, mich bald zur Ruhe zu begeben. Sonst liebe ich es, bei Nachthimmel durch die Straßen und Plätze zu streifen, wohin die Nase mich führt. Die Silhouetten und Schatten einer mir völlig unbekannten Stadt, die ich am Abend durchwandere, gewähren mir das größte Gefühl von Heimischsein.

Doch der Lärm trieb mich wieder hinunter. Das Städtchen schien auf den Beinen, um sich hier in dem Gasthof ein Stelldichein zu geben. Immer noch kamen Besucher an.

Ich überquerte den breiten Hausflur, in dem es geschäftig zuging, und trat in die Gaststube. Hier, in dem geräumigen, etwas altertümlichen Zimmer, dessen Decke und Wände durch stämmige Holzpfähle gestützt wurden, war es ruhiger. Die zinnernen Krüge und Teller auf dem Sims, die handgeschnitzten Tische und Stühle, die mit weichen Polstern behaglich ausgelegt waren, gaben dem Ganzen ein freundliches Gepräge und milderten meine unmutige Stimmung. Endlich gelang es mir, den Wirt zu fassen.

»Was geht hier vor?« fragte ich, »eine Theatervorstellung oder ein Varieté?«

Ich hatte nicht übel Lust, mir meine Laune etwas aufzuheitern.

»Ja wissen Sie denn nicht?« fragte er ungläubig.

»Aber nein!«

»Heute abend ist eine Versammlung hier!«

»So? Wer ist der Redner?«

»B.«, sagte er.

Ich war ehrlich überrascht und schwieg.

»Die Saaltüren sind schon geschlossen. Niemand kann mehr hinein«, fuhr er erregter fort. »Ich habe den größten Saal in der Stadt. Er ist bereits übervoll.«

»Von seinen Anhängern?« fragte ich neugierig.

»Nicht nur«, entgegnete der Wirt, »obwohl es viele hier gibt. Auch von den Gegnern. Wenn Sie wollen, besorge ich Ihnen drinnen noch ein Plätzchen.« Sein Angebot kam aus einem harmlosen Gemüt, und darum beunruhigte es mich nicht besonders. Daß er seinen Saal für den Abend vermietet hatte, gehörte schließlich zu seinem Geschäft und nicht zu seiner Überzeugung. Diese interessierte mich nicht im mindesten.

Aber sein Angebot lockte mich. Zögernd erhob ich mich von meinem Platz, noch nicht recht entschlossen, zu gehen oder zu bleiben. Der Wirt sah nur die zustimmende Bewegung.

»Ich bringe Sie durch eine Hintertür in den Saal«, sagte er leise, als handelte es sich um eine Konspiration, »kommen Sie nur mit.«

Noch immer im Zweifel, lief ich hinter ihm her. Es war eine einmalige Gelegenheit, ich durfte sie mir nicht entgehen lassen. Eine zweite Chance würde ich nicht mehr so schnell erhalten. Und doch, irgendein unfaßbarer Widerstand in mir selbst rief mich zurück.

Wir verschwanden, unter der Führung des Wirtes, im Keller, liefen durch mehrere dunkle Gänge, treppauf, treppab, und landeten in irgendeinem Hinterhaus. Der Saal mußte in der Nähe sein, das Durcheinander vieler Stimmen drang durch die Steinmauern zu uns her. Der Wirt öffnete eine Tür. Wir standen am anderen Ende des Saales, etwas erhöht, und sahen in ein festliches Chaos.

Der Saal war verziert mit Fahnen, Girlanden, große Spanntücher waren an der Brüstung der Galerie aufgehängt, mit irgendwelchen Losungen seines Streites bedeckt. Man saß auf langen Reihen von Stühlen, dazwischen Tische mit Wimpeln, auch an den Wänden standen Tische, ganze Familien schienen hier Platz genommen zu haben. Dazwischen balancierten in weißen Kitteln Ober ihre metallenen Tabletts über den Häuptern, man trank und rauchte. Ein blauer Qualm von Rauch und Wasserdampf nebelte das Ganze ein. Wer hier saß, welcher Gesinnung auch, war verloren.

»Ich werde Ihnen einen Stuhl hier vorne hinstellen«, sagte der Wirt und wies ans Ende der ersten Reihe, »dann können Sie ihn gut sehen.« Er schien ein ganz besonderes Interesse zu haben, mich in den Saal zu befördern. Er schickte sich an, in einem der kleinen Zimmer zu verschwinden, neben der Bühne, an deren linkem Seiteneingang vom Saal aus wir standen, um einen Stuhl zu holen.

»Lassen Sie es«, sagte ich und hielt ihn am Arm zurück. Er sah mich entgeistert an. »Ich habe es mir überlegt, es ist zu voll, die Luft und – gehen wir.« Ich warf die Tür zu.

Bei Tabak und Bier wollte ich meinen Feind nicht zum ersten Male begegnen.

Wir traten den Rückweg an und landeten wieder in der Gaststube. Ich war allein.

Da saß ich also in demselben Städtchen, unter demselben Dach mit ihm. Wenn es nach dem Wirt gegangen wäre, hätte ich sozusagen zu seinen Füßen gesessen und gelauscht und ihn unbemerkt beobachtet. Ich hätte ihn nach Herzenslust in mich aufnehmen können und wäre nun endlich einmal dahintergekommen, was für ein Mensch er war. Sonderbar, daß ich zuvor noch nie auf diesen Gedanken gekommen war, eine der vielen Versammlungen zu besuchen, in denen er auftrat. Aber alles kam zu überraschend. Schließlich war ich nicht deswegen auf Wanderschaft gegangen, um so unvorbereitet Auge in Auge mit ihm zu stehen. Ich wußte den Weg zurück in den Saal. Wenn ich wollte, konnte ich mich in seine Nähe begeben. Wenn ich über genügend Mut verfügte – und ich zweifelte in meiner Vorstellung nicht daran –, würde ich außerordentliche Dinge vollbringen können. Ich gehe in der Pause zu ihm und verwickle ihn in ein Gespräch. Ich sage ihm nicht, wer ich bin und woher ich komme. Ich bin nur einer aus dem Saal. Ein Anhänger oder ein Gegner – auch das würde ich in der Schwebe lassen. Meine Müdigkeit und mein anfänglicher Mißmut boten einen günstigen Boden für das Entstehen solcher und ähnlicher Gedanken. Sie überstürzten sich fast in meinem Kopfe. Im Verlaufe des Gesprächs, das ich mit ihm haben werde, entwickelt sich etwas zwischen uns – Freundschaft kann ich es nicht nennen –, eine Art Einverständnis. Ich merke an seiner Weise, zuzuhören und zu erwidern, welches Gefühl langsam in ihm die Oberhand gewinnt. Er bedauert, daß zuvor noch niemand mit ihm so gesprochen hat. Ich lasse durchscheinen, daß ich es begreife, und bleibe weiter diskret. Was kann er noch zu sagen haben? Langsam gelingt es mir, ihn zu überzeugen, daß er sich auf dem verkehrten Weg befindet, daß er sich Vorstellungen von seinen Gegnern macht, die in nichts, in rein gar nichts dem wirklichen Bild entsprechen. Ich werde mich hüten, ihm zu sagen: ›Schau mich an und bekenne, daß du dich geirrt hast.‹ Ich diskutiere weiter mit ihm. So schnell gibt er sich nicht geschlagen, natürlich nicht. Aber es hängt von mir ab, von meinem Takt, von meiner Überzeugungskraft, von meinen Argumenten, ob er Einsicht gewinnt. Wenn es mir gelänge, ihn zu überzeugen! Ja, damals vertrat ich noch die Meinung, daß man einen Menschen durch Diskutieren verändern könne. Wenn ich ihn verändern könnte, es würde meine Bewunderung für ihn nur noch steigern.

Hier muß ich eine Erklärung einfügen, gewissermaßen als Entschuldigung für das Maß von Charakterlosigkeit, das ich damals bewies. In den Augen meiner damaligen Kumpane war ich ein schwacher Bruder. Meine Haltung schwankte, das heißt, ich war mir bewußt, daß man meine Haltung als schwankend auslegen konnte. Ich zeigte wenig Rückgrat, in Gesprächen und Diskussionen bewies ich zuwenig Leidenschaft. Ich erwog und bedachte zuviel, vor allem, was die andere Seite an Erwägungen und Überdenkungen ins Feld führen könnte. Ich widmete ihr übertriebene Aufmerksamkeit. Unmöglich, ihnen allen einen Blick in die Verwirrung zu gewähren, in die mich meine widerstrebenden Gefühle gebracht hatten. Zudem – ich wiederhole nur das Eingeständnis meiner raffinierten Schwäche – war ich mir selbst nicht im klaren über die Kräfte, die mich bewegten. Sollte ich ihnen etwa das Erlebnis mit meinem Freunde anvertrauen? Man lacht über Dinge des Herzens. Sollte ich mich in aller Öffentlichkeit der Schwäche zeihen, in einem Streit, der auf Leben und Tod ging, vorläufig – man beachte: vorläufig! – nicht Partei ergreifen und Entscheidungen treffen zu können?

Der Selbstbetrug ist die gefälligste von allen Lügen. Sie ist das Allheilmittel für alle Erkrankungen der Person, ja sogar metaphysische Wunden vermag sie zu heilen. Wohl hatte mir das Erlebnis mit meinem Freund einen gehörigen Schlag versetzt, doch zu Boden hatte es mich nicht geworfen. Im Gegenteil. Diese erste und nicht geringe Enttäuschung hatte mich gestärkt und auf alle noch kommenden vorbereitet. Ich stand ihnen nicht länger mehr unbewaffnet gegenüber. Hatte ich im Verlust nicht einen Gewinn gebucht, oder begann hier der Selbstbetrug? Kann man beide, Gewinn und Verlust, zugleich einheimsen, wie mein Freund es wahrhaben wollte, mit der Linken das eine, mit der Rechten das andere? Mochte ich nach außen auch unsicher, schwankend erscheinen, ein schwacher Bruder – niemand konnte mich hindern, dieser Schwäche einen Schwung ins Absolute zu verleihen. Vielleicht kam ich auf diese Weise mit meinem Leid zu Rande.

Ich war objektiv. Ich gehörte zu der Gruppe der sogenannten Objektiven, das heißt solcher Menschen, die vermeinen und es als ihre sittliche Pflicht betrachten, jedes Geschehen frei von jeder persönlichen Meinung zu schauen. Denn diese erwächst gemeinhin doch nur aus beschränkten Vorurteilen.

Man gelangt zu dieser Haltung nicht aus einer nüchternen Betrachtung aller Dinge, obgleich eine derartige Betrachtungsweise als Endziel proklamiert wird. Nein, sie ist eine mühsam im Kampf mit unseren Leiderfahrungen errungene. Auch wenn es uns selbst dabei an den Kragen geht – wir müssen darüber hinauswachsen. Es könnte nämlich sein, daß unser Gegner recht hat. Dann verbleibt uns nichts anderes, als dies freimütig zu bekennen. Malt Plakate und hängt sie euch um, zieht damit durch die Stadt, daß jeder es vernehmen kann: ›Wir sind euer Unglück! Raus mit uns!‹ Dies verlangt die Menschenwürde.

Ein solcher Objektiver war ich mit Leib und Seele. Wenn man sich das Prinzip der Gerechtigkeit als Richtschnur für sein Tun und Lassen erwählt hat, muß man dann nicht auch seinem Feinde zuerst einmal Gerechtigkeit widerfahren lassen? Der Gedanke des Roten Kreuzes, den alle Welt so stolz als schönsten Gewinn der Humanität betrachtet, so daß sie sich mitunter auch an ihn hält, hat im Grunde verheerend gewirkt. Denn er gestattet, ja, er setzt logischerweise voraus, daß man seinen Gegner erst einmal halb totgeschlagen haben muß, bevor man ihn auch als Menschgenossen betrachten und behandeln darf. Wie oft sind nicht gerade die heftigsten Schreier nach gerechter Behandlung der eigenen Person die Unbilligsten, wenn es ihren Widersacher be-

trifft. Diese Typen sind rundheraus eine Karikatur des Menschen-
geschlechtes und schuld daran, daß die edelste aller himmlischen Tugenden noch kein Heimatrecht auf Erden erlangt hat.

Ich sonnte mich in dem harten Gedanken, daß ich meinem Feinde
Gerechtigkeit widerfahren ließe. Damals ging es mir selbst noch nicht
an den Kragen.

Ein seltsames Zusammentreffen zu unvorhergesehener Stunde!
Wäre ich nicht von der Wanderung so ermüdet gewesen, ich hätte mir
mit Macht Eintritt in den Saal erzwungen, aber nicht durch eine Hintertür. So saß ich gelassen in der spärlich besuchten Gaststube, außer
mir nur zwei verliebte Pärchen im Schutze von Holznischen, und hing
meinen Gedanken nach. Jahre waren vergangen seit dem Gespräch mit
meinem Freund. Die Ideen, die B. bei seiner Reise durch das Land verkündete, waren mir in ihrer Schärfe wohlbekannt. Noch mehr Einzelheiten wußte ich von ihm. Er führte einen großen Kampf, von Stadt zu
Stadt, um die Menschen für sich zu gewinnen. Jedes Mittel war ihm
recht, dieses Ziel zu erreichen. Noch mußte er sich manche Beschrän-
kungen auferlegen, doch seine Drohungen und Warnungen waren un-
mißverständlich. Noch war er nicht Herr über Leben und Tod, noch
nicht – noch nicht?

Wie ich so an dem Tisch in der fast leeren Gaststube saß, nur meinen
Träumereien hingegeben, fühlte ich meine Müdigkeit in dieser trau-
lichen Umgebung beim abgeblendeten Schein der Lampen gelöster
und wohliger. Der Wirt erschien einige Male und machte sich in einer
Ecke zu schaffen. Er tat sehr wichtig und sprach kein Wort. Ich hatte
mir einen herben Wein bestellt, der auf den Hängen der Umgebung
gereift war. So verging einige Zeit. Draußen auf dem Gang war es inzwischen ruhiger geworden. Man hatte einen jeden in den Saal ver-
frachtet. Die Pärchen in den Ecken und drei Neuankömmlinge unterhielten sich halblaut.

Auf einmal mischte sich in dieses leise, summende Stimmengewirr
der Gaststube ein typisches Krachen und Knattern, das irgendwo
erhöht aus einer Ecke seinen Anfang nahm – jenes charakteristische
Geräusch, das die Technik präludiert. Der Wirt hatte in seiner Harmlo-
sigkeit den Einfall gehabt, die Rede aus dem Saal vermittels eines Laut-

sprechers hier in dem Gastzimmer erklingen und so seine Gäste an diesem Genuß teilhaben zu lassen. Eine Musikkapelle setzte ein, die den allgemeinen Spektakel noch vermehrte. Lärmen, Rufe, Pfeifen, Versuche mitzusingen. Dann brach es ab. Man hörte das Knarren der Bretter auf dem Rednergestühl, ein paar kräftige Schritte. Beifall, Gejohl und Gerufe, ein Höllenkonzert begrüßte B. Der Wirt kam und drehte an dem Apparat, der Spektakel rückte etwas in die Ferne. Dann kam er wieder näher, ebbte ab. Tiefe Stille. Auch in dem Gastzimmer. Diese wenigen Sekunden Stille am Anfang – ich werde sie nie vergessen – gehörten schon zu seiner Rede, so gut wie der Beifall zum Schluß oder die Zurufe während seiner Ausführungen. Auch uns in dem Gastzimmer teilte sich die schweigende Erwartung des Saales durch den Apparat mit.

In diese lautlose Spannung fielen seine ersten Worte. Zögernd, vorsichtig. Sie zerrissen die Stille nicht, nein, so völlig waren sie ihr angepaßt, daß man glauben konnte, sie kämen aus ihr selbst hervor. Nur selten habe ich in ein solches gespanntes Schweigen hinein eine menschliche Stimme sprechen hören. Es klang wie aus einem Grabe, dunkel-tief, etwas unheimlich. Eiskalt lief es den Rücken hinunter. Eine solche Stimme hört man mit den Sinnen seines ganzen Körpers. Was ist das, dachte ich, warum dieser gepreßte, schaurige Beginn? Hat er einen schlechten Tag heute? Ich war leicht enttäuscht, etwas befremdet. Doch bald begriff ich, was es bedeutete. Die Monotonie des Beginnens währte eine gute Weile. Sie diente dazu, etwas anderes niederzuhalten, zu verbergen und doch zugleich vorzubereiten. Man spürte die Anstrengung, mit der das geschah.

Der Wirt kam auf Zehenspitzen an meinen Tisch geschlichen.

»Hören Sie?« flüsterte er mir zu. Ich nickte: »Ja.«

»Oder wollen Sie es lauter haben, ganz wie Sie wollen.«

»Es wird die anderen stören«, sagte ich, nur um etwas zu sagen.

»Das glaube ich nicht.«

»Mir genügt es«, erklärte ich.

»Später wird es schon lauter«, sagte der Wirt, »wenn er erst einmal richtig beginnt.« Vorsichtig tänzelte er wieder zurück.

Mein Freund kam mir in den Sinn. Zuweilen war es mir, wie wenn er, hier irgendwo versteckt, zusammen mit mir der Rede lauschte. ›Ich habe ihn sprechen hören, und ich war gewonnen.‹ Unablässig hatte er mein Gesicht betrachtet, um den Eindruck zu studieren, den seine Worte hervorriefen. Als ob ihm persönlich etwas daran gelegen wäre, daß ich unter seinen Einfluß kam.

Die Erinnerung an unser letztes Zusammensein weckte Gedanken der Wehmut in mir auf. Jahre waren darüber hingegangen. Er war mein Freund, noch immer. Die Verfassung, in der ich mich augenblicklich befand, ließ mich mit einer selbstquälerischen Lust diesem Gedanken nachhängen. Ich hätte mich ohne große Anstrengung völlig in sie verlieren können. Doch irgendein Gefühl, mochte es Scham sein, hielt mich zurück. Vor dem unsichtbar spähenden Auge meines Freundes wollte ich mir keine Blöße geben. Zumal in dem Zustand der körperlichen Ermüdung, in dem man stärker als je der Lust selbstquälerischer Gedanken ausgeliefert ist. Ich war nüchtern genug und wollte auf meiner Hut sein. Ob B. ein Schwindler war, ein Falschspieler, oder wirklich jemand, der die Gnade Gottes auf uns herabrief – nicht eher würde ich Ruhe geben, bis ich hinter sein Geheimnis gekommen war, vorausgesetzt, daß überhaupt ein solches dabei im Spiele war. Die Rede nahm ihren Fortgang. Er tastete offenbar noch immer und blieb abwartend. Nur einige ironische Formulierungen dazwischengestreut, unterbrachen die Monotonie und lockten die ersten Lacher im Saal hervor. Allmählich befreite sich die Stimme mehr und mehr von jenem Zwang, ihre Tonhöhe stieg an, sie zeigte im ganzen viel mehr Abwechslung und Schattierung. Volltönend schallte sie aus dem Apparat heraus in das Gastzimmer, als spräche jemand aus persönlicher Nähe. Da hier nur einige Zuhörer saßen, wirkte es ein wenig komisch, daß jemand so aus voller Brust sprach. Übrigens sprach er mit einer seltsamen Artikulation, die ihn bis in die fernste Ecke verständlich machte.

Er schien nun seiner Sache sicherer zu sein. Deshalb ging er zum Angriff über. Mit fester Überzeugung verkündete er einige Wahrheiten, Wahrheiten so allgemeiner Art, daß jedermann, ob er wollte oder nicht, zustimmen mußte: Der Mann hat recht! Wenn auch niemand da war, der eine andere Wahrheit ausgesprochen hatte oder die eben verkündete in Zweifel zog, so tat er doch, als bestünde dieser Niemand und wäre selbst hier im Saale irgendwo versteckt. Er hatte sein Ziel erreicht. Die ersten zustimmenden Rufe erschollen. Der Beginn seines Erfolges! Sein Mut wuchs, und er gab noch mehrere, immer mutigere Wahrheiten zum besten. Dies sind Wahrheiten, die man sich erst einmal überlegen muß, so widersinnig erscheinen sie auf den ersten Blick. Aber ein Körnchen Wahrheit steckt wohl doch in ihnen. Sie gehörten zu seinem Programm. Fast nie verfehlten sie ihre Wirkung. Sie waren, wie erwähnt, mutig und erhitzten die Gemüter. Auch die Art, in der sie vorgetragen wurden, war kühn. Wiederum gab er sich den Anschein, als setzte er sich mit diesem Niemand auseinander. Er erhob ihn zu seinem Widersacher und begann mit ihm vor den Augen des Saales einen Strauß. Eine tolle Erfindung! Er hatte ihn sozusagen in seiner Weste in den Saal hineingeschmuggelt – keiner von den Anwesenden hatte es vorher bemerkt – und ihn irgendwo unter die Zuschauer niedergesetzt. Da saß er nun. ›Seht, da sitzt er, hört ihr, was er sagt!‹ Und dann erfand er alles, was jener sagte, den er selbst erfunden hatte. Warum soll es nicht einen Menschen geben, der so aussieht und diese Worte spricht? Aber er legte ihm alle Fragen in den Mund, die aus seinem eigenen Gehirn kamen, und da er selbst die ganze Zeit das Wort führte, auch wenn er seinen Widersacher angeblich zu Wort kommen ließ, gelang es ihm, seine Zuhörer in den Bann zu ziehen.

Er begann eindringlicher zu sprechen, und als er merkte, daß er an Einfluß gewann, begann er auf einmal unvermittelt – nur ein Gespanntsein in seiner Stimme hatte es schon im voraus angekündigt – zu schreien. Mitten im Satz, in der Auseinandersetzung mit seinem Gegner, fing er an zu toben und zu schreien. Ein Rasender!

Er griff an, er beschuldigte, machte lächerlich, riß nieder, schlug rechts und links, blindlings, widerlegte Behauptungen, die niemand behauptet hatte, und regte sich dabei furchtbar auf. Der andere hatte niemanden mehr, der für ihn sprach. Er, der nie bestand, wurde durch die Stimme totgemacht, und da er schwieg, vermeinte ein jeder, daß er tot sei.

Wehrlos saß ich in der Gaststube. Ich war der Niemand da in dem Saale. Ich hörte meine eigene Vernichtung. Eine dunkle Ahnung befiel mich, und der Mut sank mir.

»Er brüllt«, sagte jemand ein paar Tische weiter.

»Was ein Mensch brüllen kann«, erwiderte ein anderer.

Dann wieder Schweigen. Nur der Apparat zitterte und krächzte. Doch nicht lange. Bald darauf hatte die Stimme zu ihrem alten, natürlichen Ausdruck zurückgefunden. Sie erklang nun leidenschaftlicher, im Unterton erregt und irrlichternd. Aber ihre Glut war kaltes Feuer. Woher nahm sie nur das Flackernde? Wie ein fremdes Metall lag es in ihr, von Zeit zu Zeit unsichtbare Strahlen aussendend. Sie brachen durch die Stimme, seltsam brennend und faszinierend – etwas Fremdes. Es ging nicht von dem Menschen selbst aus. Seine Erregung war nicht die eines Menschen, der erregt ist. B. gehörte nicht zum Typ der Selbstkocher, jener Redner, die unterm Sprechen in Schweiß und Feuer geraten, von sich selbst fasziniert werden und Torheiten begehen, indem sie dann Dinge sagen, die man besser verschweigt. Er wußte nur zu gut, was er sagte, und nie hat er aus der Schule geplaudert. Wenn er brüllte, dann wußte er, daß er es tat. Es gehörte zu seinem Programm, er hatte alles im voraus berechnet. Schon im nächsten Moment war er wieder gefaßt und zeigte sich vollkommen gelassen.

Oft geschah es, in späteren Jahren, daß er nach großen belangreichen Ansprachen, in denen er alle Register hatte spielen lassen, ruhig und gefaßt vom Rednerpult abtrat, während seine Zuhörerschaft vor Erregung und Spannung fast verging.

Waren es der Inhalt seiner Ausführungen, seine Beweisgründe, oder war es die Art, in der er seine Rede vortrug, dieses großartige Feuerwerk von bunten, jäh aufspringenden Raketen, die zusammen mit unaufhörlichem Explodieren von leichteren und schwereren Sprengstoffen einem erstaunten Publikum Atem und Verstand benahm?

Es ging ihm anscheinend auch nicht um die mehr oder weniger mutigen Wahrheiten, die er hier zu verkünden stand. Schon eher war es ihm um den Gegner zu tun, dem er mit diesen streitbaren Wahrheiten auf den Leib rückte. Doch schließlich konnte ihm nur daran gelegen sein, eine bestimmte Wirkung bei seinen Zuhörern zu erzielen, die er nach seinen Berechnungen wieder benötigte, um ein anderes Ziel zu erreichen. Darum brachte er immer wieder dieselben Argumente in unabsehbarer Wiederholung, bis man nicht mehr so sehr auf seine

Worte als auf seine Stimme lauschte. In ihr lag das endgültige Ziel beschlossen.

Der Wirt war wieder erschienen. »Es ist ein bißchen laut«, sagte er und milderte die Einstellung des Apparates. Er nickte zu mir herüber. Ich antwortete ihm nicht.

Allmählich hatte sich mein anfängliches Erschrecken gelegt. Die Bezauberung war gewichen. Die Müdigkeit machte sich wieder stärker geltend. Ich dämmerte vor mich hin in einer eigenartigen Stimmung, ein Schweben zwischen Wachen und Schlafen, in dem die Seele besonders hellhörig ist, das Bewußtsein sanft umschleiert, doch zugleich wie von einem schärferen inneren Licht durchstrahlt. Alles scheint klarer und deutlicher geprägt. Die Anziehungskraft der Erde wirkt schwerer, die Gliedmaßen hängen bleischwer am Körper, sich entspannend, fühlt man ihr warmes Gewicht. Die Dinge scheinen bis auf den Grund sichtbar. Die verwirrende Ordnung der Zeit, drängend nach den Kategorien im Zeitlichen, ist ausgelöscht. Vergangenes, Gegenwärtiges, Zukünftiges zeigt sich als ein Unteilbares, aus dem die Ganzheit sichtbar wird.

Die übrigen Gäste schenkten der Rede keine Beachtung mehr. Sie unterhielten sich und lachten.

Die Stimme war in die Ferne gerückt. Sie nahm mehr und mehr den Klang von etwas Geisterhaftem, Unwirklichem an. Ich lehnte mich zurück in die Polster und schloß die Augen. Die verhaltene Stimme hatte nichts von ihrer Eindringlichkeit eingebüßt.

Die Ausbrüche folgten wieder schnell aufeinander. Dann lange Zeit wieder die flackernde Gespanntheit. Alles aber gedämpft durch die sachtere Einstellung des Apparates.

Etwas lag in dieser Stimme, was mit dem Mann selbst nichts zu tun hatte. Hinter dem Geschrei, aus einer kühlen Leidenschaft geboren, und dem Gepöbel, das das Raffinement einer unbarmherzigen Gesinnung verriet, klang noch etwas anderes auf – ein großes Glück, ein großer Erfolg; oder eine große Gefahr, ein großer Untergang?

Es beklemmte mich und zugleich schlug es mich in seinen Bann. Anders als zuvor erschien es nunmehr, als ob die Stimme eine persönliche Botschaft an mich hätte. Wiederum bestand zwischen uns irgendein Einverständnis. Was es war, wußte ich nicht. Aber er hatte es nur mit mir allein zu tun, mit keinem seiner Freunde sonst. Ein kleiner, unansehnlicher Mann, ergriffen von etwas, das stärker war als er selbst, sprach, als würgte er sich selbst. Er stand wie in einer Verdammnis. Eine Fackel flackerte an einem Scheideweg. Er mußte wählen. Ein Schicksal kündigte sich an. Und wer mit ihm in Berührung kam, wurde gezeichnet. Doch er selbst blieb klein, ambitiös, ein Kommis, der gern selbst Chef gewesen wäre. Von Zeit zu Zeit, wenn das Fremde, Größere in ihm durchbrach und volle Macht über ihn gewann, wurde er ratlos und stand vor einem Unfaßbaren. Es ergriff ihn, aber er ergriff es nicht. Wer war er denn? Ohne Unterlaß fragte er sich selbst. Er wußte es nicht. Er wurde sich fremd in diesen Augenblicken, und das, was über ihn kam, war das Fremde. Manchmal aber dachte er auch, daß das, was ihn überkam, er selbst sei. Dann wähnte er sich ebenso groß und mächtig und unaufhaltsam wie ein Fluß. Er begann zu drängen, zu schreien und zu toben. Er konnte sich nicht halten, er trat über seine Ufer. Doch er begriff es nicht. Mir war es, daß er schrie wie einer, der gerettet werden will, da er ertrinkt.

Aus diesen Träumen wurde ich auf unliebsame Art geweckt. Ein Hagel Steine fiel in die Gaststube, die Fenster brachen klirrend, noch mehr Steine folgten, sie prallten gegen die Holzwände und die zinnernen Krüge, die hell aufklangen, einige fielen auf den Boden. Ein Stein traf den Lautsprecher, so daß er verstummte. Darauf stürmten einige finster aussehende Männer in die Stube. Einer blieb an der Tür stehen und hielt mit der Hand auf dem Rücken die Klinke fest. Niemand konnte mehr hinaus. Die wenigen Gäste und auch ich wußten nicht recht, was das alles zu bedeuten hatte. Die Männer begannen, ein paar Stühle an den Lehnen in die Luft zu schwingen und sie darauf mit einem wütenden Schwung auf dem Boden in Stücke zu schlagen. Der grimmige Ausdruck ihrer Gesichter stand im offenen Widerspruch zu der Hingabe, mit der sie ihr Werk verrichteten. Tische wurden umgeworfen, Stuhlbeine lagen zerstreut umher, geflochtene Sitze waren zerrissen, bunte Tischtücher lagen in den Ecken herum. Ein Mann stand an der Theke und warf in der Abwesenheit des Wirtes alle Gläser, die er packen konnte, zu Boden. Nur ein Glas hielt er unter den Bierkran und ließ es schnell vollschäumen und trank es aus. Plötzlich hörten sie mit den Tischen und Stühlen auf und machten Anstalten, den Gästen auf den Leib zu rücken. Ein Mann steuerte auf meinen Tisch zu, seine Miene verhieß nicht viel Gutes.

»Komm her, mein Bürschchen!« rief er drohend mit jener Mischung von blinder Wut und geheuchelter Väterlichkeit in seiner Stimme, die die handgreiflichen Diskussionen eröffnet.

»Was soll das heißen?« brüllte ich zurück. Meine Müdigkeit war verflogen. Seine Dummheit empörte mich mehr als sein freches Betragen. Ich begriff sofort, wen seine Wut eigentlich suchte. »Was wollen Sie von mir?« fügte ich etwas weniger erbittert hinzu.

»Gehörst du auch zu denen?« fragte er und wies mit seiner Hand nach dem Saal.

»Gehen Sie dorthin, da finden Sie, wen Sie suchen!« sagte ich barsch.

»Was bist du denn für einer?« sagte er auf einmal ruhiger und versuchte einzulenken. Anscheinend war er zu der Entdeckung gekommen, daß ich ein Fremder war und als Gast hier saß. Seine übrigen Genossen standen mit den anderen in einer erregten Diskussion. Er stand neben meinem Tisch. Ich blieb sitzen.

Er war ein einfacher Mann, klein, ganz gutmütig, wenn man ihn aus der Nähe betrachtete, sicherlich freundlich geartet im Familienkreis und ein braver Hausvater, aber jetzt besessen von einer Idee, die ihn an falscher Stelle jemanden suchen ließ, den er anderswo bestimmt gefunden hätte. Er konnte nicht wissen, an wen er geraten war, als er auf mich zutrat. Das Komische meiner Lage, die plötzliche Bedrohung durch einen Bundesgenossen, kam mir immer mehr zum Bewußtsein. Ich begann zu lachen und lachte ihm ins Gesicht.

Er sah mich fassungslos an.

»Nein, nein«, sagte ich geruhsam, um ihm zu helfen, »nein, ich bin nicht der Richtige. Im Gegenteil.«

Er zögerte noch immer. Schließlich fragte er mißtrauisch, weil er nicht glauben konnte, daß er sich da beinahe über alle Maßen geirrt hätte: »Ja, warum sitzen Sie dann hier?«

Erst wollte ich ihm antworten, daß dies ihn gar nichts angehe, wie und warum ich hier saß. Doch ich bezwang meine aufflackernde Ungeduld und sagte, jedes Wort gewichtig betonend: »Ich sitze hier, weil ich nicht im Saale sitzen will, begreifen Sie das?«

Dies war deutlich. Er wußte nichts darauf zu erwidern. Schließlich war er gekommen, um zu handeln. Seine Entschlossenheit hatte mich zu Beginn verwirrt. Er hatte es nicht gemerkt. Eigentlich bewunderte ich ihn ein wenig, daß er einfach von draußen in eine Gaststube trat und zu handeln begann, auch wenn es vorerst Tische und Stühle betraf. Unentschlossen stand er neben meinem Tisch. Ich stand auf. »Ich bin müde und werde jetzt schlafen gehen«, sagte ich, »gute Nacht!«

»Gute Nacht!« erwiderte er in seiner Einfalt.

Inzwischen war der Wirt zurückgekommen, hatte die Sachlage schnell übersehen und war wieder verschwunden. Kurz darauf betrat er in Begleitung einiger handfester Kerle die Gaststube.

Ich war gerade aufgestanden, als sie eintraten. Der Wirt bebte. Im Umsehen war die entstellte Gaststube von den Eindringlingen gesäubert, ohne daß es zu einer großen Schlägerei gekommen war.

»Bitte sich nicht zu beunruhigen«, sagte er zitternd, »sich nicht zu beunruhigen. Die Versicherung deckt den Schaden. Diese Buben!« Die handfesten Kerle hatten sich im Umkreis aufgestellt und zeigten männliche Entschlossenheit.

»Räumt auf«, sagte der Wirt, »dann trinkt ihr auf meine Kosten ein Bier.« Sie räumten auf und setzten sich in die Mitte der Gaststube, tranken ihr Bier und sprachen das Geschehene noch einmal durch. Der Wirt trat an meinen Tisch, vor Erregung war er noch immer bleich. Er sah mich stehen und fragte beflissen:

»Hat man Sie belästigt? Diese Buben, ihre Steinwürfe galten einem, den sie nicht erreichten. So etwas ist hier noch nie dagewesen.«

»Er hat sicherlich hier auch noch nie gesprochen«, sagte ich.

»Das erste Mal«, antwortete der Wirt. »Ich habe damit gar nichts zu schaffen. Ich vermiete meinen Saal an jedermann, der ihn bezahlt.« Er setzte sich vor Erregung auf einen Stuhl, der Schweiß stand auf seiner Stirn. »Lieber meine Biergläser und meine Einrichtung als meine Gäste«, sagte er und wischte sich mit dem Ärmel übers Gesicht. »Warum muß man immer gleich losschlagen?« sagte er.

Die Polizei betrat das Gastzimmer. Der Wirt erhob sich. »Bitte, entschuldigen Sie mich.«

Ich wartete das Ende nicht mehr ab und verschwand in meinem Zimmer oben.

VIII

Dieser Abend mit seinem tragikomischen Schluß hatte einen tiefen Eindruck in mir hinterlassen. Aus dem halbdämmernden Zustand, in dem ich mich befand, als ich, ein heimlicher Lauscher, in der Gaststube saß und doch an allem, was sich im Saal zutrug, teilhatte, war ein sonderbarer Gedanke in mein Wachsein hinübergeraten und hatte sich dort festgesetzt. Schon lange muß er vorher in mir geschlummert haben.

Es gibt Begegnungen, die das Schicksal wie mit einer unsichtbaren Schrift lange zuvor gezeichnet hat. Erst wenn das Verhängnis anhebt, wird ihr Inhalt offenbar. Die einzelnen Lettern treten aus dem blinden Hintergrund heraus, gruppieren sich zu Worten, der Sinn wird ablesbar. Man steht in seinem Vollzuge, und dennoch widersetzt man sich.

Zu Beginn wagte ich nicht, diesen Gedanken zu denken, so absurd erschien er mir. Wenn ich meine Augen schloß, erstand mir seine Gestalt von innen, und wenn ich in mich hineinhörte, summte in meinem Ohr seine Stimme. Sosehr ich mich auch zur Wehr setzte, ich konnte nicht verhindern, daß mir Bild und Schall vertraut wurden, als wären sie völlig aus meinen Sinnen entstanden und führten selbständig ihr äußeres Leben. Erging es ihm mit mir anders? Wie stark ich in seinen Gedanken lag, dessen war ich eben wieder Zeuge gewesen. Kein Liebhaber kann anhänglicher von dem Gegenstand seiner Liebe sprechen als auf die Weise, die die seine war, auch wenn er mich verwünschte. Er suchte mich. War dies nicht deutlich? Stets war ich bei ihm. Er trug mich mit sich herum, geradeso wie er seine Hand, sein Ohr oder seine Zunge stets mit sich herumführte. Er muß von mir besessen gewesen sein.

Wir sind nicht geboren für Freundschaften. Den menschlichen Verhältnissen entspricht im Grunde ein anderer Bezug. Kein noch so hochgestimmter Lobgesang kann den Argwohn beseitigen, der zwischen den Lebenden aufgerichtet ist. Wir alle sind Doppelspieler. Es ist das Nächste, was uns verbindet. Einsamkeit, Abgeschlossenheit ist das Gemeinsame. Das Liebend-miteinander-Sein, du meine Güte! Was ist hier gemeint? Vielleicht die gemeinsamen Belange, die nur zur Gründung eines Konsumvereins führen? Man schaue einmal umher, es gibt Beispiele genug, nach welchen Bauplänen die menschlichen Umstände einander zugeordnet sind. Und gar erst die Liebenden, von denen die Dichter zu singen belieben!

Wie ich meinem Feind erscheine, wie er mir begegnet, in den Verhüllungen und Maskeraden unserer Feindschaft enthüllt sich der Urgrund unseres Bestandes.

Welches der sonderbare Gedanke war, der mich befiel? Daß er genauso unsicher, so schwankend war wie ich selbst und, ergriffen von der Angst, sich selbst ein Unbekannter zu sein, seinen Widersacher, mich, herausgefordert und an die Wand gemalt hatte, wie die alten Maler ihre Heiligenbilder im Schweiße schufen, wenn ihr Dämon sie befiel. Ich war nur eine Fratze, eine Maske, die er sich in seiner Bedrängnis zurechtgeformt hatte. Aber sie genügte ihm. Sie war sein Gegenbild. Vielleicht hatte auch ihm einst sein Vater zugeflüstert: ›Wir sind …!‹ Und nun suchte er in seiner Not nach dem Sinn und der Bewandtnis, die es mit dieser Einflüsterung auf sich hatte. Vielleicht hatte er es schon einmal gewußt, aber sein Wissen wieder verloren. Vielleicht galt ihm dies auch nichts mehr, da er anderen Beziehungen anheimfiel. Vielleicht fühlte er nur: Wer ich bin, weiß ich nicht. Er schrie, da er es nicht wußte. Er wollte einer sein, der sich selbst erschaute, so hingestellt, wie er einen Baum oder ein Haus sah, oder ein Ungewitter, wenn es sich entlud. Auch er kannte die Geheimnisse der Dunkelkammer und ihre Versuchungen, die Retuschen und Tricks, die man in ihnen zuwege bringt, die halben und ganzen Ähnlichkeiten, mit denen man sich nie abfindet. Dann hatte er auf seinem Wege mich gefunden. Er sah mir die Einflüsterung meines Vaters an, die kurze Aussage, die zugleich verwundert fragte: ›Wir sind …?‹ So schuf er sich in mir ein Gegenbild und wußte von nun an: Wer ich nicht bin, dies weiß ich wohl. Alles, was er in sich verschwieg und womit er selbst nicht zu Rande kam, erblickte er in mir. Bezaubert, hingerissen und zugleich voll Entsetzen und Grauen. Er glaubte, daß ich es sei, so wie er mich beschrieb. Aber er irrte sich vorerst. Ich war es nicht. Sein Entsetzen verhüllte ihm meine wahre Gestalt. Hätte er nicht dankbar sein müssen? War nicht ich der einzige, der ihn in sich bestätigte? Nicht die lärmende Schar seiner umnebelten Mitläufer, zu schweigen von denen, die sich seine Freunde nannten. Er und ich, wir waren einander ins Blickfeld geraten, wir hatten miteinander zu schaffen. Wir wuchsen aneinander auf. Eine Verwandtschaft war zwischen uns aufgerichtet, gebunden mit den starken Banden einer Feindschaft auf Leben und Tod. Sie begann mit dem Leben, sie zielte schließlich auf den Tod. Aber im Anfang war sie beides, Leben und Tod. An uns beiden lag es, zu wählen. In seinem Angesicht war ich die Falte, von der Nase hart geschwungen um den Mund. In seiner Stimme, wenn sie brüllte, war ich das Zittern. Er lag in meiner Selbstqual wie im Augengrund. Der Schritt des einen war zugleich der des anderen. Daß ich mich um mich sorgte, galt zugleich ihm. Daß ich mich um ihn sorgte, galt zugleich mir. Ich hatte seine Stimme belauscht. Stand er nicht noch vor allen Möglichkeiten, die zwischen Tod und Leben liegen? Konnte er nicht eine große Hoffnung wie eine schwere Sorge werden? Ein verheißungsvoller Aufgang oder ein Untergang in Vernichtung und Grauen? Gleichviel, er hatte zu wählen, und es hing von ihm ab, wie er wählte, und zugleich auch von mir. Dessen war ich gewisser, je tiefer er sich in mir verstrickte. Als sein getreuer Widersacher lag es bei mir, auf der Hut zu sein, daß er seine Wahl richtig vollzog. Noch hatte er nicht gewählt, noch hatte er nicht gehandelt und Taten vollbracht, durch die er sich selbst richtete. Aber die Gefahr blieb.

Ja, er hatte noch nicht gehandelt. Dieser Gedanke tröstete mich. Und solange war noch nichts verloren. Zuweilen war es völlig ungewiß, ob er jemals handeln würde. Handelte überhaupt, wer so sprach? Noch hatte er Zeit, auch dessen war ich gewiß. Und auch ich hatte noch nicht gewählt, dessen konnte er sicher sein. Und dann der Gedanke, daß wir beide als Widersacher, vielleicht im Plane der Schöpfung, die sich stetig vollzog, vorausgesehen waren!?

O Gott, mein Gott!

IX

Noch ist er nicht tot. Noch erschreckt er die Welt mit unabsehbaren Taten, die seinen Untergang ankündigen. Er faßt Beschlüsse und läßt sie verbissen durchführen, als fühlte er sich sicher in der Grausamkeit seines Gewissens. Er handelt, er ist mächtig über Leben und Tod. Menschen läßt er erzittern vor Glück, wenn er sich ihnen leutselig naht, und erbeben vor Verlorensein, wenn er seinen Übermut an ihnen mißt. Alles macht er zunichte. Es ist seine eigene Vernichtung, die ihn antreibt. Aber schon ist sein Ruhm, den das Entsetzen ihm verlieh, verblichen in den Augen derer, die ihre Furcht an ihm überwinden lernten. Die Strahlen, mit denen die Sonne beim Aufgang die Welt erhellt, tragen ein anderes Leuchten in sich, wenn sie untergehend das dämmrige Gestirn bescheinen. Er hätte es wissen können.

Aber damals dachte ich, daß das Verhängnis noch von uns beiden abzuwenden sei. Ich hatte den Wahn, ihn von seinem Wahn zu befreien. Unabwendbar drohte die Gefahr. Ich verharrte trotzig in meiner Haltung. Man will blind sein, die Zeichen, mit denen sich ein Zukünftiges ankündigt, wünscht man nicht zu erkennen. Man gebraucht alle Listen, man ruft die Vorsehung, den Himmel, die Idee der Schöpfung und vieles andere herbei, um sich zu verschanzen. Man bedenkt Prüfungen, Botschaften aus einer anderen Welt, weil man sich nicht fassen kann. Ein früher nie verspürter Schauer von Gehobensein, Spannung und wahnwitziger Lähmung zugleich übermeistert uns. Der Mensch ist wehrlos in dem Vermuten eines außerordentlichen Geschehens, zu dem er unabänderlich hinwächst. Immer mehr begreife ich die Beschwörung meines Vaters:

›Dann gnade uns Gott!‹

In den Jahren, da ich im geheimen mit ihm focht, litt ich Qualen, die nur der Angst zu eigen sind. Aber damals wußte ich noch nicht, daß dies die Angst war. Ohne Unterlaß erniedrigte ich mich, und dies mit einer beinahe selbstmörderischen Freude am Erniedrigtsein. Jedesmal wenn mich sein Schlag traf, dachte ich, daß es so sein müsse und daß es an mir liege. In allem, was er tat, schien mir ein Recht zu liegen und eine Berechtigung, die für mich ihre besondere Bedeutung beweisen konnte. Ich fand, daß ich diese Berechtigung nicht außer Betracht lassen durfte.

Ich konnte ihn nicht aufgeben, ich hatte ihn nötig. Sein Dasein bedeutete in einer nahen Zukunft meine Vernichtung, dies war gewiß. Aber sein plötzlicher Tod oder irgendein anderes Ereignis, das mich seiner drohenden Gegenwart beraubt hätte, hätte ebenfalls meinen Untergang zur Folge gehabt. Zwischen uns waren Bindungen und Verpflichtungen entstanden, deren nur der inne wird, dessen Anteil an den Dingen der Welt im Leiden liegt. Es ist vielleicht ein wunderlicher und fragwürdiger Anteil. Aber wer bricht die Gemeinschaft, die insgeheim zwischen Verfolgern und Verfolgten aufgerichtet ist?

Er machte mich leiden, und ich litt voller Hingabe. Jede Veränderung dieses Zustandes zwischen uns hätte mich in ein Vakuum gestürzt, hätte mich des heftigen Lebensantriebes beraubt, der aus dem Willen zum Leiden stammt. Wohin hätte ich mich wenden sollen? Er war mir alles!

Der Freunde und guten Bekannten sind viele, ein ›Guten Tag‹, ein freundliches Lächeln, ein Händedruck und ein Kuß von Mund zu Mund – es ist das Alltägliche, das sich selbst richtet. Man schenkt ihm keine Beachtung mehr. Er aber war mir gesandt als Feind, er hatte eine Sendung zu erfüllen, das heißt, ich bildete mir ein, daß sie ihm aufgetragen war. Ich selbst war es schließlich, der sie ihm aufzwang. Ich gebrauchte ihn, wie man ein Glas oder eine Flasche gebraucht, die man erst vollfüllt und dann an den Mund setzt, um aus ihr zu trinken. Und zugleich verachtete ich ihn ein wenig, da er das Geheimnis nicht kannte, dessen ich dank ihm teilhaftig ward. Um nichts in der Welt hätte ich seine Rolle übernehmen wollen. Sie erschien mir nicht begehrenswert, es fehlte ihr an Phantasie, die sich nur um Sorge und Bedrängnis legt und den Bettler unsichtbar schmückt mit dem Purpur seiner Ohnmacht. Was wußte er von alledem? Aber auch diejenigen, die mein Vater meinte, als er sagte ›Wir sind‹, was wußten sie von den Seligkeiten, die einem von seinem Widersacher bereitet sein können? Für sie war er ein lästiger Unmensch, der ihnen das Leben sauer machte. Sie sahen deutlich die tägliche Drohung, die erst den äußeren Dingen des Lebens galt, aber auch dort nicht haltmachen und weiter vorstoßen würde, bis sie das Leben selbst in seinem Kern zerstört hatte.

Inmitten dieser Auseinandersetzungen und Zweifel lief ich damals herum, dem Manne ähnlich, der im heftigsten Regenguß auf der Straße einhergeht und seinen Regenmantel über dem Arm trägt. Es kommt ihm anscheinend nicht in den Sinn, ihn anzuziehen. Die Gewißheit, ihn bei sich und über dem Arm zu tragen, genügt ihm völlig. Er wird naß, er fühlt den Regen auf seinem Körper, und außerdem ist er nicht wasserscheu. Schließlich weiß er, daß ihm nichts geschehen kann, er hat ja seinen Mantel bei sich.

Damals begegnete ich dem einen oder anderen meiner Kumpane, und es entwickelte sich dann folgendes Gespräch zwischen uns.

Er fragt: »Man sieht Sie ja gar nicht mehr«, und drückt mir herzhaft die Hand, »wo stecken Sie denn? Sie sehen so müde aus oder abgearbeitet. Können Sie schlafen? Es ist eine verdammt schwere Zeit.«

»Ja«, erwidere ich.

»Und ich fürchte, daß sie noch schwerer wird für uns.«

»Das ist gut möglich«, sage ich.

»Unlängst traf ich K.«, fährt er fort, »er erzählte mir, daß er Sie gesprochen hat, nur kurz. Es geht ihm nicht gut.«

»K.? O ja, nur kurz, das stimmt. Er stieg zu mir in die Tram, an der folgenden Haltestelle mußte ich hinaus.«

»Er hat seine Stellung verloren. Über kurz oder lang werden wir alle aus unseren Stellungen hinausgedrängt. Läßt man Sie noch arbeiten?«

»Bisher noch«, erkläre ich, »aber es ist mir selbst ein Wunder.«

»Sehen Sie«, pflichtet er mir bei, »Sie machen sich auch keine Illusionen mehr. Sie sind doch hier geboren?«

»Natürlich bin ich hier geboren. Aber warum fragen Sie das?«

»Nur so. Verstehen Sie das, man ist hier geboren, man spricht die gleiche Sprache. Wenn man heute denkt: Morgen werde ich mir die Haare schneiden lassen, so sagt man: ›Morgen werde ich mir die Haare schneiden lassen‹, und dann läßt man sie sich auch schneiden. Es gibt gar kein Gefälle dazwischen. Und trotz allem hat man kein Recht mehr, man wird hinausgestoßen, wie ein Fremder behandelt. Und warum? Warum bloß? Wissen Sie es? Ich möchte es schon gerne wissen. Weil man ein anderer sein soll. Ein anderer? Was ist das, ein anderer?«

In solchen Augenblicken fallen mir dann immer die alten Griechen ein, die die Perser die Fremden – Barbaroi – genannt haben. Früher machte es mir Spaß, mich bei derartigen Gelegenheiten in großen Beschauungen zu ergehen. Aber seit einiger Zeit finde ich es peinlich für die Griechen, und da sage ich lieber nichts. Ich flüstere darum nur halblaut, aber so, daß er es hören kann: »Barbaren.«

»Ja«, fährt er fort, »das ist schon richtig. Früher waren es andere Götzen, andere Kriegsbemalungen, andere Frauen, weiß ich was alles, und jetzt anderes Blut, anderes Geld, andere Bodenschätze, andere Gedanken, eine andere Mentalität. Märchen, nichts als Märchen, sage ich Ihnen, früher schon, natürlich, in der sogenannten Kinderstube der Menschheit, und jetzt, wo sie sich zum Schlafen oder zum Sterben hinlegt, auch noch Märchen. Das Märchen regiert die Welt. Sie sind doch Sportlehrer?«

»Ja, aber nur nebenberuflich.«

»Gut, das macht nichts. Haben Sie irgendwelche Pläne für die Zukunft?«

Nein, ich habe keine Pläne für die Zukunft. Ich sage ihm das. »Es könnte möglich sein, daß man sich an Sie wendet.«

»Als Sportlehrer?«

»Ja, Sie sind überrascht?«

»Ein wenig.«

»Wenn man uns überall hinausdrängt, verbleibt uns nichts anderes, als uns selbständig zu machen, etwas Eigenes aufzuziehen, eigene Konzerte, denn man wird nicht vor der Kunst haltmachen, eigene Büros, eigene Sportplätze, Tanzgelegenheiten, alles, kurzum.«

»Und da wollen Sie mich …!«

»Ja«, sagt er. »Haben Sie keine Lust?«

»Lust? Ich glaube nicht, daß man danach noch fragen kann, wenn es einmal schon soweit ist.«

»Sind Sie denn pessimistisch?« fragt er auf einmal.

»Pessimistisch? Nein, dazu sehe ich noch keinen Anlaß.«

»Aber auch nicht optimistisch.«

»Das ist nicht meine Natur«, sage ich.

Der andere lacht. Er hält es offenbar für einen Witz.

Wir sind inzwischen ein paar Schritte gegangen, haben eine Straße überquert und laufen am Rande eines Parkes im Schatten dichtbelaubter, hoher Bäume. Es ist hier, mitten im Sommer, kühler als auf den Straßen, die offen die Sonne in die Stadt hereinziehen. Auch die Bäume reißen die Glut in ihre Äste und Stämme hinein, die Blätter versengen unter den hitzigen Strahlen. Der Schatten, den sie werfen, ist dunkel und kühl.

»Es ist schön hier«, sagt der andere. Er bleibt stehen, zieht ein Taschentuch aus seiner Rocktasche und beginnt sich Stirn, Gesicht und Hals zu wischen. Er schließt dabei die Augen, legt sein Gesicht in unzählige Falten, keucht leise und beugt sein Haupt. Sein Gesicht hat einen Ausdruck, den ich nicht an ihm kenne, so wie ich den ganzen Menschen eigentlich nicht kenne. So könnte er aussehen, denke ich bei mir, wenn er allein ist und an Dinge denkt, die ihn sehr bedrücken, vielleicht an die Zukunft seiner Kinder, das Schicksal seiner Eltern, alles Dinge, die nichts Gutes versprechen. Er ist ein Mann und hat seine Sorgen, aber ich kenne ihn nicht.

»Sie wären also bereit«, beginnt er wiederum.

»Finden Sie es so wichtig?« frage ich. »Sportlehrer? Ich dächte, man hätte andere Sorgen. Und dann das Geld. Wollen Sie dafür Geld ausgeben?«

»Hören Sie mal, ich finde Sie aber komisch. Sie sägen sich selbst den Ast ab, auf dem Sie sitzen könnten.« Er ist leicht gekränkt und ereifert sich, mir die Pläne haargenau darzulegen. »So wie die Wirklichkeit ist, mit allen Berufen, im großen natürlich, werden wir im kleinen unsere Wirklichkeit aufziehen. Was bleibt uns anderes übrig? Mit Krankenhäusern, Schulen, Sportplätzen, Kinos, Konzerten, Versicherungsgesellschaften, alles. Begreifen Sie nicht die Konsequenzen, wenn alles folgerichtig weitergeht, so wie es sich jetzt allmählich anläßt? Über Nacht werden wir vor der Tatsache stehen. Man muß vorbereitet sein.«

Ich überlege, daß er eigentlich von seinem Standpunkt aus recht hat. Natürlich, von seinem Standpunkt aus hat meistens jedermann recht. Zudem ist es gar nicht so unvernünftig.

»Sie halten zuwenig Kontakt«, sagt er leicht vorwurfsvoll. »Es ist gut, daß ich Sie treffe. Ich wollte es Ihnen schon lange sagen. Sie schließen sich von selbst ab oder sogar aus.«

»Keine Rede!«

»K. hatte den gleichen Eindruck, als er Sie nur kurz sprach.«

»So?«

»Sie sind vielleicht zu zurückhaltend, oder Sie haben Ihre eigenen Gedanken. Man sollte sich mehr sehen. Wir müssen zusammenstehen. Es hilft doch nichts.«

»Sie finden also …«

Er spricht weiter. Wir alle stehen auf derselben Seite, gewollt oder ungewollt. Es ist doch sehr einfach. Man bedroht uns, mich, Sie, uns alle, die wir …

So klangen die Worte – Worte meines Vaters. Ich lasse ihn weiterreden. »Wir sind nun einmal alle in der gleichen Lage, wir bilden eine Gemeinschaft.«

»Weil man uns verfolgt?« werfe ich, ein wenig ironisch, dazwischen.

»Ist das etwa nichts«, sagt er hastig, atmet tief ein und hebt leicht die Achseln, als hätte er zu seinem Erstaunen entdeckt, daß er mir noch das Abc beibringen muß. »Aber lassen wir das, ob wir nun auf aktive oder passive Weise eine Gemeinschaft sind, lassen wir das. Es gibt nur Scherereien. Ob wir es sind, weil man uns in eine Hürde zusammengedrängt hat oder weil wir es aus uns selbst schon vorher waren – das letztere wäre vorzuziehen. Es gäbe ein Aktivum, eine schlagkräftige Idee. Genug davon. Es ändert nichts an den Tatsachen. Ihr Schicksal ist das meine, wie das meine zugleich das Ihre ist, das von uns allen. Wir bedeuten jetzt alle einander gleich viel. Die Zukunft ist für uns alle …«

Er unterbricht sich, anscheinend verspürt er aus meiner Haltung eine Kritik. Ich schweige.

»Ist das etwa nicht so?« fragt er und stützt seinen Kopf in seine Hand und sieht mich erwartungsvoll an. Wir sind stehengeblieben unter den hohen Bäumen, die die Sonne fangen.

»Kommen Sie, gehen wir weiter«, sage ich gelassen. »Ich kann es nicht leugnen. Nur wußte ich nicht, daß wir einander in der Tat soviel bedeuten.«

Er geht stumm neben mir. Er ist erstaunt oder vielmehr beleidigt. Ich sehe sein Gesicht, das gleiche wie kurz zuvor, als er sich den Schweiß abwischte. Er überlegt lange Zeit, dann sagt er: »Hören Sie, Sie nehmen es zu persönlich!«

»Sehr richtig, ich nehme es in der Tat persönlich. Wie sonst?«

Wir sind in der Nähe eines kleinen Gartenrestaurants angelangt, einer Bretterbude, ein paar Tische mit bunten Decken, eiserne Klappstühle rundherum, Mütter mit Kindern, die halbnackt im Sand und auf dem Rasen spielen.

»Trinken wir etwas zusammen. Was trinken Sie?« Wir trinken zusammen. »Zum Wohl!« Er ergreift wieder das Wort.

»Sie nehmen es viel zu persönlich«, sagt er. »Wir bilden eine Gemeinschaft auf Leben und Tod, vergessen Sie das nicht. Dies verbindet uns – auf Tod und Leben. Gewiß, kleine persönliche Unterschiede können dabei bestehenbleiben, je nach Anlage des betreffenden Individuums. Aber dies sind Nuancen des Persönlichen. Auf Tod und Leben, hierauf konzentriert sich sozusagen alles Persönliche, das zugleich das Gemeine ist, im goetheschen Sinne, wohlverstanden. Sie verstehen mich?« Er nimmt einen Schluck und wartet.

»Warum Goethe?« frage ich, »warum auf einmal mit Goethe, was bedeutet das?« Meine Frage kommt ihm unerwartet, und er lächelt.

»Es verwirrt Sie? Ich sehe es. Ich meinte es nur so als eine Erklärung des Wortes *das Gemeine,* es ist ein goethisches Wort und heutzutage etwas ungebräuchlich, wenn ich nicht irre. Sie kennen es? Warum verwirrt es Sie? Haben Sie etwas gegen ihn?«

»Nein, nein, aber ich kämpfe lieber ohne Alliierte. Man muß ihre Lieferungen später doch bezahlen. Ich habe Sie trotzdem verstanden. Gut. Auf Tod und Leben. Sie meinen, daß wir den gemeinsamen Feind haben?«

»Sehr richtig«, sagt er erleichtert und lehnt sich zurück. »Ich merke, daß wir anfangen, uns zu begreifen.« Es tut ihm gut. »Nur weiter. Trinken Sie doch.« Ich trinke.

»Den gemeinsamen Angreifer«, wiederhole ich. »Dies schafft Bindungen, eine gewisse Kameradschaft, natürlich, wer wollte das leugnen? Obwohl ich noch nicht weiß, ob es nicht noch mehr Belange sind, die uns zusammenschweißen.«

»Nun wird er gar rationalistisch«, sagt er scherzend und freut sich, daß er über den Berg mit mir ist, »während ich Sie immer im Verdacht hatte, Sie nehmen es mir hoffentlich nicht übel …«

»Ich nehme gar nichts«, sage ich kurz. »Ich wollte Ihnen nur sagen, daß ich eine Gemeinschaft auf Tod und Leben außer mit Ihnen, oder besser mit uns, auch noch mit einem anderen habe. Und sie ist tiefer als die, von der Sie die ganze Zeit sprechen.«

»So? Mit wem denn in Gottes Namen?« fragt er herausfordernd.

»Sie kennen sie nicht? Es gibt eine Gemeinschaft, tiefer als die aller Gleichgesinnter, größer als aller derer, die sich zu einer Partei bekennen …«

»Nun«, unterbricht er mich, »heraus mit der Sprache!«

»Die der Widersacher«, sage ich endlich und fühle mich erleichtert, »die Gemeinschaft derer, die unlösbar auf Tod und Leben in ihrem Streit aneinandergebunden sind, wie Himmel und Erde, Sonne und Mond und die Sterne in ihrem Lauf aneinandergebunden sind. Aber diese letzten Beispiele muß ich widerrufen«, füge ich im gleichen Atemzug hinzu. »Es sind poetische Verzierungen und eigentlich unwahr.«

»Warum«, widerspricht er lächelnd, »lassen Sie doch. Sie sind im schönsten Zuge, ich finde es gar nicht so übel – die Poesie!«

»Aber es ist doch unwahr«, beharre ich, »es gibt nur eine Gemeinschaft der Widersacher, die der Menschen. Sie ist beispiellos. Wie es mit dem Himmel und der Erde, dem Wasser, dem Feuer und dem übrigen kosmischen Humbug steht, ist mir unbekannt.«

Es entsteht eine Pause. Wir sitzen zusammen an einem Tisch in einem Gartenrestaurant unter Bäumen mitten in der großen Stadt, wir sprechen miteinander, und plötzlich fällt eine Pause in unser Gespräch. Sie muß sich schon irgendwie zu Anfang in unsere Worte geschlichen haben, ohne daß wir es bemerkten. Oder vielleicht wußten wir beide, daß sie sich im Hinterhalt verborgen hielt. Sosehr wir uns auch Mühe gaben, wir konnten ihr nicht entgehen, und plötzlich trat sie hervor. Es ist nicht das Schweigen zwischen Menschen, die sich ausgesprochen und nun einander nichts mehr zu sagen haben, sie warten noch einen Augenblick, dann stehen sie auf, und ein jeder geht seines Weges. Ade! Es ist auch nicht das Schweigen, das entsteht, wenn einem nichts mehr einfällt. Es ist nur eine kleine Atempause, in der man wie ein Geiger mitten im Spiel sein Ohr an das Instrument legt und lauscht, ob es noch rein gestimmt ist, bevor man zum nächsten Auftakt ansetzt.

»Also mit Ihrem Feinde«, sagt er bedächtig und lehnt sich zurück in seinen Stuhl. Er verbessert sich: »Mit unserem Feinde«, und wartet. Dann fährt er fort: »Und dabei kann man noch nicht einmal sagen, daß Sie ein Überläufer oder ein Verräter sind.«

»Danke«, sage ich. Ich trinke mein Glas leer und sehe, daß das seine auch leer ist. »Jetzt trinken Sie noch mit mir. Sie geben mir die Ehre?«

Ich bestelle. Wir trinken zusammen.

»Und nun, bitte, erklären Sie mir, wie kommen Sie auf diesen Gedanken?« fügt er hastig hinzu, als hätte er noch schnell ein Versprechen verhüten können. Ich wußte, was er sagen wollte. Er hatte ruhig, jedes Wort einzeln abwägend, gesprochen. Nur dieses letzte sprudelte er hastig hervor.

»Sie brauchen nichts zu beschönigen«, erwidere ich. »Sie wollten sagen, diesen Unsinn, nicht wahr? Nun gut. Aber ich fühle es so, ich erlebe es so und nehme von niemandem Befehle entgegen, wie ich zu fühlen und zu erleben habe. Er bedeutet mir in meinem Leben ebensoviel wie ich ihm in dem seinen.«

»Oho!« unterbricht er mich höhnend.

Ohne mich jedoch stören zu lassen, fahre ich fort: »Und dies ist unendlich mehr, als ich Ihnen oder Sie mir oder weiß ich sonstwer wem von uns bedeuten könnte!«

Eine beseligende Erregung beschleicht mich bei dem Gedanken, ihm zu offenbaren, welch ein Segen ein Feind sein könnte. Er blinzelt mich jedoch unentwegt an, als wollte er sagen, lieber Freund oder: Mach dir doch nichts vor, so daß ich mit betonter Nüchternheit sage: »Sie sehen ihn nur als den Angreifer, als den, der uns bedroht. Das ist nur die eine Seite. Sie überschätzen ihn damit.«

»Mich dünkt«, fährt er mit dem gleichen, leicht höhnischen Ausdruck um seinen Mund fort, »mich dünkt, ihn überschätzen, das kann man schwerlich, es ist die Frage, ob Sie ihn nicht unterschätzen, indem Sie auch nur wieder die andere Seite sehen. Schließlich ist er doch der Angreifer.«

»Nicht nur, nicht nur.« Triumphierend stoße ich die Worte hervor.

»Sie bestreiten das?«

»Ja, wir sind es im gleichen Maße für ihn.«

»Wir? Wie ist das möglich? Wir sind …?«

Ich unterbreche ihn: »Ja, wir sind! Diese Tatsache, daß wir sind, genügt ihm, um sich angegriffen zu fühlen, vielleicht hat sie ihn überhaupt erst dazu gebracht. Die gleichen Ängste, die Sie und ich, die jeder von uns durchstehen muß, muß auch er allein durchstehen. Nicht ähnliche – die gleichen. Wer ist er, und wer bin ich?«

»Er ist eine Geißel Gottes«, sagt er ruhig und scharf. Es ist, als geißele er mit seinen Worten.

»Was?«

»Eine Geißel Gottes«, wiederholt er gelassen. »Finden Sie den Gedanken so absurd?«

»Warum«, frage ich zurück, »warum sagen Sie das?« Meine Erregung wächst, und ich verberge sie nur mit Mühe.

»Man müßte ihn totschlagen, einfach totschlagen. Aus!«

Ich sehe ihn entsetzt an.

»Warum?« flüstere ich. Es ist nicht der Gedanke, der mich außer Fassung bringt. Ich erinnere mich an die Männer, die die Gaststube erstürmten, in der ich, ein harmloser Wanderer, ermüdet von einer Reise saß und lauschte. Der Mut, die Entschlossenheit, die aus seinen Worten spricht, klingt anders und neuartig. Er würde sich nicht mit dem Vorzimmer, mit der Gaststube und unschuldigen Biertischen und Stühlen begnügen. Er würde in den Saal gehen und den Gegner suchen. Er weiß, daß es ihm an den Kragen geht, und darum verkauft er seine Haut so teuer wie möglich.

Spöttisch verzieht er seinen Mund und sagt: »Dann hat Ihre Gemeinschaft der Widersacher ein Ende – das Ende, das ihr zukommt!«

Er trinkt sein Glas aus und schweigt.

Die Kinder spielen auf dem Rasen vor uns, sie balgen sich, und die Mütter schauen vergnügt zu, und nur, wenn es zu arg hergeht und ein Kleines zu weinen beginnt, greifen sie ein, trösten, weisen zurecht, bringen das Spiel wieder in Gang und kehren dann zurück zu ihren Plätzen. Sie falten die Hände im Schoß, es ist warm, ihre Gesichter glühen von der Wärme und vom Spiel ihrer Kinder.

Mein Gegenüber zieht wiederum sein Taschentuch hervor und betupft Hals und Gesicht, seine Bewegungen sind ruhig und entschlossen.

»So ist es immer gewesen«, sage ich, »man erschlägt seinen Gegner, weil für zwei, die einander befehden, angeblich kein Platz auf der Erde ist. Einer muß das Feld räumen. Der andere ist dann der Sieger, und das Leben geht weiter. Bis ein neuer Gegner aufsteht, und dann wird er der Sieger über den ersten. Alles ist so eitel, alles. Am Morgen geht die Sonne auf im Osten und am Abend fällt sie im Westen. Dann ist es Nacht. Und am folgenden Morgen rollt sie wie neu wieder im Osten herauf. Von den Bergen schmilzt der Schnee, die Bäche sammeln sich zu großen Strömen und versinken im Meer. Aber es fällt Neuschnee im Gebirge, und alles ist unabänderlich. Die Schöpfung ist vollendet und vertan. Der Feind ist eine Geißel Gottes, und man muß ihn totschlagen.«

»Sie können auch warten, bis er Sie erschlägt. Aber das ist schließlich dasselbe«, entgegnet er.

»Ach«, stoße ich hervor. Ich weiß nichts mehr zu sagen.

»Was wollen Sie«, fährt er fort, »Sie sind mit der Schöpfung unzufrieden und zerbrechen sich den Kopf über Ihren Feind. Sie grübeln. Denken Sie, daß er über Sie nachdenkt? Er handelt!«

»Er wird es nicht wagen«, entfährt es mir, »nein, er wird es nicht wagen!«

»Nicht wagen? Probieren Sie es, gehen Sie ruhig zu ihm und stellen Sie sich ihm vor, er erkennt Sie sonst nicht, und sagen Sie ihm: Du bist mein lieber Feind, ach, was bist du doch mein lieber Feind. Ich weiß, du wägst in deinem Gehirn, ob du mich totschlagen sollst oder nicht, und eigentlich müßte ich dir zuvorkommen und dich totschlagen. Aber du bist mein lieber Feind. Und Sie klopfen ihm dabei auf die Schulter, alles nur aus freundschaftlicher Feindschaft, und sagen, du bist zwar ein großer Schweinehund, und was du alles über mich denkst und von mir sagst, ist nur aus Gemeinheit und Niedertracht, aber schließlich bist du mein lieber Feind. Gib mir deine Tochter zur Frau, und wir werden Kinder zusammen haben. Es wird ein großartiges Nachgeschlecht sein, allemal freundliche kleine Feinde oder feindliche kleine Freunde, wie Sie wollen. Es wird eine neue Art Mensch, vielleicht mit drei Beinen, die Welt hat solche Art Mensch noch nie gesehen. Versuchen Sie es nur. Ich bin sehr gespannt, was er Ihnen antwortet. Vielleicht umarmt er Sie, ja, vielleicht empfängt er Sie in seinem Palast und sagt: Komm, ich habe ja nur auf dich gewartet, und dann führt er Sie in die Prunkkammer, wo auf goldbestickten Kissen ein prächtig geschliffenes Schwert ruht, und er sagt: Für dich habe ich es schleifen lassen, mein lieber Feind, aber habe keine Angst, zwischen uns ist nichts mehr vorgefallen, und alles ist in bester Ordnung. Ich schenke dir dieses Schwert, und nun wollen wir zusammen einmal tüchtig unter unseren Freunden aufräumen, die sind mir schon lange ein Dorn im Auge.«

»Sie spotten«, sage ich, »Sie machen es sich leicht, und darum spotten Sie. Warum sprachen Sie von der Geißel Gottes zu Beginn? Oder war dies ein Spaß, sozusagen?«

»Vielleicht ist es in der Tat absurd«, erwidert er bedächtig und atmet tief ein, »ihn als von Gott, als eine Geißel, die von Gott kommt, zu betrachten. So ist nun einmal der Sprachgebrauch. Es ist mir entschlüpft. Aber Sie haben recht, mich darauf aufmerksam zu machen. Es ist absurd. Man verleiht ihm dadurch nur eine Bedeutung.«

»Und wenn es trotzdem so ist?«

Er sieht mich auf einmal prüfend an und sagt mit auffallend leiser Stimme und dermaßen entschlossen, daß es mir scheint, er hätte nur auf diesen Augenblick gewartet, um diesen Satz aussprechen zu können:

»Dann können wir uns nicht länger unterhalten!«

»So, das ist aller Weisheit Schluß also«, sage ich, »und warum? Warum können wir nicht länger miteinander sprechen?«

»Rechten Sie mit Gott«, sagt er unwirsch.

»Das tun wir schon lange. Sie haben es vielleicht nicht gemerkt. Es ist die Geschichte Hiobs.«

»Hiob?« fragt er, und der Ausdruck auf seinem Gesicht wechselt. Er ist neu belebt. »Wie kommen Sie darauf?«

»Die ganze Zeit mußte ich daran denken«, erwidere ich, »es fiel mir so ein.«

»Eine verteufelte Geschichte«, fährt er fort, »die Sache mit Hiob. Es sind viele Bücher darüber geschrieben. Offen gestanden, ich habe sie nie begriffen. Vielleicht hat sie mich deshalb so gefesselt. Haben Sie sie begriffen?« Und ohne eine Antwort abzuwarten, spricht er weiter. »Hiob hatte ein gutes Gewissen und rebellierte. Schließlich beugte er sich und gab zu, daß er in seiner Rebellion Dinge gesprochen hatte, die er selbst nicht verstand.«

»Und er liebte die Geißel, die er nicht verstand«, füge ich hinzu.

»Meinen Sie das wirklich?« fragt er, und in seiner Stimme liegt Opposition. »Was mich betrifft – ich denke gesünder über den Fall. Ich interpretiere nicht. Wer mich schlägt, den schlage ich wieder.«

»Aber wenn es nun in Wahrheit Gott ist, wie es Ihnen zuerst entschlüpfte, der sich der Geißel bedient?«

»Auch die Ägypter sind im Meer ertrunken, und Mirjam hat ein Danklied angestimmt. Sie haben das anscheinend vergessen«, sagt er.

»Und was hat Gott geantwortet?«

»Darüber ist mir nichts bekannt.«

»Sie wissen es also nicht«, sage ich. »Mit Zorn in seiner Stimme hat er geantwortet: ›Was singt ihr mir ein Lied, während die Schöpfung meiner Hände in den Wellen untergeht?‹«

Pause. Er ist überrascht.

»Dann hätte er sie nicht ertrinken lassen sollen«, sagt er. »Übrigens, Sie fürchten sich wohl vor seinem Zorn, daß Sie nicht wagen, ein Danklied anzustimmen?«

»Nein«, erwidere ich. Und auf einmal kommt mir ein Gedanke, aber er erscheint mir selbst so läppisch, so unnütz, daß ich zögere, ihn in Worte zu fassen. »Der Zorn schert mich nicht, aber ich kann trotzdem kein Danklied anstimmen.« Dann fahre ich kurzentschlossen fort: »Es mutet Sie vielleicht lächerlich an, was ich Ihnen jetzt sage. Nehmen Sie es meinetwegen als Geständnis eines Wahnsinnigen. Aber ich liebe das Leben so sehr, daß ich es selbst noch in meinem Widersacher entdecke und mich vor Bewunderung nicht fassen kann, wenn ich sehe, daß auch er teilhat an einer Schöpfungstat, die zu vernichten er vielleicht aufgebrochen ist. Glauben Sie mir, er kann es selbst nicht fassen.«

»Sie lieben also das Leben«, wiederholt er nachdenklich und ironisch, »– sogar noch in Ihrem Widersacher. Nun, ich habe das Gefühl«, fährt er fort, »daß Sie es mehr in ihm lieben als in sich selbst.«

»Warum?«

»Sonst würden Sie es nämlich besser verteidigen.«

»Verteidigen, was heißt das, verteidigen?« entgegne ich bitter. »Es bedeutet, seinen Angriff bejahen und ihn vielleicht noch dazu ermutigen. Es bedeutet den Kriegsruf annehmen und die Gegnerschaft verewigen. Das ist nicht meine Absicht.«

»Natürlich nicht«, sagt er, »Sie haben sich nämlich von vornherein entschlossen, jeglichen Widerstand aufzugeben. Mit dieser Gesinnung werden Sie keinen Kampf bestehen können. Sie wissen das, Sie spiegeln sich nur vor, daß Sie es nicht wüßten. Sie wollen Ihren Feind nicht herausfordern. Sie wollen etwas ganz anderes.«

Ich fühle mich in die Enge getrieben und versuche, ihm Widerstand zu leisten. So schnell gebe ich mich nicht geschlagen, mag er von mir denken, was er will. »Ich will gar nichts von ihm«, sage ich. »Wie können Sie das behaupten, Sie wissen es doch nicht?«

»Sie wollen ihm behagen«, fährt er unbeirrt fort. »Sie zweifeln, ob Sie ihn treffen, wenn Sie auf ihn schießen. Gesetzt den Fall, Sie bringen ihn nicht mit dem ersten Schuß zur Strecke, Ihr Schuß geht ins Blaue, dann steigern Sie nur seine Angriffslust und sind verloren.«

»Ich will ihm nicht behagen, und ich will ihn auch nicht mit dem ersten Schuß erledigen, dies alles will ich nicht«, sage ich und zeige mich auch weiterhin hartnäckig. »Das ist nicht die Frage, um die es hier zwischen uns geht. Ist er eine Geißel Gottes, oder ist er es nicht?«

Meine Hartnäckigkeit verwirrt den anderen, und er beginnt unruhig auf seinem Stuhl hin und her zu rutschen. »Jetzt finde ich überhaupt nicht mehr heraus«, sagt er schließlich. »Also, wer hat das gesagt von der Geißel?«

»Sie haben begonnen!«

»Ich? Nun gut. Aber ich habe doch hinzugefügt, daß es mir nur entschlüpft ist. Ich glaube nämlich nicht an die Geißel. Aber gesetzt den Fall, ich glaubte es doch, so bin ich der Ansicht, daß wir nicht wissen, welche Bedeutung der Geißel zugedacht ist, und daß uns nichts anderes übrigbleibt, als uns so zu verhalten, wie man sich eben gegen eine Geißel verhält, die einen schlägt. Man schlägt zurück, das ist doch deutlich …«

»Dann frage ich Sie«, erwidere ich, »schlagen Sie nur die Geißel, oder beabsichtigen Sie auch den, der sich ihrer bedient, vielleicht mitten ins Gesicht …?«

»Das ist doch nur Bildersprache«, unterbricht er mich. »Sie nehmen es wieder zu wörtlich und zu persönlich.«

»Aber es ist ein ausgezeichnetes Bild«, entgegne ich. »Ich frage mich allen Ernstes mitunter, sollen wir der Geißel nicht mehr Respekt, mehr Achtung entgegenbringen? Darf man ihre Abkunft dermaßen vergessen?«

»Mehr Achtung, mehr Respekt? Vielleicht noch hingehen und sich anbieten?« sagt er.

Ich schweige.

»Sie antworten ja nichts«, beginnt er wiederum. »Weil Sie keine Antwort wissen, geben Sie es zu. Wo bleibt da der Selbstrespekt, die einfachste Selbstachtung und der Selbsterhaltungstrieb? Sie vergessen den Selbsterhaltungstrieb. Man muß ein Esel sein, wenn man sich schlagen läßt, ohne …«

Ich unterbreche ihn. »Ich gebe zu, ich habe mich geirrt. Ich dachte nämlich, Sie sprechen von Gott.«

»Unmenschlich«, entgegnet er, »Ihre Haltung ist unmenschlich und verderblich.«

»Ich weiß es nicht«, sage ich kurz.

Das Gespräch stockt. Es ist ein vertracktes Gespräch, eines der vielen, die zu keinem runden Schluß kommen, und vielleicht ist es auch gar nicht die Absicht, je eine solche Abrundung zu erreichen. Wir sehen einander an und schweigen. Er hält sein Glas zwischen den Fingern und läßt es auf dem Tisch tanzen. Er hat meine Unsicherheit entdeckt. Ich trachte nicht, sie zu verbergen. Und ich sehe seine Sicherheit, und ich sehe, daß sie nichts anderes ist als eine Unsicherheit, von der er aber noch nichts weiß.

Ähnliche Gedanken müssen auch in seinem Kopf herumgehen, denn er versucht, unserem Gespräch neues Leben einzuhauchen. Aber es bleibt ein fragwürdiges Unternehmen, und er stellt sich auf meinen Standpunkt. Er wiederholt meine letzten Worte:

»Also, Sie meinen, man sollte auch eine Geißel …?«

Aber ich erwidere nur kurz, daß ich es nicht weiß.

Er betrachtet mich ungläubig, mit steigendem Unbehagen. Er fühlt sich mir überlegen, natürlich fühlt er sich mir überlegen, und er strengt sich äußerst an, es mich nicht merken zu lassen, wie sehr er sich überlegen fühlt. Aber gerade darum merke ich es.

»Sie wollen also nicht gegen ihn kämpfen«, beginnt er wiederum. »Sie wollen dies den anderen überlassen, uns. Sie haben anscheinend noch nie echt gekämpft. Waren Sie je Soldat?«

»Nein«, erwidere ich und schäme mich, daß ich nicht Soldat gewesen bin. Es ist eine dumme, eine völlig wahnwitzige Scham, als ob man erst dann mitreden könnte, wenn man mit einem Maschinengewehr im Arm irgendwo unter freiem Himmel geschlafen hat wie mit einer Frau, und am folgenden Tag wird man wach, wenn man überhaupt noch wach wird, und fühlt, daß man ein anderer geworden ist, ein Mann oder ein Halbgott, der Himmel weiß, welche Flausen sich Männer in ihren Kopf setzen, wenn sie Soldat waren.

»Dann wissen Sie also nicht, wie es ist, wenn man auf Tod und Leben ficht«, fährt er fort und spricht alles aus, was mir im gleichen Augenblick auf verächtliche Weise durch den Kopf gegangen ist. »Im gleichen Augenblick nämlich«, versucht er mir zu erklären, »wo man aufhört, eine Geißel anders zu betrachten als das, was sie ist, als eine Geißel nämlich, die schlägt und Schmerzen verursacht, verliert sie ihren Sinn, hört sie auf, Geißel zu sein. Man setzt sich zur Wehr, man läßt sich nicht schlagen. Darum schlage ich zurück.«

»Darum schlagen Sie also zurück«, wiederhole ich und verfalle in Grübeleien. Und nach einer Weile fahre ich fort: »Ich kann mir nicht helfen, aber ich sehe beides und fühle nicht nur das eine. Ich fühle beides, die Geißel und den, von dem ich glaube, daß er sich ihrer bedient.«

»Das heißt, Sie lieben die Geißel auch«, sagt er trocken und zieht wie aus einer Rechensumme das Endergebnis.

»Das habe ich noch nicht gesagt«, verteidige ich mich. »Denken Sie etwa, mich schlägt sie nicht, und ich fühle keinen Schmerz? Auch wenn ich mich bemühe, ihn in seiner Geißel zu lieben, es schmerzt. Aber warum schickt man sie mir? Vielleicht, daß mir eines Tages die Erkenntnis oder die Gnade oder …«

»Wenn Sie nicht vorher erschlagen sind!« unterbricht er mich. Ich spreche nicht weiter.

»Sie antworten ja wieder nichts«, sagt er. »Das ist nun das zweite Mal.«

»Was soll ich Ihnen antworten? Das ist nicht meine Sache. Mein Tod ist nicht meine Sache!«

»Und Ihr Leben dann«, entgegnet er entschlossen, »ist das auch nicht Ihre Sache? Philosophie des Schlachtopfers nenne ich das. Gehen Sie. Sie werden nicht weit damit kommen. Sie sind ein lästiger Mensch. Und passen Sie lieber auf, daß Sie nicht sein erstes Schlachtopfer werden.«

Er steht auf. »Bitte zahlen!« ruft er.

Bevor der Kellner kommt, beugt er sich zu mir herab und sagt:

»Übrigens, wenn Sie mich fragen, sage ich Ihnen etwas im Vertrauen, es bleibt unter uns, Sie können darauf rechnen. Sie haben Angst, Angst und nichts weiter.«

»Und ich sage Ihnen etwas anderes im Vertrauen«, erwidere ich und stehe langsam auf, »es bleibt ebenfalls unter uns, Sie können darauf vertrauen. Hören Sie! Die Geißel schlägt Sie, und Sie schlagen zurück. Das ist Ihr gutes Recht, und da mische ich mich nicht weiter ein. Mit der Geißel wollen Sie im Grunde nichts weiter zu tun haben. Sie ist Ihnen viel zu lästig. Es müßte eine Zuckerstange sein, an der Sie so recht von Herzen schlecken könnten, eine Zuckerstange Gottes meinetwegen. Dann danken Sie Ihrem Schöpfer aus vollem Herzen. Passen Sie auf, daß Sie sich nicht Ihren Magen verderben.«

Dergleichen Gespräche führte ich in jener Zeit.

Ich lebte in der großen Stadt, verrichtete, so gut es ging, noch meine Arbeit und sah, wie sich alle Dinge schärfer anließen, unaufhaltsam. Der Winter fiel ein, er war dieses Jahr härter. Hier und da kam es in der Stadt zu Zusammenstößen und Schlägereien. Nach den ersten Maßnahmen und Verfügungen, die wie alles, was die Macht schafft, zum Gesetz erhoben wurden, kam es zu Tätlichkeiten. Die Berichte aus dem Lande lauteten nicht anders. Ein Kind konnte fühlen, welchem Ende man zutrieb. Ich muß bekennen, daß mich der Gedanke trieb, daß alles nicht Wirklichkeit würde. Er würde es nicht wagen! Nein, er würde es nicht wagen. Ja, zuweilen war mir zumute, als ob auch das gegenwärtige Geschehen einen Zug ins Unwirkliche trüge. Ich war bereit, mich auf einen blutigen Strauß vorzubereiten. In meiner Vorstellung jedoch lebte er als ein Weltenstrauß, ausgefochten auf fernen Planeten und Milchstraßen, über die die Tanks rollten. Nur ab und an würde aus der Weite des Raumes das Getöse der Waffen hier auf Erden erklingen und hie und da ein rosenroter Tropfen den Sand netzen. Nein, er würde es nicht wagen. Diese unsinnige Hoffnung, die nur aus der tiefsten Hoffnungslosigkeit geboren werden kann – und vielleicht auch aus Angst –, erfaßte mich und zog mich wie in einen Wirbel hemmungsloser Phantasien hinein. Alle Umstände würde er bis zur letzten Möglichkeit treiben, aus der kein Entrinnen mehr möglich ist und aus der sich dann dieses Letzte, Äußerste folgerichtig ergibt. Wie zum Wurf würde er seine Hand heben, die Muskeln schon dem Ziele entgegengespannt, des Sieges gewiß und frohlockend über die Niederlage seiner Gegner. Alles verrät seine Entschlossenheit und Kraft. Seht nur, wie er erhöht da oben steht, so daß ein jeder ihn erblicken kann! Jetzt wird er ansetzen, jetzt holt er aus, weit aus – ein tiefer Atemzug, jetzt, seht nur, jetzt –, aber nein! Er schließt seine Augen, sein Mund entspannt sich zu einem Lächeln, und unhörbar fast flüstert er: Nein! Es ist über ihn gekommen und wieder aus ihm ausgebrochen, dieses Nein, er hält es fest, und alle Neins vereint er in seinem bejahenden Nein, und immer nur ein dreifaches Nein bleibt im Munde, während das Ohr das Ja mithört, das in seinem Grunde mitschwingt, das starke, tiefe Ja, das das Nein aus seinem verneinenden Nein stößt und es auf ewig aus seinem Neingrunde herausreißt. Nein, nein, nein, bleib nur Nein, immer nur Nein, sag ja zu dem Nein, und alles, was nein ist, wird bejaht, es ist so gut, und alles wird offen, ohne Grenzen wieder, es ist die besänftigende Ruhe, dieses Nein, es ist die Nein-Tat, das Nein aller Neins, es ist Anfang und kein Unterschied mehr. So strömt es heraus, und du brauchst es nicht mehr zu sein und nicht mehr zu fürchten, das Ja, das Nein, denn es ist beides ja nein, nein ja, ja nein, nein ja, immer nur dieses eine zusammen, ineinander verschlungen und unzertrennbar in seiner Neinjaschaft. Sein Arm sinkt entschlossen zurück. Aber die Kraft spannt ihn. Nein … Er schüttelt leicht seinen Kopf, als ver-

scheuchte er einen bösen Traum wie Vögel, die auf seinem Kopf geni-
stet haben. – Nein!

Es wäre sein größter Sieg, seine größte Überwindung. Im Kreise um
ihn herum bei allen, die ihm gläubig gefolgt waren, zuerst Schweigen
und Enttäuschung. Doch! Man fühlt sich betrogen, man hat einen großen Spektakel erwartet und man hat Eintrittskarten gelöst und viel
Geld bezahlt, man erwartet sein Geld nicht zurück, was soll man mit
Geld? Spektakel, Spektakel! Und nur einer oder zwei, die nicht um des
Spektakels willen kamen, im Gegenteil, es war ihnen ernst, und sie gehörten nicht zu seinen Freunden und Anhängern, es waren Widersacher, und man müßte sie eigentlich totschlagen – sie hörten das tiefe Ja
in seinem Nein. Aber vielleicht waren auch sie nur gekommen, um ihn
heimtückisch zu erschlagen? Die Menge erkennt sie auf einmal, und
siehe, die beiden erheben ihre Stimmen und jubeln ihm zu, zu diesem
großen Nein. Sie jubeln ihm zu? Ja, der Jubel der Widersacher über
einen Sieg, der ihr gemeinsamer Sieg ist. Und langsam begreift die
Menge die Überwindung, die geschah, und angefeuert durch die wenigen stimmt sie ein in den großen Jubelchor, alle, alle ohne Unterschied,
Freund und Feind!

X

Von Zeit zu Zeit verspüre ich das Bedürfnis in mir, mir selbst zu versichern, daß die einzige Quelle, die meine Aufzeichnungen speist, mein
Gedächtnis ist. Ich habe es nie nach seinem Werte zu schätzen gewußt,
aber ich kann nicht umhin, festzustellen, daß es ausgezeichnet ist und
selbst Erlebnisse, die sich mir als anscheinend bedeutungslos aufdrängen, mit festen Umrissen behalten hat. Zum Glück bin ich von dem Ehrgeiz, mir selbst eine gewisse Kunstfertigkeit andichten zu wollen, so weit
entfernt, daß ich meine Erinnerungen ohne die Zensur passieren lassen
kann, ob sie wichtig oder unwichtig, interessant oder langweilig sind.

Ich sehe klarer, da ich mich nicht jener motorischen Anstrengung
unterziehe wie sie, die Autoren, die um jeden Preis ihre Geschichten
fesselnd und wichtig vortragen müssen, da sie sonst kein Mensch liest.

Die Korrektur ist ihnen alles. Ich verkehre in der angenehmen Lage, unabhängig zu sein von den Ansprüchen des Amüsements und den Vorwürfen der Langeweile. Für mich gilt nur der Zeitvertreib, in der primitivsten Bedeutung des Wortes, wenn man die Zeit treiben muß, da sie einem sonst zu langsam läuft.

Trotz meinem hervorragenden Gedächtnis, dessen ich mich eben nicht ohne eine gewisse Eitelkeit rühmte, muß ich mir selbst bekennen, daß mir der Name des Mädchens entfallen ist, das in meinen Erinnerungen eine nicht unwichtige Rolle spielt. Ich habe ihn vergessen, man sagt, daß so etwas nicht zufällig geschehe. Nun gut, ich beuge mich gelassen diesem offensichtlichen Versagen und kann nur hoffen, daß er mir später wieder einfallen wird. Nicht ohne inneres Behagen betrachte ich meine Ohnmacht, die sich darin kundtut, daß ich wohl Gespräche und Situationen zu reproduzieren weiß, jedoch einen Namen, den Namen eines lebendigen Menschen, nicht wieder hervorzaubern kann, es sei denn, daß ich mich verleiten ließe, irgendeinen Namen zu erfinden und ihn an Stelle des echten und einzig wahren zu setzen. Mag meine Phantasie auch hier und dort, mir unbewußt, die Zügel ergriffen haben und meine Erinnerungen lenken, soweit ist es noch nicht, daß ich hier kampflos das Feld räume und gewissenlos einen Namen phantasiere, der nicht paßt zu dem lebenden Original.

Wir hatten uns in der darauffolgenden Zeit noch etliche Male gesehen. Wir trafen uns am Abend, wenn das Warenhaus schloß, unten vor dem Portal, oder ich holte sie zuweilen ab, wenn mein Dienst schon früher beendet war. Wir hatten uns so drei- oder viermal getroffen, es war eine Freundschaft, die alle Möglichkeiten in sich enthielt und selbst noch keine feste Basis gefunden hatte. Der Gedanke, daß ich sie außerhalb meines gegenwärtigen Lebens hielt, verschaffte mir das Behagen, daß niemand von meinen Freunden es wissen sollte. Sie war wie eine Insel, außerhalb der Küste gelegen und von dort nicht einmal mit einem Fernrohr zu erspähen. Ihre Nähe entspannte mich, ihre Art, ein Gespräch zu führen, ihre komisch-natürlichen Einfälle und Bemerkungen verschafften mir die angenehme Illusion, daß ich, wenn ich mit ihr zusammen war, wirklich außerhalb aller Gedanken und Stimmungen lebte, die sonst mein Leben füllten. Die Frage blieb nur, inwieweit ich meine Phantasien verwirklichen konnte oder inwieweit die Wirklichkeit meine Phantasien störte.

Ihren Bruder hatte ich seit dem ersten gemeinsamen und mißlungenen Mahl in der Konditorei nicht mehr getroffen. Er gefiel mir nicht besonders. Er hatte etwas Düsteres in seinem Auftreten, etwas Abwehrendes, als müßte er viel auch vor sich selbst verbergen. Er war so völlig das Gegenteil von seiner Schwester, daß mich manchmal Zweifel beschlichen, ob sie überhaupt Geschwister waren.

Nachdem wir einmal in dem kleinen Restaurant, in dem ich immer aß, zusammen gegessen hatten, brachte ich sie nach Hause.

»Ich habe noch eine Menge Arbeit«, sagte sie.

»Zerreißt der Bruder so viele Strümpfe?« fragte ich.

Sie lachte. »Sie können mir Ihre auch bringen«, sagte sie, »wenn Sie nichts Besseres haben.«

»Meine Mutter«, sagte ich, »alle vierzehn Tage schicke ich ihr ein Paket. Aber ich danke Ihnen.«

Zuweilen ging uns der Gesprächsstoff aus, und dann peinigte ich mein Gehirn, was ich erzählen sollte, und erzählte irgendeine Geschichte, die mir gerade einfiel. Aber dahinter steckte die Angst, daß ich ihr eines Tages Dinge erzählen würde, die ich lieber verschwieg, da ich nicht wußte, wie sie sie aufnehmen würde. Dann war es auf einmal keine Insel mehr, die außerhalb der Küste lag, und mir kam der Gedanke, daß ich nur neben ihr herging, um mich selbst zu betrügen, daß ich auf die Flucht ging, daß ich mir einbildete, sie zu lieben, während ich mich im Grunde vor mir selbst schämte.

Wolfs Worte kamen mir in den Sinn. Hatte er doch recht? Ich bin ein Schuft, dachte ich mir. Da gehe ich neben einem jungen Mädchen her, das ich zufällig kennengelernt habe, und bilde mir vielleicht ein, daß ich sie liebe. Aber wer weiß, was sie denkt, wenn sie neben mir herläuft. Alles muß kompliziert sein, dachte ich, nichts ist einfach, und das hat seinen Grund, daß wir, mein Vater und ich und Wolf und Leo, Harry und noch viele andere, sind, wie wir sind.

Ich betrachtete sie verstohlen von der Seite, ob sie meine zwiespältigen Gedanken erriet. Düstere Bilder stiegen in mir auf, getrieben von einer geheimen Angst, ihr etwas anzutun, sie zu beleidigen und ihr somit den Grund zu geben, sich zurückzuziehen, bevor sie den wahren Grund erfuhr und mich zurückstieß. Ich wollte ihr zuvorkommen und mich rächen für alles, was mir schon in meiner Jugend die Kinder antaten, wenn sie mich vom Spiel ausschlossen, bevor sie die Gelegenheit nahm, mich zu treffen und zu beleidigen. Eine zerstörerische Lust gaukelte mir alle Freude vor, die man genießen kann, wie ein Kind das Zerstören eines Bauwerks genießt, dessen Errichtung ihm viel Lust bereitet hatte. Danach kam die Beschämung und jenes zärtliche Gefühl, das mir wie eine Brücke erschien zu jener Insel, an der ich baute und die ich nicht aufzugeben gedachte, bevor alle Pfeiler fest in den Grund gelassen und die Bogen darübergespannt waren und die stärksten Lasten ihren Weg hinüber zum anderen Ufer fanden.

Wir fuhren eine Strecke mit der Bahn und liefen das letzte Stück des Weges bis zu ihrer Wohnung. Es waren zwei mittelgroße, etwas dunkle Zimmer und eine Küche, aber durch die Sorgfalt, mit der sie hergerichtet waren, anheimelnd und wohnlich. Die Zwischentür war geöffnet.

»Dies ist mein Zimmer«, sagte sie, »und hierneben wohnt mein Bruder. Er muß schon zu Hause gewesen sein.« Sie deutete auf einige Kleidungsstücke, die über einem Stuhl hingen. In einem dunkelblauen Bakelit-Aschenbecher lagen Zigarettenreste.

»Machen Sie es sich bequem«, sagte sie und wies mir einen Sessel am Fenster. Sie ging ins Nebenzimmer, um Ordnung zu machen.

»Ein Jahr wohnen wir schon hier«, rief sie durch das Zimmer. »Gefällt es Ihnen?« Dann ging sie hinaus.

Das Zimmer trug, obwohl es deutlich ein möbliertes Zimmer war, die Spuren ihres Wesens, eine bunte Decke über dem Tisch, ein paar Kunstdrucke an der Wand, eine handbemalte Schale auf dem Ofensims und eine große Vase mit Blumen auf dem Boden vor dem Fenster machten den Raum wohnlich. Dann kam sie zurück. Sie sah erfrischt aus, etwas Puder und Rouge, das Haar gekämmt, und sie setzte sich auf den Diwan, der an der Wand stand mit dem Kopfende zum Fenster. Sie legte die Beine auf die Wolldecke, die den Diwan bedeckte, wir rauchten zusammen.

Wolf hat doch nicht recht, dachte ich und verlor allmählich meine

Befangenheit. Was für einen Unsinn ein Mensch sich alles einreden kann, vor allem, wenn es um ein Mädchen geht. Ich habe alles, was sich ein junger Mann im Augenblick wünschen kann, ich sitze hier in einem Zimmer allein mit einem Mädchen, sie ist nett und appetitlich, sie hat es sich auf dem Diwan bequem gemacht, es ist angenehm, nach ihr zu sehen, wie sie daliegt, sie hat gute Manieren, und wer weiß, was im Augenblick durch ihren Kopf geht, wenn sie mit mir spricht und mich mit ihren schwarzen, warmen Augen anblickt. Die Augen sind das Wichtigste an einer Frau, vor allem, wenn sie schön sind. An dieser jungen Frau sind sie das Schönste, das heißt, die anderen Dinge sind auch schön und nett, aber wenn die Augen nicht schön sind, dann ist alles andere, auch wenn es schön und begehrenswert aussieht, doch viel weniger schön.

Sie wohnt hier mit ihrem Bruder zusammen, einem etwas finsteren und hageren Burschen, der mir im Grunde nicht gefällt, vielleicht weil sie sagt, daß er ihr Bruder ist. Wir werden schon sehen, was das für ein Herr ist. Im Augenblick ist er abwesend, und das ist wiederum sympathisch an ihm, daß er uns hier allein läßt. Wenn man weiß, daß man nur noch drei Tage zu leben hat, dann könnte die Liebe etwas sehr Einfaches sein, man brauchte nicht mehr an das Morgen, das Übermorgen zu denken. Aber wenn man dies nicht weiß und vorausdenkt und voraussorgt, dann wird es immer schwerer mit dem Leben und auch mit der Liebe. Auch mit dem Tod geht es einem so. Ich könnte mir denken, daß man selbst noch seinen verruchtesten Feind ein wenig lieben kann, wenn man nur weiß, daß er morgen oder übermorgen stirbt. Darum ist der Gedanke an das ewige Leben so schwierig zu denken, weil er der Liebe die Ewigkeit nimmt, die nur in den drei Tagen so ganz ewig ist. Aber dennoch müßte die Liebe immer etwas Einfaches sein, auch wenn man weiß, daß es in zweiundsiebzig Stunden noch nicht vorbei ist mit dem Leben und mit der Ewigkeit. Sie müßte etwas Einfaches sein, man darf sich nicht anstrengen wie bei einer Arbeit oder wenn dich der Ehrgeiz einem Ziele zutreibt, oder der Wille zu zeigen, was man alles kann. Man müßte, als ob man auf einer Wolke säße, in sie hineinsegeln, so luftig und hoch und ohne jede Schwere müßte man über Land und Wasser hinfahren, kein Hindernis, das sich ihr entgegenstellt, du läßt sie alle tief unter dir liegen, Grenzen, Berge, Flüsse, alles ist hoch und leicht um dich herum und in dir selbst. So einfach muß die Liebe sein. Ich war bereit abzuwarten, mich ihr ganz zu überlassen und abzuwarten, wohin mich die Wolke treiben würde.

Das Mädchen hatte sich auf dem Diwan zurückgelegt und die Hände hinter ihrem Nacken verschränkt, sie stützte ihn und sah nach oben, als ob sie auf einer Wiese läge und in den Himmel sähe. Sie lag auf ihren Handflächen wie auf einem Kissen, und sie hielt ihren Kopf oberhalb des Kopfendes in der Schwebe, so daß sie nicht die wollene Decke des Diwans berührte. Zuweilen sah sie mit halbgeschlossenen Augen vor sich hin und hinein in das Zimmer ihres Bruders. Ihr Körper hatte durch die schwebende Haltung des Kopfes etwas Gespanntes und Straffes angenommen. Jetzt schien diese Haltung sie leicht zu ermüden, sie drückte ihren Nacken nach oben, so daß sich das Kinn der Brust näherte. Dann fiel sie langsam zurück auf ein Kissen. Es war still in den beiden Zimmern, nur von der Straße her drang der Lärm herauf, wenn ein Auto vorbeifuhr, und wir saßen hier allein in ihrem Zimmer mit dem Blick auf das Zimmer ihres Bruders.

»Sie kennen doch meinen Bruder?« fragte sie.

»Ich habe ihn einmal gesehen«, erwiderte ich, »damals, erinnern Sie sich, in der Konditorei nach dem Zwischenfall mit den beiden Frauen.«

»Richtig«, erwiderte sie, »ich habe noch oft daran gedacht; was für eine komische Situation, in der Sie damals auftraten.«

»Ich habe später in einer ähnlichen Lage«, fuhr sie fort, »die gleiche Taktik angewandt, mit dem gleichen Erfolg. Wirklich eine großartige Idee!«

Ich hatte nicht das Gefühl, daß sie mir schmeicheln wollte. Während sie dieses sagte, lachte sie vor sich hin, als ob sie die Szene noch einmal sich abspielen sähe. Dann richtete sie sich plötzlich auf, fuhr sich mit beiden Händen über das Haar, blickte zu mir herüber und sagte: »Sie erzählen wenig von sich selbst!«

Ich erschrak, da ich ihren Vorwurf als einen Anschlag fühlte. Aber die Erregung wirkte nicht lange nach, ich erzählte irgendeinen Vorfall, erweckte ihre Lachlust, und das Gespräch hatte eine gefährliche Klippe glücklich umsegelt. Ich fühlte mich wohl in ihrer Nähe, und meine aufsteigenden Phantasien begannen eine angenehme Spannung in mir zu erwecken. Bevor sie selbst noch die Gelegenheit erhielt, mein Gefühl von Sicherheit und Beschirmung durch neue, heikle Fragen zu gefährden, ertönte draußen an der Vortür Lärm, das Schloß ging, tiefe Stimmen ertönten, feste Männerschritte liefen über die Diele. Sie sprang auf.

»Mein Bruder!« sagte sie verwirrt.

»Sie haben ihn nicht erwartet?«

»Doch, aber er ist nicht allein!«

Drei Männer traten zusammen mit ihrem Bruder in das Zimmer, alle ungefähr im gleichen Alter, Anfang Zwanzig, aber unterschiedlich in der Erscheinung und in ihrem Auftreten. Ohne die geringste Spur von Verlegenheit schritten die drei auf sie zu und begrüßten sie herzlich. Nur der Bruder hob aus der Ferne seine Hand zu einem kurzen, saloppen Gruß.

Der eine war mittelgroß, von gedrungener, athletischer Figur, mit einem gewaltigen Haarschopf, der sein etwas grobes, aber ausdrucksvolles viereckiges Gesicht umrahmte. Seine linkischen Bewegungen suchte er durch ein gewisses freches, betont männliches Auftreten zu überdecken. Der andere war um einen Kopf größer, gemessen, von einer kalten Ruhe, er hatte enggeschnittene Augen, und in seinem Blick lag etwas finster Lauerndes. Er gab sich gutmütig, als er sie begrüßte, indem er ihr vertraulich zublinzelte. Der dritte schien noch ein Kind, ein Junge zu sein, obwohl er so groß war wie der zweite, wirkte er kleiner. Er trug enganliegende Kniehosen und ein kurzes, graues Jackett mit hochgeschlossenem Kragen. Dadurch erweckte er den Eindruck einer strengen, fanatischen Begeisterung und Hingabe, die er in allen seinen Äußerungen noch zu betonen schien. Ich spürte deutlich, daß sie sich hier zu Hause fühlten. Sie alle, der Bruder einbezogen, machten den Eindruck der Zusammengehörigkeit, die gemeinsame Erlebnisse geschaffen haben, und ich war bestürzt. Ich wußte eigentlich sofort, mit wem ich es zu schaffen hatte.

Wir begrüßten einander, der Bruder sagte ironisch: »Ich hoffe nicht, daß wir stören.«

»Dummkopf«, erwiderte seine Schwester, »es ist deine Wohnung so wie meine!«

Ich wunderte mich, daß sie auf seine pseudo-witzige Bemerkung überhaupt einging.

»Wir nennen sie das geschwisterliche Ehepaar«, sagte der erste, der Athlet, und lachte mir vertraulich auf seine Art zu, die Anerkennung und Spott zugleich ausdrückte.

Der Jüngste grinste. Nur sie beide, Bruder und Schwester, lachten hell auf und sahen sich mit einem Blick des Einverständnisses an. Sie schienen an diese Neckereien gewöhnt zu sein.

»Ich sitze«, sagte der Finstere und zündete sich seelenruhig eine Zigarette an.

»Wir kommen etwas früher«, sagte der Bruder, »es gab heute nicht viel zu erleben.«

»Hast du gegessen?« fragte sie.

»Nicht viel«, entgegnete er kurz.

Sie verließ das Zimmer und begann in der Küche ein Abendbrot zu richten. Das Wasser lief, Geschirr klapperte, eilige Schritte auf den Steinfliesen.

»Habt ihr gegessen?« rief sie von der Küche aus.

»Ja und nein«, klang es zurück, »Jungmännermägen, du kennst sie.«

»Du hast es gut«, sagte der finster Aussehende zum Bruder gewandt.

»Meine Schwester denkt nicht daran, sich für mich ein Bein auszureißen. Ich mache mir alles selber zurecht. Und deine Hospita?«

»Ich bin zufrieden«, erwiderte der Jüngste, »sie versorgt mich gut. Abends, wenn ich heimkomme, steht immer noch ein Teller in der Küche bereit.«

»Läßt sie sich auch gut bezahlen?« fragte der Bruder.

»Ich glaube nicht, daß sie viel an mir verdient«, gab er zur Antwort.

»Dann betrachtet sie dich also wie einen Sohn, das ist noch schlimmer. Ich kenne das. Es sind die lästigsten Hospitas. Im Anfang ist es ganz angenehm, man läßt sich gerne verwöhnen. Aber dann kommt eines Tages der Punkt, wo es dir gegen den Strich geht, und dann bleibt dir nichts anderes übrig, als Reißaus zu nehmen.«

»Ich habe es auch eine Zeit selbst getan«, sagte der Athlet, »aber die unregelmäßige Lebensweise rächte sich bald. Jetzt bin ich wieder froh, wenn es jemand für mich regelt.«

»Ihr wohnt zwei Jahre hier?« wandte sich der Jüngste an den Bruder.

»Ein Jahr«, verbesserte der Athlet ihn und sah den Bruder an. »Nicht wahr?« Der Bruder nickte.

»Ich habe die Einweihung mitgemacht«, fuhr er fort und richtete das Wort an mich, um mich in das Gespräch einzubeziehen, von dem ich mich bisher ohne bestimmte Absicht zurückgehalten hatte.

»War es ein besonderes Fest?« fragte ich und versuchte mich ihren Gesprächen anzupassen.

»Und ob«, erwiderte er. »Das Besondere war, daß wir alle entsetzlich viel tranken und niemand betrunken war.«

»Mir brummte der Schädel noch drei Tage später«, sagte der Finstere.

Ich begriff, daß mein erster Eindruck von einer geschlossenen Gruppe der richtige gewesen war, man kannte einander schon seit langem, nur der Jüngste war vielleicht später in den Kreis gekommen. – »Kommen Sie alle aus ...«, sagte ich und nannte den Namen des Ortes, den mir das Mädchen als ihren Heimatort genannt hatte.

»Nein«, erwiderte der Jüngste, »wir kommen alle aus verschiedenen Orten, aber wie es so geht, man lernt sich schnell kennen, wenn man die gleichen Interessen und Ideen hat.«

Der Finstere saß bei diesen Worten vornübergebeugt auf seinem Stuhl, die Unterarme über die Knie gelegt, und pfiff vor sich hin. Von Zeit zu Zeit blickte er auf und betrachtete mich prüfend.

»Das ist ein Glück«, sagte ich, »sonst wäre man ja ganz allein.«

Der Finstere nickte zustimmend, begann wieder zu flöten, brach ab und blickte mich an, wie es mir schien, weniger skeptisch, und fragte: »Sind Sie organisiert?«

Die Frage überraschte mich, sie kam so unvermittelt, daß ich nicht die innere Kraft hatte, sie ruhig zu durchdenken und dann meine Antwort zu formulieren. Aber ich glaube, daß sie auch dann nicht anders gelautet hätte als jetzt, wo ich schnell sagte: »Noch nicht!«

Meine Antwort schien ihn zu befriedigen. Er nickte einmal mit dem Kopf zum Zeichen, daß er sie billige, bog sich zurück in seinem Stuhl und pfiff halblaut weiter.

Der Bruder unterhielt sich inzwischen mit dem Jüngsten, sie sprachen über einen Abwesenden, zu dem sie alle drei in einem näheren Verhältnis standen.

»Ich finde ihn in der letzten Zeit merkwürdig schlapp«, sagte der Bruder, »ist dir das nicht auch aufgefallen?«

»Er hat Krach mit der Leitung«, erwiderte er.

»Kein Wunder«, sagte der Athlet, »ich fand ihn immer schlapp. Er ist nicht mein Typ, zu viele Skrupel, zuwenig Initiative.«

»Aber er hat gute Arbeit geleistet«, sagte der Jüngste, »du mußt nicht vergessen, daß er zu Beginn gute Arbeit geleistet hat.«

»Er war einer der ersten«, sagte der Bruder nachdenklich.

»Er hat zuviel Gewissen«, sagte der Jüngste wieder.

»Gewissen? Schon wieder kommst du mit deinem Gewissen«, fuhr der Finstere fort, »ich möchte gern wissen, was du mit deinem Gewissen willst, quatsch, er hat Angst!«

»Weil er Gewissen hat, hat er Angst, das ist doch deutlich«, sagte der Jüngste ein wenig zaghafter.

»Unsinn«, erwiderte der Finstere. »Er hat Angst, weiter nichts. Was du Gewissen nennst, ist steckengebliebene Pubertät.«

»Er möchte das Gewissen abschaffen«, sagte der Bruder lachend zu mir. Das Gespräch begann mich zu langweilen. Es war der altbackene Kuchen von Angst, Gewissen und Abschaffung des Gewissens, mit dem man keinen Hund mehr hinterm Ofen hervorlockt.

Obwohl die drei offensichtlich uneinig waren, hörten sie doch nicht auf, als Gesamtbild eine Einheit zu sein. Dies war der einzige Lichtpunkt in der trostlosen Öde ihrer Unterhaltung, der mich einigermaßen fesselte. Ich wünschte, daß das Mädchen bald wieder zurückkäme, ihretwegen war ich schließlich mit heraufgekommen. Wenn sie nicht bald kam, würde ich mich verabschieden. Auch die beiden anderen lachten, nur der Finstere selbst blieb ernst und sagte in dozierendem Ton: »Abschaffen? Das Gewissen schafft sich selber ab. Eines Tages merkst du, daß du es verloren hast.«

»Und die Angst?« fragte der Jüngste.

»Ist auch weg!«

»Woher kommt die Angst eigentlich?« fragte der Jüngste auf schülerhafte Weise, als erkenne er ohne weiteres die Überlegenheit seiner Kumpane an.

»Sie ist nur ein Signal, ein Warnzeichen, daß eine Gefahr aus der Außenwelt dir naht. Sie warnt dich und zwingt dich, deine Kräfte gut anzuwenden, um ihr zu begegnen.«

Niemand erwiderte etwas hierauf. Es entstand ein Schweigen, mit dem die anderen ihr Einverständnis mit seiner Erklärung ausdrückten. Sie saßen auf ihren Stühlen und starrten nachdenklich vor sich hin. Vielleicht hatten sie auch nur Hunger.

Diesem finster aussehenden jungen Mann, dachte ich, besorgt sein Gewissen so große Last, daß er es abschaffen möchte und erklärt, es schaffe sich selbst ab. Diese Erklärung ist mir nicht fremd, ich habe sie schon öfter verkünden gehört. Der Kreis, in den ich geraten war, hatte für mich keine Geheimnisse mehr. Sonderbarerweise betrachtete ich die vier jungen Männer völlig für sich und brachte sie nicht in Zusammenhang mit dem Mädchen, das mit einem Tablett voller Butterbrote, Tee, Marmelade und Früchten hereinkam und mit dem Fuß der Tür einen Stoß gab, daß sie ins Schloß fiel.

Der Athlet sprang auf und lief ihr mit ausgestreckten Armen entgegen. »Danke!« sagte sie. »Aber wenn du eine Decke holen willst.«

»Laß das«, sagte der Bruder, »nicht nötig!«

»Warum?« sagte sie und blieb, das Tablett in den ausgestreckten Armen, mitten im Zimmer stehen.

»Ich finde es übertrieben«, erwiderte er.

»Es ist aber so ungemütlich«, entgegnete sie ruhig und freundlich.

Inzwischen war der Athlet zur Kommode gegangen, die an der Wand neben der Tür stand, und hatte, ohne nähere Anweisungen einzuholen, aus der obersten Lade eine bunte Decke genommen. Er hielt sie in die Luft, das Mädchen nickte. Dann legte er sie über den kleinen Tisch.

Diese kleine unscheinbare Szene bewies mir aufs neue, daß hier in dem Kreise eine innerliche Einheit und Vertraulichkeit herrschte, die sich überall und sogar noch im Widerspruch offenbarte. Zugleich schloß sie mich endgültig aus. Ich hielt es für gut und erhob mich, als sie die Sachen von dem Tablett auf den Tisch ablud. Sie sah mich stehen, blickte über die Platte gebeugt zu mir herauf und unterbrach ihre Beschäftigung. »Sie wollen doch nicht etwa schon gehen?« sagte sie verwundert.

»Ja.«

Es fiel mir so schnell keine Ausrede ein, mein Impuls aufzubrechen stand außerdem im Gegensatz zu einem anderen, der mich bleiben hieß, zuhören, aufpassen, was sich hier weiter abspielte. Oder war es nur eine Art Selbstquälerei, die ich hiermit auf die Spitze trieb? Doch ich muß bekennen, daß die plötzliche Anwesenheit des Mädchens einen neuen Anreiz auf mich ausübte, doch zu bleiben, so daß meine Haltung einen Zwiespalt zu verraten begann, der allen anderen Anwesenden auffiel und dem der Finstere ein Ende bereitete, indem er sagte: »Sie müssen nicht aus Höflichkeit auf die Flucht gehen. Einen so großen Hunger haben wir nicht, für Sie bleibt auch noch etwas übrig.«

»Sonst denkt er noch, daß die Angst Sie treibt«, sagte der Jüngste, »denn Gewissen dürfen Sie hier nicht haben, es sei denn, daß die Rudimente der Pubertät Sie noch in ihren Klauen hätten.«

»Setzen Sie sich«, sagte das Mädchen und deckte weiter.

Zum Glück sind die Gesetze der Höflichkeit die am meisten elastischen, noch dehnbarer als die der Moral. Man kann unter ihrem Schutze die krassesten Widersprüche austragen und selbst Unhöflichkeiten begehen, Lügen erzählen, wenn man nur den Anschein zu erwecken weiß, daß es die Gesetze der Höflichkeit sind, die sie motivieren.

Ich setzte mich wieder hin. Der Athlet blinzelte mir zu und sagte: »Es wird schon noch gemütlicher werden.«

»Wenn die Männer ihren Hunger gestillt haben«, ergänzte das Mädchen, »passen Sie auf, was wir hier dann erleben werden. Das Essen scheint befruchtend auf die Ideen zu wirken. Männer können sich zugleich in Käsebrote und in Probleme der irdischen und himmlischen Notwendigkeiten versenken, das eine macht das andere schmackhafter. Sie meinen, daß es die hohen Gedanken seien, aber sie essen die Käsebrote.«

»Du hast es wieder einmal gut gemacht«, sagte der Finstere und aß.

»Wir können nicht immer über das Essen sprechen«, sagte der Bruder.

»Ich habe in der Küche gehört, worüber ihr euch unterhalten habt«, sagte sie, ohne eine Miene zu verziehen.

»Es entgeht ihr nichts«, sagte der Athlet. »Kann sich deine Hospita hiermit messen?« wandte er sich an den Jüngsten.

»Durchaus«, erwiderte er, mit vollen Backen kauend, »durchaus. Sie kann sich mit jedermann messen. Sie ist wie eine Mutter zu mir.«

»Wann ziehst du aus?« fragte der Athlet.

»Wenn sie stirbt«, erwiderte er lakonisch und aß weiter, »wenn sie stirbt.«

»Oder wenn du stirbst!«

»Auch das«, sagte er und aß mit vollen Backen weiter.

»Ihr müßt nicht über den Tod sprechen, wenn ihr eßt«, sagte sie.

»Man soll überhaupt nicht über den Tod sprechen«, sagte der Athlet, »nicht nur nicht, wenn man ißt, überhaupt nicht. Die Leute, die über den Tod reden, haben eine schlechte Verdauung. Ich finde deine Käsebrote immer noch hervorragend. Wo kaufst du ihn ein? In deinem Warenhaus?«

»Ja«, sagte sie, »ich kaufe ihn dort.«

»Ich dachte, du hättest Dienst heute abend«, sagte der Athlet zu ihrem Bruder.

Er schüttelte den Kopf und aß schweigend weiter.

Jetzt schwiegen alle und aßen. Ihr Schweigen und der Eifer, mit dem sie sich dem Essen hingaben, bedrückten mich und erweckten in mir das Gefühl, daß meine Gegenwart ihr Schweigen verursache, wenn auch Menschen, die schweigend zusammen um einen Tisch sitzen und essen, nach außen den Eindruck einer Gemeinschaft machen können. Ich fühlte, wie der Finstere mich von Zeit zu Zeit verstohlen beobachtete, während die anderen meine Anwesenheit nicht beachteten und sich nur um das Essen kümmerten. Auch das Mädchen schien mir etwas verändert zu sein, sie war von einer gleichmütigen Freundlichkeit gegen alle und ermunterte einen jeden von uns, tüchtig zuzugreifen, während sie selbst nur wenig aß. Ich dachte darüber nach, welche Stellung sie in diesem Kreise wohl einnehme, in dem sie von einem jeden respektiert wurde mit Ausnahme ihres Bruders, der sich darin zu gefallen schien, eine auffallende Gleichgültigkeit zur Schau zu stellen. Doch schien dies sie nicht zu irritieren. Sie blieb fest und unbefangen, und ihr Wesen, das so völlig dem Zimmer sein Gepräge gab, zerstreute schließlich auch meine Bedenken und gab mir eine Art gleichmütiger Gelassenheit zurück. Nach dem Essen stand der Bruder auf und kam aus seinem Zimmer mit einer Flasche Whisky mit Gläsern. Er stellte sie neben die Teller und holte Sodawasser. Auch das Mädchen erhob sich und begann abzuräumen.

»Was tust du?« fragte der Bruder.

»Wollen wir nicht erst den Tisch abräumen«, sagte sie, »sonst ist es ungemütlich!«

Der Athlet half ihr, die Teller auf das Tablett zu stellen, und sie trug es in die Küche, während er ihr die Türe öffnete. Er war der Netteste von allen, gutmütig und hilfsbereit. Sein Lachen dämpfte das Harte und Karge, das von dem Bruder und dem Finsteren ausging.

»Sie trinken Whisky?« sagte der Bruder zu mir.

»Sie trinken nichts?« wandte ich mich an seine Schwester, da er mir zuerst anbot.

Sie lachte. »Nein, danke! Nur manchmal!«

Er schenkte mir ein und ging der Reihe nach zu den anderen. »Du trinkst nicht«, sagte er zu dem Jüngsten und nahm die Flasche hoch.

»Ich trinke!« erwiderte er sehr bestimmt.

»So? Seit wann trinkst du?«

»Wenn ich Dienst hatte, trinke ich immer«, antwortete er. »Eine Woche, dann geht es vorüber!«

»Hast du Dienst gehabt?« fragte der Bruder.

»In der vergangenen Woche.«

»Dann ist sie also beinahe wieder vorbei«, sagte der Finstere und drehte sich auf seinem Stuhl um, so daß sie sich beide gegenübersaßen. »Warum trinkst du immer nach dem Dienst?«

»Ich weiß es nicht«, antwortete er, »aber es ist so, nach jedem Dienst muß ich eine Woche trinken.«

»Dann hast du noch nicht lange Dienst«, fuhr der Finstere fort.

»Nein«, erwiderte er, »es ist der dritte.«

»Der dritte? Gratuliere«, sagte er, »ich wußte gar nicht, daß du schon Dienst hast.« Er klopfte ihm herablassend freundschaftlich auf die Schulter. »Erzähle, wie gefällt es dir?«

»Nicht besonders«, sagte der Jüngste kurz.

»Nicht besonders?« wiederholte der Bruder. »Hast du etwas Besonderes erwartet, wenn du Dienst tun darfst?«

»Sie sind alle gleich«, sagte der Finstere, »erst können sie es nicht erwarten, bis sie Dienst tun dürfen, und dann ist es nichts Besonderes. Oder hast du etwa erwartet«, fuhr er fort, »gleich zu Anfang mit einem wichtigen Auftrag belehnt zu werden? Wenn du je dergleichen Phantasien über die Wichtigkeit deiner Person gehegt hast, so wird der Dienst sie dir gehörig austreiben!«

Dem Jüngsten schoß das Blut in den Kopf, er nahm sich zusammen, um nicht loszulegen. »Ich habe mir nichts anderes von ihm erwartet, als daß er ein ganz gewöhnlicher Dienst ist, daß man lernen muß, zu gehorchen und den Rebellen in sich zum Schweigen zu bringen. Das ist der Dienst, und ich glaube, daß ich es für das dritte Mal schon ganz anständig gelernt habe.«

»Den inneren Rebellen«, sagte der Bruder, »schau einmal an, erst dreimal Dienst gehabt, und schon weiß er genau, was die Absicht des Dienstes ist. In zwei Jahren sprechen wir uns wieder, Herr innerer Rebell, vorläufig bist du ein Anfänger.«

Der Jüngste saß wie erstarrt auf seinem Stuhl, er preßte noch immer seine Lippen fest aufeinander, in seinem Gesicht stritten Wut und Unterwerfung miteinander. Vielleicht dachte er, daß diese Angriffe auch zum Dienst gehörten und zu dem, was er lernen mußte.

Der Athlet kam ihm zu Hilfe. »Laßt ihn«, sagte er beschwichtigend, »es muß auch Anfänger geben, wir alle sind einmal Anfänger gewesen.«

»Ich bilde mir nicht ein, eine wichtige Persönlichkeit zu sein, auf die ihr alle gewartet habt, und ich tue meinen Dienst und alles, was vorgeschrieben ist, obgleich ich schon beim dritten Mal mehr getan habe, als ich mir habe träumen lassen.«

»Hast du Saaldienst gehabt mit anschließender Keilerei?« fragte der Bruder, sanfter im Ton.

»Saaldienst auch, aber ohne Keilerei«, erwiderte er. »Aber ich meine etwas ganz anderes, was ich mitgemacht habe, außerhalb des Dienstes.« Er hörte plötzlich auf, so daß eine Pause entstand, in der wir alle

ihn neugierig anstarrten, in der Hoffnung, daß er von selbst weiterreden würde.

»Erzähl!« sagte der Finstere schließlich. »Was weiter?«

»Nichts!« sagte der Jüngste und versuchte, möglichst gleichgültig
dreinzuschauen. Aber er hatte das Gefühl, einen kleinen Triumph da-
vongetragen zu haben.

Der Athlet lehnte sich weit zurück in seinem Stuhl und grinste gutmütig. Ihm schienen die Angriffe und die Verteidigung des Jüngsten
einen besonderen Spaß zu bereiten. Er wechselte mit ihm einen kurzen
Blick, als wollte er sagen: Du hast dich gut gehalten, aber sei auf der
Hut!

Jedoch die andern beiden ließen nicht los.

»Du hast also einen geheimen Auftrag gehabt«, sagte der Finstere,
»ich wußte nicht, daß man schon beim dritten Dienst zu geheimen
Aufträgen ausgesucht wird.«

»Ich erzähle lieber nichts«, sagte der Jüngste, »ich habe schon viel
zuviel erzählt.« Aber ein jeder konnte ihm ansehen, daß er brennend
gern weitergesprochen hätte.

»Du mit deiner Geheimniskrämerei«, sagte der Bruder unwirsch.
»Hättest du lieber gleich deinen Mund gehalten. Also erzähl!«

»Wenn ihm aufgetragen wurde zu schweigen, so muß er schweigen«,
sagte der Finstere, »das verlangt der Dienst.«

»Ich sagte doch, daß es kein Dienst war«, fuhr der Jüngste fort, »es
war eine durchaus freiwillig von mir eingegangene Verpflichtung.«

»Aber anscheinend geheim«, sagte der Bruder, »ich glaube es nicht,
daß man dich für solche Sachen schon aufruft.«

Der Jüngste zögerte und schaute hilfesuchend den Athleten an. »Ich
glaube, daß du es ruhig erzählen kannst«, sagte der Athlet gutmütig
und sah mich durchdringend an.

Auf einmal begriff ich, daß seine Weigerung, sein Erlebnis zu erzählen, mit meiner Anwesenheit zusammenhing und nicht so sehr, weil
ihm befohlen war, es geheimzuhalten. Anscheinend war ich ihm zu spät
eingefallen, so daß er schon zu weit gegangen war, als daß er sich noch,
ohne Aufsehen zu erregen, hätte zurückziehen können. Ich war plötzlich, obwohl ich mich zurückgehalten hatte, in ihrem Kreise der Mittel-

punkt geworden, von dem es abhing, ob er seine Geschichte erzählte. Ich erwartete, daß man mir mit Fragen auf den Leib rücken würde, und ich machte mich mit dem Gedanken vertraut, Farbe zu bekennen, aufzustehen und wegzugehen. Ich fühlte, daß der Mut in mir wuchs.

Zugleich hielt mich die Neugier zurück und die Lust, die anderen zum Narren zu halten, ihnen das Gefühl der Sicherheit zu verschaffen, indem ich mir selbst durch eine entschlossen-mutige Haltung ein anderes Aussehen gab. Ich muß zugeben, daß ich vielleicht den Anspruch erheben dürfte, Charakter bewiesen zu haben, wenn ich weggelaufen wäre. Schon einmal hatte ich dies getan, damals bei meinem Freunde, doch Reue und Selbstvorwürfe waren mir nicht erspart geblieben. Schließlich lockte mich das Spiel, das gleiche, das mich in der Dunkelkammer und bei den Briefmarken gelockt hatte, Neugier und zugleich ein wenig Mogelei, die Lust, sich selbst zu fühlen, indem man sich auf die andere Seite stellt, das Behagen, dem einen zu dienen, indem man ihn zugleich an das Goldene Kalb verrät.

Ich beschloß, hier bis zum Äußersten auszuharren, um jeden Preis, selbst um den der Selbstverleugnung, die, ich bekenne es, mir nicht sehr schwer fiel. Ich sah das Mädchen, sie lehnte über den Diwan gegen die Wand und stützte ihren Nacken mit einem Kissen, sie sah meinen Blick und erwiderte ihn fest und freundlich. Wenn sie wüßte, dachte ich, ob sie dann auch noch immer so freundlich meinen Blick erwiderte? Aber bevor ich noch selbst das Wort ergriff, das man von mir erwartete, kam mir der Finstere zuvor, mit einer merkwürdigen Bestimmtheit in seiner Stimme:

»Du kannst ruhig sprechen, wir sind hier völlig unter uns, nicht wahr?« Dabei blickte er das Mädchen an, das langsam und zustimmend nickte, und den Bruder, der bewegungslos auf seinem Platz saß und sich jeder Äußerung enthielt.

»Ich höre gerne Geschichten«, sagte ich, um die Spannung zu brechen. »Ich hoffe nur, daß die, die Sie uns erzählen, spannend genug ist. Meinetwegen haben Sie einen Mord begangen.«

Alle lachten, selbst der Bruder verzog komisch seinen Mund, dann stand er auf und schenkte dem Athleten und dem Finsteren zum zweiten Male ein.

»Mir auch«, sagte der Jüngste. Ich dankte.

»Einen Mord nicht«, sagte der Jüngste, »aber mit dem Tod hat es schon zu tun, was ich erlebt habe, und mit Gräbern und Grabsteinen und einer Mauer, auf die Glassplitter eingemauert waren, damit niemand hinüberkäme.«

Der Finstere veränderte auf einmal seinen Gesichtsausdruck, die Grausamkeit, die Gemeinheit, die hinter der Härte seiner Züge lagen, traten schärfer hervor. Er wandte sich mit einem Ruck auf seinem Platz um und sagte, zum Athleten gewandt, hastig und verbissen: »Das habe ich nicht gewußt. Bist du damit einverstanden, daß er es noch erzählt?«

»Natürlich«, erwiderte der andere, »ich bin damit einverstanden.«

Der Finstere zögerte, drehte sich abermals um und sagte zu dem Jüngsten: »Du willst doch nicht etwa erzählen, daß du …?«

»Gewiß«, unterbrach ihn dieser, »genau das will ich erzählen. Gräber, Grabsteine liegen nicht im Warenhaus oder auf dem Tanzboden. Es war ein richtiger Friedhof.«

»Donnerwetter«, sagte der Finstere.

»Wenn du es nicht glauben willst, frag ihn«, sagte der Jüngste und wies auf den Athleten.

»Warst du dabei?«

»Nein, ich war nicht dabei, aber ich wußte von der Sache.« Er lachte gutmütig.

»Er hat mich herbeigeholt«, sagte der Jüngste. »Einer der Teilnehmer fiel aus, er hat es mit der Angst gekriegt, seine Schwester hat unerwartet ein Kind bekommen, und da mußte er die Schande tragen helfen. Auf jeden Fall, ich war dabei«, fügte er mit kindlicher Überheblichkeit hinzu.

»Es ist vielleicht besser, wenn du diese Geschichte jetzt nicht erzählst«, sagte der Finstere entschlossen.

»Nicht erzählen? Hör einmal an, erst kurbelst du mich an, und wenn es soweit ist, dann bremst du auf einmal ab.« Sein Ehrgeiz war angestachelt, er war entschlossen, sie doch zu erzählen.

»Ich finde es trotzdem besser, wenn du sie ein anderes Mal erzählst«, erwiderte der andere beharrlich.

»Lassen Sie ihn doch erzählen«, sagte ich, ohne nachzudenken. Eine wahnwitzige Angst stieg in mir auf, und ich mußte sprechen, meinen Mund zu einem Wort formen, um ihrer Herr zu werden.

»Warum willst du ihn auf einmal daran hindern?« fragte der Bruder.

»Weil ich glaube, daß es nur eine Geschichte für Männer ist«, sagte der Finstere.

»Ach so«, sagte der Athlet, »darum. Nur eine Geschichte für Männer. Schön, meinetwegen. Ich begreife, daß es Witze gibt, die man nicht in Gegenwart von Frauen erzählen kann. Aber sterben Frauen nicht, werden sie nicht alt, häßlich, und legt man sie nicht auch in einen Sarg, wenn sie gestorben sind, und trägt sie hinaus? Was meinst du?« wandte er sich an den Bruder, »kann er sie erzählen oder nicht?«

»Ich weiß es nicht«, erwiderte er teilnahmslos, »frag sie selbst!«

»Sag du es selbst, ob du die Geschichte hören willst«, sagte der Jüngste zu dem Mädchen, »entscheide du, ob du sie hören willst und kannst.«

Was wird sie sagen, wie wird sie sich entscheiden, dachte ich im stillen, wird sie diesem abscheulichen Spuk ein Ende bereiten? Ich hoffte, daß sie es täte, indem sie ganz entschieden erklärte, was sie von der Geschichte, die er uns zu erzählen gedachte, hielt.

»Bisher habt ihr mich noch nie gefragt, ob ich eine Geschichte mit anhören will«, sagte sie, »warum denn heute abend?«

»Willst du sie hören?« fragte der Jüngste. »Ja oder nein!«

»Ich kann mich auch nebenan hinsetzen«, sagte sie, »wenn ihr nicht wollt, daß ich sie höre.«

»Nein«, sagte er, »das will keiner von uns, daß du dich nebenan hinsetzt. Dies ist schließlich dein Zimmer!«

»Oder wollt ihr euch nebenan hinsetzen, und ich bleibe hier«, sagte sie seltsam gefaßt.

»Nein, auch das wollen wir nicht«, sagte der Athlet, »das wäre unhöflich, wo du uns hier so gut bewirtet hast.«

»Dann bleibt uns nichts anderes übrig, als daß wir alle hier bleiben, und ihr entscheidet euch, ob ihr sie erzählen wollt oder nicht!«

»Darum geht es nicht«, sagte der Finstere, leicht gereizt. »Die Frage ist, ob du es willst!«

»Ich sagte euch doch, ich kenne die Geschichte nicht, die er erzählen will, und wie kann ich dann im voraus sagen, ob ich sie hören kann oder nicht.«

»Gut, dann erzählt er heute seine Geschichte nicht, und wir erzählen uns eine andere, die für alle passend ist, und bewahren diese Geschichte für später.«

»Schade«, sagte der Jüngste, »ich wollte gerade beginnen, ich fühlte in mir, wie sie erstand, genauso wie sie sich zugetragen hat, ich war in der besten Stimmung.«

»Ihr müßt entscheiden«, sagte sie, »auf mich braucht ihr keine Rücksicht zu nehmen.«

»Meinetwegen brauchst du auch nichts zu erzählen«, sagte der Athlet. »Ich kann mir gut vorstellen, wie sie sich zugetragen hat.«

»Und was ist Ihre Meinung?« wandte sich der Finstere plötzlich an mich.

In diesem wirren Hinundher, in dem ein jeder, mit Ausnahme des Finsteren und des Jüngsten, ungefähr das Gegenteil sagte von dem, was er dachte und fühlte, saß ich stumm dabei und hatte den Eindruck, daß man mich vergessen hatte. Ob er sie erzählte oder nicht, konnte mir schließlich gleichgültig sein, da ich wußte, daß es um einen Friedhof ging, auf dem wir unsere Toten begraben, und den sie verwüstet hatten, sie alle, die hier saßen, auch wenn vielleicht nur einer von ihnen es getan hatte. Die Frage, die an mich gerichtet war, kam mir gerade recht. Was gab es hier noch zu verheimlichen, und mit verbissenem Trotz sagte ich, und ich wunderte mich selbst über die Entschlossenheit, mit der ich sprach: »Ich möchte die Geschichte gerne hören!«

Der Jüngste atmete erleichtert auf.

»Gut«, sagte der Finstere, der die ganze Frage ins Rollen gebracht hatte, »erzähle, los!«

»Erzähle«, erwiderte der Angesprochene aufgebracht, »erzähle, als ob man einfach so erzählen kann, wenn man einmal angefangen hat und einem dann der Faden mir nichts, dir nichts abgeschnitten wurde. Ich bin auch keine Wasserleitung, die du einfach aufdrehst, und dann springt die Geschichte heraus.«

»Du hattest ja noch nicht angefangen«, sagte der Athlet, »bitte sammle dich und erzähle, es dauert mir viel zu lange!«

»Aber ich war schon im schönsten Zug, anzufangen.«

»Du hast ganz allgemein von Gräbern, Tod, von einer Mauer, mit Glasscherben besetzt, gesprochen«, sagte der Finstere, »und jedem von uns war deutlich, was du damit sagen wolltest.«

»Es ist vielleicht besser, wenn du alles nicht zu deutlich erzählst. Wir alle haben Phantasie genug, es uns vorzustellen, und dann kann ein jeder die Erzählung anhören, ohne Bauchschmerzen zu kriegen.«

»Warum Bauchschmerzen?« erwiderte er, »ich habe auch keine bekommen, als ich dabei war. Dabei wußte ich zu Beginn nicht, um was es ging. Irgend jemand fiel aus, und da fragte man mich, ob ich Lust hätte, einmal zu zeigen, was ich wert bin. Gut, sage ich, ihr müßt mir nur sagen, was ich tun muß, und ich tue es. Gehe zu dem und dem, sagte man mir, ich will lieber keinen Namen nennen, um es nicht zu deutlich zu machen, also gehe zu dem und dem, und du wirst alles Weitere hören.«

»Wie viele wart ihr?« unterbrach ihn der Finstere.

»Fünf Mann mit mir.«

»Verkehrt«, sagte er, »das sind viel zuviel, es erhöht nur das Risiko.«

»Laß mich nur weitererzählen. Also, ich gehe zu dem Bewußten hin und sage …«

»Kanntest du ihn?« fragte der Finstere wiederum.

»Nein!«

»Hattest du einen Ausweis?«

»Ich besitze einen, aber ich habe ihn nicht mitgenommen.«

Der Finstere drehte seinen Kopf zur Seite, so daß er über seine Schulter mit dem Athleten sprechen konnte, und sagte halblaut, aber ich konnte jedes Wort verstehen:

»Unglaublich, Fehler über Fehler. Hatte er keine Instruktionen, bevor er anfing? Es hätte doch ein Spitzel sein können, das taugt nichts!«

Der Athlet nickte nur stumm und wies mit seinem Kopf auf den Jüngsten, den die fortwährenden Unterbrechungen aus seiner Ruhe brachten.

»Wenn ihr mich immer unterbrecht«, sagte er bis zum äußersten gereizt, »erzähle ich nicht weiter!«

»Sei nicht so dumm, wir haben nur kurz etwas besprechen müssen, es sind Fehler gemacht worden, grobe Fehler, stelle dir vor, es wäre schiefgegangen!«

»Es ist nicht meine Schuld«, sagte der Jüngste.

»Du mußt deinen Verstand gebrauchen. Wer für eine solch wichtige Aktion ausersehen ist, muß seinen Verstand gebrauchen, das ist die erste Pflicht. Erzähle weiter!«

»Also, ich sagte zu ihm, ich komme für – ich sagte euch, ich nenne lieber keine Namen –, er ist ausgefallen. Ich weiß, antwortet er und sieht mich prüfend an, ich habe von dir gehört, hast du einen Ausweis bei dir?«

»Na also«, sagte der Finstere erleichtert.

»Barer Unsinn«, sagte der Jüngste, »barer Unsinn, auch ein Ausweis kann falsch sein.«

»Das ist richtig«, sagte der Finstere, machte mit seiner Hand eine Bewegung, als wollte er sagen: Auch das gibt es, damit muß man rechnen. »Was tat er, da du keinen bei dir hattest?«

»Er tat etwas viel Vernünftigeres«, sagte der Jüngste, »er rief ihn an«, und er wies mit seinem Finger auf den Athleten.

»Das ist in der Tat vernünftig«, sagte der Bruder und rutschte auf seinem Stuhl hin und her.

Der Jüngste fuhr fort:

»Aber nach einem Augenblick kam er zurück und sagte, es sei in Ordnung, also heute abend um sieben Uhr, Bahnhof Süd, zweite Sperre, und höre zu, du kennst niemanden, verstanden?«

Bahnhof Süd, dachte ich bei mir, wohin werden sie gefahren sein, um ihr trauriges Geschäft zu verrichten?

»Ich bin Punkt sieben Uhr Bahnhof Süd, Sperre zwei, und eine Menge Leute stehen dort herum. Ich stelle mich dort auf, und wie das so geht, man schaut sich um, und da stehen unter den vielen Wartenden verstreut drei, die ich schon einmal gesehen hatte, und tun, als ob sie einander nicht kennen. Sie standen nicht nebeneinander, nein, sie standen verstreut, sonst denkt ihr wieder, daß ein Fehler gemacht wurde, aber es wurde kein Fehler gemacht, an dem ganzen Abend wurde kein Fehler gemacht, soviel verstehe ich auch von der Sache. Zuerst wollte ich noch auf sie losstürmen, aber ich bedachte mich. Wir fuhren einzeln im Zug nach L.«

»Hattet ihr Fahrkarten?« fragte der Bruder.

Was für eine dumme Frage, dachte ich, es ist beinahe ein Verhör.

»Wir hatten sie vorher von ihm erhalten«, sagte der Jüngste. »Wir fuhren also nach L., niemand kannte den anderen, auf dem Bahnhof nicht und unterwegs auch nicht, an der Weise, wie sie mich anglotzten, merkte ich es. Die Fahrt dauerte ungefähr anderthalb Stunden, und als wir in L. ankamen, wich die Dämmerung der Nacht. Wir liefen immer noch getrennt durch die Stadt, der Führer voraus, wir wußten immer noch nicht, was wir hier zu suchen hatten, aber jeder hatte Vertrauen. So liefen wir durch die Straßen hinaus, dort wo der Wald die Hügel herabsteigt und bis an die ersten Häuser reicht. Wir bogen einen schmalen Seitenweg ein zwischen zwei Häusern, wo es in den Wald hinauf und zu einem Aussichtsturm geht. Ich kenne zufällig die Gegend, als Kind habe ich dort anderthalb Jahre mit meinen Eltern gewohnt. Es war ein kalter, dunkler Septemberabend, in meinem Regenmantel fühlte ich mich klamm, es ist ein elendes Kaff, in das wir gefahren waren, und wenn ich nicht hätte zeigen wollen, was ich wert bin, hätten mich nicht zehn Eilzüge in dieses Nest gebracht. Wenn es regnet, sind die Rinnsteine braune, übelstinkende Bäche, die Straßen sind so schlecht, daß sich nur selten ein Automobil in dieses Dorf, aber es ist eine Stadt, verirrt, obwohl es an sich ganz reizvoll liegt. Nach zehn Metern standen wir an einem eisernen Tor, es war ein hölzernes Tor, in dem der Wurm saß, man hatte es mit Eisenplatten beschlagen. Aber wir wußten noch immer nicht, warum wir hierhergeschickt waren und uns im Schutze der Dunkelheit durch die Stadt bis an den Rand des Waldes schlichen. Bis wir dann davorstanden und es langsam in uns dämmerte, daß man uns hierhergeschickt hatte, damit wir auf diesem Friedhof einmal gründlich nach dem Rechten sähen.«

»Man hat euch geschickt«, sagte der Finstere und blickte mürrisch auf, »woher weißt du, daß man euch geschickt hat?«

»Das weiß ich nicht.«

»Aber du hast gesagt, daß man euch geschickt hat.« Der Finstere sah sich im Kreise um, wir alle nickten, ja, das hat er gesagt.

»Wenn ich das erzählt habe …«

»Ihr seid freiwillig gegangen«, sagte der Finstere mit entschlossenem Ton, »bitte erzähle nicht, daß man euch geschickt hat, wenn ihr freiwillig gegangen seid. Das ist nicht korrekt.«

»Es war der Friedhof«, fuhr er fort, »wir sahen ihn in der Nacht vor uns liegen, eine halbhohe Mauer aus Felsensteinen umgrenzte ihn, wir konnten über sie hinwegsehen, am Eingang ein hölzernes Tor mit Eisen beschlagen. Ein Friedhof ist immer eine düstere Angelegenheit, auch am Tage, aber erst recht, wenn du ihn so in der Nacht daliegen siehst, das heißt, du siehst ihn nicht, nur Finsternis und dann dort irgendwo geronnene Dunkelheit in den Grabsteinen und Erdhügeln, die sich in die Finsternis wölben und ihr so eng anliegen, daß du denkst, daß dies der Schatten ist, den die Finsternis sich selbst wirft in der Nacht. Der Friedhof lag am Fuße des Hügels, am Rande des Waldes, der den Hügel hinauf sich noch stundenweit gen Osten erstreckt, ich kannte ihn, als Kinder haben wir oft in dem Wald gespielt. Seine Bäume umgaben den Friedhof von drei Seiten, sie beugten sich über die halbhohe Mauer hinab, und die Spitzen ihrer Zweige berührten fast den Efeu und den Sand der Gräber. Nur das Portal lag frei. Von überall her kam Stille und Finsternis, vom Friedhof her, aus dem Wald und aus der Nacht. Wir gingen an der Mauer entlang, tastend und stolpernd, an dem steinernen Viereck, über Baumwurzeln und durch Sandlöcher. Dann standen wir einen Augenblick, ohne uns zu rühren, in einer Reihe an der Mauer und schauten hinab auf den Acker.«

»Auf den Acker?« unterbrach ihn der Finstere, »auf den Totenacker? Das klingt aber reichlich pathetisch, ich dachte, ihr wart dahin gereist, um den Acker tüchtig umzugraben, und jetzt erzählst du nur eine romantische Geschichte von dem Walde, der Nacht und anderem Dingsbums. Bleib bei der Sache!«

»Du mußt mich nicht schon wieder unterbrechen«, sagte der Jüngste ungehalten, »aber ich sage dir, wie wir da standen, gab es unter uns bestimmt keinen, der nicht einen Augenblick das Gefühl gehabt hätte, als ob er selbst hier an einem Grabe stünde. Schließlich war die ganze Situation für uns völlig neu, wir waren gar nicht vorbereitet, und jeder von uns hat schon einmal einen Toten nach seinem letzten Ruheplatz gebracht.«

»Trotzdem«, fuhr der Finstere auf kalte, gehässige Weise fort, »ihr hättet wissen müssen, warum ihr da standet, und da hätte euch euer Gefühl sagen müssen, daß das, wofür ihr gekommen seid, notwendig und darum …«

»Das weiß ich alles, spar deine Mühe«, sagte der Jüngste kurz, »ich erzähle nur, was sich dort zugetragen hat. Mein Nebenmann, ein kleiner untersetzter Bursche, stieß mich an und flüsterte: ›Hast du das gewußt?‹ Ich schüttelte meinen Kopf und flüsterte ›nein‹, denn ich dachte, daß er in der Dunkelheit die Bewegung des Kopfes nicht richtig verstehen konnte. ›Ich bin Vollwaise‹, flüsterte er mir zu, ›verstehst du?‹ – ›Ich verstehe, ja, aber es muß sein‹, sagte ich.«

Der Jüngste machte hier eine kleine Pause und sah fragend den Finsteren an. Doch dieser verzog keine Miene und saß da, zum Sprung bereit, um jeden Augenblick unterbrechen zu können. Als der Jüngste sah, daß der andere keine Anstalten traf, seine Antwort zu loben, fuhr er fort: »›Ja, es muß‹, wiederholte er ängstlich, ›und ich werde es auch tun.‹ Ich hatte Mitleid mit ihm, es klang so jämmerlich, als hätte man ihm aufgetragen, einen Mord zu begehen, und eigentlich war es auch so eine Art Mord, was wir da zu vollbringen dachten. Nur daß es keine Menschen, keine Lebenden mehr waren, die sich wehren, wenn man sie anfällt, und schreien, sondern was von ihnen übrigbleibt, das Gebein, die Asche. Wir waren gekommen, die Toten umzubringen. Und wenn ihr mich fragt, der ich es miterlebt habe, und ich bin stolz darauf, daß ich es miterleben durfte, so sage ich, daß es viel schwieriger ist, einen Toten umzubringen als einen Lebenden.«

»Warum?« entfuhr es dem Bruder auf einmal, nachdem er die ganze Zeit in düsteres Schweigen versunken war, »warum?«

»Haben Sie denn schon einmal einen Menschen umgebracht?« warf ich dazwischen, äußerlich vollkommen ruhig, als fände ich es interessant, zu wissen, ob er in seinem noch so kurzen Leben bereits einen Mord auf dem Gewissen habe.

»Unsinn«, sagte der Finstere, »ich finde auch, daß du viel zuviel philosophierst.«

»Ich wollte nur sagen, was in mir und den anderen umging, als wir die Gräber verwüsteten, aber ein Mord an einem lebenden Menschen ist mir dadurch begreiflicher und weniger abschreckend geworden.«

»Laß das doch«, entgegnete der Finstere, »du machst die Sache zu kompliziert. Das ist immer so, wenn man Anfänger vor Probleme stellt, denen sie innerlich nicht gewachsen sind. Darum finde ich die Aktion verkehrt. Hat euer Anführer nicht mit euch darüber gesprochen, nachher?«

»Nein«, sagte der Jüngste, »der hatte sich am Auge schwer verletzt.«

»Wobei?«

»Im Dunkeln war er gegen einen herabhängenden Zweig gelaufen, aber das war nur einer der Unfälle dort.«

»Habt ihr noch mehr gehabt?«

»Ja.«

»Erzähle erst weiter«, sagte der Finstere, »ihr wart gekommen, um Grabhügel zu zertrampeln und Steine umzuwerfen, weiter nichts. Vergiß alles andere, als wäre weiter nichts geschehen.«

»Das ist richtig«, erwiderte er, »dafür waren wir im Grunde gekommen. Aber wir taten noch ganz andere Dinge.«

»Welche?«

»Wir haben die Toten umgebracht. Sie müssen unser Kommen bemerkt haben, sie standen aus ihren Gräbern auf und haben mit uns gekämpft. Schließlich haben wir sie umgebracht.«

»Du phantasierst«, sagte der Finstere mit lauter Stimme und wandte sich zum Athleten, »sag du ihm, daß er aufhört.«

»Warum«, erwiderte der Angesprochene, »wenn er und die anderen das Gefühl hatten, daß die Toten aus ihren Gräbern heraufkamen und umgebracht werden mußten, so wird er es gewiß erlebt haben und darf es auch erzählen.«

»Wahnsinn«, sagte der Finstere.

»Ich kann mir gut vorstellen«, sagte der Athlet, »daß es sich so zugetragen hat. Ein nächtlicher Waldfriedhof gehört sicherlich nicht zu den angenehmsten Plätzen, seine Abende und Nächte zu verbringen, da können einem noch viel verrücktere Einfälle kommen.«

»Du hast recht«, fuhr der Jüngste fort, »mir kamen noch ganz andere Einfälle. Zuvor mußten wir erst noch vieles andere umbringen.«

»Was?« fragte das Mädchen. Wir alle sahen sie an.

»Zuerst die Nacht, dann die Stille und zum Schluß den Wald. Diese drei mußten wir erst noch umbringen, zuerst einzeln und dann zusammen. Ich werde es euch erzählen. Wir standen also an der Mauer und flüsterten, da begann jemand halblaut vor sich hin zu fluchen. Es war – aber ich wollte ja keine Namen nennen –, es war also ein stämmiger Junge, ein Turner, der da auf einmal so zu fluchen begann.

›Halt deinen Mund‹, sagte der Anführer, ›mach nicht einen solchen Spektakel, was hast du?‹

›Meine Hand‹, sagte er, ›paßt auf, die Hunde haben Glasscherben auf der Mauer angebracht. Die ganze Mauer ist voll. Wir kommen nicht hinüber.‹

›Überlaß das mir‹, sagte der Anführer, ›blutest du stark?‹

›Meine ganze Handfläche ist aufgerissen, hat jemand Verbandszeug bei sich?‹ Aber niemand hatte es bei sich.

›Nimm das Taschentuch‹, sagte der Anführer. Dann verband er ihm die Hand. Es war unheimlich still und so dunkel, daß man nichts sah als Dunkelheit, dort, wo die Bäume stehen, war Dunkelheit, und der Raum zwischen den Stämmen war ebenfalls angefüllt mit Dunkelheit, wie wenn in einen Teig, wenn er lange geschlagen wurde, Löcher hineingekommen sind, die das Ganze auflockern. Und es war unheimlich still. Über dem Friedhof hing eine Stille, was dir aus dem Wald entgegenkommt, ist Stille, und die Nacht ist tiefe Stille. Aber es war, wie wenn aus diesen drei die Stille ausgezogen war und sich vereint hier auf der Mauer vor uns niedergelassen hatte, die tiefe Stille der Nacht, des Waldes und des Friedhofes, eine feste, schwere Mauer, die gegen uns emporwuchs und sich schwer auf unsere Schultern legte, viel schwerer und fester als die aus Stein, vor der wir standen. Ich habe nie gewußt, daß es so still auf der Erde sein kann.

›Ich möchte gern wissen, wie tief er ist‹, sagte jemand. Der Anführer verschwand in dem Wald, wir hörten Äste knacken, dann kam er mit einem großen Stock zurück, den er über die Mauer schwang, um die Tiefe zu loten.

›Anderthalb Meter‹, sagte er. Er versuchte es an einer zweiten Stelle. ›Dasselbe‹, sagte er.

›Bleib stehen‹, sagte er und schwang sich auf die Mauer, während er sich auf die Schultern des fünften Mannes, von dem ich euch auch noch nichts erzählt habe, stützte. Es war eigentlich mehr ein Mädchen als ein Junge, dieser fünfte. Er hatte weiches, flachsblondes Haar, eine durchschimmernde Haut und die Bewegungen eines Mädchens. Als ich ihn sah, begriff ich nicht, warum man ihn ausgesucht hatte.

›Geht es?‹ fragte ich, als er auf der Mauer stand.

Wegen der Glasscherben stand er breitbeinig auf den beiden äußersten Rändern der Mauer, dann machte er mit seinem Oberkörper eine halbe Drehung, so daß er mit seinem Rücken zu uns stand und in die Richtung des Sprunges blickte.

›Verdammt, ist das dunkel‹, sagte er, ›ich springe, gib mir die Hand!‹

Er wartete, setzte ab und sprang, sein Fall dröhnte dumpf auf dem Sandboden, das Laub raschelte.

Dann schwangen wir uns der Reihe nach, wie wir standen, uns auf den folgenden stützend, auf die Mauer und sprangen in die Tiefe und das Dunkel hinab. Aber es war, als ob die Tiefe und das Dunkel uns entgegenfielen und mit einem plötzlichen Stoß unseren Leib erschütterten. Ich sprang als letzter, und da ich niemand mehr als Stütze hatte, nahm ich einen kleinen Anlauf, sprang über die Glasversperrung und sprang in die dunklen Stimmen hinab, die mir zuflüsterten. Die kühle Septembernacht strich um mein Gesicht. Ich fiel gegen etwas Warmes, das sofort nachgab, ein menschlicher Körper.

›Verdammt‹, rief eine schmerzverzogene Stimme. Ich versuchte ihn festzuhalten, aber wir fielen beide auf den Grund. Es war der Mädchenjunge. ›Idiot‹, sagte ich.

›Macht keinen solchen Lärm‹, sagte der Anführer ärgerlich, ›und steht schnell auf.‹

›Er ist direkt auf meine Zehen gesprungen‹, knurrte er.

›Pst, heul nicht‹, sagte der Anführer.

Die anderen lachten leise. ›Die erste Leiche‹, hörte ich jemand flüstern. Es war der Turner.

Da standen wir nun alle auf dem Friedhof, und die Vorstellung konnte beginnen. Aber man beginnt im Dunkeln nicht so eins, zwei, drei. Es gibt Dinge, die gehen im Dunkeln von selbst, du brauchst sozusagen nicht erst zu beginnen, es ist dunkel, und die Dinge haben von allein angefangen, das Dunkel hat sie anfangen lassen. Das Dunkel hilft dir, es ist dein Freund, dein Bundesgenosse. Aber wir alle standen da, zusammengetrieben wie die Kühe vor dem Melken, und warteten darauf, daß wir anfingen. Die Nacht machte alles unsichtbar, sie beschirmte uns zwar, aber sie ließ uns einfach nicht anfangen, sie war unser Gegner, wir fühlten, daß die Nacht unser Feind war.

›So‹, sagte unser Anführer, ›kommt mit‹, und wir versuchten, ihm durch die Finsternis zu folgen. Wenn ihr aber nun denkt, daß wir sogleich mit unserer Arbeit anfingen, dann irrt ihr. Wir schlichen gehorsam im Gänsemarsch hinter ihm her, er versuchte anscheinend erst einmal auf den Hauptweg zu gelangen, um sich einigermaßen zu orientieren. Der Friedhof war nicht groß, und alle Abstände waren beträchtlich klein. Dann bog er in einen Seitenweg ein, als suchte er ein bestimmtes Grab, mit dem er anfangen wollte. Ich mußte früher öfter mit meinen Eltern mitgehen, wenn sie das Grab meiner kleinen Schwester auf unserem viel größeren Friedhof aufsuchten. Sie gingen auch immer den mittleren Weg und schlugen von dort einen Seitenpfad ein, obwohl unser Grab nahe der Mauer lag und wir besser den äußeren Weg hätten nehmen können.

Der Waisenjunge hielt sich in meiner Nähe. ›Wir mußten jeden dritten Sonntag zum Grab unserer Eltern gehen‹, flüsterte er, ›der Direktor hatte das so angeordnet. Leben deine noch?‹ War es, daß er leise sprach, oder bebte seine Stimme vor Erwartung?

›Sie leben noch‹, erwiderte ich und schämte mich ein wenig.

›Gehst du auch zum ersten Male mit?‹ fragte er.

›Ja.‹

Dann schwiegen wir beide, bis er sagte: ›Es ist so dunkel.‹

›Ja.‹

›Es ist kein großer Friedhof.‹

›Nein‹, sagte ich.

›Findest du nicht auch, daß er schön liegt?‹

›Wie meinst du das?‹ fragte ich.

›Ich meine, daß er für einen Friedhof schön liegt‹, erklärte er, ›so am Walde.‹

›Ich weiß es nicht‹, erwiderte ich kurz.

›Die großen Friedhöfe finde ich nicht so schön‹, fuhr er fort, ›mitten in der Stadt, es ist so unruhig dort, und man verläuft sich immer. Ein anderer Junge aus dem Waisenhaus …‹

›Pst‹, machte ich, ›wir müssen leiser sein.‹

›Ja‹, erwiderte er und schwieg.

Wir trotteten weiter, rechts und links von uns lagen die Hügel, kleine dunkle Erdklumpen, die sich in die Nacht wölbten, als ob die Erde dort, wo die Toten lagen, Bäuche getrieben hätte, in denen sie das Gebein zurück in ihren Schoß nahm. Wir trotteten hindurch wie ein Leichenzug, der bei Nacht und Nebel einen heimlichen Toten forttrug.

›Himmel und Hölle‹, sagte eine Stimme, es war der Turner.

›Was hast du‹, fragte der Anführer, der neben ihm ging.

›Ich halte es nicht mehr.‹

›Was hältst du nicht mehr?‹

›Ich habe Leibschmerzen‹, sagte er.

›So?‹

›Ja. Ich muß mal.‹

Der Anführer lachte. ›Geh doch, setz dich irgendwo hin, such dir ein schönes Grab und scheiß drauf, aber ziele gut …‹

›Es kommt ganz plötzlich‹, sagte der Turner und krümmte sich, ›ich halte es nicht mehr.‹

›Geh doch und setz dich in die Familiengruft, scheiß ihm in die Fresse.‹

»Entschuldige«, sagte der Jüngste, seine Geschichte unterbrechend, und wandte sich an das Mädchen, »entschuldige, Lisa – (richtig, Lisa, sie hieß Lisa, jetzt endlich fällt mir ihr Name wieder ein, so lange hatte ich ihn vergessen, warum aber jetzt?), aber er sagte es wirklich. Außerdem tun solche Worte in bestimmten Situationen ausgesprochen gut, sie geben Mut, und du fühlst dich recht zu Taten aufgelegt, wenn du in Worten alles, was an Grimmigkeit und Unrat in dir drinsteckt, herausgelassen hast. Dann fühlt man sich erst imstande, selbst die nobelsten Taten zu verrichten.«

Das Mädchen lachte, Lisa heißt sie, Lisa, sie lachte und sagte ruhig: »Erzähle nur weiter.«

»Der Turner sprang über ein Grab, über noch eins, wie man über Hürden springt, und verschwand. Wir hörten ihn behaglich stöhnen. Dann kam er wieder zurück und war noch beschäftigt, seine Hose, die er bereits hinaufgezogen hatte, wieder zu schließen.

›Jetzt kann's losgehen‹, sagte er.

Wir trotteten noch immer etwas ziellos umher, hier und da versetzten wir den Gräbern, die am Wege standen, einen Tritt und zogen an einem Gitter oder packten einen Grabstein, um ihn umzuwerfen. Aber wir zogen und packten noch nicht fest genug, es war erst der Anfang, ein Abtasten und Probieren, für das, was kam, die erste Runde.

›Los, Jungens‹, sagte der Anführer, ›wir müssen endlich anfangen.‹

›Ja‹, wiederholte der Mädchenjunge, und ich merkte, daß er ein wenig stotterte, ›jetzt müssen wir endlich anfangen, wenn es nur nicht so dunkel wäre.‹

›Für dich hätten wir erst einen Scheinwerfer aufstellen müssen, wie?‹ fragte der Anführer.

›Das meine ich nicht‹, entschuldigte er sich stotternd, ›ich meine, wenn es nicht so dunkel wäre, hätten wir schon lange angefangen.‹

›Idiot‹, sagte der Turner, ›du stotterst, Mensch, und außerdem ist jeder Satz, den du herausstotterst, auch noch Quatsch.‹

›Laß ihn in Ruhe‹, sagte der Waisenjunge, ›es ist nicht recht, daß du ihm seinen Sprachfehler vorwirfst.‹

›Kümmere dich um deine Großmutter‹, erwiderte der Turner gereizt. ›Zeig erst einmal, was du für ein Kerl bist, bevor du Stotterer, die Quatsch sprechen, in Schutz nimmst. Hast du verstanden?‹

›Ich habe dich verstanden‹, sagte der Waisenjunge, ›aber trotzdem werde ich ihn weiter gegen dich in Schutz nehmen, und wenn du denkst, daß ich hierhergekommen bin, um zu zeigen, was ich für ein Kerl bin, irrst du dich gründlich. Ich bin mitgegangen, ohne daß man mir vorher erzählt hat, was ich zu tun habe. Gut, ich bin nun einmal hier und werde tun, was man von mir verlangt, auch wenn es eine schändliche Sache ist, die wir betreiben, eine schändliche Sache.‹

›Was sagst du da‹, sagte der Turner, etwas Lauerndes lag in seiner

Stimme. Man konnte sein Gesicht nicht sehen, es war nur eine schwarz-umrissene Fläche, aus der halblaut eine zischende Stimme kam, aber ich konnte mir gut vorstellen, wie er aussah, seine Augen nur halb geöffnet, die Lippen straff und den Kopf geduckt eingezogen, als spannte er seinen Körper zum Sprung.

›Eine ekelhafte und schändliche Sache, die wir hier betreiben‹, wiederholte der andere herausfordernd, ›auch sehe ich ihre Notwendigkeit nicht ein, und doch mache ich mit, denn ich bin nun einmal hier. Aber es bleibt eine ekelhafte Sache.‹

›Du mußt leiser sprechen‹, sagte der Anführer, ›man kann uns sonst hören.‹ Das war alles, was er im Augenblick sagte.

Zuerst wunderte ich mich, daß er nicht schärfer vorging. Bis ich begriff, daß er weise handelte. Ich dachte erst, daß es Schlappheit wäre, aber später habe ich noch einmal nachgedacht und fand, daß er eigentlich sehr weise aufgetreten ist. Dem Turner schoß es in den Bauch, der Mädchenjunge begann zu stottern, und der Waisenjunge dachte sicher an den dritten Sonntag im Monat. Er ließ sie alle gewähren, was tiefer in ihnen steckte, mußte heraus, und er hinderte sie nicht, er hatte Erfahrung mit solchen Unternehmungen, darum war er weise.

›Ich bin froh, daß ich eine Waise bin‹, fuhr er fort, ›daß meine beiden lieben Eltern schon lange tot sind, ich würde es nicht wagen, ihnen unter die Augen zu kommen, wenn sie noch am Leben wären.‹

Da sagte der Stotterer, der Mädchenjunge, derselbe, den er eben noch in Schutz genommen hatte, zu ihm: ›Hast du etwa Angst?‹

Wir alle waren überrascht, daß er das sagte, wo der andere noch eben für ihn eingetreten war, und nun fiel er ihn an und trachtete vielleicht, sich dadurch bei den anderen Liebkind zu machen. Es war widerwärtig, und niemand pflichtete ihm bei.

Auch der Waisenjunge schenkte seinem Gerede keine Beachtung und sagte: ›Meinetwegen schlagt die Lebenden tot, steckt ihre Häuser an und werft ihre Kinder zum Fenster hinaus, meinetwegen, aber die Toten laßt in Ruhe. Es ist ehrenvoll, gegen einen lebenden Feind zu kämpfen und ihn, wenn es sein muß, umzubringen. Aber Tote umzubringen, darauf ruht kein Segen.‹«

Nach den anfänglichen Unterbrechungen hatten alle still seiner Erzählung gelauscht und saßen zurückgelehnt auf ihren Stühlen oder hingen in einem Sessel wie der Bruder, sie rauchten, blickten in die Luft, warfen ab und zu einen Blick auf den Erzähler und blieben weiter völlig passiv. An ihren Gesichtern konnte man nicht ablesen, welche Wirkung diese Erzählung auf sie ausübte, sie waren die gleichen wie zuvor, und ich saß unter ihnen, ein Fremder, ohne daß sie es wußten, lauschte ebenfalls seiner Erzählung und versuchte, möglichst gleichgültig dreinzuschauen. Du bist ein Schuft, dachte ich bei mir, daß du nicht aufstehst und dieser ekelhaften und schändlichen Sache den Garaus machst. Es tat mir gut, mich selbst einen Schuft zu nennen, und zugleich litt ich darunter. Seine Erzählung erweckte allen Grimm und Haß in mir, ich litt darunter, und zugleich tat es mir gut, daß ich litt. Ich hätte heulen können, und zugleich tat es mir gut, wie wenn ein Vater mit Tränen in den Augen sein Kind schlägt, die doppelte Lust genießend, daß er schlagen kann, und die Lust der Qual, daß er es schlägt. Da unterbrach ihn der Athlet.

»Hat er das so gesagt?« fragte er. Er saß noch immer ruhig und breit auf seinem Stuhl und schien so vor sich hin zu denken: Schau einmal dieser Waisenknabe! Er wechselte einen Blick mit dem Finsteren, und obwohl sie beide so verschiedene Menschen waren, offenbarte mir dieser Blick ein heimliches Einverständnis, das ich übersehen hatte. Ich sah, daß der Gutmütige gar nicht mehr so gutmütig war.

»Weiter«, sagte der Finstere, »erzähle ruhig weiter!«

Der Jüngste erzählte weiter. »Da begann der Turner wieder und sagte:

›Du begreifst auch gar nichts davon, was wir hier tun und warum wir hierhergekommen sind. Es geht gar nicht so sehr um die Toten als um die Lebenden. Stell dir vor, wenn sie morgen kommen und die Bescherung entdecken, vielleicht begraben sie morgen wieder einen Toten, Mensch, die Gesichter möchte ich sehen.‹

›Du mußt leiser sprechen‹, sagte der Anführer und klopfte ihm ermutigend auf die Schulter. Wir alle schwiegen, auch der Waisenjunge. Wiederum fühlten wir die Stille des Friedhofes und der Nacht, ein warmer Wind erhob sich und begann die Bäume zu bewegen, so daß die Zweige auf die Gräber schlugen. Es war kein Himmel zu sehen dort, wo wir standen, unter den Bäumen nicht und auch nicht auf den freien Stellen dazwischen, es war Nacht, sternenlose Nacht.

›Dann erst werden sie merken, daß es ihnen an den Kragen geht, bei lebendigem Leibe werden sie es merken, daß es zu Ende ist mit ihnen. Bei lebendigem Leibe werden sie alle Todesängste ausstehen, die ein Mensch ausstehen kann bei vollem Bewußtsein. Ihr Leben wird ein schreckliches Sterben werden, viel schrecklicher als das Sterben selbst, und die letzte Gewißheit, daß der Tod ihnen Ruhe und Frieden bringt, wird ihnen entschwinden.‹

›Das mag alles wahr sein‹, erwiderte der Waisenjunge, ›aber trotzdem ...‹

›Hört endlich auf‹, sagte der Anführer.

›Das eine will ich noch sagen.‹

›Nein, hört endlich auf!‹

›Laß ihn ausreden‹, sagte der Stotterer flott und ohne anzustoßen.

›Also sprich!‹ sagte der Anführer.

›Aber trotzdem‹, fuhr er fort, ›bleibt es ein Unrecht, und eine innere Stimme sagt mir, daß es so ist. Wenn du glaubst, daß es so etwas gibt ...‹

›Interessiert mich nicht‹, sagte der Turner. ›Und daß es einen Himmel und ...‹

›Quatsch‹, sagte der Mädchenjunge, ›glaube ich nicht, an den Himmel glaube ich nicht.‹

Es klang unglaublich komisch, ich habe schon viele Stotterer sprechen hören, und ich habe mich stets bemüht, nicht zu lachen. Es gibt Komiker, die billig Lorbeeren ernten, indem sie Stotterer nachmachen. Ich habe es immer verabscheut. Aber ich habe noch nie einen Stotterer stottern hören: ›Glaube ich nicht, an den Himmel glaube ich nicht.‹ Es war entsetzlich komisch, entsetzlich und komisch. Wir begannen alle leise zu lachen.

›Los‹, sagte der Anführer und schlug im Laufschritt einen kleinen Seitenpfad ein. Wir folgten ihm stolpernd, wir liefen direkt unter den Bäumen, die Zweige schlugen uns um die Ohren. Da schrie er auf einmal auf. ›Aufpassen‹, rief er, wir duckten uns schnell, aber es war schon zu spät, die Spitze eines herabhängenden Zweiges hatte ihn ins Auge geschlagen. Er hielt seine Hand über sein rechtes Auge.

›Zeig her‹, sagte ich.

›Weiter‹, rief er mit wütender Stimme und lief davon, die Hand über dem Auge. Wir hinter ihm her. Wir kamen in die rechte obere Ecke des Friedhofes, am Fuße des Hügels, da lagen kleine Hügel, Kindergräber. Wir liefen auf sie zu, sprangen auf sie hinauf, rückten an den kleinen Grabtafeln, zogen die Pfähle heraus und warfen sie irgendwohin über das dunkle Feld. Zum Schluß war nur noch eine große ebene Sandfläche, auf der wir herumstampften.

Sand kam in unsere Schuhe, aber das störte uns nicht. Die Kindergräber waren eine gute Vorübung, wir kamen richtig in Stimmung und fühlten, daß wir gute Arbeit verrichteten, jeder steckte den anderen an, jeder gab sein Bestes, wir alle zusammen waren eine Einheit, die einträchtig ihr Werk vollbrachte. Unser Anführer hielt noch immer sein Auge bedeckt, er mußte gewaltige Schmerzen haben, er konnte nur noch mit einem Auge in die Dunkelheit sehen. Wirklich, jeder tat, was er konnte, und es schien, als ob die kleine Auseinandersetzung zu Beginn den Boden vorbereitet hätte für eine einzige Aktion. Wir taten es gut, aber dennoch ohne die echte Begeisterung. Wenn ich es vergleiche mit dem, was später noch geschah und wie wir es taten, muß ich sagen, wir taten es etwas lau.

Danach klopften wir unsere Hosen aus und schüttelten den Sand aus unseren Schuhen. Und dann ging es weiter. In der Nähe standen einige Erbbegräbnisse, große marmorne Steinplatten und viereckige Säulen, das Ganze von Eisengittern umgeben. Es waren alte, morsche Gitter, halbverrostet, und sie hingen nur noch lose in den Zapfen. Sie boten keinen großen Widerstand, wir zogen sie aus dem Grund und warfen sie auf die Gräber nebenan. Dann nahmen wir uns die Steinplatten vor, aber zuvor zogen wir erst alle Blumen heraus und warfen sie in die Richtung der Mauer, es waren zum Teil frische Blumen auf diesen alten Gräbern, oder wir zertrampelten sie auch auf dem Boden, je nachdem, dann versuchten wir es mit den Steinen, aber sie waren zu groß und zu massiv. Wir hätten eine Schaufel oder ein Stemmeisen mitbringen sollen. Als erster sprang der Turner gegen sie an, er kletterte an ihnen empor, als ob sie ein Turngerät wären. Der Stotterer zog von der hinteren Seite, während wir an den Flanken standen und drückten.

Aber sie fielen nicht um, sie waren eine große Enttäuschung für uns. Wir zogen zum nächsten. Hier wiederholten wir das gleiche. Zuerst die Gitter, dann die Blumen, dann die Hügel und zum Schluß die Steine, aber vergebens. Obwohl es tiefer in den Abend ging, hatten wir den Eindruck, daß es heller wurde, wir konnten einander besser unterscheiden. Der Anführer bedeckte sein Auge mit der Hand. Keiner sprach ein Wort. Langsam wurden wir warm, und trotz der Enttäuschung machte unsere Arbeit Fortschritte. Nur die Steine widerstrebten uns, und dies war der Anlaß, daß wir uns allmählich in eine Wut hineinsteigerten, die unserer Arbeit schließlich zugute kam. Solange die Steine standen, hatte jeder von uns das Gefühl, daß die Toten noch Widerstand leisteten, daß sie noch nicht tot waren und grimmig auf die Zerstörung niedersahen.

›Noch einmal‹, sagte der Anführer und trieb uns an. Er hatte seine Hand von dem Auge weggenommen, und wir sahen, daß das Lid dick über dem Augapfel hing. Wir stemmten uns mit aller Macht gegen einen Baum vor einem Stein, in dem in Goldschrift Worte und Zeichen hineingehauen waren. Vergebens.

›Jetzt an die anderen‹, sagte der Anführer. Wir liefen wie gehetzt den Pfad entlang zu den kleineren Grabsteinen. Jetzt sahen wir, daß sie alle noch aufrecht standen, drohend und uns zum Trotz. Es waren Arme oder Beine oder der Kopf, den die Gerippe aus ihren Erdlöchern herauswachsen ließen, ein Zeichen, daß sie noch immer eine Macht bildeten, mit der man rechnen mußte, daß sie die Erde noch nicht verlassen, sondern sich nur in ihren Leib zurückgezogen hatten, von wo aus sie ihr Unwesen treiben konnten. Wir liefen, als hetzten sie uns durch die Gänge und Pfade. Es fügte sich, daß wir zu zweit ein Grab vornahmen, der Stotterer und ich, der Turner lief mit dem Waisenjungen, der Anführer arbeitete für sich allein. Da lag der erste Stein, wir hatten ihn von hinten über das Grab geworfen, und jetzt sah es aus, als ob der Tote vornübergefallen daläge, nackt, mit blassem Bauch auf seinem eigenen Grab. Dann rückten wir dem Grab selbst zu Leibe. Es ist doch etwas anderes, ob man ein Kinder- oder ein Erwachsenengrab unter seinen Füßen hat. Auf der jungen Totenbrut trampelt man vielleicht etwas zarter herum als auf den Alten. Der folgende Stein ging wieder so. Dann der folgende, wir warfen ihn nach hinten. Da lag er, als wäre er an seinem Kopfende aus dem Grabe gekrochen und läge nun auf seinem Rücken, hilflos in der kühlen Septembernacht, und es war, als ob die Nacht und der Wald sie nicht länger mehr beschützten, als ob die Dunkelheit selbst in ihrem tiefsten Kern getroffen war und langsam über den Kirchhof auslief und die Bäume die Hügel hinaufflüchteten, hinein in den Wald. Weiter, wieder einer, den wir nicht umschmeißen konnten. Sollte er stehen bleiben und das Los seiner Brüder und Schwestern anschauen? Gut so, weiter. Manche Gräber hatten anscheinend auf uns gewartet und hatten von selbst angefangen sich zu verzehren, bis wir sie besprangen. Andere waren härter, durch die Zeit gegerbt, wir konnten uns nicht zu lange mit ihnen aufhalten. Auch einige frische Gräber fanden wir vor, denen noch kein Stein gesetzt war. Dafür waren sie übersät mit Blumen, die uns verrieten, wenn ein frisches Grab in der Nähe war. Wir steckten eine Blume ins Knopfloch, die anderen zertrampelten wir. Ich hatte die ganze Zeit die Angst, daß wir in die Nähe eines ausgehobenen Grabes kamen und ich in es hineinfiele. Aber ich gönnte den Toten diesen Spaß nicht und paßte in der Dunkelheit gut auf. Wir hatten in kurzer Zeit eine stattliche Anzahl Steine umgelegt und Gräber zertrampelt, der Friedhof wurde kahl und tot, ein ödes Bild in der Nacht. Wir waren erhitzt, die Toten ließen das Blut schneller in uns kreisen. Wir konnten zufrieden sein. Dann machten wir eine kleine Pause. Wir klopften unsere Hände ab und unsere Hosen.

Der Mädchenjunge sagte: ›Glaubst du, daß wir dafür gestraft werden?‹

Ich begriff ihn erst nicht recht, diese Frage hatte ich von ihm auch nicht erwartet, da er tüchtig mitgeholfen und besondere Sprünge in die Luft unternommen hatte, um mit noch größerer Gewalt auf den Gräbern landen zu können, und sagte: ›Gestraft, wofür und von wem?‹

›Daß wir es büßen müssen, meine ich.‹

›Unsinn, glaubst du das?‹ fragte ich.

›Ich glaube es auch nicht, aber ich muß fortwährend daran denken.‹

›Hast du etwa Angst vor der Hölle?‹ fragte ich.

›Ich glaube nicht an die Hölle‹, sagte er, ›aber ich muß fortwährend an sie denken.‹

›An was mußt du denken?‹ sagte ich.

›Daß wir etwas tun, was nicht recht ist‹, erwiderte er flüsternd. Die ganze Zeit hatte er nicht gestottert, jedoch als er zu flüstern begann, begann er auch wieder, über seine Worte zu stolpern. Er holte tief Atem.

›Warum ist es nicht recht?‹ fragte ich.

›Du kennst doch das Sprichwort.‹

›Welches?‹

›Es spukt mir fortwährend im Kopf herum.‹

›Welches?‹

›Du wirst es auch kennen!‹

›Nun?‹

›Ich kenne es nicht mehr genau, ich weiß nur so ungefähr die Bedeutung, es beginnt, meine Mutter hat es mich gelehrt: Was du nicht …‹

›O ja‹, sagte ich, ›das kenne ich, meine Mutter hat es auch oft gepredigt, es hängt mir zum Halse heraus.‹

›Du kennst es also auch?‹

›Natürlich‹, sagte ich, ›es ist so alt wie Methusalem.‹

›Von wem stammt es eigentlich?‹

›Ich weiß es nicht, das mußt du bei Sprichwörtern nie fragen. Die entstehen von selbst.‹

›Wenn du hier begraben liegst, und irgend jemand würde auf deinem Grabe …‹, fuhr er fort.

›Wenn ich tot bin, interessiert es mich nicht mehr. Du siehst Gespenster.‹

›Oder deine Eltern oder deine Schwester oder irgend jemand, der dir lieb ist?‹ Woher er wußte, daß ich eine kleine tote Schwester habe, ist mir nicht deutlich geworden. Vielleicht sagte er es nur so, um ein Beispiel zu geben. Aber es war eine schwierige Frage, und ich mußte nachdenken, während er sich umdrehte, um auszutreten und seinen Strahl auf die Inschrift einer Platte zu richten. Als er sich wieder umdrehte, er genierte sich anscheinend vor mir, der Mädchenjunge, sagte ich: ›Ich weiß es nicht, darüber habe ich noch nicht nachgedacht. Aber ich glaube, daß es mir nicht so angenehm wäre.‹«

»Von wem ist es eigentlich«, sagte Lisa plötzlich und wandte sich an ihren Bruder, die Erzählung unterbrechend.

Ich erschrak, als ich ihre Stimme hörte, denn ich hatte ihre Anwesenheit völlig vergessen. Nun war sie es selbst, die mich daran erinnerte. Der Bruder zuckte gelangweilt die Achseln. »Weiß ich nicht«, sagte er kurz.

»Von wem ist es eigentlich«, sagte der Finstere und drehte sich gleichmütig nach dem Athleten um. Die kleine Unterbrechung schien ihnen angenehm, sie reckten sich auf ihren Plätzen, das Mädchen strich sich übers Haar, der Athlet streckte seine Beine weit von sich, faltete die Hände und ließ seinen Kopf auf die Brust sinken. Er dachte nach.

»Ich weiß es auch nicht«, sagte er nach einer Weile, »wer wird es gewesen sein?«

»Irgend so ein alter anonymer Kacker.«

»Ein Grieche?«

»Nein, das glaube ich nicht, steht es nicht im Neuen Testament? In der Bergpredigt oder sonstwo? Meistens stehen diese Dinge in der Bergpredigt oder weiß ich wo.«

»Komisch«, sagte der Jüngste, »jeder kennt es, jeder führt es im Mund, niemand lebt danach, Gott sei Dank, und niemand weiß, wer es gesagt hat.«

»Gott sei Dank hat er gesagt«, sagte der Finstere belustigt und begann hart und schneidend zu lachen, »Gott sei Dank, niemand lebt danach, das ist der beste Witz, den du heute abend gerissen hast, Gott sei Dank.« Es klang, als wenn er fluchte.

»Es ist alt«, sagte ich auf einmal und versuchte, meine Stimme gleichgültig erklingen zu lassen. Ich fühlte, daß meine Beine zu zittern anfingen. Der Schweiß brach mir hervor.

»So«, sagte Lisa und lachte mich freundlich an.

»Ja, mein Vater hat es immer gesagt«, fuhr ich fort, ohne zu wissen, welche Folgen dieses Eingeständnis hatte.

»Wie alt ist Ihr Vater«, fragte der Athlet, und der Jüngste begann zu kichern.

»Nicht ganz so alt wie das Sprichwort«, entgegnete ich.

Jetzt lachten auch die anderen, aber es war ein anderes Lachen als zuvor, es lag eine gewisse Vertraulichkeit darin, eine Entspannung, eine Anerkennung. Ich hätte die Situation für mich noch retten können.

»Wer war es denn, heraus mit der Sprache«, sagte der Jüngste.

»Es war … ich weiß es nicht genau, ich glaube Hillel oder so ähnlich.«

»Wer war denn das?« fragte der Finstere und sah mich überrascht an.

»Ach, so ein Alter«, sagte ich nur. Weiter nichts. Wenn er wollte, konnte er seinen Namen heute abend im Konversationslexikon nachschauen, wenn er ihn bis dahin nicht vergessen hatte.

Alter, guter Hillel, der du, mit deinem Barte, diese Welt gesagt und erklärt hast allen denen, die zweifelnd auf einem Beine stehen … Alter Hillel!

»Erzähl weiter«, sagte der Bruder.

Der Jüngste fuhr fort. »Wir hatten ganze Arbeit geleistet, und auch die anderen hatten ihre Arbeit nicht halb getan. Wir hörten sie auf der anderen Seite hin und her schleichen, das Fallen der Steine, Getrampel der Füße, Stöhnen und Prusten und Jagen über raschelndes Laub. Sie waren um die gleiche Zeit fertig wie wir.

›Die Steine sind so schwer‹, sagte der Waisenjunge, als wir uns auf dem Mittelpfad trafen. Er wischte sich mit der Hand den Schweiß von der Stirn. Sein Gesicht glänzte in der Dunkelheit, er war müde und atmete schwer.

›Hast du viel umgelegt‹, fragte ich ihn, um ihn etwas aufzumuntern.

›Ich habe sie nicht gezählt‹, erwiderte er, er machte gar keinen frohen Eindruck, als sei er mit seinen Leistungen nicht zufrieden.

›Was habt ihr denn da gemacht‹, sagte er auf einmal und wies in die Richtung der Mauer hinter mir, ›ihr habt ja eine ganze Reihe stehenlassen.‹

Ich drehte mich um und erblickte in der Dunkelheit eine Reihe von Gräbern, die noch unberührt standen, die Hügel und Grabsteine standen unversehrt wie zu Anfang, wir hatten sie vergessen.

›Komm‹, stieß er hervor und stürmte den Seitenpfad hinein. Er lief wie besessen, es war ein tolles Schauspiel, das ich da sah, der Höhepunkt dieser Nacht, ich werde es nicht mehr vergessen. Er sprang wie ein dunkler Kobold mit großen Sprüngen von Grab zu Grab, sein schwarzer Körper wirbelte in der Luft. Die Arme hielt er weit von sich und bewegte sie, als ruderte er durch die Nacht. Er hatte eine unglaubliche Sprungkraft, selbst der tiefste Sand der Hügel vermochte sie nicht zu lähmen. Immer wieder federte er auf und weiter zum nächsten. Dabei stieß er gurgelnde Laute aus, er spuckte sie aus seinem Munde, als kämen sie tief herauf aus seinem Gedärm. Ich folgte ihm. Dann sah ich, wie er auf dem letzten Hügel nahe der Mauer herumtrampelte, immer schneller bewegten sich seine Beine auf der Stelle, eine irrsinnige Lust überkam ihn, und er ließ sich der Länge nach auf das Grab fallen, griff mit seinen Händen in die nasse, klamme Erde und begann zu buddeln und zu graben. Seine Finger fraßen die Erde und griffen immer tiefer hinein, als verspürte er das Verlangen, mit seinen Händen das Gebein herauszukratzen. Sein Kopf lag auf der Erde, und der Sand kam in seinen Mund. Er spuckte, gurgelte und kratzte in einem rasenden Tempo weiter. Dann hielt er plötzlich inne, blieb wie tot auf dem Hügel liegen, sprang auf und besprang das Nachbargrab. Hier wiederholte er das gleiche, zuerst das wütende Getrampel, er riß seine Knie in die Höhe, anscheinend ging ihm die Kraft aus, warf sich der Länge nach über das Grab und steckte seine Hände in die Erde. Aber er blieb länger liegen, als wollte er sich ausruhen und neue Kräfte sammeln für das nächste.

›Es ist gut‹, sagte ich und half ihm, als er aufstand. Seine Hände waren voll schwarzer Erde, sein Gesicht war schwarz, und sein Mantel war schwarz und voller Sand.

›Das hast du gut gemacht‹, sagte ich, aber er antwortete nicht und ließ sich schweigend von mir zu den anderen zurückbringen. Nur der Turner fehlte. Er stand ein paar Reihen weiter und studierte die Inschrift eines umgeworfenen Steines. Er mußte sich tief über ihn hinabbeugen, da es dunkel war, so daß er nichts entziffern konnte, er kniete neben ihm nieder und stützte seine Hände auf den Marmor.

›Gehen wir‹, sagte der Anführer, er war müde, und obwohl er zufrieden war, machte er einen abgekämpften, mißmutigen Eindruck. Sein Auge war noch geschlossen, aber er hatte weniger Schmerzen. Er war ein guter Anführer, und er ließ uns alles tun, aber es schien mir, als ob er zuwenig Begeisterung hatte. Wir mußten alles aus uns selber herausholen, er feuerte uns nicht an, am Anfang hatte er das Pech mit seinem

Auge. Vielleicht störte ihn, daß er nur auf ein Auge angewiesen war. Aber sonst war er ein guter Anführer.

Dann fand sich auch der Turner bei uns ein. ›Raus‹, sagte er, ›ich habe genug, ich gehe.‹ Und er wandte sich auf der Stelle um, um zu gehen.

›Hast du wieder Leibschmerzen‹, sagte der Mädchenjunge.

Dieser Abend hatte ihm Selbstvertrauen gegeben, und er begann, den anderen zu frotzeln.

›Scheiß dich ruhig aus!‹

›Halt deine Schnauze‹, erwiderte er, ›ich könnte in einem fort kotzen.‹

›Na, dann kotze dich aus‹, sagte der Anführer und klopfte den Sand aus seinem Mantel.

›Ich kann nicht soviel fressen, wie ich kotzen möchte‹, sagte er, ›ich gehe.‹

›Du bleibst!‹ sagte der Anführer in scharfem Ton, ›du bleibst!‹

Wir alle hatten übrigens den Flüsterton aufgegeben und sprachen gewöhnlich, nicht besonders laut, aber auch nicht besonders leise. Es gab keine Stille mehr und auch keine Nacht, auch der Wald hatte es nicht verhindern können.

›Keine Dummheiten‹, fuhr der Anführer fort, ›in dem Aufzuge kannst du doch nicht nach Hause fahren, Idiot!‹

Der Turner trat an ihn heran, als wollte er sich mit ihm messen. Sein Gesicht war ganz beschmiert mit Sand, an seinen Händen klebte die Erde, er hob langsam seinen rechten Arm, sein Körper spannte sich, und er sah den Anführer mit einem drohenden, haßerfüllten Blick an.

›Mensch‹, sagte der Stotterer und trat auf ihn zu. ›Du bist wohl …‹

Der andere drehte sich mit einem Ruck um. Sie standen so dicht beieinander, daß jeder seinen Kopf, wenn er wollte, auf die Schultern des anderen legen konnte. Der Turner war überrascht und zögerte. Seine Arme baumelten an seinem Körper, er hielt ihn ganz entspannt und nachlässig, ein Zeichen, daß er vor ihm keine Angst hatte. Aber auch der Stotterer hatte keine Angst mehr.

Und dann begannen die beiden sich auf unflätige Weise zu beschimpfen, es war völlig sinnlos, und niemand hatte gedacht, daß es soweit zwischen ihnen käme, obwohl es zuweilen aussah, als wenn sie auch ihre Fäuste gebrauchen würden. Aber soweit ist es zum Glück nicht gekommen, es blieb einfach ein wüstes Geschimpfe und Gepöbel, die gemeinsten Flüche kamen über ihre Lippen, so gemein, daß ich sie hier nicht wiederholen kann, und ich bin selbst kein Heiliger«, sagte der Jüngste und sah das Mädchen an. »Sie badeten beide gleichsam in ihren Worten, sie hatten beide ein großes Repertoire, und niemand blieb dem anderen etwas schuldig. Wir alle waren gereizt und unruhig, und es war nur gut, daß dies zuletzt geschah, denn wenn es am Anfang passiert wäre, hätten wir nicht eine so einmütige Aktion ausführen können. Wirklich, es war toll, was sie einander ins Gesicht schleuderten, ich bin gewiß nicht zimperlich, wir alle nicht, aber dieses Fluchen ging uns anderen über die Hutschnur. Dabei wunderte ich mich am meisten darüber, daß sie sich auf einmal so feindlich gegenüberstanden, während ich dachte, daß dieser Abend uns fester zusammengeschweißt hätte.

›Ich muß mir meine Hände waschen‹, sagte der Waisenjunge. Und sie hörten plötzlich wieder auf.

›Irgendwo muß es hier doch Wasser geben‹, sagte der Anführer.

Wir suchten und fanden in der Ecke neben dem Portal ein kleines Häuschen, an dessen Außenmauer ein Wasserhahn war. Erst schlugen wir noch die Fensterscheiben ein, daß das Glas mit einem hellen Klang innen auf den steinernen Boden fiel. Dann wuschen wir uns, einer nach dem andern, und da niemand Seife bei sich hatte, etwas oberflächlich, zuerst den Schmutz von den Händen, dann das Gesicht, den Hals, und schütteten den Sand aus den Schuhen und säuberten unsere Hosen, die wir auszogen, denn so, wie sie aussahen, konnten wir uns nicht blicken lassen. Wir taten es schweigend. Hinter uns lag der Friedhof, da stand der Wald, und noch immer war es Nacht. Wir hatten nur den einen Wunsch, so schnell wie möglich hier wegzukommen. Wir kletterten über die Mauer, die Einzelheiten dieser Kletterei will ich euch ersparen, aber es war viel schwieriger als der Sprung von der Mauer hinab, und es ging nicht ohne Schrammen und Wunden ab. Ich zerriß meine Hosen. Dann schlichen wir getrennt durch die Stadt zurück und fuhren mit dem nächsten Zug nach Hause. Man sah uns die Spuren des

Abends noch an, der Waisenjunge hatte noch immer seine dreckigen Hände, er sah aus wie ein Gärtner, und unsere Mäntel waren auch schmutzig. Aber da wir nicht in demselben Wagen fuhren, fiel es nicht weiter auf. Aber alles in allem war es ein schöner Abend gewesen«, sagte der Jüngste, »und ich bin froh, daß ich ihn so gut hinter mich gebracht habe.«

»Schön«, sagte der Finstere, als er geendet hatte, und nickte ihm verständnisvoll zu.

»Noch einen Whisky?« sagte der Athlet. Der Jüngste nickte. Er war müde und still geworden.

Der Bruder erhob sich, griff nach der Flasche und ging reihum. »Ich nicht«, sagte der Athlet.

Ich trank, und dann sah ich mir einen jeden noch einmal an, denn ich wußte, daß ich sie nie mehr sehen würde, ich trank in großen Zügen, und bei jedem Schluck, den ich nahm, sah ich mir einen von ihnen genau an, den Jüngsten, der anscheinend zufrieden auf seinem Stuhl saß, nachdem er seine Geschichte erzählt hatte und nach dem Dienst eine Woche lang trinken mußte, den Finsteren, der sich so gegen die Geschichte gesträubt hatte und sie mit seinen vielen Fragen unterbrach, den Athleten, der so gutmütig dreinschaute und der größte Schuft von allen war, und schließlich Bruder und Schwester, die so verschieden waren, daß ich zweifelte, ob sie überhaupt verwandt waren. Ich trank und dachte bei mir, daß sie beides waren, gutmütig und freundlich, grausam und schlecht. Wenn sie fühlten, daß es gut war, grausam zu sein, dann waren sie es, und wenn sie gutmütig sein konnten, dann waren sie es auch. Aber jetzt hatte man ihnen erzählt, daß es gut war, grausam und hart zu sein, man hatte ihnen die Grausamkeit als eine gerechte und edle Sache vorgestellt, und also waren sie grausam. Sie waren wie die Wölfe, überfielen nachts Kirchhöfe und verwüsteten sie. Aber sosehr sie sich auch bemühten, wie Wölfe zu erscheinen, sie waren doch keine Tiere. Denn es ging nicht nur darum, was sie taten und sagten, sondern auch um das, was sie verschweigen mußten. Es wäre alles viel einfacher gewesen, wenn sie nichts zu verschweigen brauchten, wenn sie nur grausam sein konnten und weiter nichts als grausam, man wäre schneller mit ihnen fertiggeworden und hätte sich nicht seinen Kopf zerbrechen müssen über Dinge, mit denen man doch nicht zu Rande kam.

Wir blieben noch eine Weile zusammen um den kleinen Tisch, ich wußte, daß es das letzte Mal sein würde, und darum verspürte ich auch gar kein Verlangen in mir, sie allein zu lassen und wegzugehen. Man kann viele Dinge tun auf dieser Erde, die nicht recht sind, dachte ich, man kann morden, plündern, betrügen und seinen Mitmenschen auf jede Art das Leben sauer machen, und man kann noch mehr Dinge tun, wenn man sie einem anderen zuliebe tut, dem man mit diesen Taten beweisen will, wie sehr man ihn liebt. Aber um Leichen zu schänden und um Friedhöfe in der Nacht zu verwüsten, muß es schon sehr schlimm um die Liebe stehen, wenn sie dieses fordert und zuläßt. Keinem einzigen meiner Kumpane werde ich erzählen können, was ich heute hier erlebt habe, niemand wird begreifen, daß ich nicht zur rechten Zeit aufgestanden und weggelaufen bin, sie werden mein Verhalten als schlapp, feige und ehrlos beschimpfen, und vielleicht haben sie auch ein wenig recht mit ihrem Vorwurf. Aber niemand von ihnen kann ermessen, wie schlimm es um die Liebe steht. Mag auch der Jüngste und mit ihm die anderen denken, daß er ein Kerl ist, der vor nichts zurückschreckt und eine Heldentat verrichtet hat, mögen auch die anderen denken, daß es gut und notwendig ist, diese Heldentaten und vielleicht noch viele andere in Zukunft zu verrichten, sie vollbringen sie alle sozusagen auf einem Bein, und im Grunde weiß jeder, wie schlimm es um die Liebe steht. Und ich dachte weiter, es geht nicht um Grabhügel, die sie bespringen, und Steine, die sie umlegen, man kann, wenn man will, auch auf andere Weise des Todes gedenken. Ein Stern, der sprühend fällt, kann es sein, der Ruf eines Vogels oder die spiegelglatte See. Sand und Gestein sind an sich keine heiligen Dinge, die man besänftigen muß, es sei denn, daß es die Angst ist, die sich an ihnen entzündet. Vielleicht dachten sie wirklich, die Don Quichottes, daß sie den Tod zertrampeln konnten, wenn sie seine Wahrzeichen besprangen, den Tod, der in ihnen schon so groß ist, daß sie ihn des Nachts voller Haß und Angst heraustrampeln müssen. Auch um ihren Haß steht es schlimm, viel schlimmer, als sie wissen. Denn selbst der Haß kann nicht ohne einen Tropfen Liebe existieren, sonst ist er kein Haß mehr, sondern eine kalte Verwüstung, ein dummer Untergang, ein dicker Nebel über den Feldern, der die Pfade verhängt, ungetane Schöpfung. Wenn sie es könnten, sie würden ihn ungetan machen, den Tod, mit ihrem Haß und ihren Heldentaten würden sie ihn ausrotten und dabei wähnen, daß ihr Leben stärker emporwachse, je mehr sie gegen den Tod wüten. Aber nicht mit dem Haß, mit dem Leben mußt du den Tod bestreiten. Solange du hassest, und es sind Grabhügel und Steine, die du verwüstest, mußt du wissen, daß dies ein schlechter Haß ist, da er den Tod, aber nicht das Leben meint. Dieser Haß ist dein Feind, und du mußt auf ihn achten, denn er ist ein gefährlicher Feind. Darum muß man auch den Haß lernen. Heute ist er eine Schwäche, morgen kann er eine Stärke sein, immer ist er eine Kraft, die erst in der Verwandlung glüht. Und wenn du das Leben nur ein wenig lieb hast, wirst du ihn in dir verwandeln, dort, wo du dir selbst Feind und Widersacher bist, und zugleich bin ich es auch dir, dort wirst du ihn verwandeln. Auch wenn du es denkst, aber es ist nicht so, du streitest nicht gegen mich, weil ich eine andere Meinung habe oder eine andere Haarfarbe oder weil meine Nase anders im Gesicht sitzt als die deine, es ist alles dein Eigenes, wogegen du streitest, und je mehr du es vor dir selbst verschweigst und nicht wahrhaben willst und es nicht fassen kannst und mogelst, desto heftiger bestreitest du es in mir, mit einem Haß, der nicht mehr dem Leben zugetan ist. Aber dort, wo du selbst mit dir haderst, dort in diesem Urgrund will ich dich fassen und von dir ergriffen werden, dort stehe ich bei dir. Und, dachte ich weiter, solange du und ich diesen Haß, der aus einem guten und vollen Herzen kommt, das dem Leben zugetan ist, nicht gelernt haben und jenen Tropfen Liebe in ihn mit hinüberretten, sind wir schlechte Widersacher auf dieser Erde und nicht wert, daß wir uns begegnen. Aber auch mein Haß ist noch ein feiger, schlapper und ehrloser Haß, er erhält noch immer zuviel Angst vor seinen eigenen kalten Möglichkeiten, vor der eigenen Grausamkeit und der eigenen Verwüstung. Und darum sitze ich auch hier und konnte ihre Heldengeschichte mit anhören, weil mein eigener Haß noch ein schlapper und feiger und ehrloser Haß ist. Ich werde ihn noch lernen müssen.

Der Bruder hatte wieder lässig seinen Platz eingenommen in dem niederen Lehnstuhl, seine Beine hingen über die Seitenlehne, das Gespräch plätscherte weiter, ohne daß ich noch darauf achtete. Da hörte ich, wie das Mädchen sich zu ihm herüberbog und ihn halblaut fragte: »Bist du auch schon einmal dabeigewesen?«

»Leider nicht«, sagte er und griff nach seinem Glas.

Ich sah ihr Gesicht, das unverändert blieb, freundlich und voller Zuneigung. Sie lachte ihm zu.

Kurz darauf stand ich auf, und die anderen gingen zugleich mit mir weg. So leicht muß die Liebe sein, daß man wie auf einer Wolke, so luftig und hoch, in sie hineinsegelt? Leider nicht, Lisa.

Und nun weiß ich auch, warum ich deinen Namen vergessen habe.

XI

Dies schreibe ich nieder auf den Rand einer Zeitung. Sie trägt sein Bildnis von dem Tage, da er den ersten Schritt zur Macht setzte, zur Höhe seines Ruhmes.

Wie hat sich sein Gesicht verändert. So sieht ein Sieger aus! Ich habe die Zeitung gefunden, versteckt unter unzähligen anderen auf dem Boden eines Hauses, in einer anderen Stadt, in einem anderen Land, in dem ich mich verborgen halte. Ich bin aus dem Hause geflüchtet, in dem ich zur Welt kam, weg von den Eltern, alles habe ich zurückgelassen. Schon die letzten Nächte schlief ich außerhalb, mal hier, mal dort, bei Menschen, die mir freundlich gesinnt waren und mich für eine Nacht bei sich aufnahmen. Die Eltern blieben in dem Haus zurück, obschon auch sie gewarnt waren. Meine Mutter war kränklich und konnte sich schwer trennen.

»Was kann uns geschehen«, sagten sie, »wir sind alt. Geh du!«

Ich war gegangen und hatte sie im Stich gelassen.

Als ich sie im Stich ließ, tröstete ich mich mit dem Gedanken, daß sie alt und kränklich waren. Was konnte ihnen geschehen? Aber ich wußte, daß mein Vater vor vielen Wochen schon heimlich seinen Rucksack gepackt hatte, um ihn mitzunehmen, falls man ihn holen sollte. Ich jedoch ließ sie im Stich!

Eines Tages schon gegen Abend fuhr in der Dämmerung ein Auto vor ihr Haus, ein Personenwagen mit sechs Sitzen. Man hat es mir später berichtet. Zwei Mann, bewaffnet, sprangen heraus und gingen nach oben, der Chauffeur und ein anderer neben ihm auf dem Sitz, ebenfalls bewaffnet, warteten unten. Es war etwas Besonderes, ja, es war ein Vorzug, beinahe eine Freundlichkeit, daß sie mit einem Personenwagen kamen. Sonst gebrauchten sie einfach Lastwagen. Es dauerte nicht lange.

Sie nahmen die alten Leute mit.

Mein Vater trug seinen Rucksack auf dem Rücken. Die Mutter weinte. Ich werde sie nie wiedersehen. Ich kann dieses Gesicht nicht länger mehr anschauen.

XII

Ich habe die Zeitung wieder hervorgesucht und ihn mir noch einmal betrachtet, das Gesicht ließ mich nicht los. Es hat sich verändert, seit ich, ein Kind, mich zum ersten Mal über ihn beugte, seit den Tagen, da auf der Schule das Blatt zu Boden fiel und ich, als ich mich diensteifrig bückte, hinter ein Geheimnis kam. So sieht ein Sieger aus!

Das asketische Feuer aus der Zeit seines Kampfes ist verschwunden. Das Antlitz eines Mannes, der im Begriff ist, sich an eine reichgedeckte Tafel zu setzen und nach Jahren der Entbehrung endlich seinen Hunger zu stillen! Ich hasse ihn. Ist er es noch? Mein Widersacher sah anders aus. Man hätte ihn vielleicht doch totschlagen müssen – einfach totschlagen? In diesem Angesicht ist alles entschieden. Alles, was er in den Jahren zuvor versprochen hatte zu tun und von dem man nicht recht wußte, ob man es als leere Drohung oder als bare Münze nehmen sollte – denn noch hatte er nicht gewählt –, wird er wahrmachen. Ach, wie schrecklich hat er es wahrgemacht. Es war eine Wahrheit, die man am Leibe erfahren muß, um zu wissen, wie wahr sie ist.

Er hatte schon gewählt, ich gebe zu, daß ich mich geirrt habe, denn er hatte schon lange gewählt. Ich konnte es nicht verhindern. Vielleicht hatte er nur diese eine Möglichkeit, vielleicht auch habe ich meine Aufgabe schlecht gelöst.

In der Zeit, als er von Stadt zu Stadt seine Gedanken verbreitete, von Land zu Land, die Menschen zuerst insgeheim und dann immer unverhüllter aufwiegelte, indem er ihnen einen – seinen – Widersacher gab als Gegenbild ihrer selbst, daß sie sich selbst besser erkannten und nachstrebten, in dieser Zeit hätte ich sehen können, daß es ein Wahn war.

Sah niemand, daß es ein Wahn war, konnte kein anderer ihn von seinem Wahn heilen? Und war auch ich vielleicht von einem Wahn befangen? Von dem Wahn, daß er ein Positivum sei? Man muß ihn totschlagen, einfach totschlagen. Aber niemand tat es, niemand! Niemand? Einen Menschen gibt es, ja, das ist gewiß, einen Menschen gibt es auf dieser Erde, einen unter Millionen, dem es gelingen wird, ihn zur Strecke zu bringen. Er selbst wird, was keinem anderen gelang, vollenden und sich selbst vernichten, totschlagen, auslöschen. Aber bis dahin …

Sie haben die alten Leute mitgenommen. Es waren seine Häscher, sie kamen von ihm, und in seinem Auftrag werden sie …

Ich werde sie nicht mehr wiedersehen. Die Mutter weinte, und der Vater trug einen Rucksack.

Der du, bevor du ihn trugst, Vater, mit dem deinen, um ihn zu tragen, alle Rucksäcke der Welt gefüllt hast mit den letzten Habseligkeiten eines Lebens, das man auf den Rücken nimmt, der du vorher viele andere, fröhlich-leichtere Rucksäcke den Kindern zu Wanderungen, von denen man zurückkommt, gepackt hast, bevor du diesen einen, den letzten, deinen letzten, der nur einmal zum Ranzen schwer geschnürt wird, packtest und immer noch packst mit Überlegung und Sorgfalt, daß man ja nicht vergesse das Nötige, das Wenige, das, was nötig ist für diese letzte Wanderung, damit er nicht zu schwer sei und man ihn tragen kann, wenn es nötig ist, nicht wie eine Last auf dem Rücken, denn man darf nicht fühlen, daß man ihn trägt; und der du, den kleinsten Platz erwägend, bis an den Rand und die Ecken, mit den Haken draußen, wo man ihn trägt, verstaut und gerückt und ineinandergefügt hast die Siebensachen deines Lebens mit der Kunstfertigkeit packender Hände, die das Leben packten wie den Schulterriemen und mit kräftigem Schwung über die Schulter warfen und den losen Gurt rechts an dem Haken befestigten und noch einmal prüften im Kreuz, ob er auch saß und das Gewicht verteilt war, wie es sich gehört – und dann gingst.

Es war ein großer, alter und von vielen Regengüssen verwitterter Rucksack, der sein Leben lang schon oft ein- und ausgepackt worden war, und er stand oben in der Bodenkammer in einer Ecke neben dem Fenster, die Schulterriemen prall. So vollgepackt war er, als ich ihn fand, und ich nahm ihn auf und wog ihn in den Händen.

Es gibt viele Rucksäcke auf dieser Erde, große und kleine, gerade gut genug, um ein paar Butterbrote hineinzuverstauen und ein wenig Tabak und Schokolade. Man trägt sie an kurzgeschnallten Riemen, und sie sitzen hoch oben auf dem Rücken, unterhalb des Nackens, man fühlt sie beinahe nicht, und aus der Ferne sehen sie aus, als ob man einen Höcker mit sich herumtrüge, einen Buckel, der etwas hinaufgerutscht ist. Man kann sie abnehmen und an zwei Fingern der ausgestreckten Hand hin- und herschaukeln, ein Luftballon, gefüllt mit Brot, Butter und Zucker, den der Wind bewegt. Und mittelgroße Rucksäcke für die längeren Wanderungen, wenn man eine Nacht oder zwei von zu Hause fortbleibt, mit etwas Nachtzeug und ein paar Strümpfen und vielleicht noch einem sauberen Oberhemd, wenn man unter die Leute geht, abends, um ein Glas Bier zu trinken oder Karten zu spielen. Man muß sie schon mit einem leichten Schwung über die Schulter werfen, aber es ist immer noch kein Gewicht. Und dann die großen Rucksäcke, mit denen man auf die Berge steigt und wieder hinunter und wieder hinauf, tagelang, mit denen man auf Wanderschaft geht und zu denen man Abschied nimmt, möge man gesund bleiben und wieder zurückkommen, gebräunt und erholt, und aus dem Rucksack ist alles aufgegessen, nur die Krümel sind übriggeblieben, und die Wäsche ist durchgeschwitzt und staubig, man sieht es ihm von außen an, daß er lange getragen wurde und nun müde ist von dem vielen, das er erlebt hat. Und dann steht er, wieder zu Hause in irgendeiner Ecke, man bürstet ihn ab und bewahrt ihn auf für das nächste Mal, ein Haken, der locker sitzt, wird fest angenäht, und ein Riemen, eine Schnalle erneuert, alles bis zum nächsten Mal. Es ist ein kleiner Globus, solange man ihn fröhlich auf seinem Rücken in die schöne Welt trägt, schon etwas alt und abgenützt, aber noch immer kann man ihn gebrauchen.

Dieser hier war so eine alte Erdkugel, der man immer wieder neues Leben eingeblasen hatte für eine Wanderung. Er besaß kein Traggestell aus Eisen und war schon unzählige Male geflickt und gestopft, und Haken und Gurte waren erneuert. Der Sack war alt wie Methusalem, und mein Vater hatte nur eine neue Schnur gekauft, eine kräftige, dunkelbraune Schnur aus geflochtenem Hanf, um ihn gut zuschnüren zu können. So war er wieder reisetüchtig, und noch unzählige Male hätte man mit ihm wieder nach Hause kommen können.

Wenn man ihn nur richtig zu packen versteht! Darauf kommt es an, und es ist eine verteufelte Angelegenheit, einen Rucksack zu packen, gut und fest zu packen und nicht einfach alle Sachen wie in einen Kartoffelsack hineinzuwerfen und mit den Händen so ein bißchen darin herumzugrabbeln wie in einem Lotteriesack, bis man das Große Los herausgezogen hat. Auf den Rücken kommt es an, man fühlt es sofort auf dem Rücken, daß etwas nicht in Ordnung ist mit der Packerei, und man sieht es an der Form. Das hängt nach unten, wie in einer Suppe sind die schweren Stücke auf den Grund gerutscht. Man trägt ihn und schwitzt, die Riemen schneiden in die Schultern, und man stöhnt wie Atlas. Da ist etwas Hartes auf dem Rücken, und das bohrt und sticht und drückt, bei jedem Schritt stößt es tiefer ins Fleisch und gegen die Rippen. Erst versucht man es mit den Händen ein wenig wegzudrükken, so, ein bißchen auf die Seite und nach vorne, man faltet die Hände auf dem Rücken und hebt den Boden ein wenig in die Höhe und vom Körper ab, dann läßt man ihn wieder auf die Schultern zurückfallen, man läuft noch eine Viertelstunde und beißt die Zähne aufeinander, vielleicht wird es besser, es wäre sonst eine Schande. Aber es bleibt einem nichts anderes übrig, man muß ihn umpacken.

Mein Vater hatte ihn also gepackt, weiß der Himmel, wann er es getan hatte, die Mutter kam selten auf den Boden, sonst hätte sie ihn dabei entdeckt.

»Du hast den Rucksack gepackt«, sagte ich zu ihm und tat, als ob dies die gewöhnlichste Sache der Welt wäre.

»Ja«, antwortete er und sah mich kurz an.

»Hm.« Auch ich sah ihn an und wußte nicht recht, was ich im Augenblick noch sagen sollte.

»Ja, ich habe ihn gepackt«, wiederholte er, nur um das Schweigen zwischen uns zu brechen. »Man kann nie wissen«, fügte er hinzu.

Es war eine ernsthafte Sache, das fühlten wir beide, auch wenn er es jetzt so hinstellen wollte, als hätte er mehr zum Zeitvertreib und weil er im Moment nichts Besseres zu tun wußte, den Rucksack gepackt. Das machte er immer so.

»Du hättest für mich auch einen packen können«, sagte ich. »Du kannst es besser als ich.«

»Du brauchst keinen«, sagte er gelassen, »du hast einen Koffer nötig!«

Einen Koffer? Einen Koffer hat man nötig, wenn man auf Reisen geht, mit dem Auto oder mit dem Zug, und den Koffer ins Gepäcknetz stellt, fein säuberlich mit einer bezahlten Fahrkarte und einem Ziel, wo man hinreist, das man sich selbst gewählt hat, und Anzüge im Koffer und Hemden, gut ausgebreitet und geglättet, um die Bügelfalten nicht zu verdrücken.

»Was hast du eigentlich alles mitgenommen?« fragte ich weiter. Es war keine Neugierde und auch keine Angst, daß er etwas vergessen könnte. Ich wußte so gut wie er, was auf dem Spiel stand, und wollte nur wissen, was man so mitnimmt.

»Was ich mitgenommen habe? Nun, was man so braucht für zwei Menschen, von denen der eine noch krank ist, Seife zum Beispiel«, sagte er.

Seife also hat er als erstes mitgenommen, als ob es nichts Wichtigeres auf der ganzen Welt gäbe als Seife, um auf eine solche Reise mitgenommen zu werden, und unser Herrgott am ersten Tage Seife mit erschaffen hätte. Es müßte also heißen: Am ersten Tag schuf Gott Himmel und Erde und Seife, daß man sie in einem Rucksack mitnehme. Also gut, Seife, natürlich hat er recht, man muß sich waschen können, man muß sauber sein, wenn man schon mit einem Rucksack in die Ferne zieht. Hört man damit erst einmal auf, ist alles verloren, dann kommen die Krankheiten, und man kann nicht mehr sagen: ›Nun werde ich mich erst einmal gründlich waschen‹, schließlich, wenn es einem dreckig geht, muß man sich erst recht waschen. Also, das war die Seife…

»Seife«, wiederholte ich.

»Und zwei Frottiertücher«, sagte er.

Natürlich Handtücher, das gehört zur Seife und zum Sichwaschen-, Sichabtrocknenkönnen. Das Schönste am Waschen ist erst das Abtrocknen, wenn die Haut dampft, dann das Handtuch nehmen und reiben, singend reiben, über den Rücken, den Nacken, und dabei leicht in den Hüften mitgehen, bis die Haut sich rötet und sich in kleinen Stäubchen abschält und glänzt wie bei Neugeborenen, und das Gefühl von Wärme und Sauberkeit, von warmer Sauberkeit, die durch den Körper zieht.

»Und Eau de Cologne«, fuhr er fort, »für die Mutter.«

Ich begriff. Sie taumelt in letzter Zeit oft, es wird ihr schlecht, alles dreht sich vor ihren Augen, und sie wird bleich und fällt zusammen, und dann ein paar Tropfen Eau de Cologne auf die Schläfen gespritzt und sanft überhinblasen, das kühlt so erfrischend. Und ein paar Tropfen ins Taschentuch und tief einatmen …

»Ja«, sagte ich. »Und was noch?«

»Warme Sachen zum Anziehen, Unterwäsche, Strümpfe, Hosen, wollene Hemden, nur das Nötigste gegen die Kälte, warme Mützen und Handschuhe, vor allem Handschuhe«, sagte er. »Und etwas Glyzerin gegen aufgesprungene Hände, sie hat so aufgesprungene Hände in der letzten Zeit, das Blut zirkuliert nicht mehr so gut. Aber vor allem warme Sachen, das ist die Hauptsache.«

Ja, warme Sachen, Wolle gegen die Kälte, das ist eigentlich das ganze Leben. Wenn man es nur warm hat, nur warm! Daß man sich einkuscheln kann und in seiner eigenen Wärme behaglich zu Hause ist, mag es draußen kalt sein, Winter, und vielleicht kein Ofen, oder wohl ein Ofen, aber keine Feuerung, oder wohl Feuerung, aber kein Feuer im Winter. Nichts ist ärger als Kälte, ohne Liebe ist es kalt, der Tod ist kalt.

Und vielleicht auch kein Essen.

»Hast du auch was zu essen mitgenommen?« fragte ich beklommen.

»Selbstverständlich«, sagte er, »mit Maßen, Schokolade, Bonbons und Zuckerwürfel. Man kann ja nicht die Lebensmittelabteilung eines Warenhauses mitnehmen. Ein paar Bouillonwürfel und Kaffeepulver, zwei kleine Dosen. Es ist nicht die Mühe wert, sich damit abzuschleppen. Aber du weißt, wie Frauen sind, allein schon der Gedanke, sich selbst einmal etwas kochen zu können, eine Suppe oder Kaffee, beruhigt sie.«

»Sie haben recht«, sagte ich.

»Ich muß es tragen«, erwiderte er und sah störrisch drein. Er war verstimmt. Er sah hinunter zu dem Rucksack, der wartend auf der Erde stand, als würde jeden Augenblick zum Abmarsch geblasen.

»Tabak für dich?« fragte ich, um es gutzumachen.

»Ich habe es mir abgewöhnt«, sagte er. »In der letzten Zeit rauche ich gar nicht mehr.«

»Ich würde ihn doch mitnehmen«, erwiderte ich, »mit Tabak kann man immer etwas erreichen, man kann ihn gegen andere Dinge tauschen.«

»Du hast recht«, sagte er und überlegte.

»Kriegst du ihn noch hinein?«

»Was meinst du, was da noch alles hineingeht«, sagte er stolz.

»Vielleicht auch etwas Schnaps oder Cognac, eine kleine Flasche?«

»Habe ich schon.«

»Und Tabletten für den Schlaf oder gegen Kopfschmerzen.«

»Natürlich, das ist alles schon dabei, eine kleine Apotheke mit Verband und Pflaster, das ist selbstverständlich, darüber rede ich gar nicht mehr.«

»Streichhölzer?«

Er nickte. »Auch.«

Darüber redete er also gar nicht mehr. Es waren noch mehr Sachen dabei, über die er nicht mehr sprach: ein paar Fotos, und dann noch ein kleines Röhrchen extra starke Tabletten.

Wofür? Zum Schlafen, zum Einschlafen? Und Wiederaufwachen? Frag nicht, du fragst zuviel, darüber spreche ich nicht mehr.

»Willst du nicht auch ein Buch mitnehmen?« fragte ich plötzlich, aber ich wagte nicht, ihn anzusehen. Ich fand die Frage selbst unmöglich und schämte mich wegen des borniertn Aberglaubens, daß man ein Buch mitnehmen müsse.

Er wartete. Er sah meine Verlegenheit. Dann sagte er ruhig: »Ein Buch? Also du meinst, ich sollte auch ein Buch mitnehmen. Nun, Platz dafür hätte ich noch in der Außentasche. Aber welches Buch, kannst du ein Buch empfehlen?«

Während er sprach, glitt ein leises, spöttisches Lachen über sein Gesicht.

Mit seiner letzten Frage hatte er ins Schwarze geschossen, mitten hinein, es gab kein Entkommen, und ich mußte Farbe bekennen. Als Schüler hatte ich an einem großen Preisausschreiben teilgenommen über die Frage: ›Kannst du ein Buch empfehlen?‹ In meiner Antwort hatte ich mit hochtrabenden Worten fünf Bücher aufgezählt, die ich mitnehmen würde, wenn … Ich hatte damals einen Preis gewonnen und durfte mir auf Kosten des Buchhandels für dreißig Mark Bücher aussuchen. Jetzt fragte mich mein Vater, ob ich ihm ein Buch empfehlen könnte zum Mitnehmen.

»Ich weiß keines«, sagte ich hastig. »Es ist auch nicht so wichtig.«

»Ich werde mir ein Rezept abschreiben, wie man Baumrinde zubereitet«, sagte er, »es muß ein chinesisches Rezept sein und gilt in China unter bestimmten Umständen als Delikatesse«, fuhr er gelassen fort.

Die Adern an seinen Schläfen standen prall, und er sagte weiter: »Und dazu noch ein Spezialmesser, um die Bäume gut entrinden zu können!«

Er denkt nur an den Hunger, dachte ich, er hat Angst, daß sie hungern müssen, und auf einmal durchfuhr mich die Angst, daß sie Hunger leiden müßten. Und ich begriff, daß der Stolz, mit dem er erzählt hatte, was er alles in dem Rucksack verstaut hatte, nur dazu diente, die Angst zu verbergen und niederzuhalten vor dem, was kam.

Während des Gesprächs hatte er mich nur hin und wieder angesehen, meistens schaute er irgendwie in eine leere Ferne und zuckte mit seinen Achseln, als wollte er sagen: Eigentlich ist alles unnütz, und wer weiß, ob wir je den Rucksack auspacken werden und etwas aus ihm gebrauchen, aber spielen wir ruhig das Spiel mit dem Rucksack. Denn wenn er es nicht tat, so nahm er sich selbst jegliche Hoffnung, und dann konnte er die starken Schlaftabletten besser jetzt schon nehmen.

Wir schwiegen, und dann sagte ich in meiner Verlegenheit, daß es vernünftig von ihm sei, sich vorzubereiten und zu packen, denn überstürzt könne man doch nicht einen solchen Rucksack packen.

»Ist er nicht zu schwer?« sagte ich und nahm ihn vom Boden.

Er lachte. »Ich habe wochenlang überlegt, was ich am besten mitnehmen könnte, und langsam alles hier heraufgeschafft, damit die Mutter es nicht merkt.«

»Seit Wochen also?«

Er nickte.

»Und meinst du nicht, daß sie es gemerkt hat?«

»Nein, ich glaube nicht.«

»Vielleicht würde es sie beruhigen, wenn sie es wüßte, daß du alles vorbereitet hast für den Fall …«

Jetzt spielten wir wieder das alte Spiel, nämlich daß alles nur geschah für den Fall, wenn und falls der Umstand eintreten sollte, von dem wir überzeugt waren, daß er nicht eintrat, aber daß, wenn er je eintrat, er doch anders und bei weitem nicht so ernst eintreten würde, wie man glaubte sich vorbereiten zu müssen.

»Es ist besser so«, sagte er und ging vor mir die Treppe hinab.

Einige Tage später fragte mich die Mutter: »Bist du schon oben in der Kammer gewesen?«

»Ja«, erwiderte ich zögernd.

Sie sagte kein Wort und umspannte mit ihrer Hand ihren Hals.

»Erst bin ich erschrocken«, sagte sie, »er tut alles so heimlich und bespricht nichts. Ich weiß, er will mich schonen«, fuhr sie fort, als sie sah, daß ich es ihr erklären wollte.

»Ich kann auch noch einen Rucksack tragen«, sagte sie weiter, »so schwach bin ich nicht. Keinen großen, aber einen kleinen, wie ihn die Kinder tragen. Ich möchte verschiedene Sachen mitnehmen, die man gebrauchen kann.«

»Was?«

»Taschentücher«, sagte sie, »ich fürchte, er hat zuwenig Taschentücher eingepackt. Seife und Taschentücher, man muß sich doch waschen können. Bei einem Mann kommt es nicht so darauf an, wenn er schmutzig herumläuft.«

»Ich glaube, daß er alles eingepackt hat«, entgegnete ich.

»Aber ich möchte es doch lieber für mich mitnehmen«, sagte sie mit kläglicher Stimme, »und eine Frostsalbe für ihn. In den letzten Jahren hat er so oft Frostbeulen, das Blut zirkuliert nicht mehr so gut, er ist nicht mehr der Jüngste. Und dann hat er Decken vergessen. Ich möchte gerne meine Decken mitnehmen, ich kann sie gut tragen.«

»Hast du nicht wollene Decken vergessen?« fragte ich ihn später.

»Vergessen«, sagte er lächelnd, »glaubst du, daß ich wollene Decken vergesse? Ein Griff, und sie sind zusammengerollt und hinten auf den Rucksack geschnallt. Ich habe neue Lederriemen gekauft.«

»Und wenn du sie jetzt schon zusammenrollst?«

»Dann merkt sie es doch, und vorläufig haben wir sie hier noch für uns nötig.«

»Vielleicht solltest du doch mehr mit ihr besprechen, Vater«, sagte ich zaghaft, »sie ahnt oder weiß vielleicht doch mehr.«

»Vielleicht«, sagte er, drehte sich ab und stieß leicht mit der Spitze seines Fußes gegen den gepackten Rucksack, als wäre es ein Fußball.

»Deinen Koffer habe ich auch schon gepackt«, sagte er.

Ich erschrak. »Meinen Koffer?« sagte ich, »willst du nicht lieber …«

»Wir werden ihn in den nächsten Tagen wegschicken«, fuhr er unbeirrt fort, »nach A., du kannst ihn dort holen und weiterreisen.«

»Es ist gut«, sagte ich.

Es war nicht gut. Ich hätte sie nicht gehen lassen sollen, aber ich konnte nicht verhindern, daß sie gingen, daß sie sich vorbereiteten. Es war gut, daß sie sich vorbereiteten, aber es war nicht gut, daß ich sie gehen ließ. Aus diesem Wirbel finde ich nicht mehr heraus. Was hätte ich tun müssen? Ich hätte ihn totschlagen sollen, einfach totschlagen. Aber auch das konnte ich nicht. Ich hasse ihn. Mein Haß ist erfüllt von der Begierde, ihn totzuschlagen. Ich hasse ihn zugleich, weil ich ihn nicht totschlagen konnte. Die Begierde durchdringt mich mit ihrem aufreizenden Stoff und zugleich zeigt sie mir meine Ohnmacht an, sie ist das Echo meiner Niederlage. So schwach bin ich, so ohnmächtig. Ich hasse mich selbst, meine Ohnmacht. Sie läßt mich erzittern. Ich fürchte ihn, ja, ich habe Angst, sein Name genügt, mich erzittern zu lassen. Ich habe nicht gewußt, daß es die Angst war, die mich blind machte und lähmte. Und doch …

O mein Gott, in der Sterbestunde dessen, den Du mir als Feind geschickt hast, frage ich Dich aus einem geprüften Herzen, warum hast

Du Rucksäcke geschaffen, mit denen Du alte Leute auf Reisen schickst in Deine schöne Welt zu einem schrecklichen Ende? Warum ließest Du sie gehen und warum ließest Du zu, daß man sie gehen ließ? Du hast mir einen Widersacher geschaffen, und ich begreife sein Schicksal tiefer, seit er das meine wurde, größer als ich je gedacht, warum? Soll ich ihn totschlagen, um nicht von ihm totgeschlagen zu werden? Aber ich zweifle, ob er nicht doch nur eine Geißel in Deiner Hand ist, die Du geschickt hast. Warum? Ach, mit dem Haß und der Rache und ach, auch mit der Liebe ist hier gar nichts getan. Merkst Du denn nicht, daß Du Dich selber zum Widersacher geschaffen hast all derer, die Du ihre Rucksäcke packen ließest, und all derer, die zweifelten? Merkst Du nicht, daß man nicht umhinkann, auch Dich totzuschlagen, einfach totzuschlagen wie den anderen, den Widersacher, um nicht von ihm totgeschlagen zu werden, merkst Du es nicht?

XIII

Eines Tages rief Wolf mich an.

Die Dinge hatten sich so weiterentwickelt, wie ich es befürchtet und doch zu leugnen versucht hatte. Die ersten kleinen Plagereien, aus denen wie von selbst die größeren entstanden, Zusammenstöße hie und da, die ersten Verbote und Verordnungen gegen uns. Noch blieb eine Hoffnung, eine wahnwitzige Hoffnung, daß er den letzten entscheidenden Schritt nicht wagen würde.

»Hallo«, sagte er, »du bist doch Fotograf?«

»Nein«, erwiderte ich.

»Hast du es mir nicht erzählt?«

»Mein Vater ist es«, sagte ich.

»Ach so«, erwiderte er und schwieg. Nach einer kurzen Pause fuhr er fort: »Aber du verstehst doch sicher auch etwas davon?«

»Ja, ein wenig.«

»Hast du einen Apparat?«

»Ja. Und ich entwickle auch.«

»Willst du mir einen Gefallen tun?«

Was hat seine Bitte mit der Tatsache zu schaffen, daß mein Vater ein Fotograf ist, dachte ich bei mir. Welchen Gefallen soll ich ihm erweisen?

»Komm morgen mit deinem Apparat zu mir, ich werde dir alles erklären. Ich erwarte dich um drei Uhr«, und er gab mir eine Adresse, die ich nicht kannte.

Am nächsten Tag fuhr ich zu ihm zu der angegebenen Adresse, einem Haus mit Mietwohnungen, mitten in der Stadt.

»Hast du deinen Apparat bei dir?« fragte er sofort nach der Begrüßung.

»Hier«, sagte ich.

»Laß ihn in der Tasche«, sagte er, »es ist besser so, wenn niemand sieht, daß du mit einem Apparat herumläufst.«

»Warum?« fragte ich verwundert.

»Du mußt ein paar Aufnahmen für uns machen«, sagte er.

»Was für Aufnahmen?«

»Du wirst schon sehen!«

»Aber ich möchte doch gerne wissen«, sagte ich, »was es für Aufnahmen sind.«

»Es ist besser, daß du es noch nicht weißt«, erwiderte er.

Er war erregt, sein Gesicht fieberte und wurde hin und wieder von kleinen Muskelzuckungen erschüttert. Er trug eines seiner farbigen Hemden, das, wie auch sein Anzug, völlig zerknittert war, als sei er seit Tagen nicht aus den Kleidern gekommen. Mir war unbehaglich zumute. Irgendeine geheimnisvolle Sache, dachte ich, mir schwante nichts Gutes, warum tut er so geheimnisvoll?

»Ich möchte nur wissen, worum es sich handelt«, sagte ich, »vielleicht kann ich es gar nicht, ich bin kein Fotograf.«

»Gruppenaufnahme«, sagte er kurz.

»Das ist schwer«, sagte ich, »eine anständige Gruppenaufnahme ist eine verteufelte Angelegenheit.«

Wir stiegen in einen Autobus und fuhren an den Rand der Stadt zu Wolfs Wohnung. Dort verließen wir den Autobus, liefen die Straße entlang und durchquerten den Vorgarten.

»Nein, nicht hier«, sagte er, als ich auf sein Wohnhaus zuging, und er wies auf einen Holzschuppen im Hintergrund, der zum Nachbargelände gehörte. Er stand seit einiger Zeit leer, früher war dort eine Tischlerei. Er hatte einen großen, überdachten offenen Vorbau, der direkt ins Freie führte. Vor den Nachbarhäusern stand er gut verdeckt. Ich hörte, als wir näher kamen, Stimmen, Lachen und Gelaufe, anscheinend waren hier schon mehrere Personen anwesend, am Werk oder beim Spiel, um sich die Zeit zu vertreiben.

»Man erwartet uns«, sagte ich.

Wolf nickte. »Komm.« Wir liefen über das Grasfeld, bogen um die Ecke und konnten direkt in den offenen Vorbau sehen, in dem, wie ich mich erinnerte, früher Bretter und halbfertiggestellte Stücke einer Tischlerwerkstatt standen. Es ging fröhlich zu, obwohl hier anscheinend Verwundete und Verletzte herumliefen, wenn man nach den Verbänden urteilte, die die verschiedenen Personen trugen. Das Ganze machte den Eindruck einer Unfallstation, auf der eben die Verletzten zur Ersten Hilfe eingeliefert wurden. Ungefähr acht Menschen waren hier, sechs von ihnen trugen Verbände. Vorn neben dem hölzernen Pfosten, der den Vorbau stützte, saß einer mit einem dicken Kopfverband, der unter dem Kinn noch weiterlief, so daß es aussah, als trüge er einen weißen Bart. Er rauchte eine Zigarette, während er zugleich in ein ernstes Gespräch verwickelt zu sein schien mit einem, der seinen rechten Arm im Verband hielt. Weiter hinten lag ein anderer auf einer Tragbahre, während zwei andere ihm einen dicken Verband um Bauch und Brust wickelten. Im Hintergrund saßen zwei Verwundete auf einer Bank und erzählten sich, die Beine lang ausgestreckt, Witze, bei denen sie von Zeit zu Zeit in Gelächter ausbrachen. Auch der Mann auf der Tragbahre lachte mit, so daß sein umwickelter Bauch mächtig auf- und abwogte.

»Halt deinen Bauch steif«, rief der andere, der den Verband anlegte, und schlug mit seiner platten Hand auf die Gaze.

»Au«, rief der Verwundete.

»Du fühlst doch nichts, Mensch«, erwiderte der andere, »zehn Meter Verband hast du auf deinem Bauch.«

Einer von denen, die im Hintergrund saßen, hatte einen umwickelten Fuß, der so unförmig geworden war durch den Verband, daß er einer riesengroßen weißen Kartoffel glich. Der andere trug einen Tornisterverband.

Als wir näher kamen, hörte ich das Gespräch der beiden, die im Vordergrund saßen.

»Gib mir eine Zigarette«, sagte der eine und nahm seinen Arm aus der Binde.

»Da kommt Wolf«, sagte der andere und holte seine Zigaretten aus der Tasche.

Der erste streckte und beugte seinen Arm, dann ließ er ihn durch die Luft kreisen.

»Ja«, sagte er, schaute nach uns und fuhr fort: »Wenn ich den Arm zu lange in der Binde trage, wird er mir wirklich noch steif.«

Er lachte. Dann nahm er die Zigarette mit der rechten Hand, zündete ein Streichholz an und begann zu rauchen.

»So«, sagte er und steckte den Arm wieder in die Binde. Er gebrauchte weiter seine linke Hand.

Im Hintergrund erhob sich der Junge mit dem dicken Fußverband, der einer Kartoffel glich, und kam uns auf einem Bein entgegengesprungen.

»Hallo, Wolf«, rief er. Er setzte sich mit seinem gesunden Bein kräftig vom Boden ab und sprang mit schnellen, kurzen Sprüngen durch die Luft, beim letzten Sprung drehte er sich einmal um seine Achse und kam auf seinem verbundenen Fuß auf. Er fiel um, er stand auf und humpelte zurück auf seinen Platz.

»Mein Fuß«, sagte er mit jämmerlichem Ton und tanzte vor uns auf und ab. Zwei andere Helfer liefen hinzu, er legte seinen Arm um ihre Schulter, so daß er in der Mitte zwischen ihnen hing, nur auf einem Bein stehend. Die Helfer fühlten die Last und bäumten sich, um ihn tragen zu können. Es hätte echt sein können.

»Bleibt«, sagte Wolf, »wir können gleich beginnen.«

»Soll ich sie aufnehmen?« fragte ich bestürzt und holte meine Kamera aus der Tasche. Wolf schaute im Kreis herum, sein Gesicht war ernst.

»Macht schnell«, sagte er.

»Bitte recht freundlich«, sagte der Einbeinige.

»Nicht bewegen«, sagte der eine der Helfer.

Ich prüfte die Einstellung. Das also sind die Aufnahmen, sagte ich bei mir, darum hat er mich mitgenommen, und alles nur darum, weil mein Vater ein Fotograf war. Er hätte keinen Besseren finden können. Mein Vater würde ein Kabinettstück davon gemacht haben, das man in den Salon hängen kann, ich mache nur eine einfache Fotografie.

»Bleibt stehn«, sagte ich.

Ich hatte schon lange begriffen. Das Ganze war eine Komödie, eine Komödie in Moll. Morgen würde es echt und eine Tragödie sein. Ich werde die Aufnahmen machen, dachte ich bei mir. Und wer es bis dahin noch nicht geglaubt hat, wie man uns zusetzt, dem werden diese Aufnahmen die Augen öffnen.

Als Kind habe ich Briefmarken gefälscht, und ein jeder konnte sehen, daß sie falsch waren, nur Fabian sah es nicht, aber trotzdem waren sie falsch.

Auch diese Aufnahmen sind falsch, aber ob sie falsch sind oder nicht, ob man es ihnen ansieht oder nicht, im Grunde sind sie doch wahr und echt, auch wenn sie gestellt sind, und es ist eine gute Idee von Wolf. Denn wenn man sie echt aufnehmen will, dann gelingt es nicht, eben weil sie zu echt sind. Aber vielleicht ist es doch nicht recht, daß ich es tue. Ich knipste. Der Einbeinige nahm seine Hände von den Schultern seiner Helfer und begann auf dem Platz hin- und herzuhumpeln.

»Hör auf«, sagte einer der Helfer.

»Es gefällt mir aber«, erwiderte er und sprang weiter.

»Es ist nicht mehr nötig«, sagte der Helfer. »Man soll nicht damit spaßen!«

»Du bist wohl«, sagte der Einbeinige und wies auf seinen Kopf.

»Und jetzt ihr«, rief Wolf und winkte den beiden, die im Vordergrund saßen.

Sie kamen auf uns zu. Ich nahm sie auf.

Einer der beiden Helfer kam herbeigelaufen und überreichte Wolf eine Flasche. »Das habt ihr vergessen«, sagte er.

»Was ist das?« sagte Wolf.

»Willst du kosten?« fragte der Helfer und entkorkte die Flasche.

Dann goß er Wolf eine rote Flüssigkeit in die Hand, die Wolf vorsichtig schlürfte. »Himbeersaft«, sagte er voller Behagen. »Hm, lecker.« Der Helfer nahm die Flasche, holte mit seinem Arm aus und spritzte den

Inhalt über den Kopfverband, so daß es aussah, als wäre Blut durchgesickert. Ich wiederholte die Aufnahme mit dem bespritzten Verband.

»Ich auch«, sagte der Einbeinige und streckte ihm seinen klumpigen Fuß entgegen.

»Weiter«, rief Wolf.

Die Träger kamen mit der Bahre mit feierlichem Schritt auf uns zu, der Junge lag bewegungslos auf der Bahre. Sein Gesicht war bleich und ernst, und ich sah, daß er litt. Ich wußte, warum er so ernst aussah und warum er litt. Kurz zuvor hatte er noch gelacht, so daß sein dickumwickelter Leib auf- und abwogte. Einer der Helfer hatte ihm einen Schlag auf den Bauch gegeben, aber er hatte ihn unter der dicken Gaze nicht gefühlt. Jetzt lag er ernst und bleich da und bildete sich ein, daß er einen Bauchschuß hätte, und dachte an den Tod. Heute spiele ich, daß ich einen Bauchschuß habe, und ich werde fotografiert, muß er gedacht haben. Morgen werde ich vielleicht mit einem Bauchschuß liegen, und dann werde ich mich erinnern, daß ich gestern fotografiert wurde, als ich spielte. Vielleicht ist es auch Unrecht, daß ich es spiele, aber morgen wird es dann kein Unrecht mehr sein.

»Sollen wir ihn tragen?« fragte einer der Helfer und packte die Handgriffe fester, daß der Riemen von der Schulter fiel.

»Wir können ihn auch auf die Erde stellen«, sagte der andere.

»Dann liegt er zu tief«, sagte Wolf, »was meinst du?«

»Ich kann ihn auch von oben aufnehmen«, sagte ich, »ich weiß aber nicht, ob die Aufnahme gelingt.«

»Warum?« fragte Wolf.

»Er liegt mir zu platt.«

»Es wird eine gute Aufnahme«, sagte einer der Helfer. Ich sah ihn an. »Ich fühle, daß es die beste Aufnahme wird«, sagte er.

»So, fühlen Sie das?«

»Es ist beinahe echt!« sagte der andere.

»Und wird es deshalb eine gute Aufnahme?«

»Ja, deshalb wird es eine gute Aufnahme!«

»Tragt ihn«, sagte Wolf. Er wandte sich an mich. »Und du nimmst sie auf, wenn sie ihn tragen. Es ist genug, wenn man sieht, daß zwei einen auf einer Bahre wegtragen.«

Der auf der Bahre legte seine Arme verschränkt unter seinen Kopf und sah mich von der Seite an. »Ist es gut so?« sagte er.

»Ja.«

»Wird man mein Gesicht sehen?«

»Das weiß ich nicht«, erwiderte ich, »das hängt von dem Abzug ab. Aber wenn Sie wollen …«

»Ich möchte nicht, daß man mein Gesicht sieht.«

Auch die übrigen kamen herbei und stellten sich um die Bahre auf. Der Einbeinige hatte seinen Verband abgewickelt und stand gesund und munter am Fußende der Bahre und sah hinunter auf den Liegenden. Der andere hatte seine Armbinde abgelegt und stand mit gesunden Gliedern neben Wolf. Hin und wieder kam ein leichtes Zucken in seinen Arm, und dann bewegte er ihn in seinem Ellbogen, er beugte und streckte ihn abwechselnd, wie ein Kind sein Spielzeug, das es eben neu erhalten hat, immer wieder ausprobiert, ob es noch funktioniert. Nur der Junge mit dem Kopfverband lief noch mit seinem rotbefleckten Turban herum. Er fühlte sich anscheinend behaglich in seiner Vermummung. Alle anderen standen voller Ernst um die Bahre geschart, ihre Gesichter hatten im Gegensatz zu vorher, da sie ein trauriges Stück mit großem Vergnügen darstellten, jetzt, da sie wiederum gewöhnlich und gesund waren und ihre alltäglichen Gesichter zeigten, einen ernsten, zum Teil bekümmerten Ausdruck. Der traurige Mummenschanz hatte ihre Lachlust gesteigert, während sie ohne Verstellung ernst und sorgenvoll aussahen.

»Hast du Angst, daß man dich an deinem Gesicht erkennt?« sagte der Einbeinige.

»Nein«, erwiderte der auf der Bahre.

»Dann bist du vielleicht abergläubisch«, sagte einer der Träger.

Er schüttelte seinen Kopf, der auf seinen Armen lag, und sagte ruhig: »Nein, auch abergläubisch bin ich nicht. Aber ich möchte mich selbst nicht mit einem Bauchschuß, den ich nicht habe, und auf einer Bahre fotografiert sehen.«

Alle schwiegen und sahen ihn an oder blickten zu Boden. Selbst Wolf schienen seine Worte unangenehm zu sein. Er sagte nach einer Weile, während er mit seiner Hand an die Seitenstange der Bahre packte: »Ich kann mir gut vorstellen, warum du dich nicht sehen willst.« Dann schwieg er wieder.

»Aber, aber«, sagte der mit dem Kopfverband, »nicht so schwerfällig, es ist doch nichts weiter als eine Filmaufnahme mit allem möglichen Hokuspokus.«

»Doch«, sagte der Einarmige, »es ist etwas ganz anderes als eine Film-aufnahme.«

»Sollen wir ihn tragen?« fragte einer der Träger.

»Ja, es ist etwas anderes als eine Filmaufnahme«, wiederholte der auf der Bahre.

»Kann uns hier niemand sehen?« sagte der Einarmige plötzlich.

»Nein«, erwiderte Wolf ruhig, »hier kann uns niemand sehen. Wir müssen uns beeilen.«

»Ich finde es nicht schlimm, daß wir uns fotografieren lassen«, fuhr der andere fort und richtete seinen Oberkörper auf, so daß der Ver-band über seinem Leib in Unordnung geriet. »Du mußt liegenblei-ben«, sagte einer der Träger. Er legte sich wieder zurück.

»Ich bin nur traurig, daß es schon so weit gekommen ist«, fuhr er fort, »mit allem und mit uns, daß wir uns hier fotografieren lassen müssen.«

»Laß das«, sagte der Junge mit dem rotbefleckten Turban. Von sei-nem Gesicht waren nur die Augen, die Nase und der Mund zu sehen. Auf seinem Nasenrücken stand der Schweiß, seine Augen standen wie im Fieber. Vielleicht hatte er es zu warm unter seinem Verband.

Alle schwiegen, und ich hätte am liebsten meine Kamera in die Ta-sche gesteckt und wäre nach Hause gefahren.

»Komm«, sagte der Junge auf der Bahre zu Wolf, »kein Geschwätz mehr. Es ist mir gleichgültig, ob man mein Gesicht erkennen kann oder nicht. Komm!«

»Wie willst du ihn aufnehmen?« fragte Wolf.

Ich zuckte die Achseln und sagte nur, daß es mir einerlei sei.

»Ihr müßt zurücktreten, Jungens«, sagte einer der Träger. Die ande-ren trotteten langsam von der Bahre weg und umstanden mich im Halbkreis. Während die Träger die Bahre fester packten und der Junge seine verschränkten Arme unter seinem Kopf löste und sie neben sich auf der Bahre ausstreckte, standen die anderen und schauten, als ob sie

Zeugen einer Exekution wären. Doch zuvor setzten die Träger die Bahre noch einmal auf den Boden, rückten die Schulterriemen zurecht und nahmen die Bahre wieder auf.

»Bist du soweit?« fragte Wolf.

»Ja.«

Ich trat noch einen Schritt zurück, die Kamera vor meinem linken Auge, und drückte ab. Der Junge lag still, mit geschlossenen Augen und gestreckten Armen ließ er die Aufnahme geschehen. Um seinen Mund lag ein schmerzlicher Zug, er hatte ein altes, vergrämtes Gesicht. Sein umwickelter Leib bewegte sich beim Atmen auf und ab. Ich wußte, daß alles nur ein Ulk war, nein, kein Ulk, es war Ernst, aber man konnte vergessen, daß es Ernst war, und trotzdem kam eine große Traurigkeit über mich.

»So«, sagten die Träger und setzten die Bahre auf den Boden. Der Junge erhob sich und begann sogleich, seinen Verband säuberlich abzuwickeln. Er wickelte ihn gemächlich mit großen, kreisenden Bewegungen ab, hinter seinem Rücken nahm er ihn in die andere Hand, rollte ihn mit einer energischen halben Wendung vom Körper und drehte ihn mit beiden Händen gesteckt vor seinem Körper zu einem Knäuel. Alle sahen zu, wie er es tat.

»Wann hast du die Aufnahmen entwickelt?« fragte Wolf.

»Ich habe noch drei Aufnahmen auf dem Film«, erwiderte ich.

»Dann kannst du uns alle noch einmal aufnehmen«, sagte Wolf.

Er rief sie zusammen. Sie alle hatten sich inzwischen wieder umgezogen und bildeten umschlungen einen Halbkreis. Die Arme über die Schultern oder unter die Achseln des Nebenmannes gelegt, standen sie eng aneinander. So nahm ich sie auf. Beim letzten Bild nahm der Junge von der Bahre die Kamera, und ich stellte mich auf seinen Platz. Neben mir stand Wolf und an der anderen Seite der Einarmige, ich legte die Arme um sie.

In Gruppen fuhren wir dann nach Hause. Zwei Tage später übergab ich Wolf den Film und die Abzüge.

»Danke«, sagte er und betrachtete schweigend die einzelnen Bildchen.

»Es war deine Idee, Wolf?« fragte ich.

»Ja.« Er lachte hilflos, und ich bereute meine Frage. Ich befürchte das Schlimmste, hatte er einmal zu mir gesagt. Und als es schlimmer wurde, kam ihm die Idee mit den Bildchen. Anscheinend erinnerte er sich an unser Gespräch und konnte nichts anderes tun als hilflos lachen.

»Glaubst du wirklich, daß du mit ihnen etwas ausrichtest?« fragte ich.

Er zögerte mit seiner Antwort, und ich sah ihm an, daß er selbst zweifelte. »Vielleicht«, erwiderte er. »Auf jeden Fall ist es ein Versuch, um Dinge, die geschehen, allgemein bekannt werden zu lassen.«

Er wollte sie an bestimmte Zeitungen senden, die uns gutgesinnt waren, und auf diese Weise versuchen, die Aufmerksamkeit auf die Geschehnisse zu lenken, so lange es noch möglich war.

»Glaubst du es wirklich?« sagte ich noch einmal. Er schwieg.

Was sind schon Fotografien, dachte ich, ob sie echt oder falsch sind. Um Glauben zu erwecken, bedarf es ganz anderer Dinge, als Fotografien es sind.

XIV

Wie lange noch, wie lange noch?

Von Zeit zu Zeit erhalte ich Besuch, und ein Bekannter kommt zu mir. Schon von weitem sieht man ihm an, daß er zuversichtlich gestimmt ist. Mit großen Schritten geht er auf mich zu und streckt mir seine Hände entgegen. Freude spricht aus seinem Gesicht, aus seiner ganzen Haltung.

»Gute Berichte«, ruft er mir entgegen, »ich bringe gute Berichte!«

Er hat es eilig, nicht einmal seinen Mantel will er aufknöpfen. Er muß weiter zum nächsten, um auch ihn an den guten Berichten teilnehmen zu lassen. »Es dauert nicht mehr lange«, ruft er erregt, »glauben Sie mir, lassen Sie den Mut nicht sinken. Er ist geschlagen, wer hätte das gedacht! Jetzt geht es ihm an den Kragen. Noch wenige Wochen, wer weiß! Aber nicht mehr lange, das ist gewiß, und dann werden wir feiern.«

Er steht vor mir und atmet schwer. Das viele Herumlaufen strengt ihn an, und die Freude über die guten Berichte verzehrt ihn. Schon seit vielen Monaten läuft er von Haus zu Haus, bald sind es zwei Jahre, und verkündet seine Zuversicht auf ein nahes Ende. Auch er wartet auf seinen Tod. Aber es ist ein anderes Warten. Es hält ihn aufrecht und bringt ihn über jeden Rückschlag hinweg. Einmal wird seine Zuversicht belohnt werden. Und dann wird er feiern. Aber auch diese Feier wird anders sein. Er sieht mich an und prüft, welche Wirkung seine Nachricht in mir hervorruft. Wir kennen einander lange, seit ich mich in dieser Stadt hier verborgen halte. Er kennt meine Geschichte und ich die seine.

»Sie glauben mir nicht«, sagt er schließlich und schweigt bedrückt. Er ist enttäuscht, daß sein Enthusiasmus kein Echo weckt. Und da ich nichts erwidere, beginnt er von neuem:

»Sie gehören also auch zu den Pessimisten«, sagt er traurig, »vielleicht glauben Sie auch, daß er unüberwindlich, ja sogar unsterblich ist.«

»Das glaube ich nicht«, erwidere ich kurz.

»Sind Sie dann nicht mit mir überzeugt, daß sein Ende nahe ist?«

»Davon bin ich überzeugt«, sage ich.

Er betrachtet mich nachdenklich. Aber meine Antwort tut ihm gut, er fühlt sich erleichtert.

»Dann freuen Sie sich doch«, sagt er und legt mir beide Hände auf die Schultern, »dann freuen Sie sich doch! Oder sind Sie abergläubisch?«

Er hält erschrocken inne, irgend etwas ist ihm eingefallen. Eine Weile schweigt er, dann fährt er verhalten fort:

»Viele können den Gedanken überhaupt nicht fassen, daß es zu Ende geht, daß es aus ist mit ihm und mit allem, allem, sage ich, sie haben einfach Angst, sich mit diesem Gedanken vertraut zu machen. Sie fürchten, sie könnten auf diese Weise das Geschehen beeinflussen und das Ende hinausschieben und sich so selbst bestrafen. Weil sie sich insgeheim das Ende zu oft vorgegaukelt haben? Vielleicht gehören auch Sie zu denen?«

Nein, zu denen gehöre ich nicht.

»Sie haben zuviel erlebt«, sagt er, »ich weiß, Sie können sich nicht mehr freuen, auch wenn Sie wollten. Ich vergaß, daß Sie eines seiner ersten Opfer waren, an Ihnen hat er sich sozusagen geübt für die folgenden, für uns, aber Sie waren es in erster Hinsicht. In meinem Eifer habe ich es vergessen. Entschuldigen Sie.«

»Bitte«, sage ich verwirrt und bringe kein Wort weiter hervor.

Aber er ist noch nicht zu Ende, seine Gedanken haben ihn noch fest in ihrer Macht. Er fährt fort: »Und gerade Sie können am wenigsten gegen ihn tun. Sie haben der Welt ein warnendes Beispiel gegeben, das ist viel, das ist sehr viel, ich unterschätze es gewiß nicht. Aber was konnten Sie persönlich gegen ihn tun, besonders in Ihrer Lage?«

»Das ist richtig«, erwidere ich gefaßter, »Sie haben in der Tat recht. Ich habe nicht viel getan. Ich habe zum Beispiel keine Bomben geworfen.«

»Das habe ich auch nicht getan«, begütigt er lächelnd. »Sie werden auch keine Gelegenheit dazu gehabt haben. Ich gehe nur herum und bringe den Menschen Berichte und spreche ihnen Mut zu. Das ist meine Aufgabe. Es ist nicht viel. Ein jeder tut auf seinem Platz, was ihm gegeben ist. So werden auch Sie die Ihre haben.«

Diese platte Allgemeinheit sagt er, um mich zu trösten. Vielleicht ist er auch von ihr durchdrungen.

»Ich wünschte, ich hätte mehr getan«, erwidere ich bitter.

»Das sagt ein jeder von sich«, antwortet er und nickt mir ermutigend zu, »ein jeder, gewiß. Aber jetzt ist es bald soweit, und ich freue mich auf seinen Tod. Es ist vielleicht nicht edel gedacht, aber es ist die Wahrheit. Und dann werden wir feiern«, sagt er und hebt seinen Zeigefinger, zum Zeichen, daß es ihm ernst ist. »Und Sie mit«, fügt er hinzu.

Und dann geht er. Ich bleibe zurück.

Was habe ich noch aufzuschreiben? Er wird fallen, man wird seinen Tod feiern, und jeder wird sagen, daß er es von Anfang an gewußt hat. Mir verbleibt nur, zu erzählen, wie es war, vor vielen Jahren, als ich ihn eines Tages von Angesicht sah.

Ich stand in einer Straße unter vielen fremden Menschen und lehnte an der Mauer eines Hauses und wartete auf ihn. Und als er kam, trat ich an den Rand des Bürgersteiges, um ihn besser sehen zu können, und betrachtete ihn unverwandt. Er stand in seinem Auto und fuhr langsam die Straße hinunter. Er fuhr so langsam, daß man neben seinem Wagen im Schritt hätte herlaufen können.

Zweimal habe ich ihn gesehen, aus der Nähe gesehen, zweimal. Welche Gelegenheit für einen Mann der Tat! Dort stand er, und hier stand ich. Das zweite Mal war es in der Oper. Vor der Ouvertüre, die Lichter im Saal waren gelöscht, und alles verstummte, der Kapellmeister stand bereits vor dem Orchester, und man wartete, daß er das Zeichen zum Einsatz gebe, da ging ein Rauschen durch den Saal. Die Menschen auf dem ersten Rang erhoben sich und blickten zur Mittelloge, langsam folgten das Parkett und die übrigen Ränge. Ich saß unten und stand auch auf, ohne zu wissen, warum. Ich sah mich um und verharrte schweigend auf meinem Platz, während die anderen grüßten. Das Orchester spielte die Hymne, seine Hymne. Die Vorstellung war mir verleidet. Aber ich blieb dennoch.

In der Pause stieg ich hinauf ins Foyer und sah ihn lässig an den Pfosten seiner Logentür gelehnt, umgeben von seinen Trabanten und einer aufgeregten Schar neugieriger Bewunderer, die sich überall um ihn einfanden, und er führte mit diesem und jenem ein Gespräch, er lachte dabei, anscheinend war er gutgelaunt, und er trank wie jedermann eine Tasse Kaffee. Die Oper – es war der ›Tristan‹ – hatte ihn sicher in eine gute Stimmung versetzt, leutselig stand er da und trank seinen Kaffee, und in einem Halbkreis um ihn herum, in einem gesetzten Abstand von ihm, dem Mittelpunkt, standen die Leute, und ich stand noch hinter der letzten Reihe, viele Gedanken jagten durch meinen Kopf, und ich sah ihn unverwandt an. Er trug einen Frack, sein Haar war glatt gebürstet, seine wuscheligen Augenbrauen, die gesunde Farbe seiner Wangen und überhaupt sein ganzes gelöstes Betragen, das gleiche wie damals, als …

Doch nicht davon will ich erzählen, vielmehr von dem ersten Mal, als er auf der Straße in seinem Auto an mir vorbeifuhr. Ich habe diesen Tag nicht vergessen. Manchmal wünschte ich, daß ich ihn vergessen könnte. Sosehr ich mich auch bemühte, ihn aus meinem Gedächtnis zu brennen, ihn als nichtswürdig und belanglos vorzustellen. Ich verdanke dieser Begegnung alles.

Es war im September, ich kam aus dem Institut und schlenderte in gerader Fortsetzung meines Weges über den Boulevard. Es war am Ende des Vormittags, ich hatte ein Examen abgelegt in der Gruppe der Examina, mit denen ich mein Studium zu beenden trachtete. Meine Gedanken waren anderswo, und im Grunde war diese Prüfung nur eine Unsinnigkeit mehr in der Reihe der Unsinnigkeiten, mit denen man sich schon seit Wochen wie mit etwas Ernsthaftem befassen mußte. Die Ereignisse hatten alles, auch mein Studium, überholt und das, was zu Beginn noch einen Sinn hatte, zu einem Sinnlosen umgeschaffen und entwertet. Ich schlenderte also den Boulevard entlang. Die Stimmung, in der ich mich befand, war ganz der Jahreszeit angemessen. Was noch nicht seine Reife erreicht hatte, wurde mit den ersten Herbststürmen zu Boden geschüttelt und verging im Straßenkot. Niemand, der sich bückte und es auflas. Zuweilen stieß die Sonne durch das Gewölk, und man wähnte sich zurückversetzt in den Sommer, irgendeine dumme Fröhlichkeit brach sich Bahn, und aus den Cafés hörte man Musik. Vielleicht gab es doch noch irgendeine Verheißung und war noch nicht alles verloren.

Viele Menschen waren unterwegs, von allen Seiten kamen Autos, Motorräder, dazwischen auch Pferdegespanne, in der Mitte des Fahrdammes lief eine Allee alter Linden. Es war nichts Besonderes, daß man zu dieser Stunde des Tages ein solches Treiben hier antraf, die Kontore und Schulen schlossen zu dieser Zeit, ich war hier oft gegangen, und immer hatte ich das nämliche Bild vorgefunden. Doch dieses Mal hatte ich den Eindruck, daß etwas Ungewöhnliches zu erwarten sei. Die anscheinend ungeordnet-geordnete Bewegung der Großstadt schien auf ein bestimmtes Ziel gerichtet zu sein. Ich bog in eine große, breite Seitenstraße ein, in die der Strom mündete. Bis an die Grenze des Fahrdammes standen die Menschen unter der energischen Wache mit Knüppeln bewaffneter Polizisten. Man kam nur noch schrittweise voran, überall stieß man gegen Menschen, sie bildeten Inseln in dem großen Strome, Wellenbrecher, und nicht geneigt, sich von der aufkommenden Flut überspülen zu lassen. Der Fluß stockte und verzweigte sich in endlosen kleinen Betten, bis er an einer Hauswand oder rings um einen Laternenpfahl zum Stillstand kam.

Durch die Berührung mit der Masse war meine Stimmung unmerklich gesunken, und in einer plötzlichen Aufwallung wollte ich wieder zurück und durch eine Seitenstraße entschlüpfen, als ich dem Gespräch zweier Frauen entnahm, welcher großartiger Möglichkeiten ich mich durch diese Flucht berauben würde.

»Seit elf Uhr stehe ich hier und warte«, sagte die eine, »aber ich bin noch nicht müde.«

»Seit elf Uhr«, sagte die andere, »das könnte ich nicht. Ich habe nämlich dicke Beine.«

»Zweimal habe ich ihn schon gesehen«, fuhr die erste fort, »heute ist es das dritte Mal.«

»Und ich habe ihn noch nie gesehen«, erwiderte die zweite, »kommt er wirklich hier mit seinem Auto vorbei?«

»Denken Sie, daß ich sonst hier stehen würde, wenn ich es nicht genau wüßte? Die Autos sind schon vorgefahren.«

»Ich würde ihn auch gerne einmal sehen«, sagte die andere wieder, »hat es in der Zeitung gestanden?«

»Nein«, antwortete die erste, »das Radio hat es heute morgen bekanntgegeben.«

»Ich höre in der Frühe kein Radio, da gehen alle Staubsauger bei uns in dem Viertel. Wann kommt er denn?«

»Um zwei Uhr.«

»So lange kann ich nicht warten«, sagte die andere traurig, »ich habe nämlich … Und dann muß ich zu meiner Tochter ins Krankenhaus.«

»Um zwei Uhr muß er in den S.-Werken sein«, sagte ein älterer Mann, der neben ihnen stand, »und er muß durch die ganze Stadt fahren, das dauert eine Dreiviertelstunde. In einer halben Stunde können Sie ihn sehen, dann wird er kommen.«

»In einer halben Stunde«, wiederholte die Frau erleichtert, »so lange bleibe ich.«

Ich hatte das Gespräch der Frauen gehört und wußte schon zu Anfang, von wem sie sprachen. Erregung ergriff mich, ich fürchtete, daß sie mich ansahen und wüßten, wer ich sei. Mein geheimster Wunsch sollte in Erfüllung gehen, ich schloß die Augen, jetzt sollte er in Erfüllung gehen, wo ich schon lange auf ihn verzichtet hatte, und ich schloß die Augen, da ich nicht mehr sehen wollte, wie er sich erfüllte. Wenn es einen Zufall gibt, dies hier war ein grimmiger Zufall, ich befand mich, ohne daß ich mir Rechenschaft gegeben hätte, in der Straße, in der sein Palast stand. Oben auf dem Dach flatterte seine Standarte, er war Präsident geworden und hatte das Haus bezogen, in dem die Präsidenten wohnten. In einer halben Stunde würde er sein Haus verlassen und sich im Triumphzug durch die Stadt nach den S.-Werken begeben. Im Triumphzug, das versteht sich von selbst. Überall am Wege standen Menschen, um ihm zuzujubeln, und ich stand inmitten dieses Jubels und konnte mit einstimmen oder schweigen, gleichviel, er würde nur den Jubel hören und nicht das Schweigen.

Motorräder mit Beiwagen, bemannt mit Polizisten mit heruntergelassenen Sturmriemen über entschlossenen Gesichtern, jagten die Straße entlang und drängten die Wartenden, die sich zu weit auf den Fahrdamm gewagt hatten, zurück an den Bürgersteig. Die Bewegung brach sich an den Mauern der Häuser im Hintergrund. Nach einiger Zeit drängte alles wieder nach vorn, und die Motorräder kamen zurück. Dieses Spiel wiederholte sich viele Male, es steigerte die Spannung und führte sie allmählich zu dem hitzigen Zustand, der nur durch sein Erscheinen selbst noch gelöst werden konnte. Ich stand eingekeilt unter der Menge und kämpfte mit dem Entschluß weiterzugehen. Ich wollte die Zahl der Zuschauer nicht durch meine Anwesenheit vermehren. Wollte ich etwa Zeuge des Triumphzuges meines Feindes sein? Hatte er mich schon so sehr in seiner Macht, daß er selbst dieses letzte Gefühl von Stolz in mir zerbrochen hatte?

Die vielen Geschichten und Anekdoten, die man sich von der Magie seiner Augen und seiner Persönlichkeit erzählte, fielen mir wieder ein. Meine Neugier war geweckt. Ich sah die Menschen um mich herum, erregt von der Erwartung, ihn leibhaftig zu sehen. Eine Erregung, aber eine andere als die meiner Umgebung, bemächtigte sich auch meiner. Meine Mutter hatte mich einstmals zu den Kindern zurückgeführt, die mich aus ihrem Spiel verstoßen hatten. Jetzt stand ich hier und spielte mit in einem Spiel, das von Beginn an verloren war. Geh doch, sprach ich mir Mut zu, was wartest du, was suchst du hier? Deine eigene Schmach? Ist sie noch nicht groß genug? Und wenn man auf einmal entdeckt, wer du bist? Willst du es aller Welt kundtun? Warum stand ich noch immer hier, warum ging ich nicht weiter? Ich hatte nicht den Mut mehr, mir vorzuspiegeln, daß ich als neutraler Beobachter hierblieb, um eine Studie zu machen von ihm und von seinen Freunden, von ihrem Verhältnis zueinander, daß mich die ganze Angelegenheit im Grunde nichts anging und es nur ein Sport von mir war, hierzubleiben und zu schauen. Alle diese Ausflüchte, deren Gebrauch ich früher so meisterlich verstand, waren mir entfallen.

Aber warum ging ich denn nicht?

Auf einmal wußte ich es. Ich stand hier, um mich zu überzeugen, daß er wirklich lebte. Trotz der Abbildungen in den Zeitungen, Journalen, und trotz der Stimme, die ich gehört hatte, hatte die Legende, die sich um seine Erscheinung wob, in mir die Meinung keimen lassen, daß er eigentlich nicht existierte. Ein Mensch, der in einem solchen Maße die Phantasie und die Gemüter der Menschen gefangenhält, kann mit seinem Dasein in der Wirklichkeit die Kraft seines legendären Bestehens nicht erreichen. Nur dort, in den blauen Sphären der Vorstellung, ist er zu Hause, nicht hier auf der Erde.

Auch für mich hatte er nur dank der Phantasie sein Leben gefristet. Der Person, die meine Vorstellung geschaffen hatte, galten meine Gefühle von Furcht, Zuneigung, Haß. Er saß in einer luftigen Schaukel, und ich hielt sie mit meinem Atem in Bewegung, und was sich zwischen uns abspielte, geschah dort in den spielerischen Räumen, in denen die Phantasie gebietet, aber wo es darum nicht weniger ernst zugeht. Hatte ich in den abgelaufenen Jahren nicht jede Gelegenheit vermieden, um mich von seiner leibhaftigen Erscheinung zu überzeugen? Wollte ich eine Korrektur anbringen? Sie hätte das Spiel zerstört und nichts anderes zurückgelassen als die grausame Wirklichkeit.

Die grausame Wirklichkeit, die man nicht zu ertragen gelernt hat, wir sind nicht vorbereitet, sie aufzunehmen, gleichviel, ob sie ein Freundliches oder ein Feindliches bringt. Wir kleiden sie in Gewänder, die wir nach unseren Maßen verfertigen, behängen und verunzieren sie mit unseren Farben und wissen zugleich, daß eine andere gemeint ist. Wir wünschen nicht, ihr zu begegnen, noch einmal, wir sind nicht vorbereitet, und jedes tiefere Gefühl, dessen wir zaghaft fähig wären, fürchtet sein Démasqué.

An diesem späten Vormittag war ich nichtsahnend in eine Straße eingebogen, und unversehens sah ich mich vor eine Entscheidung gestellt, die ich in den Jahren zuvor gemieden hatte. Ich sollte meinen Feind von Angesicht zu Angesicht anschauen, und mein erster Gedanke war: weitergehen, diese Begegnung meiden!

Ein schwarzes, geschlossenes Auto fuhr langsam die Straße hinauf, und jedermann reckte den Hals, um zu sehen, wer wohl darinsaß.

Unschlüssig blieb ich auf meinem Platz und betrachtete die Gesichter der Menschen um mich her, sie waren gekommen, um ihm zuzujubeln und ihm zu seinem Triumph zu verhelfen. Für sie bestand er wirklich, sie hegten nicht den mindesten Zweifel an seiner Existenz, man konnte es aus ihren Zügen lesen. Ich betrachtete sie, und als ich länger hinsah, entdeckte ich, daß auch dies ein Betrug war. Es war Spiel und Betrug zugleich, wie das auch bei mir der Fall war. All das, was auf ihren Gesichtern zu lesen stand, die stolze Gehobenheit, die Selbstüberhebung und die Hingabe an ein Kommendes hatte nichts mit dem Ereignis zu schaffen, dessentwegen sie gekommen waren und nun hier standen und warteten. Es lief ihm voraus und schuf es und kleidete es an, wie sie es von ihm erwarteten. Sie waren die Urheber, ihre Lüsternheit, ihr verworrenes Begehren färbte ihre Wangen und Lippen im Genuß der Erfüllung, die dem Eigenen entstammt. Sie waren um ihrer selbst willen gekommen und nicht wegen des anderen, sie gedachten sich an einem Feuer zu wärmen, das sie sich selbst entfacht hatten. Es war das gleiche Spiel der Phantasie wie bei mir, das sie hierhergeführt hatte, ihre eigenen Gefühle und Vorstellungen, und sie gaben sich keine Rechenschaft. Sie hatten ihre Wirklichkeit im Spiel mit sich selbst erschaffen, und sie freuten sich an ihr und vergaßen darüber, daß es nur ein Spiel war.

Sie hatten noch viel weniger gelernt, die grausame Wirklichkeit zu ertragen. Sie waren noch viel weniger vorbereitet, sie aufzunehmen. Die leibliche Existenz dessen, dem ihr Zuruf galt, und seine eigene Bereitschaft zu diesem trügerischen Spiel täuschte sie über den Betrug hinweg. Dies ist die Situation des Verführens und Verführtwerdens, die sich kein Verführer entgehen läßt.

Mit jeder Minute, die uns seiner Ausfahrt näher brachte, wurden die

Menschen unruhiger. Sie standen lange Zeit dicht gedrängt und begannen nun einander weniger zu ertragen. Sogar die Polizisten wurden von dieser Unruhe ergriffen.

»He, drängel nicht so«, sagte einer von ihnen und schob eine jüngere Frau unsanft zurück.

»Rühr mich nicht an«, schrie sie zurück, »ich werde es ihm sagen, daß du mich geschlagen hast!«

»Wem willst du es denn sagen?« fragte der Polizist gutmütig zurück.

Die Frau sagte: »Wem? Nun J.«, und sie nannte B. einfach bei seinem Vornamen.

»J.?« wiederholte der Polizist, »was sagst du da, ist er vielleicht dein Bruder?«

Die Umstehenden begannen zu lachen. »Nein«, erwiderte sie herausfordernd.

»So, dann bist du mit ihm verheiratet, was?«

Jetzt begann die Frau ebenfalls zu lachen.

»Nein, verheiratet bin ich auch nicht mit ihm«, sagte sie.

»Ich dachte, er ist vielleicht dein Vetter, daß du ihn einfach bei seinem Vornamen nennst«, sagte der Polizist, um den Zwischenfall beizulegen.

»Leider gehört er nicht zu meiner Familie«, sagte die Frau besänftigt, »dann brauchte ich mir nämlich hier nicht die Beine in den Bauch zu stehen.«

»Wenn du müde bist, setze dich da oben hin«, sagte der Mann und wies auf die Fensternischen der hohen alten Häuser, an deren unteren Etagen Jugendliche hinaufgeklettert waren und nun dort auf den schmalen, leicht abschüssigen Fensterbrettern saßen und mit den Beinen baumelten. Andere wiederum saßen rittlings auf den kurzen, gußeisernen Lampen, die gleich Armen aus den Steinwänden hervorwuchsen, und hielten sich, die Hände jeweils auf die Schultern des Vordermannes gelegt, fest, während der erste sein Kinn auf die metallene, spitz zulaufende Kappe gestützt hatte und mit ausgebreiteten Armen die Kuppel umarmte.

Ich war, gleichsam um beschützt zu sein, auf den Bürgersteig zurückgetreten und lehnte gegen die Wand eines Hauses. Ich hatte gehört, wie die Frau ihn bei seinem Vornamen nannte und was der Polizist ihr antwortete. Die Vertraulichkeit, die aus ihren Worten sprach, obwohl sie sich stritten, hatte in mir das Gefühl bestärkt, nicht zu ihnen zu gehören und ausgeschlossen zu sein. Trauer überkam mich, als ich dort stand, und alles fiel mir wieder ein von früher.

Ich trauerte um die Straße, um die Häuser in dieser Straße und die Menschen, die in dieser Straße standen und warteten. Und ich wußte, daß ich hier stand und traurig war und daß ich meinen Feind sehen würde, ihn, den die anderen, die zugleich mit mir warteten, bei seinem Vornamen nannten, daß sie scherzten, während ich allein traurig war. Mochte es ein Wahn sein, der sie Scherze treiben und seinen Vornamen vertraut aussprechen ließ, mochte es ein Betrug und nicht Wirklichkeit sein, sie standen hier und freuten sich und würden ihn sehen und ihm zujubeln, mochte dies alles Spiel und Betrug sein, mein Wahn zerbrach, ich fühlte, wie er allmählich seine Maske verlor und ein anderes Gesicht dahinter erschien. Die ersten besorgt-drohenden Worte meines Vaters, die Gehässigkeiten der Kinder, der Spaziergang mit meinem Freund und später die Jahre, da ich im geheimen mit ihm stritt, die Begegnung mit seiner Stimme, mein Wankelmut, alles, alles erschien mir in der Trauer aufs neue, und es war mir, als ob ich es zugleich verlöre. Die Angst, die er mir bereitet, und die Verzweiflung, in die er mich gestürzt hatte, alles dies gehörte mir, schon damals, als ich an der Hand meiner Mutter den Marktplatz überquerte und sie mich zu den Kindern zurückbrachte, die mich ausgeschlossen hatten. Und dann später all das Verworrene, die Irrwege, auf denen er mir wie ein Dämon erschien und ich mein Leben an das seine schrecklich band, auch dies gehörte zu mir, und ich war gefangen in allen diesen Verwirrungen und Irrwegen. Und schließlich später, als ich, dem Wahn völlig verfallen, mich an diese Begegnungen gewöhnt hatte und sie lieben lernte und selbst jenen, der mir drohend erschien, verwandelte, als wäre er einer, der das Heil brächte. Und jetzt das Wissen und die Trauer, daß nichts mehr half, dort würde er aus seinem Haus kommen und die Straße entlangfahren, und ich hier an die Mauer gelehnt und alles, alles zunichte und unabänderlich. Und dann das leise Bedauern, daß es so weit gekommen war.

Ich brauchte ihn nicht mehr zu sehen, um überzeugt zu sein, daß er in Wirklichkeit lebte. Ich hätte ruhig gehen können. Zugleich fühlte ich die ungeformte Begehrlichkeit meiner Umgebung, der er sich bediente und die ihn zu Taten verführte, in einem unheilvollen Wechselspiel.

Drei höhere Polizeioffiziere kamen auf ihren Motorrädern langsam die Straße herabgefahren und riefen den Wachleuten kurze Befehle zu. Kommandorufe und das Anspringen von Motoren in der Ferne, ein langer Sirenenton. Plötzlich war alles in Bewegung, und als das erste Auto durch das Portal fuhr, drängten die Menschen von den Fußsteigen weg auf den Fahrdamm. Die Wachleute reichten sich die Hände und stemmten sich rücklings gegen die aufdrängende Menge. Kinder schlüpften unter ihren Armen durch und begannen auf der Mitte des Fahrdammes ihre Bocksprünge. Einige Polizisten sprangen aus der Reihe, um die Kinder einzufangen, dabei lockerte sich die Absperrung, und die Menschen stießen in die Lücken vor und weiter auf den Fahrdamm.

Auch ich hatte mich von der Hauswand gelöst und war näher getreten. Ich stand in der letzten Reihe. Etwas Kühles strich über mich hin. Ich sah auf meine Uhr, es ging auf halb zwei. Ich war bereit.

Zuerst kamen zwei Wagen, vollgepackt mit schwerbewaffneten Soldaten, sie fuhren an den äußersten Flanken, die Menschen wichen langsam zurück. Ich wurde wieder gegen die Mauer gedrückt und blieb dort, auch als die anderen wieder nach vorn drangen.

Er befand sich im dritten Wagen. Wie gewohnt, saß er neben dem Fahrer. Er trug einen hellen Regenmantel und war barhäuptig. Er sah gesund aus, mit roten Bäckchen, als käme er eben aus dem Bad, ein Bild von Milch und Blut. Er erhob sich und stand nun neben dem Fahrer, hinter ihm saßen fünf schwerbewaffnete Männer, die mit argwöhnischem Lächeln in die Menge spähten. Er stand aufrecht, seine Hände hielt er krampfhaft vor dem Unterleib verschlungen und löste sie nur ab und zu zu einem abrupten Gruß. Er war freundlich gestimmt und sah lachend über die Menge hinweg, deren Anwesenheit er nur fühlte und vielleicht als ein unteilbares Rauschen hörte. Sein Gruß und Blick galten etwas, das zwischen Himmel und Erde schwebte, nicht den Menschen. Seine Augen sahen groß und glänzend, wie bei Schauspielern, die sich eine Essenz einträufeln, um auch in die Ferne wirken zu können. Es war ein freundlicher Herr, der da stand und von allen gesehen werden konnte, während er niemanden sah und nur leutselig hinter der Schutzscheibe des Autos stand und fühlte, daß alle gekommen waren, um ihn zu sehen. Von Zeit zu Zeit kam ein gespanntes Lachen in seine Züge, als sei er überrascht, als habe er dieses Rauschen in seinen Ohren nicht erwartet. Es war so gar nichts Besonderes an ihm, er hätte an irgendeiner Straßenecke in dieses Auto gestiegen sein können, ein Mensch wie du und ich, um ein Glas mitzutrinken oder einen Skat zu spielen.

Warum sollte man ihn nicht gern haben? Gerade dies ließ ihn so anziehend erscheinen, und man jubelte ihm zu, ein jeder auf seine Art, und ihm schien es sehr zu behagen. In meiner nächsten Umgebung gab es niemanden, der ihm nicht zujubelte. Nur ich stand und schwieg und sah ihn herankommen.

Eine tiefe Erregung stieg in mir empor. Ich begann zu zittern. Warum bin ich so erregt, sagte ich zu mir, um mich zu fassen. Aber die Frage blieb unbeantwortet, und meine Erregung wuchs. Das ist er, schoß es durch meinen Kopf, sieh ihn dir gut an, das ist er wirklich, ja, das ist er wirklich. Ich erkannte ihn von den unzähligen Abbildungen her. Aber es war ein anderer, der da stehend in seinem Auto langsam näher kam. Ich fürchtete, daß ich es gar nicht faßte, daß er es in Wirklichkeit war, den ich nur von Abbildungen kannte und dessen Stimme ich einst belauscht hatte. Ich fürchtete, daß er wie in der Ferne hier an mir entlangführe und daß meine Augen nicht stark genug wären, ihn zu sehen und immer wieder zu sehen und zu wissen, daß ich es war, der endlich, endlich ihn sah. Langsam löste ich mich von der Hauswand und machte ein paar Schritte über den verlassenen Fußweg und trat auf die Straße. Dort stand er, und hier stand ich.

Die Kinder, die noch immer mit ihren wie verhexten Müttern vor seinem Auto, das im Schritt fuhr, tanzten, vermochten anscheinend seine Aufmerksamkeit stärker zu fesseln. Seine Haltung veränderte sich. Er bog sich ein wenig nach vorn und rief – und wieder hörte ich seine Stimme – halb zu seinem Fahrer gewandt, halb zu den Umstehenden, gleichsam, um sie zu warnen, während seine Hände nervös flatterten: »Vorsicht, die Kinder, die Kinder. Vorsicht!«

Erst heute fällt das ganze Licht auf die Bedeutung dieses Ausrufes, der damals so einfach und voller Besorgtheit erschien, heute, wo er die gleichen Kinder unbarmherzig im Streit opfert, die Kinder, die er damals von seinem Wagen nicht überfahren lassen wollte.

Sein Blick schweifte dabei im Halbkreis über den Weg, den sein Auto nahm. Ich erblickte das Irrlichtern seiner Augen und wünschte nur, daß sein Blick ein wenig mehr nach der Seite ausschlug, wo ich stand und wie im Traum seine wirkliche Gestalt anschaute. Auch ich verspürte, ähnlich wie das gaffende Volk, das, seinen Trieben folgend, alles mögliche anstellte, um seine Aufmerksamkeit auf sich zu lenken, den Wunsch, er möge mich anschauen. Nur für einen Augenblick wünschte ich mir sein Auge fest in dem meinen ruhend. Vielleicht, daß ich dann durchdrang hinter die Erscheinung, die sich mir entzog in dem Augenblick, da ich sie sah. Er war es nicht, den ich die Jahre hindurch gemeint hatte. Oder war er es doch, und war es ein anderes in mir, das ihn nicht in seiner Leiblichkeit zu erkennen vermochte? Das gewöhnliche Aussehen eines Mannes in den besten Jahren seines Lebens verwirrte mich. Ich hatte seine Stimme gehört und wähnte, hinter sein Geheimnis gekommen zu sein.

Aber es war eine andere Stimme gewesen, und sie ließ sich mit dem übrigen nicht gut einfügen in die Szenerie einer Triumphfahrt mit den Farben einer gutmütigen, leutseligen Ehrenhaftigkeit.

Da entdeckte ich, obwohl ich auch sie die ganze Zeit gesehen hatte, hinten in seinem Wagen die schwerbewaffneten Soldaten. Sie machten mit ihren finsteren Gesichtern einen weniger leutseligen Eindruck. Sie saßen da, ein wenig nach rechts und links gelehnt, zum Sprung bereit, und spähten in die Menge. Sie sahen jeden. Sie gehörten so völlig zu dem Bild, daß man sie fast vergaß über der Hauptperson vorn hinter der Schutzscheibe. Der ausgelassene Jubel der Straße schien sie nicht zu berühren. Sie saßen da mit gespannten Leibern, und als die Menschen zu dicht das Auto umschlossen, erhoben sie sich ein wenig von den Sitzen, stemmten ihre Füße fester auf den Boden und spähten noch finsterer umher.

Man schenkte ihnen noch immer nicht viel Beachtung. Sie waren die Beifiguren, und man nahm sie mit in Kauf, so gewöhnt war man, daß sie zu dem Bild gehörten.

Anscheinend war auch ich zu Beginn von seinem Anblick so sehr überrascht, daß der Gedanke nicht in mir aufkam, die Figuren des Autos als eine Einheit zu betrachten, in der es keine Haupt- und Nebenperson gab. Der ganze Aufzug war so schnell vorüber, die Eindrücke überwältigten mich, ich war erregt, und die Worte, die er so hastig ausgestoßen hatte: ›Die Kinder, die Kinder‹, hatten mich fast außer Fassung gebracht. Der Zufall hatte mich hierher verschlagen. Ich hatte keine Waffe bei mir, und überhaupt hatte ich nicht die Absicht, ihm etwas zuleide zu tun. Meinetwegen hätte er die bewaffneten Männer hinten in seinem Auto zu Hause lassen können. Da sah ich, wie sie ihre Leiber spannten, die Hände auf den Rand des Autos legten und sich ein wenig herausbogen, während sie jeden in der Menge scharf musterten. Der Gedanke schoß mir durch den Kopf, jetzt kommen sie, sie haben dich entdeckt, jetzt springen sie heraus, und dann packen sie dich. Ich biß die Zähne aufeinander. Zugleich sah ich, wie er noch immer leutselig und väterlich da vorne stand und anscheinend nicht wußte, wen er hinten in seinem Auto mittransportierte.

Plötzlich war alles verändert. Mein Wahn zerbrach. Ich begriff, daß ich mich täuschte und daß ich ihm half, sich und mich zu täuschen. Wenn ich ihn mir zum Freunde hielt, brauchte ich die Männer hinten in seinem Auto nicht zu sehen, und ich konnte ihn veranlassen, sie auch nicht zu sehen, wenn er sie mit sich herumführte. Aber sie waren immer um ihn. Sie waren ein Teil seines Selbst. Und wenn ich ihn mir zum Freund hielt und ihn veranlaßte, sie nicht zu sehen, dann brauchte auch ich nicht zu sehen, wen er hinten in seinem Wagen mit herumtransportierte. Es war ein doppelter Betrug.

Ich habe es bezahlt. Ich habe meine kindliche Torheit schwer bezahlt. Wie ein Kind bin ich ihm gegenübergetreten, voller Angst, voller Angst, daß man meine Gedanken erraten könnte. Ich selber sträubte mich, sie mir zu bekennen. Ich habe ihn umgebracht, in meinen Gedanken habe ich ihn erschossen. Niemand hat es gewußt. Vielleicht nur einer der Bewaffneten in dem hinteren Wagen. Noch bevor er sich umdrehen und den Befehl geben konnte, habe ich ihn erschossen. Es war nur ein Moment. Aber er fiel, ich habe es deutlich gesehen, daß er fiel. Er fiel nach hinten in die Arme der Bewaffneten, und ich konnte es nicht glauben, und als ich genauer hinsah, stand er aufrecht mit glänzenden Augen und blickte nach etwas, das zwischen Himmel und Erde schwebte. Ich schaute beklommen zu. Ich dachte nicht: Jetzt schieße ich, und ich hasse ihn, ich schieße ihn tot. In mir habe ich ihn erschossen. Nur dieser eine Gedanke beherrschte mich, während ich in der ganzen Wirklichkeit dastand und es zu fassen versuchte, daß er es war, der hier vorbeifuhr, der Gedanke: Welch eine Gelegenheit für einen Mann der Tat. Welch eine Gelegenheit!

Dann war wieder alles vorbei. Die Straße hinunter schwoll der Jubel an, er lief an den grauen Häusern entlang bis hoch an den Dachfirst und ebbte wieder ab. Weiter unten hörte man ihn wieder anschwellen und vergehen.

Nun war er in der Ferne nur noch ein Echo, und dann war es das eigene Ohr, das ihn wie eine Erinnerung vorgaukelte.

Ich stand wiederum an die Mauer gelehnt, und die Menschen zogen an mir vorbei. Ich sah ihre Gesichter und hörte ihre Gespräche, und alles war wieder so unwirklich in seiner Wirklichkeit.

»Ich habe ihn zum ersten Male ganz nahe gesehen«, sagte eine Frau und ging beglückt vorüber.

Ich sah seine Gestalt vor mir, sie tanzte wie eine Fackel vor meinen Augen. Ich trachtete, sie mit meinem Blick festzuhalten, aber es gelang nicht mehr. Dann fiel mir ein, daß in dem Augenblick, als er seine Augen schweifend über die Menge gehen ließ, unsere Blicke für den Bruchteil einer Sekunde sich zusammengefunden hatten.

Ich stellte es mir genau vor, wie sich alles zugetragen hatte, er dort und ich hier.

Aber vergebens. Das alte trügerische Spiel der Phantasie war beendet. Ich hatte ihn lebendigen Leibes aus der Nähe gesehen, und er war mir nähergekommen, sein Dasein gewann an Beweiskraft, in mir selbst hatte es sich bekräftigt. Der väterliche, leutselige Mann und im Hintergrund die Bewaffneten! Und dann der bohrende Gedanke: Welch eine Gelegenheit für einen Mann der Tat, welch eine Gelegenheit! Die Menschen um mich herum waren guter Dinge, sie hielten sich umschlungen, lachten und gingen um einen schönen Betrug reicher nach Hause.

Ich war bedrückt und müde. Am liebsten hätte ich mich auf eine

Bank in einem Park in der Nähe gelegt und geschlafen. Ich sah nur noch die Bewaffneten mit ihren drohenden Mienen, die Körper gestrafft und zum Sprung bereit. Seine Gestalt verschwand wie in einem Nebel, nur die Männer blieben. Er nahm sie überall mit, und sie führten seine Befehle aus. Er konnte sie ihnen durch das Telefon oder mittels einer Grammophonplatte vermitteln. Sie führten sie aus. Vor Jahren hatte ich seine Stimme über das Radio gehört.

Und so erschaute ich auch später in allen, selbst seinen grausamsten Taten noch einen Rest jenes undurchdringlichen Nebels, in dem er stand und aus dem heraus er seine Befehle gab und seine Taten verrichten ließ. Zu welchem Ziel?

Vielleicht war es dies, daß er noch furchtbarer in eines Höheren Macht stand als wir in der seinen?

XV

Eisblumen am Fenster, eisiger Wind ums Haus. Des Nachts stand die Mondsichel scharf am Himmel, als hätte die Kälte sie aus dem Firmament herausgebrochen. Draußen jagen, unsichtbar, Flugzeuge durch die sternbefrorene Nacht. Der dunkle Lärm ihrer Motoren ist die Sprache, die der Tod spricht in der Nacht, in der Nacht. Wer weiß, wem sie heute gilt? Ich liege angezogen auf meinem Bett, lausche nach dem Lärmen unter den Sternen und denke an dies und das. Wie kleine Flugzeuge fliegen die Gedanken in meinem Kopf ein und aus, in der Ferne steigen sie auf, es ist nur ein leises Vermuten, sie kommen näher, und jetzt sind sie über mir und um mich herum. Sie ebben wieder weg, und ich horche ihnen nach, und eine sanfte Gewißheit bleibt in mir zurück, daß sie einstmals bei mir waren.

Vor vielen Jahren hat mir jemand eine kleine Geschichte erzählt, es war eine Tiergeschichte, und obwohl ich Tiergeschichten nicht mag, hat sie mich damals sehr getroffen. Aber ich tat, als ginge sie mich im Grunde nichts an, als wäre es eine Geschichte von einem anderen Planeten. Man konnte sie bei sich behalten oder wieder vergessen, und ich hatte vergessen. Lange Zeit war sie meinen Gedanken entfallen.

Plötzlich tauchte sie wieder auf. Von Elchen war in ihr die Rede und von Wölfen und von mancherlei, was zwischen Elchen und Wölfen im Schwange ist. Damals begriff ich sie noch nicht ganz, alles war anders und verworren. Ich war jung und dachte, eine so einfältige Geschichte sei gerade gut genug für den Unterhaltungsteil einer kleinen Lokalzeitung am Sonntag. Ich erinnere mich noch, daß in ihr die Elche starben, da ihnen die Wölfe fehlten. Sie waren in ein anderes Land verpflanzt, und dort gab es keine Wölfe. Da Elche jedoch die Angst vor dem Wolf nötig haben, um am Leben zu bleiben, gingen sie ein. Es macht mir Spaß, mich dieser kleinen Geschichte wieder zu erinnern und dessen, der sie mir damals erzählte, der Himmel weiß, was ihn trieb, sie mir aufzutischen.

Ich habe es ihm nicht gedankt und bin kurz darauf weggegangen nach einem wortlosen Abschied.

Vielleicht bin ich selbst wie ein Elch gewesen, damals und die Jahre, die darauf folgten. Ach, hätte ich doch ein Wolf sein können! Aber ich widersetzte mich aus allen Kräften und verbarg mich selbst in meinen Ängsten. Vielleicht geschah es, daß ich den Tropfen Liebe nicht verlieren wollte, vielleicht, weil ich schon als Kind erfahren hatte, was in Dunkelkammern geschehen kann. Es währt eine Zeit, bis man gelernt hat, sein Leid zu tragen, wie man einen Rucksack trägt.

Die Geschichte der Elche ist zu Ende erzählt, sie gingen ein. Aber wie erging es den Wölfen? Wer erzählt ihre Geschichte zu Ende?

Diese und ähnliche Gedanken bestürmen mich, unablässig kommen sie ein- und ausgeflogen, und ich liege wach auf meinem Bett und lausche, wie draußen die Flugzeuge durch die eisige Nacht jagen. Es ist kalt in meinem Zimmer, und plötzlich springe ich auf und laufe zu dem kleinen eisernen Ofen, der ausgebrannt hinten in der Ecke steht.

Ich lege meine Hände auf die erkaltete Platte und fühle, wie es war, als ihn das Feuer von innen noch erwärmte. Früher kam mein Vater oft zu mir ins Zimmer und sah nach dem Feuer, bevor es völlig heruntergebrannt war. Er war alt und trug einen Eimer mit Holz und Torf, dann schüttelte er den Rost und fachte die Glut unter der Asche wieder an. Er wartete, bis das Holz brannte, und ging mit schlürfenden Schritten wieder hinaus. Ich habe ihn gehen lassen, er trug einen Rucksack auf seinem Rücken, als er ging. Die Mutter weinte.

Ich gehe in meinem Zimmer auf und nieder, bleibe stehen und schlage meine verschränkten Arme um die Brust und auf den Rücken. Eine wohlige Wärme steigt in mir auf, ich gehe zurück und lege mich wieder auf mein Bett. Und warte. So vergeht die Zeit. In meinem Kopf beginnt das alte, wirbelnde Spiel der Gedanken wiederum, ich sehe Menschen, Tiere, ein Auto mit einem Mann vorn neben dem Fahrer, Kinder, ich höre Gespräche, Rufe, und plötzlich ist mir, als ob mein Vater in die Stube getreten wäre. Ich weiß, daß alles nur ein Betrug der Phantasie ist, ein Spiel der Wünsche, denen die Wirklichkeit versagt bleibt, aber ich gebe mich ihm willfährig hin, ich widersetze mich nicht länger. In wenigen Stunden ist es Tag, und dann verspreche ich, die Dinge des Lebens von denen des Todes besser zu scheiden. Mein Vater ist alt, er erscheint mir älter als das letzte Mal, da ich ihn sah. Er spricht zu mir, oder sind es meine eigenen Gedanken, die in ihm laut werden, aber ich vernehme seine Stimme, und er sagt:

Erinnerst du dich meiner Worte?

Ja, Vater, antworte ich.

Er kommt auf mein Lager zu, und ich erhebe mich und gehe ihm entgegen.

Nun ist es soweit, sagt er, hast du keine Furcht?

Ich fürchte mich, erwidere ich befangen, aber solange ich es nicht wußte, stand ich stärker in seiner Macht als jetzt.

Hast du gehört, was man überall von ihm erzählt? Wie er in den Städten und Ländern haust?

Ich weiß es!

Er ist ein reißendes Tier. Auch dich wird er anfallen, wie er uns angefallen hat. Hast du es vergessen?

Ich vergaß es zuweilen, wenn ich auch meine Furcht vergessen wollte.

Er hat unser Leben mit Angst und Furcht vergiftet. Wie hätte es anders, besser sein können, wenn er nicht gewesen wäre.

Du irrst, Vater, sage ich langsam und schaue zu Boden, du irrst. Die Elche sind weggezogen, und sie sind eingegangen. Niemand begriff es, warum sie eingingen. Aber jetzt ist das Sterben unter die Wölfe gekommen.

Er schweigt und läuft mit tappenden Schritten zu dem Ofen in der Ecke. Es ist kalt hier, sagt er, hast du kein Holz? Wer hat dir gesagt, daß das Sterben über die Wölfe gekommen ist?

Ich habe meinen Feind erkannt, Vater, antworte ich. Ich verdanke ihm viel. In meiner Furcht war es, daß ich ihn erkannt habe. Und die Bitterkeit der Feindschaft verschaffte mir die Süße der Erkenntnis.

Und was geschieht?

Auch die Wölfe sind sterblich. Sie stehen in der Macht eines Stärkeren, fürchterlicher als die Elche in der ihren.

Ich kann es nicht mehr glauben. Warum geschah dies nicht früher? Gab es für uns keine Gnade?

Auch der Feind ist der Gnade teilhaftig, ich kann dies nicht vergessen. Zu lange hat es mich gehindert, seine Vernichtung zu wünschen.

Ich fasse es nicht mehr, sagt er voller Trauer. Siehst du das Alter deines Vaters, soll ich dir von meinen Ängsten erzählen?

Ich kenne sie, verzeih mir, daß ich sie kenne. Zu viel habe ich selbst gelitten. Die Zeit der Wölfe bestimmen die Elche mit. Aber jetzt ist mein Gemüt festlich gestimmt, und bald wird man feiern.

Festlich gestimmt? Feiern? Ich höre sein verzweifeltes Lachen, und er tritt in den dunklen Hintergrund der Kammer. Du lästerst, sagt er bitter, ich bin nicht gekommen, um zu hören, wie du lästerst.

Ich bereite mich auf seinen Tod vor, Vater. Nicht mehr lange und er wird sterben.

Auf seinen Tod? Mein Sohn, komm an mein Herz, sei gesegnet. Erzähle mir von seinem Tod, von dem Ende aller Leiden. Wünschest du nicht auch das Ende? Endlich werden wir gerächt. Doch erzähle von seinem Tod!

Er bleibt in dem dunklen Hintergrund, und ich schließe die Augen, um ihn noch einmal in seiner vollen Gestalt sehen zu können.

Ich fürchte, daß ich es nicht kann. Es ist so anders, als Haß und Rache es wünschen.

Seine Stimme:

Sein Tod allein genügt. Erzähle!

Er wird fallen, Vater, wie ein Abgestorbenes fällt, ein morscher Zweig, kahl und vertrocknet, den der Bergbach mit sich in den Abgrund reißt, oder ein Stein, erkaltet und in seiner Härte gefeit gegen die Verwundungen seines Sturzes durch die blinde Nacht, keine leuchtende Spur, die im Gedächtnis Fackeln entzündet, bevor er tief in den Boden der Steppe schlägt, die kein Mensch oder Getier je betritt – so wird sein Tod sein, karg und unfruchtbar wie der Steinschlag, in dem er unerkannt liegt, ein Abfall erloschener Planeten, und nichts gibt es mehr zu erzählen.

XVI

Ich kann nicht länger mehr warten – der Tod, ich kann nicht länger mehr auf seinen Tod warten. Einst wird die Nachricht kommen, vielleicht morgen, oder heute gar? Ja, vielleicht morgen, aber auch bis morgen kann ich nicht mehr warten.

Ich habe die Nachricht erhalten, die lang ersehnte. Kein Ort, keine Zeit war angegeben. Es heißt, daß er schon vor Wochen, von aller Welt verlassen, irgendwo sein Ende gefunden hat. Er starb den Tod, der einzig ihm bestimmt war, aus eigener Hand – und nicht den Tod des Märchens. Sein Grab ist unbekannt. Ich schließe diese Aufzeichnungen, er selber hat sie geschlossen. Mit einem Schlage, gleichsam über Nacht, hat sich sein Geschick vollzogen, in meinem Gefühl sind es Hunderte von Jahren, da es geschah.

Eine düstere Stimmung überkommt mich, ich sitze hier und denke an diesen und jenen, der mir nahestand und der mir lieb war, ich denke in einem umfassenden Gedanken an alle, die ich durch ihn verloren habe. Ich empfinde Trauer und Schmerz, mein Leben ist leer geworden, beinahe hätte ich geschrieben, daß es mit seinem Tode noch leerer geworden ist. Aber schon regt sich der Zweifel in mir, und ich horche in mich hinein, ob nicht die Freude ihre Stimme erhebt, daß er nun endlich tot ist. Man hätte ihn totschlagen müssen!

Er selbst hat sich totgeschlagen.

Ich wußte von Anfang an, daß ich ihn verlieren würde, ja, es bestand nicht der geringste Zweifel in mir, daß nicht er mich, sondern daß ich ihn verlieren würde. Er hätte es schwerlich ertragen können, zuletzt allein ohne mich weiterzuleben. Meine Gegenwart beunruhigte ihn. Seine Unrast verbürgte ihm lange Zeit sein Bestehen. Solange er mich bestreiten konnte, hatte er festen Grund unter seinen Füßen. Als ihm alles gelang und er Sieger ward, hatte er ihn schon wieder verloren. Der Tor, er hat in mir bekämpft, was er in sich selbst nie Auge in Auge zu schauen wagte. Zum Schluß gebrauchte er mich, um sich dahinter rasend vor sich selbst zu verbergen. Er hat sich nie gekannt. Ich habe in ihm geliebt, was ich in mir selbst nicht vernichten konnte. Ich wollte diesen Verlust verhindern, ich dachte, daß es in meiner Macht läge, ihn zu verhindern und zu etwas Bleibendem umzugestalten. Auch habe ich vieles vergessen und andere Verluste einstecken müssen, die ich übersehen hatte und die nun schmerzlich sind. Ich Narr, bis ich merkte, daß es mir an den Kragen ging.

Aber auch damals habe ich ihn nicht völlig verlassen. Ich wußte, daß er es war, der unsere Feindschaft verraten und verlassen würde. Wenn ihr wollt, bin ich ein wenig froh, daß er nun tot ist. Und zugleich schmerzt mich sein Verlust. Warum?

Ein Stück meines Lebens hat er mit in seinen Tod hineingenommen, unwiederbringlich. Und ein Korn seines Todes hat seine bestürzende Saat in mich ausgestreut.

»Ich bringe Ihnen Ihre Aufzeichnungen zurück.«

Der Advokat saß in seinem Büro hinter seinem vollbepackten Schreibtisch, ein Wahn von Zigarrendampf hing in der Luft.

Er kam mir entgegen und sagte: »Meine Aufzeichnungen? Denken Sie wirklich …? Es sind nicht die meinen.« Er lachte.

»Sie sind echt«, fuhr er fort.

Ich übergab ihm das Bündel.

»Eine Zigarre?«

»Danke.«

Wir setzten uns.

»Und?« begann er wiederum, »sagen Sie endlich etwas«, begann er mich auf eigentümliche Art zu einer Äußerung zu reizen, »sprechen Sie!«

»Was wollen Sie hören?«

»Nichts Bestimmtes, haben sie Ihnen gefallen? Nun, äußern Sie sich schon.«

Ich lachte. »Sie werden keine literarische Kritik von mir erwarten«, sagte ich. »Ästhetische Urteile sind die größten Mystifikationen, zu denen man sich verleiten lassen kann. Außerdem steht ja sehr deutlich in den Blättern, daß sie nicht als literarisches Produkt beabsichtigt waren. Es wäre unfair, dem nicht Rechnung zu tragen.«

»Eine diplomatische Antwort«, entgegnete er. »Ich empfing sie von dem Verfasser mit der Versicherung, daß sie kein Wort enthielten, das mich in Gefahr brächte, wenn ich sie aufbewahrte.«

»Haben Sie es ihm geglaubt?«

»Im Anfang ja, aber damals hatte ich sie noch nicht gelesen. Später warf ich einen Blick hinein.«

»Und dann?«

»Habe ich sie begraben. Sie sehen es dem Papier an, daß es feucht geworden ist. Wir leben in einem Wasserland.«

»Wie kann man so naiv sein zu glauben«, sagte ich. »Auch wenn er sich alle Mühe gegeben hat, in seinen Aufzeichnungen die Spuren zu verwischen, aus denen man genauere Schlüsse ziehen könnte, finde ich es ziemlich deutlich, wer der Schreiber war und woher er kam.«

»Ich auch«, antwortete er lachend.

»Er selbst anscheinend nicht. Ihn interessierte wohl nur die Camouflage.«

»Er schrieb es unter Druck im verborgenen, vergessen Sie das nicht«, sagte er heftig, »darum die ungenauen Angaben des Ortes und der Zeit. Aber halten Sie das für so wichtig?«

Ich sah ihn an.

Er war ein großer, breitschultriger Mann. Während des Hungerwinters war er um Pfunde abgemagert und hatte noch nicht sein früheres Aussehen wiedererlangt, das dem Bild entsprach, das man sich von ihm machte, ein gutgenährter, etwas schwerer holländischer Typ mit dem ausgeprägten Kopf eines Intellektuellen.

Ich wußte, daß er während des Krieges hinter den Kulissen eine hervorragende Rolle gespielt hatte und mit den Besatzungsbehörden auf eine ungemein schlaue und beflissene Weise umgegangen war, die ihnen mehr schadete als manches Sprengstoffattentat. Auch jetzt noch schien er imstande, mit diesen Aufzeichnungen mich zum Narren zu halten. Anscheinend erriet er meinen Zweifel. Es machte ihm Vergnügen, mich vorläufig im Ungewissen zu lassen.

»Eine merkwürdige Geschichte ist es auf jeden Fall«, sagte ich, »ein Elch, der um den Wolf trauert, der ihn zu fressen bestimmt ist. Eine menschlich fragwürdige Haltung, wenn ich sie auch begreife.«

»Sie vergessen«, erwiderte er feurig, »daß Tausende sich so haben jagen lassen, bis in den Tod. Ich habe es mitangesehen, wie sie den Süden unserer Stadt leergefegt haben.« Er schwieg, blickte dem Rauch seiner Zigarre nach. Mich hatte er so gut wie vergessen.

»Die Trams«, sagte er vor sich hin, »die Trams fuhren später unablässig in der Nacht, niemand schlief, und dann das Pfeifen und Kreischen der Wagen in den Geleisen, wenn sie in der Kurve lagen. Entsetzlich.«

Schweigen.

»Warum hat er seine Aufzeichnungen nach dem Kriege nicht zurückgeholt?« sagte ich. Der Advokat zuckte die Achseln. Er rauchte.

»Ich begreife es nicht«, fuhr ich fort.

»Viele haben ihre Sachen nicht mehr abgeholt.«

»Das ist etwas anderes.«

»Sie denken, daß er noch lebt?«

»Er hat es selbst geschrieben, er hat den Tod seines Widersachers geschildert.«

Er überlegte kurze Zeit, richtete seinen Blick auf mich und biß sich auf die Unterlippe.

»Er ist tot«, sagte er.

»Tot?«

»Ja, gefallen.«

»Aber er hat doch geschrieben?«

»Phantasie«, entgegnete er kurz.

Ich schwieg.

»Wann ist er gefallen?« fragte ich.

»Vor dem Ende.«

»Vor dem Ende?«

»Ja.«

Ich dachte darüber nach, daß er gefallen war, und schwieg.

»Er ist tot«, sagte er, »ich kann es Ihnen getrost erzählen. Er war einer unserer Helden. Kein Holländer von Geburt, er kam als Flüchtling ins Land. Später, kurz vor dem Krieg, ließ er seine Eltern nachkommen. Ich war ihm damals mit einem Gesuch an unsere Regierung behilflich. Sie lebten in einem Holzhaus, irgendwo auf dem Lande. Er leitete eine Fälscherzentrale, sie fälschte wichtige Stücke, Pässe, Dokumente. Außerdem stellte er Mikrofilme her. Nur wenige wußten es.«

»Und Sie?«

»Ich auch nicht.«

»Wie ist er denn gefallen?«

»Sehr simpel, sehr unheldisch, durch eine Liebesaffäre, er hatte ein Mädchen, das anscheinend das eine und das andere wußte.«

»Sie hat ihn verraten?«

»Es ist nicht bewiesen«, sagte er ruhig. »Wahrscheinlich hat sie mit einer Freundin darüber gesprochen. Ich glaube, sie liebte ihn. Die Freundin hatte anrüchige Beziehungen, ohne daß man direkt sagen kann, daß sie ihn verraten hat.«

»Eine komplizierte Sache«, erwiderte ich.

»Er war unvorsichtig«, sagte er, »das ist, wie mir scheint, die Lösung der Frage, unvorsichtig, wenn es um Frauen ging.«

»Um Frauen? Unvorsichtig, wenn es um die Liebe ging«, unterbrach ich ihn. Die Schärfe, die plötzlich in meine Stimme gefallen war, reute mich im gleichen Augenblick, als ich sein verwundertes Gesicht sah. Dennoch hatte ich nicht den Eindruck, daß er sich angefallen fühlte.

»Wenn es um die Liebe ging«, wiederholte er nachdenklich und nickte mir leicht zu, als verscheuche mein Zwischenwurf auch den letzten leisen Zweifel an seinem Ende.

Dann fuhr er fort: »Eines Tages erschien er am Nachmittag gegen vier Uhr zum Tee bei ihr.«

»Bewegte er sich frei?«

»Er hatte einen ausgezeichneten Paß.«

»Echt?«

»Gefälscht natürlich! Auf derselben Etage wohnte die Freundin des Chefs der gegnerischen Sicherheitsstelle. Anscheinend war man ihm auf der Spur. Die Freundin seiner Geliebten muß sich verplappert haben gegenüber der Freundin des Chefs. Er klingelte. Als die Tür geöffnet wurde, sah er oben an der Treppe eine Uniform. Er lief weg. Der andere folgte ihm, auf der Straße schoß er ihn nieder.«

»Eine Riesendummheit, er lief also in die Falle.«

»Die Geschichte ist noch nicht aus. Hören Sie. Er trug stets einen Revolver bei sich. Er war getroffen. Als er fiel, hatte er schon seinen Revolver gezogen und schoß im Fallen. Der andere starb kurz nach ihm.«

»Er hat also doch geschossen«, sagte ich.

»Ja«, erwiderte er. »Sie dachten, daß er log, was er schrieb? Natürlich hat er geschossen und gut getroffen, sie lagen beide auf dem Bürgersteig. Wir hatten einen guten Mann verloren und einen gefährlichen Feind. Zur Erinnerung haben wir an der Stelle, wo er fiel, eine Plakette anbringen lassen. Sie trägt nur seinen Namen und das Datum.«

(1942/1959)

DISSONANZEN-QUARTETT
Eine Erzählung

Anderthalb Jahre nach dem Erlaß der Nürnberger Gesetze verließ mein Vater meine Mutter. Obwohl ich nie vergessen konnte, was er uns angetan hat, habe ich nie aufgehört, ihn als meinen Vater zu betrachten. Jetzt, da ich glaube, seine Motive besser zu verstehen – der Brief, den ich vor einigen Monaten über das Rote Kreuz von ihm empfing, verschaffte mir die Gewißheit –, ist die Auseinandersetzung zwischen uns beendet. Ich schließe ihn in meine Trauer ein. Die Überraschung damals über seinen Entschluß nach einer beinahe vierundzwanzigjährigen und – ich zögere, es niederzuschreiben – glücklichen Ehe erstickte fast den Schmerz der Trennung. Einen Augenblick tat es weh, dann schien alles vorbei. Auch brachte jeder Tag soviel Neues, daß man sich nicht aufhalten durfte. Nur einmal sah ich meine Mutter weinen; in ihren Entschlüssen blieb sie fortan gelähmt. Es war ihr Untergang.

Da es nicht zu den Gepflogenheiten unserer Familie gehörte, die Geschehnisse im Mikrokosmos als Abspiegelungen des Makrokosmos zu sehen, unterschätzten wir, wie beinahe die ganze Welt, das Emporkommen der Partei. Diese irrtümliche Haltung, gelinde gesagt, wäre noch verzeihlich zu nennen, hätte sie nicht außer dem leiblichen Untergang vieler, auch der Meinen, zu der Vernichtung der moralischen Maßstäbe geführt, die wie das Fieber der venerischen Krankheiten im Mittelalter den gesamten Erdball verseucht. Erst kommende Generationen werden die Immunstoffe in sich entwickelt haben, um gegen erneute Ansteckung gefeit zu sein. Ich weiß, daß auch ich angegriffen bin.

Unlängst las ich, daß die Auseinandersetzung zwischen Vätern und Söhnen die Physiognomie des Jahrhunderts prägt; abgesehen von der Suggestion, die man anscheinend hier erwecken will, als seien Väter und Söhne ein Einfall unseres Zeitalters, finde ich, daß man es sich zu leicht macht, Masken zu entlarven, und mit dieser leichtfertigen These nur künftigen Gewalttätern den Steigbügel hält. Jedermann weiß, wie Söhne im Banne einer Gewalt, die sich Liebe nennt, heranwachsen und Väter werden, denen das Verhängnis wiederum Söhne zu Widersachern bestellt; was wie ein Dialog erscheint, ist in Wahrheit das ewige Selbstgespräch, das der gefallene Engel mit sich selbst führt, die nie endende Klage und Auseinandersetzung mit seiner Schwäche und dem Wahne, sie einst zu meistern und heimzukehren in den Kreis der Unsterblichen. Ein Buchhändler meines Alters, an der Ostfront verwundet, mit dem ich auf einer meiner Reisen in einem Städtchen im Odenwald ins Gespräch kam, gab mir die Briefe eines in den Jahren vor dem Krieg jungen deutschen Dichters aus protestantischem Hause (ich erinnere mich nur undeutlich seines Vornamens: Jürgen oder Jochen), in denen er seinen Vater, einen Theologen, schwer attackiert. Ich vermochte seinen Gedankengängen und Beweisführungen nicht zu folgen, wenn ich auch der Folgerichtigkeit seines Lebensablaufes, von dessen Tragik man mir berichtete, meine demütige Hochschätzung nicht verweigern kann.

Wir Söhne sind nicht die Jüngeren; wir sind in der Geschlechterfolge älter als unsere Väter; in allem haben wir an ihrer Erfahrung teil. Das Mißverständnis, Lebensläufe in Jahreszahlen darzustellen und an sie biologische Zustände wie alt und jung zu knüpfen, rächt sich in der Monotonie der Anklagen und Widersprüche, mit der endokrin gesteuerte Illusionen durch die Zeiten von Geschlecht zu Geschlecht weitergegeben werden.

Mein Vater entstammte einer alten ostpreußischen Pastorenfamilie, in der von altersher stets der älteste Sohn Pfarrer wurde. Mein Vater brach mit dieser Tradition. Er studierte klassische Philologie und Philosophie in Königsberg, habilitierte sich bereits mit fünfundzwanzig Jahren in Breslau, lernte dort meine Mutter, dreiundzwanzigjährig, kennen, heiratete sie gegen den Willen ihrer Eltern, einer ursprünglich orthodox jüdischen Familie aus dem Posenschen, und ging mit ihr und den in kurzen Abständen geborenen drei Kindern, zwei Töchtern und mir, zurück nach Königsberg, wo er als außerordentlicher Professor, später als Ordinarius für alte Sprachen und Philosophie nicht ohne Erfolg lehrte.

Die Ehe meiner Eltern beruhte auf der galanten Übereinkunft zweier Menschen, die, beide ihren Überlieferungen entwachsen, sich in der Mitte – war es in der Tat die Mitte? – einer humanistischen, geläutert nationalen Weltauffassung gefunden hatten, ohne das religiöse Moment ihrer Abkunft völlig zu verleugnen. In unserem Hause fühlte man sich beiden Religionen verbunden und keiner verpflichtet. Mozart, Debussy, Stifter und Heine, von Buber zu schweigen, waren unsere Hausgötter. Mein Vater las aus der Bibel vor, zuweilen übersetzte er, wenn er gut aufgelegt war, im Stegreif aus der Septuaginta. Die Diskussionen, die sich hier anschlossen, waren fesselnd und vor allem für uns Kinder überraschend durch die gründliche hebräische Ausbildung meiner Mutter. Daß ich als Kind beschnitten wurde, erläuterte man mir mit hygienisch-medizinischen Motiven. Oder war dies vielleicht nur eine List meiner Mutter? Mit den Ferien auf der Kurischen Nehrung, in Rossitten und Nidden, verbinde ich die glücklichsten Erinnerungen meiner Kindheit. Wenn wir auf Wanderungen gen Norden mit leichten Sandalen auf und ab durch den heißen Sand stapften, den Geschmack des Meeres auf dem glühenden Gesicht, hinter uns die Segelflieger sich lautlos auf den Haftwinden von den Kuppen gleiten ließen, in der Tiefe verschwanden und sich in den weitausholenden Rillen eines luftigen Korkenziehers höherschraubten, trat aus einem Schilderhäuschen, versteckt in einer Sandkuhle, ein litauischer Soldat mit aufgepflanztem Seitengewehr, als hätte ihn mitsamt seiner Ausrüstung die Sonne ebenda ausgebrütet; er wartete, bis wir bei ihm angekommen waren, nahm schweigend die Pässe in Empfang, zählte stumm die Köpfe, setzte seinen Stempel und verschwand grußlos in seiner Bretterbude; in Schwarzort nahmen wir das Boot. Der Wochenmarkt in Memel, zu dem die Bauern aus der Umgebung die gleichen Erzeugnisse brachten, die man auch auf den Märkten in Königsberg erstehen konnte, war dennoch wie die Vorspeise aus einer anderen Welt. Zwei- oder dreimal war mein Vater auf den Dünen zu Gast bei Thomas Mann, den er kritisch bewunderte.

Die Eigentümlichkeit meiner Abkunft brachte vielleicht eine größere Empfänglichkeit für die divergierenden Kräfte mit, die meine Eltern in ihrer Ehe zu einer Einheit zu binden versuchten. Wenn ich an die zärtliche Rücksichtnahme denke, die sie im Verkehr untereinander und vor uns Kindern beachteten, ist kein Zweifel in mir, daß sie ihnen gelang, ließ auch die Geschichte ihren Versuch Lügen strafen. Daß sie es jedoch versuchten, daß sie den sicheren Hafen eines gefälligen Konformismus verschmähten und in einem kühnen Entwurf der Natur und der Gesellschaft, in der sie lebten, ihr Beispiel vorhielten, mag heute, da er gescheitert ist, als ein Irrtum, als eine unerhörte Herausforderung angekreidet werden. Aber wer deutet das tiefere Einverständnis, das zwischen den Verfolgern und den Verfolgten besteht; wer deckt die verborgene Sehnsucht des Hasses auf, die zwischen den Vorfahren meiner Mutter und meines Vaters durch die Jahrhunderte nicht nur in Deutschland im Schwange war? Mein Vater rühmte seinen Studenten den Thukydides, der in seiner Arbeit über den Peloponnesischen Krieg als erster der Geschichtsschreibung wissenschaftlichen Charakter verliehen hatte; er betrachtete den Verlauf der Geschichte nicht als das Resultat eines unbegreiflichen Fatums, das sich über die Völker hinweg vollzieht, sondern als ein Produkt aus menschlichen Faktoren. Daß mein Vater gerade diese in ihren grausamsten Erscheinungsformen unterschätzte oder nicht erkannte, ehrt ihn gewissermaßen, wenn er auch hiermit den Beweis seiner Objektivität, einer von Vorurteilen ungetrübten Einsicht schuldig blieb; er glaubte an das Gute, an die *vis mediatrix naturae*. Er hat den Begriff Natur falsch interpretiert und Deutschland mißverstanden. Die Konflikte, in die er schließlich uns und sich selbst verstrickt sah, überstiegen bei weitem sein Vermögen, sie zu erfassen und zu meistern; es sind die meinen nicht mehr.

Doch erinnere ich mich an Ängste in den entscheidenden Jahren meiner Entwicklung, an Zustände von Ratlosigkeit und Ermüdung, denen ich mich ahnungslos und ungerüstet ausgeliefert sah. Meiner Mutter entging meine zeitweilige Verfassung nicht, sie bemühte sich, wie von dem Gefühl einer Schuld getrieben, sie habe etwas unterlassen, durch kleine Verwöhnereien mich aufzuheitern. Die Erinnerung an sie, geätzt durch die Schwaden ihres Todes, ist, wo sie auch ansetzt – ihre dunklen Augen, das Glas Milch, das sie abends ans Bett brachte – ein einziges zärtliches Verwehen. Was meinen Vater betrifft, ist es mir nicht mehr möglich, sein Bild ungeschunden von neuem in mir erstehen zu lassen; sogar seine körperliche Erscheinung ist mir ungewiß in ihren Maßen und Bezügen, und jede persönlich gefärbte Einzelheit unseres früheren Einverständnisses ist gleichsam zerbrochen in dem Zweifel an ihrer einstigen Wirklichkeit.

Ich genoß eine humanistische Erziehung und schwankte lange Zeit zwischen wissenschaftlichen und künstlerischen Neigungen, bis ich mich neben einer universitären musikwissenschaftlichen Ausbildung an dem Konservatorium – sehr zur Freude meines Vaters – für das Cello entschied. Meine beiden Schwestern waren bereits selbständig, die älteste mit einem entfernten Verwandten meiner Mutter, einem Advokaten, verheiratet, als die Scheidungsprozedur anlief. Sie muß peinlich gewesen sein und schleppte sich geraume Zeit durch die Intrigen des gegnerischen Anwalts hin, der die allgemeine Lage jener Epoche gegen meine Mutter auch in finanzieller Seite auszubeuten versuchte. Meine Mutter war begütert.

Mein Vater glaubte nicht an die neue Zeit, wie er mir zu Beginn des Studiums mehrmals versicherte; auch seine Professoren-Kollegen nicht. Höchstens fünf Prozent waren nach seiner Darstellung Mitglied in der Partei. Der Rest verspottete oder bewitzelte die Heißsporne, hielt das Ganze, das sich vor aller Augen mit Fahnen und Fanfaren anließ, als seien bereits alle Schlachten geschlagen und Siege errungen, für den Ausdruck einer jugendlichen Verblendung, die, selbst wenn ihr Massen erliegen, nimmer geschichtsträchtig sein konnte, vermochte jedoch nicht zu verhindern, daß Schwierigkeiten entstanden. Als bei einer Probe für ein Konzert der Orchesterklasse des Konservatoriums der Dirigent in der Parteiuniform erschien und darauf bestand, nach einem Concerto grosso von Händel das Horst-Wessel-Lied zu spielen, schickte er mich und zwei andere, Geiger, die sich weigerten, hinaus. Die übrigen spielten wacker mit. Ein Einspruch meines Vaters hatte keinen Erfolg. Die Indifferenz seiner Kollegen, mit denen er sich beriet, ließ ihn stranden. Sie alle hielten es nicht für ratsam, irgendwelche Schritte zu unternehmen; hiermit würde man einem privaten Ereignis, wie sie es nannten, erst eine größere und allgemeine Bedeutung verleihen.

In einer Abhandlung über den Mut las ich einmal den Satz, daß revolutionäre und gewalttätig auftretende Minderheiten ihren Erfolg der

Macht der lähmenden Idee verdanken und nicht der stummen Panik der unorganisierten Massen. Es ist möglich, daß die Beschäftigung mit der Idee der Wissenschaft, wie sie an den Universitäten betrieben wurde – oder wird –, auf die Dauer einen ähnlich lähmenden und demoralisierenden Einfluß auf ihre Adepten ausübt. Gleichviel, die Ahnungslosigkeit, die mein Vater und seine Kollegen an den Tag legten, als seien alle Entscheidungen der Menschheit bereits in den Quartetten von Mozart – Köchelverzeichnis Nr. 465 – gefallen und als sei demnach nichts Neues mehr zu erwarten, zeugt nicht so sehr von ihrem Mangel an Einsicht oder Mut; ihre Indifferenz war nur der Ausdruck einer tiefer liegenden Ohnmacht, die zugleich auch ihre einzige Rechtfertigung war. Nur für einen Moment habe ich meinen Vater als Feigling betrachtet und die ganze Verachtung gefühlt, die man gemeinhin solch einem Charakter entgegenbringt. Ihn als Schwächling zu entdecken verbot mir damals mein Selbstrespekt. In phantasierten Streitgesprächen machte ich ihm Vorwürfe; sie gaukelten mir das selbstherrliche Gefühl einer Stärke vor, Leid und Schande eines sich vollziehendes Geschickes abwenden zu können, dessen Gemeinsamkeit uns eher zusammenschweißte als trennte. Ich wußte, daß er zu Beginn jegliches Ansinnen, sich von meiner Mutter und uns zu trennen, wie es die damalige Beamtengesetzgebung erforderte, abgelehnt hatte. Daß er es schließlich dennoch tat, erschien mir als der Anfang eines öffentlichen Harakiris. Welche Gespräche zwischen den Eltern vor der Trennung stattgefunden haben, ist mir unbekannt. Aus dem Munde meiner Mutter habe ich nie eine Verurteilung gehört. Die gleiche Erstarrung in ihrem Gesicht entdeckte ich später bei Menschen, die Zeugen des gelungenen Selbstmordversuches eines ihnen Nahestehenden geworden waren; sie hatten den Kampf und die Niederlage des anderen in ihr eigenes Gesicht getrieben.

Nach allem, was geschehen ist, scheint es mir heute müßig, nach den Spuren väterlicher oder mütterlicher Anlagen in mir zu suchen und mich in Mutmaßungen zu ergehen, inwiefern die Doppelspurigkeit meiner Abstammung ihren Niederschlag in einer besonderen Empfänglichkeit für äußere Eindrücke findet. Als Kind sah ich einen kräftig gebauten, dem Aussehen nach gesunden Mann auf der Straße über einen Gegenstand auf dem Boden, etwas Gleitendes, Glitschiges straucheln, sein Gleichgewicht verlieren und vergebens mit ausgebreiteten Armen in der Luft einen Halt suchend so unglücklich fallen, daß er unter dem sichtbaren Ausdruck von heftigen Schmerzen, die er verbiß, stöhnend liegenblieb; er hatte sein Bein gebrochen. Diese unvermutete Wendung in dem Benehmen eines Mannes, eben noch aufrecht und selbstbewußt und nun schmerzverzerrt und hilflos auf den Pflastersteinen, blieb mir im Gedächtnis. Der Unfallwagen erschien, der Mann wurde vorsichtig auf eine Bahre gelegt und abtransportiert – ein alltägliches Geschehen, sollte man meinen. Da ich dem Gesetz nach als Jude galt und man Cellisten benötigte, hatte ich wenig Mühe, nach den Formalitäten des Probespielens beim Jüdischen Kulturbund in Berlin ein Engagement zu finden. Ich mietete eine Wohnung in Friedenau, meine Mutter gab das einsame Haus in Königsberg auf und zog zu mir.

In Berlin sah ich meinen Vater zum letzten Male. Nach einer Aufführung der »Verkauften Braut« unter Rosenstock, einem Ereignis, das sich mit jeder kulturellen Manifestation auf welcher Bühne auch immer mit Anstand hätte messen können und alle Beteiligten, Spieler wie Zuhörer, für wenige Stunden mit dem Zaubertrank einer Welt vergiftete, in der alle Dissonanzen nur einer Steigerung der Harmonie dienen, stand er, als ich das Theater durch den Seitenausgang verließ, plötzlich vor mir. Nach der kurzen kühlen Begrüßung, wir gaben uns nicht die Hand, folgte ein Schweigen, scharf wie der Stich einer Nadel. Da er im Schatten stand, sah ich nur die vertrauten Umrisse seiner Gestalt.

Bekanntlich ändert sich die Stimme eines Menschen nicht, ebensowenig wie das Tracé der Linien an den Fingerkuppen. Dennoch erschrak ich, als er auf einmal sagte: »Du hier? Mach endlich, daß du rauskommst.« Seltsamerweise erweckten seine Worte, jäh und in einem barschen Ton herausgestoßen, nicht die geringste Empörung in mir; eher schienen sie selbst der Ausdruck einer solchen Empörung zu sein. Sie vertieften die Verwirrung, in die er sein Bild gerückt hatte, unbegreiflich für seine Umgebung, vielleicht auch für ihn selber. Ich trat einige Schritte zur Seite. Er sah verlumpt aus, verwildert, als habe er sich Nächte irgendwo herumgetrieben, ungewaschen, unrasiert, seine Kleidung schäbig; ich hatte den Eindruck, daß er roch. Nur mit

Widerwillen schreibe ich diese Beobachtung nieder, da sie als ein Beweis meiner Geringschätzung, ja einer gewissen Schadenfreude gelten könnte. Vielleicht lebten diese Gefühle auch für den Bruchteil einer Sekunde in mir. Der einstens so gepflegte und auf seine äußere Erscheinung nicht ohne eine gewisse Eitelkeit bedachte Herr Professor. Doch ich faßte mich schnell und sagte: »Aber Vater …« Diese Anrede muß ihn in eine noch tiefere Verwirrung gestürzt haben. Er unterbrach mich: »Schweig, du weißt nicht, was gespielt wird.« Dann wandte er sich um und ging. Mein Cello unter den Arm geklemmt, ging ich in entgegensetzte Richtung. Meiner Mutter verschwieg ich diese nächtliche Begegnung.

Über die Jahre meiner Emigration werde ich mich kurz fassen; sie bedeutete nicht nur den Abschied von der Mutter. Meine älteste Schwester war mit ihrem Mann und zwei Kindern bereits ausgewandert, nach Amsterdam; nach dem Überfall auf Holland wurden sie von dort verschleppt. Meine Mutter und meine jüngste Schwester erreichte ihr Schicksal in … Noch heute mache ich mir die sinnlosen Vorwürfe, daß ich sie beide nicht zwingen konnte, das Land zu verlassen. Meine Mutter war nicht der Mensch, der über Grenzen ging, um sie für immer hinter sich zu lassen. Ich besaß nur mein Cello. Aber einmal angelangt, bereitete es mir kein Vergnügen mehr, Bachsche Giguen und Bourrées, die ich in Königsberg und Berlin geübt hatte, auch in Kansas City auf mein Pult zu legen. Durch einen Zufall entdeckte ich meine Begabung für Massage, und die koordinierte Kraft und Gewandtheit meiner Hände, mit denen ich zuvor Notenschrift in Musik zu verwandeln versucht hatte – bei allem Eifer hätte ich es doch nur zu einem Orchestermusiker am dritten Pult gebracht –, gebrauchte ich jetzt zum Betasten und Bestreichen gelähmter Muskeln der an Poliomyelitis erkrankten Kinder. Seit der durch Salk und Sabin entwickelten Schutzimpfung und dem Rückgang der Epidemie in den Staaten gehört die allgemeine Revalidation von Unfallkranken zu meinem Arbeitsbereich. Daß der Abschied vom Cello mir leichtfiel, blieb mir lange unverständlich. Bis ich Jahre später in einer Fernsehsendung Casals beim Unterrichten seiner Schüler sah. Sie übten Bach. Er ließ sie vorspielen, unterbrach sie, sprach mit ihnen oder spielte eine Passage vor, die Pfeife im

Mundwinkel. Ich entdeckte, und es war die letzte Bestätigung meines eigenen Verlustes, daß der alte Meister seine Schüler nicht in die Tricks und Kniffe einer abgefeimten instrumentalen Technik einweihte. Mit dem Cello gab er ihnen ein neues Vaterland.

Nach der Beendigung des Krieges begann für mich die Zeit der uneingeschränkten Trauer, die ich, solange die Feindseligkeiten in Europa andauerten, noch in Vermutungen über das Schicksal meiner Mutter und Schwestern mit dem trüben Licht einer ungereimten Hoffnung verhüllen konnte. Die Berichte über ihr gnadenloses Ende, die mich bald erreichten, verschafften mir die Sicherheit des Schmerzes. Jene, die stärker hassen, sind vielleicht die Glücklicheren, sie können ihrer Trauer ein Dach geben; wem Gräber versagt sind, um zu gedenken, begegnet den Toten überall, beim Schließen der Lifttüren, wenn die Verkehrsampeln auf Rot springen, beim Anblick der See. Mich ergriff eine Unruhe. Immerhin währte es noch acht Jahre, bis ich mich entschloß, nach Deutschland zu fahren. Das Wiedergutmachungsverfahren lieferte mir den Vorwand zu dieser Reise. In den folgenden zehn Jahren besuchte ich noch zweimal Europa, ursprünglich waren Frankreich und Holland mein Reiseziel; bei Straßburg und Aachen überschritt ich die deutsche Grenze.

Es war nicht mehr das Land meiner Mutter, das ich wieder betrat, und der »Eiserne Vorhang«, der es zweigeteilt hatte, lief durch mich hindurch, selbst in Köln verspürte ich noch seine Nähe. Dahinter lag Königsberg, lag Breslau, zwischen Haff und Ostsee die Kurische Nehrung mit den Dünen bei Rossitten und Nidden. Auf einer Landkarte las ich die neuen Namen: Kaliningrad, Wrocław; wie die Erinnerung an meinen Vater war all das zu einer Anekdote geworden, einem »es war einmal«, aber seltsam fremd und losgelöst von dem Rest eines früher geschriebenen Textes, den ich nicht mehr verstand.

Da ich mit meiner Naturalisation auch meinen Namen amerikanisiert hatte, aus Michael Schwabe wurde Mike Shoap, und ich alle Eingaben und Schriftstücke mit diesem neuen Namen unterzeichnete, muß bei den Behörden eine Verwirrung über die Identität des Antragstellers entstanden sein. Nur so kann ich es mir erklären, daß erst nach Jahren ein Brief in meine Hände kam, der in den letzten Kriegsmonaten vor der

Eroberung Ostpreußens durch die russischen Truppen an mich gerichtet war. Der Absender hatte ihn ursprünglich dem Roten Kreuz überwiesen. Dem begleitenden Schreiben der Organisation entnahm ich, daß mein Vater wahrscheinlich im Verlaufe der Kriegshandlungen im Raume Könisberg umgekommen war. Zwar wurde sein Leichnam nie gefunden, aber das Haus, in dem er polizeilicher Auskunft zufolge die letzten fünf Jahre gewohnt hatte, lag in dem Stadtteil, den die russische Artillerie gründlich belegt hatte. Der Name der Straße sagte mir nichts. Auch fand sich meines Vaters Name nicht unter den Tausenden in den großen Trecks jener Tage von Osten nach Westen.

Auf dem Umschlag mit hastiger Hand »An meinen Sohn Michael Schwabe«. Er schrieb: »Da ich Dir nie eine Erklärung meines Verhaltens gegeben habe und Du mich auch nie darum gebeten hast, dieses in Kürze. Meine Trennung von Euch konnte vor der Welt je nachdem als ein Schurkenstreich gelten oder als nationale Tat. Sie war beides nicht. Als ich, zu spät, die ersten Zeichen der Hybris entdeckte, entdeckte ich zugleich meine eigene Schwäche; sie war stärker als meine Kraft, Euch und mich in Sicherheit zu bringen. Durch eine Trennung wollte ich Euch die Möglichkeit geben, das Land, das Ihr ebenso liebtet wie ich, rechtzeitig zu verlassen; etwas Grausames mußte in Eurer unmittelbaren Umgebung geschehen, um uns alle von der entsetzlichen Blindheit zu befreien. Deine Mutter wies mein Angebot zurück. Sie vertraute meinem Schutze, ich wußte, daß ich ihn im Ernstfalle nicht mehr geben konnte. Der Rolle eines freiwilligen Märtyrers im fremden Land fühlte ich mich in meinen Jahren nicht mehr gewachsen. Die Weise, wie der Anwalt gegen meinen Willen den Prozeß geführt hat, ruinierte mich schließlich. Nie habe ich in meinen Vorlesungen bis zu meiner frühen Emeritierung andere Formulierungen gebraucht als zuvor, obgleich ich wußte, daß die Idee der Kalokagathia uns zu Henkersknechten erniedrigt hat. Ich stand allein. Meine Kollegen, nie habe ich je in Erfahrung bringen können, wie sie wirklich dachten. Meine Haltung sollte ein Fanal für sie sein. Wenn schon die Zeit Grausamkeit forderte, wollte ich ihr meinen Tribut nicht vorenthalten. Ich wollte die Unmenschlichkeit der Machthaber ins öffentliche Gerede bringen, auf einem anderen Weg hätte ich es nie erreicht. Man sollte sehen, wie ich, von dem jedermann wußte, daß er an Deiner Mutter und an Euch hing, in aller Öffentlichkeit zugrunde ging. Man sollte auf der Straße und in der Universität mit dem Finger nach mir weisen. Du hast Dich überzeugen können, damals in Berlin. Es hat nichts gefruchtet, im günstigsten Fall hielt man mich für einen Trottel oder für einen klinischen Kasus. Sie werden kommen, die Kurische Nehrung ist bereits in ihren Händen. Den Beginn habe ich nicht verhindern können, das Ende nicht mehr aufhalten. Es gibt ein Fatum. Immer wieder habe ich meinen Thukydides gelesen, aber er gab mir keine Antwort. Habe ich ihn verkehrt interpretiert? Die kommende Zeit wird anderen Wissenschaften gehören, bis man Geschichte wieder schreiben und lehren kann. Die Geschichte Deutschlands ist die Geschichte meiner Ohnmacht. Es tröstet mich, daß Du Musiker geworden bist; rette die Musik in der Nacht, vergiß es nicht. Ich werde in Königsberg bleiben, was immer auch geschieht. Wenn Dich dieser Brief je erreicht, es gibt keinen mehr, den ich darum bitten könnte, schließe mich in Deine Trauer ein.«

Über die Zeiten hinweg weiß ich, daß mein Schicksal, eingebettet in den Nebel einer Epoche der Zerstörung, die eines neuen Thukydides harrt, um sie zu erhellen, nichts bedeutet. Wenn ich an mein Elternhaus denke, ist die Erinnerung das Echo eines Echos, dem der ursprüngliche Laut abhanden gekommen ist. Die Geschichte meiner Eltern und unserer Familie ist die Geschichte einer ohnmächtigen Welt, deren glanzreiche Siege man als den Beginn noch grausamerer Vernichtungen nur noch beargwöhnen kann. Was bleibt, ist die Trauer. Wenn die Menschen auch hinter den als sicher gewähnten Deichen vertrauensvoll ihren täglichen Geschäften nachgehen, das tückische Meer wird sie im Schlaf überraschen und wie Ratten aus den Häusern spülen.

Meinen Vater verurteilen, hieße zugleich auch mit meiner Mutter rechten, daß sie sich je in Liebe ihm verbunden hat. Möge fortan die Welt ihn auch verspotten oder geringschätzend vergessen, ich, sein Sohn, werfe keinen Stein, um den Trümmerhaufen zu erhöhen, unter dem er verschüttet liegt in der Stadt, deren neuer Name seine Grabschrift ist.

(1968)

* * *

Nachwort

[zur Neuausgabe von *Das Leben geht weiter*]

Nach mehr als fünfzig Jahren wird *Das Leben geht weiter* bei meinem alten Verlag wieder aufgelegt. Man lud mich ein, ein kurzes Nachwort beizusteuern, Entstehungsgeschichte und Schicksal des Buches womöglich im zeitgeschichtlichen Kontext nachzuzeichnen. Seltsamerweise überkommt mich hierbei das Gefühl, eine Art Nachruf, meinen eigenen, zu schreiben. Fünfzig Jahre sind eine lange Zeit, und in ihnen ging bestimmt mehr verloren als nur die naive Hoffnung eines sehr jungen Mannes, der eben sein erstes Buch bei »S. Fischer« herausgebracht hatte, Hoffnung auf Erfolg, Ruhm, – ja, sagen wir es rundheraus: auf Unsterblichkeit.

Vor mir liegt das *Kleine Selbstbildnis*, das ich im März 1933 für die *S. Fischer-Korrespondenz* geschrieben hatte. Ich zitiere daraus: »Als ich geboren wurde, Dezember 1909, trank mein Vater eine Flasche Sekt, er konnte es sich leisten. Es war der silberne Sonntag. Aber ich glaube nicht daran.« Glaube ich noch immer nicht daran?

»Ein Herr Loerke hat angerufen«, sagte meine Mutter, als ich eines späten Nachmittags im Dezember 1932, wenige Tage vor meinem 23. Geburtstag, aus der Charité nach Hause kam, »er hat uns gratuliert, deinen Roman wird er dem Verlag empfehlen.«

Ungefähr drei Monate zuvor hatte ich in der Bülowstraße, dem alten Sitz des Verlages, Gottfried Bermann Fischer gegenübergesessen und ihm ohne jegliches Vorspiel das Manuskript übergeben. Wir unterhielten uns über viele Dinge, über Medizin, er war von Hause aus Chirurg, ich stand im neunten Semester; über Musik, er spielte Bratsche, ich saß als Trompetist und Geiger in verschiedenen »Bands«, spielte auf Veranstaltungen von Spar-, Angler- und Ringvereinen von der Frankfurter Allee, um den Alexanderplatz herum bis zum Presseball in allen Räumen des Zoo-Restaurants, zum Filmball, Ball der Technischen Hochschule in der Krolloper, jour fixe bei Katharina von Oheimb, zu Tonfilmen (*7 Mädchen in einem Boot, Czardasfürstin*) – all dies erzählte ich ihm, über Literatur sprachen wir kein Wort.

In den unteren Räumen des Hauses war ich von einer Frau empfangen worden, deren Züge, denen einer Bäuerin ähnelnd, sich mir einprägten. Es war, aber dies erfuhr ich erst später, Paula Ludwig. Beim Weggehen stieß ich an der gläsernen Tür mit einem kleinen schmächtigen Mann zusammen, der eine dicke Aktenmappe schleppte und mich hinter seinen randlosen Brillengläsern aus einem fett- und bartlosen, etwas zerknitterten Gesicht scharf musterte. Es war Alfred Döblin, und falls er ein Manuskript in seiner ledernen Tasche trug, muß es *Unser Dasein* gewesen sein.

Dann besuchte ich Oskar Loerke in seiner Wohnung in Frohnau, und gemeinsam arbeiteten wir am Text. Loerke hat in seinen *Tagebüchern* darüber berichtet. Karl Krolow hat mich Anfang der sechziger Jahre in Amsterdam auf diese Notizen aufmerksam gemacht. Ich erhielt einen Vorschuß, ging, zum ersten Mal, mit einer Gruppe Medizinstudenten aus Berlin zum Skilaufen ins Engadin, nach Compatsch. Der Verlag sandte mir die Fahnen nach. Als ich zurückkam, brannte der Reichstag. Loerke und Peter Suhrkamp, der gerade die Redaktion der *Neuen Rundschau* von Rudolf Kayser übernommen hatte, empfahlen eine Textänderung auf der letzten Seite; sie überzeugten mich. Die zum Gruß »geballten Fäuste« verschwanden. Schließlich ging es mir nicht um Parteien, sondern um die politische Entscheidung an sich.

Zuvor hatten wir uns über den Titel beraten. Ich hatte, nichtsahnend, *Das neue Leben* gewählt. Loerke und Suhrkamp lehnten ab, natürlich, Kollege Dante. Dann schlug ich *Das Leben geht weiter* vor. Und dabei blieb es. Dies war mein Einstieg in die deutsche »Literatur« und zugleich auch mein Ausstieg. Zwar hatte ich 1928 bei einem Schülerwettbewerb des Börsenvereins »Kannst Du ein Buch empfehlen?« den dritten Preis gewonnen – ich empfahl *Demian* –, aber meine Arbeit wurde nur mit den Initialen in einer speziellen Broschüre abgedruckt. Von den gewonnenen 30 Mark erwarb ich drei Bücher, es dauerte Wochen, bis der neugierig-entrüstete Buchhändler des Städtchens sie mir aushändigte: *Eros im Zuchthaus* von Karl Plättner, einem Kumpan von Max Hölz, den Novellenband *Erstes Erlebnis* von Stefan Zweig und die wunderschöne ledergebundene Dünndruck-Taschenausgabe der *Vorlesungen* von Sigmund Freud, dritte Auflage (1926, Leipzig, Wien, Zürich), die ich über die Jahre gerettet habe, die beste, beglückende Einführung in das Fach, das ich auch heute, wenngleich kritischer geworden, noch ausübe.

Ich erinnere mich, wie ich zum Schreiben des Romans kam. Auf Anregung einer amerikanischen Kommilitonin, die am Berliner Psychoanalytischen Institut ihre Ausbildung erhielt, meldete ich mich eines Tages dort an, wurde empfangen und erzählte »mein Leiden«. Der betreffende Analytiker – war es Sachs? – hörte mich ernsthaft an und teilte mir schließlich mit, er sehe keinen Anlaß für eine psychoanalytische Behandlung. Wütend ging ich nach Hause und schrieb die ersten Sätze.

So begann ich, zuweilen aufgehalten durch die Anforderungen des Studiums und der Arbeit als Musiker, meine Geschichte und die meiner Eltern in der kleinen Kreisstadt der Mark Brandenburg und später in Berlin zu erzählen, die Geschichte vom wirtschaftlichen Niedergang eines kleinen Selbständigen, eingelassen in die politischen, sozialen und ökonomischen Wirren der Jahre nach dem Ersten Weltkrieg, der Weimarer Republik, der Inflation und des aufkommenden Nationalsozialismus. Es war ein Stück Selbstanalyse in dem engen Ausschnitt, den ich damals übersehen, und eine Beschreibung von Entwicklungen, so weit ich sie damals erfassen konnte. Aber es war nur ein Teil der Selbstdarstellung, den anderen, den des jungen Juden im damaligen Deutschland schrieb ich erst in den Niederlanden, mit dem Roman *Der Tod des Widersachers*, der 1959 in Deutschland erschien. In Amerika stand er auf der Liste der »Best Readings« des Jahres 1962.

Im Frühjahr 1933 erschien also mein Buch. Ich habe noch einen Empfang in der Villa im Grunewald mitgemacht, »Tutti« einen steifen Blumenstrauß überreicht und dem alten »Sami« – »wir bringen ja ein Buch von Ihnen« – die Hand geschüttelt. Ansonsten stand ich verloren unter den vielen mir zum größten Teil unbekannten Menschen; ein schlanker, sehniger Mann stiefelte selbstbewußt durch die Räume, Leonhard Frank; dort saß Hermann Sinsheimer, der den Roman im Vorabdruck im *Berliner Tageblatt* bringen wollte, den Plan jedoch wieder verwarf; auch Richard Huelsenbeck, Mitbegründer des Dadaismus, später mein Psychiaterkollege, von dem der Verlag zur selben Zeit ein Buch brachte, lernte ich kennen.

Ich klammerte mich an Joachim Maass und Karl Jakob Hirsch (*Kaiserwetter*), die ich schon auf dem Hinweg aufs Geratewohl angesprochen hatte, und auch an Kurt Heuser, der mir über Stefan Grossmann und dessen Tochter Maya, eine Kommilitonin und für mich mehr als das, bekannt war. 1934 kam mein Buch auf die Verbotsliste, es war das letzte Debüt eines Juden im alten S. Fischer Verlag. Im selben Jahr bestand ich mein ärztliches Staatsexamen und wurde ebenfalls hinausgeworfen.

Ich wechselte über in meinen zweiten erlernten Beruf, den eines staatlich geprüften Turn-, Sport- und Schwimmlehrers an der Preußischen Hochschule für Leibesübungen in Spandau, und unterrichtete fortan im Landschulheim Caputh, an mehreren Schulen der jüdischen Gemeinde Berlin und auch an der Theodor-Herzl-Schule. Hier am Kaiserdamm war ich noch für den jüdischen Sportklub »Bar Kochba« im Staffellauf »Potsdam – Berlin« 500 Meter auf glühendem Asphalt gelaufen. Im Oktober 1936 verließ ich zusammen mit meiner Frau Gertrud Manz Deutschland, durch die Nürnberger Gesetze waren wir gefährdet.

Seitdem lebe ich in Holland, wo ich Krieg und Verfolgung im Versteck und als Arzt (unter einem Decknamen) der Widerstandsgruppe »Vrije Groepen Amsterdam« überstand. Das Leben ging zwar weiter, aber die Literatur war mir sehr fern gerückt, obgleich ich in den Niederlanden unter dem Pseudonym Benjamin Cooper einige holländische Anthologien herausgab und auch eruptiv Gedichte in deutscher Sprache zu schreiben begonnen hatte, von denen die holländische literarische Zeitschrift *De Gemeenschap* sehr zu meinem Erstaunen einige unter dem Decknamen »Alexander Kailand« veröffentlichte. Nach dem Kriege schickte ich sie an Peter Huchel, der in *Sinn und Form* das Gedicht *Zu einem alten Niggun* veröffentlichte. Während der Zeit, da ich untergetaucht leben mußte, schrieb ich die Novelle *Komödie in Moll*, die 1947 im Querido-Verlag erschien. Wegen Devisenschwierigkeiten war die Einfuhr der Verlagsproduktion in Deutschland praktisch unmöglich gemacht.

Den in *De Gemeenschap* veröffentlichten Gedichten habe ich es zu verdanken, daß meine Eltern nach der »Kristallnacht« in Berlin noch in den Niederlanden zugelassen wurden. 1943 kam mein Vater als dekorierter Frontkämpfer des Ersten Weltkrieges mit meiner Mutter auf eine spezielle Austauschliste. Der Austausch kam nicht zustande. Das Leben meiner Eltern wurde in Birkenau beendet.

Nach dem Kriege gründete ich zusammen mit anderen Überlebenden die jüdische Kriegswaisenorganisation »Le Ezrat HaJeled« (»Zur Hilfe des Kindes«), für die ich bis 1970 arbeitete, holte niederländische Arztexamina nach, Ausbildung zum Nervenarzt, Psychoanalytiker. Im Sommer 1967 wurde ich Mitarbeiter der kinderpsychiatrischen Universitätsklinik Amsterdam. Hier begann ich mit Unterstützung des klinischen Psychologen Herman R. Sarphatie und in einem späteren Stadium des Mathematikers Arnold Goedhart eine Untersuchung, mit der ich 1979 promovierte. 1934 hätte ich, wie man mir damals in Berlin bedeutete, bei einer eventuellen Promotion zum Dr. med. meine Staatsbürgerschaft aufgeben müssen. Ich verzichtete und tat es fünfundvierzig Jahre später. Das holländische Justiz- und das Sozialministerium unterstützten meine Arbeit. Sie ist als Monographie in der Reihe »Forum der Psychiatrie« beim Enke-Verlag in Stuttgart erschienen, 1979. Elf Jahre habe ich an ihr gesessen, demgemäß hat sie einen langen Titel: *Sequentielle Traumatisierung bei Kindern. Deskriptiv-klinische und quantifizierend-statistische follow-up Untersuchung zum Schicksal der jüdischen Kriegswaisen in den Niederlanden*. Mit dieser Arbeit habe ich endlich Kaddisch gesagt, das Totengebet, das ich lange nicht sprechen konnte.

Außer *Sinn und Form* haben *Castrum Peregrini*, die *Neue Rundschau*, *Die Zeit* Gedichte von mir veröffentlicht, ich habe an Anthologien mitgearbeitet, wissenschaftliche Arbeiten auf deutsch und holländisch verfaßt, – alles in allem nicht sehr viel. Aber ich habe unzählige Rapporte geschrieben über Kinder und Erwachsene, die ich untersucht oder behandelt habe, um Gerichte und andere Instanzen im Idiom meines Faches von dem Leid zu überzeugen, das sie in schweren Jahren überkommen hatte. Diese Arbeit bestimmt im Grunde mein persönliches Verhältnis zur Literatur.

Als ich 1936 in Holland ankam, fand ich in der öffentlichen Bibliothek meinen Roman. War er mir vorausgeeilt, oder hatte er mich wieder eingeholt? Sein Titel *Das Leben geht weiter* – bedeutete er eine Herausforderung, eine Ahnung, eine Beschwörung des Kommenden oder war er nur ein ironisches Aperçu? In Osnabrück sprach ich im Mai 1983 zur Eröffnung der »Woche der verbrannten Bücher« als Vertreter des PEN-Zentrums deutschsprachiger Autoren im Ausland, hinter mir, auf eine Leinwand gemalt, standen alle Namen der vertriebenen Schriftsteller. Viele waren nicht mehr am Leben. Auch meinen sah ich dort, zufälligerweise stand ich direkt darunter, als ich sprach. Ich hatte mich nie viel und mit Überzeugung darum gekümmert, dazuzugehören. Aber ich begriff, daß es ja nicht nur erlauchte Namen waren, Frauen und Männer, die damals über die Grenzen flüchteten. Auch weniger bekannte und noch junge Autoren verließen damals Deutschland. Ihr einziger Ruhm war, zusammen mit Baruch Spinoza, Moses Mendelssohn, Heinrich Heine, Karl Marx, Sigmund Freud, Thomas Mann und vielen anderen verbrannt oder verboten zu sein.

Nach dem Krieg habe ich noch zweimal Bad Freienwalde besucht, nun in der DDR gelegen, und bin durch meine Erinnerungen gewandert. Es gehört zur menschlichen Natur, zu vergessen und vergessen zu werden. Diesem Faktum entlehnen Gedenktage ihre Legitimation.

Die Literatur ist das Gedächtnis der Menschheit. Wer schreibt, erinnert sich, und wer liest, hat an Erfahrungen teil.

Bücher kann man wieder neu auflegen. Von Büchern gibt es schließlich Archivexemplare.

Von Menschen nicht.

(1984)

Vorbemerkung

[zur niederländischen Ausgabe von *Der Tod des Widersachers*]

Beim Schreiben dieser Vorbemerkung werde ich mir des Zögerns bewußt, das mich befällt. Ist es nur die Tatsache der Neuauflage eines
Buches, ungefähr zwanzig Jahres nachdem es zuerst auf niederländisch
erschien? Ist es die Konfrontation mit einem Manuskript, das 1941
konzipiert und danach in einem Garten begraben wurde? Oder sind es
die Schatten einer vergangenen Zeit, die sich mit den Schatten vereinen, die die Gegenwart wirft? In dieser neuen Ausgabe wurde gegenüber der vorhergehenden nichts verändert, kein Wort, kein Satz.

Und auch dies scheint mir ganz in Ordnung so. Es hat sich nichts
geändert: die vergangene Zeit bleibt die erlittene Zeit. Auch heute.
Kein Zögern vermag das zu leugnen.

(1982)

Thomas Mann
Tonio Kröger
112 Seiten. Gebunden

Mit dem Umschlagentwurf
und den Illustrationen von Erich M. Simon
aus »Tonio Kröger. Novelle«,
Berlin, S. Fischer Verlag 1913

»Zu meiner Freude habe ich die Erfahrung gemacht, daß dieses mein literarisches Lieblingskind, so viele Generationen inzwischen herangewachsen sind und sosehr der Jugendtypus sich geändert haben mag, doch immer wieder junge Menschen angesprochen hat – weil sie sich darin wiederfanden.« Thomas Mann, [On Myself]

»Diese Geschichte, die das ganze Gefühl meiner Jugend enthält, ist nun, von einem jungen Berliner Künstler scharf und gewissenhaft illustriert, noch einmal in Separatausgabe erschienen.« Thomas Mann an Josef Hofmiller, 24. Mai 1914

S. Fischer

fi 1-048281 / 1

Tilmann Lahme
Golo Mann
Biographie
Mit 32 Abbildungen
560 Seiten. Gebunden

Golo Mann als Liebender und Leidender: an der Zeitge-
schichte, am Vater und am Vaterland. Dank neuer Quellen
und überraschender Funde gelingt Tilmann Lahme die
Schilderung der Persönlichkeit Golo Manns in all ihren
Facetten: als Historiker, als Publizist und Erzähler, nicht zuletzt aber als Mensch.

Zu Beginn des krisengeschüttelten 20. Jahrhunderts hineinge-
boren in eine der prominentesten Familien dieser Zeit, aufgewachsen in der Weimarer Republik, war er ein früher Kritiker
des Nationalsozialismus. Die Emigration führte ihn über
Frankreich und die Schweiz in die USA. Nach seiner zögerli-
chen Rückkehr nach Europa folgte mit dem ›Wallenstein‹ und
der ›Deutschen Geschichte‹ die späte Anerkennung des
Historikers, der sich bis zu seinem Tod 1994 kontrovers und
unabhängig in die Geschicke der Bundesrepublik einmischte.

S. Fischer

Stefan Zweig

Der Amokläufer
Erzählungen
Band 9239

Angst
Novelle
Band 10494

Auf Reisen
Feuilletons
und Berichte
Band 16012

**Brennendes
Geheimnis**
Erzählung
Band 9311

**Brief einer
Unbekannten**
Erzählung
Band 13024

Clarissa
Ein Roman-
entwurf
Band 11150

Meisternovellen
Band 14991

**Phantastische
Nacht**
Erzählungen
Band 5703

**Rausch der
Verwandlung**
Roman aus
dem Nachlaß
Band 5874

Schachnovelle
Band 1522

**Sternstunden
der Menschheit**
Band 595

**Ungeduld
des Herzens**
Roman
Band 1679

**Verwirrung
der Gefühle**
Erzählungen
Band 5790

**Wondrak /
Der Zwang**
Zwei Erzählungen
gegen den Krieg
Band 12012

Fischer Taschenbuch Verlag

fi 555 016 / 5 / d

Alfred Döblin
Das Lesebuch
Herausgegeben von Günter Grass
Ausgewählt und zusammengestellt unter Mitarbeit
von Dieter Stolz

752 Seiten. Gebunden

Alfred Döblin wurde vor allem durch seinen Roman »Berlin
Alexanderplatz« zu einem der kanonischen Autoren der literarischen Moderne. Das Lesebuch, das Nobelpreisträger
Günter Grass zu Ehren Alfred Döblins zusammengestellt
hat, erinnert daran, dass Döblin schon lange vor seinem Er-
folgsroman ein höchst vitaler Autor der Avantgarde war und
mit seinen fast vergessenen Exilromanen maßgeblich zur
Aufklärung des 20. Jahrhunderts beigetragen hat. Neben
Auszügen aus den wichtigsten Erzähltexten enthält das Lesebuch zahlreiche Beispiele von Döblins kritischer Publizistik
und zentrale autobiographische Dokumente. Eingeleitet
wird der Band mit Günter Grass' berühmter Rede »Über
meinen Lehrer Döblin«.

S. Fischer